WHITE JAZZ

Dans la même collection

Edward Bunker : *Aucune bête aussi féroce*
James Lee Burke : *Prisonniers du ciel*
James Lee Burke : *Black Cherry Blues*
George C. Chesbro : *Bone*
Robin Cook : *Cauchemar dans la rue*
Robin Cook : *J'étais Dora Suarez*
James Ellroy : *Le Dahlia noir*
James Ellroy : *Clandestin*
James Ellroy : *Le Grand Nulle Part*
James Ellroy : *Un tueur sur la route*
James Ellroy : *L.A. Confidential*
Barry Gifford : *Sailor et Lula*
Barry Gifford : *Perdita Durango*
Tony Hillerman : *Le Voleur de temps*
Tony Hillerman : *Porteurs de peau*
Tony Hillerman : *Dieu qui parle*
Tony Hillerman : *Coyote attend*
William Kotzwinkle : *Midnight Examiner*
Ross Thomas : *Les Faisans des îles*
Charles Willeford : *Miami Blues*
Charles Willeford : *Une seconde chance pour les morts*
Charles Willeford : *Dérapages*
Daniel Woodrell : *Sous la lumière cruelle*

James Ellroy

WHITE JAZZ

Traduit de l'américain
par Freddy Michalski

Collection dirigée
par François Guérif

Rivages/Thriller

Du même auteur

dans la collection Rivages/Thriller :

Le Dahlia noir
Clandestin
Le Grand nulle part
Un tueur sur la route
L.A. Confidential

dans la collection rivages/noir :

Lune sanglante (n° 27)
A cause de la nuit (n° 31)
La Colline aux suicidés (n° 40)
Brown's Requiem (n° 54)
Clandestin (n° 97)
Le Dahlia noir (n° 100)
Un tueur sur la route (n° 109)
L.A. Confidential (n° 120)

Hors collection :

Trilogie Lloyd Hopkins
Trilogie noire (Brown's Requiem, Clandestin, Un tueur sur la route)

Au bout du compte je possède mon lieu de
naissance, et suis possédé par sa langue.

Ross Mac Donald

à Helen Knode

Tout ce qui me reste, c'est la volonté de me souvenir. Temps aboli, rêves de fièvre – je m'éveille dans un sentiment d'attente, j'ai peur d'oublier. La femme reste toujours jeune, et c'est aux photographies qu'elle le doit.

L.A., automne 1958 :

Articles de journaux : des points de suspension à relier. Des noms, des événements – d'une brutalité telle qu'ils supplient que les liens s'établissent. Des années ont passé – de l'histoire, il ne reste que des bribes, dispersées. Des noms : ils sont morts ou alors trop coupables pour avouer.

Je suis vieux, j'ai peur d'oublier :

J'ai tué des innocents.

J'ai trahi des serments sacrés.

J'ai moissonné l'horreur pour en tirer profit.

Fièvre – brûlante maintenant. Je veux m'en aller, suivre la musique – me laisser prendre à son tourbillon, sombrer avec elle.

L.A. HERALD EXPRESS

17-10-58

ENQUÊTE EN COURS DANS LES MILIEUX DE LA BOXE : AUDITION DES TÉMOINS DEVANT LE GRAND JURY FÉDÉRAL

Un porte-parole du bureau du procureur de Los Angeles a annoncé hier que des agents fédéraux enquêtaient dans les milieux de la boxe professionnelle des Terres du Sud, "noyautés par la pègre", afin d'obtenir des inculpations devant le Grand Jury.

Le procureur Welles Noonan, ancien avocat-conseil du comité antiracket Mc Clellan, a déclaré que les enquêteurs du Département de la Justice, sur la foi de renseignements fournis par des informateurs anonymes, étaient sur le point d'interroger Mickey Cohen, personnage local haut en couleur, gravitant toujours "de près ou de loin dans les sphères de la pègre" de Los Angeles. Le bruit court que Cohen, libéré de prison depuis maintenant quinze mois, a tenté de racheter de force les contrats d'un certain nombre de boxeurs locaux. Parmi les personnes actuellement entendues par les autorités et assignées à résidence sous bonne garde, se trouvent Reuben Ruiz, poids coq célèbre et attraction régulière de l'Olympic Auditorium, et Sanderline Johnson, ancien champion poids mouche classé qui travaille comme croupier dans une salle de poker de Gardena. Dans un communiqué de presse émanant du Département de la Justice, les deux témoins Ruiz et Johnson sont décrits comme "prêts à coopérer". Au cours d'un aparté qu'il a réservé au reporter du *Herald,* John Eisler, le procureur Noonan a déclaré : "Cette enquête n'en est encore qu'à ses balbutiements, mais nous avons toutes les raisons de croire qu'elle sera concluante et couronnée de succès. Le racket de la boxe porte bien son nom : c'est un racket. Ses tentacules croissent comme un cancer et viennent se raccrocher à d'autres branches du crime organisé. S'il devait résulter de ses investigations des demandes d'inculpation par le Grand Jury fédéral, le moment sera peut-être venu de mettre sur pied une enquête approfondie sur les activités criminelles de la pègre en Californie du Sud. Le témoin Johnson a donné l'assurance aux enquêteurs de mes services que les malversations dans les milieux de la boxe étaient loin d'être les seuls renseignements dont il ait eu vent susceptibles d'aboutir à une action judiciaire ; nous pourrions donc bien débuter nos investigations par là. Pour l'instant, néanmoins, seule la boxe nous intéresse."

ON SOUPÇONNE DES MANŒUVRES POLITIQUES

L'annonce de la grande enquête sur les milieux de la boxe a été accueillie avec un certain scepticisme.

— Je n'y croirai que lorsque le Grand Jury remettra des demandes d'inculpation fermes, a déclaré William F. Degnan, ancien agent du FBI aujourd'hui à la retraite à Santa Monica. Ce ne sont pas deux témoins qui garantissent la réussite d'une enquête. Et je me méfie de toutes les grandes déclarations faites à la presse ; ça sent toujours les coups de pub.

Les sentiments de M. Degnan ont trouvé un écho dans les services mêmes du procureur de Los Angeles. Interrogé sur l'enquête, un avocat qui souhaite rester anonyme a déclaré :

— C'est de la politique, pure et simple. Noonan est un grand ami de John Kennedy, (sénateur du Massachusetts et grand espoir du parti comme futur candidat à la présidence), et je me suis laissé dire qu'il allait postuler aux fonctions de procureur général pour l'Etat de Californie en 60. Cette enquête sur la boxe ne manquera pas de servir ses intérêts dans la course au poste de procureur, car Bob Gallaudet (actuellement procureur général de Los Angeles par intérim, dont tout le monde s'attend à ce qu'il remporte les élections à ce poste dans dix jours), pourrait très bien être choisi comme le candidat du parti républicain. Voyez-vous, ce que toute enquête *fédérale* implique tacitement, c'est que la police et le ministère public locaux ne sont pas capables de maîtriser la criminalité au sein de leur propre juridiction. Je qualifierais toute cette histoire de Grand Jury montée par Noonan comme une marche de plus sur l'échelle politique qu'il gravit.

Le procureur Noonan, âgé de 40 ans, s'est refusé à tout commentaire sur les allégations avancées ci-dessus, mais un allié de dernière minute a pris sa défense avec une certaine énergie. Morton Diskant, avocat des droits civiques et candidat démocrate au poste de conseiller municipal du cinquième district, s'est exprimé en ces termes :

— J'émets de sérieuses réserves quant aux capacités des services de police de Los Angeles à maintenir l'ordre public sans empiéter sur les droits civiques des citoyens de Los Angeles. J'émets les mêmes réserves à l'égard des services du procureur de Los Angeles pour les mêmes raisons. Quant à Robert Gallaudet, j'émets expressément les plus fortes réserves à son égard, en particulier pour le soutien qu'il apporte à Thomas Bethune, conseiller municipal républicain du cinquième district, mon adversaire en poste. La position de Gallaudet sur l'affaire de Chavez Ravine, le vallon Chavez, est moralement indéfendable. Il a l'intention d'expulser de pauvres Latino-Américains de leurs maisons à seules fins d'édifier sur les terrains qu'ils occupent un stade de jeux et d'entraînement pour les L.A. Dodgers, action qui est à mes yeux parfaitement criminelle. D'un autre côté, Welles Noonan s'est déjà avéré par le passé ami des droits civiques et adversaire déterminé du crime. La boxe est un commerce, une activité sale et dégradante, qui transforme des êtres humains en légumes ambulants. J'applaudis M. Noonan pour sa décision courageuse de la combattre.

LES TÉMOINS SOUS BONNE GARDE

Le procureur Noonan a réagi à la déclaration de M. Diskant.

— J'apprécie son soutien, mais je ne désire pas que des argumentations politiques et partisanes viennent obscurcir ce qui est en jeu. Et ce qui est en jeu, c'est la boxe et le moyen de trancher les tentacules qui la relient au crime organisé. Le bureau du procureur n'a nulle intention de supplanter l'autorité du LAPD, de la ridiculiser ou d'en saper les fondations de quelque manière que ce soit.

Entre-temps, l'enquête sur les milieux de la boxe se poursuit. Les deux témoins Ruiz et Johnson sont à l'hôtel Embassy, sous la protection des autorités en la personne d'agents fédéraux et de policiers détachés temporairement des services de police de Los Angeles : le lieutenant David Klein et le sergent George Stemmons, Jr.

LA REVUE *L'INDISCRET*
NUMÉRO DU 28-10-58

HOLLYWOOD CAVALCADE

MICKEY LE MISANTHROPE :
ÇA ROULE ET ÇA COULE , ÇA DÉRAPE ET ÇA RATE,
DEPUIS SA CONDITIONNELLE

Ouvrez vos esgourdes, vous, les petits au parfum : Meyer Harris Cohen, le merveilleux, le bienveillant, le malveillant Mickeyeur a quitté ses foyers fédéraux depuis septembre 57 ; et depuis ce jour-là, la vie de l'ancien grand patron de la pègre s'est résumée à une longue série de dérapages incontrôlés à travers la Cité des Anges déchus, cette ville que jadis il a tenu à sa main avec ses grâces affables et exagérées qu'il ponctuait de rafales, de graisse-pattes et de bave de bull. Ouvrez-les bien grandes, les petits, et sentez, sentez la gomme qui brûle à chaque dérapage : ni vu, ni connu, vite fait, bien fait, et très *Indiscret*.

Avril 58 : l'ancien fidèle de Cohen, son porte-flingue Johnny Stompanato, se fait larder le buffet par la fille de Lana Turner, petite furtive de 14 ans, qui aurait mieux fait de s'intéresser à la robe qu'elle devait porter au bal de fin d'année au lieu de bouder devant la chambre à coucher de maman, une paire de ciseaux à la main. Pas de bol, mon Mickeyeur : Johnny a été ton gros bras en chef de 49 à 51, ou à peu près, et peut-être bien que lui seul, je dis bien seul, aurait pu t'être d'un quelconque secours pour couper court à ta chute en vrille postpénitenciaire. Et puis, tsk, tsk, tsk : vraiment, tu *n'aurais pas dû* – aller vendre les lettres de Lana à Johnny, ses lettres d'amour, des lettres es-péché-iales – on nous a dit que tu avais fait une descente chez le Stomp, à sa cahute d'amour de Benedict Canyon, alors que le pauvre Johnny était encore dans la charrette à viande froide, direction Morgue-la-Ville.

Quelques petits tuyaux es-péché-iaux sur le Mickeyeur, en exclusivité :

Sous l'œil attentif de son responsable de conditionnelle, Mickey a depuis tenté de reprendre la ligne droite et de déraper dans les règles. Il a fait l'acquisition d'un magasin de crèmes glacées, vite devenu un havre criminel, auquel il n'a pas fallu bien longtemps pour tomber en faillite, lorsque les parents des chers petits se sont mis unanimement en demeure de tenir leurs enfants à l'écart de l'endroit ; il a financé son propre numéro de boîte de nuit, plaisanteries fines aux subtilités somnambulesques au Club Largo. Ronfle-la-Ville : des merdouilles sur Ike et son jeu de golf, des vannes sur Lana T. et Johnny S., en insistant lourdement sur l'appendice du Stomp, digne de figurer au palmarès de Hollywood. Et alors là – Triste-la-Ville : ô Rage, ô Désespoir – le Mickeyeur a fait salam pour Jésus pendant la croisade de Billy Graham au Coliseum de L.A ! ! ! La chutzpah[1] du Mickey ! Gonflé de renoncer ainsi à son héritage juif pour un coup de relations publiques monté de toutes pièces ! Tu devrais avoir honte, le Mickeyeur, la honte ! ! ! ! !

Sans compter qu'aujourd'hui, le scénario s'assombrit.

Exemple :

Les agents fédéraux sont sur le point d'aller gronder Mickey pour avoir magouillé les contrats des bourrins locaux du ring.

Exemple :

Quatre des nervis de Mickey – Carmine Ramandelli, Nathan Palewsky, Morris Jahelka et Antoine Guerif, "Le Poisson" – ont mystérieusement disparu, vraisemblablement après avoir été descendus par une ou plusieurs personnes inconnues, et, (fait très, très étrange pour vous, les mecs à la coule) pour une fois, (alors qu'il tourne toujours en surmultipliée) Mickey se garde le clapet bien fermé sur le sujet.

Le téléphone arabe tourne à plein régime au sein de la pègre : deux survivants des anciennes gâchettes de Cohen (Chick Vecchio et son frère Salvatore, dit "la Touche", acteur raté dont la rumeur veut qu'il soit *très* lavande) envisagent de monter une opération au noir, un numéro de chantage et d'extorsion de fonds, hors de la sphère d'influence de Mickey. Redescends sur la terre ferme, Mickeyeur – nous nous sommes laissé dire que ta seule et unique source de revenus te venait des machines à sous et des distributeurs du quartier sud : cigarettes, capotes titilleuses et bandits manchots entassés dans les arrière-salles enfumées des clubs de jazz de Nègreville. Encore une fois, tu devrais avoir honte, Mickey ! Exploiter ainsi les schwartzes[2] ! Cette partie-là se joue à un centime du chip, c'est là une activité indigne de toi, toi, l'homme qui jadis a dirigé les rackets de L.A. avec panache et pugnacité paralysante !

Vous commencez à piger le tableau, cocos et cocottes ? Mickey Cohen, c'est Dérape-la-Ville, Etats-Unis, et il a besoin de blé, de flouze, de jonquaille, il a besoin de bon vieux pèze. Ce qui explique notre toute dernière première, la révélation la plus redoutable, la plus rigolarde, la plus révélatrice à être révélée pour la toute première et principale fois !

Esgourde-Ville !

Meyer Harris Cohen est aujourd'hui dans le ciné-biz ! ! Il fait du cinéma ! !

1. Yiddish : qualité de l'homme qui, ayant assassiné père et mère, s'en remet à l'indulgence du tribunal parce qu'il est orphelin. (N. d. T.)
2. Yiddish : les Noirs. (N. d. T.)

Allez, bouge-toi, Cecil B. De Mille : le fabuleux, le bienveillant, le malveillant Mickeyeur est aujourd'hui en train de financer, dans le plus grand secret, un navet de film d'horreur bon marché qu'on peut voir se tourner en extérieur à Griffith Park ! Il a mis de côté ses centimes gagnés à exploiter les négros et se retrouve aujourd'hui associé à Variety International Pictures pour la réalisation de *l'Attaque du Vampire Atomique*. C'est sensationnel, les syndicats n'y mettent pas le nez, c'est un navet de proportions épiques !

Esgourde-Ville, c'est pas fini !

Toujours anxieux de partager ses petits pennies avec parcimonie, Mickey le radin a choisi gueule d'amour et de lavande, Touch Vecchio, pour un des rôles principaux – et la Touchette se brûle et se consume, un vrai crame-la-ville, pour la vedette du film, le beau Lothaire allègre au poignet langoureux Rock Rockwell. Petits plaisirs pédés et hors champ, s'il vous plaît ! C'est ici que vous l'avez entendu en premier !

Esgourde-Ville, dernier point :

Entre en scène Howard Hughes : Monsieur le Magnat, Outillage et Aviation, satrape soucieux de stupre, et grand lascif amateur de mignonnes d'Hollywood. Il a été le propriétaire des Studios R.K.O. ; aujourd'hui, il est producteur indépendant, célèbre pour se garder à portée de main de joyeuses poulettes pleines de peps, d'allant et de lolos, prisonnières à demeure par leur "contrat à service personnel" – à lire comme des petits rôles de seconde zone en échange de fréquentes visites nocturnes. Ouvrez-les bien grandes : on a entendu dire que la dame de Mickey, sa vedette première, avait laissé tomber le magnat masseur de mamelles pour qu'il fasse joujou tout seul avec sa petite hélice, comme un grand – en fait, elle s'était tirée des pattes d'un contrat Hughes et faisait la patineuse à plateaux jusqu'à ce que Mickey se matérialise un jour au Drive in de chez Scrivner, mourant de l'envie de se jeter un chocolat malté.

As-tu eu le coup de foudre, Mickeyeur ?

As-tu le cœur brisé, Howard ?

Hollywood Cavalcade change de braquet avec sa lettre ouverte aux services de police de Los Angeles, le LAPD :

Cher LAPD,

Récemment, trois clodos poivrots ont été retrouvés étranglés et mutilés dans des maisons abandonnées du quartier d'Hollywood. *Très Indiscret*, on s'est laissé dire que le tueur qui court toujours leur avait mis le visage en feu au moyen de colle à maquettes. La presse n'a accordé à ces meurtres haineusement horribles qu'une attention très légère : seul le *L.A. Mirror* avec son souci de sang-sationnel, semble se préoccuper du fait que trois citoyens de Los Angeles aient ainsi atteint à leur néfaste et nauséeux nadir. Il n'a pas été fait appel à la Division Criminelle du LAPD dans le cadre de l'enquête ; pour l'instant, l'affaire est entre les mains de la Division d'Hollywood, confiée à la charge de deux inspecteurs, pas un de plus. Vous, les mecs à la coule, savez-vous bien que ce qui fait l'enquête, c'est le pedigree des victimes, plus il est gros, plus elle a de jus – et si trois citoyens sans souci se font frire la figure par un psychopathe renifleur de colle, ce n'est pas Edmund J. Exley, chef des inspecteurs du LAPD, qui va perdre son temps et son énergie à monter une enquête de grande envergure ; souvent, il suffit d'un petit nom qui accroche l'œil et l'oreille pour attirer la conscience du public sur une sale affaire criminelle, créant ainsi la clameur nécessaire pour demander justice. En conséquence, *l'Indiscret* baptise ce monstre meurtrier anonyme "le Feu Follet Fou" et demande au LAPD de le retrouver avant de lui arranger un petit rencart bien brûlant dans la chambre verte de San Quentin. Là-bas, on vous le cuisinera aux petits oignons, sur le gaz, et ce tueur-là, c'est au moins quatre brûleurs qu'il mérite pour la bonne crame.

Ouvrez l'œil, de nouveaux renseignements ne vont pas tarder sur "le Feu Follet Fou" et n'oubliez pas, c'est ici que vous l'avez entendu en premier : ni vu, ni connu, vite fait, bien fait et *très* Indiscret.

Première partie

Une vie bien réglo

Chapitre 1

Le boulot : une descente dans un rade à books, les journalistes dans le coup – du baratin à l'encre, noir sur blanc, pour faire la nique à l'enquête sur la boxe.

Une choutte qui suait au trou une casquette pour sodomie avait cafté : quatorze téléphones, une ligne télégraphique. Mémo d'Exley : faire montre d'énergie et de force, mettre les poucettes aux témoins en planque à l'hôtel – et découvrir ce que les Fédés avaient en projet.

En personne :

— Si les choses tournent mal, ne laissez pas les journalistes prendre de clichés. Vous êtes homme de loi, Lieutenant. Souvenez-vous de la manière dont Bob Gallaudet aime qu'on lui mâche ses dossiers.

Je hais Exley.

Exley croit que je me suis payé la fac de droit grâce à des dessous de table.

J'ai dit quatre hommes plus les fusils, Stemmons Junior copatron.

Exley :

— Vestes et cravates, c'est un truc à finir à la télé. Et pas de balles perdues – c'est pour moi que vous travaillez, pas pour Mickey Cohen.

Un jour, je te la lui ferai bouffer, sa liste de pots-de-vin.

* * *

Junior a réglé toute l'opération. Parfaite : une rue de Nègreville coupée du monde par les flics ; des bleus à la garde dans l'allée. Journalistes, rôdeuses, quatre cravatés en veston enfouraillés de pompes calibre 12.

Et le sergent George Stemmons, Jr, qui fait joujou à dégainer son flingue.

Ça remue : du Nègre bon teint qui traîne sous les porches, les yeux vaudou. Mes yeux à moi – plein la cible – rideaux fermés, allée à bagnoles bouchée – cadrage plein champ, je prends les paris. Turne en parpaings – porte blindée d'acier à 10 contre 1.

Je siffle – Junior qui s'approche en jouant de son feu croché autour du doigt.

— Garde-le sorti, tu pourrais en avoir besoin.

Coup de fard.

— Non, j'ai un fusil antiémeute dans la voiture. On entre par la porte, m–

— On *n'entre pas* par la porte ; elle est blindée. On se mettrait à cogner à la lourde, ils te brûleraient toutes leurs paperasses. Tu chasses toujours les oiseaux ?

— Bien sûr. Dave, qu'est...

— T'as des munitions dans la bagnole ? Du petit plomb à moineaux, du zéro ?

Sourire de Junior.

— La grande fenêtre, là. Je la fais sauter, c'est le rideau qui se ramasse les plombs, et on entre.

Montre-lui le reste du groupe.

— Tu passes le mot. Et va dire à ces clowns avec leurs appareils photo de cracher leur pellicule. Avec les compliments du chef Exley.

Petite touche beauté – Junior qui se remet la banane en place.

Le signal – en avant – les gars arrivent sur la pelouse, flingue en position de tir. Appareils photo prêts, Junior qui traîne : demi-tour au pas de course, le fusil, vider la culasse, recharger. Coups de sifflet, applaudissements : un paquet de glandus en train de téter le picrate.

Mains en l'air, début du compte à rebours :

Huit : Junior fait passer le mot.

Six : en position au porche d'entrée, de chaque côté.

Trois : Junior et son petit plomb – fenêtre en ligne de mire .

Un :

— Maintenant !

Le verre a explosé KA-BOOM. Ça vole, ça vole, ça vole. Junior sur le cul à cause du recul. Les flics trop choqués pour hurler TRIPLE ZÉRO !

Les rideaux en charpie.

Les bookies qui hurlent.

Au pas de course jusqu'à la fenêtre. Un bond. A l'intérieur. Le chaos : giclées de sang, des confettis, tickets de paris aussi bien que fric. Téléphones et tables virés dans la foulée, cavalcade vers la porte arrière – bagarres à coups de poing pour se tailler de là.

Un Nègre qui crache des bouts de verre.

Un pachuco avec quelques doigts en moins.

— Police ! Arrêtez ou on tire ! – Junior Stemmons la mauvaise cartouche.

Chope-le. Bien fort, pour couvrir les hurlements :

— Ces coups-là, on nous les a tirés de l'intérieur, pigé, une putain d'altercation entre criminels. On est passé par la fenêtre parce qu'on s'est dit que la porte ne céderait pas. Tu fais gentil-gentil avec les mecs de la presse, du beau baratin, et tu leur dis que je suis en dette avec eux, je leur en dois une. Tu rassembles les hommes et putain, tu te démerdes, un point c'est tout, pour les mettre au parfum, qu'y ne se gourent pas. *Est-ce que tu me comprends* ?

Junior qui se dégage, d'une secousse. Ça craque, ça cogne, ça résonne – des civils qui débarquent en force par la fenêtre. Joli bruit de couverture – je sors mon feu de rab. Deux balles au plafond, un coup de mouchoir – pièce à conviction.

Et un flingue que je balance. Le chaos : des bleus, des books, des mecs des Mœurs. Des membres emmêlés, piger ce qui se passe, vite : coups de pied, des suspects, le nez dans la poussière, menottes.

Ça gémit, ça crie, et tous ces bruits qui grésillent.

C'est moi qui ai "découvert" l'arme. Les journalistes ont déboulé – Junior leur a fait son baratin . Dehors, la véranda, l'air frais.

— Tu me dois onze cents, conseiller.

Cadrage de la voix : Jack Woods. Touche à tout – book /gros bras / gâchette à gage.

Je me suis approché.

— T'es arrivé à temps pour le spectacle ?

— J'arrivais tout juste. Ton môme, là, le Stemmons, tu devrais le mettre à la laisse.

— Son papa est divisionnaire. C'est moi le mentor du gamin, alors j'ai un boulot de capitaine en étant lieutenant. T'avais un pari de placé ?

— Exact.

— Alors comme ça, on s'encanaille ?

— N'oublie pas que je suis aussi dans la partie, alors je répartis mes petits paris comme preuve de bonne volonté. Dave, tu me dois onze cents.

— Comment sais-tu que tu as gagné ?

— La course était truquée.

Un brouhaha de voix – les journalistes, les gens du coin.

— Je sortirai le pognon du coffre des pièces à conviction.

— C'est la guerre[1]. A propos, comment va ta sœur ?

— Meg va bien.

— Salue-la de ma part.

Sirènes – voitures pie.

— Jack, fiche le camp d'ici.

— C'est bon de te voir, Dave.

* * *

Les connards à mettre sous les verrous – poste de Newton Street.

Sommiers, vérif des casiers : neuf mandats prioritaires au total. Doigts-Qui-Manquent : viol – des filles jeunes, pipes forcées à bout de canon. L'hôpital – doucement – mollo, la charrette à viande, retarde-la.

Enregistrer les pièces à conviction : le flingue comme preuve, les reçus des paris, l'argent – moins les onze cents de Jack Woods. Junior, attaché de presse : le lieutenant vous doit une belle histoire.

Centre ville, le bureau. Messages : Meg qui me dit de passer ;

1. En français dans le texte.

Welles Noonan qui me dit, six heures tapantes, pour mon numéro de garde du corps. Exley : "Rapport détaillé".

Détailler les détails, à la machine.

4701 Naomi Avenue, 14.00 heures. Prêts à opérer une descente dans une officine de bookmaker, le sergent George Stemmons, Jr et moi-même avons entendu des coups de feu tirés à l'intérieur du bâtiment. Nous n'avons pas informé les autres policiers de crainte de créer une panique. J'ai ordonné qu'on lâche un coup de fusil dans la fenêtre de façade. Le sergent Stemmons a inventé une histoire de couverture à l'intention des hommes, une "agression au fusil chargé à petits plombs". Un révolver .38 a été découvert sur les lieux ; nous avons arrêté six bookmakers. Les suspects ont été incarcérés au poste de Newton ; les blessés ont reçu les premiers soins avant de passer à l'hôpital. Les Sommiers nous ont révélé nombre de mandats en suspens à l'encontre des six suspects qui seront transférés à la prison du palais de justice et présentés à l'audience préliminaire sur les accusations criminelles 614.5 et 859.3 du Code pénal californien. Les six hommes seront interrogés sur l'origine des coups de feu et les rapports qu'ils entretenaient avec les organismes de paris clandestins. Je conduirai les interrogatoires personnellement – en tant que commandant de division, il est de mon devoir de garantir en personne la véracité de toutes les déclarations. La couverture presse de l'événement sera minime : les journalistes sur les lieux ne s'étaient pas préparés à une diffusion rapide des événements qui se sont déroulés.

Allez, signe : lieutenant David D. Klein, matricule 1901, commandant, Administration des Mœurs.

Copies carbone : Junior, chef Exley.

Téléphone :

— Ad. Mœurs, Klein.

— Davey ? T'as une minute à consacrer à un de tes vieux potes voleurs ?

— Mickey, seigneur Jésus !

— Je sais, ch'suis censé t'appeler chez toi. Euh... Davey... un petit service pour Sam G. ?

G. pour Giancana.

— Je pense, oui. Quoi comme service ?

— Tu vois le croupier, le mec pour lequel vous faites le chien de garde ?

— Ouais.

— Ben... le radiateur de sa chambre est tout branlant.

Chapitre 2

Rockabye Reuben Ruiz.

— C'est super chouette. Je m'y ferais bien, à tout ça.

Salon, chambres, TV. Neuvième étage, service réservé aux suites : bouffe et gnôle.

Ruiz – illustrés et scotch. Sanderline Johnson : dessins animés à la télé. Junior : apprenti pistolero, en plein entraînement.

Un coup de bavette à l'essai :

— Hé ! Reuben !

Directs courts, dans le vide.

— Hé ! Lieutenant !

— Hé ! Reuben ! Est-ce que Mickey C. a essayé de te racheter ton contrat de force ?

Directs, crochets.

— Il a comme qui dirait fortement suggéré que mon manager le laisse racheter une part du gâteau. Il a expédié les frères Vecchio pour qu'y z'aient une petite conversation avec lui, puis il a eu les foies et s'est dégonflé quand Luis leur a dit, "Hé ! tuez-moi plutôt, pasque ch'sus pas prêt d'signer et d'lâcher mon poulain." Vous voulez mon opinion ? Mickey, il en a plus assez dans les noisettes pour faire le gros bras.

— Mais toi, t'as les cojones qu'il faut pour manger le morceau.

Ban – une droite croisée.

— J'ai un frangin qu'y a déserté l'armée, c'qu'y l'attend, c'est p't–êt' la taule fédérale. J'ai trois combats prévus dans peu de temps à l'Olympic, et Welles Noonan peut me les faire foirer quand y veut avec ses assignations. Ma famille descend comme qui dirait d'une longue lignée de voleurs, comme qui dirait elle s'attire les ennuis, alors j'ai comme qui dirait fait ami-ami avec comme qu'on pourrait dire la communauté du maintien de l'ordre.

Pas con, le mec.

— Crois-tu que Noonan ait quelque chose qui tienne contre Mickey ?

— Non, Lieutenant, je ne crois pas.

— Appelle-moi Dave.

— Je vous appellerai "Lieutenant", pasque j'ai assez d'amis comme ça dans la communauté du maintien de l'ordre.

— Tels que ?

— Tels que Noonan et son pote du FBI Shipstad. Hé ! vous connaissez Johnny Duhamel l'Ecolier ?

— Bien sûr. Il a fait les Gants d'Or, puis il a passé pro avant de laisser tomber.

Directs.

— Quand on perd son premier combat pro, vaut mieux laisser tomber. C'est ce que j'lui ai dit, pasque Johnny et moi, on est de vieux amis, et Johnny, aujourd'hui, il est *l'Agent* Johnny Duhamel l'Ecolier, dans les rangs de ce putain de LAPD, membre de cette foutue Brigade antigang, pas moins. Il est copain comme cochon avec, comment vous dites déjà, – le légendaire – capitaine Dudley Smith. C'qui fait qu'j'ai assez de putain de –

— Ruiz, surveille ton langage.

Junior – qui fait la gueule. Rabats-lui le caquet.

— Laisse-le parler.

Johnson a monté le son de la télé – Mickey Mouse s'est mise à rugir.

Junior a fermé la caisse.

— J'ai connu Johnny Duhamel quand j'enseignais à l'Académie. Il suivait mon cours – indices et preuves matérielles – et c'était un étudiant sacrément doué. Et ça ne me plaît pas de voir des criminels faire copain-copain avec des policiers. Comprende, pendejo ?

— Pendejo, hein ? Alors comme ça, c'est moi le stupido, et toi, t'es la choute cow-boy, à faire joujou avec ton flingot comme cette chouquette de souris sur c'te putain de télé ?

Un coup sur la cravate, signal pour Junior : BOUGE PLUS.

Une vraie statue, figées : la bouche, l'arme.

Ruiz :

— Je peux toujours trouver l'usage d'un nouvel ami, *Dave*. Y'a queq'chose que vous voulez savoir ?

La télé – contact. Johnson, l'extase – des canards en train de danser.

Ruiz :

— Hé ! *Dave*, vous vous êtes arrangé pour avoir cette affaire rien que pour me tirer les vers du nez ?

— Tu veux te faire un nouvel ami, alors crache le morceau. Qu'est-ce qu'il a, Noonan ?

— Il a comme qui dirait des aspirations.

— Ça, je sais. *Crache.*

— Ben... J'ai entendu Shipstad en train de discuter avec cet autre mec du FBI. Ils disaient que Noonan a peut-être bien la trouille que l'enquête sur la boxe, elle est un peu trop limitée. Alors ce qui l'occupe, c'est un petit plan de rechange et c'est ça qu'il a en tête.

— Et ?

— Et c'est comme un truc plus général sur les rackets de L.A., mais surtout côté quartier sud. La came, les machines à sous, vous voyez, des distributeurs automatiques illégaux, ce genre de conneries. J'ai entendu Shipstad dire quelque chose à propos du LAPD comme quoi les flics, ils n'enquêtent pas vraiment sur les colorés quand y'a des homicides de colorés, et comme quoi tout ça, c'est lié à Noonan qui veut que le nouveau procureur – c'est quoi son nom déjà ?

— Bob Gallaudet.

— Exact, Bob Gallaudet. En fin de compte, tout ça, ça en revient à salir assez le bonhomme pour que Noonan entre dans la course au poste de procureur général.

Nègreville, les machines à sous – le dernier truc à marcher encore pour Mickey C.

— Et Johnson, là-dedans ?

Petit hennissement.

— Regardez-le donc un peu, ce mulâtre à la cervelle qui a décollé. Qui est-ce qui irait croire qu'il a pu être quarante-trois, zéro et deux ?

— Reuben, *crache.*

— Okay, d'accord, je crache qu'il est pas loin d'être qu'un putain de demeuré, mais il a une mémoire super. Il est capable de mémoriser des donnes de cartes, alors y'a quelques affranchis qui lui ont trouvé un boulot au Lucky Nugget à Gardena. Il est très doué pour mémoriser les conversations, et y'a des mecs qui n'ont pas été tout à fait comme qui dirait discrets en baratinant à côté de lui. Je me suis laissé dire que Noonan allait lui faire faire ces petits exercices de mémoire à la barre des témoins, ce qui va –

— Je vois le tableau.

— Bien. Moi j'ai laissé tomber tout ce qui pouvait m'attirer des ennuis, mais y'a pas à dire, j'ai une famille qui, elle, cherche que ça. J'aurais pas dû vous dire ce que je vous ai dit, mais comme z'êtes mon ami, ch'suis sûr que ça arrivera pas aux oreilles des Fédéraux. Hein, pas vrai, Dave ?

— Si. Et maintenant, mange ton dîner et repose-toi un peu, okay ?

* * *

Minuit – extinction des feux. J'ai pris la garde de Johnson ; Junior a pris Ruiz – à ma suggestion.

Johnson, dans sa chambre, en pleine lecture : *La Puissance secrète de Dieu peut être vôtre.* Observe ses lèvres : prenez la corde dans la course jusqu'à Jésus – combattez la conspiration judéo-communiste qui cherche à faire de l'Amérique chrétienne une nation de bâtards. Envoyez vos contributions à la boîte postale bla-bla-bla.

— Sanderline, est-ce que je peux te demander quelque chose ?

— Euh, oui m'sieur.

— Est-ce que tu crois vraiment ce que tu es en train de lire dans ta brochure ?

— Euh, oui m'sieur. Y disent ici en toutes lettres, c'est écrit, qu'y a une femme, elle est revenue à la vie, et elle dit comme ça que Jésus garantit à tous ceux qui contribuent assez pour être classés étoile d'or une nouvelle voiture tous les ans au paradis.

PUTAIN DE CHRIST.

— Sanderline, est-ce que tu t'en es ramassé quelques-uns au cours de tes derniers combats ?

— Euh... non. J'ai dû arrêter Bobby Calderon sur blessures et j'ai perdu aux points contre Ramon Sanchez. Monsieur, est-ce que vous pensez que M. Noonan nous trouvera de quoi manger chaud au Grand Jury ?

Menottes sorties.

— Mets ça pendant que je pisse un coup.

Johnson : debout – qui bâille et qui s'étire. Inspection du radiateur – du gros tuyau – question branle, que dalle.

La fenêtre – ouverte – un saut de neuf étages – et ce taré de métis qui sourit.

— Monsieur, qu'est-ce que vous croyez qu'y conduit comme voiture, Jésus ?

Contre le mur, cogne-lui la tête, par la fenêtre, balance-le, en train de hurler.

Chapitre 3

Criminelle du LAPD : suicide, affaire classée.
Le procureur : suicide probable.
Confirmation – Junior, Ruiz – idem : Sanderline Johnson, un fêlé de la casquette.
Ecoutez :
Je le surveillais, il lisait, je me suis endormi, et au réveil – Johnson qui m'annonce qu'il savait voler. Il est passé par la fenêtre avant même que j'aie pu dire que je n'y croyais pas.
Interrogatoires : les Fédés, le LAPD, les mecs du procureur. Rester simple : Johnson s'est emplafonné une De Seto, MAA [1], pas de témoins. Bob Gallaudet avait l'air satisfait : l'herbe coupée sous le pied d'un rival politique. Ed Exley : au rapport, à mon bureau, 10 h du matin, pile.
Welles Noonan :
Pour un policier, incompétence et déshonneur ; pour un homme de loi, excuse pitoyable. Soupçonneux – mon vieux surnom : “Le Redresseur”.
Rien côté – 187 PC – Inculpation pour Homicide.
Rien côté – enquêtes hors service.
Rien côté – inculpations interservices.
Je suis retourné à la maison, j'ai pris une douche, je me suis changé – pas encore de journalistes. Centre ville, une robe pour Meg – comme à chaque fois que je tue un homme.

* * *

10 h du matin.
A attendre ; Exley, Gallaudet, Walt Van Meter – le patron, Division des Renseignements. Café, pâtisseries – Putain quel accueil !
Je me suis assis.
Exley :
— Lieutenant, vous connaissez M. Gallaudet et le capitaine Van Meter.
Gallaudet, tout sourires :
— C'est Bob et Dave depuis la fac de droit, et je ne ferai pas semblant en disant que je suis scandalisé par la nuit dernière. As-tu vu le *Mirror*, Dave ?

1. Mort à l'Arrivée.

— Non.
— "Plongeon Mortel d'un Témoin Fédéral", avec en sous-titre d'accompagnement, "Déclaration d'intention du Suicidé : Hallellujah ! Je sais voler !" Ça te plaît ?
— A pisser de rire.
Exley, très froid :
— Le lieutenant et moi-même discuterons de ceci un peu plus tard. En un sens, la chose est liée à ce qui nous intéresse ici, alors venons-en au fait.
Bob sirota son café.
— Manœuvre politique. Walt, vous lui dites.
Van Meter toussa.
— Eh bien... Les Renseignements ont déjà exécuté des opérations politiques par le passé, et nous avons une cible en ligne de mire – un avocat coco qui a l'habitude de décrier à tort et à travers les services de police et M. Gallaudet.
Exley :
— Continuez.
— Bien. M. Gallaudet devrait logiquement être élu pour la durée d'un mandat normal la semaine prochaine. C'est un ancien policier et il parle notre langue. Il a le soutien des services de police et d'une partie du conseil municipal, mais –
Bob l'interrompit.
— Morton Diskant. Dans la course au poste de conseiller municipal de la cinquième circonscription, il est à égalité avec Tom Bethune et il y a des semaines qu'il ne me lâche plus. Vous savez que je ne suis au ministère public que depuis cinq ans, vous connaissez tous la manière dont j'ai décroché le gros lot quand Ellis Loew a démissionné du poste de procureur. J'ai entendu dire que Diskant était copain comme cochon avec Welles Noonan, lequel pourrait bien se retrouver sur mon carnet de bal en 60, et Bethune, c'est le mec qu'il nous faut. La course est très, très serrée. Diskant nous présente dans ses discours, Bethune et moi, comme des salopards d'extrême-droite, alors que la circonscription est nègre à vingt-cinq pour cent, et ils sont nombreux à être inscrits sur les listes électorales. A toi la main, à partir de là.
Joue le coup au pif.
— Diskant rameute et remue les bougnoules avec Chavez Ravine, quelque chose du genre, votez pour moi pour que vos frères mexicains ne se fassent pas expulser de leurs cahutes de bidonvilles, afin de laisser la place à un stade pour les richards et les gens de la haute. Le conseil est partagé, 5 voix pour, 4 contre, et ils font leur vote final en novembre après l'élection. Bethune occupe la place par interim, comme Bob, et s'il perd l'élection, il faut qu'il abandonne son poste avant que le vote ait lieu. Diskant gagne et c'est l'impasse. Nous sommes tous blancs et civilisés, nous savons que les Dodgers, ça fait toujours marcher le commerce, alors allons-y, au boulot.

Rires. Exley, qui sourit :
— J'ai rencontré Bob en 53, à l'époque, il était sergent du bureau du procureur. Il a réussi l'examen du barreau et le jour même, il a pris sa carte chez les Républicains. Aujourd'hui, tous les grands experts viennent nous prédire que nous ne le garderons procureur que pendant deux ans. Procureur général de l'Etat en 60, et ensuite quoi ? Tu t'arrêteras une fois gouverneur ?
Rires.
Van Meter :
— J'ai rencontré Bob, il était aux patrouilles, et j'étais sergent. Aujourd'hui, c'est "Walt" et "M. Gallaudet".
— C'est toujours Bob. Et tu avais l'habitude de m'appeler "Fils".
— C'est ce que je ferai à nouveau. Si vous refusez votre soutien à la légalisation des jeux dans la circonscription.
Stupide comme vanne – jamais le projet de loi ne passerait la législature de l'Etat. Cartes, machines à sous, bookmakers – limités à certains quartiers précis – et un max d'impôts. Les flics ne pouvaient pas sentir ça – comme quoi Gallaudet ouvrait tout grand les bras au truc pour se gagner des votes.
— Il changera d'avis, c'est un homme politique.
Pas de rires.
Bob qui toussote, gêné :
— Il semblerait que l'enquête sur la boxe soit au plus bas. Maintenant que Johnson est mort, ils n'ont plus de témoins pour corroborer leurs déclarations, et j'ai eu l'impression que Noonan se servait de Reuben Ruiz uniquement pour sa valeur d'affiche. Dave, es-tu d'accord ?
— Ouais, c'est une célébrité locale, un mec agréable. Apparemment Mickey C. a essayé de monter un coup débile pour se récupérer son contrat par la force, en conséquence de quoi Noonan a probablement voulu se servir de Mickey pour la valeur d'affiche du bonhomme.
Exley, le coup de surin qui fait mal :
— Et nous savons tous que vous êtes un expert sur Mickey Cohen.
— Ça remonte à loin, Chef.
— Oui, à quel point de vue ?
— Je lui ai offert gratuitement quelques bons conseils, d'avocat à client.
— Tels que ?
— Tels que, déconne pas avec le LAPD. Tels que, ouvre l'œil et fais gaffe au chef des inspecteurs Exley, parce qu'il ne te dit jamais exactement ce qu'il veut.
Gallaudet, calme :
— Allons, ça suffit. C'est le maire Poulson qui m'a demandé d'organiser cette réunion, et c'est lui qui règle les frais. Et j'ai une idée, c'est de garder Ruiz dans notre camp. Nous le mettons en avant,

ce sera lui notre homme de paille chargé d'aller calmer les Mexicains de Chavez Ravine. Et si jamais les expulsions tournent au vinaigre, nous l'aurons sous la main, notre mec chargé des relations extérieures. Est-ce qu'il ne traîne pas une collante pour cambriolage ou quelque chose comme ça ?

— Prison pour mineurs, acquiesçai-je, pour vol avec effraction. J'ai entendu dire qu'il avait fait partie d'un gang de cambrioleurs, et je sais que ses frères montent des coups. Tu as raison – il faut que nous l'utilisions, il faut lui promettre de ne pas chercher d'ennuis à sa famille s'il marche dans l'affaire.

Van Meter :

— Ça me plaît.

Gallaudet :

— Et Diskant, alors ?

Frappe fort.

— C'est un coco, alors il doit bien avoir des associés coco, c'est inévitable. Je les trouverai et je leur passerai les poucettes. Nous les ferons passer à la télé, devant les caméras, ils vont le balancer, sans problèmes.

Bob. Qui secoue la tête.

— Non. C'est trop vague et il ne reste pas assez de temps.

— Les filles, les garçons, la gnôle – donne-moi un seul de ses points faibles. Ecoute, j'ai foiré le coup la nuit dernière. Laisse-moi faire pénitence.

Silence : qui dure, qui *résonne.*

Van Meter, une bribe de soupir :

— J'ai entendu dire qu'il aimait les femmes jeunes. On raconte qu'il trompe son épouse très discrètement. Il apprécie les étudiantes – jeunes, idéalistes.

Bob, un reste de sourire satisfait aux lèvres :

— Dudley Smith peut arranger la chose. Il a déjà fait ça par le passé.

Exley, sur ses grands chevaux, étrange, insistant :

— Non, pas Dudley. Klein, connaissez-vous les gens qu'il nous faut ?

— Je connais un rédacteur de l'*Indiscret*. Je peux avoir Pete Bondurant pour les clichés, Fred Turentine pour les mouchards. L'Ad. Mœurs a fait une descente dans une boîte de call-girls la semaine dernière, nous avons juste ce qu'il nous faut sous la main : une fille au frais, qui les mouille en attendant la caution.

Gallaudet, une bulle B.D. pour ses pensées : Klein qui en rajoute un peu trop maintenant. Et Exley – ce petit signe de tête, sec et court, "non".

Regards rapides à travers la pièce. Exley, mi-sourire :

— Alors faites donc votre pénitence, Lieutenant .

Bob G. – en bon diplomate :

— Il me laissait pomper ses devoirs à la fac de droit. Sois gentil, Ed.

Belle réplique de sortie – le Bob, lui, ripait, du vrai billard, Van Meter traînait des pieds, honteux, caquet rabattu.

Allez, dis-le :

— Est-ce que les Fédés vont demander l'ouverture d'une enquête ?

— J'en doute. Johnson a fait quatre-vingt-dix jours d'observation à Camarillo l'année dernière, et les médecins ont déclaré à Noonan que le bonhomme était instable. Six hommes du FBI ont quadrillé pour déterrer un témoin sans aboutir nulle part. Ce serait stupide de leur part de poursuivre leur enquête. Vous êtes nickel, mais toute cette affaire ne me plaît pas.

— Vous voulez parler de ma négligence criminelle ?

— Je veux parler de vos relations criminelles, qui remontent à loin et dont vous ne vous cachez pas. Je serai gentil, je me contenterai de dire que Mickey Cohen est une de vos "connaissances", un point central de l'enquête en cours que votre négligence a détruite. Les gens doués d'imagination pourraient juste passer au stade supérieur et parler de "conspiration criminelle", et Los Angeles est remplie de ces gens-là. Vous voyez comment –

— Chef, écoutez –

— Non, c'est à vous d'écouter. Je vous ai confié, à Stemmons et à vous, cette mission, justement parce que j'avais confiance en vos capacités et je désirais avoir le jugement et l'évaluation d'un homme de loi sur ce que les Fédés avaient dans notre juridiction. Tout ce que j'ai obtenu, c'est "Hallelujah ! Je sais voler !" et "l'Inspecteur Somnole, Le Témoin Saute Par La Fenêtre".

L'éclat de rire, tu l'étouffes.

— Et alors, résultat final, c'est quoi ?

— A vous de me le dire. Faites-moi une évaluation de ce que les Fédés ont en projet au-delà de l'enquête sur la boxe.

— Je dirais qu'avec Johnson mort, ils n'ont pas grand-chose. Ruiz m'a dit que Noonan avait en tête quelques vagues plans, il veut lancer une enquête sur les rackets du quartier sud – la came, les machines à sous, les distributeurs à Nègreville. Si l'enquête en question cartonne, les services de police pourraient en prendre plein la figure. Mais si ça marche, Noonan l'annoncera d'abord – il aime bien faire la une. Nous aurons une chance de nous préparer.

Exley sourit.

— C'est Mickey Cohen qui dirige le biz' des machines à sous dans le quartier sud. Allez-vous le prévenir de sortir tout son matos de là ?

— Ça ne me viendrait pas à l'esprit. Tout à fait hors sujet, avez-vous lu mon rapport sur la descente chez le book ?

— Oui. Mis à part les coups de feu, elle a été fort à propos et salutaire. Qu'est-ce qu'il y a ? Vous me regardez comme si vous vouliez quelque chose ?

Service café, à toi de servir.
— Faites-moi une fleur pour le boulot Diskant.
— Vous n'êtes pas en position de demander quoi que ce soit.
— Diskant réglé, je le serai.
— Alors, j'écoute. Demandez.
Dégueulasse, le café – la nausée – il passe mal.
— Je m'ennuie à mourir à l'Ad. Mœurs. Je suis passé aux Cambriolages et j'ai vu une affaire intéressante au tableau.
— Le braquage du magasin d'articles ménagers ?
— Non, l'affaire de l'entrepôt de fourrures Hurwitz. Un million en fourrures chouré, pas de piste et Junior Stemmons qui a alpagué Sol Hurwitz dans une partie de dés pas plus tard que l'année dernière. C'est un joueur invétéré, complètement dégénéré, alors je parierais sur une escroque à l'assurance.
Que dalle.
— C'est une affaire à Dudley Smith, et il a éliminé la fraude à l'assurance. Et vous êtes officier commandant et non homme de terrain.
— Alors à vous de tirer sur les ficelles du règlement. Je colle le coco au trou, et vous me faites une fleur en retour.
— Non, c'est le boulot de Dudley. L'affaire date de trois jours et il y a déjà été officiellement affecté. Sans compter que je n'aimerais pas vous voir succomber à la tentation face à des articles aussi faciles à revendre que des fourrures.
Coup de surin – mouche – esquive.
— Ce n'est pas le grand amour entre vous et Dud. Chef des inspecteurs, il le *voulait*, et c'est vous qui l'avez eu.
— Les O.C.[1] s'ennuient toujours et veulent retourner sur le terrain. Y a-t-il une raison particulière qui vous pousse à demander cette affaire ?
— Les Cambriolages, c'est nickel. Vous n'iriez pas soupçonner mes amis si je bossais sur des braquages.
Il s'est levé.
— Une question avant que vous partiez.
— Monsieur ?
— Un de vos amis vous a-t-il dit de pousser Sanderline Johnson par la fenêtre ?
— Non, Monsieur. Mais n'êtes-vous pas content qu'il ait sauté ?

* * *

Une nuit de sommeil là-dessus, un rade sur Biltmore – disons que les journalistes avaient repéré ma crèche. Pas de rêves, service clients : 6 heures du soir, petit déjeuner, journaux. Nouveaux titres, sur cinq

1. Officier Commandant. (N. d. T.)

colonnes : “Le Procureur Attaque le Flic” “Négligent” ; “Regrets de l’Inspecteur devant le Suicide du Témoin”. Exley tout craché – *son* petit numéro de presse, *ses* regrets. Page trois, encore Exley : pas de pistes sur le braquage des fourrures – un gang bien outillé, expert en électronique, a assommé un gardien, et embarqué un million en fourrures bien fraîches. Photos : un garde de la sécurité passé à tabac ; Dudley Smith en train de reluquer un vison.

Cambriolages, du vrai boulot, comme sur un nuage : cravater les braqueurs, refourguer leur camelote.

Casse-dalle. Au boulot sur le coco.

Coups de fil :

Fred Turentine, l’homme aux mouchards – oui, cinq cents. Pete Bondurant – huit cents – c’est lui qui règlerait le preneur de clichés. Pete, le très discret de *l’Indiscret* – encore du rab sur la dégueulasserie.

A l’appât, maintenant – travaille-le.

La surveillante de la prison des femmes m’en devait une ; elle a réglé sa dette en me mettant au parfum sur une certaine La Verne Benson. La Verne – violation de parole, troisième fois – pas de caution. Pas de date de procès fixée, une cellule en solo – les gouines de la cage à putes qui se faisaient gentilles-gentilles. La Verne au téléphone – une supposition qu’on t’égare ta collante – oui ! oui ! oui !

Des fourmis partout – sommeil en dents de scie. Coup de bigo à Junior : débrouille-toi pour avoir les dépositions des books, gonfle le coup du flingue retrouvé exprès sur les lieux. Toujours les fourmis – allez, roule.

Ma crèche – les journaleux – pas de repos. Direction Mulholland, enfilade de feux verts. 100, 110, 130 – ça vibre aux virages. La bagnole chasse. La circulation – réfléchis – pas d’excès de vitesse.

Réfléchis, Exley dans le cadre.

Brillant, glacé. 53 – il descend quatre négros – on referme le dossier du Hibou de Nuit. Printemps 58 – il est prouvé qu’il n’a pas descendu les bons. Le Hibou de Nuit qui refait la une ; Exley, Dudley Smith chargés de l’enquête : la plus grosse affaire de toute l’histoire de L.A. Conspirations criminelles avec homicides multiples, complot et trafic porno – Exley résout toute l’affaire pour de bon. Son promoteur de père, le roi de la construction, se suicide – sans rime, ni raison ; et c’est l’inspecteur Ed qui se récupère son argent. Thad Green démissionne de son poste de chef des inspecteurs ; le chef Parker laisse Dudley sur la touche et nomme son remplaçant : Edmund Jennings Exley, trente-six ans.

C’est pas le grand amour – lui et Dudley – deux haineux de bonne graine.

Pas de réformes, pas de nouvelle politique – rien qu’Exley, froid comme un iceberg.

Feux verts jusque chez Meg : lumières allumées, rien que sa voiture. Meg, la fenêtre de cuisine – range-toi, regarde.

Corvée de vaisselle. Les mains qui battent en mesure – un peu de musique de fond ? Sourire – un instant, elle m'a presque ressemblé. Coup de klaxon – rien que pour voir si elle va se pomponner.

Eh si : les lunettes, les cheveux. Nouveau sourire – impatient.

La volée de marches – Meg, la porte ouverte.

— J'avais le sentiment que tu allais me faire un cadeau.

— Pourquoi ?

— La dernière fois que tu as fait la une, tu m'as acheté une robe.

LE CHASSEUR DE CRIMES FAIT L'ÉLOGE
DE JACK DRAGNA LE TRUAND

— C'est toi la tête chez les Klein. Vas-y, ouvre.

Elle secoue la tête – non.

— Ç'a été vraiment dur ? Ils ont passé un extrait à la télé.

— C'était un paumé, un négro débile. Vas-y, ouvre.

— David, il faut qu'on parle un peu.

Pousse-la à l'intérieur, ferme la porte.

— Allez, *vas-y*.

Elle arrache, elle déchire – plus de boîte. Cris de joie, une course jusqu'au miroir – soie verte à la lumière, parfaite, comme taille.

— Est-ce que ça va ?

Tourbillon sur place – ses lunettes qui volent presque.

— Fermeture éclair ? Tu me la remontes ?

La robe qui colle aux formes, la fermeture que tu tires. Une perfection – Meg qui m'embrasse, qui inspecte l'image-miroir.

— Seigneur, toi et Junior. Lui non plus, il n'arrête pas de s'admirer.

Tourbillon, nouvel éclair : rencart pour le bal des débutantes, 35. Le vieux qui dit, emmène Sissy – les mecs qui lui collent à la moule, une meute de chiens enragés.

Soupir de Meg.

— Elle est belle. Comme tout ce que tu me donnes. Et comment va Junior Stemmons ces temps-ci ?

— Merci beaucoup, je t'en prie, tout le plaisir est pour moi, et Junior Stemmons n'est pas aussi brillant que ça. Il n'est pas vraiment fait pour le Bureau des inspecteurs, et si son père ne m'avait pas pistonné pour le commandement des Ad. Mœurs, je lui aurais déjà botté le cul en le renvoyant à son boulot de prof.

— Manque de présence physique, je suppose ?

— Exact, avec en plus une tendance spontanée à frimer qui fait que ça se voit encore plus. Où est ton mari ?

— En train de revoir les bleus d'un immeuble dont il fait les plans. Et pendant qu'on est sur le sujet...

— Merde. Nos immeubles, tu veux dire, exact ? De mauvais payeurs, des mecs qui se défilent pour cracher ?

Meg a fait glisser la robe et lissé son tablier de ménagère.

— On est bien propriétaires de taudis, alors ne fais pas semblant d'être surpris. C'est l'immeuble sur Compton. Trois apparts, loyers non réglés.

— J'attends tes conseils. C'est toi le grand courtier en immobilier.

— Mais c'est toi l'avocat. Pour deux apparts, il y a un mois de retard. Le troisième, l'arriéré est de deux mois. Il faut compter quatre-vingt-dix jours pour déposer une demande d'expulsion, et cela entraîne une comparution en justice.

Attrape-toi un siège.

— Putain, je déteste ça, les litiges, mais je sais par avance que tu vas te contenter d'envoyer quelques casseurs de gueules avec des faux papiers.

— C'est plus facile de cette manière-là. J'enverrai Jack Woods ou bien un des gars de Mickey ?

— Armés ?

— Ouais, et dangereux, putain de Dieu. Maintenant, dis-moi encore que la robe te plaît vraiment. Dis-le moi que je puisse rentrer dormir un peu.

Point par point – sur le mode habituel, vieille routine.

— Un, j'adore la robe. Deux, j'adore mon grand frère, même si c'est lui qui a tout pris question belle gueule et côté cervelle, la plus grosse part. Trois, puisqu'on en est aux politesses, j'ai une nouvelle fois arrêté de fumer, mon boulot m'ennuie, mon mari aussi, et j'envisage de faire la tournée des lits disponibles avant l'âge de quarante ans, avant que je perde ce qui me reste de potable. Quatre, si tu connaissais des mecs qui ne soient pas flics ou truands, je te demanderais de m'arranger le coup.

Point par point, retour à l'envoyeur :

— J'ai peut-être la belle gueule et le physique Hollywood, mais toi seule a ce qui compte vraiment. Ne couche pas avec Jack Woods, parce que les gens ont cette tendance bizarre à lui tirer dessus, et la première fois que tu as essayé de coller Jack dans ton pieu, ça n'a pas duré trop longtemps. Je connais bien quelques procureurs, mais ils t'ennuieraient à mourir.

— Qu'est-ce qu'il me reste alors ? J'ai fait un flop comme compagne de gangster.

Je me suis levé – la pièce s'est mise à tourner – crevé, c'était l'heure.

— Je ne sais pas. Viens, raccompagne-moi.

La soie verte – Meg qui la caresse.

— Je pensais à ce cours de logique que nous avons suivi tous les deux en licence. Tu sais, la cause et l'effet.

— Ouais ?

— Je... eh bien, un truand meurt, c'est dans les journaux, et moi, j'ai un cadeau.

Vertiges. De pire en pire.

— Laisse tomber.

— Trombino et Brancato, puis Jack Dragna. Chéri, je suis capable de vivre avec ce que nous avons fait.

— Tu ne m'aimes pas comme moi je t'aime.

Chapitre 4

Les journalistes à ma porte, en train d'engloutir leur repas sur le pouce.

La bagnole garée à l'arrière de la maison, une fenêtre de chambre, je force un peu. Du bruit – les journalistes qui baratinent sur ma petite histoire. N'allume pas, reste dans le noir, entrouvre cette fenêtre, et parle, parle, que la bombe allumée par Meg ne te saute pas à la figure.

D'emblée : je suis boche, pas juif – le blaze de mon vieux s'est trouvé raccourci à Ellis Island. 38 – le LAPD ; 42 – les Marines. Service dans le Pacifique, retour au LAPD en 45. Le chef Horrall démissionne ; William Worton le remplace – général de division du Corps des Marines, brillant comme un sou neuf, pas une tache. Semper Fi [1], toujours fidèle : il constitue une brigade de casseurs, tous ex-Marines. Esprit de Corps [2] : on brise les grèves, on tabasse les libérés sur parole qui la ramènent un peu trop, direction la prison.

Fac de droit, petits boulots en free-lance – la loi sur les GI ne couvre pas les frais de l'USC. Recup d'impayés, collecteur pour Jack Woods – "Le Redresseur". Employé de Mickey C. : conflits syndicalistes réglés par la force, à la trique. Hollywood qui m'appelle – je suis grand, je suis beau.

Que dalle, mais ça mène au vrai boulot. Je mets le holà à une arnaque sur Liberace – deux bougnoules bien montés, chantage avec clichés à la clé. J'ai mes entrées – Hollywood, Mickey C. Je réussis le Bureau, je passe sergent. Je réussis le barreau, je passe lieutenant.

Sans charres. Tout est vrai.

J'ai fait mes vingt ans le mois dernier – vrai. Ma part Redresseur m'a payé mes crèches-taudis – vrai. J'ai été au pieu avec Anita Ekberg – faux.

Les conneries ont pris le relais du baratin ; la discussion est passée à Chavez Ravine. Fermer la fenêtre, essayer de dormir.

Meg qui dit non, pas question.

Soulever le chassis de fenêtre – pas de journalistes. La télé : que des mires de réglage, rien d'autre. Eteindre la caisse, reprendre le fil, depuis le début, dormir peut-être.

Toujours là, présent, mal, mal à faire peur – nous nous sommes touchés l'un l'autre trop longtemps pour le dire. Grâce à moi, les poings du vieux ne l'ont pas touchée ; c'est grâce à elle que je ne l'ai pas tué.

1. Semper Fidelis, toujours fidèle, devise du Corps des Marines. (N. d. T.)
2. En français dans le texte.

A l'université ensemble, la guerre, les lettres. D'autres hommes, d'autres femmes, foirage sur toute la ligne.

Années bagarres – "le Redresseur". Meg – un pote, une amie et une associée pour les recup d'impayés. Une passade avec Jack Woods – j'ai laissé filer. Les études qui me bouffaient tout mon temps – et Meg qui s'éclatait en solo. Pour finir par tomber sur deux truands : Tony Trombino, Tony Brancato.

Juin 51 – mort de nos parents – accident de voiture.

Les tripes, la volonté...

Une chambre d'hôtel – Franz et Hilda Klein enterrés de frais. Nus, rien que pour voir. L'un sur l'autre – à se goûter, à mi-recul à chaque fois.

C'est Meg qui a coupé court – sans finir, rien. A tâtons : vêtements, paroles, extinction des lumières.

Moi, je voulais toujours.

Pas elle.

Elle est devenue dingue avec Trombino / Brancato.

Jack Dragna m'a montré une photo : Meg – bleus sur le corps, marques, suçons – confirmation pour Trombino / Brancato.

Confirmation – ils avaient braqué un clandé de la pègre, une partie de dés.

Cinq bâtons – tu les effaces – j'ai dit oui.

J'ai monté le coup – prêts pour un nouveau braquage – on se fait ce clandé de paris sur canassons. 6 août, 1648 N. Ogden – les deux Tony dans une Dodge 49. Se faufiler en douce sur la banquette arrière, avant de leur faire sauter la cervelle.

GUERRE DES GANGS à la une – la première gâchette de Dragna embarquée vite fait. Son alibi : le prêtre de la paroisse de Jack D. Un non-résolu chez les truands – que tous ces putains de ritals se massacrent les uns les autres.

Réglé – cinq bâtons – avec en prime, un enregistrement : un mec qui gueule en furie contre les raclures qui ont fait du mal à sa sœur. La voix de Dragna – complètement effacée. La mienne : "Putain, mais je vais les tuer. Je vais te les tuer gratis."

Mickey Cohen a appelé. Jack a dit que je devais à l'Organisation – ma dette passerait casher en échange de quelques petits services. Jack appellerait, je serais payé – les affaires, c'est les affaires.

Coincé, pris à l'hameçon.

Coups de fil :

2 juin 53 : efface un chimiste préparateur de came.

26 mars 55 : efface deux bougnoules qui ont violé la femme d'un truand.

Septembre 56 : rumeur, Jack D. – malade du cœur, en piteux état.

Coup de fil au bonhomme.

Jack D. :

— Viens me voir.

Motel en bord de plage – le baisoir rêvé, tout pour le dernier voyage – gnôle, porno, putes dans la piaule d'à côté.
A le supplier : annule ma dette.
Jack :
— Les putes font des machins lezbo.
Arrêter de le supplier – pour l'étouffer sous l'oreiller.
Verdict du coroner : crise cardiaque.
Sam Giancana – mon nouveau correspondant. Avec Mickey C. pour homme de paille : et en échange, petits services, petits boulots d'effacement.
Meg a senti quelque chose. Lui étouffer son rôle dans l'histoire, à force de mensonges, endosser toute la culpabilité.
Le téléphone – attrape-le au vol :
— Oui ?
— Dave ? Dan Wilhite.
Les Stups – le patron.
— Qu'est-ce qu'il y a, Capitaine ?
— Il y a... qu'c'est la merde. Connais-tu J. C. Kafesjian ?
— Je sais qui c'est. Je sais ce qu'il représente pour le service.
A voix basse :
— Je suis sur les lieux d'un crime. Je ne peux pas vraiment parler et je n'ai personne à envoyer là-bas, alors je t'ai appelé.
Allume la lumière.
— Mets-moi au parfum. J'y vais.
— C'est, et merde, c'est un cambriolage chez J. C.
— Adresse ?
— 1684 Tremaine Sud. C'est juste –
— Je sais où c'est. Quelqu'un a appelé les inspecteurs de Wilshire avant de t'appeler, je me trompe ?
— Non, la femme de J. C. Toute la famille au grand complet était sortie pour la soirée, mais Madge, l'épouse, est rentrée la première. Elle a retrouvé la maison cambriolée et elle a appelé le poste de Wilshire. J. C., Tommy et Lucille, ça c'est l'autre môme, sont rentrés à la maison qu'ils ont trouvée pleine d'inspecteurs, lesquels n'étaient pas au courant de... euh... notre arrangement avec la famille. Apparemment, ça a tout l'air d'un nom de Dieu de cambriolage avec effraction, un truc de fêlé, et les mecs de Wilshire se comportent comme de vrais emmerdeurs. J. C. a appelé ma femme, elle a passé quelques coups de fil et elle m'a trouvé. Dave...
— J'irai.
— Brave gars. Emmène quelqu'un, et mets une belle croix dans la colonne crédit.
Raccroche. Un coup de fil pour un peu de renfort – Riegle, Jensen – pas de réponse. Coup de bol, au fion – Junior Stemmons :
— Allô ?
— C'est moi. J'ai besoin de toi pour une petite course.

— C'est un appel général ?
— Non, une petite course pour Dan Wilhite. S'agit d'aller lisser les plumes de J. C. Kafesjian dans le bon sens.
Sifflement.
— J'ai entendu dire que son gamin, c'était un vrai psycho.
— 1684 Tremaine Sud. Attends-moi dehors, je te mettrai au courant.
— J'y serai. Hé ! tu as vu les dernières informations ? Bob Gallaudet nous a qualifiés de "policiers exemplaires", mais Welles Noonan a dit que nous étions des "parasites incompétents". Il a dit que d'avoir commandé de la gnôle par le service de l'hôtel pour nos témoins a contribué au suicide de Johnson. Il a dit –
— Contente-toi d'être là. *C'est tout.*

* * *

Code 3, réglo avec Wilhite, à fond avec lui – aller aider le fourgueur de came autorisé du LAPD. Les Stups et J. C. Kafesjian – une relation de vingt ans – c'est le vieux chef Davis qui l'avait fait entrer dans la course. Herbe, pilules, H – la clientèle : des raclures de Nègreville – et le boulot de balance attitrée en échange de la franchise. Wilhite jouait au chien de garde ; J. C. caftait les fourgueurs concurrents, selon le mot d'ordre de notre politique : garder les stupéfiants au sud de Slauson. Son boulot de façade : commerçant légitime, proprio d'une chaîne de pressings ; quant au boulot du fils : casseur de gueules entre tous, le roi du muscle.
Le bloc, la crèche : un machin style mauresque éclairé de partout. Des bagnoles garées sur le devant : la Ford de Junior, une rôdeuse.
Faisceaux de torches, bruits de voix – allée à voitures :
— Putain de Dieu, putain de Dieu ! – le Junior Stemmons.
Je me gare. Je m'approche.
Lumière – les yeux qui me piquent.
Junior :
— C'est le Lieutenant.
Torche vers le sol, ça pue : peut-être du sang infecté.
Junior, deux mecs en civil :
— Dave, voici l'agent Nash et le sergent Miller.
Poignées de main.
— Messieurs, les Stups prennent l'affaire en mains. Vous retournez au poste. C'est le sergent Stemmons et moi-même qui rédigerons les rapports s'il y a lieu.
Miller :
— S'il y a lieu ? Est-ce que vous *sentez* cette odeur ?
Pire, l'odeur – lourde, entêtante, comme acide.
— Est-ce qu'il s'agit d'un homicide ?
— Pas exactement – Nash qui répond. Monsieur, vous refuseriez de

croire la manière dont ce connard de Tommy machin nous a parlé. *Ça en vient à –*

— Retournez dire au commandant de service que c'est Dan Wilhite qui m'a envoyé ici. Dites-lui qu'il s'agit du domicile de J. C. Kafesjian, ce qui fait que ce n'est pas votre petit 459 banal. Et si ça, ça ne le convainc pas, demandez-lui de sortir le chef Exley du lit.

— Lieutenant –

Attrape-toi la torche et suis cette odeur – une clôture grillagée aux maillons sectionnés. Deux Doberman – plus d'yeux, gorges tranchées, les mâchoires serrées autour de chiffons imprégnés de produits chimiques. Etripés : entrailles et sang partout – une rigole de gouttelettes direction une porte forcée sur l'arrière.

Des cris à l'intérieur de la maison – deux hommes, deux femmes.

Junior :

— J'ai fait fuir tous les mecs de la Brigade qui étaient sur place. Ça se place là comme 459, hein ?

— Fais-moi le topo, je n'ai pas envie d'interroger toute la famille.

— Bon. Ils assistaient tous à une soirée. La femme a eu la migraine, donc elle a été la première à rentrer en taxi. Elle est sortie pour laisser entrer les chiens et elle les a trouvés. Elle a appelé Wilhite, c'est Nash et Miller qui ont pris et sont montés au front. J. C., Tommy et la fille – les deux mômes vivent ici également – sont rentrés et ils ont fait un foin de tous les diables en trouvant des flics plein le salon.

— Est-ce que tu leur as parlé ?

— Madge, ça, c'est la femme, c'est elle qui m'a montré les dégâts, avant que J. C. lui dise de la fermer. Apparemment, on a volé de l'argenterie, genre héritage de famille, et les dégâts en question, c'était vraiment queq'chose de bizarre. Est-ce que tu peux t'imaginer ça ? Jamais encore je ne suis tombé sur un vol avec effraction comme celui-ci.

Des hurlements, des couinements d'avertisseurs.

— Ce n'est pas un vol. Et qu'est-ce que tu entends par "queq'chose de bizarre" ?

— Nash et Miller, c'est eux qui ont tout marqué. Tu verras.

Coup de torche dans la cour – des miettes de viande encore couvertes d'écume – les chiens, empoisonnés, pas de doute.

Junior :

— C'est lui qui leur a donné cette viande, avant de les mutiler. Il avait du sang sur lui et ça a laissé une traînée jusque dans la maison.

Suis la piste.

Marque d'effraction sur le chambranle, porte de derrière. Pas de dégâts sous la véranda-cellier-laverie : des serviettes ensanglantées – disons que c'est ici qu'il s'est nettoyé.

Porte de cuisine intacte – il a fait glisser le loquet en douceur. Plus de traces de sang, les pièces à conviction dans l'évier marquées d'une étiquette : "Bouteilles de Whisky Brisées". Tiroirs de meuble, étiquettes de vol : "Argenterie Antiquité".

Eux :

— Espèce de pute, laisser entrer des policiers inconnus chez nous !

— Papa, s'il te plaît, arrête !

— On peut toujours appeler Dan quand on a besoin d'aide !

Table de salle à manger, morceaux de clichés : "Photographies de Famille". Couinements de sax au premier.

Tour du proprio.

Moquettes trop épaisses, canapés en velours, papier peint cloqué sur les murs. Climatiseurs – avec Jésus perché au sommet. Un tapis étiqueté : "Disques Brisés / Pochettes d'Albums" – "The Legendary Champ Dineen, Sooo Slow Moods" ; "Straight Life – La vie réglo – the Art Pepper Quartet" ; "The Duke Plays The Champ".

Des 33 tours à côté d'une chaîne hi-fi – empilés bien proprement.

Junior qui entre dans la pièce.

— Comme je t'ai dit, hein ? Bizarre comme dégâts.

— Qui est-ce qui fait ce boucan ?

— Le cornet ? Ça, c'est Tommy Kafesjian.

— Monte et fais-lui le coup du gentil. Présente tes excuses pour l'intrusion, propose-lui d'appeler les services véto pour les chiens. Demande-lui s'il veut une enquête. Sois bien gentil, tu comprends ça ?

— Dave, c'est un criminel.

— Ne t'en fais donc pas, je serai en train de lécher le cul de son vieux bien pire que toi.

— PAPA, ARRÊTE !

— J. C. LAISSE CETTE PETITE TRANQUILLE !

A vous donner les foies – et Junior qui monte au premier *quatre à quatre.*

— C'EST ÇA, TIRE-TOI ! – une porte latérale qui claque.

Gros Plan sur J. C. : un gros mec graisseux et vieillissant. Des coups de griffe sur la figure – ensanglantée.

— Je suis Dave Klein. C'est Dan Wilhite qui m'a envoyé pour que je règle toute cette histoire.

Et lui qui plisse les yeux :

— Et qu'est-ce qu'y a de si important qu'il a pas pu venir en personne ?

Laisse tomber la pommade, finies les relations publiques.

— Nous pouvons faire ça de la manière qui vous convient. Vous voulez une enquête, vous l'avez. Vous voulez qu'on passe la maison à la poudre, qu'on vous trouve des empreintes, peut-être même y coller un nom, d'accord, vous l'avez. Si vous voulez qu'on allonge, d'accord, Dan vous soutiendra dans le domaine du raisonnable, si vous suivez –

— Je sais exactement ce que vous voulez dire et c'est moi qui nettoie ma propre maison. C'est avec le capitaine Dan en personne que je traite, et pas avec des inconnus dans mon salon.

Deux femmes qui se faufilent en douce. La môme a montré les

mains – un éclair d'ongles d'argent, des gouttes de sang.

— Z'avez vu mes filles, maintenant, oubliez-les. C'est pas à vous de vous occuper d'elles.

Direction le premier – deux brunettes un peu tendres – pas du genre métèque. La fille a fait signe.

— Aucune idée de celui qui a fait ça ?

— C'est pas à vous que je cause. C'est pas à vous que j'vais parler de concurrents en affaires qui pourraient vouloir me chercher du mal, à moi et aux miens.

— Des concurrents dans le commerce des pressings ?

— C'est pas à vous de faire des plaisanteries là-dessus ! Regardez ! Regardez !

“Vêtements mutilés” – une étiquette sur une porte.

— Regardez ! Regardez ! Regardez !

La poignée qu'il arrache presque. La porte qui s'ouvre.

— Regardez ! Regardez ! Regardez !

Regarde : petit placard. Pantalons corsaire – jambes écartées – tissu déchiqueté au bas-ventre – punaisés sur les murs.

Des taches – vas-y, renifle – sperme.

Coup de frisson.

— C'est pas pour rire. J'achète tellement de jolis vêtements à Lucille et à Madge qu'elles sont obligées d'en garder une partie au salon. Y'a un dégénéré pervers qui veut faire du mal aux jolies choses de Lucille. *Regardez*-y donc.

Des fringues de putes, modèle Tijuana.

— Joli.

— C'est pus si drôle, hein, m'sieur le garçon de courses de Dan Wilhite. Vous riez plus, maintenant, hein.

Un pas en arrière.

— Appelez Dan. Dites-lui ce que vous voulez.

Et le mec qui avance :

— C'est moi qui nettoie chez moi !

— Jolies, les fringues. Elle bosse, votre fille, pour se payer ses études à l'université ?

Les poings qui se serrent, les veines qui se gonflent, le sang qui goutte – et gros tas de connard graisseux qui se fait pressant, de plus en plus près.

Des cris au premier...

Largue le vieux, les escaliers quatre à quatre. Une chambre sur le couloir – cadre un peu les dégâts.

Tommy K. au mur, appui avant, jambes écart. Des joints par terre, Junior le petit dur balèze. Affiches de jazz, drapeaux nazis, un sax sur le lit.

J'ai éclaté de rire.

Tommy a souri, un sourire gentil – un peu décharné mais pas très soumis.

Junior, flic et faire-valoir :
— Il m'a *collé* sa marie-jeanne à la figure. Il a tourné le Service en *ridicule*.
— Sergent, présentez vos excuses à M. Kafesjian.
A moitié faisant la moue / à moitié couinant :
— Dave... Seigneur... *Je suis désolé*.
Tommy s'allume un joint.
J. C., au rez-de-chaussée :
— Rentrez chez vous maintenant ! C'est moi qui nettoie chez moi !

Chapitre 5

Mal dormi – j'ai réglé l'entôlage, des vertiges encore plein la tête.

Meg m'a réveillé : règle le problème des loyers en retard, pas un mot sur la robe en soie. "Sûr, je t'assure". Raccrocher, mettre Jack Woods au parfum, faire l'article : 20% sur tout ce qu'il a récupéré comme loyers impayés. Il m'a escroqué à la hausse, jusque 25 – j'ai accepté.

Coups de fil boulot : Van Meter, Pete Bondurant, Fred Turentine. Feu vert : mouchards en place dans la piaule, photographe planqué dans la chambre. La cible – en filoche, quelques paroles surprises au vol : chez Ollie Hammond, un verre, 6 heures.

Mettre l'appât en place : notre escorte coco à *nous*. Pete a dit que *l'Indiscret* adorait ça : un politico coco qui s'emmêle les pinceaux sur son poireau.

Coup de fil aux Stups – pas de Dan Wilhite – laisse un message. Mauvais le sommeil / quand pas de sommeil du tout – ces nom de Dieu de Kafesjian – Junior, le Roi de la Défouraille :

— Je sais que tu crois que je fais pas le poids pour le Bureau, mais je te montrerai. Je te montrerai, je te jure.

5 heures – aux chiottes le sommeil.

Petit nettoyage, coup d'œil au *Herald* – Chavez Ravine a remplacé mon mort en page une. Bob Gallaudet : "Les Latino-Américains qui perdront leur logement recevront une compensation conséquente, et au bout du compte, ce nouveau foyer pour les Dodgers de L.A. sera la fierté des Angelenos de toutes races, de toutes couleurs et de toutes confessions."

Une vraie rigolade, à s'en taper sur les cuisses – mais c'était prévisible, c'était de famille.

* * *

Planquer à l'intérieur du bar. En attente.

Morton Diskant – six heures tapantes.

La Verne Benson – 6 h 03 – jupe de tweed, chaussettes aux genoux, cardigan.

6 h 14 – le Grand Pete B. – il recule le siège à fond.

— Diskant est avec ses amis, la fille est deux box plus loin. Elle était pas là de deux secondes qu'elle le brûlait déjà à coups de prunelle.

— Tu crois qu'il va tomber dans le panneau ?

— Moi, je tomberais, mais d'un autre côté, moi, je suis le vrai porc, ça marche à tous les coups.

— Comme ton patron ?

— Tu peux dire son nom – Howard Hughes. C'est un mec très pris – comme toi.

— C'était un connard débile. S'il n'avait pas sauté, je l'aurais probablement poussé.

Des doigts qui tapotent le tableau de bord – les mains, énormes – des battoirs qui avaient tabassé à mort un mec de la cage à poivrots qui faisait le bordel. Les services du shérif de L.A. l'avaient viré ; Howard Hughes l'avait engagé.

— Toi, t'as été pris ?

— Couci-couça. Je ramasse des tuyaux pour *l'Indiscret*, je m'arrange pour que M. Hughes n'apparaisse pas dans *l'Indiscret*. Les gens assignent *l'Indiscret* en justice, je les convainc du contraire. Je fais l'éclaireur et je déniche la chatte fraîche pour M. Hughes, j'écoute M. Hughes qui déblatère ses conneries de baratin sur les avions. En ce moment, M. Hughes m'a chargé de filocher une actrice qui l'a laissé en carafe. Imagine-toi la chose : cette pétasse se tire du baisodrome numéro un de M. Hughes, avec un contrat de trois cents sacs la semaine à la clé, tout ça pour aller jouer dans un navet de rien du tout, un film d'horreur bon marché. M. Hughes l'a à sa botte, elle lui a signé un contrat de sept ans, du boulot d'esclave, et il veut l'attaquer pour rupture du contrat en question sur une clause de moralité. Tu t'imagines ce porc amateur de chattes en train de prêcher la morale ?

— Ouais, et toi, t'adores ça parce que t'es –

— Pasque ch'suis un porc, et cette vie-là, j'la vis pas, j'la baffre. Comme toi.

J'éclatai de rire – avant de bâiller.

— Ça pourrait durer toute la nuit.

Pete alluma une cigarette.

— Que dalle, La Verne, elle est du genre impétueux. Elle va commencer à s'ennuyer et elle va te lui coller direct la main à l'arbalète, au coco. Gentille, comme môme. Elle a même aidé Turentine à installer son microphone.

— Comment ça va, le Freddy ?

— Il est très pris. Ce soir, il compromet le coco, la semaine prochaine, il va coller des micros dans des bains-douches de pédés pour *l'Indiscret*. Le problème avec Freddy T., c'est que pour la gnôle, c'est le porc intégral. Il s'est ramassé un nombre de collantes incroyable pour conduite en état d'ivresse, alors la dernière fois, le juge lui a collé un boulot de responsabilité civique, il enseigne l'électronique aux détenus de Chino. Klein, regarde.

La Verne, la porte du bar – les deux pouces en l'air. Pete, les pouces en retour.

— Ça veut dire que Diskant la retrouve après avoir largué ses amis. Tu vois cette Chevy bleue, c'est à elle.

En avant, démarre – La Verne devant – direct sur Wilshire. Plein ouest – Sweetzer, nord, le Strip. Gauche, coup de freins, bord du trottoir à côté d'une chose en stuc, quatre étages : projecteurs partout, laideur moderne.

Range-toi en laissant une place – exprès pour le Rouge.

La Verne – mignonne – à tortiller du popotin jusqu'à la porte. Pete – qui salue la belle à petits coups sur ma sirène.

Hall d'entrée : lumières, on allume, on éteint. Une fenêtre qui s'allume – rez-de-chaussée gauche. Bruits de fiesta : l'appart en face de celui de La Verne.

Pete qui s'étire :

— Tu crois que Diskant en a assez dans le ciboulot pour repérer la tire comme une banalisée ?

La Verne – rideaux ouverts, la vraie pute : peignoir, jarretelles.

— Non, il a qu'un seul truc en tête.

— T'as raison, pasqu'il en bave d'avance, le porc. Je dirais une heure ou moins.

Les rideaux qui se ferment.

— Un billet de vingt que ce sera quinze minutes.

— Tenu.

Installe-toi, reluque-la bien, cette fenêtre. Petite berceuse, bruits de fiesta : morceaux de music-hall, voix. Bingo : une Ford beige. Pete :

— Quarante et une minutes.

Glisse-lui ses vingt sacs. Diskant : la porte, décrottage de chaussures sur le paillasson, sonnette. La Verne – les rideaux se rouvrent – ça roule et ça se déhanche.

Pete a fait le loup.

Diskant est entré.

Attendre.

Dix minutes – extinction des feux. Attendre le signal de monsieur – cliché – les éclairs d'ampoules de flash à la fenêtre de façade.

Quinze minutes / vingt / vingt-cinq minutes – une bagnole du shérif qui vient se coller en double file.

Coup de coude de Pete.

— Putain, cette saleté de fiesta. 116.84, Code pénal de Californie, "Rassemblement et Tapage Nocturne". *Putain de putain.*

Deux adjoints qui sortent. Dring, dring, dring, coup de matraque – à la fenêtre de la piaule où c'est la fête.

Pas de réaction.

— Klein, putain, ça s'annonce pas bien, pas bien du tout.

Bam bam bam – la fenêtre de façade, chez La Verne. Ampoules de flash – la chambre – un gros coup, qui foire à plein, improviser.

Hurlements – notre racoleuse de coco.

Coups de pied – la porte du hall par terre – insigne en avant, faire se tailler toute cette flicaille.

La pelouse, les marches du perron – le photographe qui gicle par la fenêtre – pas d'appareil dans la main. Le hall d'entrée – les mômes qui font la fête – la porte de La Verne qui saute sans bavures. Foncer. Une poussée – pour se ramasser un verre dans la figure.

— Police ! Officier de Police !

Enjamber le seuil d'un bond, avant de trébucher – un pied plat en uniforme vient de m'attraper. Mon insigne, devant sa figure :

— Division des Renseignements ! Opération du LAPD !

Débile, le flicaillon – à me reluquer, bouche bée, stupide. Hurlements dans la chambre...

Au pas de course – Diskant, La Verne, emmêlés sur le tapis – nus, battant l'air, des bras, des jambes, à se cogner, à se débattre. Un appareil photo sur le lit ; et un sale con complètement bouché qui gueule :

— Hé ! Vous deux, arrêtez ça tout de suite ! Nous sommes du shérif !

En arrière – Pete – sale con qui sourit, air connu – ce mec, mais c'est un ex-Comté. Poignées de main, hochements de tête, bruits de pneus à l'extérieur. La Verne / le coco : empoignade, à coups de pied, à coups de poing.

Attrape l'appareil, éjecte la pellicule, en boîte. Une ampoule dans le flash – pop ! – dans les yeux de Diskant.

Aveuglé, il gueule – La Verne s'est arrachée, libre. A coups de pied, à coups de poing – vas-y, cogne. Battements de paupière, mise au point, plein cadre – SUR LA PELLICULE.

On passe à la caisse :

— C'était censé être une sorte de coup monté, mais ces policiers ont tout bousillé. Vous étiez bon partant pour les feuilles à scandale, quelque chose du genre "Le Politicien Rouge bla-bla-bla". Vous vous alignez, même si ça ne vous plaît pas, et ça n'arrivera pas, parce que je détesterais, je vous assure, que votre femme voit cette pellicule. Et maintenant, êtes-vous toujours sûr de vouloir être conseiller municipal ?

Sanglots.

Coup de poing en laiton. En place.

— Est-ce que vous êtes sûr ?

Sanglots – sans voix.

Coups aux rognons – le laiton a déchiré la bidoche flasque.

— *Est-ce que tu es toujours sûr ?*

Rouge comme une betterave, en train de chialer :

— S'il vous plaît, ne me faites pas de mal.

Encore deux coups – Diskant qui rote sa bave.

— Tu te retires demain. Maintenant, tu dis "Oui" parce que je n'aime pas ça.

— Ou – oui s'-s'-s'...

Paumé, foireux, merdique – direction le salon. Plus de flics, La Verne dans son drap de lit.

Pete en train de balancer les micros des mouchards.
— Je me suis occupé des adjoints, et Van Meter a appelé sur son émetteur. Tu es censé retrouver Exley au bureau immédiatement.

* * *

Centre ville – Exley derrière son bureau.
Tire-toi une chaise, fais-lui glisser la pellicule.
— Il se retire, on n'aura pas à aller jusqu'à *l'Indiscret*.
— Avez-vous apprécié le travail ?
— Avez-vous apprécié d'avoir abattu ces négros ?
— Le grand public n'a aucune idée de ce qu'il en coûte aux hommes qui rendent la justice.
— Ce qui veut dire ?
— Ce qui veut dire merci.
— Ce qui veut dire que j'ai droit à mon petit cadeau.
— On vous en a déjà donné un – Exley, tout sourires – mais dites quand même.
— Le vol de fourrures. Peut-être est-ce une escroquerie à l'assurance, peut-être pas. Dans un cas comme dans l'autre, je veux faire le terrain.
Sec :
— Non, je vous ai dit que Dudley Smith était chargé de l'enquête.
— Ouais, et vous et Dud, vous êtes des potes de première. Et qu'est-ce que c'est que ce "déjà donné" en parlant de cadeau ?
— Hormis le fait qu'il n'y a pas eu de blâme ou d'inculpation interservices à propos de Sanderline Johnson ?
— Chef, allons.
Affable :
— J'ai détruit le rapport d'autopsie sur Johnson. Le coroner a remarqué un hématome – qui ne cadrait pas avec le reste – sur le front, avec incrustations de fragments de peinture, comme si Johnson s'était cogné la tête contre un rebord de fenêtre avant de tomber. Je ne dis pas que vous êtes coupable, mais d'autres individus, en particulier Welles Noonan, le pourraient. J'ai fait détruire le dossier. Et j'ai une enquête à vous proposer. Je vous détache des Ad. Mœurs immédiatement pour que vous commenciez à travailler dessus.
Les genoux qui flanchent.
— Quelle affaire ?
— Le cambriolage Kafesjian. J'ai lu le rapport de main courante de la Brigade de Wilshire, et j'ai décidé que je voulais une enquête complète et détaillée. J'ai parfaitement conscience de l'historique de la famille et de ses liens avec le LAPD, et je me fiche pas mal de ce que veut le capitaine Wilhite. Dès cet instant, vous êtes détaché avec le sergent Stemmons. Secouez la famille, et secouez leurs relations connues sans prendre de gants. J. C. emploie un passeur du nom d'Abe

Voldrich, alors mettez-lui les poucettes pendant que vous y êtes. Je veux un rapport labo détaillé et un contrôle des Sommiers pour des cambriolages similaires. Vous commencez demain – et que la force parle : montrez qui est le maître.

Debout.

— Putain, mais c'est de la folie douce. Mettre les poucettes à *notre* fourgueur de came en chef, autorisé par nous, pour tout le quartier sud, au moment où le procureur général pourrait bien envisager une enquête poussée sur les rackets dans le même secteur. Y'a un pervaillon qui descend deux chiens et qui se branle sur –

Exley, debout – qui en impose :

— Faites-le. Détachez des agents des patrouilles de Wilshire pour le quadrillage, et faites venir le labo. Stemmons manque d'expérience sur le terrain, mais employez-le quand même. *Que la force parle.* Et ne me faites pas regretter les cadeaux que je vous ai faits.

Chapitre 6

QUE LA FORCE PARLE.

8 heures du matin, 1684 Tremaine S. Sous les ordres : équipe du labo, équipe pour les empreintes, quatre bleus.

Déploiement des bleus : porte-à-porte, identification de témoins ; inspection des poubelles à la recherche du butin qu'on y aurait bazardé. Boulot du flic de la circulation : virer les journalistes.

Garder Junior et Tommy K. à distance l'un de l'autre.

Que la force parle – Exley et les poils du cul qui le démangent.

Que la force parle – torche le boulot, à la va-vite.

Compromis – Dan Wilhite et moi – un coup de fil, tendu, à cran. J'ai dit qu'Exley me tenait, pur et simple ; Dan a qualifié le boulot de cinglé – J. C. et le Service : un mariage de vingt ans, des avantages des deux côtés. J'étais en dette avec Dan ; il était en dette avec moi – accumulation de dettes des deux côtés. Impossible de cadrer Exley. POURQUOI ? – des ennuis à la pelle si l'enquête fédé aboutissait. Wilhite, la trouille au ventre : "Je prends ma retraite dans trois mois. Mes accords avec la famille ne tiendront pas la distance s'il y a enquête détaillée par un service de police extérieur. Dave... est-ce que tu peux... y aller mollo ?"

J'ai dit, mes fesses d'abord, les tiennes passent après.

Il a dit, j'appellerai J. C., pour lui secouer la laisse.

8 h 04 – le spectacle commence.

Voitures pie, camionnette du labo. Hommes des patrouilles, techniciens. Des chalands en veux-tu en voilà, à gober les mouches, des gamins.

Allée à voitures – accompagne les mecs du labo. Ray Pinker :

— J'ai appelé les services véto. Ils m'ont dit qu'on ne leur avait signalé aucun chien mort à cette adresse. Tu crois qu'ils sont allés les coller dans un cimetière à toutous ?

Jour de collecte des ordures – les poubelles de l'allée :

— Peut-être bien, mais inspecte les poubelles derrière la clôture du fond. Je ne pense pas que le vieux Kafesjian soit sentimental à ce point.

— Je me suis laissé dire que c'était un amour. On retrouve les chiens, et après ?

— Prenez des échantillons de tissus organiques pour savoir à quoi on les a empoisonnés. S'ils ont toujours leur lavette dans la gueule, trouve-moi le nom du produit chimique – à l'odeur, on aurait dit du chloroforme. J'ai besoin de dix minutes pour faire mon baratin à J. C., ensuite, je veux que vous entriez dans la maison ; vous me collez sous cellophane les fibres et indices de la cuisine, du salon et de la salle à manger. A ce moment-là, envoie les mecs des empreintes et dis-leur rien que le rez-de-chaussée – je ne pense pas que notre cambrioleur soit monté au premier. Il s'est branlé sur une paire de pantalons corsaire, alors si Papy ne les a pas virés, vous pourrez tester le sperme pour connaître le groupe sanguin.

— Seigneur !

— Ouais, Seigneur. Ecoute, s'il les a effectivement balancés, ils se trouvent probablement dans ces poubelles. Les pantalons corsaire couleur pastel, le tissu déchiqueté au niveau du pubis, pas le genre de chose qu'on trouve tous les jours. Et Ray ? Je veux un bon gros rapport bien dodu sur tout ça.

— Déconne pas avec un déconneur. Tu veux que je le gonfle, dis-le.

— Gonfle-le. Je ne sais pas ce que veut Exley, alors autant lui donner quelque chose à se mettre sous la dent.

Grincements – la porte de la véranda – Madge, curieuse. Maquillage épais – bien tartiné sur les hématomes.

Ray m'a donné un coup de coude.

— Elle n'a pas l'air d'une Arménienne.

— Elle ne l'est pas, et leurs mômes n'en ont pas l'air non plus.

Ray :

— Ouais, je vais te le gonfler.

Retour côté rue – des mômes en train de tirer au pistolet à amorces. Junior et Tommy K., les regards qui se verrouillent, méchants.

Tommy, tenue de glandeur sous véranda : chemise criarde, pantalon, cigarette, saxo.

Junior, son nouveau look : chien battu, avec un reste de vicieux. Secoue-le un peu – très tonton :

— Allez, viens, ne te laisse pas enquiquiner par ce mec-là.

— C'est cette allure qu'il se paie. A croire qu'il sait quelque chose que je ne sais pas.

— Oublie ça.

— Tu n'as pas été obligé de t'aplatir devant lui comme une carpette.

— Moi, je n'ai pas désobéi à mon officier commandant.

— Dave...

— Dave, rien du tout. Ton père est divisionnaire, il t'a eu le Bureau, et mon commandement aux Ad. Mœurs faisait partie du marché. C'est un jeu. T'es en dette avec ton père, je suis en dette avec ton père, je suis en dette avec Dan Wilhite. Tous les deux, on est en dette avec le Service, alors il faut qu'on joue le jeu comme si Exley était monté sur ses grands chevaux sur cette affaire. Est-ce que tu comprends ?

— Je comprends. Mais c'est ta partie que tu joues, alors ne viens pas me dire que c'est bien.

Claque-lui sa putain de petite gueule – non – ne fais pas ça.

— Tu me recolles encore une fois tes petites merdes idéalistes à la figure et ton père se retrouve avec un rapport d'évaluation sur son bureau qui va te réexpédier en moins de temps qu'il ne faut pour le dire à ton boulot de prof, un temps record, nom de Dieu. *C'est ma partie qui t'a obtenu ce que tu as.* Tu joues le jeu, sinon tu verras "aptitude au commandement : incompétent", "trop versatile" et "comportement inconséquent en situation de tension" sur le bureau de Papa ce soir. A toi de voir, Sergent.

Coup de bravade :

— *Je joue le jeu.* J'ai appelé le service des boutiques sur gages et je leur ai donné une description de l'argenterie, et j'ai obtenu une liste des pressings de Kafesjian. Trois pour toi, trois pour moi, les questions habituelles.

— Bien, mais voyons d'abord ce que les gars des patrouilles nous ramènent. Ensuite, quand tu en auras fini avec tes trois boutiques, descends au centre ville et vérifie les dossiers cambriolages de Central, ainsi que les dossiers du shérif pour des 459 avec des M.O. similaires. T'en trouves, super. Sinon, vérifie les non-résolus de la Criminelle – peut-être que ce clown est un nom de Dieu de tueur.

Ça pue, les mouches – les mecs du labo ont sorti les chiens d'ordures dégoulinantes.

— Je pense que tu n'irais pas me dire tout ça si tu t'en fichais complètement.

— C'est exact.

— Tu verras, Dave. Je ferai mes preuves sur ce coup-ci.

Tommy K. a corné de son sax – les spectateurs ont applaudi. Tommy a salué, en se remontant l'entre-deux.

— Hé ! Lieutenant ! Par ici, venez donc me parler !

J. C. – la véranda – un plateau de service de sortie – signe de se rapprocher.

— Hé ! Le rince-cochon est prêt ! Pour tuer le ver !

Approche-toi – de la bière en bouteille. Tommy s'en est pris une, à la régalade. Des traces d'aiguille sur sa peau de camé, des tatouages : clés musicales, swastikas.

J. C., tout frime et façade, le cœur sur la main :

— Venez pas me dire qu'il est trop tôt pour vous.

Tommy qui rote :

— Schlitz, le Petit Déjeuner des Champions.

— Cinq minutes, M. Kafesjian. Rien que quelques questions.

— Je dis c'est d'accord, capitaine Dan, il a dit vous êtes réglo, ce truc, ça vient pas de vous. Vous me suivez. Tommy, toi tu vas offrir aux hommes ton Petit Déjeuner des Champions.

Tommy se chargea du plateau, modèle patineuse à roulettes, style

drive in. J. C. – et je te fais des courbettes, suivez-moi jeune homme.
A l'intérieur, petit cagibi intime : murs en bois de pin, rateliers à fusils. Dans le salon de réception – les mecs aux empreintes qui se laissent distraire – par Tommy le patineur.
J. C. a fermé la porte.
— Dan m'a dit que vous alliez juste faire semblant.
— Pas tout à fait. C'est l'affaire d'Ed Exley, et ses règles sont différentes des nôtres.
— Nous faisons affaires, vos gens et les miens. Ça, il le sait.
— Ouais, et cette fois, il tire sur la ficelle, question règles. Mais il est chef des inspecteurs, et le chef Parker le laisse faire ce qu'il veut. Je vais essayer d'y aller mollo, mais il faudra que vous jouiez le jeu.
Graisseux, laideron – des griffes sur la figure – sa fille.
— Pourquoi ? Exley, il est cinglé ?
— Je ne sais pas pourquoi, ce qui fait une sacrée bonne question. Exley veut le grand jeu, enquête prioritaire sur ce coup, et comme détective, il est sacrément plus doué que moi. Y'a des limites à ce que je peux lui faire avaler comme conneries.
Haussement d'épaules.
— Hé ! z'avez de la tête, z'avez du répondant, plus que lui. Z'êtes avocat, non, copain comme cochon avec Mickey Cohen.
— Non. Moi, j'arrange les choses, Exley, lui, les *dirige*. Vous voulez de la tête ? Exley, c'est le meilleur détective que le LAPD ait jamais vu passer. Allez, aidez-moi. Vous n'avez pas envie de voir les flics standard venir fouiner par ici, je comprends ça. Mais y'a un merdaillon de cambrioleur qui entre ici et qui déchire en morceaux –
— C'est à moi de nettoyer chez moi ! Tommy et moi, on se le trouve, ce mec !
Doucement, maintenant.
— Non. C'est à *nous* de le trouver, et alors peut-être que Dan Wilhite vous donnera le feu vert. Pas d'ennuis, pas de problèmes, en toute légalité.
La tête qui secoue. Non.
— Dan dit z'avez des questions. Vous demandez, je réponds. Je joue le jeu.
Tisonne-le à froid :
— Non, vous allez coopérer. Pas de "je refuse" ?
— Je coopère.
Calepin sorti.
— Qui a fait ça ? Des idées ?
— Non – visage impassible – rien à y lire.
— Des ennemis. Donnez-moi des noms.
— On n'a pas d'ennemis.
— Allons, vous vendez des stupéfiants.
Le mur – un grand coup – du plat de la main :
— Ne dites pas ce mot-là dans ma maison.

DOUCEMENT, DOUCEMENT.

— Appelons ça les affaires. Des concurrents qui ne vous aiment pas.

Le poing qui branle, non, non.

— C'est *vous* qui faites les règles, nous, on suit, on joue réglo. On fait nos affaires, purs et durs, et comme ça, on se fait pas d'ennemis.

— Alors essayons ceci. Vous êtes ce que nous appelons un informateur suborné. Ce sont des gens qui se font des ennemis. Pensez-y et donnez-moi quelques noms.

Haussement d'épaules.

— Des mots classe pour mouchard, balance et donneur.

— Des noms, M. Kafesjian.

— Les hommes en prison ne rentrent pas dans les belles maisons familiales. J'ai pas de noms pour vous.

— Alors parlons un peu des ennemis de Tommy et de Lucille.

— Pas d'ennemis, mes gamins.

— Réfléchissez. Ce mec force la porte, casse des disques et mutile les vêtements de votre fille. Ces disques appartenaient-ils à Tommy ?

— Oui. Ses albums, les 33 T de Tommy.

— Exact. Et Tommy est musicien, alors peut-être que le cambrioleur avait une dent contre lui. Il a voulu détruire ce qui lui appartenait et ce qui appartenait à Lucille, mais pour une raison inconnue, il n'est pas monté au premier jusqu'à leurs chambres. Alors, *leurs* ennemis. De vieux copains musiciens, d'anciens petits amis de Lucille. *Réfléchissez* .

— Non, pas d'ennemis – tranquille – paisible – comme un premier déclic dans sa cervelle.

On change de sujet.

— J'ai besoin de vos empreintes, à vous et à votre famille. Nous avons besoin de comparer vos empreintes avec toutes celles que le cambrioleur aurait pu laisser.

Pince à billets sortie.

— Non. Ça n'est pas bien. C'est à moi de nett –

Serre-lui la main.

— Jouez le coup à votre manière, si vous voulez. Souvenez-vous simplement que c'est Exley qui met en scène, et je lui dois bien plus que je ne dois à Wilhite.

Vite – sa main libre, des billets de cent en éventail.

— Allez vous faire foutre. Allez vous faire foutre vous et toute votre famille.

Arrache, déchire – deux bâtons bons pour la poubelle. De grosses paluches prêtes à me défoncer la couenne.

Calte, et vite – avant que ça tourne au vinaigre.

Chapitre 7

L'heure du boulot de merde.

Pinker avait passé les clebs au labo ; les mecs des empreintes s'étaient récolté des barbouillis, des empreintes partielles. La foule s'était dispersée ; les bleus quadrillaient – Junior au rapport : rien de bien brûlant ce soir-là, ça guinchait chez les Kafesjian.

Engueulades épiques dans la famille. Toute la nuit, le sax a couiné. J. C. a arrosé sa pelouse en slip ; Tommy a pissé par la fenêtre de sa chambre. Madge, Lucille : vicieuses, les criardes. Bleus, yeux pochés – laisse traîner, rien que de très normal.

Lucille et Madge – adios en Ford Vicky rose. Tommy – qui fait ses gammes – les mecs du labo se sont collé des tampons dans les oreilles. Et les boîtes de bière qui volent par les fenêtres – le Déjeuner des Champions.

Junior est allé chercher le *Herald.* Pas de Johnson ni de Morton Diskant : conférence de presse, 6 heures ce soir.

La gueule : le boxon chez J. C. a collé Wilhite dans la merde.

Tuer le temps – la camionnette du labo.

Des tissus qu'on tranche, extraction – notre mec avait fourré les yeux des chiens au fond de leur gueule. Retour à la voiture, roupillon – deux nuits de suite à dormir en dents de scie.

Trop tôt encore...

— Amène-toi, Dave, debout, beau jeune homme – Pinker.

— Des résultats ?

— Ouais, et intéressants. Je ne suis pas médecin, et ce que j'ai fait, ce n'est pas une autopsie, mais je crois pouvoir te faire une reconstitution assez conséquente.

— Vas-y. Raconte. Tu me feras suivre ton rapport résumé plus tard.

Petite vérif sur le calepin.

— Les chiens ont été empoisonnés grâce à un hamburger trempé de tryctozine de sodium, plus communément connu sous le nom de poison antifourmi. J'ai découvert des fragments de gants en cuir sur leurs crocs et leurs gencives, ce qui me conduit à penser que le cambrioleur leur a balancé de la viande, mais qu'il n'a pas attendu que la mort ait fait son effet pour les mutiler. Tu m'as bien dit que tu avais senti le chloroforme, tu te souviens ?

— Ouais. J'ai pensé que c'était les lavettes qu'ils tenaient à la gueule.

— Jusqu'ici, tu n'es pas loin. Mais ce n'était pas du chloroforme, c'était du chlorure de stelfacteznide, un produit chimique de nettoyage à sec. Et J. C. Kafesjian est bien propriétaire d'une chaîne de pressings, non. Intéressant ?

Le mec est entré / effraction / destruction. Un psycho, mais précis – pas de désarroi ni d'agitation. Téméraire : qui prend son temps, la famille “de sortie” – impossible de savoir où. Et ses saletés de psycho cinglé : bien nettes, bien propres, bien précises.

— Tu veux dire qu'il se pourrait qu'il connaisse la famille, ou alors qu'il travaille dans une des boutiques.

— Exactement.

— As-tu retrouvé le pantalon de la fille ?

— Non. On a trouvé tout un tas de restes calcinés de tissus dans la poubelle aux chiens, il n'y a pas moyen par conséquent de tester le sperme pour trouver le groupe sanguin.

— Et merde. Griller des pantalons corsaire, ça ressemble bien à J. C., ça.

— Dave, écoute. C'est presque purement théorique, mais ça me plaît bien.

— Vas-y.

— Eh bien, les chiens avaient la peau brûlée, comme ébouillantée, autour des yeux, et les cartilages de la gueule étaient brisés. Je pense que le cambrioleur les a neutralisés avec le poison, il leur a défoncé la gueule avant d'essayer de les aveugler alors qu'ils étaient encore en vie. Le stelfactieznide rend aveugle lorsqu'il est appliqué localement, mais les animaux se sont trop débattus et l'ont mordu. Ils sont morts à cause du poison, et lui les a étripés post mortem. Il devait avoir une fixation bizarre sur les yeux, alors il les a soigneusement arrachés, il les leur a fourrés au fond de la gorge avant de leur coller les chiffons imbibés de produit chimique dans la gueule. Les quatre globes oculaires étaient saturés de ce chlorure, et c'est ainsi que je conclus ma plaidoierie.

Un bleu, Junior :

— Dave –

Coupe-lui la chique :

— Ray, as-tu jamais entendu parler de chiens de garde torturés au cours d'un 459 ?

— Jamais. Mais je risquerais ma chance pour le mobile.

— Vengeance ?

— Vengeance.

— Dave...

— *Qu'est-ce qu'il y a* ?

Nerveux :

— Voici l'agent Bethel. Dites au Lieutenant.

Nerveux – une bleusaille :

— Euh... Monsieur, j'ai obtenu deux confirmations d'un rôdeur dans les parages le soir du cambriolage. Le sergent Stemmons, il m'a demandé de repasser dans les maisons où il n'y avait personne à ma première visite. Il y a une vieille dame qui m'a dit qu'elle avait appelé la permanence de Wilshire, et un homme aussi, qui a dit qu'il l'avait vu également :

— Signalement ?

— R-rien que blanc, jeune, sexe masculin. Pas d'autres détails, mais j'ai appelé la permanence malgré tout. Ils ont effectivement envoyé une voiture. Sans résultats, aucun rôdeur n'a été arrêté ou subi un I.T.[1] ce soir sur tout le territoire de la Division.

Une piste – refourgue-la à Junior.

— Appelle Wilshire et demande quatre hommes supplémentaires pour faire la tournée des adresses des absents au domicile, disons à partir de 6 h. Qu'ils demandent les signalements des rôdeurs éventuels. Vérifie les dossiers que je t'ai demandés et fais la tournée des trois boutiques de Kafesjian sur ta liste. Ray ?

— Ouais, Dave.

— Ray, raconte un peu à Stemmons ton histoire de produits chimiques. Junior, c'est là-dessus que tu insistes auprès des employés des boutiques. Si tu lèves un lièvre, va pas faire un truc stupide comme de le descendre.

— Pourquoi pas ? Celui qui a vécu par l'épée, périra par l'épée.

— Espèce de sale petit con, je veux entendre ce que ce mec a à dire sur les Kafesjian.

* * *

Trois boutiques E-Z-Kleen[2] – 1248 S. Normandie pas très loin. Roule jusque-là – la Ford rose garée en façade.

Double file – un mec est sorti au pas de course – cadrage du gars, deux casquettes : Abe Voldrich, flic – et gros bonnet chez Kafesjian.

— S'il vous plaît, officier. Ils ne savent rien à rien au sujet de ce nom de Dieu de cambriolage. Appelez Dan Wilhite, parlez-lui de, euh... des...

— Ramifications ?

— Ouais, c'est exactement le mot qui convient. Officier –

— Lieutenant.

— Lieutenant, ne faites pas de vagues. Oui, la famille a des ennemis. Non, ils ne vous diront pas de qui il s'agit. Vous pouvez demander au capitaine Dan, mais je doute qu'il vous réponde.

Intelligent, le petit tas.

— Ainsi donc nous ne parlons pas des ennemis.

Grand sourire.

— Voilà, ça, c'est parlé ! Tout baigne !

1. Interrogatoire de Terrain. (N. d. T.)
2. Transcription phonétique de Easy Clean, nettoyage facile. (N. d. T.)

— Et le chlorure de stelfacteznide ?
— Quoi ? Pour moi, c'est du chinois, ce que vous me dites-là.
— C'est un produit chimique pour le nettoyage à sec.
La tête qui fait non.
— Cet aspect-là du boulot, j'y connais rien.
Avancée jusqu'à la porte.
— Je veux une liste des employés – pour toutes les boutiques.
— Non. Nous n'engageons que des gens de couleur pour le nettoyage et le travail de pressing, et la plupart sont libérés sur parole ou en conditionnelle. Ils n'aimeraient pas beaucoup vous voir leur poser des questions.
Crime de bougnoule, que dalle – ça cadrait faux.
— Avez-vous des gens de couleur au service des ventes ?
— Non. J. C. ne leur fait pas confiance quand il s'agit d'argent.
— Laissez-moi inspecter votre réserve.
— Pour ce que vous appelez le truc chimique ? Pourquoi ?
— C'est avec ça qu'on a brûlé les chiens de garde.
— Seigneur, Reposez en Paix les Toutous. Allez-y, mais ne venez pas déranger les ouvriers.
Entrée, plié en deux, derrière le comptoir. De la vapeur partout, vaste, la boutique : presses, cuves, des colorés en train de plier des chemises. Etagères sur le mur : cruches, bouteilles.
Vérifie les étiquettes : deux passages, un truc qui accroche ; chlorure de stelfacteznide, tête de mort et deux tibias.
Une cruche que je renifle – ça pue, et ça me rappelle des choses – mes yeux se sont mis à brûler. Replace le cruchon, lambine un peu dans le coin – les femmes pourraient se pointer. Pas de bol – rien que des regards d'esclave, pas gentils. Direction la boutique, la sueur qui dégouline.
Lucille en train d'accrocher des chemises. Ça roule et ça gigote boum-boum – le popotin qui ondule, au rythme d'une radio. Un éclair : sourire, ongles argent.
Sourire en retour – boum – Lucille se verrouille la figure, fermée, sans même essayer de faire semblant. A l'extérieur : Voldrich, Madge. Mama K. : le maquillage humide, plein de larmes.
Direction la voiture. Murmures – j'ai rien pu entendre, que dalle.

* * *

Et merde pour les boutiques E-Z-Kleen – une cabine téléphonique.
Ad. Mœurs, un message pour Junior : appelle Dan Wilhite, demande-lui la liste de tous les caftés de Kafesjian. Probablement en pure perte – il va refuser, ça le démange trop de calmer J. C. Un message *de la part de* Junior : il a vérifié, appris que le stel – putain de machin-truc – était un produit standard de nettoyage à sec, utilisé dans le monde entier.

Retour à Tremaine S – une pie devant la maison. Bethel qui me fait signe d'approcher.

Côté trottoir – il se penche vers la voiture.

— Monsieur, nous avons obtenu deux nouvelles confirmations sur le rôdeur d'il y a deux nuits.

— Des précisions sur son signalement ?

— Non, mais on dirait qu'il fait aussi le voyeur. Nous avons toujours les mêmes "jeune, blanc, sexe masculin" et les deux témoins ont déclaré l'avoir vu reluquer aux fenêtres.

Réfléchis : les outils, pour la cambriole et les mutilations.

— Ont-ils déclaré qu'il transportait quelque chose ?

— Non, Monsieur, mais je pense qu'il a parfaitement pu avoir les instruments nécessaires sur lui.

Intelligent, le môme.

— Mais les gens n'ont pas appelé pour se plaindre ?

Impatient de bien faire :

— Non, Monsieur, mais j'ai une piste qui pourrait peut-être bien coller.

Fais-lui ça au charme.

— Alors, dites-moi, Officier.

— Eh bien, la femme qui habite la maison juste en face, de l'autre côté de la rue, m'a dit que Lucille Kafesjian danse parfois toute nue devant la fenêtre de sa chambre. Vous comprenez, avec les lumières allumées derrière elle. Elle dit qu'elle fait ça quand ses parents et son frère sont de sortie pour la soirée.

Jeu de devinettes :

Lucille l'exhibitionniste, le voyeur / rôdeur / cambrio accro à la famille K.

— Bethel, vous avancez.

— Euh, oui, M'sieur. Jusqu'où ?

— Je parle en général. Mais pour l'instant, vous ne bougez pas d'ici. Vous reprenez les adresses où les gens étaient absents. Et vous essayez de leur dégoter le signalement du voyeur. Vous avez compris ?

— Oui, M'sieur.

* * *

Poste de Wilshire, vérif des dossiers : fiches d'arrestations / M.O. / I.T. Blancs, jeunes, qui reluquent aux fenêtres : zéro. Cambrios massacreurs de chiens – zéro.

Poste de University, arrestations / M.O. : peau de balle. Fiches d'I.T., trois récentes : "Jeunot", "taille moyenne", blanc, repéré à reluquer les motels à putes. *Mon* reluqueur à moi ? – peut-être bien – mais :

Pas d'adresses de motels – rien que "South Western Avenue". Pas de noms de plaignants, pas de numéros matricule.

Nulle part où aller pour l'instant.

Appelle le poste de la 77ème Rue. Le patron de la Brigade, mort d'ennui :

Pas de chiens massacrés, un jeune voyeur, race blanche, repéré en train de rôder sur les toits – motels baisodromes, clubs de jazz. Pas d'arrestations, pas de suspects, pas de cartes d'I.T. – un nouveau système de classement de cartes était en cours à la Brigade. Il allait me faire suivre les emplacements de clubs / motels – si / quand il retrouverait ses fiches.

Les disques de *jazz* de Tommy K. bousillés ?

Coups de fil : prison de Central, Sommiers LAPD / shérif. Résultats : pas d'arrestations pour meurtres de chiens cette année ; jeune Blanc / voyeur / rôdeur : zéro. Arrestations pour 459 post Kafesjian : pas de Blancs responsables.

Coups de fil – collé dans une cabine trois heures durant – appels à toutes les salles de brigade LAPD et shérif. Merde : pas de voyeurs, jeunes, blancs, en détention ; deux dos mouillés saigneurs de clebs expulsés.

En attente : les dossiers pervers du Bureau.

Centre ville, passage au bureau. Pas de messages, un rapport.

CONFIDENTIEL
30 / 10 / 58

à : LIEUTENANT DAVID D. KLEIN

de : SERGENT GEORGE STEMMONS, JR.

sujet : KAFESJIAN / 459 P.C.
947.1 (CODE DE SANTÉ PUBLIQUE -
MEURTRES D'ANIMAUX)

Monsieur,

Ainsi que vous me l'avez ordonné, j'ai contrôlé tous les dossiers de cambriolages – Bureau de Central et Shérif-Central – à la recherche de 459 similaires au nôtre. Aucun n'a été enregistré. J'ai aussi recoupé les responsables de 947 (ils étaient très peu nombreux) avec les dossiers de 459. Aucun nom n'est apparu en recoupement. (Le 947.1 le plus jeune que j'aie pu trouver est aujourd'hui âgé de 39 ans, ce qui contredit la piste que nous a offerte l'agent Bethel sur le rôdeur.) J'ai aussi vérifié les dossiers d'homicide, échelon local et Etat, jusqu'en 1950. Aucuns 187 / 187 collatéraux à des cambriolages avec M.O. similaires à celui de notre homme dans les dossiers.

Côté capitaine Wilhite : je lui ai demandé avec "diplomatie" de nous fournir une liste de fourgueurs / drogués dénoncés par les Kafesjian. Il a dit que leurs caftages n'étaient pas archivés, qu'il n'était gardé aucune trace écrite pour protéger la famille. Le capitaine Wilhite m'a proposé un nom, un homme que Tommy Kafesjian a récemment dénoncé à ses services : un vendeur de marie-jeanne, Wardell Henry Knox, noir, masculin, employé comme barman par divers clubs de jazz. Les agents du capitaine Wilhite ont été incapables de repérer Knox. Knox a été assassiné tout récemment (non résolu). C'était un homicide nègre-nègre qui n'a probablement eu droit qu'à une enquête superficielle.

Côté boutiques E-Z Kleen : aux trois adresses visitées, le personnel a refusé tout simplement de me parler.

Pour en revenir au capitaine Wilhite. Franchement, je pense qu'il a menti au sujet des caftages de Kafesjian qui n'ont jamais été archivés. Il a fait état de sa mauvaise humeur devant la dispute qui vous a opposé à J. C. Kafesjian, en ajoutant que le bruit courait que l'enquête fédérale sur les rackets allait bientôt démarrer : elle sera centrée sur le trafic de stupéfiants à Los Angeles Sud Central. Il a fait part de ses inquiétudes et de ses craintes que la subornation de la famille Kafesjian par le LAPD ne soit rendue publique, discréditant ainsi à la fois les services de police en général, et en particulier, les agents de la Division des Stupéfiants individuellement impliqués avec la famille.

J'attends mes ordres.

Respectueusement,

Sgt George Stemmons, Jr
Matricule 2104
Division de l'Administration des Mœurs.

Junior – intelligent quand il s'en donnait la peine – laisse-lui un message : le voyeur, Lucille l'effeuilleuse. Les ordres : retourne à la maison, reprends les quadrilleurs en main, évite la famille.

A cran – trouve-toi les dossiers pervers. Chienneries / cambriolages / voyeurs, au boulot.

Un marine baiseur de bergers allemands. Docteur "Dogue" : chopé pour avoir chargé sa propre fille au pus de beagle. Tueurs de chiens – aucun qui cadrait avec mon bonhomme. Baiseurs de chiens, suceurs de chiens, tabasseurs de chiens, adorateurs de chiens, un taré qui a découpé sa bonne femme déguisée en Pluto. Renifleurs de culottes, chieurs d'évier, masturbateurs – que des branloteurs sur lingerie, rien d'autre. Cambrios chouquettes, effractions par travelos, "Rita Hayworth" – robe Gilda, poils de la touffe passés à la teinture, surpris en train de tailler une pipe à un bébé chloroformé. L'âge qui cadre bien – mais un emmanché lui avait coupé la pine, il s'était suicidé, funérailles à San Quentin en grand tralala. Voyeurs : fenêtres, poteaux d'éclairage, toits – les clowns amateurs de toit, un couple de frangins chinetoques. Rien sur des découpeurs de chiens de garde. Les tarés donnaient dans le passif, chopés tout gémissants, la pine à la main. Darryl Wishnick : jeton, effraction, entrée, viol de chiens de garde neutralisés par de la bidoche mélangée à de la schnouff – pas de bol qu'il ait passé l'arme à gauche, syphlotte, en 56. Un éclair : les voyeurs jouaient le jeu passif, mon mec, lui, tuait des mastards de chiens pas commodes.

Bloqué. Pas d'ouverture.

5 h 45 – à cran, la dalle. Rick's Reef – avec peut-être Diskant en prime à la télé.

Direction Rick's Reef – plein à craquer – attrape le dernier tabouret libre. Infos télé : Ike, l'économie. Je commande un hamburger, des trucs locaux : Chavez Ravine, morts sur la route, les Rouges.

Monte le son :

— ... ainsi donc, je me retire pour des raisons personnelles. Thomas Bethune se trouvera réélu faute d'adversaire. Mais je fonde l'espoir fervent que son élection ne sera pas le garant de l'expulsion des gens de Chavez Ravine afin qu'on puisse s'emparer de leurs terres. Je continuerai à protester contre ce travesti de justice en tant que simple citoyen. Je...

Mon plat est arrivé – plus d'appétit. J'ai décollé.

* * *

Nulle part où aller – rien qu'une balade, vitesse croisière. Au sud – comme attiré par un aimant.

Figueroa, Slanson, Central. Une Plymouth gris flicaille juste derrière – disons DAI [1] – Exley. Ecrase le champignon – adios filoche potentielle.

Quartier à reluque – boîtes de nuit, rades à baise – Bido Lito's, Klub Zamboanga, Club Zombie – toits surbaissés – ça reluque dans l'arrière-salle. Lucky Time Motel, Tick Tock Motel. Reluque facile : accès au toit / des herbes à hauteur d'épaule. Déclic : va voir Lester Lake, au Tiger Room.

Demi-tour, coup d'œil au rétro, et merde – une Plymouth qui coupe la voie.

DAI / Stups – des nervis qui te tiennent à l'œil ?

Rues latérales – à lambiner, sans trop savoir – le numéro de Lester se terminait à 8 h tapantes. Lester Lake : locataire, informateur. Du boulot de balance bon marché – il me devait.

Automne 52 :

Coup de fil – Harry Cohn – gros ponte dans le cinéma. Mon sobriquet de "Redresseur" l'intriguait ; il croyait que "Klein" faisait de moi un petit Juif. Un crooner noir sautait sa petite amie – efface-le, dix bâtons.

J'ai dit non.

Mickey Cohen a dit non.

1. Division des Affaires Internes. (N. d. T.)

Cohn a appelé Jack Dragna.

Je savais que j'allais me coller le boulot – pas les moyens de refuser. Mickey : trouver à son goût une petite clairette ne méritait pas la mort – mais Jack insiste.

J'ai appelé Jack – mais c'est de la petite merde, ce truc – n'établis pas de précédent. Passe-le aux gros bras, le Lester Lake – ne le tue pas.

Jack a dit *à toi* de faire le monsieur muscle.

Jack a dit prends les frères Vecchio.

Jack a dit emmène le Nègre dans un coin, coupe-lui les cordes vocales.

Déglutis – la nausée – une fraction de seconde.

— Sinon, je te colle sur le dos Trombino et Brancato. Tu tombes. Et je traîne le nom de ta pute de frangine dans la boue.

J'ai mis la main sur Lester Lake : tu te laisses couper ou tu te fais tuer – à toi de choisir. Lester : coupe, mais vite, s'il te plaît. Les Vecchio se sont pointés – Touch enfouraillé, d'un scalpel. Quelques verres – et quelques gouttes pour endormir le Lester.

Anesthésie – gémissements, il appelle Mama.

Et ça tranche, boulot torché : Chick V., Touch V., moi.

On a amené un toubib – chirurgie / pas d'inculpation parce qu'il est chargé.

Lester a guéri – Jack n'a jamais su qu'on avait joué au con tous les trois.

Lester – de baryton à ténor – il bosse, ses connasses strictement négresses. Touch amenait ses petits amis pour l'écouter.

Lester a dit qu'il me devait.

J'ai réglé le marché : une piaule dans ma crèche réservée bougnoules – loyer réduit en échange de bons tuyaux. Ça a marché : il parlait négro aux négros, caftait les bookies.

Le club – façade à rayures tigrées. A l'intérieur : murs tigrés, nanas tigrées au service. Lester Lake sur scène – *Blue Moon.*

Chope-toi un box, chope-toi une tigresse – Dave Klein, pour voir Lester. Coup d'œil – en coulisses – bruits de machines à sous, ça cliquette derrière la porte. Lester : courbettes, applaudissements minables.

La salle se rallume : bougnoules, box à fourrures tigrées. Lester, une assiette à la main.

Poulet, galettes – dégoulinant de graillons.

— Salut, M. Klein. J'allais vous appeler.

— T'as un retard de loyer.

Il s'est assis.

— Ouais, et avec vous, les proprios de taudis, un mec l'a pas facile. Ça pourrait être pire, remarquez. Pourriez être proprio et juif.

Des regards sur nous.

— Je te retrouve toujours en public. Qu'est-ce que les gens croient qu'on fabrique ?

— Personne demande jamais, mais je me dis qu'ils se disent que vous continuez à ramasser les paris pour Jack Woods. Je suis parieur, alors je dirais qu'c'est ça qu'y croient. Et puisqu'on parle de Jack, il faisait la collecte des loyers cet après-midi, ce qui m'a poussé à vouloir vous passer un coup de fil avant qu'il me tombe dessus comme sur le pauvre connard au bout du couloir.

— Donne-moi un coup de main et je laisse pisser.

— Vous voulez dire question-réponse, et c'est moi qui réponds.

— Non. D'abord, tu te débarrasses de cette merde de graillons, ensuite je pose les questions et toi, tu réponds.

Une tigresse qui passe à portée – Lester lui largue son assiette, se ramasse une dosette de gnôle. Cul sec, avant de roter.

— Alors, demandez.

— Commençons par les cambrioleurs.

— Okay, Leroy Coates, libéré sur parole, il claque son fric. Wayne Layne, le champion des monte-en-l'air, qui fait marner sa femme pour faire l'enveloppe à cracher aux flics, tout ça pour qu'y continue ses petites habitudes – Alfonzo Tyrell –

— Mon mec est blanc.

Tsk tsk.

— Mes quartiers, c'est le côté bronzé de cette ville. Et j'en bouge pas. La dernière fois que moi, j'ai entendu parler d'un cambrio blanc, c'est jamais.

— Correct, mais mon mec, je dirais que c'est un psycho. Il a saigné deux Dobermans, sans rien voler que de l'argenterie avant de foutre en miettes des affaires de la famille, dans le genre fringues et disques. Vois où ça te mène.

Haussement d'épaules.

— Où ça me mène ? Nulle part. Je sais rien d'un cinglé comme ça, sauf qu'y a pas besoin d's'appeler Einstein pour savoir qu'il en veut à cette famille. Wayne Layne chie dans les machines à laver, et comme cambrio, il est assez cinglé pour que j'aie pas envie d'en connaître d'autres.

— Okay, les serruriers, alors.

— Les quoi ?

— Les voyeurs. Les mecs qui prennent leur pied à mater par les fenêtres. J'ai des rapports qui me signalent un mateur sur les lieux de mon cambriolage *et* aussi sur tout le quartier sud – les rades à baise et les clubs de jazz.

Haussement d'épaules.

— Je vais me renseigner, mais vous pouvez être sûr qu'z'allez pas avoir lourd pour votre mois de loyer.

— Essayons Wardell Henry Knox. Il vendait de la marie-jeanne et travaillait comme barman dans des boîtes de jazz, dans le coin, je présume.

Grand sourire.

— Vous présumez juste, pasque les clubs blancs refusaient de l'engager. Et le temps passé est correct, pasqu'y s'est fait moucher pour de bon y'a quelques mois de ça. Par une ou des personnes inconnues, juste au cas où vous voudriez savoir qui a fait ça.

Beuglement de juke-box tout près – un coup sur le cordon – silence.

— Je sais qu'il a été assassiné.

— "Et dis donc !" / "Pis quoi encore" / "Hé ! mec!" – qu'ils aillent se faire foutre.

— Monsieur Klein, vos questions s'éloignent plutôt loin du sujet. Mais je verrais bien un mobile pour Wardell.

— Je suis tout ouïe.

— La chatte fraîche. C'vieux Wardell, l'avait du sang de cavaleur dans les veines. C'était le chasseur de chatte suprême, un putain d'entifleur de pouliches. Si ça bougeait, il te vous l'enfilait. Y brossait, y goupillonnait, y fourraillait, le roi de la banane à la crème. Il a dû se faire un million d'ennemis. L'aurait été capable de baiser un tas de bois en se disant qu'avec un peu de bol, y'avait un serpent qui remuait à l'intérieur. Il aimait goûter, il aimait mouiller, mais gaspiller, ça jamais il l'aurait fait. Il –

— Assez, Seigneur !

Clin d'œil.

— Hé ! arrêtez d'embêter la clientèle du coin et demandez-moi quelque chose à quoi je peux peut-être répondre.

Plus près. Bouche à oreille.

— La famille Kafesjian. Tu dois en savoir plus que moi.

Grimace – Lester a rebranché le juke-box – Réponse à voix basse.

— Je sais qu'ils sont très copains avec les gens de chez vous. Je sais qu'y vendent qu'aux Nègres et ce que vous appelleriez n'importe qui, sauf aux bons Blancs bien régules, pasque c'est comme ça que le chef Parker, il aime que ça soit. Pilules, herbe, gnôle, c'est eux les fournisseurs numéro un pour tout le quartier sud de L.A. Je sais qu'ils prêtent de l'argent et qu'ils se tirent leur fraîche grâce à leur boulot d'indics, du genre, des fourgueurs indépendants qu'ils peuvent balancer au LAPD, pasque ça fait partie du marché avec les gens de chez vous. Maintenant, je *sais* aussi que J. C. et Tommy engagent des Nègres, le genre à passer inaperçus, pour distribuer leur camelote, et c'est Tommy qui dirige le troupeau au fouet. Et vous voulez du truc de fêlé ? Essayez donc Tommy le K. Il traîne ses guêtres avec les mal blanchis du Bido Lito's et il monte sur scène pour jouer de son abominable sax tenor chaque fois qu'ils l'autorisent, ce qui est souvent, pasque qui est-ce qui voudrait refuser à un fêlé, même un petit merdaillon tout sec comme Tommy. Tommy c'est un cin-in-glé. C'est un putain de dingue timbré et porte-poisse. C'est lui le gros bras des Kafesjian, et j'ai entendu dire qu'y se débrouille comme un chef avec une lame. J'ai aussi entendu dire qu'il était prêt à tout pour être dans les petits papiers des Stups. A ce qu'on m'a raconté, c'est lui qui a effacé le poivrot qui avait écrasé la fille d'un mec des Stups avant de prendre la fuite.

Cin-in-glé.

— C'est tout ?

— C'est pas assez ?

— Et Lucille, la sœur de Tommy ? C'est une givrée, elle se balade toute nue dans sa piaule.

— Je dirais et alors, et pis après. Pas de bol que Wardell soit mort, il aimerait probablement la fourrer. Peut-être qu'elle l'aime bien bronzée, comme son frangin. Je la fourrerais bien moi-même, sauf qu'la dernière fois qu'j'ai tâté de la fesse blanche, je me suis fait taillader le cou. Vous devriez le savoir, vous étiez là.

Roucoulades de juke-box – Lester en personne.

— Ils te laissent mettre tes propres chansons là-dedans ?

— C'est Chick et Touch Vecchio. Ils sont bien plus sentimentaux que Dave Klein, le roi des taudis, à propos de cette vieille partie de scalpel sur mon cou. Aussi longtemps qu'y continueront à diriger les machines à sous et les distributeurs de merde du quartier sud pour M. Cohen, l'interprétation de *Harbor Lights* par Lester Lake restera dans ce juke-box. Ce qui me donne à réfléchir, pasque ces deux dernières semaines ou à peu près, c'est des mecs à l'allure d'étrangers qui s'occupent de toute la quincaille, ce qui pourrait être de mauvais présage pour ce vieux Lester.

Those haaabor lights – quelle guimauve.

— Mickey devrait surveiller ça de près, les Fédés pourraient bien descendre jusqu'ici pour inspecter la machinerie. Et est-ce qu'on t'a déjà dit qu'à t'entendre, on croirait un homo ? Genre Johnnie Ray au chômage ?

A le faire hurler de rire.

— Ouais, ces dames de mes amies. Je leur fais croire que j'ai des petites tendances pédé, alors elles se donnent bien du mal pour me remettre dans la droite ligne. Touch V. vient ici avec ses chouquettes, et moi j'étudie ses petites manières. Il a ramené une chouquette, genre blondin oxygéné, c'était comme d'avoir un diplôme universitaire de première en pédalerie.

Bâillement – les tigrures qui commencent à tourner.

— Allez dormir un peu, M. Klein. Vous avez l'air complètement naze.

* * *

Pas moyen de dormir – toujours à cran.

Zigzags est, sud – pas de Plymouth grise. Western Avenue – le coin à mateurs – motels à putes, pas de numéros pour commencer le boulot et brûler son énergie. Western et Adams – le paradis des putes – des filles agglutinées près de Cooper's Donuts. Des colorées, des Mex, quelques Blanches – robes fendues à la chinoise, pantalons corsaire. Sursaut – idée de départ – les colle-aux-cuisses de Lucille – tailladés, pleins de foutre.

Un saut jusqu'à :

Western et Adams – Division de University. Mœurs de University, classeurs à radasses : pseudos et noms de travail / listes de michés / rapports arrestation et détention. La crèche des Kafesjian : Division de Wilshire, à trois kilomètres. Lucille et son sourire putassier, le sang de papa sur les griffes – l'idée colle, saute dessus : elle vend ses miches à l'œil, pour le plaisir.

Gros sursaut à suivre – toutes les chances contre.

Poste d'University, chope le chef de Brigade – leur livre à putes, un vrai foutoir : des photos anthropo en vrac, des copies carbone de rapports. Des noms : putes, noms de guerre des nanas, mecs arrêtés / incarcérés avec des putes. Trois classeurs : aucun ordre.

Ecrème, dégage, fouine et fouille :

Pas de "Kafesjian", pas de noms arméniens – une heure de gâchée – aucune surprise – la plupart des racoleuses libérées sur caution sous pseudonymes. La plus belle, la touche finale : si Lucille faisait la pute, *si* elle s'était fait agrafer – elle avait probablement appelé Dan Wilhite pour arrêter le mouvement. 114 rapports de détention, 18 filles de race blanche – aucun descriptif physique qui corresponde à Lucille. Système à la con – la plupart des flics laissaient pisser pour ce qui était des rapports sur putes, les filles récidivaient toujours, la mise à jour, c'était une vraie perte de temps. Listes de michés – pas de Luce, Lucille ou Lucy de race blanche enregistrée – pas de noms de famille arméniens.

D'autres clichés anthropo – certains avec pancarte en sautoir, numéro et identité : noms véritables, noms de michés, dates. Nanas bronzées, mexicaines, blanches – des putes à 99,9 %. La chair de poule : Lucille – face et profil – pas de pancarte en sautoir, rien d'écrit.

Pétasse : rouge à lèvres foncé, maquillée pute.

Revérification de tous les papiers – rien sur Lucille.

Une série de photos anthropo.

Les paperasses d'accompagnement, perdues.

Dis-toi que Dan Wilhite a dû tirer la feuille – et les clichés ont été oubliés au passage.

Devinette : cambrio = mateur = miché de Lucille K.

Mets ça par écrit, un petit mot à Junior.

Vérifie toutes les listes de prostits / michés de tous les postes – procure-toi la liste des michés de Lucille.

Chair de poule – Exley / Wilhite / voitures en filoche, les Kafesjian.

Arrivée au Bureau, le mot sur le bureau de Junior. Minuit : pas un chat à l'Ad. Mœurs.

— Klein ?

Le couloir – Dan Wilhite. Dis-lui d'approcher – ma salle de brigade.

Les yeux fumaces.

— Alors ?

— Alors je suis désolé pour le rentre-dedans avec Kafesjian.

— Je ne demande pas d'excuses. Je vais me répéter une nouvelle fois : alors ?

— Alors, la situation est tendue, et j'essaie d'être raisonnable. Je ne l'ai pas demandé, ce boulot, et je n'en veux pas.

— Je sais, et ton sergent Stemmons s'est déjà excusé pour ta conduite. Il m'a également demandé une liste de tous les criminels dénoncés par J. C. et ses gens, chose que j'ai refusé de lui donner. Ne me le redemande pas, parce que toutes les notes écrites ayant rapport aux Kafesjian ont été détruites. *Alors* ?

— Alors c'est comme ça. Et la question devrait être "Alors qu'est-ce que veut Exley ?"

Mains aux hanches, pour marquer le coup :

— Donne-moi donc ton opinion sur ce 459. Je crois que c'est un avertissement de truands rapport à la came. A mon avis, ce sont les Stups les mieux adaptés à ce genre d'affaire, et je pense que c'est ça que tu devrais dire au chef Exley.

VOIX DE GLACE :

— Je ne pense pas. Je pense que le cambrioleur a la famille dans le nez, peut-être même Lucille tout particulièrement. Ce pourrait être un mateur de carreaux qui a opéré à Nègreville ces temps derniers.

— Ou c'est peut-être un numéro de cinglé. Une bande de truands rivale qui utilise une tactique de terreur.

— Peut-être bien, mais je ne pense pas. Je ne suis pas vraiment un homme de terrain, mais –

— Non, tu es un soudard diplômé en droit –

GLACE / DOUCEMENT / NE BOUGE PAS.

— Et je regrette de t'avoir appelé dans ce foutoir. En plus, j'ai entendu dire que l'enquête fédé allait effectivement avoir lieu. J'ai entendu dire que Welles Noonan faisait vérifier par des experts comptables certaines déclarations d'impôts – la mienne et celles de certains de mes hommes. Cela signifie probablement qu'il est au courant au sujet des Stups et des Kafesjian. On a tous touché des enveloppes, on a tous des articles ou des objets chers qu'on ne peut pas expliquer, alors –

A me faire gicler sa sueur dessus / son haleine brûlante de tabac.

— Tu fais ton devoir vis-à-vis du Service. T'as accompli tes vingt ans, pas moi, et mes hommes non plus. Tu es diplômé en droit, tu peux te monter un cabinet et aller lécher les bottes de Mickey C. Nous pas.

C'est *toi* qui nous dois, parce que c'est toi qui as laissé Sanderline Johnson sauter. Welles Noonan s'est pris soudain à en bander dur pour le quartier sud parce que c'est *toi* qui as compromis son enquête sur la boxe. Mes hommes ont chaud aux fesses, c'est à *toi* qu'ils le doivent, alors c'est à *toi* d'arranger les choses. Faut te dire que le J. C. et le Tommy sont givrés. Ils n'ont encore jamais eu affaire à des services de police hostiles, et si les Fédés commencent à leur tomber dessus un peu dur, ils deviendront impossibles à maîtriser. Je veux les voir calmés. Mets les pouces à cette connerie d'enquête que tu as en cours, refile à Exley tout ce qu'il te faudra lui refiler. Simplement, tire-toi des pattes de cette famille aussi vite que tu le peux.

Bousculé / les coudes dans le lard :

— J'essaierai.

— Fais-le. Fais comme si y'avait du fric à la clé. Fais comme si je croyais que c'est toi qui as poussé Johnson par la fenêtre.

— C'est ce que tu crois ?

— T'es suffisamment gourmand pour, mais tu n'es pas stupide à ce point-là.

Bouscule-le en retour, malgré les guibolles qui flageolent. Mon bureau, petit message de la permanence : "P. Bondurant a appelé – Dit d'appeler H. Hughes au Bel-Air Hôtel."

Chapitre 8

— ... Et Pete Bondurant, mon employé, m'a parlé de votre splendide comportement dans l'affaire Morton Diskant. Saviez-vous que Diskant était membre de quatre organisations classées comme façades communistes par les services du procureur général de Californie ?

Howard Hughes : grand, dégingandé. Une suite dans un hôtel, deux larbins : Bradley Milteer – avocat ; Harold Miciak – gorille.

7 heures du mat – filez-moi du café.

Distrait, une idée – entôler un débile quelconque pour le boulot chez les Kafesjian.

Howard putain de Hughes – sois gentil.

— Non, M. Hughes. Je ne le savais pas.

— Eh bien, vous devriez être au courant. Pete m'a dit que vos méthodes étaient rudes, et il faudrait que vous sachiez que le passé de Diskant justifie ces méthodes. Je cherche entre autres choses à m'établir comme producteur de cinéma indépendant. J'ai pour projet de produire une série de films mettant en scène la guerre des airs contre les communistes, et un thème central de tous ces films sera "La Fin Justifie les Moyens".

Milteer :

— Le lieutenant Klein est également homme de loi. S'il accepte votre offre, vous recevrez en supplément une interprétation des aspects contractuels.

— Je n'ai guère pratiqué le droit, M. Hughes. Et je suis plutôt très pris ces temps-ci.

Miciak toussota. Les mains tatouées – du truc de gang zazous.

— C'est p – ce *n'est pas* un travail pour un homme de loi. Pete Bondurant est débordé, aussi –

Hughes – silence, le comparse :

— "Surveillance", c'est ce qui résume au mieux cette tâche, Lieutenant. Bradley, voulez-vous préciser les détails ?

Milteer, bégueule et pointilleux :

— M. Hughes a engagé une jeune actrice du nom de Glenda Bledsoe qui a signé un contrat à plein temps. Elle habitait dans l'une des résidences de M. Hughes et on la formait sur le plan professionnel pour qu'elle pût jouer des premiers rôles dans ses films sur l'armée de l'Air. Elle a rompu des clauses du contrat en déménageant de la résidence et en quittant les séances de lectures de scénarios sans permission. Elle joue actuellement le premier rôle féminin dans un film d'horreur, sans personnel syndiqué, qui est en train de se tourner à Griffith Park. Le film s'appelle *L'Attaque du Vampire Atomique*, vous pouvez sans peine imaginer la qualité de la production.

Le Grand Howard, bégueule à son tour :

— Le contrat de Melle Bledsoe l'autorise à faire, par an, un film non Hughes, je ne peux donc en faire un motif de rupture de contrat. Il existe néanmoins une clause de moralité que nous pouvons utiliser. Si nous pouvons prouver que Melle Bledsoe est alcoolique, criminelle, toxicomane, communiste, lesbienne ou nymphomane, nous pouvons dénoncer son contrat et obtenir qu'elle soit blackboulée de l'industrie cinématographique sur ces critères. La seule autre voie qui s'ouvre à nous pour agir est d'obtenir la preuve qu'elle a pris part, en toute connaissance de cause, à la promotion d'acteurs non liés à Hughes par contrat en dehors du travail qu'elle effectue pour cette monstruosité de film stupide. Lieutenant, votre tâche consisterait à surveiller Glenda Bledsoe et à essayer d'établir toute infraction aux clauses de son contrat. Vos honoraires se monteraient à trois mille dollars.

Pseudo chantage / manœuvres de coercition pour l'obliger à coucher.

— Lui avez-vous expliqué la situation, à Glenda Bledsoe, M. Milteer ?

— Oui.

— Comment a-t-elle réagi ?

— Sa réponse a été "Va te faire foutre". Votre réponse, Lieutenant ?

Le "Non" n'est pas loin – ne bouge plus – réfléchis :

L'Indiscret : c'est Mickey C. qui allonge pour financer le film.

Résidence égale baisodrome égale Howard Hughes cocu.

Trouve-toi quelques mecs du Bureau pour les filoches, trouve-toi une petite caisse noire : du liquide pour l'entôlage Kafesjian.

GRATTE-LE , À LA HAUSSE.

— Cinq mille, M. Hughes. Je peux vous recommander des employés meilleur marché, mais je ne peux me permettre de négliger mes devoirs et fonctions habituels pour moins que cela.

Messe basse, en tête à tête : Hughes, Milteer. Murmures, Miciak tout seul dans son coin. Plis au front, hochements de tête – Milteer, un rouleau de billets :

— Très bien, Lieutenant. Voici une avance de deux mille dollars pour sceller notre marché, et j'escompte avoir un rapport au moins tous les deux jours. Vous pouvez m'appeler ici au Bel-Air. Y a-t-il autre chose que vous désiriez savoir sur Melle Bledsoe ?

— Je trouverai une ouverture par l'équipe du film.

Hughes s'est levé. Caresse-le dans le sens du poil :

— Je l'épinglerai, Monsieur.

Mollasse, la poignée de main. Miciak, la serviette de sortie – et Hughes qui s'est essuyé la main en douce.

De l'argent tout neuf – dépense-le intelligemment. Sois intelligent, réfléchis :

Epingle la Glenda Bledsoe vite fait. Que Junior se prenne les Kafesjian en partie sur le dos – à lui le boulot – en espérant que sa filée de foirages est finie. Trouve qui est cette filoche de Nègreville, débrouille-toi pour rester sans filoche.

A l'instinct : Exley n'a pas voulu me balancer pour Johnson. Logique : il a détruit le rapport du légiste ; je pourrais le balancer pour Diskant, en partie. A l'instinct : disons que cette fixation Kafesjian, c'est PERSONNEL. A l'instinct – appelez-moi la chèvre – un flic pourri comme cible, pour s'attirer les mauvaises foudres.

Conclusions :

N° 1 – Wilhite / Stups les plus dangereux du lot ; qui me cadrent comme flic qui touche en train de leur voler leur bifteck. Peut-être même le blues du Grand Jury fédé : accusations fermes, inculpations. Les ripoux au chômage, un bouc émissaire : l'avocat / proprio / pensionné de la police à l'abri. Tueurs au chômage – une seule cible.

N° 2 – Trouve-toi un cambrio / pervers pour la confesse – un taré quelconque pour porter ma casquette 459. Graisse la patte des flics de rue pour te trouver une piste ; et garde Junior sur l'affaire, à la régulière. Le cambrio / monte-en-l'air pas le modèle standard – c'est Machin M. le Pervers qui va plonger pour le coup.

Poste de Hollywood – pas d'employés salle des archives – sors-toi "459 Résolus", "Faux Aveux" 49 à 57. Une feuille de 187 au tableau – "Le Feu Follet Fou" – du truc de fêlé, joli, chope-toi une copie carbone.

Conclusion n°3 :

Disons-le : la trouille qui me guette.

* * *

Griffith Park – remonter la route ouest – petites montagnes. Virages secs, canyons broussailleux – extérieurs de cinéma.

Gare-toi – un parking d'occase – les voitures rangées serrées. Des cris, les pancartes des manifestants qui remuent là-bas dans le fond. Une camionnette à plateau, un bond, cadre le spectacle.

Des mecs qui brandissent des pancartes syndicales, Chick Vecchio – M. les Gros Bras en personne pas loin. Une clairière, des caravanes, le plateau de tournage : des caméras, une fusée à moitié Chevy.

— Jaunes ! Raclures de jaunes.

Passe la ligne, en force – "Officier de Police". Piquet de fiotes – les rangs qui s'ouvrent, passe facile. Chick – tout sourires, tapes dans le dos.

— Raclures de jaunes ! Collusion policière.

Accompagne-le – jusqu'aux caravanes. Sifflets, mais pas de jets de pierres – de vraies mauviettes. Chick :

— Tu cherches Mickey ? Je parierais qu'il a une belle enveloppe pour toi.

— Il te l'a dit ?

— Non, c'est ce que mon frère qualifierait de "conclusion incontournable pour le connaisseur averti". Allez, un témoin prend son envol par la fenêtre, avec Dave Klein tout à côté. Et qu'est-ce qu'un connaisseur machin-chose avec insigne est censé penser devant ça ?

— Je pense que t'es pas loin de bouffer du syndicaliste.

— Hé ! on aurait dû faire appel à ce bon vieux Redresseur. Sérieusement, t'as pas une idée ? Mickey manque sérieusement de fraîche. Une vraie crise. Tu connaîtrais pas quelques garçons qui ne nous coûteraient pas la peau des fesses ?

— Qu'est-ce que t'en as à branler, laisse-les faire leurs manifs.

— Uh-uh. Ils hurlent pendant qu'on filme, ce qui fait qu'on est obligés de doubler toute la bande son, et ça coûte de l'argent.

Quelqu'un / quelque part :

— Caméras ! On tourne !

— Sérieusement, Dave.

— Okay, passe un coup de fil à Fats Medina au gymnase de Main Street. Dis-lui que j'ai demandé cinq sparring partners et un barrage. Dis-lui aussi que t'iras jusqu'à cinquante par tête.

— T'es sérieux ?

— Fais-ça ce soir, et demain, t'auras plus de problème avec tes syndicats. Amène-toi, je veux voir un peu ce film de près.

Direction le plateau. Chick – un doigt sur les lèvres, une scène en cours de tournage.

Touch Vecchio :

— Les fusées russes ont largué des bombes atomiques sur Los Angeles – c'est cela, leur plan pour transformer les Angelenos en automates prêts à suivre le communisme ! Ils ont mis au point un Virus Vampire ! Les gens se transforment en monstres prêts à dévorer leurs propres familles !

Son partenaire – blondin, l'entre-deux rembourré :

— La famille est le concept sacré qui unit tous les Américains. Nous devons arrêter cette invasion dévoreuse d'âmes à n'importe quel prix !

Chick, un filet de voix en murmure :

— Le plus drôle dans l'histoire, c'est que mon frère a huit hommes à son tableau de tueur ; et il prend ces manifs très au sérieux. Et imagine – lui et cette chouquette oxygénée se bourrent le lard dans les caravanes à la première occasion, *sans compter* qu'ils chassent les jeunes pédés dans les toilettes à Fern Dell. Tu vois ce mec avec le mégaphone ? C'est Sid Frizell, le soi-disant metteur en scène. Mickey l'a engagé pour que-dalle, et à le voir, je dirais qu'il m'a tout l'air d'un ex-taulard incapable de diriger une enfilade de Mongoliens en train de baiser. Il est toujours en discussion avec ce mec, Wylie Bullock, le cameraman, qui lui au moins a un endroit où crécher, au contraire de la plupart des clodos que Mickey a engagés. Imagine : il a engagé l'équipe au marché d'esclaves rue de la débine. Ils dorment sur le plateau, on croirait une putain de jungle de clodos et de routards. Et le dialogue ? Fritzell – Mickey lui allonge quelques thunes de rab par jour pour écrire le scénario.

Pas de Mickey, pas de femmes.

Touch :

— Je serais prêt à assassiner les plus hauts dignitaires du Secrétariat soviétique pour protéger l'inviolabilité de ma famille !

Blondie :

— Je suis naturellement de tout cœur avec toi. Mais d'abord, il faudrait que nous isolions les déchets atomiques avant qu'ils ne s'infiltrent dans le Réservoir d'Hollywood. Regarde tous ces malheureux, victimes du Virus Vampire.

Plan de coupe. Des extras sautillants vêtus de masques de loups-garous. Hop, hop – et le T-bird[1] qui gicle des poches arrière des pantalons.

Sid Fritzell :

— Coupez ! Je vous ai déjà dit de laisser vos flasques de vin avec vos couvertures et vos sacs de couchage ! Et souvenez-vous des ordres de M. Cohen – pas de vin avant la pause déjeuner.

Hop, hop – un gugusse qui se faufile en catimini à l'intérieur du vaisseau spatial. Touch qui pelote en douce le cul de Blondie.

Fritzell :

— Pause de cinq minutes. Et on ne picole pas !

— Raclures de jaunes ! A la botte des flics ! – des cris en fond sonore.

Touch – doucement – qui vient s'insinuer près de la caméra. Pas de Glenda Bledsoe.

— Salut, Dave. Tu cherches Mickey ?

— Les gens n'arrêtent pas de me demander ça.

— Eh bien, c'est une conclusion incontournable pour le connaisseur averti.

Clin d'œil de Chick.

— Il va se montrer. Il passe toujours à la boulangerie où il se procure son pain rassis d'une semaine pour ses sandwichs. Imagine la cuisine qu'on nous fait : pain rassis, beignets rassis et cette viande, celle qui se revend sous le comptoir à l'abattoir de Vernon. Imagine : j'ai arrêté de manger sur le plateau quand je me suis vu de la fourrure sur mon bologne au fromage.

Rires, discussions sur le script : Blondie et un vieux Dracula d'occase.

Soupir de Touch :

1. Vin bon marché. (N. d. T.)

— Rock Rockwell va devenir une immense vedette. Ecoutez, c'est lui qui explique à Elston Majeska comment interpréter son texte. Qu'est-ce que ça implique pour le connaisseur averti ?

Dracula – crocs à la bouche, cape.

— Qui est Elston Majeska ?

Chick :

— En Europe, il a été une sorte de vedette du muet, et aujourd'hui, c'est Mickey qui lui obtient ses sauf-conduits pour le sortir de sa maison de retraite. C'est un camé, et Mickey le paie en H dilué qu'il a pour pas grand-chose. Le vieil Elston dit son texte, se shoote sa dose et se bâfre de sucre. Il faut le voir engloutir ces vieux beignets rassis.

Papy s'est épluché une barre de Mars, les guibolles vacillantes – Blondie l'a rattrapé par la cape.

Touch, en pamoison :

— On en mangerait, rien n'y manque.

Fritzell :

— Glenda sur le plateau dans cinq minutes.

— Quand j'ai connu Mickey, il se mettait dix millions par an dans les poches. Pour en arriver à ça aujourd'hui, Seigneur !

Chick, un haussement d'épaules :

— Ça va, ça vient.

Touch, un haussement d'épaules :

— La passion, ça n'a qu'un temps.

— Conneries. Mickey est sorti de Mc Neil Island il y a un an – et *personne* n'a mis la main sur ses affaires de jadis. Est-ce qu'il a la trouille ? Quatre de ses mecs se sont fait effacer, quatre non résolus – et je veux dire que personne ne sait qui c'est. Vous êtes les deux seuls gros bras qui lui restent, et je n'arrive pas à "m'imaginer" pourquoi vous traînez encore vos guêtres dans le coin. Qu'est-ce qui lui reste, des boîtes à sous de Nègreville ? Combien se ramasse-t-il avec ce truc-là ?

Touch, haussement d'épaules. Chick, haussement d'épaules.

— Alors imagine simplement qu'il y a longtemps qu'on est avec Mickey. Imagine-toi qu'on n'aime pas le changement. C'est un bagarreur, et les bagarreurs, ça arrive à des résultats tôt ou tard.

— Jolis résultats. Et Lester Lake m'a raconté qu'y avait des mecs de l'extérieur sur les machines à sous du quartier sud.

Haussements d'épaules. Acclamations des poivrots – Glenda.

Grande, mince, blond miel. Toute en jambes, toute en poitrine – un sourire qui disait qu'elle n'avait jamais fait un plat de ça. Les genoux un peu cagneux, de grands yeux, des taches de rousseur sombres. Du pur quelque chose – peut-être style et classe, peut-être pêche et pouvoir.

Touch a allongé les détails :

— Glamorous Glenda, la vamp. Rock et moi sommes les seuls mâles sur le plateau à être insensibles à ses charmes. Elle a en fait largué Howard Hughes, et Mickey l'a trouvée qui travaillait au Drive in de Scrivner. Il en est toqué, Chick en est toqué. Glenda et Rock jouent le frère et la sœur. Elle a été infectée par le Virus Vampire, et elle fait des avances à son propre frère. Elle se transforme en monstre et Rock prend la fuite dans les collines.

Fritzell :

— Silence ! Acteurs en place, à leurs marques !

Touch :

— Rock devrait toucher une prime d'abjection pour cette scène.

Chick :

— Allume un cierge à la mémoire de mama, pasque je crois pas qu'elle accepterait cette chouquette comme gendre.

— Caméra ! On tourne !

Rock :

— Susie, je suis ton grand frère. Le Virus Vampire a amoindri tes capacités morales et il te reste deux ans à faire au Lycée d'Hollywood.

Glenda :

— Todd, en ces temps de luttes historiques, les règles de la bourgeoisie ne tiennent pas.

Les deux têtes se rapprochent / enlacement / baiser :

— Coupez ! Elle est bonne ! Au développement.

Rock – premier à rompre l'embrassade – sifflets, applaudissements. "Booo !" – un poivrot – Glenda qui l'envoie paître. Mickey C. qui entre dans une caravane, chargé de ses petites courses.

En douce autour du plateau, frappe à la porte.

— L'argent-picrate est pas distribué avant 6 h ! Le foutoir que vous me collez, bande de traîne-savates ! Ici, c'est un plateau de cinéma, pas la Mission de Jésus Sauveur.

Ouvre la porte, attrape-toi un petit pain aux raisins. Tu goûtes et tu le remets – rassis.

— David Douglas Klein, et le "Douglas" trahit sans conteste que nos deux sangs ne sont pas parents, espèce de salopard d'ordure d'Allemand. Refuse, refuse ma nourriture, mais je doute que tu refuses l'argent que Sam Giancana m'a transmis pour toi.

Main tendue – Mickey qui glisse l'argent sous mon étui à revolver.

— Sammy dit merci. Sammy dit sacré bon Dieu de boulot pour un délai aussi court.

— Ce n'est pas passé loin, Mick. Ça m'a causé des tas d'ennuis.

Mickey, vautré sur son fauteuil :

— Sammy se fiche de tes ennuis. Toi entre tous devrais connaître le code moral de cet enculé puant complètement cinglé.

— Il est censé s'intéresser de près à *tes* ennuis, justement.

— Ce que, à sa manière de brute ignare rouleuse de spaghetti, il fait.

Glenda en pose sexy – sur les quatre murs.

— Disons que cette fois, il a mal calculé son moment.

— Comme le dit la chanson “Il faudrait que je m’en fasse” ?

— Tu devrais t’en faire. L’enquête sur la boxe que voulait Noonan est passée à la fenêtre en même temps que le bonhomme, alors maintenant, ça le démange très fort de démarrer quelque chose à Nègreville. Si les Fédés s’attaquent au quartier sud, ils vont faire des descentes dans les coins où tu as tes machines à sous. Si j’ai des tuyaux là-dessus, je te le ferai savoir, mais il est possible que je n’en sache rien. Sam a vraiment collé dans la panade la dernière affaire qui marchait pour toi.

Chick V., près de la porte ; Mickey, au regard de merlan frit :

— David, quelque chambard que tu prédises, ton chambard me laisse sans voix aucune. Mes désirs se limitent strictement à voir voter la légalisation des jeux dans la circonscription avant de me retirer aux Galapagos pour y observer les tortues en train de baiser au soleil.

Ris-lui au nez.

— Le vote sur le jeu légal ne passera jamais la Chambre de l’Etat, et si c’était le cas, tu n’aurais jamais ta franchise. Bob Gallaudet est le seul politicien d’envergure à soutenir le projet, et il changera d’avis une fois élu attorney général.

Chick a toussoté ; Mickey haussé les épaules. Une autorisation sur la porte : “Parcs – Jardins Publics, Permis de Filmer”. Les yeux qui se plissent – Bob Gallaudet, en tout petit.

Ris-le lui au nez.

— Bob t’a laissé filmer ici en échange d’une contribution à sa campagne. Il est sur le point de passer procureur, alors tu t’imagines qu’un bâton ou deux vont te placer en bonne position pour le jeu légal. Seigneur, tu dois te shooter à la came comme le vieux Dracula.

Des pin-up à foison – Mickey à souffler des baisers.

— Le rencart pour le bal de fin d’année que je n’ai jamais eu en 1931. Je pourrais lui garantir un bouquet de fleurs au corsage et nombre de belles heures à enterrer le tracassin.

— En toute réciprocité ?

— Demain, peut-être que oui, mais aujourd’hui, elle me brise le cœur. Le dîner de ce soir était définitivement arrêté, et alors Herman Gerstein a appelé. C’est sa compagnie qui doit distribuer mon film, et il a besoin que Glenda accompagne sa chouquette de petit béguin Rock Rockwell à un rendez-vous publicitaire. Quel chambard que tout ça, Herman qui façonne son moulineur de meules pour en faire une vedette, sans rien me consulter, et il est terrifié à l’idée que les torchons à scandale découvrent qu’il prend son plaisir à la grecque. Quelle duplicité pour me faire perdre le plaisir de la compagnie de cette belle, mon bel et vaillant tracastineur.

Rendez-vous publicitaire – motif de rupture de contrat.

— Mickey, surveille ton biz à pièces. Souviens-toi de ce que j’ai dit.

— Va, David. Prends un petit pain pour la route.

Dehors, entrée de Chick. Vérifie l'enveloppe – cinq bâtons.

* * *

Une cabine téléphonique, deux pièces : ligne flic du SCG[1], Junior.

Descriptif : Glenda Louise Bledsoe, 1,70 m, marron / bleus / DDN[2] 3/8/29, Provo, Utah. Permis de conduire Californie 8/46, cinq infractions pour excès de vitesse. Chevrolet Corvette 56, rouge/blanche, CAL. DX 413 – Adresse : 2489 1/2 Mount Airy, Hollywood.

Junior – pas de bol – la permanence des Ad. Mœurs me répond qu'il ne s'est pas présenté. Laisse-lui un message : appelle-moi, Stan's Drive in.

Highland – coup d'œil au rétro – pas de Plymouth grise. Chez Stan, une place de libre près du téléphone – repas, lecture.

Cambrioleurs / confesseurs – patauge dans le paquet : signalements / M.O. / antécédents – prends des notes. Le "Feu Follet Fou", eh merde, toujours en cavale. Dossiers, noms – l'heure de passer la revue des fêlés – bien – trouve-toi un fêlé bon teint à entôler. Notes – distrait – patineuses aguicheuses, de l'argent frais. Un petit truc qui me trotte dans la tête : entôlage égale rien à cracher comme infos – pas moyen de faire coller Lucille / cambrioleur avec POURQUOI ?

Téléphone – au pas de course – décroche.

— Junior ?

— Ouais, le mec de perm m'a dit de t'appeler.

Prudent – pas son style.

— T'as bien eu le petit mot que je t'avais laissé, exact ?

— Exact.

— Très bien, et as-tu vérifié les dossiers de putes du poste pour retrouver Lucille Kafesjian, sur papier ou en photo ?

— Je travaille dessus. Dave, je ne peux pas parler maintenant. Je vais – Ecoute, je te rappelle plus tard.

— Putain, et quoi encore. Junior, ce boulot, tu *sautes* dessus et tout de suite.

CLIC – morte, la ligne.

* * *

La maison, les paperasses. La gueule : Junior et le népotisme. Paperasses : rapport Kafesjian pour Exley. Listes : filoches potentielles de Glenda, pervers potentiels à entôler. Coups de fil, moi à la réception : de Meg – Jack Woods avait récupéré nos loyers en retard. De Pete B. : sois réglo avec M. Hughes, fais-lui ça bien, je l'ai convaincu que t'étais pas youpin. Coups de fil, moi au départ : à l'Ad.

1. Service des Cartes Grises. (N. d. T.)
2. Date De Naissance. (N. d. T.)

Mœurs, la crèche de Junior, pas de bol – trouve-le, rentre-lui son cœur de rebelle dans la gorge. Ma liste de filocheurs – personne sur qui commencer ce soir. *Mon* boulot – par défaut – rencart publicitaire / clause de rupture de contrat.

Hollywood : les petites ruelles, la voie rapide. Pas de filoche : sûr et certain. Gower à remonter, Mount Airy, gauche.

2489 : bungalows sur cour circulaire – stuc rose. Avancée de toit, abri à voiture – avec, nichée contre le bâtiment, une Corvette rouge / blanche.

5 h 10 – tout juste sombre. Gare-toi près – cour et parking dans le collimateur.

Le temps qui se traîne – le blues du planqueur – tu pisses dans une tasse, et tu balances. Circulation voitures / piétons – lumière. 7 h 04 – trois voitures en bordure de trottoir.

Des portes qui s'ouvrent, des ampoules de flash : Rock Rockwell – smoking, bouquet. La cour, retour avec Glenda – un sacré morceau, en robe collante en lainage. Eclair des ampoules – et son Regard – c'est une plaisanterie et je le sais. Les voitures, demi-tour, direction sud.

Planque qui roule : Gower, Sunset ouest. Le Strip, Club Largo.

Trois voitures, du monde qui gicle – les valets en courbette, serviles. Photos – Rockwell mort d'ennui. Gare-toi en zone rouge, écusson au pare-brise : "Véhicule Officiel de Police". Le groupe est entré dans le club.

Coup d'insigne pour passer à mon tour, deuxième coup d'insigne pour virer un Shriner[1] de son tabouret. Turk Butler sur scène – le beugleur de bistro suprême. Au premier rang : Rock, Glenda, des gratte-papiers. Photographes près la sortie – et les zooms qui zooment

Casse-le, ce contrat.

Dîner : soda, bretzels. Avec l'œil à l'affût : Glenda qui bavardait, Rock qui boudait. Les gratte-papiers qui l'ignoraient – ronflette-ville.

Fini Turk Butler, troupe de girls à la place. Glenda fume, rit. Grosses avant-scènes sur les danseuses – Glenda qui remonte son pull pour la rigolade. Rock qui tête sa bibine – whiskies sour[2].

Dix heures pile – on traverse Sunset – le Crescendo. Le bar, toujours l'œil à l'affût : du plus pur Glenda. A faire tourner la tête – des bouffées de Meg.

Minuit – course vers les voitures – gonflée la filoche, à leur sucer à la roue. La crèche de Glenda, lampe à arc sur le trottoir : pour saisir un dernier baiser d'au revoir complètement tocard.

Salut les journalistes – Glenda a fait signe de la main. Sortir doucement – des voix qui portent.

Rock :

— Nom de Dieu, et maintenant je n'ai plus de tire.

1. Membre d'une fraternité secrète non maçonnique. (N. d. T.)
2. Whisky, sucre et jus de citron sur glace. (N. d. T.)

Glenda :

— Prends la mienne, et ramène Touch avec toi. Disons deux heures ?

Rock a acquiescé, et lui a pris ses clés. Direction l'abri à voiture, de la gomme sur le bitume – Glenda a fait la grimace. "Ramène Touch avec toi" a sonné un peu bizarre – file-le.

Gower sud, Franklin est. Circulation clairsemée – moi, en tout cas, pas de filoche au train. Nord sur Western, à vue de nez, petite course jusqu'au plateau – le permis de Mickey lui ouvrait la route du parc.

Los Feliz, virage à gauche, Fern Dell – petits ruisseaux / petits étangs juste avant les collines de Griffith Park. Eclair soudain de feux de stop – putain – Fern Dell – ce que les flics des Mœurs appelaient "le Paradis des Suceurs de Biroutes".

Il s'est garé – l'heure de bourre – des rougeoiements de cigarettes dans le noir. Braque à droite, passe en code : Rock, une mignonne petite lopette.

Eteins les phares, entrouvre la vitre. Tout près – assez pour saisir l'offre de service.

— Salut !

— Salut !

— Salut toi-même. Quelle nuit, hein ?

— Je crois que l'automne à L.A., c'est le meilleur moment. Pas toi ?

— Ouais, bien sûr. Ecoute, je viens de me faire prêter une voiture *vraiment* chouette. On pourrait peut-être faire un saut jusqu'à l'Orchid Room, pour le dernier numéro, et ensuite aller quelque part. J'ai un peu de temps à tuer avant de récupérer mon mignard – je veux dire quelqu'un qui aime rigoler.

— Tu n'y vas pas par quatre chemins.

— Je ne vais nulle part, point final. Allez, dis oui.

— Tintin, mon mignon. Tu es grand et très direct, un peu brutal, ce qui n'est pas pour me déplaire, mais le dernier grand costaud brutal auquel j'ai dit oui s'est avéré au bout du compte un adjoint du shérif.

— Oh ! allez !

— Tintin, niet, nein et non. En plus, j'ai entendu dire que l'Administration des Mœurs opère sur Fern Dell.

Faux – l'Ad. Mœurs n'agrafait jamais de pédés. Une possibilité, tirée par les cheveux – Junior le remonté, le cow-boy des Mœurs.

Rock :

— Merci pour les souvenirs – une allumette qui craque, cigarette. Rôdeur – remarque le bout qui rougeoie de choute à choute.

Le temps a coulé lent, ahanant comme un asthmatique – gémissements sexuels – entrouvre les vitres. Une heure, Rock en solo : la Vette, route du parc, nord.

Suis doucement – pas de circulation – au jugé, destination, le plateau. Barrage – Rock est passé – phares de camion dirigés sud. Voitures planquées, mecs avec battes de base-ball.

Cadre la scène, recule, observe.

Freins – une grosse camionnette pick-up – les clowns des manifs à l'arrière. Projecteur – lumière blanche, brillante, cibles aveuglées.

Les casseurs ont attaqué le camion à bras raccourcis – à coups de battes cloutées. Le pare-brise a explosé – un homme a déboulé en crachant le verre. Le chauffeur s'est mis à courir – un coup de clou lui a arraché le nez.

Le hayon de la camionnette a volé en éclats – les casseurs se sont mis à travailler au corps à corps – côtes et genoux. Fats Medina a traîné un mec par les cheveux – son scalp lui est resté dans les mains.

Pas de cris – ça ne cadre pas – pourquoi aucun bruit ?

Retour à Fern Dell, ensuite direction Glenda. Dingue – pas un hurlement – c'est alors que mon pouls s'est calmé pour que je puisse entendre.

* * *

Attendre la sortie des garçons : "Rock", "Touch" – Touch la fiotte, truand-tueur et ses huit encoches à la crosse. Curieux, quand même : 2 h du matin, avec pour hôtesse qui reçoit, une belle sirène de série B.

Une seule lumière allumée dans la cour – la sienne. Emetteur-récepteur enclenché, défilé de longueurs d'onde pour tuer l'ennui. Appel du répartiteur – fréquence Bureau – des voix sur les ondes.

Discussion sur le vol de fourrures Hurwitz – des hommes des Cambriolages. Place les voix : Dick Carlisle et Mike Breuning – les gros bras de Dudley. Pas de piste sur les fourrures ; Dud voulait qu'on passe les fourgues au gril, *à la dure*. Crachotements : interférence de poste à poste. Breuning : Dud a sorti Johnny Duhamel de la Brigade antigang – ancien boxeur, un casseur de gueules qui fout la trouille. Nouveaux crachotements, tourne les boutons – braquage d'un magasin de spiritueux sur La Brea.

La Vette est arrivée à sa place, sous l'abri ; les garçons nichés, côte à côte, direction la crèche de Glenda.

Un coup de sonnette – la porte qui s'ouvre, se referme.

Trouve un moyen d'entrer.

La cour proprement dite – trop risqué. Que dalle pour le toit – impossible de sauter jusque-là. Derrière les bungalows – peut-être une fenêtre, pour mater.

Risquer le coup – ça le vaut – un coup d'esgourde bien juteux.

Avance jusque-là, décompte des portes sur l'arrière. La sienne – bouclée à double tour. Une fenêtre – un jour entre les rideaux – les yeux sur la vitre :

Une chambre dans l'obscurité, une porte de communication entrouverte.

Appuie sur la vitre, fais-la coulisser vers le haut. Ouverte – pas un branlement, pas un couinement. Par-dessus le rebord : grimpe, entre.

Les odeurs : coton, parfum rassis. L'obscurité qui se fait grisaille – se dessinent un lit, des étagères. Des voix – colle à la porte – écoute :

Glenda : – Bon, mais il y a un précédent.

Touch : – Mais pas une réussite, ma douce.

Rockwell : – Marie Mac Donald, "le Corps". Une carrière sortie de nulle part, et ensuite cet enlèvement venu de nulle part. Les journaux avaient flairé l'arnaque publicitaire fissa. Je crois –

Glenda : – La chose n'a pas été très réaliste, voilà pourquoi. Sa coiffure n'était même pas défaite. Souviens-toi, c'est Mickey Cohen qui douille pour le financement du film. Il en pince pour moi, et par conséquent, la presse va immédiatement penser à une magouille des truands. Howard Hughes m'a entretenue, lui aussi, il nous servira de second rôle.

Touch : – "Entretenue", quel euphémisme.

Rock : – Qu'est-ce que c'est, un euphémisme ?`

Touch : – T'as du bol d'être aussi superbe, parce qu'avec ta matière grise toute seule, t'arriverais jamais à rien.

Glenda : – Arrêtez, et écoutez. Je me demande ce qu'en pensera la police. Ce n'est pas un enlèvement contre rançon parce que, franchement, personne n'irait verser du bon argent pour nous sortir du pétrin, Rock et moi. Ce que je pense –

Touch : – La police pensera à une vengeance contre Mickey ou quelque chose comme ça, et Mickey ne saura rien à rien. La police adore embêter Mickey. Embêter Mickey est l'une des activités favorites des services de police de Los Angeles. Et vous deux, vous ferez *vrai*. Georgie Ainge vous collera quelques bonnes baffes, un tout petit peu plus fort qu'une simple pichenette, pour le réalisme de la chose. La police marchera, alors ne vous en faites pas. Vous serez l'un et l'autre des victimes d'enlèvement, et vous y gagnerez énormément de publicité, l'un comme l'autre.

Rock : – La Méthode de Stanislavski.

Glenda : – Et ça compromet Howard la gerbure. Jamais il n'irait dénoncer le contrat d'une belle victime d'enlèvement.

Touch : – Dis-moi la vérité, ma douce. Il était bien monté ?

Glenda : – Monté comme une noix de cajou.

Rire. Le plus marrant de l'histoire : les faux enlèvements foiraient *toujours* lamentablement.

La porte entrebâillée – plissés, les yeux – Glenda – peignoir, cheveux mouillés.

— Il parlait d'avions pour s'exciter. Mes seins, il appelait ça mes hélices.

Rires – Glenda sortie de mon champ de vision. Musique – Sinatra, *Ebb tide*. Attends que ça finisse pour un dernier coup d'œil.

Pas de chance. Touch qui chante en accompagnement – *Three Coins In The Fountain – Trois Pièces dans la fontaine* – massacré.

Retraverser la chambre, passer la fenêtre, une dinguerie qui me traverse la tête : ne la cafte pas.

Chapitre 9

Les monstres :

Charles Issler, confesseur – un faible pour les meurtres de femmes qui faisaient cinq colonnes à la une. "Frappez-moi ! Frappez-moi !" – connu pour mordre les cognes de la Criminelle qui refusaient de l'obliger.

Michael Johnson Krugman, confesseur – le 187 de Jésus-Christ. C'était lui qui avait fourni les clous – vengeance – Jésus avait baisé sa femme.

Tourbillon :

Des tas de confesseurs – trouve-toi une bonne poire, en toutes petites lettres. Et une espèce d'INSTINCT toujours à l'œuvre, chope-toi celui qui va porter le chapeau.

Donald Fitzhugh adorait les clamsages de pédés ; mes cambrios / confesseurs bien au chaud à Folsom. Ce TRUC D'INSTINCT qui me travaille au corps – à me railler presque, comme un sarcasme. Le Feu Follet Fou : étrangleur / mutilateur / friteur de figure à la colle d'avion. Pas de suspects, gluant de sueur.

Réveille-toi – CET INSTINCT – énorme :

Les Kafesjian *savaient* qui avait bousillé leur crèche – si j'entôlais un gugusse quelconque, ils allaient tout faire foirer.

Des casiers judiciaires gluants de sueur / des dossiers gluants de sueur / cette collante que j'avais repérée tardivement :

George Sidney Ainge, alias "Georgie". Blanc, masculin, DDD 28/11/22. Condamné comme mac en 48, 53 – au total quatorze mois au comté. Arrêté pour vente d'armes 56, 57, 58 – pas de condamnation. Dernière adresse connue : 1219 S. Dunsmuir, L.A. Véhicule : Caddy Eldo 51, QUR 288.

Touch à Glenda : – Georgie Ainge vous collera quelques bonnes baffes, un tout petit peu plus fort qu'une pichenette.

Douche, rasoir, habille-toi. Glenda tout sourires, en train de me dire de gagner du temps pour le moment.

* * *

Le Bureau, un mémo d'Exley en attente : "Kafesjian / 459 – rapport complet." 8 h, pas encore d'hommes de jour – pas de tuyaux potentiels sur Georgie Ainge.

Café – il s'était fait trop attendre. Un mec du procureur a appelé –

cette descente baclée chez le bookie – envoie-le chier, de juriste à juriste. Junior : qui grimpe l'escalier latéral, en douce. Un coup de sifflet – long, qui arrache.

Il s'est approché. Porte fermée, coupés du monde :

— Ne me raccroche plus jamais au nez, ne refais jamais ton petit malin. Encore une fois, et je soumets immédiatement une demande de transfert qui va ruiner ta carrière du Bureau si vite que –

— Dave –

— Dave, de la merde. Stemmons, putain, tu t'accroches et tu suis. Tu obéis à mes ordres, tu fais ce que je te dis de faire. *Maintenant*, as-tu contrôlé les dossiers du poste pour essayer de trouver quelque chose sur Lucille Kafesjian ?

— Zéro pour les listes. J'ai t-tout contrôlé – sonne bizarre, sa réponse. Soupçons.

Changement de sujet :

— Est-ce toi qui es allé frimer au parc de Fern Dell en agrafant les pédés ?

— Qu-quoi ?

— Une fiotte a dit que l'Ad. Mœurs opérait dans le parc, or nous savons l'un comme l'autre que c'est de la connerie. Je répète, était-ce toi ?

Mains en l'air – en geste d'apaisement :

— Okay, okay, coupable. J'en devais une à un de mes anciens étudiants à l'Académie. Il travaille aux Mœurs d'Hollywood et il est submergé, le chef de Brigade l'a détaché sur l'assassinat de ce poivrot. J'ai simplement cravaté quelques gars et c'est lui qui les a collés sous les verrous au poste. Ecoute, je suis désolé si j'ai désobéi au règlement.

— *Putain, mais apprends-le, le règlement.*

— Bien sûr, Dave, désolé.

La suée brutale – donne-lui un mouchoir.

— As-tu entendu parler d'un barbeau du nom de Georgie Ainge ? Il vend aussi des armes à ses moments perdus.

Hochements de tête, rapides, impatient de plaire :

— J'ai entendu dire qu'c'est un violeur. Y'a un mec de la Brigade qui m'a dit qu'il sautait sur l'occasion quand il pouvait faire mal à une femme.

— Essuie-toi la figure, nom de Dieu, tu dégoulines de sueur, le sol est trempé.

Rapide à la dégaine – l'arme me jaillit devant le nez. Vite – claque-le – ma chevalière de la fac de droit l'a coupé. Il s'est mis à saigner.

Furie brûlante – les jointures blanches sur l'arme. De la jugeote – il l'a pointée vers le sol.

Adrénaline, sans mélange :

— Reste furieux, grand dur. On a du boulot à l'extérieur et je te veux à cran, alors fais la gueule.

Voitures séparées, laisse-le mijoter, sans le mettre au parfum de tout, avec seulement la moitié du tableau : un bon / un méchant, pas d'arrestation. Continue à faire la gueule : j'ai un petit boulot au noir sur le feu, un faux enlèvement pourrait l'enterrer vite fait. Junior :

— Bien sûr, Dave, bien sûr – le vrai lèche-bottes, qui en redemande.

Je suis arrivé le premier – un château[1] bon marché, quatre étages, peut-être dix apparts chaque. Une Eldo 51 au bord du trottoir – qui cadrait avec la collante d'Ainge.

Inspection des boîtes aux lettres : G. Ainge, 104. La Ford de Junior a cogné le ruisseau – deux roues sur le trottoir. Direction couloir, tout droit.

Junior m'a rattrapé. Un clin d'œil à Junior ; lui aussi, un clin d'œil en retour, à moitié tic nerveux. Appuie sur la sonnette.

Dix secondes, la porte qui s'entrouvre. Tirette d'oreille – signal de départ pour le méchant. Junior :

— LAPD, ouvrez – tout faux – mon signal signifiait, défonce la lourde d'un coup de pied.

La porte s'est ouverte. Et juste derrière : un gros lard, bras écartés. Et de vieilles marques – tenez-vous prêts pour le grand numéro de “m'sieur propre”.

— Je suis propre, officiers. Je me suis dégotté un petit boulot gentil, et j'ai mes résultats de test nalline[2] qui prouvent que j'me charge plus. Je suis toujours en mise à l'épreuve au comté, et mon responsable sait que ch'suis passé de la horse au Silver Satin[3].

Souris, avec chaleur.

— Nous sommes persuadés que vous êtes propre, M. Ainge. Pouvons-nous entrer ?

Ainge s'est écarté ; Junior a fermé la porte. La piaule : lit escamotable, bouteilles de vin empilées en vrac, le bazar. Télé, revues : *l'Indiscret*, des revues de nénettes.

Junior :

— Baise le mur, duconneau !

Ainge s'étale, bras écarts. Cadrage d'une couverture de *l'Indiscret* : Marie Mac Donald “Le Corps”, exemple suprême de faux kidnapping.

Georgie a bouffé le papier peint ; Junior l'a palpé sous toutes les coutures, bien lentement. Page deux : un petit copain a conduit Marie jusqu'à Palm Springs, avant de la planquer dans une vieille cabane de mineur. Demande de rançon – son agent a appelé le FBI. Satire : comment mettre en scène votre propre enlèvement publicitaire, en cinq leçons faciles.

Junior a laissé tomber Ainge – un coup sec au bide.

1. En français dans le texte.
2. Abrégé de N-allynormorphine hydrochloride, drogue qui sert à dépister les drogués. (N. d. T.)
3. Vin bon marché. (N. d. T.)

Pas mal.

Georgie, le souffle court, dents serrées. Feuilletage des revues – du porno bondage – des femmes bâillonnées, garrottées, sanglées.

Junior a étalé Ainge d'un coup de pied. Une blondinette, genre un peu comme Glenda.

L'Indiscret, à haute voix :

— Leçon numéro un : appeler Hedda Hopper d'avance. Leçon numéro deux : ne jamais engager de kidnappeurs à Central Casting. Leçon numéro trois : ne pas payer son publicitaire avec l'argent marqué de la rançon. De qui est l'idée, Georgie ? Toi ou Touch Vecchio ?

Pas de réponse.

Deux doigts, un éclair : VAS-Y À FOND.

Junior – coups aux rognons.

Agenouille-toi.

— Raconte-nous. La chose n'aura pas lieu, mais raconte quand même. Raconte-nous ça gentil-gentil et on ne dira rien à ton responsable. Fais le dédaigneux, et on te coffre pour possession d'héroïne.

Gargouillis.

— Allez vous faire foutre.

Deux doigts en l'air.

Coups du lapin – fort – Ainge s'est roulé en boule. Un coup a raté – contact avec la moquette – Junior a gueulé avant d'agripper son flingue.

Arrache-le, manœuvre la culasse, éjecte le chargeur.

Junior :

— Dave, Seigneur – adieu, le grand dur.

Ainge a grogné – Junior lui a allongé un coup de pied – j'ai entendu des côtes craquer.

— OKAY ! OKAY !

Traîne-le jusqu'à un fauteuil, rends son arme à Junior. Sur le lit, du Silver Satin – attrape-le, balance-le lui.

Glou-glou-glou, à la régalade – Ainge a toussé, roté le sang. Junior s'est mis à ramper à la recherche de son chargeur – à quatre pattes.

— L'idée de qui ?

Ainge :

– Comment êtes-vous tombés dessus ? – grimace de douleur.

— T'occupe. Je t'ai demandé, "l'idée de qui ?"

— Touch, Touch V., son idée à lui. Le marché, c'était de donner le coup de pouce à la carrière de son porte-miches, avec la connasse blonde dans le rôle du boudin. Touch a dit trois cents et pas de baston. Ecoutez, j'ai accepté le boulot, rien que pour goûter.

Junior :

— Goûter quoi ? De la horse ? Je croyais que t'étais propre, duconneau.

— Duconneau, ça a disparu avec les burlesques. Hé ! t'as eu ton insigne dans une boîte de céréales ?

Retiens le Junior.

— Goûter quoi ?

Gloussements.

— Je vends plus de flingues, je ne procure plus de femmes à fins de prostitution. Je suis passé du H au jus de jungle[1] et mes goûters, c'est pas vos –

— *Goûter quoi* ?

— Merde, tout ce que je voulais, c'est démolir cette connasse de Glenda.

Ne bouge plus – Ainge s'allonge – haleine au picrate.

— ... vous voyez, je voulais juste faire du mal à un machin qu'Howard Hughes avait jeté. Je me suis fait virer de chez Hughes Aircraft pendant la guerre, alors disons que p't-êt' que la connasse Glenda, c'était mon ticket de remboursement. Va va voom, c'est un sacré morceau de –

Un coup de pied, vire le fauteuil, balance-lui la télé à la tête. Rate-le – les tubes qui claquent, qui explosent. Attrape le pistolet de Junior – vise, tire – clic – putain, plus de chargeur, quel con je fais.

Arrête les dégâts – ne bouge plus.

Ainge enserpenté sous le lit – surtout parler doucement, gentil avec les deux cinglés :

— Ecoutez, vous croyez que cette minette, la Glenda, c'est la nana de mon cœur ? Ecoutez, moi, je la *connais*, elle faisait la pute dans le temps pour un mac, Dwight Gilette. Je peux vous la livrer, et c'est une *cravate garantie, direction la chambre à gaz.*

Gilette – vague – un 187 non résolu. Mon propre flingue – décharge-le – soupape de sécurité.

Ainge, la voix douce.

— Ecoutez, à cette époque-là, je vendais des armes. Glenda le savait. Gilette lui collait des raclées, alors elle s'était acheté un 32 pour se protéger. Je ne sais pas exactement, il s'est passé quelque chose, et Glenda a abattu Gilette. Elle lui a tiré dessus, et elle a fini par lui prendre son couteau. Et putain, elle lui a en plus tailladé le lard, avant de me revendre le revolver. Et moi, je l'ai planqué, à l'abri, vous voyez, je me suis dit que p't-êt un jour, pour une raison ou pour une autre, p't-êt qu'y a des empreintes dessus, et pis moi, j'allais la menacer avec, dans ce numéro d'enlèvement. Touch, il est pas au courant de ça, *mais vous pouvez en faire une putain d'affaire garantie, direction chambre à gaz à tous les coups.*

Recadre l'affaire en question.

55-56 – Dwight Gilette, maquereau mulâtre, mort dans son appart. Les inspecteurs de Highland Park ont mené l'enquête : blessures mor-

1. Toute mixture alcoolisée, faite avec les moyens du bord, à l'origine par les combattants perdus dans les jungles du Pacifique. (N. d. T.)

telles par arme à feu, aucune trace de pistolet sur les lieux – le macchabée avait été poignardé post mortem. Gilette l'homme au couteau – alias "Lame Bleue". Examen labo : deux groupes sanguins distincts ; cheveux de femme, esquilles d'os. Hypothèse : combat au couteau avec une pute, une radasse a flingué / lardé un fêlé de la lame très doué.

Des petites bêtes qui me chatouillent la colonne.

Ainge continuait à parler – du baratin – je n'ai rien entendu. Junior remplissait son calepin de gribouillis rapides.

Magne-toi – ne réfléchis pas à pourquoi – trouve l'arme.

Une seule pièce – facile à fouiller : penderie, commode, placards. Ainge – baratin – Junior l'a sorti de dessous le lit à force de cajoleries. Fouille dur, fouille zéro : revues de cul, formulaires de mise à l'épreuve, capotes. Du coin de l'œil, la tête à l'envers – Junior le roi de la preuve qui empile ses feuillets.

Pas d'arme.

— Dave.

Ainge avait pris ses aises – fauteuil et nouvelle bouteille.

Junior :

— Dave, on s'est trouvé un homicide.

— Non. Il remonte à trop loin, et on n'a que la parole de ce gugusse.

— Dave, allez.

— Non. Ainge, où est le revolver ?

Pas de réponse.

— Dis-moi où est le revolver, nom de Dieu.

Haussement d'épaules.

— Ainge, tu le donnes, ce putain de revolver.

Junior, signal : LAISSE-MOI LE TRAVAILLER.

Que dalle – chope-lui son calepin. Feuillette vite – le baratin de Georgie – des détails, des dates approximatives. Rien sur la cachette du revolver – à vue, les chances d'empreintes sur l'arme, 30 contre 1.

Junior, dans son petit numéro de voyou vicieux :

— Dave, rends-moi mon calepin.

Fourre-le lui dans les mains.

— Attends dehors.

Nouveau regard, de vrais rayons X – pas mal pour un petit nullard.

— *Stemmons, attends dehors.*

Junior est so-o-rti, tou-ou-out doux, modèle dur de dur. Verrouille la porte, retour à Ainge, seul à seul.

— Donne l'arme.

— Jamais de la vie. Tout à l'heure, c'est la trouille qui m'a fait parler, mais maintenant, m'est avis que c'est plus pareil. Vous voulez mon interprétation ?

Coup de poing laiton, prépare-toi.

— Mon interprétation, c'est que le môme pense qu'une collante pour meurtre pour la greluche Glenda serait une bonne idée, mais apparemment, vous pas. Je sais aussi que si je donne cette arme, c'est une violation de mise à l'épreuve, question de putain de possession d'articles de contrebande. Vous savez ce que c'est, une "carte cachée" au stud. Vous savez –

Sur lui – travail au laiton, au premier et à l'entresol – l'heure trouille est arrivée :

— Pas d'enlèvement. Pas un mot à Touch ou Rockwell. Tu ne parles pas de Glenda Bledsoe, tu ne t'approches pas d'elle. Tu ne remets pas ce revolver à mon partenaire ni à personne d'autre !

Quintes / gémissements / bredouillis qui essaient de me dire oui. Dégage le fouillis à coups de pied pour la sortie.

* * *

Junior sur le trottoir, qui fume. Pas de préambule.

— On chope la fille Bledsoe pour Gilette. Bob Gallaudet accordera l'immunité à Ainge pour l'arme. Dave, c'est l'ex-petite amie de Howard Hughes. C'est une grosse affaire, une affaire qui va faire du bruit.

La tête qui palpite.

— C'est de la merde. Ainge m'a dit que l'histoire de l'arme était un mensonge. Tout ce qu'on a, c'est un homicide vieux de trois ans avec témoin non oculaire, et qui plus est, ancien criminel. *C'est de la merde !*

Ça ne mord pas.

— C'est à *toi* qu'Ainge a menti. Je crois que le revolver existe toujours.

— Non, jamais Gallaudet n'instruirait l'affaire. Je suis juriste, pas toi. Crois-moi.

— Dave, écoute, tout simplement.

— Non, oublie ça. T'as été sacrément bon là-dedans, mais c'est fini. On est venu empêcher l'exécution d'un crime potentiel et...

— Et protéger ton petit boulot au noir.

— Exact, et t'en auras ta part.

— Ce qui correspond à un revenu non déclaré en violation des règlements du service.

Du rouge plein les yeux.

— Il n'y a pas d'affaire. Nous sommes sur l'affaire Kafesjian, qui est une affaire d'importance, parce qu'Exley en veut tellement qu'il en bande pour elle. Si tu veux de la pêche et du pouvoir, joue ce coup-là serré avec moi, comme les deux doigts d'une main. Peut-être qu'on y mettra la pédale douce, peut-être pas. Il faut qu'on se trouve des ouvertures sur cette affaire pour protéger le service, et je n'ai pas envie de te voir démarrer de traviole sur une histoire complètement rassise de barbeau qui s'est fait zigouiller.

— Un homicide est un homicide. Et tu sais ce que je crois ? Petit merdaillon suffisant.

— Quoi ?

— Que tu essaies en douce de protéger cette femme.

De rouge à noir.

Junior, les yeux fous :

— Et je crois que pour un flic qui en croque, tu croques drôlement petit. Si tu veux voler, vole gros. Si jamais je décidais d'enfreindre le règlement, je ne commencerais pas par le bas de l'échelle.

NOIR – TOUT NOIR – laiton sorti.

Du sang de navet, rien dans les veines – Junior s'est pris les pinceaux en se réfugiant dans la voiture. La voiture qui dégage, vitre baissée :

— Tu me dois, avec ton arrogance et tes airs supérieurs ! Tu me dois ! Et y se pourrait bien que je passe à la caisse crédit très bientôt, nom de Dieu !

NOIR DÉPASSÉ.

Junior – code 3 – chassant de l'arrière.

* * *

J'ai roulé jusqu'au plateau, rien que pour la voir ; je me disais, un regard et j'aurais ma réponse, oui ou non. Déjeuner, scènes de monstres – pas de Chick, pas de Mickey, pas de Touch. Joue solo, joue invisible, attends – le temps qui a traîné et s'est fait long, avant que des sifflets n'annoncent son arrivée.

De grands yeux bleus m'ont regardé, percé de part en part – je n'ai même pas été capable de deviner. Elle a joué ; elle a ri ; elle a parlé – sa voix trahissait peau de balle. Je suis resté collé côté caravane, à la cadrer à distance – Melle Vampire / possible lardeuse de barbeau. Changement de costume, de tenue sainte-nitouche à robe du soir décolletée profond.

Cicatrices de coups de lame sur l'épaule. Identification : marques de schlass, à pleine lame qui taillade, une blessure circulaire / une ébréchure sur l'os. Résume ça, à la manière *Indiscret :*

L'ACTRICE / RACOLEUSE ASSASSINE UN MAC MÉTIS ! L'EMPEREUR DES AVIONS TOQUÉ DE LA BELLE ! UN FLIC POURRI QUI L'AVAIT BELLE AUJOURD'HUI DANS LA MERDE !

J'ai regardé son numéro ; avec subtilité, elle te leur bousillait en douceur toutes leurs débilités. Le soir est tombé, j'ai regardé, c'est tout, rien d'autre, et personne n'est venu me chercher de crosses à moi, l'amoureux transi et boudeur en coulisses.

Un orage a obligé à tout boucler – sinon, je serais resté là, toute la nuit, à regarder.

Corvée de boulot, en cabine, devant le téléphone, bol : néant ; pas d'Exley au Bureau, pas de Junior à calmer ou menacer. Wilhite, un ballon d'essai pour tâter le terrain – pas aux Stups, pas à la maison. Chez Hody : dîner / boulot.

Deux rapports pour Exley : divulgation de tous les faits, omission de Lucille la pute – une garantie si je tournais ma veste côté Wilhite. Et toujours cet instinct pour l'entôle : que dalle, Exley ne mordrait jamais à un truc pareil, les Kafesjian flanqueraient vraiment une pagaille de première. Boulot, côté commandement : la descente chez le bookie, des paperasses pour ce mec du procureur, et choisir un gars pour diriger l'Ad. Mœurs pendant que je travaillerais hors la loi. Réflexions : Junior Stemmons, le meilleur homme pour le boulot – paperasses et administration – de tout premier ordre. Mais pour en revenir à : insubordination, cinglé au petit bonheur la chance ? cinglé sur points spécifiques ? – à me railler en pleine figure avec Glenda la meurtrière.

Glenda l'ex-pute ; Lucille la pute.

La pluie faisait les silhouettes floues au dehors. Difficile de voir des visages, facile de se les imaginer – facile de changer toutes les femmes en Glenda. Une brunette a regardé à la fenêtre – Lucille K. une fraction de seconde. J'ai cogné la table en me levant ; elle a fait signe à une serveuse, une Julie très banale, rien d'autre.

Nègreville – nulle part ailleurs où aller.

* * *

Systématique :

Pas de repérage précis des coins à mateurs, paperasses-foutoir dans deux divisions – et pas une seule adresse de club de jazz / motel à putes. Au sud sur Western, à gribouiller les noms des motels, systématique : pas de filoche au train, quarante et un hôtels de passe d'Adams à Florence.

Clubs de jazz, secteur plus limité : Central Avenue, direction sud. Dix-neuf clubs, les bars à y ajouter, ce qui gonfle la liste jusqu'à une cinquantaine. A cause de la pluie, la population piétonne restait clairsemée ; les enseignes au néon pulsaient, hypnotiques – des éclairs d'une demi-seconde sur le pare-brise.

Crachin – en route pour un café-beignet, numéro connu.

Un étal Cooper sur Central. Un paradis à putes : offre-leur le café, montre la photo de Lucille. Des "non", un "oui" – une nana sur Western et Adams, arpentant le trottoir est. Son récit : Lucille était une "occasionnelle" – pantalons corsaire moulants – pas de rue attitrée, aucun contact avec les autres putes.

Des pantalons corsaire – lacérés, chargés de foutre – mon cambrio.

Minuit – la moitié des clubs fermés. Derniers éclairs des lueurs de néon ; les patrons des boîtes verrouillaient leurs portes. Questions sur mateurs / rôdeurs – des “c’est quoi, ça ?” en pagaille, directs, sans ambiguïté. Des visages impassibles devant les clichés de Lucille.

1 heure du mat ; 2 heures du mat – un vrai boulot de flic de merde. Des entraîneuses aux arrêts de bus, aux stations de taxis – et toujours, Lucille à la bouche et la tête pleine de Glenda. Encore des “non”, encore la pluie – direction le troquet, à l’abri.

Comptoir, box. Bourrés – moricauds à cent pour cent. Murmures, coups de coude – ils reniflaient le flic à distance. Deux nanas modèle entraîneuse dans un box sur l’avant – les mains qui passent sous la table, vite fait.

Va t’asseoir à leur table. L’une a fait mine de se tailler – chope-la par le poignet. A côté de moi : une mulâtresse. Du mauvais ju-ju sur le feu – je le sentais.

— Etalez-moi vos sacs sur la table.

Doucement, le geste calculé : deux sacs en pseudo-peau de serpent étalés à la lumière. Coup de pif et bingo : infraction criminelle. Benzédrine sous papier alu.

Changement de décor.

— Okay, vous avez le nez propre. Rangez-moi tout ça.

La bronzée :

— Meeerde !

La mulâtresse :

— Mec, qu’est-ce que –

La photo de Lucille dans le nez :

— L’avez vue ?

Le foutoir des sacs a repris sa place ; la mulâtresse a fait passer ses bennies avec du café.

— *J’ai dit*, l’avez-vous vue ?

La mulâtresse :

— Non, mais y’a cet aut’ flic qu’y a –

Bronzée qui lui fait signe de la fermer : sec, le coup de coude.

— Quel “aut’” flic ? Et n’essayez pas de me mentir.

La mulâtresse :

— Y’a eu un aut’ flic qu’est passé et qu’y a posé des questions sur la fille. Il avait pas de photos, mais y’avait ce truc – un croquis de la police, il appelait ça. C’est la même fille, je parie, et c’tait une bonne photo, si vous voulez mon avis.

— Etait-il jeune, ce policier ? Les cheveux blondasses, un peu roux, pas loin de la trentaine ?

— C’est bien ça. Il avait une grosse banane et il arrêtait pas de jouer avec.

Junior – qui bossait à partir d’un croquis descriptif du Bureau.

— Quel genre de questions vous a-t-il posées ?

Morte d’ennui :

— Y demande, est-ce que cette minette de Blanche est venue dans le coin. J’lui dis, “Je sais pas”. Y demande, est-ce que je bossais sur les bars du coin, et j'lui dis "oui". Y me demande à propos d'un mateur, j'lui dis que ch'sais pas, rien à rien sur un mateur dans le coin.

Allume bronzée :

— Il t'a posé les mêmes questions, pas vrai ?

— Si, c'est vrai, et j'lui ai répondu les mêmes réponses, et ça c'est la vérité, vraie de vraie.

— Ouais, mais t'as quand même filé un coup de coude à ta copine ici présente, ce qui signifie que *toi*, tu lui as dit autre chose, un petit truc en plus à propos de ce policier, pasque c'est *toi* qui te conduis comme si t'avais les foies. Alors maintenant, tu craches le morceau avant que je ne découvre autre chose dans ton sac.

Ça ronchonne – ça sent la haine du flic – dans toute la salle.

— Nom de Dieu, tu vas me le dire.

La mulâtresse :

— Lynette, ê m'a dit qu'al a vu ce policier secouer un mec dans le parking du Bido Lito's. Un homme de couleur, et Lynette, el' dit comme ça que le flic à la banane, il lui a pris de l'argent. Lynette, el' dit comme ça qu'elle a vu le même policier chez Bido en train de discuter avec le policier tout mignon, tout blond qui travaille pour ce vicieux méchant de M. Dudley Smith, qui aime ça, lui, quand y'a ses gros bras qui cravatent des gens de couleur. Est-ce que c'est-y pas la vérité, Lynette ?

— Ça, pour sûr, ma puce. La vraie vérité vraie, que ch'plane si j'vanne.

En pleine planante.

Junior – qui secoue un mec : "Si tu veux voler, vole gros". "Un policier tout mignon, tout blond" ? ? ? ? ?

Calme :

— Qui était l'homme de couleur du Bido Lito's ?

Lynette :

— Je sais pas, et je l'ai jamais vu auparavant ou depuis.

— Qu'est-ce que tu veux dire par "secouer" ?

— Je veux dire qu'il a obligé ce pauvre gars à lui donner de l'argent, et pis en plus, y parlait pas très correct.

— Donne-moi un nom pour le blondinet de flic.

— J'ai pas de nom, mais j'l'ai vu avec M. Smith, y'est tellement mignon, qu'à lui, j'lui fais le coup *gratis*.

Lynette a éclaté de rire ; la mulâtresse s'est esclaffée. Toute la salle a rigolé – de moi.

* * *

Bido Lito's, 68ème et Central – fermé. A garder en mémoire : une piste sur Junior le givré.

Le parc de stationnement en revue – pas de merdes suspectes en vue – de la musique qui sort d'une porte sur le bloc. Plisse les yeux, cadre la marquise – "Club Alabam – Tous les soirs, Au Programme, Art Pepper Quartet." Art Pepper. *Straight Life* – un des disques en miettes de Tommy K.

Bizarre, la musique : pulsée, discordante. La distance déformait les sons – synchro de la rythmique avec un groupe de personnes qui discutent sur le trottoir. Difficile de voir les visages, facile de se les imaginer : en cadrant toutes les femmes comme autant de Glenda. Un crescendo, applaudissements – j'ai mis pleins phares pour y voir clair. Trop clair – des bronzés en train de se repasser une cigarette de marie-jeanne – disparus avant que je puisse faire un appel.

Voiture garée, entrée. Sombre – pas de pourliche au portier / tables gratis – quatre Blancs sur scène, éclairés à contre-jour. Sax, piano, basse, batterie – quatre rythmiques – pas vraiment de la musique, pas vraiment du bruit. Les pieds dans une table, en renversant un carafon abandonné là.

Les yeux qui s'ajustent à l'obscurité – bourbon, un verre. Chope-toi une chaise – regarde, écoute.

Solo de saxo – ça couine / ça corne / ça gémit – sers-toi, une dose, que tu descends.

Ça brûle, c'est amer – pense à Meg – des parents complètement poivrots qui nous ont dégoûtés de l'alcool l'un comme l'autre. Une allumette qui craque : Tommy Kafesjian au premier rang. Trois dosettes l'une après l'autre, vite – et ma respiration s'est mise à suivre la musique. Crescendo, pas de coupures, une ballade.

Pure, belle : saxo, piano, basse. Des murmures : *Champ Dineen*, "Le Champ, c'est de lui". Le disque en miettes de Tommy : *Sooo Slow Moods*.

Encore une dosette – des notes de basse – le cœur qui dérape, à contrecoup. Glenda, Meg, Lucille – quelques réflexes nés de la gnôle. Des visages, des gestes : Glenda qui tire, qui larde au schlass un pro de la lame.

Lumière à la porte de sortie – Tommy K. qui s'avance. Il y a du vrai dans ton instinct de flic, à te mélanger aux raclures :

Le mateur / rôdeur / cambrio – c'est le même homme. Le voyeur / fana de jazz – c'est le bruit qui le nourrissait, qui alimentait ses matages.

Casse-toi, suis la musique.

* * *

Une filée d'hôtels de passe – la rue des draps brûlants, des motels entassés les uns sur les autres – un long bloc. Des rades en stuc – aux couleurs violentes – une allée sur l'arrière.

Sur le toit par une échelle : range-toi, grimpe et regarde.

Vertiges – j'étais toujours possédé, bruit, musique et gnôle. Ça glisse, attention, une perche – des couilles au cul, rien d'autre, et je me suis choisi un poteau qui montait haut. Une brise légère, un panorama – des fenêtres.

Eclairées pour quelques-unes, d'autres ouvertes : des piaules à baise – ringardes – des murs nus – rien d'autre.

Chasse la gnôle à grands coups de frisson – et la musique / bruit s'est mise à cogner plus fort. Des lumières qui s'allument, qui s'éteignent. Des murs nus – pas moyen de voir des visages, facile de me les imaginer.

Glenda en train de tuer le mac.

Glenda nue – le corps de Meg.

Frissons – retourne à la bagnole, mets le chauffage, roule...

Chez Meg – l'aube – pas de lumière. Hollywood – tout éteint chez Glenda. Chez moi – une lettre de Sam G.

Billets pour la saison de l'USC. P.S. : "Merci d'avoir prouvé que les singes bronzés savaient voler."

Bruit / musique – et tu fracasses la boîte aux lettres, à coups redoublés, des deux mains.

L. A. TIMES
4/11/58

LA COURSE AUX CONSEILLERS : RÉSULTAT SANS SURPRISE. LE VOTE CLÉ POUR CHAVEZ RAVINE GAGNÉ PAR DÉFAUT.

Dans la course à la nomination du conseiller municipal pour la cinquième circonscription, tout le monde s'attendait à une dernière ligne droite très serrée ; l'élection d'aujourd'hui aurait dû être une lutte au coude à coude jusqu'au finish. Mais tandis que les candidats – niveau Etat, municipalité ou administration de la justice – attendaient les résultats du scrutin, le conseiller républicain actuellement en poste Thomas Bethune se prélassait au sein de sa famille à son domicile de Hancock Park.

Jusqu'à la semaine dernière, Bethune affrontait un adversaire tenace et acharné en la personne de Morton Diskant, candidat démocrate libéral. Diskant, qui se présentait en homme de loi défenseur des libertés civiques, cherchait à donner de Bethune l'image d'un simple pion entre les mains des puissances politiciennes de Los Angeles, et faisait de Chavez Ravine la pierre de touche de toute sa campagne. La cinquième circonscription municipale, dont la population est nègre à 25 %, était devenue le test clé du scrutin : quelle serait la réaction de ses électeurs alors que la campagne tout entière tournait autour d'un seul point qui conditionnait tout le vote, à savoir s'il fallait ou non expulser et reloger toute une population pauvre d'origine latino-américaine pour laisser place à un stade et terrain d'entraînement destiné à l'équipe des Dodgers de Los Angeles ?

Diskant avait fait du problème son cheval de bataille, à côté de ce qu'il appelait "d'autres sujets collatéraux" : les mesures de maintien de l'ordre prétendument bien trop zélées des services de police de Los Angeles ainsi que du bureau du procureur de Los Angeles, "Grand Adepte de la Chambre à Gaz". Bien plus qu'un test clé, l'élection de la cinquième circonscription se trouvait être également un point crucial pour le passage de la décision d'éviction des populations de Chavez Ravine : un vote blanc préliminaire avait montré que le conseil s'était déclaré en faveur du projet, par une majorité de 5 voix contre 4, suivi en cela par tous les autres candidats dans la course aux sièges municipaux, fussent-ils démocrates ou républicains, tous favorables à cette mesure. En conséquence, seule l'élection de Diskant aurait pu bloquer et mettre dans une impasse toute décision du conseil municipal en reportant légalement *sine die* les épousailles de Chavez Ravine et des Dodgers.

Mais il était dit que la chose ne se ferait pas. La semaine dernière, Diskant a disparu de la course, au moment où il commençait à prendre la tête dans les sondages devant son adversaire en poste. Le vote du conseil sur Chavez Ravine restera donc favorable au projet d'aménagement, toujours par 5 voix contre 4, et l'appel aux fonds publics sera vraisemblablement voté à la mi-novembre. Diskant a argué de "raisons personnelles" pour justifier sa décision de se retirer ; il s'est refusé à tout autre commentaire. Dans les milieux politiques, les spéculations ont fait rage, et le procureur général Welles Noonan, procureur fédéral en chef pour le Grand District de Californie du Sud, a exprimé son opinion en ces termes au reporter du *Times* Garry Abrams : "Je ne citerai pas de noms, et en toute franchise, il m'est impossible de citer des noms. Mais le retrait de Diskant a des relents de coercition, quelle qu'elle pût être. Et je veux qu'il soit clairement entendu qu'en tant que démocrate et adversaire déterminé du crime, je suis prêt à toutes fins à lutter contre lui, ainsi que le prouvent mes lettres de créance, jusques et y compris le travail que j'ai effectué pour les comités sénatoriaux antirackets de Mc Clellan : on peut être à la fois un libéral modéré et un ennemi du crime, ainsi que l'a prouvé mon bon ami le sénateur Kennedy dans le cadre de ses fonctions au sein de ce comité."

Noonan s'est refusé à répondre à toutes questions sur ses ambitions politiques personnelles, et Morton Diskant est resté injoignable pour pouvoir nous faire part de sa réaction. Le conseiller Bethune a déclaré au *Times* : "Il m'a été très désagréable de remporter la victoire dans de telles conditions, parce que je ne renâcle jamais devant une belle bagarre. Et n'oubliez pas de tenir vos hot-dogs et vos cacahuètes prêts, Walter O'Malley (président-organisateur des Dodgers) car je fais sans tarder mes réservations pour la saison prochaine. Jouez le jeu !"

L. A. MIRROR
5/11/58

GALLAUDET ÉLU

LE PLUS JEUNE PROCUREUR DE L'HISTOIRE DE L. A.

Ce ne fut pas une surprise : Robert Gallaudet, "Appelez-moi Bob", 38 ans, ancien officier de police du LAPD et du bureau du procureur, ancien fidèle des cours du soir de la Faculté de Droit de l'USC, a été élu hier procureur de Los Angeles, premier d'une liste de six candidats à ce poste, avec 59 % du total des voix exprimées.

Son élection manifeste une réussite rapide, celle d'un homme dont la carrière a été marquée par la bonne fortune, à savoir la démission de l'ancien procureur Ellis Loew en avril dernier. Gallaudet, à l'époque le préféré de Loew, et responsable de la préparation des dossiers pour le ministère public, se trouva nommé procureur intérimaire par le conseil municipal, essentiellement, croit-on savoir, à cause des liens d'amitié qui l'unissent à Edmund Exley, chef des inspecteurs du LAPD. On s'attend à ce que Gallaudet soit candidat républicain à l'élection du procureur général de l'Etat en 1960. C'est un défenseur rigoureux de la loi et de l'ordre, que les adversaires de la peine de mort prennent fréquemment pour cible tant il manifeste de zèle à leur gré dans ses recommandations au jury, lorsqu'il réclame la peine capitale. Le nouveau procureur s'est vu en outre, et très récemment, lancer une nouvelle pierre dans son jardin, d'une direction tout à fait différente.

Welles Noonan, procureur général du district fédéral de Californie du Sud, que d'aucuns considèrent souvent comme l'adversaire potentiel de Gallaudet dans la course au poste de procureur général de l'Etat, a déclaré au *Mirror* : "Le soutien apporté par le procureur Gallaudet à la légalisation des jeux dans la circonscription, cette loi que la législature présente de l'Etat de Californie s'est toujours refusée à voter, apparaît en contradiction flagrante avec la philosophie d'un homme qui est toujours apparu comme le chantre implacable de la guerre contre le crime. Cette loi (à savoir – des zones de jeu autorisé confinées à certains quartiers, sous la surveillance des forces de police locale, où cartes, machines à sous, paris hippiques hors hippodrome et autres jeux de hasard seront légalisés, mais soumis à de très lourds impôts et taxes qui viendront grossir les caisses de l'Etat) est moralement un scandale, en fermant ainsi qu'elle le fait les yeux sur le jeu auquel elle laisse ainsi libre cours sous le masque et le prétexte du bien politique. Elle deviendra un aimant pour tout le crime organisé, et j'exhorte le procureur Gallaudet à retirer son soutien à cette mesure."

Au cours d'une conférence de presse où il a tenu à annoncer le gala prévu dans deux jours pour célébrer sa victoire imminente, gala qui se tiendra au Cocoanut Grove de l'hôtel Ambassadeur, Gallaudet s'est gaussé de ces critiques, en particulier du procureur Noonan. "Ecoutez, il est déjà en lice dans la course au poste de procureur général, et avec moi comme adversaire, alors que je viens seulement d'être élu à *ce* poste-*ci*. Quant à mon avenir politique : pas de commentaire. Mes commentaires sur mon élection au poste de procureur de Los Angeles : gare à vous, criminels de tous poils. Et reprenez courage, Angelenos : je suis ici pour faire de cette cité un havre de paix et de sécurité pour tous ses citoyens respectueux des lois."

MAGAZINE ***L'INDISCRET***, NUMÉRO DU 6/11/58

SALUT LES DODGERS ! ! ! ADIOS PAUVRES ENTASSÉS EN FOULE ! ! !

Pigez un peu ce qui arrive, matous et minettes, charlots et julies : nous adorons tout autant que vous le grand passe-temps national, mais quand ça suffit, ça suffit. Cette grande dame entre toutes, la Statue de la Liberté, ne porte-t-elle pas gravé un peu de baratin qui s'inscrit près de ses petons ? Quelque chose du genre : "Donnez-nous vos foules entassées, tous les pauvres et les démunis, qui aspirent à la liberté" ? Ecoutez, la géographie de la Côte Est n'est pas vraiment notre point fort, et nous savons que vous êtes déjà fatigués par tout ce petit numéro patriotique. Ecoutez, *tout le monde* veut un petit foyer bien chouette pour les Dodgers, un endroit où ils se sentent chez eux, nous y compris. Mais – nos tendances iconoclastes nous dictent de suivre une ligne d'action différente, ne serait-ce que pour nous circonscrire à des sens de circulation circulairement détournés. *L'Indiscret*, promoteur de la protestation sociale ! Ils disaient tous que ça n'arriverait jamais ! Souviens-toi, cher lecteur, c'est ici que tu l'as entendu en premier !

Ouvrez vos esgourdes : le conseil municipal de L.A. est fin prêt à expulser ces pauvres Mexicano-Américains impécunieux, malmenés par le machisme impétueux et partisan, ces petits ramasseurs-cueilleurs de récoltes, de leurs enclaves en tranchées, outrageuses et outrancières aux cahutes et cabanons calfatés au goudron, leur Shangri-La-Chavez Ravine souillée de sombre et sinistre smog ! ! ! Et les L.A. Dodgers, balanceurs de ba-balles et batteleurs aux belles banderoles, sont prêts à occuper les lieux illico presto, la poussière une fois éclaircie et leur stade construit – ils auront dès lors un tout nouveau foyer d'où ils pourront régner en maître sur la Division nationale ! ! ! Vous pigez ! ! ! Vous êtes contents, nous sommes contents ! Allez, les Dodgers ! ! ! Mais qu'adviendra-t-il de tous ces délinquants dépossédés de leur destin comme de leur domicile par les Dodgers : tous ces Mexicains maladroitement mal placés et mal manœuvrés ?

Esgourde-ville : le bureau Cadastre et Voirie de l'Etat de Californie accorde à chaque famille de bidonvilliers 10 500 $ comme prime de relogement, grosso-modo la moitié du prix d'une cahute-cabanon, un taudis vite torché, vite monté, vite expédié, dans des quartiers aussi colorés que Watts, Willowbrook et Boyle Heights. Le bureau dans sa volonté d'entreprise examine également avec intérêt et attention tout un tas de taudis et de rades à clodos, bâtis façon derviche, en deux temps, deux mouvements, offerts sur le marché par les rois de l'immobilier à la rapidité de rapaces, futures Terrasses à Tacos et Enclaves à Enchiladas où les Bandits Burritos virés rageusement de Chavez Ravine pourraient vivre enfin en cabanons de bric et de broc montés à la va-vite, à festoyer au son du fandango des taudis et guincher la jigue du sac-à-puces qui crame comme une torche !

Ouvrez vos esgourdes : nous nous sommes laissé dire que parmi les sites envisagés, se trouvaient d'anciens paddocks-cellules reconvertis, jadis utilisés pour parquer les internés japonais pendant la Seconde Guerre mondiale ainsi qu'un motel bungalow de Lynwood, reconverti lui aussi, auquel il ne manque pas le moindre lit en forme de cœur, avec aux murs des miroirs minables et mièvres à cadres dorés. Mais dites donc ! A les décrire, on croirait être dans nos propres bureaux, ici même, à *l'Indiscret* ! ! !

Hé ! Ici, sur le Sunset Strip, secteur sensationnel sein-tillant à vous faire saliver, le loyer a sérieusement suivi des sentiers ascensionnels – et nous nous sommes laissé dire que certains dépossédés, dégoûtés, défaits et dépités ont demandé qu'on leur verse leur argent afin de reprendre la route du Mexique, avant même la date de l'expulsion générale, laissant derrière eux leurs cahutes abandonnées. Hé ! mais *l'Indiscret* pourrait bien y déplacer le quartier général de ses opérations ! Résultat, nous pourrions diminuer le prix de ce torchon ! Si c'est ce que vous croyez, nous sommes prêts à vous vendre un Pendejo Penthouse et une Chorizo Chevrolet flambant neuve.

Mais pour conclure sur une note plus sérieuse, il apparaît que les pouvoirs en place de L.A. ont dépêché sur les lieux un homme de paille avec la fonction de convaincre au boniment les résidents restants de Chavez Ravine de déménager avant la date d'expulsion fixée, sans attendre les injonctions légales d'éviction. Cet homme : le populaire et batailleur poids coq Reuben Ruiz, actuellement classé 8ème par *Ring Magazine*, un homme que *l'Indiscret* se dépêche de charger d'un passé bigrement bigarré facile à vérifier.

Fait :

Ruben a fait de la prison à la Maison de Redressement de Preston pour cambriolage quand il était mineur.

Fait :

Reuben Ruiz a trois frères : Ramon, Reyes et Reynaldo – Seigneur – quelle allitération ! De quoi rendre *l'Indiscret* très fier ! – et les trois hommes ont un casier où ne manquent ni cambriolages ni vol qualifié d'automobiles quand ce ne sont pas les deux réunis.

Fait :

Reuben Ruiz a été témoin, assigné à bonne garde pendant la toute récente – et si vite éteinte – enquête sur les milieux de la boxe lancée par Welles Noonan, la petite lumière des Fédéraux (vous vous rappelez bien cette enquête, vous tous qui êtes au parfum : un autre témoin a sauté par la fenêtre tandis que l'inspecteur du LAPD de garde ce jour-là prenait ses quartiers à Roupillon-la-ville).

Fait :

Reuben Ruiz a été repéré il y a quelques jours, en train de déjeuner au Pacific Dining Car avec Bob Gallaudet, procureur, et Thomas Bethune, conseiller municipal de la Ville. En supplément, gratis, qui vient de tomber, vite fait, bien fait, ce ne sera pas répété et *très "Indiscret"*.

Ramon, frère de Reuben Ruiz, avait été arrêté quelques jours auparavant pour vol qualifié d'automobiles, mais aujourd'hui, les charges qui pesaient sur lui ont été mystérieusement abandonnées...

Conclusion captivante et corrosive, coercition incluse, à considérer.

Reuben Ruiz se trouve-t-il être attaché de presse et porteur de valoches de bureau du procureur et du conseil municipal ?

Est-ce que Ramon, houspilleur horripilant et hermano de Ruiz, doit sa liberté aux tripatouillages politiquement prudents de Reuben ? Tous les efforts hors programme de Reuben vont-ils réussir à lui faire extraire son mortel crochet du gauche lors du combat qui l'opposera à Stevie Moore le dur à l'Olympic le week-end prochain ?

Souviens-toi, cher lecteur, c'est ici que tu l'as entendu pour la première fois : silence et discrétion, vite fait, bien fait, ce ne sera pas répété, et *très "Indiscret"*.

“SURVEILLANCE CRIMINELLE”

REVUE ***L'INDISCRET***
6/11/58

DES FOURRURES FUIENT FURTIVEMENT AU SORTIR DES CHAMBRES FROIDES DU FOURREUR-ROI ? VERS OÙ ?

Vous connaissez tous Sol Hurwitz, “le Fourreur-Roi et le Roi de la Fourrure”, hein, vous, les mecs à la coule ; c'est lui qui fait ses propres annonces publicitaires au cours du Spectacle Télé de Spade Cooley. Son dernier gag à la mode met en scène une tempête de neige animée qui descend sur le Chinese Théâtre de Grauman, tandis que des Angelenos pris au dépourvu gèlent en bermudas. Il monte ses annonces publicitaires sur une scène de sonorisation faite pour ressembler à un igloo, tandis que sa marionnette mascotte Maurizio Mink [1] fournit le chœur, aussi peu grec que possible : les savants prédisent un nouvel âge glaciaire pour plusieurs siècles à venir, achetez votre fourrure Hurwitz dès à présent à des prix défiant toute concurrence, remboursements par mensualités faciles, et mettez votre fourrure à l'abri quand ce n'est plus la saison dans notre entrepôt à fourrures de la vallée de San Fernando et gratuitement. Vous voyez où nous voulons en venir, matous et minettes ? Sol Hurwitz sait très bien que la fourrure est un article scandaleusement outré en Californie du Sud, et il se fait passer pour le dindon de la farce en négligeant de mentionner l'élément fondamental de son commerce ; les gens achètent les fourrures pour deux raisons : pour avoir l'air chic et pour étaler aux yeux de tous leur fortune.

Vous pigez ce qui fait le génie très spécial de L.A. ? Bien, vous êtes sur notre longueur d'onde. Dites-vous bien encore que l'appel de Hurwitz pour une mise au frais gratis des fourrures de ses clients est une excellente chose pour ses affaires. Frissons, frissons, brrr ! Vos bien-aimés Charlie Chinchilla, Mindy Mink et Rachel Racoon sont en sécurité chez Sol, exact ? Eh bien, disons que jusqu'au 25 octobre, vous ne siffliez pas Dixie. C'était du sérieux...

En cette nuit funeste, trois ou quatre diables de desperados dont on suppose qu'ils étaient maîtres dans l'art de l'outil et experts en électronique, ont furtivement finalisé avec fracas leurs carrières criminelles respectives en se rendant maîtres d'un sbire de la sécurité avant de disparaître du décor avec un butin estimé à un million de dollars en fourrures “hors saison” laissées en gardiennage. Avez-vous lu les petits paragraphes sur vos contrats de gardiennage “gratis”, hein, les petits matous à la coule ? Si ce n'est pas le cas, esgourdez bien ce qui suit : en cas de vol, l'assurance des Fourrures Hurwitz vous rembourse au taux de 25% de la valeur estimée de votre étole ou manteau volés,

1. Mink signifie vison. (N. d. T.)

et qui plus est, la police ne dispose pas du moindre indice quant à l'identité de ces enfoirés furtifs braqueurs de fourrures !

Le capitaine Dudley Smith, chef de la Division Cambriolages du LAPD, a déclaré aux journalistes, au poste de Van Nuys : "Nous savons qu'un grand camion à plateau a servi aux voleurs pour pénétrer sur les lieux et emporter la marchandise. Le gardien malencontreusement blessé dans la circonstance nous a déclaré que trois ou quatre hommes au visage masqué de bas l'avaient neutralisé. Les voleurs ont eu accès aux fourrures après avoir démonté le système complexe de verrouillage de la chambre froide. Il est évident qu'un des points forts de ce gang de voleurs est leur maîtrise des problèmes technologiques, et je ne connaîtrai pas le repos tant qu'ils n'auront pas été appréhendés."

Assistent le capitaine Smith dans ses œuvres le sergent Michael Breuning et le sergent Richard Carlisle. S'ajoute à la célèbre équipe de cravateurs de criminels un quatrième élément, très surprenant au demeurant : l'agent John Duhamel, connu chez les adeptes du noble art de Californie du Sud sous le sobriquet de Johnny Duhamel "l'Ecolier", ancien champion poids moyen des Gants d'Or. Le capitaine Smith, le sergent Breuning et le sergent Carlisle ont refusé de parler à *l'Indiscret*, mais Duane Tucker, champion copiste de *l'Indiscret*, a réussi à coincer dans ses derniers retranchements Duhamel "l'Ecolier" au cours de la fiesta pugilistique qui s'est tenue la semaine dernière au Legion Stadium de Hollywood. Silence et discrétion, vite fait, bien fait, ce ne sera pas répété, et très *"Indiscret"*, "l'Ecolier" policier nous a parlé, et dévoilé ses secrets tout droit sorti de sa cour de récré.

Il a qualifié le vol de "casse-tête insoluble" en éliminant l'éventualité d'une escroquerie à l'assurance, même si la rumeur veut que ce rapace de Sol Hurwitz soit un dégénéré du jeu de dés. "L'Ecolier" s'est alors fourré la langue dans la bouche en se refusant à tout autre commentaire.

Comble de *fourreur*, un groupe de *fourrurieux* maîtres-es-*fourrures* ont manifesté devant les lieux-du-crime, à Pacoima, où se trouve l'entrepôt de stockage de Sol Hurwitz. Avec les misérables 25 % de remboursement auxquels ils ont droit, ces pauvres parents perplexes ont impatiemment importuné le gardien de leurs petits disparus, Mindy Mink, Rachel Racoon et Charlie Chinchilla en clamant :

Revenez à la maison ! Il fait trente degrés et nous nous gelons sans vous !

Attendez-vous à de nouveaux développements dans nos numéros à venir de "Surveillance Criminelle" ! Souvenez-vous, c'est ici que vous l'avez entendu la première fois : silence et discrétion, vite fait, bien fait, ce ne sera pas répété, et *"très Indiscret"* !

L. A. HERALD EXPRESS
7/11/58

LE PROCUREUR FÉDÉRAL ANNONCE L'OUVERTURE D'UNE ENQUÊTE DE FOND SUR LES RACKETS DU QUARTIER SUD.

Ce matin, dans une brève déclaration aux termes choisis, le procureur Welles Noonan a annoncé que des enquêteurs du Département de la Justice affectés au bureau fédéral de Californie du Sud allaient bientôt déclencher leurs investigations – "détaillées, minutieuses, complexes et fouillées" – sur la mainmise et l'étendue des rackets à Los Angeles Sud-Central. Il a qualifié l'enquête en question de "recherche et de collationnement de preuves en vue d'établir l'existence de conspirations criminelles" ; il a ajouté que son but était de présenter "des preuves convaincantes" à un Grand Jury fédéral constitué spécialement pour l'occasion, sans cacher qu'il attendait de ce dernier des inculpations majeures.

Noonan, âgé de 40 ans, ancien conseiller adjoint au comité antiracket du Sénat présidé par le sénateur Mc Clellan, a déclaré que son enquête de fond engloberait des crimes aussi variés que le trafic de stupéfiants, la pratique et l'usage illégaux de juke-box, machines à sous et machines distributrices, en ajoutant qu'il "examinerait par le détail" le bien-fondé des rumeurs selon lesquelles les services de police de Los Angeles laissaient libre cours au vice dans les quartiers sud de Los Angeles et enquêtaient rarement sur les homicides dont les responsables comme les victimes étaient des Nègres.

Le procureur fédéral s'est refusé à répondre aux questions des journalistes, en indiquant néanmoins que sa force spéciale d'investigation comprendrait quatre procureurs chargés des instructions et au moins une douzaine d'agents du Département de la Justice triés sur le volet. Il a conclu sa conférence de presse en déclarant qu'il s'attendait tout à fait à ce que les services de police de Los Angeles se refusent à apporter leur coopération à son enquête.

William H. Parker, chef du LAPD, et Edmund Exley, chef des inspecteurs, ont été informés de la déclaration du procureur fédéral Noonan. Ils se sont refusés à tout commentaire.

Deuxième Partie

Vampira

Chapitre 10

Cadrage de la réception.

Le Cocoanut Grove, un orchestre mondain sur scène – morceaux de comédie musicale aux frais du cochon de payant. Parker, Exley, tout sourires pour notre grand élu : Bob Gallaudet dit Chambre à Gaz. Serveurs avec plateaux à boissons, piste et danseurs – Meg avait amené Jack Woods pour se payer quelques pas de mambo. Dudley Smith, le maire Poulson, Tom Bethune – pas un merci pour le boulot d'entôle.

Journalistes, dirigeants des Dodgers. Gallaudet qui rit, qui bavarde, le visage figé en sourires, bombardé d'ampoules de flashs.

Mêle-toi à la foule, essaie de ne pas penser.

George Stemmons, Sr, deux des nervis de Smith : Mike Breuning, Dick Carlisle. Lis sur leurs lèvres : ENQUÊTE FÉDÉ, ENQUÊTE FÉDÉ. Parker / Exley des cocktails à la main – ENQUÊTE FÉDÉ – prends les paris. Meg faisait valser Jack – les truands lui filaient toujours le frisson – ma faute.

L'heure de se montrer : je devais des félicitations à Bob. Attends, chope-le seul : *mon* numéro de relations publiques foireuses traînait toujours dans l'air. Observe la foule : fais coller aux visages ce qui se passe dans les têtes.

Exley – sa haute taille, facile à repérer. Mon rapport : les pistes Lucille / mateur, petit additif bidon – conclusion : laisser tomber l'enquête, cul-de-sac sans possibilité de sortie. Il m'a dit de continuer, et une partie de moi s'est réjouie – je voulais traîner toute cette famille dans le ruisseau. Moi au milieu, coincé aux deux bouts : j'ai dit à Dan Wilhite que j'irais mollo.

L'inspecteur divisionnaire Stemmons, Sr près du saladier à punch – Junior plus vieux d'une vingtaine d'années. Junior en personne : maigres contacts avec le jeunot depuis Georgie Ainge – pat – son seul avantage : il savait que Glenda Bledsoe avait tué Dwight Gilette. *Son* rapport Kafesjian : du vent, pas de vérif des dossiers putes et michés, après mon scoop Nègreville, il s'était trouvé bien trop occupé ; le serrage du mec devant chez Bido Lito, ce baratin sur "un blondinet de flic tout mignon". Demande de renseignements au Bureau, le mignon identifié : Johnny Duhamel, le gars de Dudley Smith dans sa nouvelle Brigade antigang. Parle de Junior à Dud – non – trop délicat, trop de ficelles. Junior la Ficelle : le mec furtif – duels de regards dans la salle de brigade, sans vainqueur – mon instinct me disait qu'Ainge n'était qu'en partie la raison. *Mon* avantage – les poucettes que j'avais serrées à Ainge – jamais il ne refilerait l'arme que Glenda lui avait donnée.

Junior : impossible de lui faire confiance ; impossible de le virer de l'enquête – pour le moment.

Solo maintenant :

J'avais contrôlé les fiches de postes, coup de bol partiel à University – noms de michés, pas de nom de racoleuses en doublette. Passage par le SCG / le Bureau des archives criminelles de l'Etat – rien que du bidon – la plupart des flics des Mœurs n'insistaient jamais beaucoup pour les véritables identités – aucun cœur à l'ouvrage pour entuber les coureurs de chatte fraîche. Foirage complet après le coup de bol partiel d'origine, mais garder les noms pour recoupements ultérieurs – la plupart des michés conservaient le même alias.

Bafouillages à Nègreville :

Les putes de Western Avenue, interrogées trois nuits durant – pas d'identification des photos de Lucille. Brigade de la 77ème Rue – toujours personne de logé pour les plaintes contre mateurs. Matage en personne : la crèche Kafesjian, jazz sur l'autoradio pour tuer l'ennui. Deux soirs – engueulades en famille ; un soir, Lucille en solo – strip-tease fenêtre – et la radio qui pulsait au rythme de ses mouvements. Trois soirs, pas d'autres regards que le mien – ce qui faisait de moi le seul voyeur. Et cet instinct, énorme, qui se confirmait : le rôdeur / mateur / cambrio – un seul et même homme.

Devoirs à domicile : Art Pepper, Champ Dineen – retrouver les correspondances avec ce que le cambrioleur avait réduit en miettes. Mon électrophone, augmente le volume : et cet instinct qui tient toujours. Une séance a suffi pour me repousser jusque la maison. J'ai filoché Tommy jusqu'au Bito Lito's. Tommy : qui entre, *avec sa propre clé* – un jeton par la fenêtre – un point de chute pour la came, des sachets d'herbe empilés près des machines à sous. Coup de fil à Lester Lake – dégote-moi des tuyaux sur les relations connues de Tommy.

Observe-la, toute cette foule, bâillement, des horaires tordus : debout jusqu'à l'aube, au lit jusqu'à midi. Meg et Jack Woods en train de bavarder – ils vont probablement remettre ça. Jack nous a récupéré nos loyers, aux biscottos ; nous avons arrangé le coup au pourcentage : sa partie de craps, notre appart libre quartier ouest. Main dans la main : ma sœur et mon truand d'ami. Changement de décor, Glenda, en surmultipliée.

Accro et pas qu'un peu – je n'ai pas été capable de faire sous-traiter le contrat Hughes. Le boulot : la filocher, surveiller les filoches, éliminer quelques possibilités éventuelles. Bouderies de plateau, planques mobiles, au volant, à distance :

Glenda qui fait des descentes dans les baisodromes de Hughes – Glenda qui fait don de la nourriture volée à la maison de repos de "Dracula". Invités réguliers : Touch V., Rock Rockwell – Georgie Ainge introuvable. La nuit dernière, Glenda la B.A. à l'œuvre : foie

gras pour les vieux du Sleepy Glade, un rade de dernière zone.
Sommiers – Bledsoe, Glenda, Louise.
Non recherchée, pas de mandats à son nom, pas d'arrestations pour prostitution – 11/46 : dix jours, prison pour mineurs, vol à l'étalage. Note classée dans le dossier de la Prison pour Mineurs : Glenda a passé à tabac une vrille amoureuse.
Criminelle du LAPD – Dwight William Gilette, DDD[1] 19/4/55 (non résolu) – ZÉRO SUR GLENDA LOUISE BLEDSOE.
Une ligne possible, mince, plutôt corde raide : fournir à Bradley Milteer des rapports bidon. Passer à l'as les vols de Glenda, mentir sur son rencart publicitaire – petite sortie amicale. Et arpenter toutes les lignes ouvertes comme autant de cordes raides, la trouille au ventre, ou presque.
Remonte vers la foule. Gallaudet, nouvelle coiffure – style Kennedy / Noonan. Un hochement de tête, pas de poignée de mains – les flics mauvaise presse avaient la cote très basse. Walter O'Malley qui passe tout à côté – et le Bob a presque fait la génuflexion. Chavez Ravine, terrain de base-ball – à haute voix, heureux.
— Salut, mon gars.
Cet accent chantant. Dudley Smith.
— Salut, Dud.
Clin d'œil.
— Belle soirée, n'est-ce pas ? Marque bien mes paroles, nous sommes en train de célébrer les débuts d'une splendide carrière politique.
Une enveloppe est passée : l'homme des Dodgers, l'homme du procureur.
— Bob a toujours été ambitieux.
— Tout comme toi, mon gars. Et la perspective d'un stade pour notre équipe locale ne te donne-t-elle pas quelque frisson de plaisir ?
— Pas particulièrement.
Dud a éclaté de rire.
— Moi non plus. Chavez Ravine était un endroit splendide pour s'acheter des colifichets espingos, mais je crains que maintenant il ne se trouve remplacé par des embouteillages et encore plus de smog. Est-ce que tu suis le base-ball, mon gars ?
— Non.
— Aucun intérêt pour les exploits d'athlète ? L'argent que te rapportent tes activités extra-professionnelles serait-il ta seule et unique passion ?
Du Dud craché – profite de ce tuyau de l'intérieur, travaille-le au corps.
— C'est à cause de ce nom juif qu'on m'a collé.
Hurlements de rire – les pans de sa veste se sont écartés, petit coup

1. Date De Décès. (N. d. T.)

d'œil sur l'attirail en place – magnum, matraque, coup de poing.

— Mon gars, tu as le pouvoir d'amuser le vieil homme que je suis.

— Je ne deviens drôle que lorsque je m'ennuie. Le base-ball m'ennuie. La boxe serait plus mon genre de sport.

— Ah ! j'aurais dû le savoir. Les hommes impitoyables admirent toujours les jeux de poings. Et je précise qu'impitoyable dans ma bouche est un compliment, mon gars.

— Y'a pas d'offense. Et puisque nous parlons boxe, Johnny Duhamel travaille bien pour toi, si je ne me trompe !

— Correct, et c'est une recrue de choix au sein de la Brigade antigang par le splendide potentiel de crainte qu'il véhicule. Je l'ai fait travailler sur mon affaire de vol de fourrures et il s'avère un jeune policier splendide à tous égards. Pourquoi me poses-tu la question, mon gars ?

Subtil – Son nom est venu dans la conversation. L'un de mes hommes a été son professeur à l'Académie. Duhamel a été l'un de ses étudiants.

— Ah ! oui. George Stemmons, Jr, si je ne me trompe ? Quelle mémoire des étudiants passés ce jeune gars ne possède-t-il pas ?

— C'est bien lui.

Exley m'a repéré, épinglé : un hochement de tête. Dud a perçu le geste :

— Va, mon gars, le chef Exley te prie d'aller le rejoindre depuis l'autre bout de la pièce. Ah ! ce regard de requin qui est le sien !

— Ç'a été bien agréable de te voir, Dud.

— Le plaisir a été entièrement pour moi, mon gars.

Approche-toi. Exley, droit au but :

— Un briefing est prévu après-demain. 9 h, tous les O.C. du Bureau. Soyez-y – nous discuterons de l'enquête fédérale. Je veux également que vous vous procuriez les déclarations fiscales de la famille Kafesjian. Vous êtes juriste – trouvez la ficelle.

Dis-lui que dalle.

— L'accès aux registres des contributions exige une autorisation fédérale. Pourquoi ne la demandez-vous pas à Welles Noonan ? C'est son secteur.

Les jointures blanches – son verre à vin a tremblé :

— J'ai lu votre rapport, et les noms des michés m'intéressent. Je veux un ramassage de tous les michés sur Western et Adams demain soir. Arrangez les détails de l'opération avec les Mœurs d'University, et détachez autant d'hommes que vous le jugerez nécessaire. Je veux des renseignements détaillés sur les clients de Lucille Kafesjian.

Tout près, en murmures :

— Etes-vous sûr de vouloir bien risquer de vilipender cette famille avec ces noms de Dieu de Fédés qui attendent au tournant ?

— Faites-le, Lieutenant. Ne mettez pas en doute mes motivations et ne me demandez pas mes raisons.

La gueule – direction le hall de l'hôtel. Un téléphone, le bureau.
— Administration des Mœurs, agent Riegle.
— Sid, c'est moi.
— Salut, patron. Z'avez le don de télépathie ? Hollenbeck vient de vous laisser un message.
— Ne bouge pas, j'ai d'abord besoin de toi pour mettre un truc sur pied.
— Ch'suis tout ouïe.
Du bruit – la main qui se colle au combiné.
— Appelle University et arrange un ramassage de michés. Disons huit hommes et deux charrettes à putes. Prépare-moi ça pour 11 h du soir demain, Western et Adams, autorisation directe du chef Exley.
Sifflement au bout du fil.
— Vous voulez expliquer ?`
TEMPÊTE SOUS UN CRANE.
— Dis au Lieutenant que j'ai besoin d'une rangée de salles d'interrogatoire, et dis à Junior Stemmons de me retrouver au poste. Je veux qu'il participe à ce coup.
Bruits de gribouillis sur papier.
— C'est noté. Vous voulez le message ?
— Allonge.
— La Surveillance des prêts sur gages a retrouvé l'argenterie des Kafesjian. Y'a un Mexicain qui a essayé de la fourguer chez un prêteur de Boyle Heights. Le proprio avait vu notre bulletin et il a fait traîner le truc en longueur. Le gars est en détention au poste de Hollenbeck.
Hourra pour la nouvelle – au point de faire tourner quelques têtes.
— Sid, appelle Hollenbeck. Dis-leur de placer le Mex dans un cagibi à suées. J'arrive.
— C'est comme si c'était fait, patron.
Retour à la soirée – Bob Chambre à Gaz cerné de toutes parts – pas moyen de quitter les lieux avec grâce et élégance. Une blonde qui danse – Glenda – un battement de paupières – rien qu'une femme, quelconque.

Chapitre 11

Jésus Chasco – gras, mex – pas lui, mon mateur. Pas de collante au fichier, une carte verte de 58 sur le point d'expirer. Suant de trouille – le cagibi à suées porte bien son nom.

— Habla Ingles, Jésus ?

— Je parle anglais bien comme vous.

Coup d'œil au P.V. criminel d'arrestation.

— Il est dit ici que tu as essayé de vendre de l'argenterie volée à un prêteur sur gages au Luckytime Pawnshop. Tu as déclaré aux agents que ce n'était pas toi qui avais volé l'argenterie, mais tu as refusé de leur dire d'où elle provenait. Okay, ça nous fait déjà un crime – recel de marchandises volées. Tu as donné comme adresse de ton domicile ta voiture, ça, c'est une infraction mineure – sans domicile fixe. Quel âge as-tu, Jésus ?

T-shirt, pantalons de toile kaki – une odeur de sueur.

— Quarante-trois ans. Pourquoi vous me demandez ça ?

— Je suis en train de calculer, disons cinq ans à San Quentin, ensuite on te vire direction retour au Mexique, à coups de pompe dans le train. D'ici que tu arrives là-bas, t'auras peut-être gagné le titre mondial du plus vieux dos mouillé.

Chasco a battu des bras – la sueur a giclé.

— Je dors dans ma voiture pour économiser l'argent.

— Ouais, pour faire venir ta famille jusqu'ici. Et maintenant reste tranquille, sinon je te menotte à ton fauteuil.

Il a craché par terre ; j'ai fait balancer mes menottes au ras de ses paupières.

— Dis-moi où tu as eu l'argenterie. Si tu peux le prouver, tu files, libre comme l'air.

— Vous voulez dire vous –

— Je veux dire tu te casses, libre. Pas d'inculpations, rien, nada.

— Supposez que je vous le dis pas ?

Bruit de breloque des menottes en l'air, laisse-le montrer qu'il a un peu de couilles. Dix secondes – un haussement d'épaules, numéro classique de cholo.

— Je fais le travail d'entretien dans ce motel. Il est sur la 53ème et Western, y s'appelle le Red Arrow Inn. C'est... vous savez... pour les putas et leurs mecs.

Picotements.

— Vas-y, continue.

— Ben... Je réparais l'évier de la chambre 19. J'ai trouvé tous ces trucs en argent qui avaient l'air chouette, collés à l'intérieur du lit ... vous savez, les draps, le matelas, complètement déchirés, en miettes. Je... je me suis dit... je me suis dit que le mec qui a loué la chambre, il est devenu cinglé... et... et qu'y porterait pas plainte si je lui piquais son matos.

Saute sur l'occasion.

— *A quoi ressemblait-il, "le mec" en question ?*

— Je ne sais pas, un mec. Je l'ai jamais vu. Demandez à l'employée de nuit, elle vous dira.

— Elle nous le dira à tous les deux.

— Hé ! vous avez dit –

— Mets les mains dans le dos.

Couilles en avant – deux secondes durant – avant le haussement d'épaules, toujours le même. Menottes desserrées – reste en bons termes avec le bonhomme.

— Hé ! j'ai faim.

— Je te trouverai une sucette.

— Vous avez dit que vous alliez me relâcher.

— C'est ce que je vais faire.

— Mais ma voiture, c'est ici qu'elle est !

— Prends le bus.

— Pinche Cabron ! Puto ! Gabacho maricon !

* * *

Une demi-heure de trajet. Loué soit le Jésus : pas de boucan sur la banquette arrière, pas de menottes qui lacèrent les garnitures. Le Red Arrow Inn – l'Auberge de la Flèche Rouge – des cabines mitoyennes, sur deux rangées, une allée à voitures centrale. Une enseigne au néon : "Chambres à louer".

Direction cabine 19 : pas de lumière, pas de voiture garée devant.

Chasco :

— J'ai mon passe.

Déverrouille-lui ses menottes, laisse-le sortir. Pleins phares : il a ouvert le 19 aveuglé par la lumière.

— Venez-y voir ! Juste comme je vous l'ai dit, mec !

Coupe les phares, approche-toi. Preuves matérielles : marques d'effraction sur le chambranle – *récentes* – des esquilles de bois frais. La pièce : petite, sol en lino, pas de meubles. Le lit : draps tailladés, matelas éventré crachant son kapok.

— Va me chercher l'employée. Ne te sauve pas, je ferais la gueule, sinon.

Chasco s'est tiré des pattes. Cadre le pieu, de plus près : marques de fourchettes dans le matelas, poignardé jusqu'aux ressorts. Taches de sperme – mon mateur qui hurlait ET MAINTENANT ATTRAPE-MOI.

Arrache un bout de drap : analyse du jus, recherche du groupe sanguin.

— D'la raclure de blandin, du bon à rien !

Demi-tour :

— Raclure de blandin, y m'a détruit mon joli lit – une mamie bougnoule en train de battre l'air d'une fiche d'hôtel. Chope le carton au vol :

John Smith – prévisible – dix jours, cabine en façade, date de départ prévue demain. Mamie a craché sa salive ; Chaco a fait signe dehors.

Suis-le. Jésus, à haute voix :

— Carlotta sait pas qui a loué la chambre. Elle a dit qu'elle croit que c'est un jeune Blanc. Elle a dit qu'c'est un poivrot qui a loué la chambre pour lui, et le mec qui voulait louer a dit qu'il devait avoir la chambre 19. Elle a pas vu le mec en personne. Moi non plus, mais écoutez un coup, le poivrot, moi, je l'connais. Vous me donnez cinq dollars et vous me ramenez à ma voiture et je vous le retrouve.

Deux doigts en fourche, allonge : deux billets de cinq, la photo de Lucille.

— Un pour toi, un pour Carlotta. Dis-lui que je ne veux pas d'ennuis et demande-lui si elle connaît cette fille. Et *ensuite*, tu me retrouves ce poivrot.

Retour à l'intérieur – il lui passe les cinq sacs, lui sort les photos anthropo – Mamie s'est mise à hocher la tête oui oui oui. Un réflexe tardif : LUI pourrait peut-être se montrer / les marques d'effraction sur la porte – ? ? ? ? ?

Chasco, retour à moi :

— Carlotta a dit que cette fille, c'est comme qui dirait une fois de temps en temps – elle loue pour pas long et elle remplit pas de fiche. Elle a dit que cette fille, c'est une prostit, en plus elle demande toujours le numéro 18 juste tout à côté de là où j'ai trouvé tout ce bel argent. Elle a dit qu'la fille, elle aime bien le 18 pasqu'elle a vue sur la rue au cas où la police débarque.

Fais le lien entre les pistes :

Chambre 19, chambre 18 : le mateur qui mate les baises des michés de Lucille. Marques d'effraction chambre 19 – cadre l'ensemble : un / une troisième impliqué dans l'affaire.

Carlotta, en train de faire tinter un tronc en fer blanc :

— Pour Jehovah. Jehovah se récupère 10 % de tous les loyers encaissés dans cette maison de péché. Moi-même, je souffre du titouillis de la machine à sous, je résiste pas, et je lui refile 10 % de tous mes gains à Jehovah. Vous, z'êtes beau et jeune pour un mec de la police, alors pour un petit dollar de plus à Jehovah, je vous offre plus de tuyaux sur c'te pute blandasse, c'te marie-couche-toi-là qui cherche le grand frisson que hay-soos[1] y m'a montré des photos d'elle.

1. Approximation phonétique de Jésus. (N. d. T.)

Rien à foutre, allonge. Mamie a nourri le tronc :

— C'te fille, j'l'ai vue au Bido Lito's, où je me laissais aller à satisfaire mes titouillis de bandit manchot pour le denier à Jehovah. Y'a cet aut' policier, y posait des questions sur elle aux gens du bar. J'lui ai dit c'que j'vous ai dit : c'est rien qu'une pute, une marie-couche-toi-là qui cherche le grand frisson. Plus tard, après la fermeture, j'ai vu la fille des photos, el' faisait un strip-tease avec un spleeen-dide vison. Et l'aut' policier, y l'a vue, lui aussi, mais y faisait semblant de rin y voir, comme si y était *pas* d'la police, et il a même pas essayé de l'empêcher d'faire cette exhibition dégoûtante, *ou* même se bouger comme s'il avait le sang à la tête et qu'ça lui faisait queq'chose.

Doucement – ne saute pas tout de suite aux conclusions.

— Jésus, va me retrouver ce pochtron. Carlotta, à quoi ressemblait-il, ce policier ?

Chasco a pris la fille de l'air.

Mamie :

— Il avait les cheveux marron clair, bien bouclés à la pommade, et il a p't-êt trente ans, je dirais. Belle gueule, mais pas aussi impressionnant que vous, M'sieur le policier.

Saute dessus, d'un bond : Junior Nègreville, piste n°2. Un bond tardif : Rock Rockwell, Fern Dell – la chouquette qui avait dit que l'Ad. Mœurs était à l'œuvre dans le parc. Junior qui avait craché le morceau – "une faveur" – il était en dette avec un pote qui bossait aux Mœurs d'Hollywood. Rockwell, Touch V. – ils pourraient peut-être avoir des infos sur les activités du parc.

Di-ling Di-ling – fourre-lui un peu de ferraille dans sa caisse, à la Mamie.

— Ecoutez, avez-vous jamais vu l'homme qui occupait cette chambre ?

— Jehovah soit loué, je l'ai vu que de dos.

— L'avez-vous jamais vu *avec* quelqu'un d'autre ?

— Jehovah soit loué, non, j'as jamais vu personne.

— Quand avez-vous vu la fille de mes photos pour la dernière fois ?

— Jehovah soit loué, la fois où elle a fait son strip au Bido, p't-êt quatre, cinq jours de ça.

— Quand a-t-elle amené un miché dans cette chambre pour la dernière fois ?

— Jehovah soit loué, peut-être y'a une semaine.

— Où va-t-elle pour se lever ses michés ?

— Jehovah soit loué, je sais pas.

— Lui est-il arrivé d'amener le même homme plus d'une fois ? A-t-elle ses michés réguliers ?

— Jehovah soit loué, je m'as appris à jamais regarder en face tous ces pécheurs.

Chasco a fait avancer un pochtron-tasseur.

— Je sais pas bien, mais je crois que p't-êt' ce mec, il est pas vraiment clair côté questions-réponses...

"Ce mec" : mex, philippin – couvert de crasse croûtée – pas du gâteau.

— Tu t'appelles comment, Sahib ?

Marmonnements, hoquets – Jésus l'a fait taire.

— Les flics l'appellent le Flambé, pasqu'il lui arrive d'se fout' le feu quand il est rond.

Le Flambé a offert quelques cicatrices – Mamie a pris la tangente, la nausée, beurk !

Jésus :

— 'Coutez, j'lui ai demandé pour le mec à qui il a loué la chambre, et je crois pas qu'y se souvienne si bien que ça. Vous allez toujours me raccomp –

Retour à la 19 – stores tirés. Fais sauter la serrure, reluque la turne – zoom – une porte de communication.

Chambre 19 à chambre 18 – le baisoir préféré de Lucille. Marques de pince sur l'huisserie – différentes des traces d'effraction sur la porte d'entrée.

Réfléchis :

Le mateur entre / essaie d'entrer dans la chambre de Lucille.

Le mateur bousille sa propre chambre, laisse l'argenterie en place, et se taille en pleine panique. Des marques de pince-monseigneur sur la porte, différentes de celles de la porte d'entrée – pourquoi pas d'entrée normale, la clé dans la serrure ? Un troisième qui vient s'inscrire dans le tableau ?

Toc-toc à la porte de communication – pas de réponse. Un coup d'épaule, muscles serrés – du jeu, ça lâche, clac – entrée chambre 18, gonds branlants sur la porte.

Identique à la 19. Fouille en quadrillage, manque un truc : pas de porte de placard. Autre chose, vite, trouve ce que c'est : des plis sur le mur, au-dessus du lit.

Le papier peint qui fait des boursouflures, en vagues. Un carré arraché – cloison sèche perforée en-dessous. Une pelure de papier peint – une longue bandelette, suis-la :

Du mur à la porte de communication – jusqu'au jour sous la porte.

Un mouchard – placé là, récupéré, le micro près du lit – le mateur qui reluque Lucille, un minimum de compétences en électronique.

La chambre passée au crible – vide, zéro, rien. La 19 – retourne-la de fond en comble, deux fois de suite, butin de placard : un calcif emmêlé de bande magnétique en bobine.

Fuite panique confirmée.

Mamie, Jésus – hurlements dehors.

En avant, tu te franchis l'obstacle, bousculade vitesse grand V.

Le Bureau, Code 3. Le SIS[1] pour y déposer le morceau de drap : tester les jutées de sperme pour le groupe sanguin. Mon bureau, ma vieille trousse d'analyses – poudrer la bobine magnéto. Pas besoin d'analyses : des barbouillis, pas d'empreintes visibles. A cran – chope-toi un magnéto au magasin.

La salle de brigade, paisible : ça ronronne, garde de nuit, quelques planqués qui coincent la bulle. Ferme la porte, appuie sur "Play", éteins les lumières.

Craquements d'électricité statique, bourdonnement de la circulation, des fenêtres qui vibrent. Des bruits de l'extérieur : les affaires qui roulent à la Red Arrow Inn.

Des putes bronzées qui discutent – dix minutes – du baratin mac / miché. L'obscurité, *VOIS CE QUI SE PASSE* : des racoleuses devant *SA* fenêtre. Silence, sifflement de bande magnétique, une porte qui claque. "En avance, poupée", pause – "Oui, ça veut dire maintenant" – Lucille la première fois où je l'ai entendue.

"Okay, okay" – un homme. Pause, bruit de chaussures qu'on laisse tomber, couinements du matelas. La bande presque à bout de course, grognements – LUI a joui. Silence, paroles déformées, Lucille : "Si on jouait à un petit jeu. C'est moi qui serai la fille et toi tu seras le papa, et si t'es vraiment super gentil-gentil, on peut remettre ça sans supplément."

Bruits de circulation / bruits dans l'allée à voitures / respiration. Toutes lumières éteintes, fais un effort, plisse les yeux, imagine :

Ce mur qui les sépare.

La surveillance qui ne suffit pas .

Le souffle court, haletant, la trouille au ventre, la peur de démolir ce mur.

1. Service d'Investigation Scientifique. (N. d. T.)

Chapitre 12

Rêves brouillés d'électricité statique : Lucille, qui me parle. SIS, coup de fil réveil – la jutée testée O+. Des frissons à faire peur après un coup de fil-corvée aux Mœurs d'Hollywood : au récit de Junior sur les rafles des pédés, réponse : conneries.

— De la merde en barre, celui qui t'a raconté ça a menti comme un arracheur de dents. On est bien trop occupés par le Feu Follet Fou pour aller travailler les pédales, et il n'y a pas un seul de nos gars qui ait ramassé de la chouquette au parc de Fern Dell depuis plus d'un an.

Café – une demi-tasse – pour se remonter les nerfs.

Mon vibreur qui sonne – fort.

Aller ouvrir – putain de merde – Bradley Milteer, Harold John Miciak.

L'allure revêche – leur collègue flic une serviette autour des reins. Miciak – les yeux comme des soucoupes – ma cicatrice de sabre japonais.

— Je vous en prie, Messieurs.

Entrée, la porte à refermer derrière eux.

Milteer :

— Nous sommes passés au rapport, pour savoir où vous en êtes.

Souris servile.

— J'ai quelques sources sur le plateau de tournage qui confirment les renseignements sur Melle Bledsoe.

— Il y a une semaine que vous êtes au service de M. Hughes, Lieutenant. Et franchement, jusqu'à présent, vous n'avez en rien "confirmé" les résultats qu'il espérait vous voir obtenir.

— J'y travaille.

— Alors je vous prierais de produire des résultats. Vos activités policières habituelles interféreraient-elles avec le travail que vous a demandé M. Hughes ?

Etouffe ton envie de rire.

— Mes activités policières ne sont pas tout à fait habituelles.

— Eh bien, quoi qu'il en soit, l'on vous paie pour que vous obteniez des renseignements confirmés sur Melle Glenda Bledsoe. Il semblerait en outre que M. Hughes ait maintenant la conviction que Melle Bledsoe s'est laissé aller à chaparder diverses nourritures aux domiciles des actrices de M. Hughes. Une accusation criminelle de vol invaliderait son contrat sans ambiguïté, aussi voudriez-vous bien exercer votre surveillance avec plus encore de diligence ?

Miciak a replié les mains – adios tatouages de gang.
— Je commence cette surveillance immédiatement, M. Milteer.
— Bien. J'escompte que vous obtiendrez des résultats, M. Hughes escompte que vous obtiendrez des résultats.
Miciak – des yeux de taulard.
— Ist Flats ou White Fence, Harold ?
— Hein, quoi ?
— Ces tatouages que M. Hughes t'a fait brûler.
— Ecoutez, j'ai le nez propre.
— Bien sûr, M. Hughes a fait nettoyer ton casier.
Milteer :
— Lieutenant, *vraiment.*
Le gugusse :
— Où est-ce que vous vous êtes ramassé cette cicatrice, l'artiste ?
— Un sabre japonais.
— Qu'est-ce qui est arrivé au Jap ?
— Je lui ai fourré son sabre dans le cul.
Milteer, roulant des yeux, seigneur, protégez-moi des impies :
— Des résultats, M. Klein. Viens, Harold.
Harold s'est exécuté. Avec signaux de poing à mon adresse – du plus pur White Fence.

* * *

Remue-ménage sur le plateau de tournage, et "des résultats" à ramener, à marcher dans la merde, au milieu des fêlés.
Tournée picrate, à l'appel : Mickey C. distribue son T-bird à l'équipe. Sid Frizell, le "Metteur en Scène", Wylie Bullock, le "Cameraman" – arracher les yeux du monstre, au bâton ou au couteau ? Glenda qui refile son caviar aux figurants, ballon B.D. pour lire ses pensées : "Qui c'est, *ce* mec ? Je l'ai déjà vu quelque part."
"Des résultats" – Junior en premier. La caravane de Rock Rockwell – un coup à la porte.
— C'est ouvert.
Entrée. Mignon, douillet : matelas, un seul fauteuil – Rockwell – en sueur – en train de faire des pompes. CE REGARD : un flic, putain de merde.
— Ce n'est pas une arrestation, je suis copain avec Touch.
— Parlerait-on de moi ?
La pièce séparée en deux par un drap – Touch l'a tiré. Plus de cloison. Planque à trésors : des télés.
— David, tu n'avais pas vu tout ça.
— Tout ça quoi ?
Rockwell s'est glissé jusqu'au matelas ; Touch lui a balancé une serviette.
— Meg est ma première cliente. Elle m'a dit qu'elle veut mettre

des télés dans tous vos meublés encore libres, cela lui permettra d'augmenter les loyers. Oh ! excuse-moi. Rock Rockwell, David Klein.

Pas de salut – Rock a fini de s'essuyer.

Touch :

— Dave, de quoi s'agit-il ?

Les yeux sur Rockwell – Touch a compris :

— Il sait garder pour lui des informations confidentielles.

Acteur pédé, tueur pédé – en slip et maillot de corps. Les projets de kidnapping à la baille – Ainge s'est tiré, sans me cafter.

— J'avais quelques questions à poser sur les activités dans le parc de Fern Dell.

Rockwell a gratouillé le matelas – Touch s'est vautré.

— Des activités *Mœurs* ?

Prends-toi le fauteuil.

— Comme qui dirait, et ça commence à être un peu délicat, parce que je crois qu'un de mes hommes est peut-être bien en train de se faire arroser à Fern Dell, en jouant les gros bras.

Touch s'est crispé.

— Quoi ? Qu'est-ce que ça veut dire ?

— David, à quoi ressemble-t-il, ton bonhomme ?

— 1 m 75, 70 kg, longs cheveux blondasses. Mignon dans son genre, il pourrait te plaire.

Pas de rire en retour – Touch s'est lové contre Rockwell.

— Allez, dis-moi. Nous deux, ça remonte à loin, tu sais que rien de ce que tu diras ne quittera cette pièce.

— Eh bien... puisque Mickey est impliqué dans l'affaire en quelque sorte, et que c'est ton ami –

Cajole-le.

— Allez, tu sais, comme dit le magazine, "ça ne sera pas répété".

Touch s'est levé, a enfilé un peignoir avant de se mettre à arpenter la pièce :

— La semaine dernière, ce mec... ce policier que tu viens de décrire à la perfection, c'est lui qui m'a serré à Fern Dell. Je lui ai dit qui j'étais, *qui je connaissais*, y compris Mickey Cohen, ce qui l'a laissé, *lui*, complètement froid. Ecoute, je draguais tranquille, tu me connais, David, Rock et moi, on a ce petit arrangement entre nous...

Rockwell – BAM ! – qui prend la porte en enfilant un pantalon.

— C'est comme ça que les gens de notre espèce sont obligés de se comporter pour s'en sortir, et ce... et puis merde, ce *policier* a dit qu'il m'avait vu en train d'installer ma quincaille, mes machines à sous et mes distributeurs, dans le quartier sud y'a un petit bout de temps, et il m'a dit que les Fédés lançaient une enquête et qu'il me dénoncerait si je refusais de coopérer avec lui. Alors, bon, très bien, nous savons *l'un comme l'autre* comment ça marche, les affaires, David, mais ce *policier-là*, il avait l'air tellement allumé et à cran, un vrai cinglé, que j'ai compris qu'il était *novice* à ce jeu-là, alors j'ai prêté l'oreille. Il a dit,

“Tu dois bien connaître Nègreville, non”, j’ai dit, “Oui”, j’ai eu l’impression qu’il était shooté jusqu’aux yeux, à coups de bennies ou de barbitos, ou *les deux*, et c’est alors qu’il s’est mis à divaguer, et là, je te cite, David “ce superbe” – et il a effectivement utilisé le mot “superbe”, policier qui travaille à la Brigade antigang.

Johnny Duhamel le “superbe”. La tête qui se prend à battre, en synchro avec le discours du pédé.

— *Ce policier n’a pas arrêté de divaguer*. Il a refusé d’entrer dans les *détails*, c’est simple, il a continué... à divaguer. Il m’a raconté une véritable histoire de cinglé au sujet d’une pute en manteau de vison en train de se payer un strip et la manière dont ce superbe flic de la Brigade antigang s’est pris un coup de panique et a obligé la fille à tout arrêter. David, c’est ici que –

Mamy / le Red Arrow. ELLE, elle avait vu Lucille faire un strip au Bido Lito’s. ELLE avait dit que Junior y avait assisté lui aussi.

— C’est là que ça devient bizarre et drôle et comme qui dirait... ben... incestueux, parce que ce cinglé de policier a vu que le baratin sur le manteau de fourrure a commencé à me rendre un chouïa curieux. Il y est allé fort, et il a trouvé que je portais une arme et il m’a menacé d’une inculpation pour port d’arme prohibé, et je lui ai dit à ce moment-là que le truc de la fourrure me filait les jetons parce que Johnny Duhamel, ce gars qui a été apparemment une sorte de boxeur célèbre, il avait essayé de revendre à Mickey une cargaison de fourrures chauffées, ce que Mickey avait refusé. Le cinglé de flic, il a éclaté de rire et à rire et puis il s’est mis à marmonner “Johnny la Splendeur”, et puis il m’a donné comme qui dirait un avertissement avant de s’éloigner, et David, ce mec, le policier, c’est l’un des nôtres, si tu vois où je veux en venir, mon cœur, et je t’ai raconté tout ça uniquement parce que notre ami commun Mickey a un petit peu joué le rôle d’un faire-valoir dans toute l’histoire.

Touch – les mains dans les poches du peignoir, qui ressortent avec un feu – à parier qu’il n’a pas été loin de le lui fourrer dans le cul, au Junior.

Réfléchis :

Johnny secoue les puces et fait cracher un mec au Bido Lito’s.

En train de lier connaissance avec Johnny Duhamel – à nouveau le Bido.

Qui reluque le strip de Lucille – Bido Lito’s.

Continue, ne t’arrête pas en chemin :

L’affaire Kafesjian qu’il largue aux oubliettes.

Descente au parc Fern Dell – Junior la fiotte – Touch savait de quoi il parlait – peut-être.

Ne t’arrête pas :

Strip fourrure de Lucille K.

Johnny Duhamel qui craque et qui l’arrête.

Duhamel qui offre à Mickey des fourrures chauffées.

Duhamel sur l'enquête des fourrures Hurwitz – nouveau chouchou de Dudley Smith.

Arrête-toi là, stop – un flic viré cambrio, ça tournait à la dinguerie – TOUT COMME JUNIOR EXTORTIONNISTE DE SERVICE.

— Je ne veux pas que tu dises à Mickey ce que je t'ai dit. Duhamel a simplement approché Mickey parce que c'est Mickey. Mickey ne sait rien à rien de ce policier qui donne dans l'extorsion de tuyaux, ça, j'en suis sûr. Dave, est-ce que tu m'écoutes ?

Lève les yeux.

— Je t'ai entendu.

— Tu ne diras rien à Mickey ?

— Non, je ne lui dirai rien.

— On croirait à ta figure que tu viens de voir un spectre.

— J'en ai vu des tas.

* * *

Des spectres à chasser :

Parking de l'Observatoire, chope-toi une cabine. Pièce numéro un : Jack Woods – le brancher sur Junior et le ramassage des michés, qu'il cogite là-dessus. Deux : Ad. Mœurs / Sid Riegle / confirmation ; c'est parti, en avant toute, Junior chargé de rester sur place au poste de Uny [1]. Un service : va jusqu'aux Cambriolages, jette un œil au dossier du braquage fourrures. Riegle : pas de problèmes, je vous rappelle.

Tic tac tic tac – un pouls en chamade qui battait le tic tac de la montre. Onze minutes, Sid, nouvelles réchauffées :

Pas de suspects, tous les fourgues travaillés au corps – pas une fourrure qui ait refait surface. 3 à 5 hommes, camion, savoir-faire : électronique et outillage. Dud Smith avait éliminé la fraude à l'assurance – pas de mobile de fric – Sol Hurwitz avait souscrit un contrat taux de remboursement minima. Sid – "Pourquoi cet intérêt soudain ?" – raccroche, enfile la pièce numéro trois.

Un employé du personnel qui me devait – remboursement de la dette : un coup d'œil au dossier de Johnny Duhamel. D'abord réticent, petite discussion, compromis ; il rechercherait des détails bien précis. Ma question : Duhamel était-il expert dans un domaine technique particulier ?

Ne raccroche pas, reste en ligne – vingt minutes – résultats : Duhamel, diplômé avec mention – Ingénieur – USC 56. Moyenne A partout – hourrah, on est deux, collègue, à avoir bien bossé.

Duhamel – voleur de fourrures possible. Complices possibles : Reuben Ruiz, ses frangins – Reuben / Johnny avaient combattu en amateurs à la même époque. Ça marche pas, annule, au flair : Ruiz faisait le monte-en-l'air, ses frangins idem – couronnement de carrière

1. University. (N. d. T.)

pour la famille, vol de voitures, rien d'autre. Hypothèse plus vraisemblable :

Dudley se sélectionne Johnny pour enquêter sur le braquage des fourrures, le Johnny se branche sur la bonne piste en solo, et se choure quelques fourrures. Brillant jusque-là, et un geste stupide – offrir la marchandise à Mickey – le môme ne sait pas que Mickey tire le diable par la queue.

Mon diable à moi – est-ce que je le cafte à Dud ? – réfléchis bien. Tic tac tic tac – pas encore – rien que du circonstanciel. Une priorité : régler la question Junior / le garder, le virer, lui faire lâcher Glenda.

Des spectres à chasser.

"Des résultats".

Glenda.

Un peu de temps à tuer avant le ramassage de michés – filoche-la.

* * *

Route du parc – attends qu'elle sorte.

Sa petite routine : 2 heures, retour à la maison, plus tard les vols de bouffe. Du temps à tuer, du temps pour réfléchir – penser Glenda.

Facile : mon "coup de cœur" me mettait en danger. Au risque que tout casse. Attrape-la en train de voler, dénonce-la – AUJOURD'HUI. Le pied, à rêver : trouve-lui un avocat coco que le gros fric fait criser – Morton Diskant, exactement le bonhomme qu'il faut. Audience préliminaire, procès – Glenda qui règle Morty en nature. "Coupable", prison d'Etat, Dave Klein à la sortie, avec son bouquet de fleurs, le jour où ils la virent.

Réfléchis, branche la radio.

Du bop – pas le bon truc – réfléchis flics-fiottes éventuelles en train de rôder à Nègreville. Les stations une à une, des ballades – *Tennessee Waltz* – pense Meg. 51, cette chanson-là, les deux Tony. Jack Woods était probablement au courant de toute l'histoire. Lui, Meg – ça remontait à loin ; j'effaçais un témoin, elle avait des soupçons – Jack se refusait à lui raconter des craques. Elle saurait alors, elle aurait la trouille, elle me pardonnerait. Elle, Jack – pas de jalousie – lui, dangereux mais sûr, plus sûr que moi.

Trouve-toi de la musique, plein le cul de réfléchir, réfléchis quand même.

Lucille sur bande magnétique : "C'est moi qui serai la fille et c'est toi qui feras le papa." Lucille, nue : bien en chair comme cette pute que, troufion, je m'étais faite. Morceaux de grands orchestres de jazz, la guerre, Glenda écolière. Tire le rideau sur elle.

Midi, 1 h, 1 h et demie – petit somme, réveil en crampes. Gargouillis d'estomac, pisser dans les herbes. En avance, direction plein est : sa Vette, capote baissée.

En chasse – une Chevy entre nous – familière. Les yeux qui se plissent, cadrage de conducteur : Harold John Miciak.

Une filoche roulante, trois voitures à la file – absurde.
Montée – l'Observatoire ; descente – niveau de la rue. Glenda – sans souci – l'écharpe gonflée au vent. J'ai tiré la gueule : sirène enclenchée, rentre-lui dans le lard à ce merdaillon.
Miciak a écrasé le champignon – pare-chocs contre pare-chocs. Elle a tourné la tête ; lui a tourné la tête – cent kilomètres heure, coupe la sirène, enclenche le micro :
— Police ! Rangez-vous contre le trottoir !
Il a braqué, cogné la bordure, calé. Glenda a ralenti, elle s'est arrêtée.
Je suis sorti de ma voiture.
Miciak est sorti.
Glenda a observé la scène, vois la chose avec ses yeux :
Ce grand mastard qui s'avance en gueulant ; ce mec, chemise à manches courtes et étui d'épaules qui gueule en retour : "C'est à moi ! Tes résultats, tu les auras ! Va dire ça à ton nom de Dieu de patron !"
Le mastard qui bégaie, qui se défend, qui proteste, avant de remonter en voiture et demi-tour, un vrai malade.
Le flic retourne à sa voiture – sans spectateurs.

* * *

"Des résultats", du temps à tuer, imagine-toi son itinéraire, à Glenda. Essaye plein est : le baisoir de Hughes à Glendale.
Roule jusque-là : résidence Tudor, haies sculptées, taillées en forme d'avions. Allée à voitures circulaire – sa Vette.
Range-toi. Ça crachine – appuie-toi contre la voiture, goûte et sens la pluie. Surveille la porte, regarde Glenda qui ressort chargée de nourriture.
Elle m'a vue.
Je me suis contenté de rester là.
Elle m'a balancé une boîte de caviar.

Chapitre 13

Western et Adams – petit briefing aux putes, gentil-gentil – presque des adjoints assermentés. Des bleus : en train de cravater les michés, de confisquer leurs voitures. Wagons à prostit derrière chez Cooper's Donuts ; les uniformes des Mœurs qui relèvent les identités. Des hommes garés direction sud, direction nord – en place pour choper les amateurs de fesses prêts à décamper.

Le toit de chez Cooper's, inspection de la panique générale :

Les mecs accostent les putes – la main au collet, en flag. Véhicule confisqué, direction panier à salade – quatorze enchristés, Questions-Réponses :

— T'es marié ?

— T'es en mise à l'épreuve ou conditionnelle ?

— Tu les aimes blanches ou colorées ? Signe ces aveux volontaires, tu seras peut-être relâché une fois arrivé au poste.

Détails :

Pas de Lucille K.

Un gugusse a essayé de se tirer – une bleusaille lui a plombé ses pneus arrière.

Epidémie de chialeries – "NE LE DITES PAS À MA FEMME". Cliquetis des entraves aux chevilles – les paniers à salade remuaient fort.

Coup de bol, putes mélangées fifty-fifty : Blanches et Négresses. Quatorze michés – tous de race blanche.

Détails :

J'ai dit :

— Arrêtez donc vos conneries, c'est de la petite bière, Melle Bledsoe.

Glenda est repartie, sourire aux lèvres.

Je n'ai pas appelé Howard Hughes.

Panique : un paquet de Shriners arrêté. Détails : cinq hommes, le fez sur la tête – une pute en a chopé un, s'est mise à sautiller.

Enclenche le mégaphone :

— On en a dix-neuf ! Ça suffit ! On ferme !

* * *

Le poste – au ralenti – laisser Sid Riegle régler les détails de l'opération. Coup de chance : la Ford de Junior près de la porte. Appel de phares à l'entrée : Jack Woods en filature.

Salle de revue, salle de brigade, cellules. Un coup d'insigne au chef geôlier – clic / whoosh – la porte qui s'ouvre. Passerelle sur la gauche, virage : face à face, quartier chouquettes et quartier poivrots. Boucan : poivrots, michés. Aux premières loges du spectacle : des travelos en pleine branlette.

Riegle devant les barreaux, en train d'inscrire les identités. Chope son bloc-agrafe : fiches d'identité, casiers judiciaires.

Trop de bruit pour pouvoir parler. Passage en revue du poisson dans la nasse – rien de l'âge de mon mateur. Un boucan à donner mal au crâne – Sid qui se collait les mains sur les oreilles. Rien à foutre – direction le grand spectacle.

La salle, vide – des fauteuils, une scène : glace sans tain et lumière dure. Vérif des collantes et des identités – à comparer avec ma liste de pseudonymes des michés.

Un poids dans la poche / souvenir : le caviar de Glenda.

Rien qui se recoupe – à prévoir – j'avais fait passer les pseudos bidons au SCG. Aucune correspondance avec de véritables identités ; DDN sur permis de conduire – trente-huit ans, et plus – mon mateur, dix ans plus âgé minimum. Six michés avec collante infractions – pas de voyeurs, de cambrios, d'obsédés sexuels. Note en couverture : seize hommes sur dix-neuf mariés.

Riegle est entré. J'ai dit :

— Où est Stemmons ?

— Il attend dans l'une des salles d'interrogatoire. Dave, ce qui a déclenché tout ça, ce n'est pas bidon alors ? La fille de J. C. Kafesjian est donc bien une sorte de prostit ?

— C'est vrai, et ne me demande pas ce que veut Exley, et ne viens pas me dire que le service n'a vraiment pas besoin d'une merde de cette taille-là avec les Fédés qui fouinent dans le coin.

— C'est ce que j'allais vous faire remarquer, mais je crois que je vais continuer à rester dans vos petits papiers. Une chose, cependant.

— C'est quoi ?

— J'ai vu Dan Wilhite dans le bureau du commandant. Considérant ce qu'il représente pour les Kafesjian, je dirais qu'il fait la gueule, plutôt plus que moins.

— Merde, encore une merde dont je me serais bien passé.

Sid, souriant :

— Ouais, mais tout baigne – ils ont tous signé une renonciation de poursuites pour arrestation arbitraire.

Sourire en retour.

— Fais-les entrer.

Riegle qui ressort par-derrière ; attrape le micro de l'interphone. Cliquetis d'entraves, traînements de pieds entravés – chasseurs de putes en scène.

— Bonsoir, messieurs, et écoutez soigneusement – sursauts – les hauts parleurs ont craché fort et clair. Vous avez tous été arrêtés pour

"Sollicitations à Fins de Prostitution", qui est une violation du Code pénal californien punissable d'une peine d'un an maximum à la prison du comté de Los Angeles. Messieurs, je peux vous rendre les choses très faciles, tout comme je peux faire de cette expérience la pire chose de votre existence. La manière dont je procéderai dépend entièrement de vous.

Clignements de paupières, pieds qui traînent, chialeries. Lis la liste des michés, et cadre bien les réactions :

— John David Smith, George William Smith – allons, allons, un peu d'originalité. John Jones, Thomas Hardesty – ça fait déjà plus sérieux. D. D. Eisenhower – allons, allons, c'est indigne de vous. Mark Wilshire, Bruce Pico, Robert Burdette – il est bien joueur de base-ball, si je ne me trompe ? Miles Swindell, Daniel Doherty, Charles Johnson, Arthur Johnson, Michael Montgomery, Craig Donaldson, Roger Hancock, Chuck Sepulveda, David San Vincente – Seigneur, encore des noms de rues.

Zéro – impossible de balayer les visages du regard à cette vitesse.

— Messieurs, voici où les choses vont devenir ou très faciles ou très difficiles. Les services de police de Los Angeles souhaitent vous épargner tout chagrin inutile, et franchement, vos petites cavales extra-maritales ne nous concernent pas à ce point-là. Pour l'essentiel, vous vous trouvez ce soir en détention afin de nous apporter votre aide dans le cadre d'une enquête sur un cambriolage. Une jeune femme connue pour vendre à l'occasion ses charmes sur South Western Avenue se trouve impliquée, et j'ai besoin de prendre à part ceux d'entre vous qui se sont offert les charmes en question.

Nouveaux sanglots. Riegle sur scène.

— Messieurs, nous pouvons vous garder légalement en détention pendant soixante-douze heures avant de vous présenter à l'audience préliminaire au tribunal correctionnel. Vous avez droit à un coup de téléphone chacun, et décideriez-vous d'appeler vos épouses, vous pourriez alors peut-être les informer que vous êtes actuellement détenus au poste d'University sur l'inculpation 118 tiret zéro : "Sollicitations à Fins de Prostitution". Je comprends très bien que vous vous montriez réticents à vous exécuter, aussi écoutez avec attention, je ne le dirai qu'une fois.

Brouhaha – les haleines embrumaient la glace. Sid, photos anthropo sorties.

— L'agent Riegle va vous montrer les photographies de la jeune femme en question. Si vous vous êtes offert ses charmes, avancez de deux pas. Si vous l'avez vue arpenter les trottoirs, sans avoir acheté ses services, levez la main droite.

Une mesure. Repos.

— Messieurs, des *confirmations fondées* vous garantiront à tous votre libération sous quelques heures, *sans chef d'inculpation à votre encontre*. Si aucun d'entre vous n'admet avoir acheté les services de cette femme, alors je me verrai dans l'obligation de conclure que, soit vous mentez, soit simplement qu'aucun d'entre vous ne l'a jamais vue ou n'a jamais passé affaire avec elle. Ce qui signifie, dans un cas comme dans l'autre, que vous serez tous autant que vous êtes, soit dix-neuf au total, incarcérés, détenus en garde à vue pendant soixante-douze heures et présentés devant le tribunal sur l'inculpation de sollicitations de prostituée. Pendant ce laps de temps, les quartiers où vous serez détenus seront ceux que nous réservons habituellement aux prisonniers homosexuels, c'est-à-dire la cage aux pédés, où les travelos négros vont vous saluer de la pine à votre arrivée. Messieurs, si un ou plusieurs d'entre vous admettent avoir fait commerce avec la jeune dame, et si votre déclaration nous convainc que vous dites bien la vérité, vous ne serez dès lors, en aucun cas, inculpés d'aucun motif criminel qui soit, et vos activités seront tenues secrètes avec la plus grande discrétion. Une fois que nous serons convaincus, vous serez tous relâchés et autorisés à récupérer en droit ce qui vous aura été confisqué, voitures y compris. Vos voitures sont sous bonne garde dans un parc de stationnement tout proche ; en récompense de votre coopération, il ne vous sera pas demandé de régler les frais de fourrière habituels. Une nouvelle fois : nous voulons la vérité. Vous ne vous sortirez pas d'ici par un mensonge en venant prétendre que vous l'avez baisée lorsque ça n'a pas été le cas – vos mensonges ne tiendront pas la distance. Sid, passe les clichés.

Distribution : Riegle, un gros pleurnichard gras à lard.

La tête qui me tourne, à planer comme un avocat au prétoire – laisse-la parler, ta persona de tribunal.

Distribution, main à la main, gus après gus. Baisse les yeux, retiens ton souffle, relève la tête : un Shriner, un pilier de bistrot un pas en avant. Vérif des photos de permis de conduire, les noms qui collent aux visages :

Le Shriner : Willis Arnold Kaltenborn, Pasadena. Le pilier de bistrot : Vincent Michael Lo Bruto, L.A. Est. Un coup d'œil à leurs collantes, le gros lot : refus de paiement de pensions alimentaires.

Sid de retour.

— On a réussi.

— Ouais, on a réussi. Stemmons attend, exact ?

— Exact, et il a le magnéto avec lui. Le quatrième box, c'est là qu'il est.

Ça commence à me démanger.

— Mets Kaltenborn dans le numéro cinq, mets le métèque avec Junior. Ramène le reste de la troupe jusqu'aux cages à poivrots.

— Et la bouffe ?

— Des sucettes et des sucreries. Et pas de coups de téléphone – un avocat un peu malin pourrait réussir à les faire sortir. Où est Wilhite ?

— Je ne sais pas.

— Ne le laisse pas s'approcher des cages à suées, Sid.

— Dave, il est capitaine.

— Alors, eh bien... et merde, fais-le, c'est tout.

Riegle qui ressort – en faisant la gueule. Petite balade : salle de revue, distributeur de cigarettes. Quatre quarters, deux paquets – enfilade des cages à suées.

Des cages standard, 2,5 m x 2 m, glace sans tain. Box 5: Kaltenborn, l'homme au fez. Numéro 4 : Lo Bruto, Junior, et magnéto sur la table.

Lo Bruto se balançait sur sa chaise ; Junior gigotait. Touch V. : Junior camé à Fern Dell, jusqu'aux yeux. *Mon* cadrage retard sur lui, au cours de la cravate Ainge : des yeux de camé. Bien pire maintenant – en tête d'épingle.

Ouvre la porte, reclaque-la. Junior a hoché la tête – en glissant à moitié de sa chaise.

Assis.

— Comment t'appelle-t-on, Vince ? Vinnie ?

Lo Bruto s'est curé le nez.

— Ces dames m'appellent "M. Grosse Bitte".

D'un geste vers Junior :

— C'est comme ça qu'elles appellent mon partenaire ici présent.

— Ouais. Le modèle silencieux à crans. – Il doit s'en payer des tas.

— C'est exact, mais nous ne sommes pas ici pour discuter de sa vie sexuelle.

— Pas de bol, pasque moi, j'ai le temps. Bobonne et les gamins sont à Tacoma, c'qui fait qu'j'aurais pu tirer mes soixante-douze heures jusqu'au bout, mais j'me suis dit, "pourquoi mettre les autres mecs dans la mouise" ? Ecoutez, je l'ai baisée, alors pourquoi tourner autour du pot, et sans jeu de mot ?

Glisse-lui les cigarettes.

— Tu me plais bien, Vinnie .

— Ouais, alors appelez-moi Vincent. Et économisez votre argent, pasque j'ai arrêté le 4 mars 1952.

Junior a ouvert le paquet. Les nerfs en pelote : trois grattes pour l'allumette.

Prends tes aises, dos collé au fauteuil, bien en arrière :

— Combien de fois es-tu allé avec cette fille ?

— Une fois.

— Pourquoi rien qu'une fois ?

— Une fois, ça fait saut dans l'inconnu, plus d'une et autant faire son affaire à bobonne vu toutes les surprises qu'on se récupère avec les putes.

— T'es quelqu'un d'intelligent, Vincent.

— Ouais, alors vous pouvez me dire pourquoi je suis gardien de la sécurité à un sac vingt de l'heure ?

Junior en train de fumer – à longues bouffées.

— A toi de me le dire, j'ai dit.

Haussement d'épaules.

— Je réussis à me tirer ma crampette sur mon temps de boulot, à l'Agence de l'Homme Fort. C'est une façon de vivre.

Trop chaud – j'ai enlevé ma veste.

— Ainsi donc tu as sollicité les services de cette fille une seule fois, exact ?

— Exact.

— L'avais-tu vue dans les parages auparavant ?

— Non.

— L'as-tu revue depuis ?

— Il n'y a pas eu de depuis. Seigneur, je touche ma paie, je me cherche un petit coup de nouveauté et y'a un connard de flicaillon qui me serre à la dure. Putain de Christ –

— Vincent, qu'est-ce qui t'a attiré chez cette fille ?

Haussement d'épaules.

— Elle était blanche. J'ai pas le goût pour les Négresses, j'ai pas de préjugés, c'est juste que ça ne me botte pas. Certains de mes meilleurs amis sont des négros – je veux dire des Nègres, mais moi je ne suis pas partant pour la chatte bronzée.

Junior qui fume – il a chaud – il a gardé sa veste.

Lo Bruto :

— Votre partenaire ne parle pas beaucoup.

— Il est fatigué. Il travaille sous couverture là-bas à Hollywood.

— Ouais ? Wow, alors je comprends pourquoi c'est un tel tombeur de chattes. Man-o-Manischewitz [1].On raconte qu'elles poussent bien touffues dans le coin.

Rires.

— C'est bien vrai ; mais c'est sur les pédales qu'il travaille. Dis, collègue, tu te souviens de la manière dont tu as agrafé ces pédés à Fern Dell ? Tu te souviens – quand t'as fait une fleur à un de tes potes de l'Académie ?

Le voilà qui écrase son mégot – "Bien sûr" – la bouche sèche.

— Seigneur, collègue, ça a dû te rendre malade un truc pareil. Est-ce que tu t'es arrêté en rentrant à la maison, pour un peu de fesse fraîche, rien que pour chasser le GOÛT ?

Craquements de jointures sur un doigt moite – les manches sont retombées sur ses poignets.

MARQUES AUX POIGNETS – à tirailler sur ses manchettes – pour les cacher.

Lo Bruto :

— Hé ! je croyais que c'était mon numéro à moi.

— Ça l'est. Sergent Stemmons, des questions à Vincent.

— Non – sec, à tirailler sur ses boutons de manchettes.

1. Référence à "Man-o-Manischewitz, what a wine", publicité radio pour un vin juif bon marché. (N. d. T.)

Sourire :
— Revenons-en à la fille.
— Ouais, revenons-y.
— Est-ce qu'elle était bien ?
— Tout nouveau, tout beau. Elle était mieux que bobonne, mais pas aussi bonne que la fesse amateur que Belle Gueule se ramasse probablement.
— Il les aime, c'est vrai, SPLENDIDES et les cheveux BLONDS.
— On est tous comme ça, mais j'ai de la chance quand je réussis à me trouver une bonne vieille Blanche.
Junior a caressé son arme.
— Alors en quoi était-elle mieux que ta femme ?
— Elle remuait plus, et elle aimait dire des saletés.
— Quel nom se donnait-elle ?
— Elle m'a pas donné de nom.
Lucille et son strip-tease – fenêtre – utilise-le :
— Décris la fille nue. Prends ton temps.
Rapide :
— Dodue, les nénés plantés bas. Des gros tétons marron, comme si elle avait peut-être du sang paysan dans les veines.
Tilt – il savait.
— Que portait-elle quand tu l'as levée ?
— Des trucs collants aux hanches, vous savez, des pantalons corsaire.
— Où l'as-tu baisée ?
— Dans la craquette, où d'autre ?
— L'endroit où ça s'est passé, Vincent.
— Oh... Je... euh... Je crois que c'était un rade qui s'appelait la Red Arrow Inn.
Enclenche le magnéto.
— Ecoute bien, Vincent. Il y a un homme sur la bande, mais je ne crois pas que ce soit toi. Contente-toi simplement de me dire si la fille t'a raconté des trucs similaires.
Hochement de tête – touche "Play". Sifflements, bruits de fond, "C'est moi qui serai la fille et toi, tu seras le papa, et si t'es vraiment super gentil-gentil, on peut remettre ça sans supplément."
Touche "Stop". Junior – pas de réaction.
Lo Bruto :
— Bon sang, cette minette, elle est malade et vraiment pleine de surprises.
— Ce qui signifie ?
— Ce qui signifie qu'elle ne m'a pas obligé à mettre une capote.
— Peut-être qu'elle utilise un diaphragme.
— Niet. Faites confiance à M. Grosse Bitte, ces filles-là, elles choisissent toujours la voie caoutchouc.
— Et pas elle ?

— Qu'est-ce que vous voulez que je vous dise, elle a laissé le jockey monter à cru. Et laissez-moi vous dire une chose, paysan, ma grosse saucisse, elle *marche*, et bien. Témoins ces noms de Dieu de mômes qui m'obligent à un boulot d'esclave pour les nourrir.

A éliminer – disons qu'à force de curetages, elle s'est retrouvée stérile.

— Et la bande, alors ?

— Quoi, la bande ?

— Est-ce que la fille t'a proposé des trucs à la papa-fifille comme sur la bande ?

Signe de dénégation.

— Non.

— Mais tu as dit qu'elle aimait raconter des saletés.

— Elle a dit que c'était la mienne la plus grosse. J'ai dit qu'on ne m'appelait pas M. Grosse Bitte pour rien. Elle a dit qu'elle les aimait bien grosses et que ça remontait à loin, j'ai dit loin pour une môme comme toi, ça veut dire la semaine dernière. Elle a répondu quelque chose comme "tu serais surpris".

Junior, à tirailler ses boutons de manchettes. Titille-le :

— La Lucille en question ressemble à une fiotte du parc de Fern Dell, collègue. Les grosses bittes, c'est une fixation de pédale. Toi, t'as plus souvent travaillé les lopettes que moi, qu'est-ce que t'en penses ?

Junior sur le gril – qui se tortille.

— Qu'en penses-tu, Sergent ? Tu n'es pas de mon avis ?

— Si si. B... bien sûr – rauque.

Retour à Grosse Bitte.

— La fille portait bien des pantalons corsaire, exact ?

— Exact.

— A-t-elle mentionné un mec, un pervers qui serait complètement accro sur elle et qui irait peut-être même jusqu'à mater ses couchés ?

— Non.

— Et elle portait des pantalons corsaire ?

— Ouais, ça, je vous l'ai déjà dit.

— Que portait-elle d'autre ?

— Je ne sais pas. Un chemisier, je crois.

— Pas un manteau de fourrure ?

Junior a tiraillé et cassé net un bouton de manchette.

— Non, pas de manteau de fourrure. Je veux dire, Seigneur Jésus, mais c'est rien qu'une pute de Western Avenue.

Junior, ballon B.D. : "PEUT-ÊTRE QU'IL SAIT".

Changement de sujet :

— Tu as bien dit que la fille t'avait raconté des saletés.

— Ouais. Elle a dit que M. Grosse Bitte méritait bien son nom.

— Oublie un peu ta bitte. A-t-elle dit des saletés à part ça ?

Haussement d'épaules.

— Elle a dit qu'elle se faisait enfiler par un mec du nom de Tommy.

Penche-toi en avant.
— Tommy qui ?
— Je ne sais pas, elle n'a pas dit son nom de famille.
— A-t-elle précisé que c'était son frère ?
Outré :
— Eh, allez, c'est un truc de cinglé.
— Allez ? Tu te souviens de cette bande que je viens de te passer ?
Haussement d'épaules.
— Et alors, tout ça, c'était un jeu. Papa et fifille, ça veut pas dire frère et sœur, et les Blancs ne font pas ce genre de trucs. C'est un péché, une infamie, c'est –
Claque la table.
— *A-t-elle précisé que c'était son frère* ?
Douce, la voix :
— Non.
— A-t-elle donné son nom de famille ?
— Non – douce, la voix – trouilleuse, maintenant.
— A-t-elle dit qu'il faisait une fixation sur elle ? Que c'était un pervo ?
— Non
— A-t-elle dit s'il était musicien ?
— Non.
— A-t-elle dit s'il vendait des stupéfiants ?
— Non.
— A-t-elle dit s'il la payait pour faire ce qu'elle faisait ?
— Non.
— A-t-elle dit s'il était cambrioleur ?
— Non.
— Mateur, voyeur ?
— Non.
— A-t-elle dit ce qu'il faisait ?
— Non.
— A-t-elle parlé de sa famille ?
— Non .
— L'a-t-elle décrit, ce mec ?
— Non.
— A-t-elle dit s'il cavalait après les filles de couleur ?
— Non. Officier, écoutez –
Le plat de la main qui claque sur la table – Grosse Bitte s'est signé.
— A-t-elle mentionné un homme du nom de Tommy Kafesjian ?
— Non.
Observe le Junior en train de se tortiller.
— Des manteaux de fourrure ?
— Non.
— Des vols de manteaux de fourrure ?
— Officier, elle a juste dit qu'elle s'envoyait en l'air avec ce mec

Tommy. Elle a dit que c'était pas le super coup, mais c'est lui qui lui a fait virer sa cuti et on a toujours un petit sentiment qui brûle pour le mec qui vous a fait sauter le pucelage.

Ne bouge plus.

Junior, debout, d'un bond – le bouton de manchette a roulé sous la porte.

Il se taille – pousse la porte. Dehors : Dan Wilhite. Crachotements du haut-parleur du couloir – il avait entendu.

— Klein, viens ici.

Vas-y, fais-le. Wilhite a pointé un doigt sur ma poitrine – retourne-lui la main.

— *C'est mon affaire. Ça ne te plaît pas, arrange-toi avec Exley* .

Lâche prise – des gros bras des Stups juste là. Junior a essayé de se faire la belle – ramène-le.

Wilhite – tout pâle – demi-tour.

Lo Bruto :

— Seigneur, que j'ai faim.

Referme la porte.

— Hé ! je crève de faim. Pourrais-je avoir un sandwich ou quelque chose ?

Le caviar de Glenda – balance-le lui. Junior, qui boudait, qui gigotait, plein de tics – merdaillon de camé.

Contact interphone :

— Sid, amène le second.

* * *

Sortie de Lo Bruto, entrée de Kaltenborn : un gros lard coiffé d'un fez – Junior qui boudait s'est caché les yeux.

Le gus :

— S'il vous plaît, je ne veux pas avoir d'embêtements – connard et familier.

Passe la bande.

Lucille : "En avance, mon coco" – Arrêt, "Oui, ça veut dire *maintenant*".

Kaltenborn qui fait la grimace – il a chaud, le coco.

Pause, "okay, okay" – plus familier déjà. Grincements de matelas, grognements – les sanglots de Gras Double en accompagnement.

Lucille : – Et si on jouait un petit jeu. Moi, je serai la fille et toi tu seras le papa et si t'es vraiment super gentil-gentil, on peut remettre ça sans supplément.

Gros sanglots.

Touche "stop".

— Est-ce que c'était vous, M. Kaltenborn ?

Sanglots, hochements de tête. Junior a agrippé son flingue – petits roulis de hanches.

— Arrêtez de pleurer, M. Kaltenborn. Plus vite vous aurez répondu à mes questions, plus vite on vous relâchera.

Son fez a glissé.

— Lydia ?

— Quoi ?

— Ma femme, elle ne va pas...

— Tout ceci est strictement confidentiel. Est-ce bien *vous* sur cette bande, M. Kaltenborn ?

— Oui, oui, c'est moi. Est-ce que... est-ce que la police a enregistré ce...

— Ce rendez-vous extra-conjugal et *illégal* ? Non, nous n'avions rien enregistré. Savez-vous qui a fait cela ?

— Non, bien sûr que non.

— Avez-vous effectivement joué le papa ?

La voix étouffée :

— Oui.

— Alors, racontez-moi tout ça.

A tirailler sur son fez :

— Je voulais remettre le couvert. La fille a remis ses vêtements et elle m'a supplié de les lui arracher. Elle a dit, "Arrache-les moi, papa". Je me suis exécuté, et nous avons remis ça, et c'est tout. Je ne connais pas son nom. Je ne l'avais jamais vue avant et je ne l'ai pas revue depuis. Tout ça, ce n'est qu'une horrible coïncidence. Cette fille a été la seule prostituée avec laquelle j'ai jamais eu affaire, et je me trouvais à une réunion avec mes frères du Shrine pour discuter de notre fête de charité, un barbecue de poisson, quand l'un d'eux m'a demandé si je savais où l'on pouvait se procurer les services d'une prostituée, aussi j'ai...

— La fille a-t-elle parlé d'un homme du nom de Tommy ?

— Non.

— D'un frère du nom de Tommy ?

— Non.

— D'un homme qui aurait pu la suivre à la trace, ou enregistrer ce qu'elle faisait ou encore l'espionner ?

— Non, mais je –

— *Mais quoi* ?

— Mais j'ai entendu un homme qui pleurait dans la chambre voisine. Peut-être que c'était mon imagination, mais on aurait dit qu'il nous écoutait. On aurait dit que c'était ce qu'il avait entendu qui l'avait mis dans cet état.

Bingo sur le mateur.

— Avez-vous *vu* cet homme ?

— Non.

— L'avez-vous entendu prononcer, marmonner des paroles précises ?

— Non.

— La fille a-t-elle mentionné d'autres membres de sa famille ?

— Non, elle a simplement dit ce que je vous ai raconté et ce que vous avez passé sur la bande. Monsieur l'officier... où avez-vous eu cela ? Je... je ne veux pas que ma femme entende...

— Etes-vous *certain* qu'elle n'ait pas mentionné un homme du nom de Tommy ?

— S'il vous plaît, Monsieur l'officier, ne criez pas comme ça !

Changement de sujet :

— Je suis désolé, M. Kaltenborn. Sergent, avez-vous des questions ?

"Sergent" – ce camé qui câline son flingue – "N-non" – surveille ses mains.

— M. Kaltenborn, la fille portait-elle un MANTEAU DE FOURRURE ?

— Non, elle portait des pantalons de toréador, très collants, et un genre de truc bon marché par-dessus.

— A-t-elle dit si le STRIP-TEASE la bottait ?

— Non.

— A-t-elle dit si elle fréquentait un club nègre du nom de BIDO LITO'S ?

— Non.

— A-t-elle dit si le fait de se dépoiler d'un MANTEAU DE FOURRURE CHAUFFÉ, c'était pour elle l'extase ?

— Non. Qu'est-ce que vous –

Junior a laissé retomber les mains – surveille-le, qu'il ne dégaine pas vite fait.

— M. Kaltenborn, a-t-elle dit si elle connaissait un SPLENDIDE POLICIER BLOND ancien boxeur ?

— Non, elle n'a rien dit. Je... je ne comprends pas la portée de toutes ces questions, Monsieur l'officier.

— A-t-elle dit si elle connaissait un flic, un artiste de l'alpague PORTÉ sur les jeunes blonds ?

ESCAMPETTE.

Passe la porte, couloir – Junior, le flingue à moitié dégainé. Dehors, en chasse, sprint –

Sa voiture – hors d'haleine – retourne-le, face à toi, bloque la main armée, bascule-lui la tête en arrière.

— *Je te laisserai filer, tu passeras à l'as pour toute l'histoire. Je te retire de l'affaire Kafesjian avant que tu ne foutes encore plus de bordel. On peut s'arranger, là, tout de suite. Donnant-donnant.*

Les cheveux graisseux de pommade – il s'est dégagé la tête de ma prise. Lueurs de phares de passage – cette tronche de camé, la bave aux lèvres :

— Cette connasse a tué Dwight Gilette. Tu veux faire une croix dessus. Ainge a quitté la ville, et j'ai peut-être en ma possession l'arme qu'elle a utilisée. Tu te sens plus pour cette connasse, elle t'a fait perdre la tête, et je crois que c'est toi qui as poussé le témoin par la fenêtre. Je ne *donne* rien, contente-toi de regarder, et tu verras, je vous ferai tomber tous les deux, toi et cette connasse.

Chope-lui le cou, baisse-lui la tête, de tout ton poids. Obscène – son haleine, le poids de son corps. Un pas en arrière – relâchement – un genou s'est écrasé. Au sol, à genoux, *mes* genoux, des coups de pied – et des pneus qui font gicler le gravier.

Phares : Jack Woods la filoche, poursuite.

* * *

Brin de toilette, relâcher les mecs aux putes – ils se sont amassés à l'extérieur engloutissant leurs sucreries. Etape suivante – la crèche de Junior – l'oiseau envolé, passage à la fouille. Jack la filoche – un coup de bigo si le mec revenait à la maison.

L.A. Ouest, 3 h du mat. L'immeuble de Junior – quatre apparts en duplex – pas de lumière. Inspecte les trottoirs, les emplacements de parking : la Ford de Junior absente à l'appel. Les portes côté rue – son rez-de-chaussée. Force la serrure, allume – des couilles au ventre si jamais il se pointait à l'improviste.

Douleurs éparses, des côtes à l'entre-deux – fais-lui mal, tue-le. Sers-toi de ta cervelle : comporte-toi en professionnel.

Verrouille la porte, inspecte l'appart.

Salon, coin repas, cuisine. Boiseries assorties – souci trop poussé du détail. Netteté, graillon : mobilier carré, poussière.

L'évier : nourriture moisie, bestioles.

Frigo : capsules de nitrate d'amyle.

Cendriers remplis de mégots – la marque de Junior – barbouillés de rouge à lèvres.

Salle de bains, chambre : saleté, trousse de maquillage – le rouge à lèvres correspond à la couleur sur les mégots. Poubelle : débordant de serviettes en papier barbouillées de rouge à lèvres. Lit défait, emballages de capsules sur les draps. Soulève l'oreiller : Luger avec silencieux, gode plein de merde desséchée.

Table de nuit, livres de poche : “Suis les Garçons”, “La Manière Grecque“, “Désir Interdit”.

Une malle cadenassée.

Une photo sur le mur : le lieutenant David Klein. Réflexions de pédé en chasse, zoom :

Je ne suis pas marié.

Pas une femme qui m'ait fait brûler avant Glenda.

Meg – il ne pouvait pas savoir.

Le Luger – à bout portant, silencieux – qui a éclaté le verre / déchiqueté le plâtre / qui m'a déchiqueté, MOI. La malle – esquille de bois / brouillards de cordite – le cadenas a volé.

A pleines mains. Piles de papier soigneusement entassées – Junior l'ordonné. Doucement, l'inventaire, en vrai pro.

Copies carbone :

Dossier personnel de Johnny Duhamel. Rapports d'évaluation de Dudley Smith – tous classés "A". Demandes de transfert – Johnny sur le vol de fourrures – références du braquage fourrures cochées une à une. Bizarre – Johnny n'avait *jamais* travaillé aux Patrouilles – il était directement passé au Bureau après l'Académie.

Encore Duhamel – programmes de boxe – du beau mâle de luxe. Papiers de l'Académie, cours de première année – Preuves matérielles 104 – Junior avait dit à Reuben Ruiz qu'il avait eu Johnny comme élève. "A" partout, amours aveugles, amours de fiotte – alors que Duhamel était nul comme étudiant. Encore l'affaire des fourrures : rapports des Cambriolages, imagine-toi Johnny en train de manger le morceau à Dudley – pour *lui*, c'était Johnny le voleur – Dud que l'idée n'avait jamais effleuré.

Déposition officielle : Georgie Ainge cafte Glenda – Dwight Gilette 187. Le lieutenant D. D. Klein étouffe le coup ; Junior se trouve le mobile : luxure. Chope-toi tous les feuillets. En dessous, boîte de banque en acier : dis-toi que Johnny a planqué des doubles des dépositions. Aucune mention d'arme à feu, des empreintes de Glenda sur une arme – peut-être que Junior avait planqué le calibre, un atout supplémentaire dans la manche.

Poussière de plâtre, amiante – mes balles avaient éraflé quelques tuyaux. Chemises, fiches dossiers :

Chemise numéro 1 – articles de presse sur le chef Ed Exley – l'affaire du Hibou de Nuit. Numéro 2 – quelques affaires Exley au hasard, entre 53 et 58 – le *Times*, le *Herald* – Junior l'ordonné.

POURQUOI ?

Les fiches – I. T. du LAPD – formulaires d'interrogatoires de terrain 10X15. "Nom", "Emplacement", "Commentaires"- le tout rempli en sténo. Lecture rapide du paquet, interprétation :

Tous les emplacements "F.D.P. " – traduis Fern Dell Park. Initiales, pas de "Noms", nombres – Code pénal californien – Racolage et Comportement indécent.

"Commentaires" : coïtus interruptus homo, Junior qui taxe des amendes en flag – liquide, bijoux, cigarettes de hash.

J'ai piqué une suée, presque hors d'haleine. Trois fiches agrafées ensemble : initiales "T.V". "Commentaires" – arrestation de Touch Vecchio, doué le Junior, question extorsion.

Mickey C. – à bout de pouvoir / désespéré. Impatient de monter quelque chose "tout seul" ; il se mitonne son propre numéro de chantage-extorsion. Imagine-toi : Chick Vecchio qui s'envoie des femmes connues ; Touch qui se tronche des pédés célèbres. Pete Bondurant derrière l'objo pour la photo, un coup de poucettes pour faire chanter : crachez au bassinet sinon *l'Indiscret* se récupère les négatifs.

Frissons – mauvais augure. Le téléphone – une sonnerie, arrêt, une deuxième – Jack.

Décroche à côté du lit :
— Ouais ?
— Dave, écoute. J'ai filé Stemmons jusqu'au Bido Lito's. Il a retrouvé J. C. et Tommy Kafesjian dans l'arrière-salle. Je les ai vus le fouiller à la recherche d'un mouchard, et j'ai entendu quelques répliques avant qu'ils ne ferment la fenêtre.
— *Quoi* ?
— Celui que j'ai entendu, c'est Stemmons. Il a offert sa protection à la famille Kafesjian – il a prononcé effectivement le mot "famille" – contre toi et quelqu'un d'autre, je n'ai pas saisi le nom.
Peut-être Exley – ce dossier !
— Jack, quoi d'autre ?
— Rien. Stemmons est ressorti par la porte d'entrée en train de compter sa liasse de billets, comme si Tommy et J. C. venaient de l'arroser. Je l'ai filé jusque dans la rue, et je l'ai vu coller son insigne à un mec de couleur. Je pense que le mec devait vendre de la marie-jeanne, et je pense qu'il a arrosé Stemmons.
— Où est-il en ce moment ?
— Il se dirige vers toi. Dave, tu me dois –
Raccroche, compose le 111 – demande le numéro de Georgie Ainge. Fais le numéro en question, deux sonneries, message : "Le numéro que vous demandez n'est plus en service actuellement". L'histoire de Johnny se tenait : Ainge s'était taillé de la ville.
Choix possibles :
Bloque-le / menace-le de le cafter comme homo. Esquinte-le, donnant-donnant : ses dépositions / son arme à empreintes, rien ne doit voir le jour.
Logique de merde : les psychos, ça ne donne pas dans le troc.
Ne bouge pas, il va se montrer – et tu sauras. Eteins la lumière, range le Luger.
Laisse-toi tenter, recule. D'avant en arrière, valse hésitation, pendule : s'il entre sur la mauvaise oscillation – tue-le.
Réfléchis – fièvre-passion pédé pour un mec belle-gueule – Johnny le psycho hait Glenda, celle qui fait battre les cœurs.
Le temps a passé, cinglé, givré.
Mes côtes me faisaient mal.
Le journal du matin a cogné la porte – j'ai tiré sur une chaise.
Une radio quelque part – musique niaise et mélo. Logique : souffrir pour une femme que je n'ai même jamais touchée.
Violons larmoyants – quelqu'un a poussé le volume. Sors de la maison – l'aube – et le livreur de lait qui est témoin d'un meurtre annulé.
Laisse tomber le Luger dans une poubelle.
Guilleret – ne réfléchis pas trop, tu pourrais bien finir par le faire.

Chapitre 14

J'ai frappé ; elle a répondu. Ma décision, mon ouverture – elle a ouvert plus vite.

— Merci pour hier.

Prête pour la caméra : robe longue, imper. Ma décision, mon ouverture – elle a ouvert la première.

— C'est bien David Klein, exact ?

Entrée.

— Je vous ai vu sur le plateau et je vous ai vu me suivre à plusieurs reprises. Je sais à quoi ressemblent les banalisées de la police, alors je me suis renseignée sur vous auprès de Mickey et de Chick Vecchio.

— Et alors ?

— Et alors je m'interroge sur ce que vous cherchez.

L'intérieur de l'appart – joli – peut-être un baisoir tout meublé. Une télé près du canapé – livraison Vecchio.

— Soyez prudente avec ces télévisions, Melle Bledsoe.

En refermant la porte :

— Allez dire ça à votre sœur. Touch m'a dit qu'il lui en avait vendu une douzaine.

Le canapé, une chaufferette comme repose-pieds.

— Que vous a-t-il dit d'autre ?

— Que vous êtes avocat, que vous traficotez dans l'immobilier, les taudis plus exactement. Il a dit que vous aviez refusé un contrat à la MGM parce que passer à tabac des briseurs de grève vous disait plus que le métier de comédien.

Mon ouverture.

— Savez-vous la raison pour laquelle je vous suivais ?

Une chaise – pas trop près.

— Il est évident que vous travaillez pour Howard Hughes. Lorsque je l'ai laissé tomber, il m'a menacée de me poursuivre pour violation de contrat. De toute évidence, vous connaissez Harold Miciak, et de toute évidence, vous ne l'aimez pas. M. Klein, avez-vous...

— Fait fuir de trouille Georgie Ainge ?

— Oui.

J'ai acquiescé.

— C'est un pervers. Les faux enlèvements ne marchent jamais.

Cigarettes sorties.

— Comment le saviez-vous ?

— Aucune importance. Touch et son petit ami savent-ils que je lui ai collé la trouille au point qu'il s'est enfui ?

— Non, je ne crois pas.
— Bien, alors ne le leur dites pas.
Elle a allumé sa cigarette – l'allumette a tremblé.
— Ainge a-t-il parlé de moi ?
— Il a dit que vous aviez été prostituée.
Elle éclata de rire, souffla sa fumée.
— J'ai aussi été patineuse de drive in et Miss Alhambra, et c'est exact, j'ai travaillé pour un organisme de call-girls à Beverly Hills. Un organisme très cher, celui de Doug Ancelet.
Secoue-la.
— Vous avez travaillé pour Dwight Gilette.
Style et classe – et cette cigarette décor :
— Oui, effectivement, et j'ai été arrêtée pour vol à l'étalage en 1946. Ainge a-t-il mentionné quoi que ce soit qui –
— Ne me dites rien que vous puissiez regretter.
Un sourire – minable – pas *ça*, pas ce sourire-là.
— Ainsi donc, vous êtes mon ange gardien.
Vire la télé d'un coup de pied.
— Ne le prenez pas de haut avec moi.
Pas un battement de cils.
— Alors que voulez-vous que je fasse ?
Décompte des points importants, un à un :
— Vous arrêtez de voler Hughes, vous lui présentez vos excuses, vous remplissez les clauses stipulées dans votre contrat.
Son imperméable a glissé – épaules nues, cicatrices de coups de couteau.
— Jamais.
Penche-toi plus près.
— Vous êtes allée aussi loin qu'il vous a été possible grâce à votre charme et votre physique, alors utilisez un peu votre cervelle et faites quelque chose d'intelligent.
Tout sourires :
— A vous de ne pas le prendre de haut avec moi.
Ce sourire – je lui ai souri en retour :
— Pourquoi ?
— *Pourquoi* ? Parce que pour lui je passais aux profits et pertes. Parce que l'année dernière, je faisais la patineuse de drive in et qu'un de ses "dénicheurs de talents" m'a vu gagner un concours de danse. Il m'a obtenu une "audition", qui s'est résumée pour moi à ôter mon soutien-gorge et poser pour des photos que M. Hughes a appréciées. Savez-vous ce que c'est, de se faire sauter par un homme qui conserve des photos de nus – vous et six mille autres filles – dans son Rolodex ?
Ne marche pas.
— Joli, mais je ne suis pas preneur.
— Oh !
— Ouais, je pense que vous avez commencé à vous ennuyer et

vous êtes partie. Vous êtes actrice, et le côté secouer les puces au Howard Hughes avec classe et style ne vous a pas déplu. Vous vous êtes dit que vous seriez capable de vous sortir de la panade, parce que les panades, vous en avez connu des chiées auparavant.

— *Pourquoi*, M. Klein ?

— Pourquoi quoi ?

— Pourquoi vous donnez-vous tout ce mal pour m'épargner des ennuis ?

Mon sourire factice :

— Je sais apprécier le style.

— Non, je ne vous crois pas. Qu'est-ce que Georgie Ainge a dit d'autre à mon sujet ?

— Rien. Qu'est-ce que les frères Vecchio ont dit d'autre à mon sujet ?

En riant :

— Touch a dit qu'il a eu le béguin pour vous dans le passé. Chick a dit que vous êtes dangereux. Mickey a dit qu'il ne vous a jamais vu avec une femme, alors peut-être que cela élimine d'emblée la raison la plus évidente et la plus banale de votre intérêt à mon égard. Je me dis seulement qu'il doit bien y avoir un marché en suspens quelque part, du genre donnant-donnant.

Cadre la pièce – des livres, des objets d'art – du goût, qu'elle s'est trouvé quelque part.

— Mickey est dans la dèche. Si vous pensez échanger Hughes contre un gangster aux grands pieds, vous vous trompez.

Elle enchaînait ses cigarettes, l'une après l'autre.

— Vous avez raison, j'ai mal calculé mon coup.

— Alors remettez les choses au clair avec Hughes.

— Jamais.

— Faites-le. Epargnez-vous les ennuis à tous deux.

— Non. Comme vous l'avez dit vous-même, les panades, j'en ai connu.

Trouille : zéro – en me défiant de dire JE SAIS.

— Vous devriez vous voir devant la caméra, Melle Bledsoe. Vous prenez tout à la légère, en riant, et question style et classe, c'est super. Pas de chance quand on sait que le film est destiné aux drive in de Merdouillis-les-Oies, Arkansas. Pas de chance, aucun de ceux qui pourraient aider à votre carrière ne le verra.

Un éclair de rougeur aux joues – une fraction de seconde.

— Je ne suis pas aussi portée sur les hommes que vous le pensez.

— Je n'ai pas dit que vous aimiez ça. Je voulais simplement dire que vous savez que c'est la règle du jeu.

— Tout comme d'être porteur de valoches et briseur de grève ?

— Ouais, c'est simple et peu compliqué. Ça marche ensemble. Comme vous et Mickey Cohen.

Des ronds de fumée – très jolis.

— Je ne couche pas avec lui.

— Bien, parce qu'on essaie de le tuer depuis des années, et ce sont les gens qui l'entourent qui prennent les mauvais coups.

— Jadis, c'était quelque chose, Mickey Cohen, non ?

— Il avait de la classe.

— Ce que vous appréciez, nous le savons maintenant, l'un comme l'autre.

Ce portrait sur l'étagère – une femme vampire.

— Qui est-ce ?

— C'est Vampira. Elle a une émission de télé à elle, un programme sur l'horreur parfaitement abominable. Elle a été ma cliente quand je faisais la patineuse de drive in, et elle m'a donné toutes les indications nécessaires sur la manière de tourner dans son propre film, lorsqu'on est filmée dans le film de quelqu'un d'autre.

Un rire qui s'étouffe, gorge à sec. J'aurais voulu la toucher.

— Est-ce que vous appréciez vraiment Mickey, M. Klein ?

— Bien sûr. A une époque, c'était la flèche, il avait tout, et c'est difficile de le voir aujourd'hui plonger pour ramasser des miettes.

— Croyez-vous qu'il soit au bout du rouleau ?

— *L'Attaque du Vampire Atomique* ?

Glenda a éclaté de rire, toussé sa fumée.

— C'est pis que ce que vous croyez. C'est Sid Fritzell qui ajoute tout ce gore et ces incestes, et Mickey a peur d'être obligé de réserver le film directement pour le circuit des drive in pour en tirer un bénéfice.

Arrange les dégâts, remets la télé en place.

— Montrez-vous intelligente et retournez auprès de Hughes.

— Non. Fritzell met également en scène des films de fesses à ses moments perdus. Il dispose d'un local à Lynwood où les chambres sont équipées de miroirs, et je pourrais peut-être travailler là-dedans.

— Ce n'est pas votre style. Est-ce que Mickey est au courant ?

— Il fait semblant de ne pas être au courant, mais Sid et Wylie Bullock discutent du projet depuis un moment. M. Klein, qu'allez-vous faire à ce propos ?

Des étagères, chargées serrées – textes d'étudiants. Ouvre-z'en un – un devoir, des gribouillages : un cœur encerclant G.B. et M.H.

— Oui, je les ai volés. Qu'allez-vous –

— Qu'est-il arrivé à M.H. ?

Sourire, LE sourire.

— Il a mis une autre fille enceinte et il est mort en Corée. David –

— Je ne sais pas. Peut-être vais-je me contenter de vous sortir de là et de vous arranger un rendez-vous avec un homme de loi. Mais le mieux que vous puissiez espérer, c'est un contrat annulé pour violation de ses clauses, sans inculpation criminelle.

— Et le pire ?

— Howard Hughes, c'est Howard Hughes. Un mot au procureur et vous êtes inculpée de vol aggravé.

— Mickey m'a dit que vous étiez ami avec le nouveau procureur.

— Ouais, on était étudiants à la fac de droit et il me pompait mes notes, mais Hughes a versé deux cents bâtons à sa caisse noire.

— David –

— C'est Dave.

— Je préfère David.

— Non, c'est le nom que me donne ma sœur.

— Et alors ?

— Rien, laissez tomber.

Le téléphone a sonné – Glenda a décroché.

— Allô ! Oui, Mickey, je sais que je suis en retard. Non, j'ai un rhume. Oui, mais Sid et Wylie peuvent tourner les raccords de mes scènes. Non, j'essaierai de venir cet après-midi. Non, je n'oublierai pas notre dîner. Non, au revoir, Mickey.

Elle a raccroché. J'ai dit :

— M.H. s'est taillé. Mickey ne se taillera jamais.

— Bon, il se sent seul. Quatre de ses hommes ont disparu, et je pense qu'il sait qu'ils sont morts. Les affaires, c'était les affaires, mais je crois surtout qu'ils lui manquent.

Des livres – monnaie d'échange pour un peu de classe.

— Il lui reste toujours Chick et Touch.

Un souffle de brise – Glenda a frissonné.

— Je ne sais pas pourquoi ils restent. Mickey a mis un projet sur pied dans lequel ils sont censés séduire des gens célèbres. Ça ressemble tellement peu à Mickey, c'en est pathétique.

"Pathétique" – confirmation des notes de Junior. Glenda – la chair de poule.

Attraper son imper, voir si elle va me laisser faire. Souriante : qui se lève, se coule à l'intérieur.

A la toucher.

Douce – les cheveux fraîchement lavés. Retirer l'imper, toucher ses cicatrices – sans penser à Meg. Glenda : en demi-tour, si lent, qui se retourne et qui m'embrasse.

* * *

Jour / nuit / matin – téléphone décroché, radio en sourdine. Bavardage, changement de stations – la musique a bercé Glenda qui s'est endormie. La perdre a TOUT ramené en mémoire.

Elle a dormi profond, elle s'est réveillée, affamée. Bâillements, sourires – des yeux ouverts qui m'ont surpris dans mes frayeurs. Des baisers l'ont empêchée de demander ; et cette sensation – tout gratuit, rien à marchander, rien à payer – m'a gardé hors d'haleine.

Pressés fort l'un contre l'autre – sans pensée. *Sa* respiration, à bout d'haleine – sans pensée. La pénétrer quand ses yeux ont dit ne te retiens pas – plus de pédés, plus de mateurs, plus de putes filles de fourgueurs de came là pour me hanter.

Chapitre 15

"... Et ils sont là, chez nous, dans notre juridiction, à empiéter sur notre juridiction. Pour autant que nous le sachions, il y a au total dix-sept agents fédéraux et trois procureurs fédéraux adjoints venus au secours de Welles Noonan. Noonan n'a pas demandé de travailler en liaison avec le LAPD, nous sommes donc en droit d'assumer que nous assistons là à une enquête dont le but est de nous discréditer."

Discours du chef H. Parker. A ses côtés, debout : Gallaudet, Exley. Assis : O.C. des Divisions. Absents : Dan Wilhite, Dudley Smith – Mike Breuning, Dick Carlisle en suppléance.

Etrange – pas un homme des Stups. Bizarre – pas de Dudley.

Le corps malmené, épuisé – Glenda.

Exley au micro :

— Le Chef comme moi-même sommes d'avis que cette "investigation" a été mise sur pied à des fins politiciennes. Les agents fédéraux ne sont pas des policiers de notre ville et il est certain qu'ils ne sont pas au fait des réalités du maintien de l'ordre dans les secteurs peuplés de Nègres. Welles Noonan souhaite discréditer à la fois nos services et notre collègue Gallaudet, et le chef Parker et moi-même avons convenu des mesures à prendre pour limiter le succès de son entreprise. Je verrai chacun des chefs de division individuellement, mais avant cela, j'aimerais mettre au clair certains points forts dont chacun d'entre vous devrait avoir conscience.

Bâillement – mes côtes me piquaient. Exley :

— Voici ce que les officiers commandants devraient dire à leurs hommes, en civil comme en uniforme : travaillez de manière musclée et/ou arrosez vos informateurs en leur disant de ne coopérer avec aucun des agents fédéraux qu'ils pourraient rencontrer. Dans le même ordre d'idées, je veux que l'on rende une visite en règle à tous les propriétaires de boîtes et de bars du quartier sud. "Visite" est un euphémisme, Messieurs. "Visite" signifie que tous les O.C. des postes de Newton, University et 77ème Rue doivent envoyer des hommes en civil au potentiel d'intimidation suffisant pour convaincre lesdits propriétaires que puisque nous fermons les yeux sur certaines de leurs infractions, il leur faudrait y mettre du leur et oublier d'être sincères dans leurs déclarations aux Fédés. La Brigade vagabondage de Central suivra une ligne de conduite parallèle : elle sera chargée de rafler les clodos et sans-logis du coin pour s'assurer de leur silence vis-à-vis des mesures de rétorsion prises à leur encontre, ces mesures que des quasilibéraux comme Noonan pourraient éventuellement considérer comme de l'excès de zèle. La brigade de la 77ème sera chargée de faire quitter le quartier, de manière musclée mais polie, aux Blanches friquées qui traînent là – nous ne voulons pas voir pris au piège des filets fédéraux des gens bien placés. Les inspecteurs des Divisions Cambriolage et Criminelle sont actuellement en train de repasser au crible les récents homicides non résolus Nègre sur Nègre, avec comme objectif d'offrir à M. Gallaudet un dossier suffisamment étayé de preuves pour justifier une inculpation directe – nous voulons contrer l'accusation que Noonan a portée contre nous selon laquelle nous avions laissé dormir aux oubliettes les 187 colorés. Et, finalement, je pense qu'il est sage d'assumer que les Fédés pourraient faire une descente sur les machines à sous et distributeurs placés sous le contrôle de Mickey Cohen. Nous les laisserons faire sans intervenir, et nous laisserons tomber Cohen, il portera le chapeau. Les Mœurs de Central ont détruit toutes les plaintes déposées sur les machines à sous illégales, ces plaintes que nous avions ignorées : nous pourrons toujours dire que nous ne savions pas que ces machines existaient.

Sous-entendu : Mickey n'avait pas déménagé ses machines du quartier sud. Le prévenir – une nouvelle fois – avertir Jack Woods de dégager son officine de book de Nègreville.

Parker est sorti ; Exley a toussoté :

— Le Chef n'a jamais apprécié le fait que des femmes de race blanche puissent fraterniser avec des Nègres, et il en a fait voir de toutes les couleurs aux propriétaires des boîtes du quartier qui encouragent la chose. Sergent Breuning, sergent Carlisle – faites en sorte que ces propriétaires de boîtes ne parlent pas aux Fédés.

Tortillements – les mecs de Dudley adoraient mettre les poucettes.

Exley :

— Ce sera tout pour le moment. Messieurs, veuillez m'attendre à mon bureau, je viendrai vous voir individuellement. Lieutenant Klein, restez assis, je vous prie.

Ajournement de la réunion. Sortie en masse – Gallaudet m'a glissé un petit mot.

Exley s'est approché. Sec et brusque :

— Je veux que vous restiez sur le cambriolage Kafesjian. Je songe à le passer prioritaire et je veux un rapport détaillé sur le ramassage de michés.

Sec et brusque :

— Pourquoi les Stups n'étaient-ils pas représentés à la réunion ?

— Ne mettez pas mes décisions en doute.

— Une dernière fois : les Kafesjian sont du gibier de premier choix pour les Fédés. Ils magouillent depuis vingt ans main dans la main avec le Service. Aller leur secouer les plumes, c'est suicidaire.

En pleine figure :

— Une dernière fois : ne mettez pas mes décisions en doute. Une dernière fois : vous restez, vous et le sergent Stemmons, sur l'affaire, priorité numéro un.

La planque de Junior – les coupures de presse sur Exley.

— Chef, existe-t-il une raison particulière pour que vous vouliez Stemmons sur l'affaire ?

— Non, le choix m'a paru logique, tout simplement.

— Ce qui signifie ?

— Ce qui signifie qu'il travaille main dans la main avec vous aux Ad. Mœurs, et qu'il a été très bien noté comme professeur, indices et preuves matérielles.

Impassible comme visage – balèze à déchiffrer.

— Je n'arrive pas à croire cette volonté personnelle d'implication dans cette affaire. Pas de votre part.

— Faites-en une chose personnelle, en ce cas.

Serre la bride – ne ris pas.

— Ça vient.

— Bien. Que diriez-vous maintenant des relations connues de la famille ?

— J'ai branché mon meilleur indic sur la question. J'ai parlé à un homme du nom d'Abe Voldrich, mais je ne pense pas qu'il sache quelque chose sur le cambriolage.

— C'est une R.C. de Kafesjian, qui remonte à loin. Peut-être possède-t-il des renseignements sur les antécédents de la famille ?

— Ouais, peut-être, mais que voulez-vous au juste – un suspect pour le cambriolage ou des saletés cachées sur la famille ?

Pas de réplique – il s'est éloigné. Lecture du petit mot de Gallaudet :

Dave,

Je crois comprendre que tu as besoin de protéger certains de tes amis qui ont des affaires qui tournent dans le quartier sud. Je pense que la fixation du chef Exley sur les Kafesjian est un peu malvenue. Fais s'il te plaît tout ce que tu peux pour protéger les intérêts du LAPD dans le quartier sud, en particulier au vu de cette satanée enquête fédé. Et, s'il te plaît, sans rien en dire au chef Exley, tiens-moi régulièrement au courant de l'avancement de ton enquête sur les Kafesjian.

Quatre jours – chasse aux preuves, à me faire pourchasser en retour. Sprint, à me faire pourchasser encore plus fort – des images en poursuite, impossible d'y échapper.

J'ai dit à Mickey de sortir ses machines – il a éliminé tout le tintouin fédé d'un haussement d'épaules. De la merde à la place de la cervelle – Jack Woods, LUI, avait sorti ses billes vitesse record. Chasse Exley à coups de dossiers : Kafesjian 459 P.C., rapports détaillés. Couverts : la bande magnéto du mateur ; questions-réponses, deux des michés de Lucille. Photos : "Elle a dit qu'elle se faisait sauter par ce mec, Tommy." "Arrache mes fringues, Papa !"

Exley a dit continuez. Petit bavardage, en à-côté : comment Stemmons se débrouille-t-il sur l'affaire ?

J'ai dit très bien. Des images : beau mâle Johnny Duhamel, du rouge à lèvres sur des mégots de cigarettes.

Exley a dit continuez ; j'ai rencardé Bob Gallaudet en douce. Politique : il ne voulait pas que Welles Noonan se moissonne pouvoir et influence sur le dos des Kafesjian.

En chasse, l'œil ouvert sur les chasseurs possibles. Pas de filoches – à reluquer de près, très près, pour être sûr. Exley / Hughes / les Stups / les Fédés : chasseurs potentiels, avec de gros moyens.

Chasse aux preuves :

Planque au Red Arrow Inn – pas de Lucille, pas de mateurs suspects. Passage à la 77ème : pas une seule fiche d'I.T. sur des mateurs éventuels. Demande de vérif M.O. sur trois Etats : zéro. Lester Lake – des tuyaux de première très bientôt – peut-être. Chasse aux secrets, mise en mots des images – tous ces blancs à remplir.

Des michés alpagués en solo – pas de confirmation sur les baiseurs à Lucille. Western et Adams, direction sud – questions-réponses, avec insistance, bien que ce ne soit pas le secteur de Lucille. Des récits foireux à la pelle – un fil qui courait, qui me donnait le jus nécessaire pour rester accro à cette famille.

Comme Exley.

On saute, passage à Nègreville, vitesse de croisière – style juriste, allons-y.

Aller déranger les Kafesjian avec une enquête fédérale sur le trafic de stupéfiants relève de l'asile psychiatrique. Edmund Exley relève des meilleurs en tant qu'inspecteur criminel, quelqu'un dont les talents de meneur d'hommes sont reconnus à l'échelle nationale. Les Stups n'étaient pas présents au cours du briefing d'Exley sur l'enquête fédé. Les Stups sont la Division la plus autonome de tout le LAPD. Les liens – AUTONOMES – qui lient les Stups à la famille Kafesjian remontent à plus de vingt ans. Exley sait que l'enquête de fond des Fédéraux va réussir. Exley veut que cette enquête soit détournée des hommes de terrain du LAPD. Exley sait que des têtes doivent rouler. Exley a convaincu le chef Parker que la décision la plus judicieuse, celle qui amènera le moins de dégâts, consiste à sacrifier les Stups aux Fédés – on peut tous les décrire comme autant de flics pourris que leur autonomie d'action a rendus complètement amok, sans entacher de manière conséquente le prestige général du Service.

Je ne marchais pas tout à fait – qu'il en bande à ce point pour cette famille, ça faisait vraiment trop dégueulasse.

Pareil pour moi, et pareil pour Junior.

George Stemmons le Second – les plus terribles de mes images.

Quatre jours à le poursuivre – disparu, corps et biens. Ad. Mœurs : n'a pas pointé le bout du nez. L'appart que j'avais retourné : verrouillé à double tour. Nègreville : non. La maison de son père : non. Fern Dell : non. Bars à fiottes : non, il n'avait pas assez de tripes pour faire ça en plein jour. Un possible, tiré par les cheveux : Johnny Duhamel – SES repaires connus.

Le Personnel m'a filé son adresse. Trois jours / trois nuits d'affilée à surveiller – pas de Johnny, pas de Junior. Pas moyen de choper Duhamel en service – je ne voulais pas mettre Dudley Smith au parfum. Coup d'instinct – le coup de passion de Johnny – ça ne cadrait pas – Blondin Splendide ne jouait pas à la choute. Une approche possible : Reuben Ruiz, le pote de Johnny. Gallaudet l'avait retourné : homme de paille chargé de huiler les engrenages et faire passer la pilule dans l'expulsion des espingos de Chavez Ravine.

J'ai refilé l'enfant à Bob au baratin, en insistant lourdement. Ruiz connaissait un mec que j'avais besoin de travailler au corps. Gallaudet : il s'entraîne quelque part, passe à Chavez Ravine dans quelques jours – il sera là, au contrôle de la foule.

Naze.

Pigeon aux pieds d'argile :

Junior épingle Glenda, sans faire le détail – Meurtre Un. La victime : un mac négro – pas de quoi pleurer dans les chaumières – Gallaudet pourrait bien ne pas demander d'inculpation. Mais : Howard Hughes claque des doigts ; Bob Chambre à Gaz saute au garde-à-vous. Claquement de doigts – choix du juge, choix du jury – Glenda, en route pour la chambre verte. Accusations de complicité à suivre. Et qui pendent au nez de qui ? De ma pomme.

Résultat final :

Neutraliser Junior. Motus et bouche cousue sur ses traficotages avec les Kafesjian – si Exley découvre le pot aux roses, Junior va cafter Glenda comme monnaie d'échange et porte de sortie. Ma mon-

naie d'échange à moi – Duhamel – jette-le aux loups, à Dudley, au moment CRUCIAL, bosse pour Exley – assurance Junior / Glenda.

Logique et cervelle. Aux chiottes la logique, pas le moindre indice – cette manière dont ELLE a tué le bonhomme, tiré son épingle du jeu, blanche comme neige, avec classe, avec style.

Jack Woods, un bâton tout rond : retrouver Junior. Ma trace à moi, en pointillés – ELLE – une caravane sur un plateau de cinéma, la nuit, tard.

Miciak n'a rien dit – l'un comme l'autre, on a cadré sa filoche comme du boulot en free-lance. J'ai rédigé de faux rapports à Milteer – Glenda m'a fourni tous les faux détails nécessaires. Le plateau – l'équipe de pochtrons de Mickey complètement dans les vapes. Parler à voix basse, faire l'amour, danser autour du pot.

Jamais je n'ai dit que je savais ; jamais elle n'a insisté pour savoir. Biographies, avec des manques : j'ai caché Meg, elle a caché le putanat.

Jamais je n'ai dit que je tue les gens. Jamais je n'ai dit que Lucille K. avait fait de moi un voyeur.

Elle a dit que je me servais des gens, à l'extrême.

Elle a dit que je ne pariais jamais que sur des jeux truqués.

Elle a dit que flic gradé et homme de loi me mettaient à l'écart, juste ce qu'il fallait, de la canaille blanche.

Elle a dit que je ne m'étais jamais brûlé les ailes.

J'ai dit trois sur quatre – pas si mal.

Troisième partie

Rouge Nègreville

Chapitre 16

Chemins de terre, cabanes. Les collines comme pièges à smog – Chavez Ravine.

Noyé de peuple – voiture garée à bonne distance, repérages :

Des gus en train de brandir des pancartes. Journalistes, bleus. Des mecs modèle coco en train de psalmodier : "Justice si ! Dodgers non !"

Groupes de joyeux lurons – Reuben Ruiz, débordant d'effusion. Des mecs du shérif, en uniforme, l'agent Will Shipstad.

Putain d'idée – Ruiz, *nouveau* témoin fédé possible ?

Dans la cage aux fauves –

— Hé, hé ! non ! non ! Ne nous obligez pas à retourner au Mexique.

Insigne de sortie – les bleus m'ont fait passer.

Brouhaha persistant :

Ruiz, il a un combat ce soir – sois là pour acclamer son adversaire. Le Bureau du Cadastre et de la Voirie, des fascistes : avec projet de relogement des espingos dans les taudis de Lynwood :

— Hé, hé ! non ! non ! Justice, si ! Dodgers, non !

Ruiz, en espagnol, au porte-voix :

— Déménagez vite ! Le pognon de la prime de relogement, c'est la vie facile ! De nouvelles maisons seront bientôt disponibles ! Profitez du nouveau stade des Dodgers, c'est grâce à VOUS qu'il aura vu le jour !

Guerre des communiqués – le porte-voix a gagné. Des adjoints se sont mis à balancer des billets – les espingos en génuflexions, à les choper à même le sol. Pique-z-'en un au vol : Ruiz contre Stevie Moore / Auditorium Olympic.

Psalmodies, brouhaha de baratins – Ruiz m'a vu, a bousculé ses supporters.

Un chemin dans la foule. Plus près. Ruiz :

— Faudrait qu'on cause. Mon vestiaire après mon combat ?

Oui de la tête – "Raclure ! Pantin ! Les Dodgers crachent !" – pas moyen de discuter.

* * *

Le Bureau.

Message : Lester Lake – 8 h – Moonlow Lounge. Exley qui passait près des Ad. Mœurs – fais-lui signe d'approcher.

Mon bureau – ferme la porte.

— J'avais quelques questions.

— Posez-les, pour autant que ce ne soit pas, "Que voulez-vous ?"

— Commençons par : pourquoi rien que deux hommes pour une affaire qu'il vous démange tellement de mettre au clair ?

— Non. Question suivante et ne me demandez pas, "Pourquoi moi ?"

— Essayons alors, qu'est-ce que je gagne dans l'histoire ?

— Si vous réussissez à résoudre l'affaire, j'userai d'une prérogative rarement utilisée par le chef des inspecteurs : vous passerez immédiatement au grade de capitaine sans passage obligé au service civil. Je ferai passer Dudley Smith à la tête de l'Ad. Mœurs – comme tour de service – et vous aurez alors le commandement de la Division des Cambriolages.

Le dossier de Junior sur Exley – ne tombe pas dans les pommes. Pas un mot sur le caftage Duhamel / Dudley ?

— Quelque chose ne va pas, Lieutenant ? Je me serais attendu à vous voir manifester quelque gratitude.

— Merci, Ed. C'est une carotte de première que vous venez de m'agiter sous le nez.

— Au vu de ce que vous êtes, je dirais qu'effectivement, c'est une bien belle carotte. Je suis très occupé, alors, question suivante.

Fige-la, toute nue.

— Lucille kafesjian est la clé de toute cette histoire. J'ai l'intuition que la famille est parfaitement au courant de l'identité de ce nom de Dieu de cambrioleur, et je veux convoquer la fille pour interrogatoire.

— Non, pas encore – sec comme un couperet.

Changement de sujet :

— Donnez-moi l'affaire des fourrures Hurwitz. Reprenez-la à Dudley.

— Non, je répète et j'insiste, non, et ne me le demandez plus. Et maintenant, assez causé, l'entrevue est presque terminée.

— Okay, alors laissez-moi me pencher de près sur Tommy Kafesjian.

— Quoi ?

ELLE SE FAIT ENFILER PAR CE MEC TOMMY – UNE PETITE TENDRESSE POUR LE MEC QUI VOUS A PRIS LE PUCELAGE.

— Expliquez-moi, vous pencher sur lui, Lieutenant.

— *Me pencher de près. Le travailler au corps. De façon musclée.* Je fous une branlée au Tommy et il nous raconte ce que nous voulons savoir. Vous savez, des méthodes policières poussées, comme le jour où vous avez descendu ces négros désarmés.

Dents et poings serrés :

— Pas d'approche directe de la famille. Cela mis à part, vous avez *carte blanche*.

Carte blanche et travail de merde, pour avoir attendu trop longtemps : belle manière de se distraire.

Simple :

Photo Lucille / magnéto / liste des motels – questions :

Lui avez-vous loué ?

Un homme a-t-il demandé la chambre voisine de la sienne ?

Est-ce que des poivrots / clodos sont venus louer des chambres pour quelqu'un d'autre ?

Côte de réussite : très faible – conclusion : le Red Arrow, sa seule crèche à michés.

Direction plein sud. Complots à Nègreville, des tuyaux de première main :

Des voitures des AI qui filochent les Fédés en vadrouille, discrètes. Ramassage de clodos – tout une cargaison des flics des Vag. Charrettes à prostit – enchristage de putes en plein jour.

Les Fédés :

A vérifier les numéros de licence – bars, boîtes de nuit.

A assister en spectateurs à une partie de craps en plein trottoir.

A planquer devant un bordel nègre très classe.

Coupe brosse et costards gris, les Fédés poussaient comme des champignons à Nègreville.

Poste de la 77ème Rue – emprunt d'un magnéto. La rangée des cages à suées : mise au clair des 187, bougnoule sur bougnoule. Mike Breuning, Dick Carlisle – gants de cogne plombés.

Fédés au-dehors – déclics d'appareils photo – cadrés sur tronches de flics.

Travail de merde :

Tick-tock Motel, Lucky Time Motel – non. Motel Darnell, De Luxe Motel – non. Motel de Handsome Dan, Cyril's Lodge – non. Hibiscus Inn, Purple Roof Lodge – non.

Nat's Nest – le Nid de Nat – 81ème et Normandie. "Toujours des Chambres Propres" – droit sur la réception.

— Oui, M'sieur, je connais cette fille. Elle loue au coup, et elle demande toujours la même chambre.

Les mains qui s'agrippent au comptoir.

— Occupe-t-elle une chambre en ce moment ?

— Non, M'sieur, et ça fait ben six, p't-êt sept jours.

— Savez-vous quel usage elle fait de cette chambre ?

— Non, M'sieur. Ma devise à moi, c'est, ferme-les yeux et bouche-toi les oreilles, c'est mon avis et je le partage, sauf p't-êt quand y font ben trop de bruit à faire c'qu'y sont en train de faire.

— Est-ce que la fille demande une chambre sur le devant avec vue sur la rue ?

Choqué :

— Oui, M'sieur. Comment qu'vous savez ça ?

— Vous est-il arrivé de louer la chambre voisine de la sienne à un jeune Blanc ? Un clodo est-il venu faire la réservation et signer à sa place ?

— Mec, comment qu'vous – une fiche de location sortie – Voyez, "John Smith", ce qui, à mon avis, est un pseudonyme. Voyez, il lui reste deux jours de location. Il est pas là en ce moment, j'l'ai vu partir ce mat –

Chope-le.

— Montrez-moi ces chambres.

Il s'est libéré, pour filer d'un trait. Deux portes ouvertes – pour apaiser le Blanc.

Bungalows séparés – pas de porte de communication.

Approche-toi – génuflexions – dix sacs pour qu'il arrête ses salades.

— Surveillez la rue. Si ce Blanc se montre, retardez-le. Dites-lui que vous avez un plombier dans la chambre, ensuite venez me chercher.

— Oui, M'sieur, oui, M'sieur – direction le bureau, comme une flèche. Quelques pas de recul, observe :

Deux portes – pas d'accès commun. Fenêtres latérales – il pouvait la SURVEILLER – des haies en contrebas, un chemin de passage aux dalles branlantes.

Plus près encore :

Un fil qui sort de SA chambre à LUI.

Dans sa haie à LUI, de l'autre côté, sous les pierres. Attrape-le, tire.

Les pierres ont volé – le câble tendu à rompre sous la secousse. SA chambre à ELLE – sous la moquette, tire – un micro couvert d'enduit s'est décollé du mur.

Longe le cordon jusqu'au point de départ :

SA fenêtre à LUI – force le coulissant, remonte-le – enjambe. Tire – bruit sourd – un magnétophone sous le lit.

Bobines vides.

Dehors, inspection des portes – pas de marques d'effraction. Imagine qu'IL soit entré par SA fenêtre à ELLE ; et un absent, un, le forceur de portes du Red Arrow.

Ferme les deux portes, retourne SA chambre à LUI.

Placard :

Vêtements sales, valise vide, électrophone.

Armoire : slips et maillots, album de jazz – Champ Dineen – les titres qui collent – le 33 éclaté de Tommy K.

Salle de bains :

Rasoir, crème à raser, shampooing.

Arrache le tapis :

Revues de nanas à poil – *Transom* – trois numéros. Photos de pétasses et texte : "confessions" de stars.

Pas de bande magnétique.

Vire le matelas, frappe l'oreiller – un point dur – déchire, arrache :

Une bobine magnéto.

En place, vite, sur la machine.

Nerfs à cran – gestes désordonnés, tâtonnement, barbouillage des empreintes. Les mains mangées de tics – enroule la bande / appuie sur "Start".

Bruits de froissements, toussottements. Les yeux fermés, vois la scène : des amants au lit.

Lucille :

— Ces jeux-là ne vous lassent pas ?

L'Inconnu :

— Donne-moi une cigarette – pause – non, je ne m'en lasse pas. Il n'y a pas de doute, tu sais comment t'y –

Sanglots – au loin – des murs qui coupent mon homme du reste du monde.

Le Miché :

— ... et tu sais que ces jeux de papa à fille tiennent bon dans le temps. En fait, vu notre différence d'âge, il est tout naturel de se choisir ce jeu-là au lit .

Sens sa voix – cultivée – l'antithèse de Tommy / J. C.

Sanglots, plus forts.

Lucille :

— Ces endroits sont pleins de perdants et de tarés solitaires.

Aucune trace de crainte d'être soupçonnée / reconnue / surveillée.

Déclic, une radio qui parle – "... chanson d'amour, rat ta tat tat ta, play encore". Voix brouillées, déclic, le Miché :

— ... naturellement, il y a toujours eu cette petite dose que tu m'as donnée.

Réfléchis – dose – chaude-pisse / syph ?

Un œil sur les bobines – la bande qui tire à sa fin.

Des voix ensommeillées qui se bousculent – plus qu'un simple couché avec un miché. Yeux fermés, s'il vous plaît – encore une petite partie avant que je vous perde.

Silence – des amants endormis. Un gond qui grince / "Seigneur" – bien trop près. Yeux ouverts – un homme de race blanche, à la porte.

Pas très net – dégaine, vise. Trois coups – VLAN – descends la porte. Esquilles de bois, plus de porte – au pas de course, toujours en joue.

Cris, hurlements.

Zigzag – mon homme qui se faufile entre les voitures. Tir en courant, dans la foulée – deux balles, qui ratent, de loin. Visée – plein cadre – et une secousse, comme une décharge : tue-le, tu ne sauras jamais POURQUOI ?

Esquive les voitures, cadre la cible – une tête blanche agitée de secousses. Coups de klaxon, coups de frein – des visages noirs, ma tache blanche.

Trottoir – les pieds qui s'emmêlent, trébucher, courir. Pour le perdre – rien que du noir autour de moi.

Cris.

Des visages noirs effrayés.

Une fenêtre, mon reflet : un vrai gugusse.

Ralentir, arrêter. Une vitrine – des visages noirs – suis leurs regards :

Ça emballe, en bordure de la route – Fédés, négros. Welles Noonan, Will Shipstad.

Agrippé, bousculé – une entrée de porte. Coups du lapin – j'ai laissé tomber mon feu.

Epinglé, dos au mur – des bras de costard gris. Welles Noonan – coup de poing à l'improviste, avant de me cracher à la figure. Réplique de sortie :

— Ça, c'est pour Sanderline Johnson.

Chapitre 17

Le Moonglow – de bonne heure. Du temps à tuer – des pièces dans le juke-box.

"Chanson d'Amour" – pense voix. Ballades mélangées – pense Glenda.

Musique, plus de musique – pense Noonan.

Les Fédés – dette réglée, en une fraction de seconde. Vite – le Nid de Nat – les rôdeuses qui commencent à réagir aux coups de feu. Renvoie-les, inutile, emballe tes preuves – disques / revues de fesses / magnéto / bande.

Coups de fil :

Ray Pinker : passe les deux chambres à la poudre, fais venir un dessinateur – croquis – demande à l'employé de te détailler le visage du mateur. Vérif de clichés anthropo pour plus tard – prie pour qu'il ait de bons yeux.

Jack Woods : Junior repéré, deux heures de filoche, perdu. Surveillance : trois mecs secoués par Junior – des fourgueurs d'indienne. Signalements, numéros de plaques minéralogiques – j'ai copié. Jack :

— Il avait l'air givré, cramé jusqu'au trognon, un putain de fou dangereux. J'ai inspecté sa voiture quand il s'est arrêté pour des cigarettes. Tu sais ce que j'ai vu sur le siège arrière ? Une trousse à seringues hypodermiques, six boîtes vides de thon en conserve et trois fusils de chasse à canons sciés. Je ne sais pas ce qu'il a sur toi, mais à mon avis, tu devrais l'effacer.

Un verre – rien qu'un seul – pense Glenda. Le juke-box – Lester Lake, *Harbor Lights*.

Lester en personne, la trouille au ventre :

— Salut, M. Klein.

— Assieds-toi. Allez, raconte.

— Raconter quoi ?

Glisse-lui une chaise.

— L'expression que tu as sur le visage et pourquoi tu as joué cette nom de Dieu de chanson.

Nerveux.

— Rien que pour me rassurer. Ça fait du bien de savoir que tonton Mickey garde mon morceau dans ses Wurlitzers.

— Mickey ferait bien de dégager ses caisses avant que les Fédés ne le fassent dégager. Qu'est-ce qui se passe? Je ne t'ai pas vu faire ta tronche de fantôme depuis l'histoire Harry Cohn.

— C'est p't-êt vrai, mais vous voir avec un verre de gnôle à la main, ça non, je vous ai jamais vu, jamais.

Geste de grand seigneur – sers-toi : il a séché le reste.

— M. Klein, vous connaissez deux des garçons de M. Smith, du nom de sergent Breuning et sergent Carlisle ?

— Et alors ?

— Eh bien, ils font des heures supp' au Sept-Sept.

— Allons, viens-en au fait.

Le souffle court :

— Ils font la tournée à essayer de résoudre les crimes colorés sur colorés, on a passé le mot, bloquer et éliminer toute cette bonne pub potentielle pour l'enquête des Fédéraux. Vous vous souvenez qu'vous m'avez demandé, à propos d'un fourgueur de marie-jeanne du nom de Wardell Knox ? Vous vous souvenez qu'j'vous ai dit qu'y s'était fait tuer par un ou plusieurs inconnus ?

Tommy K. avait cafté Knox aux Stups – Dan Wilhite l'avait dit à Junior.

— Je me souviens.

— Alors vous devez vous rappeler que j'vous ai dit qu'ce bon vieux Wardell était un coureur de chattes invétéré qui a dû se faire un million de putains d'ennemis. Il baisait un million de femmes différentes, y compris cette minette mulâtre Tilly Hopewell que je grimpais moi aussi. M. Klein, j'ai entendu dire qu'les gars de Smith, y me cherchent rapport à une rumeur bidon comme quoi j'aurais estourbi ce putain de Wardell, et y me paraît à moi qu'y z'ont décidé que je ferais bien la mesure pour leurs statistiques. Vous voulez aussi des tuyaux sur ces putains de Kafesjian et leurs putains de relations connues, alors, moi, je vous en ai trouvé, à se taper sur les cuisses, et c'est que je viens d'entendre y'a pas longtemps que ce fêlé de Tommy Kafesjian a dessoudé ce bon vieux Wardell, aux alentours de septembre, pour une putain de dent qu'il avait cont' lui, côté came ou côté cul, pasque lui aussi, y lui arrivait à l'occasion de grimper cette mignonne Tilly Hopewell.

A bout de souffle, haletant :

— Ecoute, je toucherai un mot à Breuning et Carlisle. Ils laisseront pisser.

— Ouais, c'est p't-êt vrai, pasque ce vieux Dave Klein, le roi du taudis, y connaît les gens qu'y faut. Mais M. Smith, lui, il déteste tout ce qui est de couleur. Et je vous vois pas bien, vous les flics, coller le dessoudage de Wardell Knox sur Tommy K., votre satané enfoiré d'indicateur.

— Alors qu'est-ce que tu veux ? Changer le monde ou bien te tirer des pattes sur cette affaire ?

— J'veux qu'vous m'donniez un mois de rab de loyer pour tous les super tuyaux extra que je vous ramène sur c'te putain de famille Kafesjian.

Colle une pièce dans le juke-box – *Harbor Lights* – calme-le. Violons guimauves en arrière-plan, Lester :

— J'ai entendu dire qu'la fille, elle fait la racoleuse, en semi-pro, une vraie de vraie. J'ai entendu dire que Tommy et J. C. tabassaient Mama Kafesjian et la fille. J'ai entendu dire que Madge – ça, c'est Mama – elle a fricoté avec Abe Voldrich, c'est lui le mec en chef pour toutes leurs opérations came, et en plus, c'est lui qui dirige leurs boîtes de nettoyage à sec. J'ai entendu dire que Voldrich, y sèche des boisseaux entiers de marie-jeanne dans les gros séchoirs qu'y z'ont dans leurs installations. J'ai entendu dire qu'leur manière de faire tourner leur affaire recta et sans bavures côté fourgueurs de la concurrence, c'est de s'faire arroser par les indépendants au petit pied, tous ces mecs qui sont de la petite bière et qu'y tolèrent, mais y'a pas une seule vraie de vraie organisation qui viendra jamais essayer de déborder sur leur secteur dans le quartier sud, pasqu'y savent que le LAPD, y leur tomberait tout d'suite sur le râble et pas en douceur, rien que pour que leurs enculés d'Arméniens, y restent tranquilles et bien heureux. J'ai entendu dire que les seuls connards qu'y vous caftent, à vous, les flics, c'est les fourgueurs d'indienne qui refusent de les arroser pour continuer leurs opérations. J'ai entendu dire que dans cette putain de famille, y se serrent les coudes, même si y se traitent pas bien avec tant de respect que ça, putain. J'ai entendu dire qu'à part Voldrich et la mignonne colorée que le Tommy K. se farcit, la famille a que des employés et des clients, pas le moindre putain d'ami. J'ai entendu dire que Tommy, il avait un pote, un Blanc du nom de "Richie", un môme que je connais pas son nom, mais j'ai entendu dire qu'y soufflaient dans le cornet tous les deux, comme s'y faisaient semblant d'avoir du talent. Ce cambriolage de fêlé de mes deux qu'vous m'avez causé – les chiens de garde passés au hachoir, l'argenterie volée et toute cette merde – j'ai entendu que dalle là-dessus. J'ai aussi entendu dire que vous pensiez à augmenter le loyer de mon immeuble, alors je –

Coupe court :

— Rien sur Tommy qui baiserait Lucille ?

— Quoi encore ? J'ai rien entendu comme ça. J'ai dit qu'y se serraient les coudes, j'ai pas dit qu'y se sautaient, putain.

— Et ce mec, le Richie ?

— Merde, j'vous ai dit c'que j'ai entendu, pas plus, pas moins. Vous voulez qu'je –

— Continue à poser des questions sur lui. Il pourrait bien me mettre sur la piste du mateur que je poursuis.

— Ouais, vous m'avez parlé de ce putain d'enfoiré de voyeur, et je sais comment y faut improviser à partir de c'qu'un mec me dit. Alors j'ai posé des questions là-dessus, et j'ai entendu rien de rien. Maintenant, pour c't'augmentation de loyer –

Arrête-le.

— Renseigne-toi pour savoir si les Kafesjian n'ont pas cherché à retrouver de leur côté un mateur. J'ai comme l'intuition qu'ils savent qui est le cambrioleur.

— Et j'ai comme une intuition que le roi du taudis Dave Klein y va m'augmenter mon loyer.

— Non, et je laisse filer jusqu'en janvier. Si Jack Woods passe pour encaisser, appelle-moi.

— Et à propos des gars de M. Smith qui brûlent de mettre les mains sur ce pauvre vieux Lester ?

— Je m'en occupe. Connais-tu l'adresse de Tilly Hopewell ?

— Les gens de ma race, y savent danser ? N'ai-je pas payé de ma personne pour emballer dans ce nid d'amour bien plus qu'à quelques occasions ?

— Lester –

— 8491 South Trinity, appartement 406. Dites, z'allez où ?

— Au match de boxe.

— Moore et Ruiz ?

— C'est bien ça.

— Pariez sur le Mex. J'ai calcé la sœur de Stevie Moore dans le temps, et el' m'a dit que Stevie encaissait pas bien les coups dans la boîte à ragoût.

* * *

Insigne sorti – premier rang – en retard.

"Round 6" – la nana porteuse de panneau qui arpente le ring. Sifflets dans la foule, litanies : "Dodgers, non ! Ruiz doit partir !" Clameurs, chahut, pachucos contre cocos.

La cloche.

Rockabye Reuben qui tourne sur le ring ; Moore qui lâche ses droites. Corps à corps, milieu du ring – Ruiz calme, le négro souffle court.

"Break, Break !" – l'arbitre dans la mêlée, qui vient, qui repart.

Moore qui avance, lent, les coudes hauts, dégagé à l'entresol. Reuben le chasseur de tête – qui recule, après des crochets pas passés loin.

Reuben la paresse, Reuben mort d'ennui.

Un éclair, coup de pif : match bidon, match truqué.

Moore – plus de jus / la débandade. Ruiz – crochets en recul, coups au corps.

Reuben dans les cordes ; Moore dessus, de tous côtés. Des coups de mauviette – épaule / bras – le négro garde grande ouverte.

Ruiz – une gauche paresseuse, qui se dégage.

Moore qui reprend son souffle, garde baissée.

En plein dans le cadre – c'est pas le bon qui va au tapis.

Acclamations des pachucos.

Huées coco.

Reuben – et pis merde – qui attend le décompte.

Un coin neutre, mollo, au ralenti – à souffler ses baisers à la foule. Six, sept, huit – Moore se relève, jambes flageolantes.

Ruiz, qui gagne du temps. Moore, qui revient – des coups merdiques, que dalle. A portée de bombes / les bombes de Reuben – qui ratent leurs coups de loin. Dix, douze, quatorze – y'a que l'air qui vibre.

Ruiz – qui fait semblant de haleter, au bord de l'asphyxie ; des bras qui font semblant d'être épuisés, ballants, comme morts.

Moore – un pain de première.

Rockabye Reuben – bye-bye la berceuse.

Moore – des pains, du droit, du gauche.

Reuben au sol, belle entube de K.-O. Sept, huit, neuf, dix – Moore a embrassé Sammy Davis, Jr au premier rang.

Attaque par surprise – cherchez les Rouges ! – des tasses pleines de pisse, des caillasses. Des pancartes pour boucliers – pas d'aide en vue.

Cours, trouve-toi une sortie – un café voisin, laisse pisser. Vingt minutes, retour sur les lieux – rôdeuses, connards enferrés et menottes.

Retour dans la salle – suis la schlingue, l'odeur du liniment. Vestiaires, Ruiz tout seul – en train d'engloutir une assiette de tacos.

— Bravo, Reuben. La meilleure entube que j'aie jamais vue.

— Hé ! et l'émeute qu'y a suivi était pas si mal que ça. Hé ! Lieutenant, et qu'est-ce que ça vous a appris, mes petits crochets en rétro-pédalage ?

Ferme la porte – du bruit dans le couloir – des journalistes, Moore.

— Que tu sais comment distraire le dessus du panier.

De la bière à la régalade.

— J'espère que Hogan Kid Bassey a vu le combat, pasque le marché, c'était que Moore se fasse jeter des welters, je monte catégorie poids plume et je le combats. Et je lui fous la branlée. Hé ! Lieutenant, je vous ai pas revu depuis le saut de Sanderline.

— Appelle-moi Dave.

— Hé ! Lieutenant, un négro et un Mexicain sautent en même temps du sixième étage. Qui est-ce qui touche le sol en premier ?

— Je l'ai déjà entendue, mais dis toujours.

— Le négro, pasque le Mexicain, y faut qu'il arrête en chemin pour gicler de sa bombe "Ramon y Kiki por vida" sur le mur.

Ha-ha – par politesse.

— Alors, Lieutenant, je sais que vous avez vu Will Shipstad qui faisait le chien de garde au Ravine. Permettez-moi de vous rassurer, vous et M. Gallaudet, je vous suis très reconnaissant du petit boulot de relations publiques que vous m'avez trouvé, en particulier pasque ça a permis de faire sauter une nouvelle casquette de VQA [1] pour mon frangin. Alors, ben ouais, ch'suis à nouveau témoin fédéral, mais Noonan

1. Vol Qualifié d'Automobiles. (N. d. T.)

veut seulement que je témoigne sur des trucs éventés, des histoires de books clandestins, et jamais j'irais cafter Mickey C. ou bien votre copain Jack Woods.

Intelligent, ce petit.

— Je me suis toujours dit que tu savais jouer ta carte comme il le fallait.

— Vous voulez dire, jouer pour le gratin ?

— Ouais. Les affaires, c'est les affaires, alors tu baises les mecs de ta propre race pour te ramener les bonnes grâces du procureur.

Fracas – bouteille de bière, contact au sol.

— J'ai une famille qui a une tendance naturelle à s'attirer les ennuis, alors, faut bien qu'j'me dise qu'y sont plus importants que les Mexicains en général. Hé ! je lèche un peu de cul, par-ci par-là, pour que les gens, comment vous les appelez déjà, les rois des taudis, comme vous et votre sœur, puissent se remplir les fouilles. Vous savez, *Dave*, ce putain de bureau du Cadastre et de la Voirie, a inspecté les crèches merdiques de Lynwood. Y doit y avoir queq'chose qu'on pourrait appeler un bordel reconverti que ces durs de durs veulent refourguer à mes pauvres hermanos pour qu'ils viennent y crécher, alors peut-êt' bien que vous et votre nom de Dieu de frangine vous pourriez bien racheter une part du truc, avant tout le monde.

De la cervelle – rien à foutre de ses bravades.

— Tu en sais des choses sur moi.

— Hé ! Dave Klein, “le Redresseur”, les gens parlent à votre sujet.

Changement de topo :

— Est-ce que Johnny Duhamel est pédé ?

— Vous êtes cinglé ? C'est un coureur de connasses comme y'a pas deux.

— Tu l'as vu récemment ?

— On reste en contact. Pourquoi ?

Trainaille un peu, pour lui mettre la puce à l'oreille :

— Je me renseigne, c'est tout. Il est sur l'affaire des fourrures Hurwitz, ce qui représente une bien grosse enquête pour un policier sans expérience. T'en a-t-il parlé ?

La tête qui fait non – prudent ? – difficile à lire.

— Non. La plupart du temps, il parle de son boulot à la Brigade antigang.

— Des trucs en particulier ?

— Non, il a dit qu'il était pas censé parler de ça. Hé ! pourquoi vous essayez de me tirer les vers du nez ?

— Pourquoi as-tu l'air si triste tout d'un coup ?

Crochets, directs – l'air a sifflé.

— J'ai vu Johnny il y a peut-être une semaine. Il a dit qu'il faisait des trucs dégueulasses, il a pas comme on dit précisé plus, mais il a ajouté qu'il avait besoin d'une tabassée pour sa pénitence. On a mis les gants et il m'a laissé lui coller une volée.

Des passages à tabac ? Tout à fait dans le style Dudley – grossier et violent.

— Je sais pas ce que c'est, mais il avait des ampoules aux mains.

Travail au tuyau de caoutchouc – apparemment, il déteste ça.

— Tu te souviens du sergent Stemmons, Reuben ?

— Bien sûr, votre partenaire à l'hôtel. Jolie coiffure, mais c't' un nullard, si vous voulez mon avis.

— Est-ce que tu l'as vu ?

— Non.

— Est-ce que Johnny t'a parlé de lui ?

— Non. Hé ! c'est quoi, toutes ces questions sur Johnny ?

Sourire.

— Des questions, rien d'autre.

— Bien sûr, Monsieur tout en finesse. Hé ! qu'est-ce qu'on obtient quand on croise un Mexicain et un négro ?

— Je ne sais pas.

— Un voleur trop paresseux pour voler.

— A mourir de rire.

— Vous rigolez pas vraiment tant que ça, et je peux vous dire ce que vous avez dans la tête : au Ravine, Rockabye Reuben a dit qu'on devrait causer.

— Alors cause !

Style pachuco – une bouteille décapsulée d'un coup de dents, avant de boire au goulot.

— J'ai entendu Noonan qui parlait à Will Shipstad à votre sujet. Il vous hait, nom de Dieu, pire qu'un chien. Il pense que c'est vous qui avez poussé Johnson par la fenêtre et foutu dans la merde un mec du nom de Morton Diskant. Il a essayé de me faire avouer que je savais que vous aviez balancé Johnson, et il a dit qu'il allait vous faire tomber par tous les moyens.

Chapitre 18

Labo d'analyses – mon bureau du salon.

Passage à la poudre : revues / magnéto / bobines – barbouillis, quatre empreintes identiques. Mes propres empreintes, à l'encre sur papier, comparaison – confirmation de mon propre foirage, à tout tripoter.

Le téléphone a sonné.

— Oui ?

— Ray Pinker, Dave.

— Tu as terminé ?

— Terminé est le mot exact. D'abord, pas d'empreintes suspectes valables, et on a passé à la poudre toutes les surfaces de contact des deux pièces. On a procédé par élimination – une série pour l'employé, qui est aussi le propriétaire, une série pour le gardien et la femme de chambre, tous nègres. Il n'y a que *leurs* empreintes dans les chambres et rien d'autre.

— Bordel !

— Résumé succinct mais correct. On a aussi emballé tous les vêtements pour homme et testé quelques traces de sperme sur les caleçons. C'est de nouveau du O+, avec les mêmes analyses cellulaires – ton cambrio, ou quoi qu'il soit, il se présente là, comme visiteur de motel, et il aime le changement.

— Merde.

— Succinct, mais on a eu plus de chance avec la reconstitution du portrait du gars. L'employé de la réception et le dessinateur ont élaboré un portrait, lequel t'attend au bureau. Maintenant –

— Et les photos anthropo ? As-tu dit à l'employé qu'on allait avoir besoin de lui pour une revue de clichés ?

Pause, soupir.

— Dave, le mec a pris la tangente direction Fresno. Il a sous-entendu que ton attitude l'avait perturbé. Je lui ai offert un remboursement par les soins du LAPD de la porte que tu as fait sauter, mais il a dit que ça ne couvrirait pas les dégâts. Il a également dit de ne pas chercher à le retrouver, parce qu'il est parti, sans laisser d'adresse. Je n'ai pas insisté pour qu'il reste, il a dit qu'il irait se plaindre pour la porte que tu as détruite

— Merde. Ray, as-tu vérifié –

— Dave, j'ai de l'avance sur toi, et pas qu'un peu. J'ai déjà demandé aux autres employés si *eux* avaient vu le locataire de la chambre en question. Ils ont tous les deux répondu "non", et je les ai crus.

Pause, soupir.

— Des tas d'ennuis pour un petit 459, et sans récidive encore, Dave.

— Ouais. Simplement, ne me demande pas pourquoi.

Clic.

Réfléchis – retrouver la trace du magnéto – non, trop vieux comme appareil. Ne réfléchis pas, travaille :

Poudrage des couvertures de disques – barbouillis – les sillons des disques ne tenaient pas les empreintes. Champ Dineen : "Soooo Slow Moods", "The Champ Plays The Duke".

Ecoute / lis : la revue *Transom.*

Piano / saxo / basse – en sourdine. Photos suggestives, insinuations : M. M. la sirène blonde se meurt d'amour pour R.H. l'hommette – elle fera n'importe quoi pour lui faire virer sa cuti. Regarde le R.H. dans cette épopée texane – E.T. a essayé de le séduire – que dalle – il aime le coco viril suuuuper viril.

J. M. la nympho – et ses arguments géants – qui cherche des mâles, minimum double douzaine, au gymnase d'Easton. Au-dessus de vingt-cinq, s'il vous plaît. J. M. se balade avec un double décimètre pour ne pas se tromper. Conquêtes récentes : F. T., le balèze des séries "B" ; M. B., le roi du gag ; G. S., le cow-boy laconique, grande vedette.

Saxo haletant, une basse comme un cœur qui bat.

Des perles pour représentants de commerce, des photos : pétasses à grosses doudounes à la une. Yeux fermés : trilles de piano.

Un numéro de la revue couvert, un nouveau disque. *Transom*, juin 58.

M.M. / M.M. qui brûle pour le base-ball – sa grande passion pour J.D.M. l'a fait monter au sommet du hit-parade. Le Plaza Hotel super classe – dix jours / dix nuits sans déloger.

Musique – Glenda / Lucille / Meg.

Pubs : élargisseurs de pines, études de droit à domicile – un verre – non, ne bois pas. *Mood Indigo* à la Dineen – cuivres en sourdine.

Papa / Fifille – dialogue en intro. Photos : une brunette pouffiasse.

— Eh bien... tu ressembles à mon papa.

— "Ressembler" ? Ouais, je suis assez vieux pour ça. Je crois qu'un jeu c'est un jeu, pas vrai ? Je peux faire le papa parce que je corresponds au rôle.

— Eh bien, comme le dit la chanson, "My heart belongs to Daddy".

Le texte, en accéléré :

Loretta l'orpheline crève de désir pour un Papa. "Terry" le mauvais l'a déflorée – elle se traîne à ses pieds, elle déteste ça. Elle se vend à des hommes plus âgés ; un prêcheur la tue. Photo : la pouffiasse étranglée, un cordon autour du cou.

Champ / Duke en crescendo rugissant. Réfléchis :

"Loretta" égale Lucille ; "Terry" égale Tommy. Loretta "l'orpheline" – sans queue ni tête. Lucille crève de désir pour papa J. C. – difficile à avaler.

Disons que le dialogue égale résultat des séances de mate.

Disons que le mateur, c'est "l'Auteur".

Transom, juillet 58 – du porno sur vedettes ciné. Vérifie l'en-tête de la revue – une adresse de la Vallée – une petite visite, demain.

A plein pot – la Musique du Mateur. Lester Lake : "Un môme, un Blanc, "Richie" / "Un ami de Tommy" / "ils jouaient du cornet ensemble".

Téléphone – baisse le volume – attrape le combiné.

— Glen –

— Oui. Don de double vue ou simple espoir ?

— Je ne sais pas, peut-être les deux. Ecoute, je vais monter jusqu'au plateau.

— Non. Sid Fritzell est en train de filmer des scènes de nuit.

— Nous irons jusqu'à un hôtel. On ne peut pas aller chez toi ni chez moi. C'est trop risqué.

Ce rire.

— J'ai lu ça dans le *Times* d'aujourd'hui. Howard Hughes et son entourage sont partis pour Chicago. Une réunion du Département de la Défense. David, le "Domicile des Actrices" dans les collines d'Hollywood est libre, et j'ai la clé.

Minuit passé – pas de danger, à vue de nez.

— Une demi-heure ?

— Oui. Tu me manques.

— Une demi-heure.

Raccroche, augmente le son. Ellington / Dineen – "Cottontail" – 42 – le Corps des Marines – Meg – ce morceau – la Sky Room du El Cortez.

Les plaies à vif – seize années ont passé, tourné à l'aigre. Le téléphone – vas-y, fais-le.

— Allô !

— Content de pouvoir te joindre, mais je pensais que tu serais de sortie, aux trousses de Stemmons.

— Il fallait que je dorme. Ecoute, esclavagiste –

— Tue-le, Jack.

— Ça me va. Dix ?

— Dix. Efface-le, fais disparaître le corps et la voiture. Ça me gagnera un peu de temps.

Chapitre 19

Les collines – une grande espagnole en retrait de Mulholland.

Lumières allumées, la voiture de Glenda sur le devant. Une vingtaine de chambres – le baisodrome suprême.

Range la voiture, les phares sur une Chevy de 55. Réfléchis, cadre-la : Harold John Miciak.

Sois sûr – pleins phares – des décalcos de Hughes Aircraft.

Pas un bruit – de grandes maisons toutes sombres, une seule éclairée.

Sors, écoute. Des voix – lui, elle – un murmure.

Jusqu'à la maison, essaie la porte – verrouillée. Des voix – l'homme à cran, la femme calme. Le tour de la maison – écoute.

Miciak :

— Vous pourriez trouver pire. Vous vous laissez faire, vous faites comme si c'était Klein. J'l'ai vu qui venait vous voir à Griffith Park, et pour ce qui me concerne, vous pouvez continuer à lui faire une fleur. Je ne suis pas possessif et j'ai pas de collègues. M. Hughes, y saura jamais rien, z'avez qu'à ouvrir les bras et me récupérer le pognon de Klein. Je sais qu'il l'a, pasqu'il magouille avec des mecs de la pègre. M. Hughes, y me l'a dit lui-même.

Glenda :

— Comment puis-je être sûr que vous êtes seul ?

Miciak :

— Pasque Harold John, c'est le seul coco de tout L.A. qui en a assez dans le pantalon pour jouer au plus fin avec M. Hughes et ce flic qui se prend pour un dur de dur.

Fenêtre de la salle à manger – un jour entre les rideaux – regarde :

Glenda qui prend ses distances, en douceur – Miciak tout près.

Elle recule toujours, doucement – un râtelier à couteaux derrière elle.

Essaie la fenêtre – que dalle, elle ne cède pas.

Glenda :

— Comment puis-je être sûre que vous êtes seul ?

Glenda – une main dans le dos, l'autre suspendue, en attente :

— Je pense que ça se passerait bien, nous deux.

Au pas de course, à l'aveuglette / pivot / porte latérale. Défoncée, à coups de pied, courir, arme au poing – couloir / cuisine, là –

Enlacés : les mains de l'homme, amoureuses, les mains de la femme, pleines.

Figé sur place, à suivre la scène, comme au ralenti :

Les couteaux qui plongent – le dos, la nuque – vrillés dans la plaie, coincés, impossibles à dégager.

L'os qui craque – Glenda a enfoncé, plus profond – deux mains mouillées de sang.

Miciak qui se débat, et qui la vise, ELLE.

Epinglé – les bras, les jambes qui battent l'air – deux autres couteaux.

Miciak toutes griffes dehors – le râtelier, un couperet à viande.

Cours.

Il a poignardé – le vide, raté, il a trébuché. Elle a poignardé – le dos, le visage – les coups de lame ont déchiré les joues de l'homme.

Gargouillis / couinements / gémissements – coupe le son.

Glenda – hochements de tête, bien trop calmes. Les poignées des couteaux ressortaient – balance-le au sol, visse-lui les lames au corps, tue-le.

Glenda – pas un cri, et cette expression : DOUCEMENT, je connais, j'ai déjà vécu ça.

* * *

DOUCEMENT.

Eteins les lumières, attends dix minutes – pas de réaction. Des plans à se murmurer, des raisons à s'échanger, se justifier pour s'en tirer blancs comme neige.

Pas de moquette dans la salle à manger – coup de bol. Echange de vêtements – Hughes gardait toujours une garde-robe homme / femme toute prête. Nos propres fringues emballées ; laver le sol / le râtelier / les couteaux – autant de raisons pour s'en tirer – si nous y allions DOUCEMENT.

Couvertures – emballer Miciak, le verrouiller sous clé dans son coffre de voiture. 1 h 50 du matin – sortie, retour – pas de témoins. Sortie / retour une nouvelle fois – *nos* deux voitures planquées à l'abri, plus bas que Mulholland. Glenda, logique sans faille, aucune raison de se faire choper : personne ne l'avait vue arriver en voiture, entrer dans la maison. Inutile de penser au boucan – Miciak avait joué son coup en sourdine.

Les détails du plan au point, le mec à qui je ferais porter le chapeau : le Feu Follet Fou.

Topanga Canyon – DOUCEMENT – la voiture de Miciak. Hillhaven Kiddieland Kamp – souvenir du passé, aujourd'hui zone à poivrots. Vérif à la torche des six chalets – pas de clodos en résidence.

Planque la voiture hors de vue.

Essuie toutes les empreintes.

"Kougar Kub Cabin" – "Le Chalet du Petit Cougar" – largues-y le cadavre.

Etrangle l'homme mort suivant le MO du Follet.

Roule le macchabée dans la sciure – bourres-en les plaies ouvertes. Logique labo d'analyses, pour ne pas être inquiété : les plaies écrasées rendaient impossible le moulage de la lame.

Logique d'espoir : Howard Hugues – il redoute la pub – n'insistera pas pour qu'on retrouve le tueur de son employé.

Retour à pinces – jusqu'à la Pacific Coast Highway – DOUCEMENT qui commençait à accélérer.

Filoches Fédé / DAI / Stups – une filoche ce soir égale un sacré problème.

Glenda qui me prend – PCH / Canyon Road. Mulholland, à deux voitures, jusque chez moi.

Au lit, pour parler, rien d'autre.

Bavardages, de tout, de rien – ses nerfs tenaient le coup. Couteaux – frissons – insiste pour être sûr qu'elle n'a pas aimé ça.

Frappe l'oreiller près de son visage.

Allume la lampe de chevet, en plein dans ses yeux, fais-la tiquer, fais-la reculer.

Raconte-lui :

Mon père a abattu un chien à coups de fusil / j'ai mis le feu à son atelier / il a frappé ma sœur / je lui ai tiré dessus / l'arme s'est enrayée / ces deux salopards de Tony ont fait du mal à ma sœur / je les ai tués / j'ai tué cinq autres hommes / j'ai pris de l'argent – qu'est-ce qui te donne le droit de jouer ce coup à la snobinarde, classe et style ?

Frappe l'oreiller, fais-la parler – sans style, sans larmes :

Elle glandouillait, faisait la patineuse à roulettes, à servir dans les drive in, cette prétendue actrice. A couchailler à droite, à gauche, pour se payer son loyer – un mec en avait parlé à Dwight Gilette. Il lui avait fait une offre de services – michés, 50-50. Elle avait dit d'accord, et fait le boulot – de pauvres mecs, des ratés pour la plupart. Georgie Ainge une fois – pas de violence ni de coups – ses tabassées, elle se les ramassait par Gilette. Son idée géniale, à la prétendue actrice : s'acheter un revolver auprès de Georgie, ficher la trouille à Dwight. Prétendue actrice, et pour accessoire : un vrai pistolet.

Dwight lui avait demandé de faire une course pour lui – conduire ses "nièces" dans l'établissement de son frère à Oxnard. Petite partie de plaisir – des petites mioches de couleur, mignonnes à croquer – et une semaine plus tard, leurs photos à la télé.

Des mômes de quatre ans disparues de leur foyer de placement – affamées, torturées, violées – l'égoût d'Oxnard, MAA.

Prétendue actrice, fille de courses. Son idée géniale, à cette véritable actrice :

Provoquer Gilette, et le tuer – avant qu'il ne revende / massacre d'autres gamins.

Elle l'avait fait.

Elle n'avait pas aimé ce qu'elle avait fait.

On ne valse jamais à l'aise en se tirant de choses comme celles-là – on campe, avec style, avec classe.

Je l'ai serrée. J'ai dégoisé, sans queue ni tête, sur les Kafesjian. Champ Dineen nous a bercés, jusqu'au sommeil.

Je me suis réveillé tôt. J'ai entendu Glenda dans la salle de bains. Elle sanglotait.

Chapitre 20

Harris Dulange – cinquante ans, et de mauvaises dents :

— Puisque ma revue et moi, on est aussi propres qu'une connasse de pétasse, je vais vous dire comment fonctionne *Transom*. D'abord, on engage des racoleuses, ou des aspirantes-actrices en passe de déveine pour les photos. Les textes sont de votre serviteur, le Rédacteur En Chef, ou alors, ce sont des étudiants qui mettent leurs fantasmes sur le papier en échange de numéros gratis. C'est ce que *l'Indiscret* appelle des "moyens détournés". Nous collons ces initiales de vedettes de cinéma sur nos histoires de sorte que nos lecteurs, en faibles d'esprit avérés qu'ils sont, iront se dire, "Wow, est-ce que c'est vraiment Marylin Monroe ?"

Encore à l'esprit – un saut au bureau de bonne heure pour le croquis de Pinker. Exley : refus de distribution à toutes les unités. Engueulade – Miciak, la tronche en pelote d'épingles, a rigolé.

— Lieutenant, est-ce que vous êtes en train de rêvasser ? Je sais que nous ne sommes pas ici dans le bureau le plus élégant qu'il y ait sur terre, mais...

Glenda – repousse-la, loin dans ta mémoire.

— Lieutenant, très exactement, que vou –

Numéro de juin 58 sorti.

— Qui a rédigé cette histoire père-fille ?

— Ce n'est même pas la peine que je regarde. S'il s'agit de brunettes dodues qui ont le feu aux fesses pour un substitut paternel, c'est Champ Dineen.

— *Quoi* ? Savez-vous qui est Champ Dineen ?

— Etait, parce qu'il est mort il y a un moment. Je savais que le mec utilisait un pseudonyme.

Le croquis-police – pas la moindre réaction.

— Qui est-ce ?

— Il y a de fortes chances que ce soit l'homme qui ait rédigé ces histoires. Vous ne l'avez donc pas *vu* ?

— Non. Nous avons simplement parlé au téléphone. Bel homme, cependant. Surprenant. Je m'étais imaginé le mec sous les traits d'un taré.

Un coup d'essai, pour avancer :

— A-t-il dit s'il s'appelait Richie de son vrai nom ? Ça pourrait nous aider à l'identifier.

— Non. Nous avons discuté au téléphone, et c'est tout, à une seule occasion. Il a dit qu'il s'appelait Champ Dineen, et j'ai pensé, "super, on ne trouve ça qu'à L.A.". Lieutenant, permettez-moi de vous poser une question. Est-ce que le champayeur a le fétiche du mateur ?

Acquiesce – lâche-lui la bride.

Dulange – fauteuil en bascule, à faire claquer son chewing-gum :

— Il y a onze mois de ça, disons aux environs de Noël, ce mec, le pseudo Champ, m'appelle un jour, sorti de nulle part, sans que je m'y attende. Il me dit qu'il a accès à de l'excellent matériau modèle *Transom*, quelque chose comme un jeton sur un bordel. J'ai dit, "Super, envoyez-moi quelques échantillons, et peut-être qu'on fera affaire ensemble". Il m'a adressé deux histoires. Il y avait comme adresse d'expéditeur une boîte postale et je me suis dit, "Quoi ? Il est en cavale ou alors il habite dans une boîte postale".

— Continuez.

— Mais ses trucs étaient bons. Assez bons pour se vendre – et je paie rarement pour les textes, rien que pour les photos. En tout cas, c'était deux histoires fifille-papounet, et les présentations dialoguées très réalistes, comme si le mec avait entendu des machins de malade de vive oreille. Les récits d'accompagnement – pas vraiment très excitants – mais je lui ai adressé un billet de cent en plus des bouquins, ainsi qu'un petit mot : ne laissez pas le feu s'éteindre, j'aime ce que vous m'envoyez.

— A-t-il envoyé ses histoires rédigées à la main ?

— Oui.

— Les avez-vous gardées ?

— Non, je les ai retapées à la machine avant de les jeter au panier.

— A chaque fois, c'est lui qui vous a envoyé ses histoires ?

— C'est exact. Quatre numéros mettant le Champ en scène, à quatre reprises, j'ai tapé ses textes et je les ai balancés. Le numéro que vous m'avez montré, c'était juin 58, le Champ a aussi fait février 58, mai 58 et septembre 58. Vous voulez des exemplaires ? Je peux demander à l'entrepôt de vous les envoyer chez vous, ça prendra peut-être une semaine.

— Pas moins ?

— Avec les dos mouillés qui bossent là-bas ? Pour eux, une semaine, c'est Speedy Gonzales.

Colle-lui ta carte.

— Adressez-les à mon bureau.

— Okay, mais vous serez déçu.

— Pourquoi ?

— Le Champ, c'est le mec qui change pas de monture. C'est toujours des récits quasi incestueux avec, en scène, des brunettes dodues. Je crois que je vais me mettre à le retravailler avant publication, en changeant quelques petits trucs. Genre, Rita Hayworth qui chercherait à se sauter des substituts paternels, ça vous a plus de piment, vous ne croyez pas ?

— Bien sûr. Vous n'auriez pas un dossier sur tous ceux qui contribuent à vos publications ?

Il se tapote le crâne.

— Ici dedans. Nous manquons de place dans les superbes bureaux de la revue *Transom.*

A cran, impatient, des crampes :

— Est-ce que vous payez le bonhomme par chèque ?

— Non, toujours en liquide. Lorsque nous avons discuté au téléphone, il a dit uniquement en liquide. Lieutenant, vous commencez à perdre patience, ça vous démange, alors je vais vous dire. Surveillez la boîte postale 5841 à la poste principale centre ville. C'est là que j'envoie le pognon. C'est toujours du liquide, et si vous avez dans l'idée d'aller me cafter à l'I.R.S.[1], n'insistez pas – le cas du Champ est couvert par diverses petites clauses sur les versements en liquide.

Bouffées de chaleur – les suées du matin.

— Quelle impression vous a-t-il faite la seule fois où vous lui avez parlé ?

— Celle d'un gamin réglo et sérieux qui a toujours voulu être un musicien de jazz branché et à la coule. Dites, est-ce que vous saviez que mon jeune frère avait été suspect dans l'affaire du Dahlia noir ?

* * *

Planque de boîte postale – une perte de temps. Commandement de la loi fédérale – les contenus sous scellés. Que dalle – Noonan serait capable après ça de bloquer tous les commandements écrits du LAPD dans les règles.

Au téléphone, à coups de pièces :

Jack Woods – pas de réponse. Meg – sers-toi de notre compte proprio, dix bâtons en liquide. Okay, pas de "Pourquoi ?", aux nouvelles : elle / Jack – ça marchait. Résiste au coup – les dix plaques, les *lui* donner – il tue Junior pour moi.

A balles / à coups de schlass / à coups de matraque – représente-toi Junior mort une fois pour toutes.

Miciak – qui nourrit les rats de Topanga.

Coups de fil, tardifs : Breuning, Carlisle – la 77ème, le Bureau. De sortie, laisse un message : rappelez-moi. Représente-toi le Lester Lake – en pleines chocottes.

Représente-toi Glenda :

— Merde, David, tu m'as surprise en train de pleurer.

Nègreville – à balancer des noms à la ronde.

Nègreville – musique *Transom* plein la tête.

Quadrillage :

Dans les profondeurs de Central Sud – des Plymouth en maraude –

1. Internal Revenue Service : Service Fédéral des Impôts. (N. d. T.)

visages de flics, en éclairs de demi-secondes. L'heure du déjeuner : voitures fédé, chez Scrivner, en plein Nègreville.

Territoire à dope – bars / clubs de jazz ouverts de bonne heure. A balancer des noms.

Tommy Kafesjian / "Richie" – un vieil ami de Tommy ? Tilly Hopewell – la nana qui l'accompagne – Tommy / feu Wardell Knox. Joker : Johnny Duhamel – flic ex-boxeur.

Tout le paquet, à balancer à :

Entraîneuses, camées, traîne-savates, picoleurs, barmen. Pour se récupérer en retour : "Richie" – pas de réactions, visages vides – idem pour les mateurs de race blanche. Tilly Hopewell – bavardage de camés : ex-amateur de piquouzes, cure de désintox, récemment sortie de l'hosto. Wardell Knox – "L'est mort et je sais pas qui a fait ça". Johnny l'Ecolier – que des tuyaux sur le boxeur, rien sur le flic.

Tommy K. / Tommy K. cadrait bien avec – Richie / Tilly / Wardell / Johnny – la peur m'a cloué le bec.

Croquis du mateur : côté reconnaissance, zéro.

Du baratin, en à-côté :

Welles Noonan, invité d'honneur – Eglise africaine de News Bethel. Parlottes anti-LAPD / Gallaudet – appelez les Fédéraux pour tout tuyau sur le crime dans le quartier sud. Les Fédés qui alpaguaient par paquets les fourgueurs d'indienne – relâchés en échange de caftages intéressants sur le trafic de came.

La tombée de la nuit – de nouveaux clubs ouverts. Renseigne-toi sur Junior – introuvable – toutes les chances qu'il soit mort. Balance tes noms – zéro – coup d'œil côté machines à sous. Une équipe de ramasseurs de pièces au Rick Rack – Blancs / espingos – des Fédés de l'autre côté de la rue, appareil photo tout prêt. Des collecteurs de Mickey, inconnus au bataillon, en train de se faire clicher – Mickey Suicide.

Bourré à craquer de Plymouth, banalisée réglementaire des flics. Le vrai mouron à se faire pour des filoches de voitures de *civil* – tous les soirs / HIER SOIR.

Cabine téléphonique :

Glenda – chez moi, chez elle – non. Jack Woods – non. Bido Lito's, à balancer des noms : Junior / Johnny / Tommy à Central. Comme de balancer de la merde – des ricanements en retour.

Attrape-toi un tabouret – minimum deux verres – deux scotchs, point. Des yeux vaudou : bourré à craquer de négros.

Tiède, le scotch, et cette idée : attends Tommy K., fais-le sortir, sans ménagement. Est-ce que tu baises ta frangine / est-ce que ton père baise ta frangine – avec le coup de poing en laiton en accompagnement jusqu'à ce qu'il crache ses saloperies familiales.

Le barman, troisième verre déjà prêt – non. Un groupe qui prend place sur la scène – un signe au sax pour qu'il approche. D'accord : vingt dollars. Champ Dineen.

Lumières tamisées. Vibraphone / batterie / saxo / trompette – allez.
Thèmes – forts / rapides, doux / lents. Doux, lents – le barman qui baratinait sur le mythe Champ Dineen.
Ouvrez vos esgourdes :
Il est sorti de nulle part. Il donnait l'impression d'être blanc ; le bruit courait qu'il sortait d'une lignée de métis. Il jouait du piano / du saxo basse ; il composait du jazz, sans jamais enregistrer ses propres disques. Beau, monté énorme – il baisait pour les numéros de mateurs dans les bordels, personne ne l'avait jamais pris en photo. Champ amoureux : trois frangines, des richardes, leur mère. Quatre maîtresses, quatre enfants sont nés – un papy richard et cocu avait abattu le Champ.
Un verre – cul sec – sens-le, touche-le, palpe-le, ce mateur, sens-la, son histoire :
Matages de bordel égale *Transom* ; intrigues amoureuses en famille égale KAFESJIAN. Balayage de la salle – pas de Tommy en vue.
Holà pour un verre de rab – *ma* famille n'était pas loin.
Dehors – alignement de cabines – l'air était froid. Woods, trois sonneries –
— Allô !
— C'est moi.
— Dave, ne pose pas la question. Je suis toujours à sa recherche.
— Continue, ce n'est pas ça.
— Qu'est-ce que c'est ?
— C'est deux bâtons supplémentaires si tu es partant. Tu connais le bureau de poste du centre ouvert toute la nuit ?
— Bien sûr.
— Boîte 5841. Tu fractures, et tu m'en ramènes le contenu. Attends 3 h ou dans ces eaux-là, tu t'en tireras comme une fleur.
Sifflement.
— T'as des problèmes avec les Fédés, exact ? Un ordre de saisie par écrit ne suffirait pas, alors –
— Oui ou non ?
— Oui. J'aime bien te voir dans la panade, t'es généreux. Appelle-moi demain, d'accord ?
Raccroche – un sursaut de mémoire – des numéros de plaques. Le boulot de Jack – repérage des gus secoués par Junior. Fouille et retrouve, coup de fil au SCG.
Doucement – lis les numéros, attends. L'air est froid, réfléchis : Junior mort / du temps de gagné. Les victimes du passage aux poucettes, des *fourgueurs* – autant de cafteurs potentiels sur Junior / Tommy.
Lecture des noms :
Patrick Dennis Orchard, masculin, blanc – 1704 1/2 S. Hi Point ; Leroy George Carpenter, masculin, nègre – 819 W. 71ème Rue, 114 ;

Stephen PDP[1] Wenzel, masculin, blanc, 1811 S. St Andrews B.

Deux Blancs – surprenant. Raccroche, réfléchis : Lester Lake, l'adresse de Tilly Hopewell. N'hésite pas : 8491 S. Trinity, 406.

Tout près – attention, arrivée en zigzag. Quatre étages, escalier extérieur – range-toi au bord du trottoir.

Pas d'ascenseur – quatre étages à monter, pour de bon – 406 – le doigt sur la sonnette.

— Qui est là ?

— Police – l'insigne devant l'œilleton.

La chaîne qu'on défait, la porte qui s'ouvre. Tilly : mulâtre, cheveux défrisés.

— Melle Hopewell ?

— Oui – sans accent traînant de bronzée.

— Rien que quelques questions.

Elle recule – matée. La pièce : miteuse, propre.

— Etes-vous des Mises à l'Epreuve ?

Ferme la porte.

— LAPD.

La chair de poule.

— Les Stups ?

— L'Administration des Mœurs.

Des papiers qu'elle prend sur la télé.

— Je suis propre. J'ai passé aujourd'hui mon test nalline. Voyez ?

— Je m'en fiche.

— Alors...

— Commençons par Tommy Kafesjian.

Toujours en recul – un fauteuil – où elle se blottit :

— Hein ? Quoi ? M. le Po-licier ?

— Hein quoi merde, oui, ne me la faites pas, vous n'êtes pas une colorée de ce genre-là. *Tommy Kafesjian.*

Un mouvement de recul.

— Je connais Tommy.

— Et vous avez été intimement liée à lui.

— Oui – la trouille au ventre.

— Et vous avez été intimement liée à Wardell Knox et Lester Lake.

— C'est vrai, et comme fille de couleur, je ne suis pas non plus du genre à penser que ce soit là un bien gros péché.

— Wardell est mort.

Très comme il faut – cuisses bien serrées.

— Je sais cela.

— Tommy l'a tué.

— Tommy, c'est le mal en personne, mais je ne dis pas qu'il a tué Wardell. Et s'il l'a fait, il a la protection du LAPD, je ne vous révèle donc rien que vous ne connaissiez déjà.

1. Pas de Deuxième Prénom. (N. d. T.)

— Vous êtes une fille intelligente, Tilly.
— Vous voulez dire que pour une fille de couleur, je suis intelligente.
— On est intelligent ou on ne l'est pas. Donnez-moi un mobile pour que Tommy aille tuer Wardell. S'agissait-il d'une dispute à votre sujet ?
Très comme il faut – l'instit de campagne, camée.
— Jamais Tommy et Wardell n'auraient pu s'enflammer à ce point-là au sujet d'une femme. Je ne dis pas que Tommy l'ait tué, mais *s*'il l'a effectivement fait, c'est parce que Wardell avait du retard pour le paiement d'une livraison de came. Ce qui ne vous apporte pas grand-chose, si l'on considère les petits paniers de Noël bien garnis que M. J.C. Kafesjian adresse centre ville.
Changement de sujet :
— Aimez-vous Lester Lake ?
— Bien sûr que je l'aime bien.
— Vous ne voulez pas le voir se faire épingler pour un meurtre qu'il n'a pas commis, pas vrai ?
— Non, mais qui vous dit que c'est ce qui va arriver ? Le premier imbécile venu est capable de dire que Lester n'est pas le genre d'homme capable de tuer quelqu'un.
— Allons, allons, vous savez très bien que les choses ne se passent pas comme ça.
La gueule – à vif, après la cure de détox :
— Le sort de Lester vous intéresse tant que ça ? Pourquoi ?
— On se rend de petits services.
— Vous voulez dire que c'est vous, le proprio de taudis pour lequel Lester fait l'indic ? Vous voulez lui rendre un vrai service ? Réparez-lui sa baignoire.
Changement de sujet :
— Johnny Duhamel ?
— Alors là, je vous réponds "hein ? quoi ?" pour de bon. Johnny qui ça ?
Balance-lui le paquet :
— Leroy Carpenter, Stephen Wenzel, Patrick Orchard. Essayons aussi avec un policier du nom de George Stemmons, Jr.
Un plateau, des cigarettes – Tilly a tendu une main tremblante. Coup de latte, vire-lui son plateau.
— Ce Junior, c'est une raclure. Stephen Wenzel, c'est mon ami, cette raclure de Junior lui a volé tout son fric et ses amphets en le traitant de "négro de blanc". Et le Junior lui a raconté des trucs de cinglé ! Je l'ai vu, ce cinglé de Junior, qui s'engouffrait des cachets de nembutal à pleines poignées en plein milieu du club, devant tout le monde !
Mon fric, mon rouleau de billets que je lui colle à la figure :
— *Quels trucs de cinglé* ? Allez, tu viens de finir ta cure, tu sais que tu en aurais l'usage. *Quels trucs de cinglé* ?

— Je ne sais pas. Steve a dit seulement un discours de cinglé, sans queue ni tête !

— Qu'est-ce que Wenzel t'a raconté d'autre sur Junior ?

— Rien d'autre ! Il m'a seulement dit ce que je vous ai répété !

— Patrick Orchard, Leroy Carpenter. *Est-ce que tu les connais* ?

— Non ! Je ne connais que Steve ! Et je ne veux pas faire la balance !

Vingt, quarante, soixante – le pognon, sur ses genoux :

— Tommy et sa sœur Lucille. N'importe quoi de dégueulasse. Tommy ne saura jamais que c'est toi qui me l'as dit.

Regard de camée, plus rien à foutre de la trouille :

— Tommy m'a dit qu'il arrivait à Lucille de faire la pute. Il m'a dit qu'un mec de l'orchestre de Stan Kenton l'avait recommandée à un gars spécialisé dans les call-girls à Beverly Hills. Doug quelque chose – Doug Ancelet ? Tommy m'a dit que Lucille avait travaillé pour cet homme pendant un moment il y a plusieurs années de ça, mais le gars l'a virée parce qu'elle avait refilé une blennoragie à ses michés.

Coup en recul – Glenda – ex-fille d'Ancelet.

La bande magnéto du mateur – miché / Lucille – "Cette petite dose que tu m'as donnée."

Tilly – regard de camée, argent frais.

* * *

Carpenter / Wenzel / Orchard – tournée des adresses de revendeurs. Pas de chance – tournée au sud, réfléchis :

Considère le Junior comme mort / sur le point de l'être – une belle étiquette de pédale à lui coller post mortem, bien salir sa mémoire. Faire passer des saletés pédé en douce à *l'Indiscret* – pour colorer en sale les saletés qu'il tient en réserve sur Glenda. Sa crèche à repasser au peigne fin – y déposer preuves et indices – pomper les victimes qu'il a secouées. Du travail sur le 459 Kafesjian – pour y coller un Junior bien dégueulasse mêlé à l'affaire. Point d'interrogation : et son dossier Exley ?

Tournées, en cercle :

Exley, ma récompense Kafesjian : O.C. de la Division Cambriolages. Des saletés à refiler à Dudley Smith, le patron des fourrures – le responsable, Johnny Duhamel, son "protégé". Johnny / Junior – deux complices ? Baise le Junior encore un peu plus – fais cadeau de l'Ecolier à Dud.

Sud : la rumeur disait que Smith bossait au 77ème.

Changement de cap – des journalistes à la porte – un capitaine en grande pompe :

Ignorer des victimes nègres de 187 – jamais de la vie !

Gardez l'œil ouvert : une justice zélée est à l'œuvre !

Gardes à la porte – civils verboten – excès de zèle à tous les étages.

Insigne de sortie, entrée, direction les cages à suées – cagibis, badauds de couloir. Suspects, travaillés par des équipes de deux hommes – à la matraque.

— Mon gars.

Smith – dans l'encadrement de la porte, quartier des cellules. Approche-toi – une poignée de mains à t'écraser les phalanges.

— Mon gars, est-ce moi que tu es venu voir ?

Esquive :

— Je cherchais Breuning et Carlisle.

— Ah ! splendide. Ces deux garnements ne devraient pas tarder, mais entre-temps, consacre donc quelques minutes à converser avec ce bon vieux Dudley.

Des chaises tout près – tu en prends deux.

— Mon gars, au cours de mes trente années et quatre mois comme policier, jamais il ne m'a été donné de voir quelque chose qui ressemblât de près ou de loin à cette histoire d'enquête fédérale. Tu es dans le service depuis combien de temps ?

— Vingt ans et un mois.

— Ah ! splendide, puisque s'y trouve inclus, naturellement, ton temps d'armée. Dis-moi, mon gars, existe-t-il une différence entre tuer des Orientaux et tuer des Blancs ?

— Je n'ai jamais tué de Blancs.

Clin d'œil – oh ! petit chenapan.

— Moi non plus. Les sept hommes que j'ai tués dans l'exercice de mes fonctions étaient tous des bougnoules, auxquels il faut bien malgré tout reconnaître le statut d'humains en y mettant un peu du sien. Mon gars, cette enquête fédérale est sacrément provocatrice, tu ne penses pas ?

— Si.

— Réponse concise. Et à la manière concise qui est la tienne en tant que juriste, que dirais-tu qui se cache derrière tout ça ?

— La politique. Bob Gallaudet pour les républicains, Welles Noonan pour les démocrates.

Gloussements.

— Oui, la politique fait d'étranges compagnons de lit. Ironique en outre que le Gouvernement Fédéral se trouve représenté par un homme aux tendances politiques militantes aussi marquées. Je crois savoir que c'est cet homme-là qui t'a craché à la figure, mon gars.

— Tu as vraiment de bons yeux sur place, Dud.

— Dix-dix, aux deux yeux, pour tous mes garçons. Mon gars, détestes-tu Noonan ? Il n'est pas très risqué de dire – clin d'œil – qu'il te considère comme ayant fait preuve de négligence pour ce qui est du décollage précipité et imprévu de Sanderline Johnson.

Clin d'œil.

— Il croit que c'est moi qui lui ai offert son billet de parterre.

A gorge déployée :

— Mon gars, c'est un plaisir que de te voir ainsi distraire le vieil homme que je suis. Aurais-tu par hasard grandi dans la foi catholique ?

— Luthérienne.

— Ah ! un fils prodigue. La corde de rechange sur l'arc du christianisme, Dieu les bénisse. Es-tu toujours croyant, mon gars ?

— Pas depuis que mon pasteur a rejoint les rangs de l'Alliance germano-américaine.

— Ah ! Hitler, Dieu le bénisse. Un peu désordre, mais franchement, je l'ai toujours préféré aux Rouges. Mon gars, ta foi de rechange dispose-t-elle d'un équivalent à la confession ?

— Non.

— Dommage, parce qu'en cet instant précis, nos salles d'interrogatoires sont pleines de confessés et de confesseurs, cette splendide coutume étant ici mise en œuvre afin de détourner toute publicité désagréable que cette enquête fédérale viendrait à faire retomber sur le Service. Venons-en au fait, mon gars. Dan Wilhite m'a appris la fixation potentiellement provocatrice du chef Exley sur la famille Kafesjian, avec toi dans le rôle de l'agent provocateur. Mon gars, acceptes-tu de confesser ton opinion sur ce que cet individu désire ?

Esquive latérale.

— Je ne l'aime pas plus que toi. Il a obtenu le poste de chef des inspecteurs au-dessus de ta tête, et j'aurais bien aimé, nom d'un chien, que ce soit toi qui aies le boulot.

— Splendides sentiments, mon gars, que bien entendu je partage. Mais que penses-tu que cet homme soit en train de faire ?

Allonge-lui – l'hypothèse préliminaire de Johnny :

— Je pense qu'il est en train – peut-être bien – de sacrifier les Stups aux Fédés. C'est une division qui fonctionne essentiellement de manière autonome, et *peut-être bien* qu'Exley a la certitude que l'enquête fédé sera suffisamment couronnée de succès pour exiger un bouc émissaire qui protègera à la fois le reste des services et Bob Gallaudet. Exley est deux choses : intelligent et ambitieux. J'ai toujours pensé qu'il finirait par se fatiguer du travail de police pour se lancer personnellement dans la politique, et nous savons à quel point lui et Bob sont comme cul et chemise. Je pense – *peut-être bien* – qu'il est parvenu à convaincre Parker de laisser tomber les Stups, tout en gardant l'œil bien ouvert sur son propre nom de Dieu d'avenir.

Sourire enjôleur.

— Brillante interprétation, mon gars. Et pour ce qui est du cambriolage Kafesjian proprement dit, ainsi que de ton rôle d'officier enquêteur dûment choisi par Exley ?

Décompte des questions, point par point :

— Tu as raison, je suis bien agent provocateur. Chronologiquement : Sanderline Johnson saute, et maintenant Noonan me hait. On commence déjà à parler de l'enquête fédé dans le quartier sud, et le cambriolage Kafesjian se produit au même moment. Première coïncidence. Deuxième coïncidence, je travaille sur un politicien coco qui ne se sent plus pour Noonan. Le cambriolage Kafesjian en soi n'est rien du tout – du boulot de pervers. Mais les Kafesjian, c'est la lie de la terre, des ordures personnifiées, cul et chemise avec la division du LAPD la plus autonome et la plus vulnérable. Au départ, j'ai cru qu'Exley avait Dan Wilhite dans sa ligne de mire, mais je pense maintenant qu'il m'a mis dans la course pour que j'attire la foudre. Me voilà sur le coup, pour l'essentiel, je n'arrive à rien du tout, un 459 de pervers parfaitement sans intérêt. C'est un boulot pour un – je veux dire deux hommes, et si Exley avait *réellement* voulu résoudre l'affaire, il aurait aligné une demi-douzaine d'hommes. Il me fait courir, à bout de laisse. Il joue et profite de ma réputation, et il me fait courir.

Rayonnant, le Dudley :

— Salutaire, mon gars – ton intelligence, la précision de ton analyse de juriste. Et maintenant, que pense donc de l'affaire le sergent George Stemmons ? Mes sources me disent qu'il se comporte de manière plutôt inconséquente ces temps derniers ?

Spasmes nerveux – ne tique pas :

— Tu veux parler de ta source Johnny Duhamel. Junior a été son professeur à l'Académie.

Doucereux :

— Johnny est un bon et brave gars, et ton collègue Stemmons devrait se faire rabattre ses honteuses rouflaquettes à la longueur réglementaire. Savais-tu que j'avais coopté Johnny sur l'enquête Hurwitz ?

— Ouais, je l'ai entendu dire. N'est-il pas un peu vert encore pour une affaire comme celle-là ?

— C'est un splendide jeune flicaillon, et je me suis laissé dire que tu avais cherché personnellement à diriger l'enquête.

— Les cambriolages, c'est propre, Dud. Je dois garder l'œil ouvert aux Ad. Mœurs, j'ai trop d'amis qui y travaillent.

Clin d'œil.

— Mon gars, tes capacités de perception viennent de te gagner l'amitié indéfectible d'un certain Irlandais du nom de Dudley Liam Smith, et franchement, je suis sidéré que deux gars aussi brillants que nous le sommes toi et moi soient simplement restés de simples connaissances toutes ces années.

CAFTE DUHAMEL.

FAIS-LE, LÀ , MAINTENANT.

— Puisque nous parlons d'amitié, mon gars, je crois savoir que toi et Bob Gallaudet êtes très proches.

Grognements / cognements / bruits sourds / "Dave Klein mon ami !"

Sprint dans le couloir. Des corps entassés – les flics sur Lester – cage à suées numéro 3.

La porte – verrouillée. Par le carreau : Lester menotté, coups de matraque.

Les badauds qui reculent – qu'est-ce que c'est que ça ? Breuning / Carlisle – les matraqueurs en fête – et Lester qui crache ses dents.

Coup d'épaule – clac – la porte qui s'ouvre, je suis.

Breuning – distrait – hein ?

Carlisle – des giclures de sang sur les lunettes.

— Il se trouvait avec moi quand Wardell Knox s'est fait avoir.

Carlisle :

— Etait-ce le matin ou l'après-midi ?

Breuning :

— Hé ! Sambo, essaie donc de chanter *Harbor Lights* maintenant.

Lester, tête en arrière, qui fouette l'air – sang / salive / dents dans la figure de Breuning.

Carlisle qui serre les poings – balaie-lui les jambes. Breuning – qui couine aveuglé par le sang – une matraque à travers les genoux.

Cet accent chantant :

— Mes gars, il va vous falloir relâcher M. Lake. Lieutenant, soyez béni pour avoir accéléré le cours de la justice grâce à votre splendide alibi.

Chapitre 21

Cher M. Hughes, cher M. Milteer,

Aux dates des 11/11, 12/11 et 13/11/58, Glenda Bledsoe a activement participé à des actions publicitaires visant à promouvoir des comédies actuellement sous contrat avec Variety International Pictures, en rupture évidente des clauses du contrat qui la lie à Hughes Aircraft, Tool Company, Productions et al. Plus précisément, Melle Bledsoe s'est permis de se laisser photographier et interroger par les journalistes en compagnie des acteurs Rock Rockwell et Salvatore "Touch" Vecchio, au sujet de leur carrière cinématographique respective, en dehors de toute activité publicitaire ou promotionnelle organisée par les services de production de *L'Attaque du Vampire Atomique*, le film qu'ils tournent actuellement tous trois. Des détails plus précis vous parviendront dans une note à suivre, mais je dois d'ores et déjà porter à votre connaissance le fait que les clauses du contrat Hughes liant les services de Melle Bledsoe sont légalement violées : cette dernière peut être poursuivie en justice devant un tribunal civil, astreinte à paiement de dommages et intérêts, et interdite d'emploi de studio ou de tournage de film selon diverses clauses du contrat Hughes par lequel elle est liée. Ma surveillance ininterrompue de Melle Bledsoe n'a révélé aucun exemple de vol aux domiciles d'actrices ; s'il manque des objets auxdits domiciles, il est vraisemblable d'envisager qu'ils ont été dérobés par des jeunes du quartier profitant de quelque fenêtre fermant mal : les jeunes en question savent que ces domiciles se sont trouvés occupés par intermittence, ce qui explique qu'ils aient décidé de les cambrioler. Veuillez avoir l'obligeance de m'informer si vous souhaitez me voir poursuivre ma surveillance de Melle Bledsoe ; sachez néanmoins que vous disposez d'ores et déjà d'une quantité de renseignements suffisante pour entamer toute procédure judiciaire que vous jugerez utile.

Respectueusement,

David D. Klein

L'aube – la caravane. Glenda endormie, un coup d'œil à la fenêtre : Lester blotti en chien de fusil près du vaisseau spatial.

Dehors – Lester qui remue – gargouillis d'enviné. Discussion au sommet : chef cameraman / metteur en scène.

— Allez, Sid, cette fois-ci, le vampire en chef fait *gicler* les yeux du mec à coups de bec.

— Mickey a peur que je ne donne trop dans l'horrible. Je ne sais pas –

— Seigneur Jésus, tu prends le figurant, tu lui mets un peu de fausse hémoglobine dans les yeux.

— Wylie, allez, arrête. Laisse-moi prendre mon café avant que je commence à penser gore à 6 h 49 du matin.

Lester qui me fait signe d'approcher – tailladé, meurtri :

— J'ai toujours voulu être une vedette de cinéma. Peut-être que je vais rester dans le coin un jour ou deux, pour jouer au vampire nègre.

— Non, Breuning et Carlisle vont être à ta recherche. Ils n'ont pas réussi à te coller Wardell Knox sur le dos, mais ils trouveront bien quelque chose.

— J'ai pas vraiment envie de me mettre en cavale.

— *Fais-le.* Je te l'ai dit hier soir : appelle Meg, dis-lui que je t'ai dit qu'elle te planque. Tu veux te retrouver un homme mort pour avoir tenté de résister à une arrestation, nom de Dieu ! un soir où tu auras l'impression d'avoir tout oublié de l'histoire ?

— Non, je ne crois pas vraiment. Dites, M. Klein, jamais j'aurais cru voir le jour où M. Smith me ferait une fleur.

Clin d'œil à la Dudley.

— Il aime mon style, mon gars.

Des poivrots en train de pisser contre le vaisseau spatial ; le metteur en scène – le regard sur moi.

Lester est parti faire un tour – son T-bird, sa couverture. La caravane – Glenda debout – mon rapport :

— David, mais ça pourrait me tuer – me *ruiner* dans les milieux du cinéma.

— Il faut bien qu'on leur donne quelque chose. S'ils le croient, ils ne vont pas insister pour déposer plainte pour vol. Et ça détourne l'attention des piaules d'actrices.

— Il n'y a rien eu à la télé ou dans les journaux.

Assieds-toi près d'elle.

— Plus le temps passe, mieux c'est. Hughes signalera éventuellement sa disparition et on retrouvera le corps tôt ou tard. D'un côté comme de l'autre, il se peut qu'on soit interrogés ou pas interrogés du tout. Je m'étais engueulé avec lui, ce qui fait de moi le suspect le plus probable. Je peux m'en débrouiller, et toi, je sais que tu peux t'en débrouiller également. On est... oh ! merde !

— On est des *professionnels* ?

— Ne sois donc pas si cruelle, c'est encore trop tôt.

En me prenant les mains :

— Quand pourra-t-on cesser de se cacher ? Nous afficher au grand jour ?

— On l'a peut-être déjà fait. Je n'aurais pas dû rester si tard, et on devrait laisser les choses se tasser pendant un moment.

— Jusque quand ?

— Jusqu'à ce qu'on soit lavés de tous soupçons concernant Miciak.

Glenda, la chair de poule :

— C'est la première fois qu'on prononce son nom.

Serre-lui les mains.

— On n'en a pas parlé du tout. Pas un mot.

— Non, on était trop occupés à partager nos petits secrets. Et pour ce qui est des alibis ?

— Pour les deux semaines qui courent, tu te trouvais seule chez toi. Après les deux semaines, tu ne te souviens plus – personne n'a la mémoire aussi longue.

— Il y a autre chose qui te tracasse. Je le sentais la nuit dernière.

Picotements à la nuque – lâche le morceau :

— C'est l'affaire Kafesjian. J'ai interrogé une fille qui connaît Tommy K., un interrogatoire de routine, et elle a dit que Lucille avait fait la call-girl pour Doug Ancelet.

— Je ne crois pas l'avoir connue. Les filles n'utilisaient jamais leur véritable nom, et si j'avais connu quelqu'un qui se rapportait au signalement que tu as fait d'elle, je te l'aurais dit. Vas-tu interroger Ancelet ?

— Ouais, aujourd'hui.

— A quelle époque a-t-elle travaillé pour Doug ?

— *Doug* ?

Ce rire.

— J'ai travaillé pour Doug *brièvement*, après l'histoire Gilette, et tu es gêné par le fait que je faisais ce que j'ai fait.

— Non. C'est juste que je ne veux pas te voir mêlée à tout ceci.

Nos doigts entrelacés.

— Je ne suis mêlée à rien du tout, sauf à toi – plus serrés, les doigts – alors, *vas-y*. Il s'agit de Premier Escorts, 481 South Rodeo, juste à côté de l'hôtel Beverly Wilshire.

Embrasse-la.

— Tu empires les choses et juste après tu fais tout pour qu'elles s'arrangent.

— Non, c'est simplement que tu aimes tes ennuis à petites doses.

— Tu m'as, pourtant.

— Je n'en suis pas si sûre. Et sois prudent avec Doug. Il arrosait la police de Beverly Hills dans le temps.

Dernier baiser, sortie.

Dehors : *Harbor Lights* – Lester qui faisait la sérénade aux poivrots.

* * *

Téléphone – dernières nouvelles :

Woods avait repéré Junior – Nègreville – pour le perdre lorsqu'il a grillé un feu rouge. Contrarié, prêt à repartir en chasse :

— On dirait qu'il passe sa vie dans sa voiture. Il s'était agrafé l'insigne à la veste, comme un putain de shérif en plein Ouest sauvage, et je l'ai vu qui faisait le plein avec deux gros automatiques fourrés à la ceinture.

Mauvais signe, mais :

Coup de la boîte postale 5841 – soulève son paillasson, chope-toi la clé et inspecte sa boîte aux lettres.

Dossier Junior fini, bouclé / le mateur qui se rapproche...

Chez Jack – Silverlake – la clé, la boîte, quatre lettres. La voiture, installe-toi – courrier de Champ Dineen.

Deux lettres intactes, deux autres ouvertes. Cachetées – de *Transom* à Champ – cachets postaux récents. Dans l'enveloppe : billets de cinquante dollars, un petit mot : "Champ – merci mucho, Harris" ; "Champ – merci, mec !"

Ouvertes – gardées là en souvenir ? – pas d'adresse d'expéditeur, Noël 57, pour le cachet de la poste. Planquées dans la boîte pendant onze mois – pourquoi ?

Lecture :

17 décembre 1957

Mon cher fils,

Je suis si triste d'être séparée de toi pour ces vacances. Les circonstances ne nous ont pas été vraiment favorables ces dernières années pour que nous ne soyons pas séparés. Tu ne manques pas aux autres comme tu me manques à moi, ce qui fait que j'éprouve un sentiment de manque encore plus grand et que je ressens encore plus fort l'absence de cette famille prétendûment heureuse qui a été la nôtre il y a des années de cela.

La vie étrange que tu as choisi de vivre m'est néanmoins d'un étrange réconfort. L'argent que je t'envoie et que je prends sur le budget familial ne me manque pas, et c'est comme une plaisanterie secrète lorsque ton père lit ma liste de dépenses ménagères point par point et tombe sur des sommes importantes marquées "divers" que je me refuse à lui expliquer. Bien sûr, pour lui, tu es simplement quelqu'un qui se cache et qui fuit les véritables responsabilités de l'existence. Je sais que les événements de notre vie familiale comme de la leur, d'ailleurs, t'ont fait quelque chose. Tu ne peux pas vivre la vie que les autres vivent et je t'aime pour refuser de faire semblant. Ton intérêt pour la musique doit t'être d'un grand réconfort et j'achète toujours les disques que tu me dis d'acheter, même si ce n'est pas vraiment le genre de musique que j'apprécie d'ordinaire. Ton père et tes sœurs ignorent les disques, et je me soupçonne de les acheter uniquement pour être en contact avec toi pendant ces périodes d'absence de toi si difficiles. Mais eux ne savent pas que c'est sur ta recommandation directe ! Je ne les écoute que lorsque les autres sont sortis, toutes lumières éteintes dans la maison. Tous les jours, j'intercepte le facteur avant qu'il n'arrive chez nous pour que les autres ne sachent pas que tu restes en contact avec moi. C'est notre secret. Ce genre de vie nous est étranger, à toi comme à moi, mais même si nous devons vivre de cette manière pour toujours ainsi que le feraient de vieux amis de plume habitant la même ville, je continuerai parce que je comprends toutes les choses affreuses que tu as dû subir du fait de la longue histoire de folie que nos deux familles ont endurée. Je comprends et je ne te juge pas. C'est là mon cadeau, celui que je t'offre pour Noël.

Tendrement,
Mère.

Belle écriture, papier gaufré – pas d'empreintes. Pas de confirmation de "Richie" ; "la longue histoire de folie / nos deux familles". Le mateur : mère / père / sœurs. "Les événements de notre vie familiale comme de la leur t'ont fait quelque chose."

Lettre numéro deux :

24 décembre, 1957

Cher fils,

Joyeux Noël même si je n'éprouve rien de l'esprit de Noël et même si les albums de jazz que tu m'as dit d'acheter pour Noël n'ont rien fait pour me remonter le moral, parce que les mélodies en sont tellement désordonnées pour mon oreille plus habituée au traditionnel. Je me sens fatiguée, tout bêtement. Peut-être que je manque de fer dans le sang comme sur les publicités à la télévision pour Geritol, mais je crois que c'est plus le résultat d'une accumulation qui m'a laissée physiquement épuisée à chaque fois un peu plus. J'ai envie que tout ça soit terminé. Plus que tout, j'éprouve le sentiment de ne plus vouloir tout simplement en savoir plus. Il y a trois mois de cela, je disais que j'étais sur le point de passer aux actes et cela t'a poussé à faire un acte irréfléchi. Je ne veux plus faire une chose pareille. Parfois, quand je me passe certaines des plus jolies chansons des disques que j'ai achetés sur ta suggestion, je pense que le paradis ressemblera à cela et je suis alors tout près. Tes sœurs ne me sont d'aucun réconfort. Depuis que ton père m'a fait cadeau de ce que cette prostituée lui avait refilé, il ne m'est plus utile que pour son argent et si j'avais mes filles, je te donnerais tout l'argent malgré tout. Ecris-moi. A la période de Noël, le courrier est une vraie pagaille, mais je surveillerai l'arrivée du facteur à chaque passage.

Tendrement,
Mère.

Des sœurs / de la musique / un père friqué.

Une mère suicidaire – qui n'est pas passée loin trois mois auparavant – "cela t'a poussé à faire un acte irréfléchi".

"Ton père m'a fait cadeau ce de que cette prostituée lui avait refilé."

La bande magnéto du mateur / miché – Lucille : "cette petite dose que tu m'as refilée".

Doug Ancelet vire Lucille – "Elle a refilé une blennoragie à ses michés."

La mère du mateur : "Ce que cette prostituée lui avait refilé."

En poussant plus loin :

Le mateur qui enregistre Lucille / son propre père.

"Folie".

"Nos deux familles".

"Notre vie familiale comme la leur t'a fait quelque chose."

Pousse encore plus loin, tu les veux : EUX.

La maison, changement de fringues, attrape le magnéto. Tempête sous un crâne – le bureau – pas d'Exley pour me gonfler. Chope-toi tes paperasses : esquisses-robot supplémentaires / ma liste de michés. Beverly Hills – Premier Escorts fermé – cabine téléphonique. Exley – baratine-le sec, pas d'atermoiements, pas d'explic :

Leroy Carpenter / Steve Wenzel / Patrick Orchard – adresses / coordonnées de plaques minéralogiques. Envoyez des hommes de la brigade – je veux que ces fourgueurs soient incarcérés.

D'accord – Exley qui grommelle. D'accord : le 77ème à éliminer, détention au poste de Wilshire. Soupçonneux : POURQUOI ?

Tout ce que je n'ai pas dit :

Je suis en train de faire tuer un flic / Je ne veux pas de Dudley Smith dans le coin – il est trop proche de ce flic voleur de fourrures.

— Je veillerai à ce que ce soit fait, Lieutenant. Mais je veux un rapport complet de vos interrogatoires.

— Oui, Monsieur.

10 h 30 du matin – essaie Premier Escorts.

Une suite en rez-de-chaussée, une réceptionniste avenante.

— Doug Ancelet, s'il vous plaît.

— Etes-vous client ?

— Potentiellement parlant.

— Puis-je vous demander qui vous a recommandé à nous ?

Bluff – un connaisseur en call-girls :

— Pete Bondurant.

— Karen, s'il connaît Pete, faites entrer.

Porte ouverte – un vieil homme, fringué golfeur :

— Je suis Doug Ancelet.

— Dave Klein.

Poignée de mains, coup de bol – pas de soupçons devant le nom. Joli bureau : boiseries sombres, gravures de golf.

— Comment va Pete, M. Klein ? Il y a une éternité que je ne l'ai vu.

— Il est très pris. Entre son travail pour Howard Hughes et *l'Indiscret*, il est toujours en train de courir.

Un sourire chaleureux aux lèvres :

— Seigneur, toutes les histoires que cet homme peut raconter. Vous savez, Pete est à la fois client depuis plusieurs années et dénicheur de compagnes pour M. Hughes. En fait, nous avons présenté à M. Hughes plusieurs jeunes dames qui ont fait leur chemin depuis en devenant actrices sous contrat à ses services.

La filoche du baisodrome – n'en parle pas.

— Pete sait y faire.

— En effet. Seigneur, dire que c'est lui qui vérifie l'authenticité des récits fielleux à paraître dans ce torchon à scandales tout aussi fielleux. A-t-il expliqué la manière dont fonctionne Premier Escorts ?

Repose le magnéto.

— Pas dans le détail.

En habitué de la chose :

— Exclusivement par le bouche à oreille. Les gens connaissent des gens, et ils nous recommandent. Nous opérons sur le principe d'un anonymat relatif, tous nos clients utilisent des pseudonymes et nous appellent lorsqu'ils souhaitent qu'on les présente à quelqu'un. De cette manière, nous ne disposons ni de leurs véritables noms, ni de leurs numéros de téléphone dans nos dossiers. Nous avons des fiches avec photographies des jeunes dames pour lesquelles nous prenons rendez-vous, et elles-mêmes utilisent des pseudonymes appropriés et séducteurs. A l'exception de quelques-uns de nos clients comme Pete, je serais bien en peine de vous donner les noms véritables d'une demi-douzaine de mes clients et de mes filles. Cette fiche-photo porte également la liste des pseudonymes des hommes que les filles ont rencontrés, afin de nous aider dans le choix de nos recommandations. *L'anonymat*. Nous n'acceptons que les paiements en liquide, et je tiens d'ores et déjà à vous rassurer, M. Klein – j'ai déjà oublié votre nom.

Un petit coup sec, direct :

— Lucille Kafesjian.

— Je vous demande pardon ?

— Un client m'a parlé d'elle. Une brunette sexy, un peu rondelette. Franchement, il m'a dit qu'elle était super. Malheureusement, je sais aussi que vous l'avez renvoyée pour avoir transmis des maladies vénériennes à vos clients.

Perplexe :

— Malheureusement, j'ai renvoyé un certain nombre de filles pour le même motif, et l'une d'elles utilisait effectivement un nom de famille arménien. Qui était le client qui vous a parlé d'elle ?

Reprends ce qu'a dit Tilly Hopewell :

— Un membre de l'orchestre de Stan Kenton.

Revue de détail sur mon veston :

— M. Klein, que faites-vous dans la vie ?

— Je suis avocat.
— Et c'est un magnétophone que vous avez apporté là ?
— Oui.
— Et pour quelle raison portez-vous un revolver dans un étui d'épaule ?
— Parce que je commande la Division de l'Administration des Mœurs, services de police de Los Angeles.
Le visage rubicond, hésitant :
— Est-ce que Pete Bondurant vous a donné mon nom ?
Colle-lui le portrait-robot du mateur devant les yeux : réaction instantanée :
— C'est *lui* qui vous a donné mon nom ? Je ne l'ai jamais vu auparavant, et à voir cette esquisse, il me paraît bien plus jeune que la grande majorité de mes clients. M –
— Lieutenant.
— M. Lieutenant qui que vous soyez comme policier, vous êtes en dehors de votre juridiction, quittez ce bureau immédiatement !
Ferme la porte. D'un rouge de crise cardiaque – bichonne-le :
— Etes-vous dans les petits papiers de Mort Riddick du BHPD[1] ? Parlez-lui, il me blanchira auprès de vous. J'ai bluffé au départ avec Pete B., alors appelez Pete et interrogez-le à mon sujet.
D'un rouge de betterave / violacé. Un service avec carafon – sers-lui un verre.
Qu'il siffle d'un trait, en signalant pour une nouvelle dose. Un deuxième – pour faire passer la pilule.
— Espèce de fils de pute, vous vous êtes servi du nom d'un client de confiance pour me berner, espèce de fils de pute.
Troisième service – c'est lui qui a servi.
— Quelques minutes de votre temps, M. Ancelet. Vous ferez un excellent contact dans les rôles du LAPD.
— Bon à rien de fils de pute – déjà plus calme.
Sors-lui la liste des michés.
— Voici des noms de michés que j'ai sortis d'un dossier de police.
— *Je me refuse à identifier tout nom ou pseudonyme appartenant à mes clients.*
— D'anciens clients, alors, c'est tout ce que je demande.
Lecture du bout du doigt, en plissant des yeux :
— Là, "Joseph Arden". Il était client ici il y a quelques années. Je m'en souviens parce que ma fille habite près de la Crèmerie Arden à Culver City. Il fait des passes avec des filles qu'il prend dans la rue ?
— C'est exact. Et les michés conservent toujours les mêmes alias. Et maintenant, est-ce que cet homme a bien fait commerce avec la fille arménienne dont vous m'avez parlé ?
Haleine au whisky.

1. Beverly Hills Police Department. (N. d. T.)

— Je ne m'en souviens pas. Et souvenez-vous de ce que je vous ai dit : je ne garde pas de dossiers sur mes clients, et ma fiche-photo sur cette roulure vérolée est strictement de l'histoire ancienne.

Menteur – des classeurs de fiches à la tonne – changement de sujet :

— Ecoutez cette bande. Cela ne prendra que deux minutes.

Tapotements de la montre, du bout du doigt :

— *Une minute.* On m'attend sur le green à Hillcrest.

Vite : place les bobines, appuie sur "Play". Couinement / "Stop" / "Start", là :

Lucille :

— Ces endroits sont pleins de perdants et de tarés solitaires.

"Stop" / "Start" / "Chanson d'Amour" / le miché :

— Bien sûr, il y a eu cette petite dose que tu m'as refilée.

"Stop". Ancelet, impressionné :

— C'est bien Joseph Arden. Et la fille me paraît également vaguement familière à l'entendre. Satisfait ?

— Comment pouvez-vous être aussi sûr ? Vous n'avez écouté que dix secondes.

Tapotis sur le verre de montre.

— *Ecoutez,* la majeure partie de mes affaires, je les traite par téléphone, et je reconnais les voix. Et maintenant, suivez ce cheminement de pensées : j'ai de l'asthme. Cet homme a la respiration légèrement sifflante. Ecoutez à nouveau et peut-être l'entendrez-vous cette fois. Je me suis souvenu qu'il m'avait appelé sans raison, de manière imprévue, il y a plusieurs années de cela. Il avait la respiration sifflante, nous avons parlé d'asthme. Il n'avait pas de recommandation, il m'a dit qu'il avait entendu deux hommes dans un ascenseur qui discutaient du service que je dirige. Il avait ensuite recherché le numéro de téléphone de Premier Escorts dans les pages Jaunes de Beverly Hills où je fais de la publicité, le plus franchement du monde, pour mon organisme légitime d'hôtesses d'accompagnement. J'ai arrangé quelques rendez-vous pour cet homme et *voilà tout.* Satisfait ?

— Et vous ne vous souvenez pas des filles qu'il avait sélectionnées ?

— Correct.

— Et il n'est jamais venu jusqu'ici pour consulter votre fichier-photos ?

— Correct.

— Et naturellement, vous ne gardez pas de fiches sur les pseudonymes de vos clients.

Tapoti, tapota.

— Correct, Seigneur, ils vont commencer le parcours sans moi. Et maintenant, Monsieur le Policier ami de Pete dont j'ai satisfait les caprices au-delà de toute attente bien plus que ne le voudrait la simple courtoisie, s'il vous plaît.

En pleine figure :
— *Assieds-toi. Ne bouge plus. Ne décroche pas le téléphone.*
L'échine courbée – furieux – rouge foncé. Classeurs à dossiers – neuf tiroirs – vas-y.
Pas de verrou, chemises en kraft, étiquettes latérales. Noms masculins – enfoiré de vieux maquereau à putes menteur comme un arracheur de dents. Ordre alphabétique : "Amour, Phil", "Anon, Dick", "Arden, Joseph"...
Sors-la :
Pas de véritable nom / pas d'adresse, pas de numéro de téléphone.
Ancelet :
— Ceci est une immixtion flagrante dans ma vie privée !
Affectations :
14/7/56, 1/8/56, 3/8/56 – Lacey Kartoonian – appelle-la Lucille – 4/9/1956, 11/9/56 – Susan Ann Glynn, note en bas de la page : "Obliger cette fille à utiliser un pseudonyme ; je crois qu'elle désire que les clients puissent la retrouver par des moyens normaux pour éviter d'avoir à payer une commission."
— Ils sont déjà au deuxième trou !
Les tiroirs, l'un après l'autre – un, deux, trois, quatre – noms uniquement masculins. Cinq, six, sept – chemises avec initiales / clichés de nus.
— Ça vous fait bander, espèce d'enfoiré de voyeur, sortez avant que j'appelle Mort Riddick !
Vas-y – sors les chemises – pas de L. K.
— Karen, appelez Mort Riddick au poste !
Arrache son téléphone – balance-le au loin – regarde son visage qui palpite. Un éclair : L. K. au diable, trouve G. B. –
— M. Ancelet, Mort arrive !
Pas de L. K., plus que quelques fiches, G. B. – "Gloria Benson" entre parenthèses – nom de cinéma de Glenda – elle avait dit qu'elle se l'était choisi.
Ramasse les fiches, ramasse le magnéto, au pas de course. Dehors – de la gomme sur le bitume – ma juridiction.
Regarde :
Deux clichés de nus datés 3/56 – Glenda gênée. Quatre "rendez-vous" enregistrés, petite note pour clore le dossier : "Une forte tête qui est retournée faire la patineuse de drive in."
Arrache, déchire le paquet.
Enlace l'air à pleins bras, comme si c'était elle.

Chapitre 22

Une Susan Ann Glynn au SCG : Ocean View, Redondo Beach.
PCH – vingt minutes plein sud. Cahute en bardeaux/ pas de vue – une femme enceinte sur le perron.
Voiture rangée, avance jusque-là. Blonde, entre vingt et trente ans – en plein dans le mille, le SCG.
— Etes-vous Susan Ann Glynn ?
Tapotis de la main – une place pour s'asseoir. Dans l'expectative : cigarettes, revue.
— C'est vous le policier dont m'a parlé Doug au téléphone ?
Assieds-toi – pas trop près.
— Il vous a *avertie* ?
— Uu-huh. Il a dit que vous aviez consulté un ancien dossier de michés qui portait mon nom. Il a dit qu'il était possible que je vous vois débarquer, prêt à me chercher des ennuis comme vous l'avez fait avec lui. J'ai dit, j'espère qu'il passera avant 3 h 30, c'est l'heure où mon mari rentre.
Midi pour l'instant.
— Votre mari ne sait pas ce que vous faisiez ?
Des mômes qui piaillent à l'intérieur – elle a allumé une cigarette.
— Uu-huh. Et je parie que si je coopère avec vous, vous ne lui direz rien.
— C'est exact.
Quinte de toux, sourire :
— Le bébé m'a donné un coup de pied. Doug a dit que le miché s'appelait Joseph Arden, alors je me suis creusé les méninges. Ça n'a rien à voir avec un meurtre ou une histoire comme ça, j'espère ? Parce que cet homme se comportait en vrai monsieur.
— J'enquête sur un cambriolage.
Quinte de toux, grimace :
— Le bébé vient de me donner un nouveau coup de pied. Vous savez, je me rappelle que je l'aimais bien, cet homme. Je me souviens bien de lui parce que Doug m'avait dit d'être gentille pasqu'il avait attrapé une chaude-pisse auprès d'une autre fille du service et il avait dû se faire soigner.
"L'autre fille" – Lucy / Lacey.
— Vous a-t-il donné son véritable nom ?
— Non. Pendant un moment, j'ai utilisé *mon* véritable nom dans le service, mais Doug m'a accusée d'essayer de me recruter mes propres clients, alors j'ai arrêté.

— A quoi ressemblait Joseph Arden ?
— Bel homme. L'allure cultivée. Pas loin de la cinquantaine. Il donnait l'impression d'avoir de l'argent.
— Grand, petit, lourd, mince ?
— Peut-être 1 m 80. Je crois qu'il était ce que vous appelleriez de corpulence moyenne. Des yeux bleus, je crois. Ce que vous appelleriez des cheveux brun moyen.
Le portrait-robot du mateur à la main :
— Est-ce que ceci lui ressemble ?
Signe de dénégation, toussotement :
— Cet homme a l'air trop jeune. Et pourtant le menton me le rappelle un peu, on dirait.
Du bruit dans la maison – Susan a fait la grimace. Coup d'œil à ses revues : *Photoplay, Bride's.*
— Savez-vous ce que sont des photos anthropométriques ?
— Uu-huh, grâce à la télé. Des photos de criminels.
Doucement :
— Accepteriez-vous –
Coupé, net, d'un signe de tête, non :
— M'sieur, cet homme n'était pas un criminel. Je pourrais regarder vos photos jusqu'à ce que mon bébé arrive à l'âge de seize ans sans jamais voir son visage dans vos dossiers.
— A-t-il parlé d'un fils du nom de "Richie" ?
— On ne parlait pas beaucoup, mais à notre deuxième rencontre, à peu de chose près, il a dit que sa femme venait d'essayer de se suicider. Au début, je ne l'ai pas cru, pasqu'y a des tas d'hommes qui vous racontent des choses tristes sur leurs épouses pour qu'on se sente désolée pour eux et qu'on fasse semblant d'apprécier un peu plus.
La mère du mateur – qui parlait de suicide – fin 57.
— Vous avez dit qu'au départ vous ne l'aviez pas cru. Qu'est-ce qui vous a convaincue ?
Toux, grimace.
— Il m'a dit que sa femme et lui avaient eu une dispute violente quelques semaines auparavant, et qu'elle s'était mise à hurler avant de s'emparer d'une boîte de Drano [1] et de se mettre à boire. Il a dit qu'il l'avait arrêtée et qu'il était allé chercher son voisin, un docteur, pour ne pas être obligé d'emmener sa femme à l'hôpital. Croyez-moi, son histoire était tellement horrible que j'ai su qu'il n'avait pas pu l'inventer.
Pense quadrillage de médecins.
— A-t-il dit s'il était allé à l'hôpital pour le traitement qui a suivi ?
— Non. Il a dit que son voisin médecin s'était occupé de tout. Il a dit qu'il en était très content, pasque de cette manière-là, personne pouvait savoir à quel point sa femme était cinglée.

1. Liquide corrosif servant à déboucher les canalisations. (N. d. T.)

Piste morte. A éliminer.

— Vous a-t-il dit le nom de sa femme ?

— Non.

— A-t-il mentionné les noms d'autres membres de sa famille ?

— Non, sûre et certaine.

— A-t-il parlé d'autres filles qui travaillaient pour Doug Ancelet ?

Hochements de tête – affirmatifs, impatients.

— Une fille qui avait un de ces noms étrangers qui se terminent en I-A-N. Il m'a semblé qu'il avait -

— Lacey Kartoonian ?

Grand sourire.

— Oui, c'est bien ça.

— Qu'a-t-il dit à son sujet ?

— Qu'elle adorait ça. C'est un truc très important chez les clients des services de call-girls. Ils croient qu'ils sont les seuls à être capables de vous faire aimer ça.

— Soyez plus précise.

— Il a dit, "Fais-le comme Lacey". J'ai dit, "Comment ça ?" Il a dit, "Aime ce que tu fais". M'sieur, c'est tout ce qu'il a dit d'elle.

— Il n'a pas dit d'elle qu'elle lui en avait refilé une dose ?

— Uh-huh. C'est tout ce qu'il a dit. Et je n'ai jamais rencontré la fille en question, et personne d'autre n'a mentionné son nom devant moi. Et si elle n'avait pas eu un nom de fil aussi marrant, je ne me serais jamais souvenue d'elle.

Liaisons chrono :

Noël 57, la mère du mateur – à *nouveau* en plein cafard suicidaire. Susan Glynn / "Joseph Arden" – dates de rencart 9/56. Mme "Arden", buveuse de Drano – traitement et soins privés. Dossiers suicides depuis 12/57 – sous scellés, inaccessibles, pour épargner chagrin et douleur à ceux qui restaient. "Arden", riche, aisé – *si* sa femme s'était suicidée, il aurait payé pour clore le dossier. Réfléchis aux liaisons possibles, aux maillons qui s'enchaînent :

"Champ Dineen", l'écrivain de *Transom,* égale le mateur.

"Joseph Arden" à Lucille : "Cette dose que tu m'as refilée."

Ancelet / Tilly Hopewell : Lucille avait repassé des maladies vénériennes à ses clients.

Ancelet : "Joseph Arden" égale l'homme à la voix magnéto.

Mère qui écrit à Champ / le mateur : "Ton père m'a fait cadeau de ce que cette prostituée lui avait refilé."

Mère – qui parle de suicide.

Susan Glynn : "Joseph Arden" a un faible pour Lacey / Lucille ; l'épouse de "Joseph Arden" tente de se suicider.

Concluant :

Le mateur mate son propre père qui baise Lucille.

Lucille / "Joseph Arden" – amants deux ans post Ancelet.

"LONGUE HISTOIRE DE FOLIE NOS DEUX FAMILLES."

EUX ?
Susan :
— A quoi pensez-vous ?
— Vous ne voulez pas le savoir.
— Demandez toujours.
Vas-y, essaie :
— Lorsque vous travailliez pour le service, connaissiez-vous une fille du nom de Gloria Benson ? De son véritable nom, elle s'appelle Glenda Bledsoe.
Toux, sourire :
— Je me souviens d'elle. Elle a laissé tomber Doug pour devenir actrice de cinéma. Quand j'ai su qu'elle avait signé un contrat chez Howard Hughes, ça m'a tellement fait plaisir.

Chapitre 23

Poste de Wilshire – attente, boulot.

Passage à la poudre des enveloppes maman-mateur – deux empreintes. Vérifie sur le casier Mœurs de Jack Woods – ça correspond – Jack avait collé ses grosses pattes sur la marchandise.

Réfléchis – pas d'autres lettres planquées après Noël – pourquoi ?

Coup de fil à Sid Riegle : vérifie tentatives de suicide / suicides, blanche, sexe féminin depuis Noël 57. Pars de l'hypothèse que les rapports coroner sont inaccessibles ; enquête poste à poste, brigade à brigade – ville / comté. A rechercher : entre deux âges / riche / mari, fils, deux filles. Sid : vous bossez à mi-temps – *vous* ne vous montrez jamais au poste – c'est *moi* qui dirige l'Ad. Mœurs.

D'accord – ne le mets pas en boule.

Retour en arrière :

Coup de fil : la Crèmerie Arden – tenter le coup pour une reconnaissance de "Joseph Arden". A éliminer de la liste : pas de proprios du nom de "Arden" / pas d'employés non plus ; fondateur décédé ; pas d'héritiers.

Coup de fil : poste d'Uny – 4 heures – appel du poste de nuit. Interphone branché :

Avez-vous fiché un miché "Joseph Arden" – blanc, masculin, pseudo ?

Un acheteur – "Je crois que j'ai fiché ce pseudo" – pas de signalement, pas de nom véritable / pas de véhicule.

"Joseph Arden" – pour l'instant, mort et enterré.

Vérif. au télétype : pas de 187 à Topanga Canyon.

Dîner : tablettes de sucreries. Trouve-toi une cage à suées, attends.

Une chaîse en bascule – des vagues de sommeil. A moitié en train de rêver : M. le Troisième Homme.

Red Arrow Inn – mateur qui force la porte de Lucille. Marques de pinces – *porte du mateur* – ça ne correspond pas. Kafesjian 459 : chiens de garde taillés en pièce / aveuglés – les globes oculaires fourrés dans la gorge.

Mateur qui sanglote, qui écoute :

Lucille / ses michés bizarros, le propre père de Mateur.

Cadrage mateur : passif.

Cadrage cambrioleur : brutal.

Vol d'argenterie, retrouvée : le lit de Mateur poignardé, matelas déchiqueté. Hypothèse : par le mateur en personne. Nouvel élément :

le troisième homme / défonceur de porte = cambrioleur / tailladeur de matelas.

Une ordure à part, bien distincte.

Ne réfléchis plus – dors.

A mi-rêve – gargouilles d'obsédé sexuel. Mi-éveillé :

— Une doublette, Lieutenant – M. Pieds-Plats en civil qui fait avancer deux pedzouilles.

Un Blanc, un coloré. Bouclés, menottés, à l'aise – un fauteuil chacun.

— Blondie, c'est Patrick Orchard, et le Nègre, Leroy Carpenter. J'ai inspecté l'appartement de Stephen Wenzel avec mon partenaire, tout porte à croire qu'il l'a nettoyé en quatrième vitesse.

Orchard – grand, sec. Carpenter – complet mauve.

— Merci, officier.

— Heureux de rendre service – sourire – Heureux de me gagner quelques points dans l'estime du chef Exley.

— Avez-vous fait passer leurs noms aux Mandats ?

— Pour sûr. Leroy s'est défilé pour non-paiement de pension alimentaire, quant à Pat, il est en violation de mise à l'épreuve dans le comté de Kern.

Petit cadeau, pour mieux les entuber :

— S'ils coopèrent, je les laisse partir.

Clin d'œil :

— Bien sûr, je n'en doute pas.

Clin d'œil :

— Jetez un coup d'œil au registre-cellules demain si vous ne me croyez pas.

Orchard – sourire. Leroy – "Hein ? Quoi ?" Le civil – huh ? – qui sort en haussant les épaules.

Le spectacle commence.

Mains sous la table – une matraque planquée.

— J'étais sérieux en disant ce que je viens de dire, et tout ceci n'a *rien* à voir avec vous. Ceci concerne un policier du nom de George Stemmons, Jr. Il a été vu alors qu'il vous agrafait avec un troisième gars du nom de Stephen Wenzel, et tout ce que je veux, c'est que vous m'en parliez.

Orchard – lèvres humides – prêt à cafter.

Leroy :

— Va te faire foutre, enfoiré de blandin, je connais mes droits.

Coups de matraque – bras, jambes – vire son fauteuil par terre. Pas de couinements, pas de gueulantes – les couilles solides.

Orchard, pris par la frénésie du cafteur :

— Hé ! mais je le connais, ce loulou, le Junior !

— Et alors ?

— Alors, y m'a secoué pour me faucher mon oseille.

— Et ?

— Il m'a volé mes... mes...
— Et il t'a volé tes stupéfiants. *Et ensuite* ?
— Et il était complètement défoncé, sa putain de caboche tournait plus rond !
— *Et* ?
— Et il déblatérait son baratin modèle "C'est moi le grand cerveau du crime !"
— *Et* ?
— Et y m'a chouravé mon shit ! Il a avalé les cachets d'amphet devant tout le monde, juste à côté du Club Alabam !
Confirmation de Tilly Hopewell.
— *Et puis* ?
— Et – et – et
Coup de matraque sur le fauteuil.
— ET PUIS ?
— Et – et – et je connais Steve Wenzel. St-St-Steve, il a d-d-dit que Ju-Ju-Junior lui avait raconté des-des con-con-conneries à lui aussi !
Idem pour Tilly. Un coup d'œil à Leroy – trop tranquille – regarde ses doigts.
Fourrés à la taille, à fourrager derrière le ceinturon.
Soulève son fauteuil, tire sur le ceinturon – boulettes de "H". Improvise :
— Pat, ça, je ne viens pas de le trouver sur M. Carpenter, je les ai trouvées sur toi. As-tu quelque chose à ajouter sur Junior Stemmons, Steve Wenzel et toi-même ?
Leroy :
— Cinglé le papy ! – il te botte, le blandin, on dirait.
La matraque qui tourbillonne.
— ET PUIS, M. Orchard ?
Qui mouille sa culotte :
— S-Steve il a d-d-dit qu'il avait p-p-passé un marché avec Ju-Junior le cinglé. J-Junior, il a p-promis à Steve p-plein de f-fric pour acheter de la horse en gros. Y'a d-d-deux jours, Steve, y m'a dit ça. Il a d-d-dit que J-Junior avait b-b-besoin de vingt-quatre heures pour t-trouver l'argent.
Leroy :
— Enfoiré de saleté de balance, espèce de femmelette.
Ce cin-in-cinglé de Junior – TUE-LE, JACK.
Tortillons des boulettes de came.
— Possession d'héroïne à fins de revente. Complicité pour distribution de narcotiques. Agression d'un officier de police, parce que tu viens de tenter de me frapper à l'instant. *ET ALORS* , M. Orch –
— Okay ! Okay ! Okay !
La matraque qui fouette la table.
— ET ?
— Et J-J-Junior le Cin-Cinglé, y m'a fait aller avec lui jusqu'au Club Alabam. V-v-vous connaissez le f-f-flic boxeur ?

— *Johnny Duhamel* ?
— C'est ça, ç'ui qui-qu'y a gagné les G-Gants d'Or. J-J-Junior, il a commencé à enq-enq-enquiquiner le-le-le –
Défaits ses menottes, laisse-le respirer.
Leroy :
— Alors, M. le Po-olicier, on a peur de me libérer les mains, *à moi* ?
Orchard :
— Putain, ça va mieux.
— ET ?
— Et J-Junior, il enquiquinait le mec aux Gants d'Or.
— Qu'est-ce que fabriquait Duhamel au Club Alabam ?
Fauteuil en arrière, trouille du Nègre :
— Apparemment, il devait surveiller les mecs dans le fond près de la pièce qu'y a là, séparée par un rideau.
— Quels mecs ? Que faisaient-ils ?
— Apparemment, ils étaient en train d'effacer à la lime les numéros des machines à sous.
— *ET* ?
— Mec, vous arrêtez pas de répéter ça !
Coup de matraque sur la table.
— ET pour quelle raison Junior Stemmons t'a-t-il emmené au Club Alabam ?
Le débit qui se ralentit. Plus doucement :
— Okay okay okay. Junior machin était complètement défoncé, il avait plus sa tête. Il a coincé le mec aux Gants d'Or dans un coin et a commencé à lui raconter son baratin de givré, une histoire fantastique comme quoi j'avais plein de fric pour racheter des manteaux de vison. Le flic boxeur, il a presque failli perdre la boule à vouloir que Junior la boucle. Ils ont failli en venir aux mains, et j'ai vu ces deux *autres* flics que je connais comme qui dirait de vue qui observaient toute la scène d'un œil comme qui dirait intéressé.
— Décris les deux autres flics.
— Merde, pas commodes à les voir. Un mec blond, costaud et trapu, et un autre mec tout mince, avec des lunettes.
Breuning / Carlisle – démarre à partir de là :
Duhamel qui surveille le boulot sur les machines à sous – service Brigade antigang ? Des nervis qui le surveillent, *lui* – soupçonné de vol de fourrures ?
Johnny / Junior qui ont trempé dans le vol de fourrures ?
— Mec, j'ai plus de réponse à tous vos "et". Vous pouvez me menacer de tout ce que vous voulez, à partir de maintenant, je vous sortirai plus que des conneries.
Au travail sur le Nègre :
— *Accouche*, Leroy.
— Accouche, de la merde, je suis pas un indic.

— Non, tu n'es qu'un petit fourgueur de stupéfiants indépendant, de la petite bière.
— Hein ? Quoi ?
— Disons que cette héroïne représente un mois de salaire pour toi.
— Et j'ai pas de prêteur tout prêt pour m'avancer ma caution et un avocat juif de première bourre tout prêt à me défendre. Dites que vous me bouclez, dites que j'ai droit à mon coup de fil. Dites quoi, et puis merde.
Enlève-lui ses menottes.
— Tommy Kafesjian ne t'a jamais travaillé au corps, Leroy ?
— Tommy K. ne me fait pas peur.
— Je suis sûr que si.
— C'est de la connerie.
— Bien, je ne pense pas que balancer soit dans ton style, mais je pense que tu passes beaucoup de temps à surveiller tes arrières en attendant qu'un des mecs de Kafesjian te remarque.
Assouplissement de poignets.
— C'est peut-êt' vrai. Mais p't-êt bien que les Kafesjian vont pus contrôler tout le trafic du quartier sud pour bien longtemps.
Petit détour, par la bande :
— Est-ce que c'est Junior Stemmons qui t'a dit ça ?
— Peut-être bien que c'est lui. Mais peut-être bien que c'est rien que des mots en l'air, rapport à tout le tintouin fédéral dans le quartier sud. Et d'un côté comme de l'autre, je suis pas une balance.
Duraillon, le macaque.
— Leroy, pourquoi ne me racontes-tu pas comment Junior Stemmons t'a travaillé au corps ?
— Va te faire foutre !
— Pourquoi ne me dis-tu pas de quoi vous avez parlé tous les deux ?
— Va baiser ta mère !
— Tu sais, si tu coopères avec moi, ça pourrait servir à faire tomber les Kafesjian.
— Va te faire foutre. Je suis pas une balance.
Petit détour, par la bande :
— Leroy, étais-tu en rapport avec un fourgueur de marie-jeanne du nom de Wardell Knox ?
— Va te faire foutre, et pis après ?
— Il a été assassiné.
— Sans charres, Sherlock.
— Tu sais, il y a des tas de pressions en ce moment pour résoudre les homicides de Nègres.
— Sans charres, Dick Tracy.
Duraille, stupide.
Raccompagne Orchard jusqu'à la pièce voisine, menotte-le. Retour à Leroy.

— Allonge-toi, sur toi et Junior Stemmons, sinon je te raccompagne à la 77ème Rue où je dirai à Dudley Smith que c'est toi qui as tué Wardell Knox et que tu as fait subir des sévices sexuels à un groupe de gamins de race blanche.

Les tortillons de came sur la table – abandonne-les lui.

— Vas-y, je n'ai jamais vu ça.

Poof – disparus les tortillons – Leroy va-de-la-gueule :

— Tout ce qu'on *a fait*, Junior et moi, c'est de parler. La plupart du temps, c'est lui qui parlait et moi j'écoutais, pasqu'y m'avait secoué pour me faucher mon pognon et un peu de shit, et je savais que l'insigne qu'y m'avait sorti, c'était pas de la plaisanterie.

— A-t-il parlé de Tommy Kafesjian ?

— Pas de Tommy précisément.

— De la sœur de Tommy, Lucille ?

— Uh-uh.

— D'un mateur qui espionnait Lucille ?

— Uh-uh, il a simplement dit que c'était la famille Kafesjian qui allait se ramasser, qu'elle allait se retrouver dans la merde avec toute cette histoire fédérale. Il a dit que les Stups du LAPD allaient se retrouver neutralisés par les Fédés, et qu'il allait devenir le nouveau grand patron de la came pour tout le quartier sud.

TUE-LE.

— Ce petit merdaillon de flicaillon de mes deux en train de planer, le blair plein de came. Il a dit qu'il en savait long sur les Kafesjian et qu'il avait accès aux résultats de l'enquête de son chef sur le cambriolage, c'était plein de saloperies bien dégueulasses pour faire chanter J. C. Kafesjian.

TUE-LE.

— et il a dit que c'était lui qui allait chasser les Kafesjian et s'emparer de leur territoire, et juste à ce moment-là, moi, je me mordais la langue pour m'empêcher de rigoler. Ensuite, il me dit qu'il a des trucs sur les frangins qui travaillent pour Mickey Cohen. Il a dit qu'ils allaient monter une affaire de chantage sexuel sur les vedettes de cinéma...

Les fiches d'I.T. de Junior – service étalon des frères Vecchio.

— et le plus beau de l'histoire, c'est que le petit Junior dit qu'il va mettre la main sur le royaume de Mickey Cohen, un royaume qui a plus rien de bien brillant à ce que je me suis laissé dire.

Rigolard, souriant.

— ET ?

— Et je pensais justement que le fric et la dope que j'ai perdus en valaient la peine, rien que pour piger où cet enfoiré de cinglé voulait en venir avec son numéro.

La surveillance de Woods – Junior / Tommy / J.C. – le Bido Lito's. Une conversation qu'il avait surprise : Lui allait LES protéger contre MOI. Junior l'agent double – le tuer par simple charité.

Steve Wenzel – le copain de Tilly LA CAMÉE.
— Rends-moi la dope.
— Mec, tu as dit que je pouvais l'avoir.
— Donne-la moi.
— Va te faire foutre, espèce d'enfoiré de menteur.
Allonge-le d'un coup de matraque, embarque la marchandise.

Chapitre 24

"Cet enfoiré de cinglé avec son numéro."

La porte de chez Junior – six cadenas – de nouvelles précautions. Quincaille LAPD – passe-partout à l'œuvre, entrée, lumière.

Au sol :

Rice Krispies – éclats de verre.

Corde à piano tendue à hauteur de chevilles.

Portes de placards clouées à demeure ; pièges à souris dans les meubles.

CIN-IN-IN-GLÉ.

En douceur la fouille – la dernière fois je m'étais laissé distraire par la malle.

Entrouvre les placards – à l'intérieur, des restes de nourriture.

La cuisine – corn flakes/punaises – avance prudemment. Evier limonneux – huile à voiture/verre ; frigo scellé à l'adhésif. Décolle-le.

Capsules de nitrate d'amyle.

Joints de marie-jeanne.

Glace au chocolat – du plastique enfoncé dans une boîte d'un demi-litre. Vide-la, dégage le truc.

Un appareil photo Minox, du matos d'espion – pas de pellicule.

Le couloir – fil à hauteur de cou – baisse la tête. La salle de bains – pièges à souris, une armoire à pharmacie collée à demeure – force la porte, tire :

Seringues sanguinolantes – pointes en l'air – piège. Vire-les, sors une petite boîte – coffre en acier.

Verrouillé – fracasse-le contre le mur. Couvercle ouvert.

Sers-toi : un livret de banque – succursale de la B. of A. [1] d'Hollywood – solde : 9183.40 $.

Deux clés de coffre de dépôt, une notice d'emploi – Putain : "L'accès au coffre exige un mot de passe et/ou une confirmation visuelle."

Appelle ça :

Des planques à preuves – Junior le prudent avant d'être devenu complètement CIN-IN-IN-GLÉ.

Logique :

Les dépositions sur Glenda / Klein planquées LÀ-BAS – idem pour l'arme que Georgie Ainge avait vendue à Glenda.

Trouve le mot de passe.

1. Bank of America. (N. d. T.)

Retourne la chambre à coucher – du verre sur la moquette – pas de malle. Tiroirs ouverts – de la vraie merde – des bouts de papier tout gribouillés de textes charabiesques. Vire le matelas / le canapé / les fauteuils – pas de déchirures, pas de planques cachées. Mets la télé en pièces – claquements des pièges à souris. La partie de mur que j'ai fait sauter à coups de balles – les trous bourrés de Kotex.

Pas de mot de passe.

Pas de fiches d'I.T.

Pas de dépositions.

Pas de dossiers Exley / Duhamel.

Snap, crackle, pop – des Rice Krispies sous les semelles.

Le téléphone, dring...

Le poste du couloir – attrape-le – imite Junior.

— Uh, ouais ?

— C'est Wenzel. Stemmons, écoute mec, je ne veux rien avoir affaire avec toi.

La voix étouffée :

— Retrouve-moi.

— Non. Je te ferai parvenir ton argent.

— Allons, parlons un peu de...

— Non, t'es complètement marteau – clic.

Junior avait acheté de la came à Wenzel.

Wenzel s'était cassé de sa propre piaule.

Tilly Hopewell – R. C. de Wenzel – de la came pour lui lubrifier un peu les méninges !

Livrets de banque, clés de coffre – à moi. Referme les cadenas à tâtons – tue-le, Jack.

* * *

South Trinity – Tilly. Quatre étages à monter – frappe à la porte – pas de réponse.

Mate à l'œilleton, écoute – lumière, rires télévisés. Poussée de l'épaule – le pêne qui saute.

Tilly en train de jouer avec les chaînes – vautrée par terre, rêveuse.

Des tortillons de came sur une chaise – à peu près une livre.

Ma came – bof ! quel intérêt !

Changement de chaînes – Perry Como [1] / boxe / Patti Page [1]. Tilly et sa figure de chiffe molle – planant au septième ciel.

Repousse la porte en place, à force, verrouille-la. Changement de chaîne – Lawrence Welk, Spade Cooley – chope la fille, traîne-la.

Qui se roule en boule, tendue, ruades, coups de pied – bien. Salle de bains, direction la douche, robinets ouverts en grand.

A l'eau froide – détrempe-la – gèle-la sur place, dessoule-la. Et moi

1. Chanteurs des années 50. (N. d. T.)

qui me mouille – rien à foutre.

Elle qui gèle : grands yeux, frissons des pieds à la tête. A claquer des dents en essayant de supplier – fais-la suer.

A l'eau chaude – elle se débat maintenant – laisse-la frapper, ruer, gigoter. Glacée – "D'accord ! D'accord !" – finie la bouche pâteuse de camée.

Sors-la de là, fais-la asseoir – la cuvette des toilettes.

— Je pense que Steve Wenzel vous a laissé toute cette came pour qu'elle soit en sécurité chez vous. Il allait la donner à ce policier, ce Junior Stemmons dont nous avons discuté l'autre soir, et Junior la lui avait déjà payée. Maintenant il veut rendre à Junior tout son argent parce que Junior est complètement cinglé et lui a la trouille. *Maintenant, à vous de me dire tout ce que vous savez sur ce sujet.*

Tremblante – frissons et spasmes incontrôlés. Lance-lui des serviettes, remonte le radiateur – j'ai froid moi-même.

Tandis qu'elle enfile un vêtement chaud :

— Allez-vous me dénoncer aux Mises à l'Epreuve ?

— Non, si vous coopérez avec moi.

— Et au sujet de...

— Tout le shit qu'il y a dans la pièce de devant, et qui va vous gagner dix piges dans une ferme-prison pleine de gouines si je décide de jouer au méchant ?

Toute en frissons :

— Oui.

— Je n'y toucherai pas. Je sais que vous voulez votre dose, alors plus vite vous m'aurez parlé, plus vite vous aurez votre fixe.

Des résistances rouge vif, la chaleur.

Tilly :

— Steve a entendu dire que Tommy Kafesjian était à sa recherche pour le tuer. Le revendeur, celui qui s'appelle Pat Orchard, il connaît Steve, et il a passé son après-midi en prison. Il y a un policier qui l'a passé au troisième degré –

— Le policier, c'était moi.

— Ça ne me surprend pas, mais contentez-vous de me laisser parler. En tout cas, selon Steve, le policier en question qui doit être vous je pense, a posé à ce Pat Orchard des tas de questions sur ce policier Junior. Vous l'avez relâché, et il est allé chez Tommy Kafesjian, et a balancé ce Junior et Steve. Il lui a dit que Steve avait vendu à Junior le gros paquet et que le Junior racontait toutes ses craques sur son empire de came. Steve a dit qu'il avait déménagé de son appart, et qu'il essaie de rendre tout son argent à Junior, pasqu'il a entendu dire que Tommy est à sa recherche pour le descendre.

— Et Wenzel vous a laissé tout son shit pour que vous le gardiez à l'abri.

Des fourmis – c'est ÇA qu'elle veut.

— C'est exact.

— J'ai relâché Orchard il y a à peine trois heures. Comment avez-vous appris toute l'histoire si vite ?

— Tommy est passé ici avant la visite de Steve. C'est lui qui me l'a dit, pasqu'il sait que je connais Steve, et il pensait que je pourrais peut-être savoir où il se cachait. Je ne lui ai pas dit que je vous avais parlé la nuit dernière, et j'ai dit, je ne sais pas où est Steve, ce qui est la vérité. Il est parti, et ensuite, Steve est passé et il m'a déposé son stock. Je lui ai dit, "tu te sauves à cause de ce cinglé de Tommy et ce cinglé de Junior".

Steve appelle Junior, et c'est moi qui répond à son coup de fil.

— De quoi d'autre avez-vous discuté avec Tommy ?

Les résistances qui chauffent, Tilly qui pique une suée.

— Il a voulu me sauter, mais j'ai dit non pasque vous m'aviez dit qu'il avait tué Wardell Knox.

— Quoi d'autre ? Plus vite je partirai, plus vite vous pourrez –

— Tommy a dit qu'il est à la recherche de ce mec qui espionne sa sœur Lucille. Il a dit que ça le rendait complètement cinglé de chercher cet espion partout.

Chaud, froid.

— Qu'a-t-il dit d'autre à son sujet ?

— Rien.

— A-t-il dit qu'il s'appelait Richie ?

— Non.

— A-t-il dit s'il était musicien ?

— Non.

— A-t-il dit s'il avait une piste pour retrouver cet homme ?

— Non. Il a dit que l'espion, c'était comme une saloperie de fantôme, et il ne savait pas du tout où il pouvait bien être.

— A-t-il parlé d'un autre homme, quelqu'un qui espionnerait l'espion ?

— Non.

— A-t-il cité le *moindre* nom pour l'espion ?

— Non.

— Champ Dineen ?

— Vous me prenez pour une imbécile ? Champ Dineen, c'était ce compositeur de musique qui est mort il y a des années.

BRÛLANT.

— Qu'est-ce que Tommy a dit d'autre sur Lucille ?

— Rien.

— Lucille et l'espion ?

— Rien. M'sieur, allez, s'il vous p –

— A-t-il cité le nom de "Joseph Arden" ?

— Non. Je vous en prie, j'ai besoin de –

— Tommy a-t-il dit si *lui* baisait Lucille ?

— M'sieur, vous êtes d'une curiosité malsaine sur cette fille.

La pièce de devant – chope les tortillons – reviens.

— M'sieur, ça appartient à Steve.

Entrouvre la fenêtre, regarde en bas – une partie de craps.

— M'sieur...

Un tortillon de sortie – la couverture du jeu de dés, en plein dans le mille.

— Qu'est-ce que Tommy a dit d'autre sur Lucille ?

— *Rien.* M'sieur, je vous en prie.

Des cris. La came qui tombe du ciel.

Tortillons numéro deux, trois – "M'sieur, j'en ai besoin" – quatre, cinq, acclamations dans l'allée en contrebas.

— TOMMY ET LUCILLE – six, sept, huit. Neuf, dix.

— C'est mal de penser ce que vous pensez. Est-ce que vous feriez ça avec votre propre sœur ?

Délires et rêverie à la partie de craps – le Seigneur soit loué.

Le onze, le douze – pour *elle*, sa nourriture.

* * *

Centre ville – Sommiers – Steve Wenzel : collante / photo anthropo. Tombé deux fois pour trafic de came / une vraie tronche de cul : de la raclure de Blanc au menton en galoche. Pas de R. C. / lieux de fréquentation enregistrés – Changement de sujet : EUX.

Retour côté ouest – leur maison – lumière, des voitures en pagaille. Gare-toi, tournée de reconnaissance aux fenêtres.

L'allée à voitures – obscure – attention aux nouveaux chiens. Un bond par-dessus la clôture, un coup d'œil aux alentours – Madge en pleine cuisine, pas de Lucille. Des pièces vides, le cagibi-bureau – J. C., Tommy, Abe Voldrich.

A croupetons, oreille collée – pas un son. Jette un coup d'œil :

J. C. qui agite des papiers ; Tommy qui glousse. Voldrich – lis ses mains – calmez-vous.

Des voix – étouffées.

J. C. qui arpente la pièce, de long en large – près de la fenêtre. Copies carbone – plus près – putain – des formulaires de l'Ad. Mœurs.

Plisse les yeux, plus fort – mon nom.

A tous les coups, les topos de Klein à Exley – les pistes du mateur.

Volées, refilées en douce – peut-être Junior, peut-être Wilhite.

"Tommy qui devenait complètement cinglé de chercher cet espion partout."

Baisse la tête, le tour par l'arrière. Ma voiture – l'attente.

Leurs voitures – devinette : à courser le mateur / Wenzel.

L'attente, surveille sa fenêtre, à *elle* – des murs nus éclairés. Quarante minutes – Lucille, nudité nonchalante. Extinction des feux, dix minutes, cadre la porte.

Qu'on reclaque – trois hommes qui sortent – voitures séparées. La Merc de Tommy qui décolle du trottoir dans une gerbe d'étincelles.

J. C., Voldrich – direction nord.
Tommy – plein sud.
Suis-*le*, lui.
La Brea sud, Slauson est – cette charrette de métèque, mauve. *Plein* est, Central sud.
Le territoire du mateur.
Circulation fluide – bagnoles fédé de croisière – file la chiotte de métèque. Plein sud – Watts – est.
Feux de stop : Avalon / 103, une filée de rades et de boîtes à plaisir.
Tous les apparts reliés par échelles, entrée par la sortie à incendie. La passerelle, trois étages plus haut – fenêtres ouvertes.
Tommy au bord du trottoir, des mômes, le chiffon à la main. Une poignée de menue monnaie qu'il leur balance : astiquez-moi cette Merc. Tommy s'éloigne à pied – gare-toi, garde-le à l'œil :
Entre les immeubles – une cohorte de Nègres – murmures. Remontée de l'échelle à incendie, troisième étage, sur la droite, puis à gauche.
A plat ventre – du bois branlant, des cordes pour se tenir.
Des lanternes qui se balancent – giclées de lumière vacillante.
Accroupi.
Matage.
Côté grands soupçons, foirage complet : Tommy qui se contente de regarder / planquer.
Par-dessus la voiture, les marches quatre à quatre. Pas de regards indiscrets dans l'entrée – sprint.
Trois étages à remonter – des videurs. Regards : qui connaît-il, ce flic ? videurs – portiers – courbettes – entrée.
Murs zébrés, gugusses à la fête – des Blancs, des colorés. Musique, bruits de fiesta.
Sur la pointe des pieds – et cette fenêtre d'accès bloquée. Plus haut : rien qui ressemble à l'esquisse-robot du mateur, pas de Tommy.
La pointe des pieds qui tire – attrape la fenêtre, cadre la passerelle.
Plus de Tommy.
Fumée de joints – Steve Wenzel et son menton en galoche.
Des gugusses entre nous deux.
Tommy derrière lui, les mains dans les poches du manteau.
Les mains qui sortent : fusil à canons sciés.
Hurle, enfonce...
Noir d'encre – le Nègre a basculé l'interrupteur.
Rugissement du fusil – tir auto – une longue rafale. Ça gicle, ça tire au hasard, ça hurle.
Arrache-toi de là, par la fenêtre – à plat ventre sur la passerelle, débris de verre et de cervelle dans les cheveux.

Chapitre 25

Voie rapide Harbor, direction nord, l'émetteur qui crache :

"Code 3 à toutes les unités, abords de la 103ème et Avalon, homicides multiples 10342 Sud Avalon troisième étage ambulances en route je répète à toutes les unités 187 multiples 10342 Sud Avalon voir le responsable de l'immeuble."

Nord – Exley.

Un peu de toilette dans une station service – mon imper masquait les giclures de sang qui avaient volé.

"Je répète à toutes les unités quatre morts 10342 Sud Avalon code 3 ambulances en route."

En état de choc, pire que les bombardements de Saïpan – la route se brouillait devant mes yeux.

"Patrouilles de circulation, aux abords de la 103ème et Avalon code 3 voir le sergent Disbrow code 3 urgent."

Rampe de sortie de la 6ème Rue – Pacific Dining Car. Un pourliche à un serveur : allez chercher le chef Exley *tout de suite.*

Des gens heureux – autant de gargouilles.

— Lieutenant, par ici, s'il vous plaît !

Maître d'hôtel – suis-le – leur box habituel. Exley debout, Gallaudet vautré – qu'est-ce qu'il y a ?

Un vrai pétrin : la fixation d'Exley sur le 459 lui collait la trouille. Je lui avais repassé mes rapports – que dalle cette fois-ci.

Exley :

— Klein, que se passe-t-il ?

Tabourets de siège – fais-lui signe d'approcher. Bob – qui redresse ses antennes, soudain intéressé, hors de portée.

— Klein, mais que se passe-t-il ?

— Vous vous souvenez de cet ordre d'incarcération que vous avez signé ce matin ?

— Oui. Trois hommes, à placer en détention au poste de Wilshire. Vous me devez une explication à ce sujet, alors allez-y.

— L'un des hommes était un fourgueur d'indienne du nom de Steve Wenzel. Il y a une demi-heure de cela, Tommy Kafesjian l'a abattu à coups de fusil dans l'un des rades autorisés encore ouvert à Watts. J'étais là, j'ai tout vu, on n'entend parler que de ça sur toutes les fréquences Ville. Quatre morts pour l'instant.

Figé, un bloc de glace.

— Expliquez-moi ça.

— Tout ceci se rapporte à Junior Stemmons.

— *Expliquez.*

Bloc de glace à mon tour – tentative, ratée.

— Il a les mains sales, pire que vos plus folles... putain, il se shoote à la came, il extorque fric et came aux fourgueurs, il extorque aussi leur fric et leurs pilules aux pédés du parc de Fern Dell, je crois qu'il refile en douce aux Kafesjian les rapports du 459 que je vous transmets, il se balade à travers tout Nègreville comme un vrai cinglé, à déblatérer partout que c'est lui le nouveau...

Lui qui m'arrête, prend les rênes :

— Et vous essayez de vous charger de toute l'affaire comme un seul homme.

Renâcle, libère-toi :

— C'est exact. Junior a acheté un paquet de came à Wenzel, pour, je cite, entre guillemets, "s'installer comme le nouveau grand patron de la came pour tout le quartier sud". L'un des hommes placés en détention sur vos ordres, *que j'ai personnellement interrogé en détail sur le sujet de Stemmons et de Wenzel,* a balancé ces deux derniers à Tommy K. J'ai filé Tommy jusqu'à Watts, et je me trouvais là lorsqu'il a descendu Wenzel.

Froid, de la glace dans la voix :

— J'enverrai une équipe du SAI pour mettre l'étouffoir sur ces homicides. Il s'agit de Wenzel et de badauds innocents ?

— Exact.

— Alors je m'assurerai que la presse ne puisse connaître son identité, ce qui empêchera cet ordre d'incarcération de nous revenir à la figure pour hanter nos nuits.

De la glace dans la voix – la mienne, cette fois :

— Si vous ne voulez pas que les Fédés mettent le nez là-dedans, vous feriez bien de mettre l'étouffoir sur la presse dès à présent.

En acquiesçant :

— Klein, vous savez que vous ne pouvez pas approcher –

— Je ne m'approcherai pas de Tommy Kafesjian – *pour le moment* – même si je l'ai vu de mes yeux tuer un homme, même si vous continuez à refuser de me donner les raisons qui vous poussent à vous servir de moi pour mettre cette famille sur la sellette.

Pas de reproche de sa part.

— Où se trouve Stemmons en ce moment ?

— Je ne sais pas – JACK, TUE-LE.

— Ne pensez-vous pas qu'ils...

— Je ne *pense* pas qu'ils vont le dessouder. Ils pourraient bien mettre Wilhite sur le coup, mais je ne pense pas qu'ils iraient jusqu'à dessouder un homme du LAPD.

— Je veux un rapport confidentiel détaillé sur tout ceci dans les vingt-quatre heures.

Bouscule-le – sous les regards de Bob G.

— *Rien sur le papier*, putain, mais vous êtes devenu cinglé ou quoi ? Et pendant que je vous tiens, vous devriez être mis au courant : Junior ne se sent plus pour Johnny Duhamel. La prochaine fois que vous verrez Dudley, dites-lui qu'il a une chouquette au cœur d'artichaut qui bosse sous ses ordres.

Battements de paupières – les grossièretés le blessaient toujours, comme des coups de surin.

— Il doit bien exister une raison pour que vous ne m'ayez pas parlé de ces choses auparavant au sujet de Stemmons.

— Vous n'incitez guère aux conversation amicales.

Tout sourires :

— Vous êtes bien trop intelligent pour court-circuiter l'autorité lorsque celle-ci peut vous obtenir ce que vous désirez.

Mensonge :

— Alors aidez-moi à obtenir une autorisation d'accès bancaire. Junior a planqué de la came dans des coffres de dépôt. Aidez-moi à la sortir de là avant qu'elle ne soit un embarras pour le Service.

— Quel altruisme de vous sentir si concerné soudain, mais je vous rappelle que le juriste, c'est *vous*, les autorisations d'accès bancaire relèvent des Fédés et c'est Welles Noonan le procureur fédéral de ce district.

— Vous pourriez demander l'autorisation à un juge fédéral.

— Non.

— Non, et ensuite ?

— *Non*, et dans l'immédiat, je veux que vous vous rendiez au domicile de ce Wenzel : fouillez l'appartement, essayez de retrouver toutes les traces des rapports qu'il a eus avec Junior Stemmons. Si vous en découvrez, détruisez-les. Ce serait *là* un service à rendre au Service.

Les dossiers de coupures de presse – GARDE ÇA EN RÉSERVE.

— Chef, laissez-*moi* m'occuper de Stemmons.

— Non. Je vais rappeler tous les hommes du SAI. Je vais mettre l'étouffoir sur cette fusillade à Watts, retrouver Stemmons et le mettre au secret là où les Fédés ne pourront pas le retrouver.

Junior qui se met à cafter...

— Allez-vous étouffer *tout* ce qui pourrait nous incriminer, vous et moi ?

— Oui. Mais n'allez pas déguiser des motivations purement égoïstes à votre profit personnel en respect pour le Service. Etant donné ce que vous êtes, c'est tellement transparent que c'en est pitoyable.

Ne mords pas à l'hameçon.

— Le SAI m'a-t-il mis sous filature de façon sporadique depuis l'histoire de Sanderline Johnson ?

— Non. Si vous avez été sous surveillance, ce sont les Fédés. Je vous ai pardonné pour *ce* meurtre-*là*, vous vous rappelez ?

Evite son regard.

— Allez-vous nettoyer, Lieutenant. Il y a sur vous comme une odeur de sang.

* * *

La piaule de Wenzel – la voiture de J. C. garée à l'extérieur. Conclusion : couper net tous les liens potentiels avec Tommy.

Réflexions, toujours en état de choc :

Junior qui se fait choper vivant – les Fédés. Marchandage : pas de révélation au grand jour pour le pédé ; en échange, tout pour épingler Dave Klein. Junior, grand maître ès preuves et indices – tous mes meurtres, tous mes dessous de table répertoriés, un à un.

Retournes-y – cette cahute de dingue, une fois encore...

Sur place – six cadenas pour entrer. Nouvelle fouille, nouvelle horreur :

Cartouches de fusil de chasse dans le four.

Pétards fourrés dans le grille-pain.

Des lames à rasoir qui bourrent une conduite de chauffage.

L'appareil photo espion – à emballer.

Ses élucubrations sur bout de papier – à emballer.

Le mobilier, cul par-dessus tête, une nouvelle fois – à la recherche de marques de reprise.

Quatre fauteuils en l'air – tissu mal recousu / bouts de fil. Arrache, fouille.

Du liquide : 56 $.

Copie carbone du dossier Gilette – fauchée à la Criminelle.

Nouveau rapport Glenda / Klein – encore plus détaillé :

AVANT DE POIGNARDER GILETTE ET DE TIRER SUR LUI LES COUPS MORTELS, MELLE BLEDSOE A TIRÉ DEUX BALLES QUI ONT MANQUÉ LEUR CIBLE AU MOYEN DU .32 CI-DESSUS MENTIONNÉ, LE REVOLVER QU'ELLE AVAIT ACHETÉ À GEORGE AINGE (VOIR RAPPORT BALISTIQUE 114-55 ATTACHÉ AU DOSSIER DE LA BRIGADE DE HIGHLAND PARK, POUR DE PLUS AMPLES DETAILS SUR LES BALLES RÉCUPÉRÉES SUR LE CORPS DE GILETTE ET CELLES RETROUVÉES DANS LES MURS DE SON SALON). CE REVOLVER SE TROUVE AUJOURD'HUI EN SÉCURITÉ, EN MA POSSESSION, DÉPOSÉ PAR LES SOINS DE AINGE AVANT LE DÉPART DE CE DERNIER DE LOS ANGELES. J'AI TIRÉ SIX BALLES DE CETTE ARME A FINS D'EXAMEN, ET L'ANALYSE BALISTIQUE INDIQUE QU'ELLES SONT *IDENTIQUES* AUX BALLES RÉCUPÉRÉES SUR LE CADAVRE DE GILETTE ET DANS LES MURS. L'ARME EST SOIGNEUSEMENT ENSACHÉE SOUS PLASTIQUE ET LES DEUX PLAQUES DE NACRE LISSE SUR LA POIGNÉE PORTAIENT DEUX EMPREINTES : POUCES DROIT ET GAUCHE QUI CORRESPONDENT – ONZE POINTS DE COMPARAISON RELEVÉS – AUX EMPREINTES DU DOSSIER DE GLENDA BLEDSOE, SUITE À SON ARRESTATION EN 1946 PAR LA POLICE DES MINEURS POUR VOL À L'ÉTALAGE.

Déchire-le, passe-le à la chasse.

"En sécurité" / "soigneusement ensachée" / "relevé d'empreintes" = planqué dans un coffre de dépôt.

Glenda = prends toutes tes précautions, sois sûr.

Sonde les murs – ça sonne le creux – défonce la paroi à coups de dents de menottes.

Zéro.

Défais la fermeture éclair des coussins – pièges à souris – zéro.

Arrache une lame de parquet branlante – photos de sodomie, des clous pleins de merde séchée.

La rigolade, à gorge déployée :

Junior CIN-IN-INGLÉ à 99 %, la tête qui fonctionne pour 1 %. Tous ses indices, autant de preuves que sa tête marche – méthodiques, logiques, concis, succincts, plausibles – à considérer comme acquis : testament tout arrangé, avec clauses détaillées – léguant toutes ses preuves concises, logiques, plausibles, succinctes à son héritier le plus logique, le plus potentiellement vindicatif : Howard Hughes.

Une vraie rigolade – au point d'avoir du mal à respirer – à bâfrer ses corn flakes. Des voix chez le voisin – pourquoi le gentil M. Stemmons rigole comme un CIN-IN-GLÉ ?

Attrape le téléphone. Numéro :

— Allô ! Dav –

— Ouais, c'est moi.

— Où es-tu ? Que s'est-il passé avec Doug ?

Ancelet – une époque faussée, un temps de travers – de l'histoire ancienne.

— Je te le dirai quand je te verrai.

— Alors viens tout de suite.

— Je ne peux pas.

— Pourquoi ?

— J'attends. Il y a une petite chance pour que le mec qui habite ici pointe son nez.

— Alors laisse-lui un petit mot et demande-lui de te rappeler chez moi.

Ne ris pas.

— Je ne peux pas.

— Tu as une voix bizarre.

— Je t'en parlerai lorsque je te verrai.

Silence – craquements sur la ligne – notre mort à tous les deux.

— David, est-ce que tu...

— Ne prononce pas son nom, et si on n'en a pas parlé dans les journaux, ou à la télé, considère que non.

— Et lorsque ce sera oui, je sais ce que je dois faire.

Des couteaux – du travail sans bavures.

— Tu sais toujours ce que tu dois faire.

— Et tu insistes toujours pour savoir où j'ai appris ça.

— Je suis détective.

— Non, tu es homme à mettre les choses en pratique, à lier la cause et l'effet. Et *moi,* je ne suis pas suspecte, et il est impossible de tout expliquer à mon sujet.

— Mais je...

— Mais tu continueras toujours à essayer, alors autant passer et essayer tout de suite.

— Je ne peux pas. Glenda, dis-moi des choses. Distrais-moi.

A l'oreille – l'éclair de l'allumette, la bouffée qu'elle exhale.

— Eh bien, Herman Gerstein est passé sur le plateau aujourd'hui et il a fait un foin de tous les diables avec Mickey. Apparemment, il a visionné les rushes, et il craint que Sid Fritzell ne transforme le film en quelque chose de bien sanglant. En plus, et je cite, "ce numéro de vampire incestueux pourrait nous coller aux fesses cette nom de Dieu de Légion de la Décence pleine de goys", fin de citation. Pour couronner le tout, Touch m'a dit que Rock lui avait refilé des morpions, et Sid est en train de monter le film de cul qu'il tourne à Lynwood. Les acteurs ne sont pas des plus mignons, mais l'équipe a bien apprécié apparemment.

Coup d'œil à la fenêtre – l'aube est proche.

— Il faut que je garde ma ligne.

— A ce soir alors.

— Je t'appellerai.

— Sois prudent.

— Toujours.

Raccroche, attends, des images plein la tête. Des vampires : Tommy, Papa qui pourchasse Meg. Sommeil vide, des mains.

— Hé ! c'est le patron des Ad. Mœurs.

— Lieutenant, réveillez-vous.

Debout, à me débattre.

Deux hommes modèle AI, arme à la main.

— Monsieur, Junior Stemmons est mort.

Chapitre 26

Bido Lito's – deux voitures – pas d'explications. Fracas des sirènes, soupçon, ça ne cadre pas : Jack avait dit pas de cadavre.

Rues latérales, sur place :

Journalistes, rôdeuses, Plymouth – les Fédés clichant la scène au zoom. Des civils – pas de cordages pour écarter la foule.

Range-toi, trouve les mecs de la morgue. Des Fédés en train de parler – approche-toi en douceur, écoute :

— ... et leurs photos n'étaient pas dans nos dossiers Renseignements. C'était des inconnus, très probablement, des truands qui ne sont pas de la ville ; ils ont été aperçus ici et à une douzaine d'autres endroits du quartier sud, ils s'occupaient des machines à sous.

— Frank –

— S'il te plaît, contente-toi d'écouter. Hier, Noonan a reçu un coup de fil anonyme qui l'a tuyauté sur un garage dans le coin. On a fait une descente, et on a découvert un stock de machines à sous, le garage plein jusqu'au trognon. Mais – c'était un garage séparé dans une petite rue dégueulasse, et on n'arriverait pas à remonter jusqu'au propriétaire même si notre peau était en jeu.

Sacs de nœuds sur machines à sous – rien à foutre.

Dans la place, les huiles sur les lieux : Exley, Smith, l'inspecteur divisionnaire George Stemmons, Sr. Des mecs du labo, Dick Carlisle, Mike Breuning.

Regards vaudou – le sauveur de Lester Lake. Des doigts bien raides, à mon adresse, subrepticement. Breuning y a collé un baiser.

Eclairs d'ampoules de flash ; Stemmons qui hurle, les larmes aux yeux.

A porter au compte de Jack Woods – peu probable. Idem pour EUX – Tommy adorait le Bido.

Trouve le coroner – couloirs du fond – une pièce avec machines à sous.

PUTAIN –

Junior mort – roulé en fœtus – par terre.

Junior, une ligature au bras – un tourniquet – des dents serrées par la rigueur cadavérique sur un cordon de tirage.

Une seringue tordue plantée dans une grosse veine ; les yeux globuleux.

Manches courtes – marques, cicatrices sur les veines.

L'homme en civil :

— J'ai fouillé ses poches. Il avait sur lui une clé de la porte d'entrée.

Le mec du labo :

— Le gardien est arrivé ici en avance. C'est lui qui l'a trouvé. Seigneur, une tuile de cette taille au beau milieu de cette histoire de Fédés.

Le coroner, comme s'il lisait sous les crânes :

— C'est soit une OD légitime ou bien un empoisonnement par injection très habile. Ces marques prouvent que l'homme était toxicomane. Seigneur, un officier de police de Los Angeles.

Jack Woods – jamais.

Mal aux yeux – l'éclat des lampes à arc. Empoisonnement banal, purement et simplement – duraille à avaler.

Ray Pinker, sombre :

— Dave, le chef Exley veut te voir. Dehors. Par-derrière.

Dehors, au trot – un parc de stationnement, sol de gravier. La voiture de Junior, Exley seul.

— J'attends votre interprétation de tout ceci.

— Interprétation, de la merde. C'est du vrai de vrai ou alors c'est les Kafesjian.

— Les AI ont déclaré vous avoir trouvé endormi dans l'appartement de Stemmons.

— C'est exact.

— Que faisiez-vous là ?

— Vous m'avez dit de me rendre chez Steve Wenzel pour y chercher preuves et indices. J'y suis allé et j'ai vu la voiture de J. C. garée devant. L'appartement de Junior n'était pas loin, et j'ai pensé qu'il pourrait peut-être se montrer. Quel est le résultat, finalement, pour Watts ?

— Cinq morts, et pas de témoins oculaires. Tommy Kafesjian a fait feu en pleine obscurité, si je ne me trompe ?

— Ouais, il a probablement demandé à un négro quelconque d'éteindre les lumières. Avez-vous –

— Wenzel a été la seule victime de race blanche, et l'état de son cadavre empêchait toute identification hâtive. Apparemment, les cartouches tirées ont provoqué des réactions de la part d'un certain nombre d'individus armés au sein du club. Je me suis rendu sur place en compagnie de Bob Gallaudet et nous avons apaisé la presse. En leur disant que toutes les victimes étaient nègres et en leur promettant des laisser-passer pour les expulsions de Chavez Ravine s'ils mettaient la pédale douce sur l'affaire. Naturellement, ils ont accepté.

— Ouais, mais vous pouvez être sûr que les Fédés surveillent tous nos appels radio.

— Ils étaient sur place à prendre des photos, mais pour autant qu'ils sachent, ce n'est rien d'autre à leurs yeux qu'une altercation entre Nègres un peu exaltés.

Suis sa ligne de pensée :

— Et comme ils nous accusent de prendre les meurtres de bronzés à la légère, vous avez expédié sur place une douzaine d'inspecteurs de la Criminelle pour sauver les apparences.

— Correct, et Bob et moi avons parlé à un ministre nègre du culte très influent. L'homme a des aspirations politiques, et il a promis de parler aux membres des familles des victimes. Pendant qu'il y sera, il fera tout son possible pour les convaincre de ne pas parler aux Fédés.

Geste du doigt :

— La voiture de Junior ?

— Stupéfiants, boîtes de conserve et littérature homosexuelle. Les AI la confisquent.

Vue par la fenêtre : Stemmons qui balaie les sièges à coups de pied.

— Et quant à Junior ?

— Nous dirons à la presse qu'il s'est agi d'une mort accidentelle. Pas de détails. Les AI enquêteront, très discrètement.

— En se tenant loin à l'écart des Kafesjian.

— Leur tour viendra, en temps et heure. Croyez-vous que les Stups aient pu faire ceci ?

Stemmons qui sanglote.

— Klein –

— Non. Bien sûr, ils pourraient très bien arranger de toutes pièces l'empoisonnement d'un fixe, mais je ne pense pas que ce soit eux. Je pencherais plutôt vers une OD tout ce qu'il y a de banal.

— Pour quelle raison ?

— Un des techs du labo a dit que Junior avait dans la poche la clé de la porte d'entrée. C'était un sale con complètement givré camé jusqu'au trognon, et cet endroit est un point de chute connu où Tommy K. revend sa dope et traîne ses guêtres. S'ils avaient voulu le tuer, ils n'auraient pas laissé le corps ici.

Hochant la tête :

— En quel état avez-vous trouvé son appartement ?

— Vous ne me croiriez pas si je vous le disais, et vous devriez me laisser l'examiner avec matériel labo. En licence, j'ai bien marché à l'examen d'investigation scientifique, et j'ai retourné toute la piaule en laissant probablement des empreintes en veux-tu, en voilà.

— Faites-le, ensuite, vous effacez tout. Et appelez P.C. Bell pour mettre ses relevés de communication sous scellés. La nuit dernière, vous avez déclaré que Stemmons avait planqué de la came dans des coffres de dépôt.

Un beau mensonge bien franc :

— Oui.

— Savez-vous dans quelles banques ?

— J'ai ses livrets de banque et les clés des coffres.

— Bien, et vous êtes homme de loi, alors je vous suivrai sur votre fantasme de "came planquée" en vous disant de replonger dans vos livres de droit et de mettre au point une stratégie pour court-circuiter

Welles Noonan et vous procurer une autorisation d'accès bancaire.

— *Un "fantasme"* ?

Soupir :

— Stemmons a des choses peu ragoûtantes sur vous. Choses vraisemblablement à l'abri des coffres en question. Il vous faisait chanter d'une manière ou d'une autre, sinon, vous auriez agi à son égard à votre manière inimitable, muscles et gros bras, avant que sa folie aille si loin qu'elle échappe à tout contrôle.

MAINTENANT :

— Il avait constitué tout un dossier de coupures de presse sur vous. Il l'avait caché à côté de quelques dossiers personnels sur Johnny Duhamel. La nuit dernière, j'ai fait un petit commentaire sur Duhamel, une simple connerie qui vous a remonté votre tension artérielle d'au moins dix points. Alors ne venez pas me la faire avec vos airs condescendants.

Glace :

— Décrivez le dossier.

— Toutes vos affaires du Bureau. Il n'en manque pas une – question rassemblement de preuves papier, je n'ai jamais connu meilleur que Junior. J'ai fracturé son appartement la semaine dernière et j'ai découvert le dossier. *La nuit dernière,* il n'était plus là.

— Interprétation.

Clin d'œil modèle Dudley :

— C'est agréable de savoir que mon bon copain Ed a lui aussi un enjeu personnel dans l'affaire. Et ne vous en faites donc pas pour le 459 PC Kafesjian – j'y suis plongé trop profond pour arrêter maintenant.

Coup d'œil à la fenêtre – Papa Stemmons en plein chagrin.

— Vous devriez aller le calmer, Eddie. Nous ne voudrions quand même pas qu'il nous fasse foirer cette chose qui nous tient tant à cœur tous les deux.

— Appelez-moi après vos analyses labo de l'appartement.

Demi-tour – regarde-le qui s'éloigne.

Vue de la fenêtre :

Qui va jusqu'à Stemmons – pas de poignée de main, pas d'accolade. Entrouvre la fenêtre, la glace qui parle :

— Votre fils.

— Vous interdis d'interférer ou de parler à la presse.

— ... vous épargner la douleur de voir étalées au grand jour ses tendances perverses.

Stemmons qui vacille, fou de douleur.

Chapitre 27

Auto-radio :

KMPC, flash : un policier trouvé mort dans un club de jazz du quartier sud. Le LAPD dit, “Crise Cardiaque”.

KGFJ : fusillade en nocturne ! Cinq Nègres morts !

Etouffoir sur la presse – Exley.

Miciak – rien.

Fréquences police – connards de flics – Junior identifié.

Le Bureau, mon bureau – vêtements propres. Coup de rasoir / douche aux vestiaires – à cran, épuisé.

Personnel – fichier d’empreintes de Junior. En douce : celui de Duhamel dans la foulée.

SIS – trousse à empreintes, appareil photo. Coup de fil – P. C. Bell – en allongeant le nom d’Exley.

A faire :

Une liste :

Tous les appels Gladstone 40629 pour les trente derniers jours.

Nom / adresse de toutes les personnes qui ont appelé.

A conserver : tous les dossiers de George Stemmons, Jr – en attendant l’ordre exécutoire du tribunal que vous remettra le chef Exley.

Appelez-*moi* – à ce numéro – les résultats au complet.

Retour à l’auto-radio :

Les meurtres de Watts – un prêcheur nègre qui accuse l’alcool – “Qui réduit notre peuple à l’esclavage.”

Poursuite frénétique à travers une boîte de nuit : le sergent George Stemmons, Jr pris d’une attaque cardiaque qui lui est fatale. Le voleur s’échappe, pas d’autopsie – ce serait contrevenir aux principes religieux du policier mort.

Rien sur Miciak.

Rien sur les Fédés.

Des bleus qui montent la garde devant la porte de Junior – verrou mis, au travail.

Photos :

Pièges / tas de corn flakes / laisser-aller. CIN-IN-GLÉ – de quoi secouer Exley.

Brins de tissus sous sachets, inventaire. Placard du couloir – débris de fourrure – ne ramasse rien, pense Duhamel.

Poudre à empreintes – une corvée, qui n’avance pas. Séries multiples – Junior – dix points de correspondance avec celles de la fiche.

Salon / couloir / cuisine – empreintes fraîches, la crête d'une cicatrice. Facile – moi. Le Vieux m'avait attrapé à voler, il m'avait brûlé les doigts.

Trois pièces terminées – essuie-les. A l'intérieur de l'embrasure de la porte – une nouvelle série – correspondances : Duhamel, huit points. Extrapolation : Johnny, la trouille d'entrer.

Essuie. Le téléphone : P. C. Bell.

Note :

28/10/58 – BR – 68499 – M. et Mme George Stemmons, 4129 Dresden, Pasadena.

30/10/58 – BR – 68499 – idem.

2/11/58 – MA – 61147 – Division de l'Administration des Mœurs, LAPD.

2/11/58 – Maman / Papa.

3/11/58, 3/11/58, 4/11/58, 4/11/58 – Ad. Mœurs.

5/11/58, 5/11/58, 6/11/58 – GR – 14790 – John Duhamel, 10477, Oleander, Eagle Rock.

6/11/58, 6/11/58, 7/11/58, 9/11/58, 9/11/58 – AX – 41192 – Victory Motel, Gardena.

9/11/58 – MU – 85888 – cabine téléphonique, 81ème/Central – Los Angeles.

9/11/58 – MU – 74160 – cabine téléphonique, 79ème/Central – Los Angeles.

9/11/58 – MU – 61171 – cabine téléphonique, 67ème/Central – Los Angeles.

9/11/58 – Victory Motel.

9/11/58 – idem.

9/11/58 – la crèche de Duhamel.

10/11/58 – WE – 51243 – cabine téléphonique, Olympic/La Brea – Los Angeles

10/11/58 – Victory Motel.

10/11/58, 10/11/58, 11/11/58, 12/11/58 – KL – 61885 – cabine téléphonique, Aviation / Hibiscus – Lynwood.

16/11/58 – HO – 46883 – Glenda Bledsoe, 24891/2 N. Mount Airy, Hollywood.

Fin de communication – la crampe de l'écrivain – interprétation.

Maman-Papa / boulot au départ – normal. Appels de Duhamel – la folie qui monte. Victory Motel – QG Brigade antigang – repaire de Smith pour ses passages à tabac / Johnny de service.

Cabines téléphoniques – toutes à Nègreville – disons la came – peut-être Steve Wenzel. Cabine téléphonique – Olympic / La Brea – la crèche des Kafesjian à six blocs au sud. Cinglé – ILS avaient dit de ne pas appeler la maison.

12/11 – 16/11 – pas de coups de fil, Junior FOU À LIER – 16/11 – mon appel pour Glenda, un peu tard.

Logique, mais :

Cabines téléphoniques de Lynwood = ?

Nase d'épuisement – poudre la barre de lit – putain...

Des mains enlacées – des doigts noués qui serrent. Barbouillis de sueur. Plus près, yeux plissés : *pas* de points de correspondance avec Johnny. Des points Junior, des empreintes inconnues : un athlète, aux doigts comme des saucisses.

Essuie-les – dring, dring – attrape le téléphone, pas un mot sur le lit.

— Exley ?

— C'est John Duhamel.

— *Où êtes-vous ? Comment saviez-vous que j'étais ici* ?

— J'ai entendu un appel radio à propos de Stemmons. Je suis passé en voiture près de chez lui, et les agents de patrouille m'ont dit que vous vous trouviez à l'intérieur. Je – Ecoutez, il faut que je vous parle.

Adrénaline.

— Où êtes-vous ?

— Non... retrouvez-moi ce soir.

— Allez – *tout de suite* .

— Non. 8 h – 4980 Spindrift. C'est à Lynwood.

— *Pourquoi là-bas* ?

— Des preuves.

— Johnny, dites-moi –

Tonalité.

Enfonce la touche – Exley, vite.

NON.

Ne fais pas ça – Johnny soupçonneux – éventualité à envisager.

Coup de fil de rechange – MA – 48630.

— Bureau du procureur.

— Dave Klein pour Bob Gallaudet.

— Je suis désolée, Monsieur. M. Gallaudet est en réunion.

— Dites-lui que c'est urgent.

Déclics de transfert de poste :

— Dave, que puis-je faire pour toi ?

— Un service à me rendre.

— Dis, tu m'as fait quelques fleurs ces temps derniers.

— J'ai besoin de jeter un coup d'œil à une fiche individuelle du SAI.

— Est-ce une nouvelle invention d'Ed ? Les AI, c'est tout à fait son domaine.

— Ouais, c'est un truc à Exley. Lorsqu'un homme arrive au bureau des inspecteurs, le SAI fait une enquête *très poussée* sur les antécédents du gars et sa situation présente. J'ai rendez-vous avec un gars ce soir, et j'ai besoin d'un moyen de pression sur lui, pour le manœuvrer. Ça a rapport avec les problèmes de Nègreville, et tu pourrais jeter un œil au dossier en question sans qu'on te demande quoi que ce soit.

Direct :

— Tu fais ça dans le dos d'Ed ?

— Ouais, tout comme les rapports Kafesjian que je t'ai donnés.

— Touché, donc, rappelle-moi dans deux heures. Le dossier ne peut pas quitter le Bureau, mais je te rendrai ce service, avec un synopsis. Quel est le nom de cet homme ?

— John Duhamel.

Un blanc.

— Johnny l'Ecolier ? J'ai perdu un paquet à ses débuts pro. Tu pourrais éclairer ma lanterne ?

— Quand ce sera terminé, Bob. Merci.

— Bien, un prêté pour un rendu, pour l'instant. Et la prochaine fois que je te verrai, je te parlerai de la réunion que nous avons eue, Ed et moi, avec ce ministre du culte, cet homme de couleur. Etranges compagnons de lit, hein ?

Ce lit – ces mains entrelacées.

— Les plus tristes qui soient, putain.

Chapitre 28

Adrénaline – sers t'en.

La maison K. – en planque – vois qui part à la chasse au mateur. Personne – trois voitures discrètement rangées à l'abri.

Siège reculé, radio :

Junior, en plein panégyrique – Dudley Smith chapelain du LAPD :

— C'était un gars splendide. C'était un combattant du crime, convaincu et consciencieux, et c'est un cruel caprice du destin qu'un homme aussi jeune puisse mourir d'une crise cardiaque en poursuivant un vulgaire cambrioleur.

Changement de station, Welles Noonan :

— ... et je ne dis pas que le décès surprenant d'un jeune policier prétendûment en bonne santé soit lié aux cinq autres morts qui se sont produites au cours de ces dernières vingt-quatre heures à Sud Central à Los Angeles, mais il me paraît curieux que les services de police de Los Angeles soient aussi impatients d'avancer des explications aussi détaillées pour se débarrasser du problème dans les plus brefs délais.

Noonan – brillant – la merde attire toujours les mouches.

4 heures – un saxo qui corne – mon signal. La pluie – essaie le plateau – Glenda.

"Faut que je vous parle."

"Preuves."

EUX qui le pourchassent, LUI – des affaires qui explosent dans toutes les directions.

* * *

La nuit qui commence à tomber – nuages et pluie. Pièces de monnaie – Bob sorti, Riegle à son poste. Quatre brigades contrôlées – pas de suicides qui collent avec la MÈRE DU MATEUR.

Le park, le plateau – fermé pour cause de pluie. Coup de chance : la lumière de sa caravane allumée. Cours – jusqu'à la porte en évitant les flaques.

Glenda qui fume, l'air distrait. Vautrée sur le lit – aucune précipitation pour venir me toucher.

Lecture de Glenda :

— Miciak ?

— Bradley Milteer est passé. Apparemment, il connaît Herman Gerstein indépendamment de son boulot pour Hughes. Il a dit à

Herman que le corps et la voiture de Miciak avaient été retrouvés, et que tous les comédiens sous contrat chez Hughes allaient être discrètement interrogés. Mickey l'a surpris qui disait à Herman que des inspecteurs du poste du shérif à Malibu allaient venir pour me parler.

Au bord du lit.

— C'est tout ce que tu as entendu ?

— Non. Mickey a dit que les hommes du shérif conduisent leur enquête très en sourdine pour éviter de gêner Howard.

— A-t-il parlé du LAPD division d'Hollywood ? Un tueur appelé le Feu-Follet Fou.

Ronds de fumée.

— Non. Je pensais – *nous* pensions que Hughes se contenterait de passer ça aux oubliettes.

— Non, c'est ce que nous *souhaitions*. Et il n'y a aucune preuve que Miciak ait été tué au...

— Au *putain* de baisoir où Howard Hughes avait la *putain* d'habitude de me baiser et où l'homme que j'ai tué voulait lui aussi, *putain,* me baiser ?

Arrête-la.

— Tu l'as voulu, tu l'as eu, maintenant, tu paies. Et maintenant, tu joues ton *putain* de numéro pour t'en sortir.

— Dirige-moi. Dis-moi quelque chose pour que ce soit plus facile.

Touche-moi / dis-*moi* des choses, à *moi.*

— Tu dis que tu étais chez toi ce soir-là, seule. Tu ne flirtes pas avec les policiers, tu n'essaies pas de les séduire. Tu laisses tomber en passant, l'air de rien, que Hughes est un débauché et tu peux y aller franchement et déballer tout ce que tu sais là-dessus. Tu essaies de retrouver en toi ce dont tu refuses de me parler et qui t'a donné assez de couilles pour... oh merde, Glenda.

— Okay – elle n'a rien dit d'autre, simplement – okay.

Embrasse-la – dégoulinant de pluie.

— Y a-t-il un téléphone que je puisse utiliser ?

— Juste à côté de la caravane de Mickey. Tu sais, si je pouvais pleurer sur commande, c'est ce que je ferais.

— Non, je t'en prie.

— Tu t'en vas ?

— Je dois voir un gars.

— Plus tard, alors ?

— Ouais, je passerai chez toi.

— J'essaierai de ne pas trop espérer. On dirait à te voir que tu n'as pas dormi depuis une semaine.

* * *

A seaux – à l'abri sous l'auvent de la caravane. Ligne privée de Gallaudet – deux sonneries.

— Allô !
— C'est moi, Bob.
— Dave, salut, mission accomplie, un rendu pour un prêté. T'écoutes ?
— Lâche le paquet.
— John Gerald Duhamel, âge vingt-cinq ans. Pour une fiche personnelle des AI, ça ne va pas très loin. J'en ai consulté quelques autres pour comparaison.
— Et alors ?
— Alors, mis à part une combinaison intéressante, à savoir un diplôme d'ingénieur avec mention et une carrière de boxeur amateur, pas grand-chose question fiche.
— La famille ?
— Fils unique. Ses parents étaient censés être riches. Mais ils ont été tués dans un accident d'avion et ont laissé le môme sans un rond alors qu'il était encore étudiant. Dans la rubrique "Relations connues", nous trouvons l'imprévisible Reuben Ruiz, personnage quelque peu douteux, ainsi que ses frères aux doigts lestes, mais bien sûr, Reuben est maintenant de notre côté. Le môme avait apparemment un appétit insatiable et sans discrimination pour la chatte fraîche, ce qui a été aussi mon cas lorsque j'avais vingt-cinq ans. Il y a eu quelques rumeurs sans fondements selon lesquelles il aurait truqué son seul et unique combat pro, et c'est là tout ce qu'on peut en dire.
Rien, pas de sonnette d'alarme.
— Merci, Bob.
— Je ne te snoberai jamais – je me souviens trop bien de ces antisèches.
— Merci.
— Fais attention, fils.
Trempé – prépare-toi – cours.
— Dave ! Par ici !
Lueur des éclairs – Chick Vecchio sous une bâche, à l'abri. Des clodos derrière lui, à têter leur T-bird.
Au pas de course jusque-là, du temps à tuer.
Chick :
— Mickey est à la maison aujourd'hui.
Glenda – 50-50 qu'il était au courant.
— J'aurais dû le savoir. Putain de pluie !
Grandes claques dans le dos – bien spongieuses.
— Le *Herald* a parlé de cinq centimètres. Le *Herald* a dit aussi que ton jeunot de partenaire avait eu une crise cardiaque. Comment se fait-il que je n'arrive pas à croire ce que dit le *Herald* ?
— Peut-être parce que ton jeunot de frangin t'a dit que mon jeunot de partenaire l'avait secoué au parc de Fern Dell.
— Ouais, et j'ai du mal à imaginer que des flics maîtres chanteurs de vingt-neuf ans puissent avoir une crise cardiaque.

— Chick, *allons, allons.*
Qui lève les bras – tu m'as eu.
— D'accord, d'accord. Touch m'a dit qu'il t'avait parlé de ce qui lui était arrivé à Fern Dell avec Stemmons, mais il y a une chose qu'il ne t'a pas dite.
Prends les devants.
— Toi, Touch et Pete Bondurant vous avez l'intention de vous monter un coup à tous les trois. Sur le sexe, et c'est, crachez au bassinet sinon photos à *l'Indiscret.* Stemmons a fait manger le morceau à Touch, alors maintenant, vous craignez que *nous* ne soyons au courant.
La mâchoire tombante :
— Ainsi *tu* sais.
Mensonge :
— C'est Stemmons qui me l'a dit. Les gars du Bureau n'ont pas le moindre indice, et même s'ils savaient, ils enterreraient l'affaire pour sauvegarder la réputation du môme. Votre affaire est bien protégée.
— Au poil, mais je n'arrive toujours pas à imaginer la crise cardiaque.
— Silence et discrétion, ce ne sera pas répété ?
— Uh-huh, et vite fait, bien fait, comme *l'Indiscret.*
A voix basse :
— Le môme déconnait à pleins tubes avec J. C. et Tommy Kafesjian. Il se shootait au H, et il s'est ramassé une OD ou alors une dose mal trafiquée. Empoisonnement. C'est du boulot de merde, et c'est parti pour la grande lessive, blanc comme neige, le gamin.
A voix basse :
— Imagine-toi que les K. ne sont pas le genre de mecs avec lesquels on déconne.
— Imagine que je commence à penser qu'Ed Exley va faire tomber ces gros bras à la minute où l'ardeur des Fédés va commencer à mourir de sa belle mort.
— Ce qui peut demander un petit moment si l'on considère le train où vont les choses.
Vent, pluie.
— Chick, qu'est-ce qui se passe avec Mickey ? J'ai vu quelques nouveaux qui sortaient les boîtes à sous du Rick Rack, sous le nez des Fédés qui prenaient des photos de l'autre côté de la rue.
Haussement d'épaules.
— Mickey, c'est Mickey. C'est un Juif qui a la tête dure, la moitié du temps, il n'y a pas moyen de lui faire entendre raison.
— Toute cette histoire n'est pas très catholique. Deux des mecs étaient mex, et Mickey n'engage jamais d'espingos. Je l'ai rencardé sur les Fédés dès le début, mais il refuse toujours de bouger sa quincaille.
Haussement d'épaules.
— Touch et moi, nous ne voulons pas être mêlés à toute cette

affaire du quartier sud. A mon avis, Mickey doit engager des individuels qui travaillent en free-lance.

Coup d'œil aux clodos.

— Ouais, et peut-être bien aussi au rabais, comme l'équipe que tu as là. A-t-il besoin d'argent à ce point-là ? Je sais qu'il est protégé, mais tôt ou tard, les Fédés vont finir par l'épingler en lui collant ses machines sur le dos.

Haussement d'épaules :

— Ce ne sera pas répété ?

— Bien sûr que non.

— Mickey doit rembourser un emprunt au Syndicat sur ses pourcentages de machines à sous, alors il est bien obligé de laisser sa quincaille en place pendant un moment. Je crois qu'il sait que c'est risqué, mais il rabiote sur tout, il est aux abois.

— Ouais, c'est un battant et les battants obtiennent toujours des résultats.

Directement à moi :

— Je l'ai dit et je le maintiens.

— Et il croit qu'il obtiendra une franchise de jeu légal dans la circonscription.

— Imagine que cette loi passe.

— Imagine le bureau du procureur général avec à sa tête Bob Gallaudet la Chambre à Gaz ? Tu l'imagines en train d'accorder une franchise à *Mickey Cohen* ?

Petit sourire narquois.

— Imagine que je pense que tu n'es pas venu ici pour Mickey.

Les clodos devant leurs braseros de boîtes de conserve.

— J'espère que ce film rapportera de l'argent.

— Mickey aussi. Hé ! où vas-tu ?

— Lynwood.

— Un rencart brûlant ?

— Ouais, avec un flic mignon qui aime jouer les gros bras.

— Je le dirai à Touch. Il sera jaloux.

Adrénaline – encore plus forte avec la pluie.

Chapitre 29

Lynwood – vent, pluie – les rues les unes après les autres, diagonale. Obscurité – difficile de voir quelque chose ; Aviation et Hibiscus – cette cabine téléphonique.

Crèches en stuc – quasiment des taudis ; des cours de motels vides de voitures. Giclures d'embruns, sous le vent – 4900 – les numéros en enfilade.

24, 38, 74. 4980 : deux étages en stuc, abandonnés.

Une lumière – rez-de-chaussée gauche, porte ouverte.

Rigolade d'abord – coup de fil de Jack :

— Tu veux dire qu'il a passé l'arme à gauche, mort naturelle, ou alors c'est quelqu'un d'autre qui a fait le coup ? Allez, laisse-moi me racheter. Disons Welles Noonan pour les mêmes dix bâtons ?

Monte les marches, regarde :

Toiles d'araignées, sol plein de poussière – Johnny l'Ecolier. Pas une once de graisse, beau gosse – pas de cicatrices de ses combats.

Pas de veste, étui vide – faites-moi confiance.

Confiance, de la merde – surveille ses mains.

Confrontation. Un temps d'arrêt.

La peur qui bourdonne.

— Du chagrin pour Junior, Johnny ?

— Que savez-vous sur Stemmons et moi ?

— Je sais que c'est toi qu'il avait mis dans son collimateur pour le braquage des fourrures. Je sais que les autres trucs ne comptent pas.

"Les autres" trucs – les paupières qui clignent. Trois mètres nous séparent – surveille ses mains.

— Il avait aussi des trucs sur vous. Il éprouvait des choses abominables pour certaines personnes, et il amassait des preuves contre elles pour rétablir l'équilibre.

— Nous pouvons faire un marché *tous les deux*. Je me fiche de l'histoire des fourrures.

— Vous ne savez pas la moitié – l'œil qui cille cin-in-glé.

Etouffé, une aiguille qui poignarde.

* * *

Sur un nuage, à marcher sur les airs – vision plein champ – l'herbe.

Embrasures des portes en flanc, chaussures, jambes de pantalons.

Trempé jusqu'aux coudes, des chaussures sur le béton, virage à droite.

Air chaud, lumière. Murs en miroirs, motifs de chevrons, tout près. Etendu sur le ventre, jolies couleurs, noir.

Noir sombre.

Lumière – flou de gueule de bois.

Bourdonnement, clic/clic – bruit de cylindre. En train de glisser sur les genoux – papier sulfurisé blanc. Lumière au-dessus – jolis flocons de neige.

Soulevé, adossé.

Bandes de sparadrap – en place, brutales, gluantes, aveuglé.

Frappé.

Coups de poing, coups de pied dans les côtes.

Chaud / froid – brûlures au cou – bruit de friture.

Sparadrap décollé / arraché, par secousses – gluant de sang rouge, lumière.

Clic/clic de cylindre.

Soulevé, adossé – du papier sulfurisé blanc. En train de tenir quelque chose – ma main droite.

Lève-la, secoue-la. Cadrage brouillé, pas très net, déclic de mémoire : MON sabre japonais souvenir.

Coup de pointe, mise au point : Johnny D. nu, MON arme à la main.

Brûlé chaud / froid – mon cou, mes mains.

Vapeur.

Brûlé à vif.

Johnny à genoux, peut-être adossé.

Brûlé – de la vapeur dans ma figure.

Johnny qui me raille, persifleur, sarcastique – des yeux bridés bleus.

Chope-le, tranche et taille – larges coups d'estoc, raté.

Johnny qui vacille – frappe à deux mains.

Raté, touché, raté – peau pâle, tatouages, sang. Frappe, déchire, tire – un bras de moins, giclures à l'articulation. Johnny qui baragouine, qui psalmodie en jap, des yeux bleus et bridés.

Raté, raté – Johnny le Jap à plat ventre. Visée, point de mire – le tatouage sur la poitrine – fends-le en deux, fends l'homme derrière lui.

Frappe, descends, plus bas, en saccades – les vertèbres qui claquent / la lame qui coince / tire...

Une aiguille en poignard.

Loin, très loin – brûlures au lance-flammes, les Japs qui chargent.

Noir.

* * *

Flottant tout noir. Tic tac quelque part – une horloge – compte les secondes. Six mille – dérive – dix mille quatre cents.

Des zéros jap qui planent.

Des voix :

Meg : Le Vieux ne m'a jamais touchée. Le mateur : papa, papa. Lucille : c'est *mon* papa.

Des zéros jap qui mitraillent Nègreville. Tic tac – aux environs de quatorze mille.

Noir.

* * *

Flou : chevrons gris / chaussures.

Les miroirs du mur, sens dessus dessous ; des zéros jap. Fais signe – imbécile – les bras attachés à l'adhésif.

Un fauteuil – le grand confort sous sparadrap.

Cliquetis de projecteur.

Lumière blanche.

Ecran blanc.

Séance ciné – le Vieux, Meg. Assieds-toi au milieu d'eux – arrête-les lui, ses mains.

Dérive, retour – chaleur de friture – vapeur.

Débats-toi – neige carbonique ? – l'adhésif, attaché, immobile.

Ecran blanc.

Johnny Duhamel nu.

Coupez :

Dave Klein, l'homme-sabre.

Gros plan – la poignée du sabre.

SSGT D.D. Klein USMC Saïpan 24/7/43.

Coupez :

Johnny qui supplie – "Je vous en prie" – prise muette.

Coupez :

Dave Klein qui taille, qui rate.

Coupez :

Papier sulfurisé, un bras sectionné qui tremble et qui remue.

Coupez :

Hara-kiri en gros plan.

La lentille de l'objectif qui dégouline de rouge.

Un doigt qui expédie d'une pichenette des morceaux de vertèbres.

Une aiguille en poignard – mes hurlements coupés nets. Muet.

* * *

Fondu enchaîné en mouvement – la nuit – flou de pare-brise.

Nègreville – Sud Central.

La poitrine qui fait mal, le cou qui fait mal. Un chaume de barbe, pas d'étui d'épaule.

Embardée.

Toussotements de sirènes.

Les brûlures qui brûlent.

Puanteur de désinfectant.
Non.
Pas pour de vrai.
C'est EUX *qui m'ont obligé à le faire.*
Je vous en prie, je n'ai pas aimé ça.
Des sirènes, des flammes devant moi.

Chapitre 30

Camions à incendie, rôdeuses. Chaume de barbe – au toucher, une journée sans rasoir. Fumée, incendie – le Bido Lito's.

Barrage routier – à droite, toute – monte le trottoir. Photographes en complets gris – des monstres.

Contact pare-chocs – un panneau d'affichage : "L'Auto-Détermination Est Vôtre Avec le Prophète Muhammed".

Repos – un tableau de bord bien moelleux. Comme sur un nuage : "c'est Klein. Attrapez-le" .

* * *

— Je crois qu'il a une commotion.

— A mon avis, il est drogué.

— Je ne pense pas que ceci soit légal.

— C'est risqué mais c'est légal. Nous l'avons trouvé dans les pommes près des lieux d'un incendie criminel, et c'est un des suspects majeurs dans notre enquête de fond. M. Noonan a une oreille au bureau du coroner. Il a dit que le partenaire de Klein était mort d'une overdose d'héroïne ; jetez donc un coup d'œil, regardez l'état dans lequel il se trouve.

— Jim, rapport écrit au cas où il y aurait litige sur tout ceci.

— Vas-y.

— Très bien. Il est 3 h 40 du matin – 19 novembre 1958. Je suis l'agent spécial Willis Shipstad. Se trouvent avec moi les agents spéciaux James Henstell et William Milner. Nous nous trouvons au bâtiment fédéral du centre ville en compagnie du lieutenant David Klein des services de police de Los Angeles. Le lieutenant a été ramassé dans un état second sur la 67ème Rue et Central Avenue à Los Angeles Sud. Il était inconscient, la tenue en désordre, complètement débraillé. Nous l'avons emmené jusqu'ici pour nous assurer qu'il reçoive les soins médicaux que nécessite son état.

— C'est la meilleure, celle-là.

— Jim, efface le commentaire de Bill. Reprenons : le lieutenant Klein dont nos registres de renseignements indiquent qu'il est âgé de quarante-deux ans, souffre peut-être de blessures à la tête. Il a les mains et le cou brûlés, et les plaies correspondent à des brûlures à la neige carbonique. Il porte des taches de sang sur la chemise et un morceau de chatterton est resté collé à sa veste. Il n'est pas armé. Nous avons rangé en bon ordre son véhicule de police Plymouth 1957 à l'intersection où nous l'avons découvert. Avant tout interrogatoire, le lieutenant recevra des soins méd –

Une chaise qu'on avance.

— icaux.

Les Fédés.

— Fais taper et assure-toi que M. Noonan en reçoive une copie.

Cagibi à suées – Will Shipstad, deux G-men. Table, chaises, bloc sténo.

Shipstad :

— Il revient à lui. Jim, va chercher M. Noonan.

Un Fédé de moins. Etirements – douleurs, anomalies.

Shipstad :

— Vous me connaissez, Lieutenant. Nous nous sommes vus à l'hôtel Embassy.

— Je me rappelle – la voix éraillée.

— Voici mon partenaire, l'agent spécial Milner. Savez-vous où vous vous trouvez en ce moment ?

Mon sabre japonais – grand écran / couleur.

— Désirez-vous voir un médecin ?

— Non.

Milner – gras, eau de cologne bon marché.

— En êtes-vous sûr ? Vous donnez l'impression de sortir du trente-sixième dessous.

— Non.

Shipstad :

— Soyez témoin du fait que M. Klein a refusé tous soins médicaux. Et un avocat ? Vous êtes avocat vous-même, vous savez que nous avons le droit de vous retenir ici pour interrogatoire.

— Pas d'avocat.

— Vous êtes sûr ?

Johnny – Seigneur Jésus.

— Je suis sûr.

— Bill, soyez témoin qu'il a été offert un conseil légal à M. Klein, lequel a renoncé à ce droit.

— Pourquoi suis-je ici ?

Milner :

— Regardez-vous. La question qu'il faudrait poser, c'est "Où êtes-vous allé ?"

Shipstad :

— Nous vous avons ramassé sur la 67ème et Central. Peu de temps avant cela, le Bido Lito's a été incendié volontairement. Nous avions des agents à nous à proximité immédiate, ils étaient là en surveillance, et l'un d'eux a entendu un témoin qui s'adressait à des inspecteurs du LAPD. Le témoin a déclaré qu'il passait à pied près du Bido Lito's peu après la fermeture de la boîte de nuit lorsqu'il a vu une fenêtre brisée sur la rue. Quelques secondes plus tard, le bâtiment a pris feu. Ce qui ressemble fort à mon avis à une bombe incendiaire qu'on aurait lancée.

Milner :

— Trois personnes sont mortes dans l'incendie. Pour l'instant, nous présumons qu'il s'agit des deux propriétaires de la boîte de nuit et de l'homme chargé du nettoyage. Lieutenant, connaissez-vous la manière de concocter un cocktail Molotov ?

Shipstad :

— Nous ne suggérons nullement que c'est *vous* qui avez fait partir en fumée le Bido Lito's. Franchement, l'état dans lequel nous vous avons ramassé laisse à croire que vous étiez incapable d'allumer une cigarette. Lieutenant, que dites-vous de ceci. Ecoutez bien. Il y a deux nuits de ça, cinq personnes ont été tuées dans une boîte de Watts ouverte en nocturne, et une source que nous qualifierons de sûre nous a appris qu'Ed Exley et Bob Gallaudet ont exercé des pressions conséquentes afin d'étouffer les détails de cette affaire. *Maintenant* : le lendemain matin, on découvre le cadavre de votre collègue le sergent George Stemmons, Jr au Bido Lito's. Le chef Exley vend sa salade à la presse, une histoire à dormir debout au sujet d'une crise cardiaque, alors que nous nous sommes laissé dire qu'il s'agissait très probablement d'une overdose d'héroïne dont il serait le seul responsable. *Maintenant* : une quarantaine d'heures après *cela*, c'est le Bido Lito's qui part en fumée, et vous arrivez sur les lieux en voiture peu de temps après, dans un état d'hébétude qui laisse supposer que vous avez fait usage de stupéfiants. Lieutenant, voyez-vous maintenant l'allure générale de la situation ?

EUX – un coup monté.

Normal – il m'a fait mal.

En train de l'étriper.

Milner :

— Klein, vous êtes avec nous ?

— Oui.

— Utilisez-vous habituellement des stupéfiants ?

— Non.

— Oh ! rien qu'à l'occasion ?

— Jamais.

— Que diriez-vous de vous soumettre à une prise de sang ?

— Que diriez-vous de me relâcher sur la foi d'un ordre exécutoire pour preuves insuffisantes ?

Milner :

— Hé ! mais il est allé à la fac de droit.

Shipstad :

— D'où veniez-vous lorsque nous vous avons ramassé ?

— Je refuse de répondre.

Milner :

— Bien sûr, selon l'argument que votre réponse pourrait vous compromettre.

— Non, selon l'argument de la révélation de renseignements non compromettants tel qu'il est détaillé dans le jugement Etat d'Indiana contre Hurkness, Bodine, et al, 1943.

— Hé ! il est bien allé à la fac de droit. Vous avez autre chose à ajouter, Monsieur-la-grosse-tête ?

— Ouais, t'es qu'un tas de merde gras à lard et ta femme se fait sauter par Rin-Tin-Tin.

Rouge coronaire – gros tas merdeux.

Shipstad :

— *Suffit.* Lieutenant, où étiez-vous ?

— Refus de réponse.

— Qu'est-il arrivé à votre revolver réglementaire ?

— Refus de réponse.

Milner :

— Pouvez-vous expliquer votre allure négligée et débraillée ?

— Refus de réponse.

— Pouvez-vous expliquer le sang sur votre chemise?

Johnny en train de supplier.

— Refus de réponse.

Milner :

— Quelque chose qui te tracasse, M'sieur la grosse-tête ?

Shipstad :

— Où étiez-vous ?

— Avez-*vous* mis le feu au Bido Lito's ?

— Non.

— Savez-vous qui a fait cela ?

— Non.

— Est-ce que le LAPD l'a fait pour venger la mort de Stemmons ?

— Non. Vous êtes cinglé.

— L'inspecteur divisionnaire George Stemmons, Sr a-t-il ordonné l'incendie ?

— Je ne – non, vous êtes cinglé.

— Avez-*vous* mis le feu au Bido Lito's pour venger la mort de votre partenaire ?

— Non – la tête qui tourne.

Milner :

— On ne sent pas d'alcool dans votre haleine.

Shipstad :

— Vous trouviez-vous sous l'influence de stupéfiants lorsque nous vous avons trouvé ?

— Non.

— Utilisez-vous des stupéfiants ?

— Non – voyants de haut-parleurs – du monde à l'écoute.

— Vous a-t-on administré des stupéfiants de force ?

— Non – bien deviné – JOHNNY. La porte – Welles Noonan.
Milner qui sort, Noonan qui entre.
— Bonjour, M. Klein.
Coiffure à la Kennedy – laquée de frais.
— J'ai dit "Bonjour".
JOHNNY QUI SUPPLIE.
— Klein, vous m'écoutez ?
— Je vous ai entendu.
— Bien. J'ai quelques questions à vous poser avant qu'on vous relâche.
— Posez-les.
— C'est ce que je vais faire. Et je suis impatient de croiser les gants avec vous. Je me souviens de ce précédent dont vous avez morigéné l'agent spécial Milner, je pense que nous serons de force égale dans ce combat.
— Comment faites-vous pour avoir une telle coiffure ?
— Je ne suis pas ici pour discuter de mes secrets de coiffeur avec vous. Maintenant, je vais –
— Espèce d'enculé, vous m'avez craché à la figure.
— Oui. Et vous vous êtes montré à tout le moins d'une négligence criminelle en ce qui concerne la mort de Sanderline Johnson. Jusqu'ici, ce sont là –
— Dix minutes, sinon j'appelle Jerry Gusler pour un habeas –
— Jamais il ne trouvera un juge pour le signer.
— Dix minutes, sinon j'engage Kanarek, Brown et Mattingly pour qu'ils déposent une demande en dommages simples avec comparution immédiate devant une cour de justice.
Shipstad tout sourires – tu te le fais, son patron.
Noonan :
— M. Klein, avez-vous –
— Appelez-moi "Lieutenant".
— Lieutenant, que savez-vous au juste de l'histoire passée des services de police de Los Angeles ?
— Venez-en au fait, pas de questions tendancieuses.
— Très bien. Qui a été à l'origine de ce que je qualifierais par euphémisme d'"arrangement" entre le LAPD et M. J. C. Kafesjian ?
— Quel "arrangement"?
— Allons, *Lieutenant*. Vous savez très bien que vous les méprisez tout autant que moi.
Joli coup de poignard – à ton tour de le mener.
— Je pense qu'il s'agit du chef Davis, le chef qui a précédé Horrall. Pourquoi ?
— Et ceci se passait dans les années 1936, 1937 ?
— Dans ces eaux-là, je pense. J'ai rejoint les rangs des Services en 38.
— Oui, et j'espère que le fait que vous soyez assuré de toucher

votre pension ne vous donne pas un sentiment trompeur d'invulnérabilité. Lieutenant, le capitaine Daniel Wilhite fait la liaison entre la famille Kafesjian et la Division des Stupéfiants, n'est-il pas vrai ?

— Refus de réponse.

— Je comprends, loyauté fraternelle envers un autre policier. Wilhite gère-t-il les Kafesjian depuis le début de votre arrangement ?

A toi de mener :

— A ce que je crois comprendre, c'est le chef Davis qui a fait entrer les Kafesjian dans le circuit et c'est lui qui les a gérés jusqu'à ce que Horrall prenne le relais comme chef en 39. Dan Wilhite s'est engagé dans les Services au milieu de 39, pas avant, il n'a donc pas pu être leur gérant dès le début, si *jamais* il a été effectivement leur putain de gérant.

L'aristocrate extra-lucide qui parle :

— Oh ! allons, Lieutenant. Vous savez très bien que l'alliance de Wilhite et des Kafesjian remonte pratiquement à l'Antiquité.

— Refus de commentaire. Mais continuez à poser des questions sur les Kafesjian.

— Oui, nous nous sommes laissé dire qu'ils avaient piqué votre curiosité.

Technicolor : JOHNNY QUI SUPPLIE.

Shipstad :

— Vous avez l'air mal à l'aise. Voulez-vous un verre de –

Noonan :

— Avez-vous dit à Mickey Cohen de dégager ses machines à sous et ses distributeurs ? Il s'est montré laxiste, vous savez. Nous avons des photos de ses hommes occupés à faire l'entretien de la camelote.

— Refus de réponse.

— Nous nous sommes récemment trouvé un témoin de première grandeur, le saviez-vous ?

Ne mords pas à l'hameçon.

— Les aiguilles tournent.

— Oui, je sais. Will, pensez-vous que M. Klein ait mis le feu au Bido Lito's ?

— Non, Monsieur, je ne le pense pas.

— Il ne peut pas ou ne veut pas nous dire où il se trouvait à ce moment-là.

— Monsieur, je ne suis pas certain qu'il le sache lui-même.

Debout, à m'étirer – les jambes qui flageolent.

— Je vais prendre un taxi jusqu'à ma voiture.

— Absurde, l'agent spécial Shipstad va vous conduire. Will, je serais curieux de savoir où le Lieutenant a passé la journée d'hier, disons.

— Monsieur, je dirais que c'est soit un sacré morceau de femme ou une rencontre avec un ours grizzly.

— Bien dit, et le sang qu'il a sur la chemise tendrait à suggérer la seconde solution. Savez-vous ce que je suggèrerais de mon côté pour en savoir plus ?

— Non, Monsieur.

— Nous restons à l'écoute de tous les appels pour homicides dans le quartier sud afin de voir lesquels Edmund Exley va essayer d'obscurcir.

Faiblard, comme bluff.

— Ça me plaît bien, Monsieur.

— C'est bien ce que je pensais. Ça se tient, sur le plan pratique, puisque nous savons tous deux que Dave ici présent a assassiné Sanderline Johnson. Je pense qu'il s'agit d'une entreprise familiale. C'est Dave qui s'occupe du petit travail de routine, et sœur Meg qui investit l'argent. Que diriez-vous comme petite maxime ? La famille qui massacre en compagnie, reste...

Saute-lui à la gorge – les jambes qui flageolent. Shipstad m'a cloué sur mon siège. Double nelson, les deux pouces en pression – sur mes carotides. Traversée du couloir, avec difficulté / le voile – sous les verrous.

Le voile – qui va, qui vient.

1 m 50 sur 2 m 50 – murs capitonnés – pas de chaises, pas de table. Des voix – sortie haut-parleur – miroir espion.

Cellule capitonnée / poste d'observation.

Regarde / Ecoute :

Le verre est rayé – distorsion. Grésillements – une tape sur le haut-parleur – c'est mieux. Les yeux plissés : Milner, Abe Voldrich.

Ecoute.

Milner :

— ...ce que je dis c'est que soit J. C. soit Tommy vont se retrouver inculpés, ou alors la publicité que nous allons leur faire en communiquant les minutes du Grand Jury à la presse vont les ruiner définitivement. Les Stups vont se retrouver, l'herbe coupée sous les pieds, et je pense qu'Ed Exley le sait très bien, parce qu'il n'a pas pris la moindre mesure pour les protéger ou faire disparaître les preuves qui les impliquent. Abe, sans les Stups, les Kafesjian ne sont plus qu'un quarteron de débiles à la tête d'une entreprise de nettoyage à sec qui leur rapporte tout juste des bénéfices.

Voldrich, qui tousse sa fumée :

— Je... ne... suis pas... un informateur.

Milner :

— Non, tu es un réfugié lithuanien âgé de cinquante et un ans dont nous pouvons annuler la carte verte à tout moment. Abe, veux-tu aller vivre derrière le Rideau de fer ? Sais-tu ce que les cocos vont te faire ?

— Je ne suis pas un donneur.

— Non, mais ça ne te déplairait pas. Tu le laisses entendre avec des sous-entendus. Tu m'as bien dit que tu avais séché des balles de marijuana dans un des séchoirs E-Z Kleen ?

— Oui, et je vous ai dit que J. C., Tommy et Madge n'en savaient rien.

Fumée – visages flous.

Milner :

— Tu sais que J. C. et Tommy sont des pourritures. Tu te donnes toujours beaucoup de mal pour dissocier Madge de ces deux-là. C'est une femme bien, et pour l'essentiel, tu es un honnête homme qui s'est trouvé mêlé à des mauvais.

Madge / Abe – amants – Lester Lake.

Voldrich :

— Madge est une femme très bien qui, pour de nombreuses raisons... eh bien, je dirais simplement qu'elle a besoin de Tommy et de J. C.

Milner :

— Est-ce que Tommy a effacé un chauffard ivre qui avait tué la fille d'un flic des Stups ?

— Je m'en tiens au truc du cinquième amendement.

— Toi et le monde entier, nom de Dieu. Jamais nous n'aurions dû rendre publiques les Audiences Mc Clellan. Abe –

— Agent Milner, s'il vous plaît, veuillez m'inculper ou alors relâchez-moi.

— Tu as eu droit à ton coup de fil, et tu as choisi d'appeler ta sœur. Si tu avais appelé J. C., il t'aurait trouvé un avocat brillant pour te faire libérer sur habeas corpus. Je crois que tu veux faire exactement ce qu'il faut. M. Noonan t'a expliqué l'accord d'immunité, et il t'a promis un certificat de bons et loyaux services des Fédéraux. Je pense que c'est ce que tu désires – M. Noonan veut présenter trois témoins majeurs devant le Grand Jury, et l'un de ces témoins, c'est toi. Et ce qu'il y a de plus beau dans l'histoire, c'est que si vous témoignez tous les trois, tous ceux qui pourraient avoir des raisons de te vouloir du mal se retrouveront inculpés et reconnus coupables.

La voix rauque :

— Je ne suis pas un informateur.

— Abe, Tommy et J. C. ont-ils tué le sergent Stemmons, Jr ?

— Non – à cran, nerveux.

— Il est mort d'une overdose d'héroïne. Tommy et J. C. auraient très bien pu arranger un coup comme celui-là.

— Non. Je veux dire, je ne sais pas.

— Lequel des deux ?

— Je veux dire, non, je ne pense pas qu'ils l'aient fait.

— Abe, on ne peut pas vraiment dire que tu aies le visage d'un joueur de poker. Toujours sur le même sujet, nous savons que Tommy jouait du cornet au Bido Lito's. Connaît-il du monde là-bas ?

— Cinquième amendement.

— Tu te crois à la télé. Des mômes bousillent un carreau, ils plaident le cinquième amendement. Abe, quel était le degré d'intimité

entre les Kafesjian et Junior Stemmons ?
— Cinquième amendement.
— Stemmons et un certain lieutenant David Klein leur ont cherché des poux dans la tête à l'occasion d'un cambriolage qui a eu lieu à leur domicile il y a deux semaines de cela. Qu'est-ce que tu sais là-dessus ?
Colle-toi au miroir plus haut – visages tremblants.
— Cinquième amendement.
— Ont-ils essayé d'extorquer de l'argent aux Kafesjian par la force ?
— Non. Je veux dire cinquième amendement.
— Abe, on te lit à livre ouvert. Allons, Stemmons était camé, et Klein est une ordure, difficile de trouver un flic plus salaud.
Quintes de toux – sifflements d'électricité statique.
— *Non. Cinquième amendement.*
Pause, Milner :
— Changeons un peu de sujet.
— Que diriez-vous de la politique ?
— Que dirais-tu de Mickey Cohen ? Le connais-tu ?
— Je ne l'ai jamais rencontré.
— Peut-être pas, mais tu es un vieux briscard dans le quartier sud. Que sais-tu du racket de machines à sous que Mickey dirige dans le coin ?
— Je sais peau de balle. Je sais que les machines à sous, ça plaît aux ringards au petit pied, de la vraie roupie de sansonnet, ce qui explique pourquoi elles attirent tant les shwartzes[1] stupides.
Soupir :
— Changeons de sujet.
— Que diriez-vous des Dodgers ? Si j'étais mexicain, je serais heureux de quitter Chavez Ravine.
— Que dirais-tu de Dan Wilhite ?
— Cinquième amendement.
— Nous avons jeté un coup d'œil à ses déclarations d'impôts, Abe. J. C. lui a donné vingt pour cent du magasin E-Z Kleen sur Alvarado.
— Cinquième amendement.
— Abe, tous les hommes qui travaillent aux Stups possèdent des articles qu'ils n'ont pas les moyens de s'offrir, et nous pensons que c'est J. C. qui leur en a fait cadeau. Nous avons examiné en détail leurs déclarations de revenus, et lorsque nous les convoquerons pour qu'ils nous expliquent la provenance des articles en question, en leur proposant, “dites-nous où vous les avez eus, et vous passez à l'as”, J. C. aura complètement sombré sous vingt-quatre chefs d'inculpation pour corruption et fraude fiscale fédérale.
— Cinquième amendement.
— Abe, je vais te donner un petit conseil : *plaide toujours le cin-*

1. Yiddish : les Noirs. (N. d. T.)

quième amendement du début jusqu'à la fin. N'en change pas. Les réponses dans le cours d'une simple conversation entrecoupées du cinquième ne servent qu'à mettre en relief les points sur lesquels tu réagis avec une conscience coupable.

Silence.

— Abe, tu m'as l'air un peu vert, à te regarder.

Pas de réponse.

— Abe, nous nous sommes laissé dire que Tommy était à la recherche d'un mec dénommé "Richie". Nous n'avons pas le nom de famille, mais nous avons entendu dire que lui et Tommy jouaient du jazz ensemble dans le temps et qu'ils organisaient des cambriolages avec effraction.

Colle-toi au miroir plus haut – fumée, distorsion.

— Cinquième amendement.

— Abe, tu n'as jamais gagné un centime au poker.

Colle-toi au miroir – plus haut – arrache le capitonnage.

— Tu veux vraiment nous aider, Abe. Une fois que tu l'auras reconnu, tu te sentiras beaucoup mieux.

Claquements de porte – arrête, doucement, du calme.

Recule : deux Fédés en avant-garde de Noonan. Attaque en premier :

— Vous voulez que je témoigne pour vous ?

Lui qui se tapote les cheveux.

— Oui, et mon épouse est de votre côté. Elle a vu votre photo dans les journaux, et elle s'est complètement entichée de vous.

— Un service, à titre de réciprocité ?

— Vous n'êtes pas suffisamment aux abois, mais essayez toujours.

— "Richie quelque chose". Dites-moi ce que vous avez sur lui.

— Non, et il faudra que je réprimande l'agent Milner pour avoir laissé ce haut-parleur branché.

— Noonan, nous pouvons faire un marché.

— Non, vous n'êtes pas encore tout à fait prêt. Messieurs, escortez M. Klein jusqu'à un taxi.

Chapitre 31

Bido Lito's – au lever du jour.
Fatras calciné – au beau milieu, l'estrade d'orchestre. Tas de cendres, verre brisé.
Les cabines téléphoniques du trottoir intactes. Une pièce – sois-là.
Six sonneries.
— Allô ! dans un bâillement.
— C'est moi.
Qui se réveille :
— *Où es-tu* ?
— Je vais très bien.
— Je ne t'ai pas demandé – David, où *étais*-tu ?
Sur un nuage / des couleurs tendres.
— Je ne – écoute, as-tu été interrogée ?
— Oui, par deux hommes du shérif. Ils ont dit que c'était un interrogatoire de routine, qu'on interrogeait toutes les actrices sous contrat avec Hughes. Ils n'avaient pas l'air de savoir que Howard me faisait surveiller, et je n'ai même pas eu besoin de fournir un alibi pour un moment précis, parce qu'ils n'ont pas réussi à établir le jour de la mort de Miciak. Ils –
— Ne dis pas de nom.
— Pourquoi ? D'où appelles-tu ?
— D'une cabine.
— David, tu donnes l'impression d'être effrayé. Où *étais*-tu ?
— Je te le dirai si – je veux dire *lorsque* ce sera terminé.
— Est-ce que c'est l'affaire Kafesjian ?
— Comment savais-tu cela ?
— Je le savais, c'est tout. Il y a des choses que tu ne me dis pas, alors...
— Il y a des choses que tu ne me dis pas, toi.
Silence.
— Glenda.
— Où, et il y a des choses que je ne te dirai pas.
— Parle-moi, alors.
— Viens jusqu'ici.
— Je ne peux pas, il faut que je dorme.
— Quel genre de choses veux-tu que je te raconte ?
— Je ne sais pas... des choses bonnes et douces.
Doucement, lentement.

— Eh bien, à l'époque où je fréquentais H. H., j'ai réussi à lui soutirer des tuyaux sur des actions en bourse, et j'ai acheté au plus bas. Les actions sont en train de monter, et je pense que je vais me faire un joli bénéfice. Lorsque tu m'as posé un lapin il y a deux soirs de ça, j'ai dîné avec Mickey. Il est toujours amoureux de moi comme un collégien, et il m'a demandé de faire la critique de son jeu d'acteur, un truc qui a rapport avec un important discours qu'il doit faire bientôt. Ma voiture a des problèmes d'embrayage... David...

— Ouais, ça ira très bien, ne t'en fais pas.

— Est-ce que *tout* ira très bien ?

— Naturellement.

— Peut-être que je vais laisser mes actions monter encore un peu. L'argent, ça aide toujours.

— Je t'appellerai dès que je pourrai.

* * *

Des vandales m'avaient fauché mes enjoliveurs. Et toujours la séance ciné, le film qui repasse :

S'IL VOUS PLAÎT NE ME TUEZ PAS.

S'IL VOUS PLAÎT NE ME TUEZ PAS COMME VOUS AVEZ TUÉ TOUS LES AUTRES.

Deux portes plus loin, Happytime Liquor – magasin de spiritueux.

L'employé, un air soupçonneux – Qui c'est, ce clodo ? Colle-lui ta plaque sous le nez – respect – oui, M'sieur ?

Scotch – une demi-pinte. La rue, quelques gorgées, qui passent mal, frissons.

Balance le reste – la gnôle, c'est pour les pervers, les lâches.

C'est Meg qui me l'avait appris.

Chapitre 32

Chez moi : rangé, propre. Artillerie de remplacement : mon 45 des Marines.

Hurlement :

Mon sabre japonais sur une étagère – taché de gouttes de sang.

Cinq bâtons, posés tout à côté.

* * *

Sommeil – JOHNNY QUI SUPPLIE.

* * *

Midi, réveil, le bras qui se tend – téléphone. Coup de fil, à l'instinct : hôtel de ville de Lynwood.

4980 Spindrift – quatre apparts, vides. L'employé qui fouille ses paperasses, la réponse :

Saisi par la municipalité de Lynwood, le propriétaire était décédé aux environs de 46. Abandonné pendant douze ans, lancement d'appels d'offres pour la rénovation : possibilité de relogement des expulsés de Chavez Ravine. Recherche des titres de propriété – impossible – archives détruites par une inondation du sous-sol.

Lynwood – pourquoi là-bas ?

Duhamel : "Des preuves".

Dehors – les journaux – retour. Quatre quotidiens, Nègreville tous azimuths :

Fusillade en pleine nuit – cinq morts, pas d'indices, pas de suspects. Quatre bougnoules identifiés – le "Nègre" Steve Wenzel éliminé. Exley : "Des inspecteurs expérimentés de la Criminelle travaillent sur cette affaire à plein temps. C'est une priorité numéro un du LAPD."

Tommy K. – blanc comme neige. A l'instinct – Tommy K. – une carte dans la manche d'Exley.

Eclair de mémoire :

Le film qui repasse – papier sulfurisé / miroirs. *Un petit côté* déjà vu, familier.

Le *Herald* :

"Trois Morts dans l'Incendie d'un Club de Jazz", "Incendie : accidentel", déclarent les flics spécialistes. Exley : "Nous sommes convaincus que l'incendie du Bido Lito's n'est en aucune manière lié à la mort tragique par crise cardiaque du Sergent Stemmons, Jr deux jours auparavant en ce même lieu."

A l'instinct – la piquouze frelatée de Junior – EUX.

A l'instinct – tous les indices potentiels partis en fumée.

Le *Mirror News* : tendancieux, antibougnoule :

Un flic mort / l'enfer de la boîte de nuit – qu'est-ce qui couve ? Stemmons, Sr : "Des truands nègres ont tué mon fils !" Réfutation par Exley : "Ceci n'a aucun sens. Le sergent Stemmons est mort d'une crise cardiaque, pure et simple. Le bureau du coroner en rendra publique la confirmation dans les vingt-quatre heures. Et l'hypothèse selon laquelle les services de police de Los Angeles auraient mis le feu au Bido Lito's pour venger la mort du sergent Stemmons est du dernier ridicule."

R.I.P. Junior – Service catholique à suivre. Avec comme maître de cérémonie : Dudley Smith, aumônier laïc.

Insidieux et narquois :

— Au beau milieu de l'enquête de fond fédérale qui bat son plein à Sud Central à Los Angeles (enquête dont on s'accorde généralement à dire qu'elle vise à discréditer les services de police de Los Angeles), le chef des inspecteurs Edmund Exley fait incontestablement tout son possible pour dénigrer avec mépris devant les membres de la presse la vague de crimes que connaît en ce moment le quartier sud. Des sources locales disent qu'il se trouve actuellement autant d'agents fédéraux dans les rues que d'hommes du LAPD, signe de bon augure, se prendrait-on à penser, pour une diminution des statistiques de crimes. Il y a là quelque chose de louche, comme si on essayait de nous noyer le poisson, lequel n'a absolument rien à voir avec le gumbo de poisson-chat qu'on servait à l'occasion au Bido Lito's Club récemment réduit en cendres.

Exley, *L.A. Times* :

— Je regrette que les autorités fédérales cherchent en ce moment à fabriquer de toutes pièces une investigation – qu'elles veulent couronnée de succès – sur les rackets à Los Angeles. Leur tentative est vouée à l'échec, parce que les mesures mises en place pour le maintien de la loi et de l'ordre par les services de police de Los Angeles s'avèrent depuis de nombreuses années parfaitement efficaces. Apparemment, Welles Noonan a pris pour cible la Division des stupéfiants du LAPD dans sa volonté d'obtenir les inculpations, et l'on m'a récemment posé la question de savoir pour quelle raison je n'avais pas mis à l'abri et hors d'atteinte les hommes qui travaillent dans cette Division. Ma réponse ? Simplement que ces hommes n'ont rien à cacher.

A l'instinct, gros coup de flair – les Stups, appât fédé.

Times / Herald / Mirror – pas de cadavres masculins signalés. *Examiner* : "Découverte Macabre par un Egouttier."

Lecture rapide :

Tuyau d'évacuation des pluies d'orage – limites Compton / Lynwood – territoire shérif. Cadavre, blanc, masculin – grand, teint pâle, 70 kg. Décapité, plus de doigts, plus de pieds – empêcher toute identification par le labo. Mort depuis 24-36 heures – ÉVISCÉRÉ, COLONNE VERTÉBRALE SECTIONNÉE.

Mon cadrage – facile – Johnny.

Les hommes du shérif en plein cirage.

Personnes disparues – rien qui correspond.

"Aucune marque d'identification n'a été retrouvée sur le cadavre. Des plaies en creux circulaires sur la poitrine et les épaules indiquent que des tatouages ont été ôtés avec succès."

Un tatouage en cœur – tranché en deux dans le rouge.

"Si vous disposez de renseignements concernant cet homme, non identifié 26-1958, bulletin de la Criminelle du comté, 141-26-1958, appelez le Sgt B.W. Schenker, poste de Firestone – services du shérif, TU-30985."

Appelle, plaide :

Aucune connaissance du lieu / du laps de temps précis.

Entôleurs présumés : EUX. Coercition, deux hommes – la logistique l'exigeait.

EUX :

Accès à la came.

Mobile – flics pourris en orbite – Duhamel associé à Junior associé à moi.

Détails :

Johnny / Junior – les mains sales avec le vol de fourrures – pousse la devinette plus loin. Junior – le "Grand Patron Came" – qui fait pression sur EUX. Moi – le chasseur de mateur – EUX le voulaient, LUI.

Mon sabre japonais / cinq bâtons.

Mes honoraires de contrat – des gens savaient.

Le sabre – Junior savait.

Junior connaissait Johnny.

Johnny m'avait appelé – "des preuves".

Double-jeu – Johnny / EUX associés, Johnny trahi.

Pas de double-jeu / de vraies preuves concrètes – Johnny / Junior associés – LEUR mobile.

L'heure du petit cinéma à domicile – EUX. Perdu, plus de repère de temps à cause de la came : plans de coupe – collage – montage – développement – qui ?

Le temps :

Laissé en vie – tueur de cinéma, filmé en pleine action. Le temps qui s'égrène, dans deux directions possibles :

Coercition directe, nette et sans bavures : laisse tomber le mateur.

Passages au crible Fédés / LAPD : des possibilités innombrables.

Disons que Johnny m'a appelé à la régulière. Pas de magouille.

Disons que *lui* n'a rien dit de notre rencart.

Moi, j'en avais parlé à Bob Gallaudet, à Chick Vecchio par la bande.
Chick connaissait mon tarif pour une élimination.
Chick connaissait l'existence de mon sabre.
Chick les connaissait, EUX – ou alors, des personnes qui LES connaissaient.
Et moi qui n'ai pas pu fermer mon clapet, moi à Chick – Junior, O.D. trafiquée possible – ou alors EUX.
Chick connaissait Junior – des saloperies intimes.
Chick, Touch, Pete B. – chantage sexuel en instance.
Chick qui les tuyaute, EUX – séance ciné.
Sûr à 99 % – coercition, on m'a obligé, sous la contrainte.
Doute à 1 % – je tue les gens.
Ma plaidoierie en conclusion : je n'aime pas ça.
Rasoir, douche. Hagard, de nouveaux cheveux gris – quarante-deux ans et je vais sur – ma mort.
Picotements des brûlures – neige carbonique. Mon sabre, cinq bâtons – tactique de terreur.
Investis le fric.
Hughes Aircraft – on le fait appeler – ne quittez pas.
— Bondurant. Qui est à l'appareil ?
— Dave Klein, Pete.
Pris de court :
— Tu n'appelles *jamais* pour la forme. Boulot, je me trompe ?
— Pour une valeur de cinq plaques.
— A partager ?
— Ta part.
— Alors, ce n'est plus un numéro de petit policier ce coup-ci, comme la dernière fois.
— Non, cette fois, on travaille au corps un petit dur.
— Tu te défends bien pour ça tout seul.
— Il s'agit de Chick Vecchio, et je suis au courant du marché que tu as passé avec lui et Touch. Je veux jouer un peu là-dessus.
La voix neutre :
— Et tu vas refuser de me dire comment t'as été mis au courant.
— Exact.
— Et si je dis "Non", tu vas nous gâcher notre petite affaire.
— Exact.
— Et tu t'es dit, toi tout seul, peut-être bien que le Chick ne s'allongera pas, mais avec tous les deux, c'est une affaire réglée.
— Exact.
Crac, crac – ses grosses jointures.
— Monte jusqu'à sept et réponds à quelques questions.
— Sept.
Crac, pop :
— C'est quoi le sac de nœuds ?

— Chick m'a foutu dans la merde avec J. C. et Tommy Kafesjian.
— Alors, efface-le – c'est plus dans ton style.
— J'ai besoin d'une balance.
— Chick, c'est un petit dur. Pas sûr qu'il s'allonge.
— Sept. Oui ou non.
Pop, pop – craquements sur la ligne – des mains de tueur.
— Oui, à une condition, parce que j'ai toujours pensé que Chick était essentiellement un connard de gommeux de rital, et parce que Mickey lui a dit comme à Touch de ne pas monter leur petite arnaque au sexe. Je me dis aussi que Mickey a toujours été correct avec moi, alors je vais lui faire une fleur au Mickey, et une belle, qu'il pourra toujours me rembourser si jamais il laisse tomber toutes ses conneries de grand magnat du cinéma pour se remettre à se comporter comme un Blanc bien civilisé. Maintenant, c'est quoi ton plan d'attaque ?
— Travail au corps, musclé et direct, mais je veux des trucs bien dégueulasses sur Chick au cas où il irait courir chez Sam Giancana. Le Chick est de l'Organisation et l'Organisation n'aime pas ce genre d'extorsion.
Pop, pop.
— Donc, tu veux choper Chick en flagrant délit. J'amène mon appareil photo, on démarre de là.
— D'accord. *A condition* qu'on n'ait pas à attendre trop longtemps.
Craquements de jointures – pop, pop – dégueulasse – Johnny qui supplie.
— Pete, allez, magne.
— J'ai besoin de deux jours.
— Putain de merde.
— Putain de rien du tout, Chick est fin prêt à se coller dans le pieu Joan la putain de Crawford. Et *ça,* c'est quelque chose qui vaut la peine qu'on attende.
Vedettes de ciné / séance ciné – Johnny.
— Très bien. Deux jours.
— Il y a cette autre condition, Klein.
— Quoi ?
— Si jamais il apparaît que Chick pense à se venger, on l'efface.
— D'accord.

* * *

Sur un nuage, à arpenter les airs – vision plein champ – herbe.
Des embrasures de porte sur le côté.
Des murs en miroirs.
Des chevrons gris – un manteau ?
Lynwood...
Aviation et Hibiscus – cette cabine téléphonique. Utilise-la :
P. C. Bell – les appels *au départ* des cabines n'ont pas été réperto-

riés. Sid Riegle – putain au carré – aucun suicide qui hurlerait la mère du mateur.

4980 Spindrift – toujours abandonné. Rez-de-chaussée gauche – pas de verrou.

Quatre pièces vides – zéro – à croire que Johnny n'avait jamais pointé son nez à cet endroit.

De la pluie, cette nuit-là, et maintenant, du soleil. Tournée des rues – pas de déclic. Motels abandonnés, vides – sur des blocs entiers.

A arpenter les airs – porté. Herbe, portes latérales, virage à droite.

Devinette : chambre à main droite sur la cour.

Humide cette nuit-là – peut-être des marques de pas sur l'herbe.

VAS-Y.

Six blocs – une trentaine de cours. Du chiendent – sec, pas de marques de pas. Portes côté droit – bardées de planches / clouées à demeure / verrouillées – poussiéreuses, pas de marques d'entrée récentes.

Johnny en train de rire : "Pourquoi Lynwood ?"

Tournée des rues – des cours de motels vides jusqu'à l'infini.

Putain de merde.

* * *

Centre ville – Sommiers de Central – éviter Exley. Cambriolage – dossiers criminels qui remontent jusqu'en 50.

Milner :

— Nous nous sommes laissé dire que Tommy était à la recherche d'un mec dénommé "Richie". Nous n'avons pas le nom de famille, mais nous avons entendu dire que lui et Tommy jouaient du jazz ensemble dans le temps et organisaient des cambriolages avec effraction.

La collante de Tommy – supprimée. Richard quelque chose – peut-être pas.

VAS-Y.

Adultes, sexe masculin – quatre classeurs – pas de Blancs avec diminutifs de "Richard". Mineurs – sept Richard – cinq Nègres, deux Blancs – sur plus de 250 cambrios.

"Non-résolus" – adultes / mineurs – un vrai salmigondis – 50 – en remontant, mauvaise typo – mal aux yeux. Tilt – 6/11/51.

Music Man Murray's – chez Murray, l'Homme Musique – 983 N. Weyburn, Westwood Village. Vol de trompettes, récupérées : des mineurs sans indication de nom responsables après enquête. Pas d'arrestation, deux mômes suspects – "Tommy", "Richie" – pas de noms de famille. Inspecteur chargé de l'enquête : Sgt. M.D. Breuning, Brigade L.A. Ouest.

Trois classeurs supplémentaires – pas de Tommy, pas de Richie.

Réfléchis :

Breuning les Gros Bras – un 459 de rien du tout. Il a foiré le boulot, on lui a fait remarquer gentiment : ça, c'est le fils de J. C. Kafesjian.

Appelle-le, rabaisse ton caquet, écrase-toi.

Cambriolages – "Breuning est sorti".

Au 77ème : idem – essaie le Victory Motel.

— Brigade antigang, Carlisle.

— Sergent, ici Dave Klein.

— Ouais, qu'est-ce que c'est ? – le souffle haletant.

— Ecoutez, je suis désolé pour tous ces problèmes avec Lester Lake.

— Bien sûr. Vous vous mettez du côté d'un négro contre deux... eh merde, d'accord, c'était votre indic. Vous voulez Dudley ? Il est sorti.

— Breuning est là ?

— Il est avec Dud. C'est à quel sujet ?

— C'est une vieille affaire, un 459 de mineurs, sur laquelle Breuning a travaillé. Novembre 51. Demandez à Mike de m'appeler, d'accord ?

— Mike ? Bien sûr, *Dave* – vlan / tonalité.

Vanné, à plat.

Ma meilleure ouverture – file-les, EUX.

Ce serait le pire de tout – ils me repéreraient.

Mon plus beau cauchemar : EUX qui ME contactent. Séance ciné : menaces, propositions.

Nègreville – sois sur place.

* * *

En terrain familier maintenant – synchro avec la musique. Des visages familiers, les yeux écarquillés : encore des ennuis avec la police. Petite musique de l'émetteur radio :

Cafouillage, appels comté – pas de Johnny non identifié. Pas de Miciak, pas de Bido – de la musique réconfort.

Ouvre la boîte à gants – pas de sucreries – de la came volée planquée, un oubli. Sifflements, crachotements – bagarre de gang, lycée de Jordan.

Nord – LEUR maison – surveillance fédé. Bruits de saxos – Will Shipstad, des boules dans les oreilles.

Bourdonnement radio – les supplications de mon Johnny sur piste sonore. Nord – Chavez Ravine – Reuben Ruiz, RC de Johnny.

Bourré de Fédés – annule le coup. Point de vue, du sommet de la colline :

Avis d'expulsion épinglés, porte après porte. Affrontement, face à face : des clowns coco, des pachucos. Pelleteuses, camions – gardés.

Cadre plus large, en panoramique :

Reuben – des pas de samba – danse du chapeau. Une foule de supporters qui se presse autour, des femmes, le regard mouillé. Henstell garde du corps : dégoûté.

Tonnerre dans l'émetteur :

— Code 3 à toutes les unités-abords du 249 ARDEN Sud je répète ARDEN Sud homicides multiples 149 ARDEN Sud unités d'inspecteurs Transmettez votre position 149 ARDEN Sud unités Criminelle dans les parages transmettez votre position.

Chapitre 33

En route Code 3.

Arden Sud / Joseph Arden / nom de rue / nom de miché. Hancock Park – quartier riche – possible peut-être.

— Demandons unité vétérinaire 249 Arden Sud. Toutes les unités ont été prévenues. A pied d'œuvre.

Pas de peut-être – micro décroché.

— 4-ADAM-31 à base Bureau urgent. A vous.

— Bien reçu, 4-A-31.

— Urgent. Je répète Urgent. Le lieutenant D. D. Klein cherche à joindre le chef Exley. A vous.

— Bien reçu, 4-A-31.

Tente le coup – message codé improvisé :

— Urgent. Avertissez le chef Exley. Les homicides du 249 Arden Sud probablement liés à une *affaire prioritaire.* Demande permission de tout boucler sous autonomie des AI. Il est urgent de trouver le chef Exley. A vous.

— Bien reçu, 4-A-31. Indiquez votre position.

— 3ème et Mariposa. Terminé.

Mortes les ondes / temps mort / qui s'accélère.

— 4-A-31, accusez réception, s'il vous plaît.

— 4-A-31, j'assure le commandement 249 Arden Sud autonomie AI. A vous.

— 4-A-31, bien reçu, terminé.

La 3ème, direction ouest – bruits de sirène à déchirer les tympans. Arden – à droite, toute, droite :

Une grosse Tudor envahie – rôdeuses, voitures de la morgue.

Des groupes sur le trottoir – nerveuses, les petites coteries.

Des camions de marchands de glace, des gamins.

Fraie-toi une place – au bord du trottoir – poussette, pare-chocs contre pare-chocs – la voiture de la morgue. Sur le perron : des huiles, le cœur au bord des lèvres.

Au pas de course jusqu'à eux. Un lieutenant, un capitaine – verts.

Une haie – trempée de vomi.

— Ed Exley veut que tout soit bouclé : pas de journalistes, pas de Criminelle Centre. Je prends la direction des opérations, preuves et indices, ce sont les AI qui emballent.

Hochements de tête – toujours nauséeux.

— Qui les a découverts ?

Le capitaine :

— C'est leur facteur qui nous a appelés. Il avait un paquet en recommandé et il a voulu le déposer près de la porte latérale. Les chiens n'ont pas aboyé ainsi qu'ils le font d'habitude et il a vu du sang sur une fenêtre.

— Il les a identifiés ?

— Exact. Il s'agit d'un père et de ses deux filles – Phillip Herrick, Laura et Christine. La mère est décédée – le facteur a déclaré qu'elle s'était suicidée au début de cette année. Pincez-vous le nez quand vous entrerez...

Entre – cette odeur – du sang. Ampoules de flash, costumes gris – continue.

Hall d'entrée gauche : deux bergers allemands morts.

Ecume à la gueule, outils éparpillés – bêche / cisailles / fourche, ensanglantées. Morceaux de bidoche, bave – traînées de dégueulis.

Poignardés / tailladés / empalés à la fourche – des entrailles, en tas.

Accroupi – écarte-leur les mâchoires – haut-le-cœur.

Chiffons – chlorure de stelfacteznide.

Ça colle – Kafesjian 459.

Avance / regarde / réfléchis – les costards qui se reculent :

Couloir d'entrée, en façade – disques brisés, couvertures d'albums par terre. Du jazz de Noël – ça colle – la lettre de maman.

Bouteilles de gnôle / portraits : en miettes, écrabouillés – ça colle avec l'affaire K. Photos de *famille* – papa, deux filles.

Maman au mateur : "Tes sœurs".

Qui parle de suicide, suicide.

Cavalcade des techs du labo – suis-les – le bureau.

Au sol – trois morts.

Les yeux, déchiquetés par balles – des joues noires de poudre, giclées aux orifices de sortie.

Coussins éventrés, des plumes sanguinolantes. Les orbites vides bourrées de plume – silencieux improvisés.

Cisailles, tronçonneuse, hache – trempées de sang.

Le tapis – trempé, qui mousse de bulles.

Lui, le pantalon baissé.

Castré.

Les femmes :

Tailladées, tronçonnées – rouge sombre – exsangues.

Des outils épais de sang coagulé.

Giclures sur les fenêtres.

Des gamins qui regardent dans la pièce.

Gris sur rouge : plancher, plafond, murs. Costards gris, en état de choc.

Une photo sur le mur, pleine de giclures : papa bel homme, ses grandes filles.

La famille du mateur.

— “Puuutain”, “Seigneur”, “Vierge Marie”.

Contourne le sang, vérifie le mode d’entrée.

Couloir sur l’arrière, porte du fond, marches.

Marques de pince, miettes de viande, bave. Un escarpin à haut talon – tout de suite à l’entrée.

Reconstitution, au boulot :

Il force la porte en douceur, entre, balance la viande, attend dehors.

Les chiens viennent renifler, mangent, nausées.

Il entre.

Abats Herrick.

Trouve les outils, tue les chiens.

Les filles rentrent, voient la porte, se précipitent dans la maison. Une chaussure perdue dans la course – des outils éparpillés – il les entend.

CIN-IN-GLÉ – les fenêtres à chassis de plomb étouffent le bruit.

Homicide / saccage – à parier qu’il n’a rien volé.

A l’intuition : les filles, inattendues, arrivée inopinée.

Au-dehors – arbres, buissons – cachettes. Pas de sang qui a dégouliné – disons qu’il a volé des vêtements propres.

A l’intérieur – ça jacasse – le choc.

Le jardin – des bleus, un facteur – question :

— Les Herrick avaient-il un fils ?

Le facteur :

— Du nom de Richard. Il s’est échappé de Chino aux environs de septembre l’année dernière. Il était en prison pour drogue.

Maman : – “copains de plume / même ville” – Richie en cavale. “Cela t’a poussé / un acte irréfléchi” – Chino, basse sécurité – bas murs, évasion.

Brouhaha – des bleus nerveux – Richie capturé, reconnu coupable, chambre à gaz.

Richie le tueur – réfléchis NON :

Le Red Arrow Inn – la crèche de Richie le mateur forcée. Son lit éventré – l’argenterie du 459 Kafesjian. Sûr et certain – le tueur / le cambrio – un seul et même homme – confirmation par bouteilles brisées / disques écrabouillés / chiens liquidés. Richie – mateur passif – quelqu’un qui le surveille / une pression constante. Tommy K. à sa poursuite, sans se cacher, berce-toi de l’idée un instant : Tommy défoncé psycho, Tommy qui saccage sa propre maison, et maintenant CECI :

Retour à l’intérieur :

Gouttes de sang – sombres, en train de passer – le vestibule principal à côté du bureau. A l’étage – rouge / rose – une salle de bains, arrêt.

Inondation – la cuvette des toilettes pleine – un couteau qui y flotte. La douche – eau rosée – poignées de cheveux sanguinolants qui bouchent le siphon.

Reconstitution :

Vêtements ensanglantés, déchiquetés, dans les toilettes – la cuvette se bouche, déborde. Une douche, coup d'œil au porte-serviettes – une serviette détrempée.

Récent – en plein jour.

Couloir – moquette / empreintes de pas humides. Traces faciles – virage à droite.

Une chambre – tiroirs ouverts, vêtements éparpillés. Un portefeuille sur le sol – retourné, pas d'argent.

Permis de conduire : Phillip Clark Herrick, DDN 14/05/56. Le nez sur la photo : beau gosse, l'expression affable, comme le miché du "Baise-moi Papa".

Soufflets du portefeuille – une photo – Lucille nue. Un faux permis – "Joseph Arden" – signalement de Herrick, fausse adresse.

Bingo sur la liste michés.

Bingo – le miché de Doug Ancelet.

Bingo – voix identifiée – Joseph Arden enregistré par le mateur.

Bingo : Richie voyeur, qui mate son propre père.

Coup d'œil à la fenêtre : Arden Sud enclos de cordes. Cordons de bleus : les journalistes tenus à l'écart.

D'autres chambres – regarde.

Un couloir, trois portes. Deux ouvertes – chambres à coucher style fillette – rien n'a été dérangé. Une porte verrouillée – un coup d'épaule, le verrou saute.

Bois fragile – facile. Cadrage instantané : la chambre de Richie, conservée intacte, en l'état.

Bien rangée, relents d'antimite.

Affiches de jazz.

Livres : biographies musicales, théorie du saxo.

Peintures : Lucille en moins dure, modèle sainte-nitouche.

Photo de remise de diplôme – Richie – le croquis du mateur craché.

Des portières qui claquent – coup d'œil à la fenêtre – les AI en force.

Madonna Lucille.

Livres : que du jazz.

Petit problème – pas de trucs techniques – alors que Richie s'y connaissait en micros et mouchards.

Bruit de chaussures au pas de course – Exley, le rouge aux joues :

— Vous devriez vous trouver au rez-de-chaussée. Ray Pinker m'a mis au courant, mais j'ai voulu avoir d'abord votre interprétation.

— Il n'y a rien à interpréter. C'est Richie Herrick, ou bien le mec qui est entré par effraction dans sa chambre de motel. Consultez mes premiers rapports, j'en ai fait état à ce moment-là.

— Je me souviens. Et vous avez tout fait pour m'éviter. Je vous ai dit de me rappeler après votre visite à l'appartement de Stemmons, une fois terminés vos analyses et vos relevés d'empreintes.

— Il n'y avait rien à communiquer.
— Où étiez-vous passé ?
— On n'arrête pas de me le demander.
— Ce n'est pas une réponse.
Les chaussures sanguinolantes – il est allé voir de près.
— Et maintenant ? C'est une question que je pose.
— Je fais diffuser un ARTU sur Richard Herrick.
— Réfléchissez d'abord, je ne *pense* pas que ce soit lui.
— De toute évidence, vous voulez que je vous tire les vers du nez. *Alors,* Lieutenant ?
— Alors je pense que nous devrions faire amener Tommy K. ici. J'ai eu des tuyaux sûrs comme quoi il est à la recherche de Richard Herrick. Richie est sacrément doué pour se planquer, mais Tommy le *connaît.* Il a de bien meilleures chances que nous de le retrouver.
— Pas d'approche directe sur les Kafesjian. Et je fais diffuser cet ARTU, parce que les Kafesjian sont sous surveillance fédé rapprochée, ce qui entrave quelque peu leur mobilité dans leur recherche de Herrick. En outre, ces meurtres vont faire la une de tous les journaux. Herrick en lira les comptes rendus et il se comportera de manière encore plus furtive. Nous ne pouvons contrôler la presse que jusqu'à certaines limites.
— Ouais, et ça doit vraiment vous exaspérer.
— Franchement, oui. Et maintenant, à vous de me surprendre ou d'anticiper sur moi. Dites-moi donc quelque chose que je ne sache pas.
Un doigt bien raide, collé sur son gilet :
— Johnny Duhamel est mort. Cadavre non identifié pour les services du shérif, non loin de Compton, et je pense que vous vous êtes sali les mains avec lui. Vous me lâchez aux trousses des Kafesjian, tout en me gardant à bout de laisse, et c'est lié aux Kafesjian. Ça ne tourne pas très rond dans ma tête ces jours-ci, et j'en arrive au point où je vais vous baiser et vous foutre dans la merde pour ça.
En se reculant :
— Vous êtes détaché à la Criminelle et responsable de cette enquête. Vous pouvez faire tout ce que vous voulez, excepté vous approcher des Kafesjian.
Tintements de carillons côté rue – les camionnettes des marchands de glace.

Chapitre 34

3ème Rue, direction le Bureau. Normandie, feu rouge – des Plymouth.

Coincé.

Les Fédés qui sortent, arme à la main, porte-voix :

— Vous êtes en état d'arrestation. Sortez, mains en l'air.

Coupe le moteur, mets le frein, accepte. Lentement : agrippe le toit, jambes écart.

Entouré par la meute, fouille, menottes.

Milner :

— Reuben Ruiz a dit qu'il vous avait vu balancer Johnson.

Ma bagnole passée au crible – trois hommes.

— Milner, regarde. Je crois bien que c'est de la blanche !

Putain de saloperie de menteur – Ruiz la balance.

De l'héroïne qu'on me fourre en pleine figure.

* * *

Centre ville – convoi de Plymouth. Immeuble fédéral – poussé jusqu'au premier. Un petit bureau – quatre murs tapissés de papier.

Noonan, Shipstad.

Menottes défaites – poussé dans un fauteuil.

La came qui passe de main en main – sifflements. Noonan :

— Pas de chance, vraiment, que Junior Stemmons soit mort. Il aurait pu vous servir d'alibi pour Johnson.

— Vous voulez dire que vous savez *parfaitement* que Ruiz ment ? Vous savez qu'il *dormait* quand Johnson a sauté ?

Shipstad :

— Il n'y a pas d'étiquette sur ce sachet de poudre blanche, Lieutenant, prouvant que c'est une pièce à conviction.

Milner :

— Je pense que c'est un drogué.

Son collègue :

— Stemmons, lui, en était un, pas de doute.

Noonan, petit coup sur la cravate – dehors, les merdaillons.

Shipstad :

— Désirez-vous examiner le mandat d'arrestation, M. Klein ?

Noonan :

— Il nous faudra le modifier pour y ajouter une violation des statuts fédéraux sur les stupéfiants.

Devinette :

— Vous avez magouillé le mandat avec un de vos copains juge. Vous avez dit à Ruiz de mentir, puis de se rétracter quand vous m'aurez arrêté. Vous avez dit au juge ce que vous faisiez. Il s'agit d'un mandat fédéral sur une violation quelconque de droits civiques, et non d'un mandat de recherche de l'Etat de Californie pour meurtre au premier degré, parce que aucun juge de Cour supérieure ne signerait une chose pareille.

Noonan :

— En tout cas, il aura retenu votre attention. Et naturellement, nous disposons de pièces à conviction majeures.

Sors-toi de là, fais-toi libérer, appelle Chino.

— Relâchez-moi.

Noonan :

— J'ai dit "*Majeures*".

Shipstad :

— Peu après votre libération tôt ce matin, Abe Voldrich a été relâché à son tour afin d'aller régler quelques affaires personnelles. On l'a découvert assassiné cet après-midi. Il a laissé un petit mot reconnaissant le suicide, mais un graphologue a étudié l'écriture et déclaré que le mot avait été rédigé sous la contrainte physique. Voldrich avait accepté de déposer comme témoin fédéral, sur tout ce qui pouvait concerner la famille Kafesjian ainsi que sur cette enquête de cambriolage, peut-être secondaire, dans laquelle vous vous trouviez engagé, vous et feu le sergent Stemmons. Un agent est passé prendre Voldrich au domicile de ce dernier pour compléter l'interrogatoire, c'est lui qui l'a découvert.

Noonan :

— L'agent Milner a quadrillé le quartier. Un coupé Pontiac bleu métallisé de 1956 a été aperçu rangé non loin du domicile à l'heure approximative de la mort de Voldrich.

Shipstad :

— L'avez-vous tué ?

Noonan :

— Vous possédez bien une automobile de couleur bleue, n'est-il pas vrai ?

Joue le mec mort d'ennui :

— Vous savez que je ne l'ai pas tué. Vous savez que c'est Tommy et J. C. Vous savez que je possède une Dodge de 55 bleu foncé.

Shipstad :

— Les Kafesjian ont un excellent alibi pour l'heure de la mort de Voldrich.

Noonan :

— Ils se trouvaient chez eux, sous le regard des Fédéraux qui les surveillent vingt-quatre heures sur vingt-quatre.

— Et alors ? Ils ont passé un coup de fil et offert un contrat.
Shipstad :
— Non, leur téléphone était sur écoute.
Noonan :
— Et il était sur écoute bien *avant* cela, avant même que nous n'arrêtions Voldrich.
RICHIE – insiste.
— De quoi d'autre ont-ils discuté au téléphone ?
Shipstad :
— De choses sans rapport. Rien qui se rattache à ce "Richie" qui semblait vous intéresser tant la nuit dernière.
Toi, tu sais, pas eux – rien de neuf sur Herrick.
— Venez-en au fait. Venez-en aux "pièces à conviction majeures".
Noonan :
— Votre évaluation de la situation d'abord, M. Klein.
Facile :
— Vous voulez présenter trois témoins au Grand Jury. J'en suis un, un vient de mourir, et le dernier est ce "soi-disant témoin-surprise majeur". Il vous manque donc un homme, alors vous vous rabattez sur moi pour que je fasse double emploi. Voilà mon évaluation, *alors maintenant, faites-moi votre offre.*
Noonan :
— Immunité pour l'assassinat de Johnson. Immunité sur toutes accusations criminelles potentielles qui pourraient s'ensuivre. Une garantie écrite qu'aucune saisie par les autorités fiscales fédérales ne sera engagée contre vous s'il venait à apparaître que vous disposez de revenus non déclarés, provenant directement de conspirations criminelles dans lesquelles vous seriez engagé. Pour cela, vous devez accepter de vous mettre à la disposition des autorités fédérales en détention préventive, ainsi que témoigner en personne devant le tribunal sur tous les faits et agissements dont vous avez connaissance concernant la famille Kafesjian, l'histoire de leurs rapports avec le LAPD, et plus important que tout, l'histoire complète de vos propres relations avec le crime organisé, à l'exclusion de Mickey Cohen.
Et la lumière se fait – le "témoin majeur" : Mickey.
Recul – jamais.
— Vous avez bluffé, je demande à voir.
Ça arrache, ça déchire – quatre mains impatientes. Le papier en chiquettes, dessous, un tableau mural.
Lève-toi – lecture, debout.
Colonne une : noms, dates – mes contrats pour la pègre.
Colonne deux : détail de mes transactions immobilières. Dates correspondantes – dessous de table à la Commission immobilière – 5000 $ à chaque fois – mes honoraires de contrats.
Colonne trois : liste des receveurs de pots-de-vin. Détail : les crèches-taudis offertes pour une bouchée de pain. Dates correspon-

dantes : dépôts conditionnels, dates des réalisations.

Colonne quatre : revenu non déclaré – déclarations de revenus de Meg, 51 à 57. *Mon* fric dans le circuit : pour soudoyer les estimateurs / les signataires des permis.

Colonne cinq : numéros des témoins – liste d'une bonne vingtaine de receveurs de pots-de-vin.

Noms / nombres – comme des battements de néon.

Noonan :

— Une grosse partie des informations vous concernant n'est que circonstantielle et sujette à interprétation. Nous n'avons répertorié que les hommes dont le bouche à oreille dans la pègre vous crédite du meurtre, et ces petits dépôts de cinq mille dollars, cette petite manne tombée du ciel qui suivait régulièrement ne sont que détails subsidiaires très séduisants mais rien d'autre. La chose importante est que vous et votre sœur vous trouvez sous le coup de sept inculpations fédérales pour fraude fiscale.

Shipstad :

— J'ai convaincu M. Noonan d'étendre l'accord d'immunité afin qu'il couvre également votre sœur. Si vous acceptez, Margaret Klein Agee ne se verra inculpée d'aucun chef d'accusation fédéral.

Des dollars de néon, qui clignotent.

Johnny qui supplie / Arden Sud – les Fédés sans le moindre indice.

Noonan :

— Quelle est votre réponse ?

MEG.

Shipstad :

— Klein ?

Tic tac de l'horloge, le cœur qui bat – quelque chose – GLENDA.

Bondis, n'hésite pas :

— Je veux un délai de grâce de quatre jours avant d'entrer en détention préventive, et je veux une autorisation fédérale écrite me permettant d'avoir accès aux coffres de dépôt de Junior Stemmons.

Shipstad, qui saute sur l'hameçon :

— Vous devait-il de l'argent lorsqu'il est mort ?

— C'est exact.

Noonan :

— Je suis d'accord, à condition qu'un agent fédéral vous accompagne à la banque.

Gagné.

Un contrat, un stylo – Noonan sur des braises ardentes.

Vas-y, signe.

A t' entendre, on te sent résigné.
Je me suis rendu compte que ça avait une vie propre, autonome.
Ce qui veut dire ?
Ce qui veut dire que tu devrais me dire des choses, à MOI.
Tu ne me dis rien. Tu appelles à partir de cabines pour ne pas t'y sentir obligé.
Ce n'est pas ça. C'est simplement... si je continue, je pourrais peut-être bien réussir à recoller tous les morceaux du puzzle.
Mais tu as dit que tu commençais à y voir plus clair.
C'est vrai, mais le temps me manque.
A toi ou à NOUS DEUX ?
Rien qu'à moi.
Ne commence pas à me mentir. S'IL TE PLAÎT.
J'essaie simplement de régler des problèmes.
Mais tu refuses toujours de me dire ce que tu es en train de faire.
Cela concerne tous les ennuis que tu t'es attirés à cause de moi. Prends-le comme ça, n'insiste pas.
Ça ne peut pas être pire que... tu sais.
C'est à ton tour de paraître résignée.
Les hommes du shérif sont repassés.
Et ?
Et un cameraman leur a dit que nous couchions ensemble dans ma caravane.
Savent-ils que j'ai été engagé pour te filer ?
Oui.
Que leur as-tu dit ?
Que je suis libre, blanche et que j'ai vingt-neuf ans, et que je continuerai à coucher avec qui je veux.
Et ?
Et Bradley Milteer leur a dit que tu avais eu des mots avec Miciak. J'ai dit que j'avais rencontré Miciak par l'intermédiaire de Howard, et qu'il n'était pas difficile de détester le bonhomme.
Bien, ça, c'était futé.
Est-ce que cela signifie que nous sommes suspects ?
Cela signifie qu'ils connaissent ma réputation.
Quelle réputation ?
Tu sais très bien ce que je veux dire.
ÇA ?

Oui, ça.
... et merde, David.
Ouais, et merde.
Maintenant, tu as l'air fatigué.
Je suis fatigué. Dis-moi –
Je savais que ça allait arriver.
Et ?

Et mon embrayage est toujours naze, et Mickey m'a demandé de l'épouser. Il a dit qu'il me "lâcherait les rênes" dans cinq ans et ferait de moi une vedette. Et il se comporte de manière aussi peu directe qu'un David Douglas Klein au plus fort de sa garde. Il y a un truc bizarre qui le taraude, comme un acteur atteint du virus, il ne cesse de parler de sa "réplique-signal" et de son "lever de rideau".

Et ?
Comment sais-tu que ce n'est pas fini ?
Je le sais, je le sens.
Quelle intelligence !
ET ?

Et Chick Vecchio n'arrête pas de me faire du gringue. C'est presque comme si...

Son attitude avait changé du tout au tout en une seule nuit.
Quelle intelligence !
Ne t'en fais pas, je vais m'en occuper.
Mais tu refuses de me dire de QUOI il s'agit ?
Tiens bon simplement, pour quelques jours encore.
Parce que les choses sont en train de s'arranger d'elles-mêmes ?

Parce qu'il reste encore une chance pour que je les force à s'arranger en notre faveur.

Suppose que tu n'y arrives pas ?
Alors, au moins, je saurai.
Tu donnes à nouveau l'impression d'être résigné.
Le moment est venu de la galère. Il faut payer pour voir. Je le sens.

L. A. HERALD EXPRESS
21 / 11 / 58
LA VILLE EN ÉTAT DE CHOC
APRÈS LES MASSACRES DE HANCOCK PARK

Les meurtres du riche ingénieur chimiste Phillip Herrick, 54 ans, et de ses deux filles Laura, 24 ans, et Christine, 21 ans, continuent à plonger en état de choc les Terres du Sud et déconcertent les services de police de Los Angeles par leur impudence et leur brutalité.

En milieu d'après-midi, le 19 novembre, selon les estimations de la police, un homme a envahi la demeure confortable de style Tudor où Phillip Herrick, veuf, vivait avec ses deux filles. Les experts du laboratoire ont pu établir que l'homme s'était introduit à l'arrière de la maison, par une porte au verrou fragile, qu'il avait empoisonné jusqu'à ce que mort s'ensuive les deux chiens de la famille et abattu Phillip Herrick au moyen d'une arme à feu avant de se servir d'outils de jardinage trouvés sur les lieux pour mutiler hideusement M. Herrick ainsi que les cadavres des deux chiens. Tout porte à croire que Laura et Christine sont rentrées à la maison à ce moment-là et ont surpris le tueur, lequel les a assassinées avec la même sauvagerie avant de se doucher pour se laver de leur sang et d'enfiler des vêtements appartenant à M. Herrick. Il a ensuite quitté les lieux, soit à pied, soit en voiture, ayant accompli ses meurtres bestiaux dans un silence quasiment total. Roger Deuton, employé des Postes, en essayant de déposer un paquet recommandé, a vu du sang sur les fenêtres à l'intérieur du bureau et a immédiatement appelé la police d'une maison voisine.

— J'ai été "choqué" a déclaré Deuton aux reporters du *Herald*. Parce que les Herrick sont des gens très gentils qui ont déjà eu leur comptant de tragédie. Et aujourd'hui ceci.

LA FAMILLE N'EN EST PAS
À SA PREMIÈRE TRAGÉDIE

Tragédie en effet. Tandis que la police commençait un quadrillage du voisinage à la recherche de témoins éventuels et que les techniciens du labo condamnaient tout accès aux lieux du crime pour y rechercher des indices possibles, les voisins, rassemblés dans la rue dans un état de confusion horrifié, ont fait au reporter Todd Walbrecht le récit du cours tragique qu'avait récemment connu les affaires de la famille.

De nombreuses années durant, les Herrick ont semblé mener une vie heureuse dans le riche quartier de Hancock Park. Phillip Herrick, chimiste de profession et propriétaire d'une fabrique de produits chimiques qui fournissait en solvants industriels les ateliers et les magasins de nettoyage à sec des Terres du Sud, était un membre actif du Lions Club et du Rotary ; Joan (Renfrew) Herrick travaillait à des œuvres charitables et dirigeait la distribution des repas aux indigents habitués de la rue de la Débine à l'occasion du Thanksgiving. Laura et Christine étaient respectivement inscrites à l'Ecole des Filles de Marlborough toute proche et à l'UCLA, tandis que le fils Richard, aujourd'hui âgé de 26 ans, fréquentait les écoles publiques et jouait dans leurs fanfares. Mais des nuages noirs vinrent obscurcir l'horizon : en août 1956, "Richie" Herrick, 23 ans, fut arrêté à Bakersfield : il avait vendu de la marijuana et des capsules d'héroïne et cocaïne à un officier de police travaillant sous couverture. Reconnu coupable, il fut condamné à quatre ans d'incarcération à la prison de Chino, sentence très dure pour un non-récidiviste, infligée par un juge fortement désireux de s'établir une réputation de sévérité.

Les voisins déclarent que l'emprisonnement de Richie a brisé le cœur de la pauvre Joan Herrick. Cette dernière s'est mise à boire et a négligé ses œuvres de charité, passant des heures entières, solitaire, à écouter des disques de jazz que Richie lui recommandait dans ses longues lettres de prison. En 1956, elle fit une tentative de suicide ; en septembre 1957, Richie Herrick s'échappa de Chino, prison à sécurité minimale, et prit le large, sans même jamais, pense la police, essayer d'entrer en contact avec sa mère. Joan Herrick tomba dans des "périodes de fugue et d'oubli", selon les dires de plusieurs de ses relations, et le 14 février de cette année, se suicida par overdose de somnifères.

Le facteur Roger Deuton : "C'est une honte et un scandale que tant de choses abominables soient arrivées à une seule et même famille aussi gentille. Je me souviens de l'époque où M. Herrick a fait installer ces lourdes fenêtres de plomb. Il détestait le bruit, et aujourd'hui la police pense que ce sont les fenêtres qui ont étouffé le bruit de ce monstre assassin dans ses œuvres. Les Herrick vont me manquer et je vais prier pour eux."

AU FUR ET À MESURE QUE L'ENQUÊTE POLICIÈRE S'ÉTEND, LES GENS EXPRIMENT LE CHOC RESSENTI

Les ondes de choc ont traversé Hancock Park, et le territoire tout entier des Terres du Sud. Un service religieux à la mémoire de Christine et de Laura Herrick a rassemblé des centaines de personnes à Occidental College, où les deux jeunes femmes étaient inscrites en licence universitaire. Les serruriers par toute la ville ont vu leur commerce connaître un essor fantastique : plus localement, les ventes de chiens de garde ont doublé. Des patrouilles de gardes privés sont à l'étude pour Hancock Park, mais la police garde jalousement secrètes toutes informations relatives à l'enquête.

La direction de l'enquête a été confiée au lieutenant David Klein, commandant en exercice de la division de l'Administration des Mœurs des services de police de Los Angeles, qui a récemment fait la une des journaux lorsqu'un témoin fédéral confié à sa garde s'était suicidé en sa présence. Le lieutenant Klein a détaché une demi-douzaine d'hommes du service des Affaires Internes qui travaillent sous sa direction, en compagnie de son adjoint, l'officier Sidney Riegle.

Le chef des inspecteurs, Edmund Exley, a défendu son choix du lieutenant Klein, aujourd'hui âgé de 42 ans, membre de la police depuis 20 ans, sans avoir jamais servi à la Criminelle : "Dave Klein est juriste et avocat, et c'est un policier d'un très grand savoir-faire" a-t-il déclaré. "Il travaille sur une affaire de cambriolage dont il est possible qu'elle soit liée aux meurtres de façon accessoire, et il est très habile pour empêcher toute divulgation de preuves au grand public. Je veux que cette affaire soit résolue, en conséquence, j'ai choisi le meilleur homme possible pour que l'enquête aboutisse avec succès."

Le lieutenant Klein s'est adressé aux journalistes au bureau des inspecteurs du LAPD : "L'enquête avance rapidement", a-t-il déclaré, "et nous avons progressé. De nombreuses relations connues de la famille Herrick ont été interrogées et éliminées comme suspectes. Un quadrillage poussé de la zone voisine de la scène du meurtre ne nous a pas permis de découvrir de témoins oculaires qui auraient vu le tueur entrer ou quitter le domicile des Herrick. Nous avons éliminé cambriolage et vengeance contre la famille comme mobiles possibles, et, chose essentielle, nous avons également éliminé l'évadé de Chino, le fils Herrick, Richard, comme suspect. A l'origine, c'était lui notre suspect majeur, et un avis de recherche à toutes les unités avait été lancé à son encontre afin d'aider à sa capture, mais nous avons rapidement annulé l'avis de recherche, bien que Richard Herrick fût évadé et recherché, et nous aimerions beaucoup pouvoir nous entretenir avec lui. Nous centrons maintenant toutes nos recherches sur un psychopathe sexuel qui a été aperçu près de Hancock Park peu de temps avant les meurtres. Bien que les trois victimes n'aient pas été sexuellement agressées à proprement parler, tout porte à croire que les crimes ont été perpétrés par un déviant sexuel. J'ai personnellement la conviction que cet homme, dont je ne peux révéler le nom, est le tueur. Nous faisons tout ce qui est en notre pouvoir pour l'appréhender."

Entre-temps, la peur gagne chaque jour un peu plus les Terres du Sud. Les patrouilles de police dans Hancock Park ont été doublées et la forte progression qu'ont connue les ventes des systèmes de sécurité domestiques se poursuit.

Un service funèbre à la mémoire de Phillip, Laura et Christine Herrick se tiendra aujourd'hui à l'église épiscopale St-Basil de Brentwood.

L.A. TIMES
21 /11 / 58

UNE VAGUE DE CRIMES DANS LE QUARTIER SUD ÉVEILLE LES SOUPÇONS

Faisant état des statistiques criminelles et des rumeurs qui circulent, le procureur fédéral Welles Noonan a déclaré aujourd'hui que le quartier sud de Los Angeles était "en pleine ébullition, et baignait dans une atmosphère de complot et de violence qui pourrait bien s'avérer liée, à un niveau pour l'instant indéterminé, à d'autres événements".

Noonan dirige une enquête fédérale de fond sur les rackets de Sud Central Los Angeles, enquête qui fait la une de tous les journaux, et il s'est adressé aux journalistes depuis son bureau :

"Durant ces quatre derniers jours, huit morts violentes se sont produites dans un rayon de cinq kilomètres au sud de Los Angeles", a-t-il déclaré. Ce qui représente le *double* des statistiques mensuelles habituelles quels que soient le mois et l'année considérés, et ce en remontant jusqu'en 1920. Ajoutez-y la curieuse crise cardiaque d'un jeune policier censément en excellente santé dans une boîte de nuit qui s'est trouvée réduite en cendres, sans oublier un élément quelque peu curieux, le corps mutilé d'un homme non identifié, découvert trois kilomètres plus au sud, aux limites de Compton et Lynwood. Pris dans leur ensemble, tous ces événements offrent matière à d'intéressantes spéculations.

Noonan s'est expliqué en détail. "Il y a trois soirs de cela, une fusillade inexpliquée s'est produite dans un club illégal de Watts resté ouvert la nuit", a-t-il dit. "Deux Nègres et trois Négresses ont été tués, bien que la rumeur persiste qu'une des victimes était un Blanc. Le lendemain matin, un jeune policier du LAPD du nom de George Stemmons, Jr, a été découvert mort, d'une prétendue crise cardiaque, dans l'arrière-salle du club de jazz, le Bido Lito's. A peine dix-huit heures plus tard, le Bido Lito's se trouvait réduit en cendres. Des agents fédéraux ont surpris un témoin oculaire qui déclarait aux inspecteurs du LAPD qu'il avait entendu une explosion – de celle que cause un cocktail Molotov, quelques instants avant que l'incendie ne se déclenche au Bido Lito's. Néanmoins, la Brigade des Incendies Criminels du LAPD attribue maintenant les causes de l'incendie, lequel a coûté la vie à trois personnes, à un mégot de cigarette jeté là imprudemment."

Les journalistes ont interrompu la conférence de presse improvisée en assaillant Noonan de questions. A maintes reprises, la même question s'est trouvée posée, avec insistance : l'enquête fédérale sur les rackets a pour but spécifique de discréditer les mesures de maintien de l'ordre dans le quartier sud, mesures dont la responsabilité incombe aux services de police de Los Angeles ; le procureur fédéral ne serait-il pas en train de prendre une position contradictoire fondée sur des informations incomplètes ?

Noonan a accepté de répondre : "Je vous accorde", a-t-il déclaré, "qu'un cadavre non identifié découvert dans la juridiction du comté de L.A sous la responsabilité du shérif puisse s'avérer sans rapport avec ce qui nous intéresse, mais j'attire votre attention sur ce qui suit :

Un, souvenez-vous de ce que je vous ai dit à propos de ce témoin oculaire de l'incendie du Bido Lito's. Deux, considérez le fait que le père du jeune policier qui a rendu l'âme des suites d'une prétendue crise cardiaque un peu plus tôt au Bido Lito's, ce père qui est lui-même un policier de Los Angeles haut placé dans la hiérarchie, a déclaré qu'il était convaincu que son fils avait été assassiné. Cet homme s'est trouvé suspendu de service actif, du fait de ses critiques au grand jour des méthodes employées par le chef Ed Exley face à la situation ; il semblerait selon les bruits qui courent qu'il soit en maison de repos, en cure de sommeil sous surveillance médicale."

Les journalistes ont insisté : la situation fâcheuse dans laquelle se trouvent aujourd'hui Fédéraux et membres du LAPD ne se réduit-elle pas à une bataille rangée orchestrée par deux combattants du crime, connus et hautement respectés par toute la nation : à savoir lui-même et le chef des inspecteurs du LAPD, Edmund Exley ?

Noonan a dit, "Non. Je ne laisserai pas des personnalités ou des ambitions politiciennes me dicter les limites dans lesquelles je devrais cantonner mon enquête. Ce que je sais, c'est ceci : des clubs ouverts la nuit après l'heure légale de fermeture sont autorisés à fleurir à Watts sous la garantie officieuse du LAPD. Résultat, cinq citoyens nègres ont trouvé la mort à cause de cet état de fait, et malgré la douzaine de policiers affectés à l'enquête, Ed Exley s'est avéré dans l'incapacité absolue de procéder à la moindre arrestation. Il a fourré au placard la mort suspecte d'un policier de Los Angeles et délibérément dénaturé la réalité des faits dans une affaire d'incendie criminel avec triple homicide."

Sur des questions ayant trait aux mêmes problèmes, Noonan s'est refusé à commenter la rumeur persistante selon laquelle seraient bientôt convoqués pour interrogatoires les agents de la Division des Stupéfiants du LAPD, ou à préciser si Abraham Voldrich, selon les bruits qui courent témoin fédéral récemment décédé, avait été assassiné ou s'était suicidé.

"Pas de commentaires sur ces questions", a-t-il déclaré. "Mais sur le sujet des témoins, permettez-moi de préciser que lorsque sera venu le moment de présenter preuves et indices au Grand Jury fédéral, je serai à même d'offrir un témoin surprise d'une importance majeure et d'un cachet extraordinaire, ainsi qu'une autre personne prête à donner un témoignage tout à fait étonnant."

Edmund Exley a réagi aux accusations du procureur fédéral : "Welles Noonan est un politicien au petit pied et sans scrupules, qui se targue de l'étiquette fallacieuse de libéral. Il ne saisit aucunement la portée de la situation telle qu'elle est dans le quartier sud de Los Angeles, et sa campagne de dénigrement visant à salir le LAPD est fondée sur un tissu de mensonges, de rumeurs imbéciles et d'insinuations malveillantes. L'enquête fédérale sur les rackets n'est qu'une façade qui masque des manœuvres politiques ambitieuses visant à donner toutes ses chances à un Noonan candidat à la législature de l'Etat. Cette enquête est vouée à l'échec parce que Noonan a cruellement sous-estimé la droiture morale des services de police de Los Angeles."

Payer pour voir / le temps de la galère / et le temps qui manque – COURS.

Herrick 187 PC – six hommes des A.I., Sid Riegle. 48 heures d'écoulées :

Pas de témoins oculaires, pas de véhicule repéré, catalogué. Pas d'empreintes, pas la moindre lettre Maman-Richie. Confirmation : les chiens avaient bien tété du chlorure de stelfacteznide.

Vérif des antécédents :

Laura / Christine Herrick – gentilles filles. Bonnes étudiantes, des petits amis sérieux – presque des épouses de Hancock Park.

Joan Renfrew Herrick – picoleuse en douce. Tentatives de suicide, suicide. Questions-réponses – un voisin docteur :

Joanie s'était brûlée, avait supplié, pour de la morphine. Prescription de Demerol : elle s'était acharnée à se brûler délibérément pour continuer à en avoir. Une matrone zombie – du jazz toute la journée, à planer au septième ciel.

— ELLE AVAIT BU DU DRANO-O, Lieutenant. Son suicide a bouclé la boucle, il était inévitable, ce fut une délivrance pour les gens qui l'aimaient.

Richie Herrick – garçon timide, musicien pas très doué. Un ami – "Tommy le Truand", "Lui et Tommy, comme l'eau et l'huile – je crois que Richie en pinçait pour la sœur de Tommy". Un choc dans le voisinage : Richie le timide, revendeur de drogue. S.P.[1] *de Bakersfield : comme une lettre à la poste, Richie sous les verrous, en toute légalité. Pas de codéfendeurs, pas de Tommy – Chino.*

Dossier de prison de Tommy – manquant. Mal rangé ? Mal classé ? Volé ? – suspect possible : Dan Wilhite – rien qu'une intuition.

Les adjoints du gardien-chef au boulot : mettez la main sur les R.C. de Richie à Chino.

Rapports d'évasion 9 / 57 – Richie disparu – pouf – pas de détails, pas de pistes.

Mike Breuning – n'a pas appelé – sur le vol avec effraction de Richie en 51.

Phillip Herrick :

Pas de casier, non fiché aux Mœurs ville / comté.

Chimiste.

1. S. P. : Services de Police. (N. d. T.)

Fabricant de produits chimiques.
PH Solvants, Inc – fournisseur aux entreprises de nettoyage à sec.
Chlorure de stelfacteznide – fabriqué sur les lieux.
Distribution à l'échelle de l'Etat – boutiques de nettoyage à sec, usines.
Client NON REPERTORIÉ – E-Z Kleen / J.C. Kafesjian.
Employés de PH – vérif d'alibis – tous propres.
Vérif des antécédents familiaux par recoupements:
Phillip Herrick – DDN 14/5/06 – Scranton, Pennsylvanie.
John Charles Kafesjian – DDN 15/1/03 – Scranton, Pennsylvanie.
Pas de casier judiciaire en Pennsylvanie / vérif au registre des métiers Police d'Etat : 1930-32 : Balustrol Chemicals, Scranton. Phillip Herrick : analyste de solvants ; J. C. Kafesjian : ouvrier / préparateur.

* * *

Vérif au SCG Californie :
6/32 : les deux hommes passent leur permis de conduire.
Vérif au registre des naissances – état civil :
1932-37 : naissances de Tommy / Lucille, Richie / Laura / Christine.
Le temps qui fuit – tic tac – COURS – une cellule au bout de la course.
En train de courir, séparément – Exley / Noonan – en chasse pour des autorisation d'accès bancaire.
Noonan à l'est – furtif – juristes fédés. Exley, à l'ouest – plus lent, pas de contacts.
Donne un nom à TOUT ça : l'affaire Kafesjian /Herrick.
La solution à portée de main – une volonté de CIN-IN-GLÉ.
L'entretenir, l'alimenter, alimenter la presse – mon idée :
Fausse annonce d'un ARTU, faux retrait. Faux suspect : un psycho sans nom. Appâter : pour calmer Richie, tromper Tommy, qu'il morde à l'hameçon Richie. Une aide : photo anthropo de Richie en première page – ressemblance bidon, l'esquisse du mateur imparfaite.
Entraves : les Fédés autour d'EUX, comme autant de chiens de garde.
Exley, petits raffinements sur cinq colonnes :
— Dave Klein est un inspecteur plein de savoir-faire.
— Il travaille sur une affaire de cambriolage dont il est possible qu'elle soit liée aux meurtres de façon accessoire.
Appâter : pour LES pousser dans la direction de Richie, LES pousser dans ma direction.
Sac de nœuds : les Fédés en meute autour des Kafesjian.
COURS.
Funérailles de Junior – impossible d'y couper. Pas d'Exley, Dudley

Smith sombre. Stemmons, Sr toujours égaré, bombardé de sédatifs.

Adieux père-fils : extraits de la Bible. Trente ans ont passé depuis la First Dutch Lutheran, piger de quoi il en retourne : pitié pour les malades et les fous.

COURS – les chasseurs de la Criminelle – shérif – leurs questions de "routine".

Avez-vous été engagé pour filer Glenda Bledsoe ?

Etes-vous devenu intime avec elle ?

A-t-elle volé dans les maisons d'accueil de Howard Hughes ?

Oui, oui et non – un flic qui ricane.

Avez-vous eu une dispute avec Harold John Miciak ?

Oui – ce merdaillon qui haïssait les flics. Sympathie immédiate, question-choc pour conclure : ne pensez-vous pas que M. Hughes puisse essayer de vous baiser la gueule pour lui avoir pris son fric et sa petite amie ?

En course – Sid Riegle, six hommes des A.I. : vérif d'antécédents / interrogatoires / boulot de merde. Meg – toujours à rechercher les titres de propriété – 4980 Spindrift/ "Pourquoi là-bas ?" En train de fouiller les archives, remonter jusqu'au confidentiel – l'argent source : à savoir, la fortune de Phillip Herrick, trouve-moi des saloperies.

Kafesjian /Herrick – Maman à Richie : "une longue histoire de folie, nos deux familles".

Richie tueur – non.

Tommy boucher de la famille – pencher pour non.

Pencher plutôt direction : M. le Troisième Homme, fou à lier.

Les Stups en pleine course – rumeurs au Bureau. Allègement général : on largue les petits cadeaux Kafesjian. La tangente pure et simple – deux des aides de Wilhite – Mexique. Rumeur aux A.I. – Wilhite qui supplie – au chef Exley, dites quelque chose, faites quelque chose. La sourde oreille, rumeurs fédé : dix-neuf citations à comparaître, avec pour cible, les Stups.

Et moi, comme cible, idem – les Fédés, qui ont obtenu ma préventive par extorsion. Témoin clé, qu'on peut obliger à la boucler : ce film sur le bureau de Noonan. Peut-être souhait, peut-être vœu pieux – attends que les tic tac aient fini de s'égrener pour t'allonger.

Cours, bats-toi :

C'est EUX qui ont fait le film, avec Chick Vecchio comme homme de pointe. Oblige-le à manger le morceau : c'est EUX qui m'ont obligé à jouer la vedette, de force.

Inculpations pour conspiration – "peut-être" qu'un témoin muet pourrait s'en tirer.

Cours, arrête-toi, surveille :

LEUR maison – surveillance de nuit, à trois portes de là. Planque debout : des Fédés devant, des Fédés derrière. Impatience, trop de choses contenues – crises de rage et de furie familiales – ma piste son :

Les deux Tony – giclures de gomina, balles dans le crâne à bout portant. "Non, mes enfants" – une victime de contrat, sur le point d'être effacée, qui pleure. Un violeur, en doublé – la chevrotine lui a arraché la gueule, à ce négro.

Des robes de soie pour Meg – cadeaux en pénitence. Meg aujourd'hui avec Jack Woods – son tueur personnel. Meg et ses dix plaques en poche – Jack entubé dans les grandes largeurs, Junior mort sans qu'il y soit pour rien. Une pensée vague, en passant : Abe Voldrich descendu, une voiture repérée. La voiture de Jack – cette MÊME marque, ce MÊME modèle.

Johnny qui supplie.

Changement de bande son – musique – du bon vieux bop, première nuit. Nuit numéro deux – du bon vieux Champ Dineen.

A voix basse : Richie / Lucille, peut-être amants. A voix basse : Glenda qui apparaît dans mon existence, après une vie de patachon, tout ce courage.

Champ Dineen – la radio en sourdine. En écho : la fenêtre de Lucille.

Passe tout près, frôle les Fédés. Lucille – sans maquillage, nouvelle coiffure – les photos de la chambre de Richie, taille réelle.

Chemise de nuit – presque convenable.

Les Fédés de l'autre côté de la rue – une vraie famille qui veille...

Deux jours écoulés, restent deux jours. Deux nuits presque blanches – Glenda.

Elle a dit que nous ne nous en sortirions peut-être pas.

J'ai dit, si, tu t'en sortiras.

Elle a dit tu es fatigué.

Elle a dit tu veux tout avouer.

Quatrième partie

La jungle du fric

Chapitre 35

— Eh bien, cette autorisation légalisée apparaît *effectivement* tout à fait en ordre. Mais que signifie ce tampon au bas de la page ?

Agent Henstell :

— C'est un tampon de transfert. Le procureur fédéral d'ici a expédié ce papier à un juge dans l'Est.

— Y avait-il une raison à cela ?

Pour rendre nuls et non avenus les mémos en bonne et due forme du LAPD – ouvre la salle des coffres, espèce de petit merdeux trop zélé.

— Non, M. Noonan savait tout simplement que le juge fédéral de cette circonscription était trop occupé pour rédiger des autorisations d'accès bancaire.

— Je vois. Eh bien, je suppose –

Pousse-le au cul :

— L'autorisation est parfaitement légale, alors inutile de traîner, poursuivons.

Petit raclement de gorge désapprobateur :

— Nul besoin d'être aussi brusque. Par ici, *Messieurs*.

Guichet des caissiers, poste de garde, salle des coffres. Déverrouillée – un agent de chez Pinkerton, position repos. Henstell :

— Avant d'entrer, je veux récapituler les instructions de M. Noonan.

— J'écoute.

— Un, vous êtes autorisé à garder tout l'argent que vous pourriez trouver. Deux, vous êtes autorisé à consulter tous papiers personnels que vous pourriez trouver, seul, dans un réduit mis à votre disposition à l'intérieur même de la banque. Une fois votre consultation terminée, ces papiers devront m'être remis, à fins d'enregistrement comme preuves fédérales. Trois, tous articles de contrebande, tels que stupéfiants, ou armes à feu, seront immédiatement saisis comme preuves matérielles.

Des armes à feu – picotements.

— J'accepte.

— Accordé en ce cas. M. Welborn, après vous.

Petit défilé rapide – Welborn ouvrant la marche. Couloirs de métal gris – coffres de dépôt du sol au plafond. Virage à gauche, stop.

Welborn, qui fait tinter ses clés :

— 5290 et 5291. Il y a une pièce de consultation de l'autre côté.

D'un ton sec et agressif :
— Vous devez nous laisser seuls, l'agent Henstell et moi-même.
— Comme vous le désirez.
Deux coffrets à hauteur de genou, quatre orifices de clés. Picotements – mes clés dans les serrures.
Welborn – ses clés passe-partout en place – déclics.
Des mouchoirs que j'ai cachés dans les manches.
Welborn, petit raclement de gorge désapprobateur :
— Bien le bonjour, officiers.
Vite – Henstell qui traînaille en arrière, mort d'ennui :
Entrouvre les tiroirs – des papiers empilés – JUSTE LÀ, sur le dessus :
Un revolver – ensaché sous plastique comme pièce à conviction.
A côté de moi : Henstell, qui se cure le nez.
Vite :
Déballe l'arme – des empreintes bien visibles, cerclées à l'encre blanche. Enterre-la – sous le fouillis de papiers.
Henstell :
— Alors, qu'est-ce qu'on a ?
— Pour l'instant, des chemises et des papiers.
— Noonan veut tout le paquet, et je ne verrais pas d'inconvénient à être sorti d'ici pour l'heure du déjeuner.
Bras ballants, mouchoirs sortis. Fais le gros dos, bouche-lui la vue – essuie le calibre.
Trois fois de suite – Glenda, prends toutes tes précautions.
Dégage-le.
— Henstell, regardez – tends-le lui.
Sifflements :
— Poignée nacrée – ce Stemmons devait être fétichiste, avec un faible pour les trucs de cow-boy. Et regardez, pas de numéro sur le barillet.
Fais coulisser les tiroirs, dégage-les de leur logement – ils pèsent.
— Voulez-vous jeter un coup d'œil pour voir s'il y a des stupéfiants ?
En faisant tournoyer le revolver :
— Non, mais Noonan veut tout le paquet quand vous en aurez terminé. Il m'a dit de vous fouiller à la fin, mais ça, ce n'est pas mon style.
— Merci.
— Vous allez adorer la prévention fédérale. Noonan passe déjeuner tous les jours, avec steak au menu.
Feignant de grommeler :
— Vous voulez me donner un coup de main avec ça ?
— Allons, ce n'est quand même pas lourd à ce point-là.
Jolie feinte – continue sur ta lancée – un cagibi en diagonale. Une table, une chaise, pas de serrure intérieure – coince la chaise sous le bouton de porte.

Vire le contenu des tiroirs, regarde :
Chemises, papiers divers – empile-les.
Quatre clés, une petite plaque – Serrurerie Brownell, 4024 Wabash Ave., Los Angeles Est.
Empoche.
Articles de presse – une chemise.
En revue de détail :
Dépositions dactylographiées – Glenda Bledsoe/ Dwight Gilette – Meurtre premier degré. Ma suppression de pièces à conviction – explications détaillées, rédigées à la main.
Déclaration de Georgie Ainge : un original, cinq copies-carbone.
Agrandissements photo : fichier d'empreintes de Glenda, prison pour mineurs / les empreintes de l'arme. Un rapport d'analyse des empreintes, "Voir addendum" : clichés brillants, relevé des points de comparaison.
"Rapport de déposition de témoin" :
"... M. Ainge vit actuellement sous un faux nom en un lieu gardé secret, dans la région de San Francisco. Je peux le joindre par téléphone et lui ai donné de l'argent afin qu'il puisse se cacher et échapper ainsi à des représailles possibles de la part du lieutenant David D. Klein. Il reste à ma disposition, serait-il convoqué comme témoin dans l'affaire opposant le comté de Los Angeles à Glenda Louise Bledsoe".
A l'instinct – que des conneries – Ainge s'est enfui, point, c'est tout.
Des pages d'écriture manuscrite – gribouillages, griffonnages – hiéroglyphes à moitié illisibles :
? ? ? ? ? / "J'ai une piste que j'ai élaborée sur le papier" / ? ? ? / "Il a dépensé une fortune pour rendre opérationnel l'officier John Duhamel" – barbouillis – "Mais bien sûr c'est un fils de riche, ce policier, dont le père est décédé (avril 1958) en lui laissant des millions."
Gribouillis / dessins de dieux grecs – Junior camé jusqu'aux yeux. "Fils de riche" Exley – facile à cadrer – qui opère Johnny D. – pas vraiment une surprise. Griffonnages / dessins d'armes à feu / charabia indéchiffrable. "Opérer ce mec dont l'histoire est incroyable". Taches de café / barbouillis / dessins de bittes / Voir dossier marqué Preuves à Conviction 1".
Fouille, là – une chemise.
Articles de presse découpés : mi-avril 58. Belle histoire édifiante, de la guimauve :
Johnny Duhamel passe pro – des parents "aisés" sans un sou à leur mort – l'USC qui relance pour le paiement de sa dette. Leur héritage en garantie – Johnny qui a du mal à obtenir sa licence, trois boulots – pas de plan de carrière pro. Dernière relance de l'USC : régler votre dette à l'université, sinon exclusion.
L'article en question – *L.A Times*, 18/4/58. Trois récapitulatifs – *Herald* / *Examiner* / *Mirror* – 24/4 , 2/5 , 3/5.
Etrange :

Quatre quotidiens de L.A. / quatre histoires – pas de faits nouveaux – confirmation de la vérif du dossier par Gallaudet : les parents de Duhamel sont bien morts fauchés.

Une enveloppe – vide-la – photos documentaires, numérotées. Réfléchis – la crèche de Junior – ce Minox planqué.

N°1, n°2, n°3 : formulaires bancaires de compte titres – First National. Ouvertures de comptes courants / comptes épargne : "Walton White", 2750 N. Edgemont, Los Angeles. Dépôts de 30 bâtons, suspect : Edgemont s'arrêtait au numéro 2400.

Notes au verso :

N°1 – "le directeur a décrit" Walton White comme "vaguement familier, 1 m 85, 75 kg, cheveux gris-blond, lunettes, approchant la quarantaine".

N°2 – "Au vu d'une photographie d'Edmund Exley prise dans une revue, le directeur a confirmé qu'E. E. avait ouvert les comptes "Walton White".

N°3 – "Le directeur a déclaré que "Walton White" (E. E.) a exigé des chèques de banque sur-le-champ afin de pouvoir immédiatement opérer des transactions.

Chaud – dégoulinant de sueur.

Photos n°4, n°5, n°6 – chèques "Walton White" retournés. Quatre bâtons, cinq bâtons, six bâtons – 23/4 , 27/4, 30/4/58.

Aux noms de :

Fritzie Huntz, Paul Smitson, Frank Brigantino.

Trois journalistes – explications de trois articles copies conformes.

Photo n°7 – chèque retourné. Onze bâtons payés à : Fond de Garantie des Anciens Elèves de l'USC.

"Ainsi donc il a dépensé une fortune pour rendre opérationnel l'officier John Duhamel."

"Opérer ce mec dont l'histoire est incroyable."

Journalistes soudoyés.

Johnny acheté.

Junior – accès aux registres de banque – intimidation / charme pré-CIN-IN-GLÉ.

La sueur qui coule – les dossiers trempés.

Articles de presse sur les combats de Duhamel.

Déposition : Chuck Chamales "Le Grec" – organisateur de combats, Olympic Auditorium.

"Révélations obtenues sous la menace de révéler au grand jour sa liaison avec Lurleen Ruth Cressmeyer, âgée de 14 ans."

Johnny avait arrangé son seul combat pro.

Exley l'avait payé pour qu'il le fasse.

C'est Duhamel qui avait dit cela à Chamales – en pleurs, ivre mort. Le Grec à Junior, mot pour mot : "Il n'était pas entré dans les détails. Il m'a simplement dit en douce que ce mec Exley avait un boulot spécial en réserve pour lui."

Restaient quelques pages – sans queue ni tête, gribouillis. Une feuille écrite en capitales d'imprimerie :

ADDENDUM

EN MA QUALITÉ D'ANCIEN INSTRUCTEUR – PREUVES MATÉRIELLES ET PIÈCES À CONVICTION – J'AI ÉTÉ INVITÉ À LA SOIRÉE ORGANISÉE POUR LE DÉPART EN RETRAITE DU SGT DENNIS PAYNE LE 16 OCTOBRE. AI DISCUTÉ DE MA RÉCENTE PROMOTION AU GRADE DE SERGENT ET DE MON TRANSFERT AUX AD. MŒURS AVEC LE CAPT. DIDION, QUI M'A APPRIS QUE MON PÈRE AVAIT FAIT PROMOUVOIR DAVE KLEIN PAR L'ANCIEN CHEF ADJOINT GREEN AU COMMANDEMENT DE L'AD. MŒURS, ALORS QUE KLEIN N'ÉTAIT QUE LIEUTENANT, EN PARTIE POUR FACILITER MON AFFECTATION À CE SERVICE. LE CAPT. DIDION A RACONTÉ DES HISTOIRES SUR DAVE "LE REDRESSEUR" PENDANT UNE DEMI-HEURE, ET J'AI UNIQUEMENT ÉCOUTÉ PARCE QUE JE VOULAIS ÊTRE MIS AU COURANT DES BRUITS QUI COURAIENT SUR JOHNNY. LE CAPT DIDION M'A APPRIS QUE EXLEY AVAIT PERSONNELLEMENT DEMANDÉ QUE JOHNNY OBTIENNE RAPIDEMENT SON DIPLÔME (PROMOTION DU 10/7/58) AFIN DE POUVOIR L'AFFECTER À UN POSTE SUSCEPTIBLE D'ÊTRE VACANT AUX PATROUILLES DE WILSHIRE, CHOSE QUI N'AVAIT À SES YEUX AUCUN SENS. DENNIS PAYNE A ÉGALEMENT CONFIRMÉ CE QUE J'AVAIS SOUPÇONNÉ LORSQUE JOHNNY AVAIT ÉTÉ TRÈS RAPIDEMENT AUTORISÉ À QUITTER MON COURS : QUE C'ÉTAIT EXLEY EN PERSONNE QUI L'AVAIT AFFECTÉ À DES MISSIONS EN COUVERTURE, EN DEMANDANT AU CAPT. DIDION QUE JOHNNY SOIT AUTORISÉ À LE FAIRE ALORS QUE TECHNIQUEMENT, CE N'ÉTAIT ENCORE QU'UN CADET EN FORMATION.

Exley / Duhamel – les mains sales.
Partenaires en opération – pour opérer QUI ?
Suspects :
Les Kafesjian.
Les Stups.
"Ce mec / histoire incroyable" – singulier. La sémantique qui déconne – peut-être – pense solo :
Tommy K.
J. C.
Dan Wilhite.
Un peu tordu, mais :
Séance ciné Kafesjian : Johnny, moi. Ce soir – travail au corps sur Chick V. – ce POURQUOI ? enfin expliqué.
Entrouvre la porte – Henstell qui fait les cent pas. Bloque-la à nouveau, en avant.
Six allumettes – whoosh – flammes, fumée. Boules de feu, suie – rôti de pièces à convictions écrites.
Bang bang à l'extérieur :

— Klein, nom de Dieu, qu'est-ce que vous fabriquez ?

Le feu écrasé, sous la semelle – papier calciné, fumée. Grésillement / bafouillage :

— Klein, nom de Dieu !

Ouvre la porte, une secousse, repousse-le en arrière :

— Dites à Noonan que c'était personnel. Dites-lui que je suis toujours son témoin mais que maintenant, je *lui* en dois une.

* * *

Est L.A. – légère inhalation de fumée. La Préventive dans 47 heures – deux jours pour TROUVER LA SOLUTION.

"UNE LONGUE HISTOIRE DE FOLIE NOS DEUX FAMILLES."

En quête de confesseurs prêts aux aveux : EUX, Exley.

Glenda : "*Tu* veux avouer".

Olympic Est – nuages de pluie qui arrosent le smog. Chasseur / chassé / doublette, avec pour partenaires Exley, Noonan / pour te faire baiser, par l'un comme l'autre :

Reprends le topo – 187 multiples Herrick, deux jours au sprint :

Dossier Chino de Richie toujours manquant – fouille des paperasses en cours. Assistance des aides du gardien-chef : il faut mettre un nom sur ses R.C. de prison. Sid Riegle en chasse, Richie son gibier exclusif – Nègreville / Hancock Park – pas une piste.

Six hommes des AI complètement nazes : pas de nouveaux liens Herrick / Kafesjian. Liens existants : Pennsylvanie / travail en chimie / arrivées à L.A. 31-32. Mariages fin 31 : Joan Renfrew, Madge Clarkson – pas de casiers criminels – enquête auprès de leurs villes d'origine.

Meg, qui chasse dans l'immobilier : recherche des titres de propriété du 4980 Spindrift. Zéro jusqu'ici – arrête un peu les séances ciné – Chick Vecchio en attente.

En doublette – Exley / Duhamel partenaires – qui opèrent QUI ?

EUX à la maison, à cran, qui bouillent, coincés – les Fédés dehors, devant, derrière. Toute la famille à se serrer les coudes, tous complices – impossible de dire :

Vous, les Herrick – salis, des raclures. Bouteilles d'alcool fracassées / chiens aveuglés / disques saccagés – meurtre / suicide / castration – je le SENS, comme un GOÛT sur mes lèvres. Vous me le direz, vous le direz à quelqu'un – moi aussi, je dégringole en doublette, avec un partenaire solide.

Solide / les mains sales : Exley. Solide / prudent / avide : Noonan.

Travaille-les tous les deux, ne fais confiance ni à l'un ni à l'autre.

Exley : Johnny D. mon coin de force. Les Fédés – pas encore de moyen de pression – mon petit feu a fait cramer tous mes avantages. Henstell : "Vous savez, M. Noonan était *vraiment* sur le point de penser que vous seriez un témoin tout à fait correct."

Etait / est – pourrait être / serait : FAUX. Témoigne, sauve Meg – selon la loi de la pègre, je suis un homme MORT. Junior annulé – Glenda saine et sauve – mes nouvelles emmerdes – uniquement fédés.

Traîner en longueur, gagner du temps, avec quoi ? Plus rien à se mettre sous la dent :

Pas de témoignage préliminaire pour l'instant – préventive égale commencer à jacter. Mystère : "le mystérieux témoin majeur de Noonan". Mystère : ma carrière chez les truands / Mickey Cohen – synonymes. Mystère : Noonan qui a insisté : PAS de témoignage sur Cohen.

Noonan – prudent, avide – ses coups de fil réveils :

— Vous commandez une enquête criminelle – comme c'est étrange.

— Richard Herrick serait-il le "Richie" qui semble tant vous intéresser ? Celui qui semble préoccuper au plus haut point Tommy Kafesjian ? Le commentaire du chef Exley au *Herald* m'intéresse, *moi*. "Il" – ce qui signifie "vous", Frère Klein, "travaille sur une affaire de cambriolage dont il est possible qu'elle soit liée aux meurtres de façon accessoire". Nous devons *absolument* discuter de tout ceci une fois que vous serez placé en préventive.

— Je comprends votre dilemme, David. Vous croyez peut-être que vous pouvez agir avec dissimulation à notre égard et vous montrer rien moins que cordial vis-à-vis de vos relations avec le crime organisé, vous épargnant ainsi une condamnation à mort par le Syndicat. Il vous sera naturellement offert une protection fédérale après votre témoignage devant le Grand Jury, mais il faudrait que vous sachiez qu'il ne sera toléré ni mensonges, ni mensonges par omission.

Intelligent, le salopard – à me lire à livre ouvert.

Il en garde dans sa manche – prêt à parier là-dessus. La grosse trouille, de première grandeur : ces filoches fédés post-Johnson. Une hypothèse un peu tirée par les cheveux, mais difficile de l'éliminer : Abe Voldrich descendu, une Pontiac repérée. Jack Woods – un minimum de neuf contrats remplis – *mon* tueur préféré. Jack Woods, propriétaire et fier de l'être, d'une Pontiac 56 bleu métallisé.

Centre ville, Pont de la 3ème Rue, Boyle Heights. Est jusqu'à Wabash – Serrurerie Brownell.

Une cabane, au bout d'une allée carrossable. Quatre clés – trois numérotées – une possibilité éventuelle de remonter la piste.

Range-toi, coup de klaxon. Un homme qui apparaît, sourire commerçant aux lèvres.

— 'Peux vous aider ?

A lui montrer : mon insigne, la plaquette des clés.

— 158-32, 159-32, 160-32, la dernière sans numéro. Pour qui les avez-vous faites ?

Sans réfléchir :

— Ce n'est même pas la peine que je consulte mes registres,

pasque le codage en 32, ça vient d'un entrepôt consigne avec location de casiers et c'est moi qui fais toutes les clés de tous les casiers.

— Donc vous ne savez pas qui a loué ces casiers individuels ?

— Exactement. La clé sans numéro, c'est pour la porte d'entrée, les clés numérotées, c'est pour les casiers. Et je fabrique pas de doubles à moins que le patron de l'endroit ne me dise okay.

— Quel "endroit" ?

— Le Lock-Your-Self au 1750 Nord Echo Park Boulevard qui reste ouvert vingt-quatre heures sur vingt-quatre, au cas où vous sauriez pas.

— Vous êtes plutôt sec dans vos répliques.

— Ben...

— Allez, dites-moi.

— Ben...

— M. Brownell, je suis officier de police.

En se tortillant un coin de tablier :

— Ben, je déteste faire l'indicateur, pasque le gars, je l'aime bien, comme qui dirait.

— Quel gars ?

— Je ne connais pas son nom, mais c'est ce petit Mex poids coq qui a tout le temps des combats à l'Olympic.

En place, le bon déclic :

— Reuben Ruiz ?

— C'est bien ça. Il est venu hier et il m'a dit qu'il voulait des doubles des clés qui ont des numéros, comme s'il avait *vu* les clés sans pouvoir mettre la main sur les deux séries que j'avais taillées. Je lui ai dit, "Pas question, même si t'étais Rocky Marciano en personne".

— Vous avez fabriqué deux séries pour le Lock-Your-Self ?

— Un original pour le client, un original pour la direction. Le patron a envoyé un mec pour une deuxième série Clients, pasque les gens qui louaient les casiers voulaient un double.

Parole d'évangile – première série – Junior. Série numéro deux : peut-être Johnny D – le pote de Reuben.

— M'sieur l'agent, les serrures et les clés, on les change continuellement pour empêcher les vols. Alors si vous parlez à Bob, le patron, vous voudrez bien lui dire que je fais ma part du boulot pour que les choses –

Vas-y – écrase le champignon – coupe-lui la chique.

* * *

Echo Park qui donne sur Sunset – un gros entrepôt. Parc de stationnement, pas de gardien à la porte – *ma* clé ouvre.

Enorme : quadrillage de couloirs, alignements de casiers de consigne. Un répertoire sur le devant, avec codage chiffré et correspondance.

Un coup d'œil – mes numéros donnent "Jumbo". Un plan – suis-le – deux couloirs à emprunter, gauche, stop.

Trois casiers, sol-plafond, larges de près de deux mètres.

Egratignés, rayés – marques de rossignols sur la serrure.

Les clés, en place, les portes qui s'entrouvrent :

158-32 : manteaux de vison suspendus, sur deux mètres cinquante de profondeur, un mètre quatre-vingts de large. Quelques cintres vides.

159-32 : étoles, fourrures – en vrac, à même le sol, jusqu'à hauteur d'épaule.

160-32 : manteaux de renard, de vison, de raton laveur – des chiées de fourrures, suspendues / en vrac / empilées / pliées / balancées là.

Johnny / Junior / Reuben.

Dudley Smith, grand chef de l'enquête sur le braquage des fourrures – battu à plates coutures / trompé / entubé.

Exley / Duhamel – en train d'opérer QUI ?

Le vison – touche-le, sens-le. Des cintres vides, réfléchis : le strip en fourrure de Lucille à Nègreville. Touch V. : Johnny a offert à Mickey Cohen un lot de fourrures.

Reuben Ruiz : ex-cambrio spécialiste des effractions, ses frères cambrios.

Reuben – approche directe sur la question des clés – impossible.

Rayures d'effraction / pas de garde à la porte / Lock-Your-Self : ouvert 24 h sur 24.

Déclics de clés / déclics de verrous / déclics de matière grise.

Calepin, stylo – trois notes identiques :

Je veux faire un marché sur Johnny Duhamel, Junior Stemmons et tout ce / tous ceux qui se rattachent à ceci. Contre argent comptant, indépendamment d'Ed Exley.

D. Klein

Trois consignes – trois notes placées à l'intérieur. Reclaque les portes, une idée lumineuse : trouver un téléphone.

A l'extérieur, une cabine sur l'autre trottoir de Sunset. Ad. Mœurs, deux sonneries,

— Riegle.

— Sid, c'est moi.

— C'est vous, et vous voulez quelque chose.

— Tu as raison.

— Alors dites-moi, mais moi, je *vous* dis tout de suite que ce boulot pour la Criminelle, j'en ai ma claque.

— Ce qui veut dire ?

— Ce qui veut dire que Richie Herrick est nulle part. D'abord, Exley diffuse un ARTU, ensuite il l'annule, et on n'arrive *toujours* pas à localiser un seul Blanc connu pour fréquenter des quartiers nègres.

— Je sais, et notre meilleure chance est de laisser Tommy Kafesjian le retrouver à notre place.

— Ce qui ne paraît pas très probable avec ces tordus d'Arméniens planqués dans leur trou avec les Fédés qui surveillent tous les abords de la maison. Seigneur...

— Sid, note ça.

— Okay, j'écoute.

— La consigne automatique, au 1750 Nord Echo Park.

— Très bien, j'ai noté. Et maintenant ?

— Maintenant, tu te prends ta voiture personnelle et tu planques, en surveillant l'entrée et le parc de stationnement. Tu notes tous les numéros minéralogiques de tous ceux qui entrent là-dedans. Toutes les cinq ou six heures, tu téléphones ta récolte au SCG, et tu restes sur place jusqu'à demain et tu m'appelles.

Grommellements, très cinéma.

— Vous expliquerez à ce moment-là ?

— C'est exact.

— C'est l'affaire Herrick.

— C'est tout ensemble, putain.

Chapitre 36

Reuben Ruiz – discussion, peut-être travail au corps.

Sommiers, son adresse : 229 S. Loma. Pas si loin que ça, en route – Ramon le frangin, assis sur le perron.

— Vous cherchez Reuben ? Il est de sortie au Ravine, y fait la pute pour la municipalité de Los Angeles.

Pas si loin que ça, en route – Chavez Ravine.

La vraie foule – les expulsions en suspens. "Stationnement Police" – un parking en terre à l'entrée. Puis, Plymouth en série : shérif, LAPD, Fédés.

Des collines donnant sur la rue principale ; des gamins mex qui balancent des pierres. Voitures de flics égratignées, écornées.

Range-toi, avance – une route d'accès en montée. Etroite, poussiéreuse – vue du sommet :

Les manifestants – contenus par les bleus – la rue principale interdite d'accès. Rues / collines / vallons bordés de cahutes – une tapée de petits drapeaux d'expulsion. Des équipes de cameramen qui filment, porte-à-porte : des Fédés, un sombrero qui danse.

Un escalier à descendre – des blocs de bois en guise de marches, une corde en guise de rampe. Vue du sol : des occupants des cahutes qui ne lâchent pas le chapeau d'une semelle.

Insigne sorti – des bleus m'ont fait franchir le cordon en douce. Aux premières loges : Shipstad, Milner, Ruiz – en costume de toréador dans l'arène.

Reuben :

Qui distribue de l'argent, les espingos qui se ramènent en foule.

A faire l'article, baratin et boniments – "Dinero ! el jefe Ruiz !" Milner, le regard en folie : mais qu'est-ce que c'est que *ça* ?

Bouscule, fais signe – Shipstad m'a vu.

A trembler de partout, le rouge aux joues – à tous les coups qu'Henstell a mangé le morceau.

Pousse, bouscule – Shipstad qui *me* bouscule. Collision : quatre mains qui agrippent les vestons.

— Gracias el jefe Reuben basta basta !

Télépathie : quatre mains qui lâchent prise et se lèvent, restons-en là, pas de spectacle. Coup d'œil en coin : Ruiz qui balance ses billets.

Des cours en terre en retrait de la route – un signe de Shipstad. Approche – à l'ombre d'un arbre, une pancarte : AVIS D'EXPULSION.

Shipstad à haute voix :

— Justifiez-moi votre petit numéro de pyromane avant que Noonan ne révoque votre immunité et ne vous fasse arrêter.

Et l'œil attiré comme par un aimant : Reuben prodigue de ses dos verts.

— Regardez-moi, Klein.

En face, en pleine figure, des conneries d'avocat :

— C'était des pièces à conviction compromettantes pour moi, mais sans rapport avec ce qui nous occupe. En aucun cas elles ne se rattachaient à la famille Kafesjian ou à un élément central de votre enquête ou à mon éventuel témoignage devant le Grand Jury. Noonan a suffisamment de choses sur mon compte dans l'état actuel, et je n'avais aucune envie de lui fournir de nouveaux renseignements susceptibles de conduire à de nouvelles inculpations à mon égard.

En secouant la tête :

— De juriste à juriste, comment pouvez-vous vivre comme vous le faites ?

Muet – on ne revient pas sur le passé.

— Nous essayons de vous aider à vous en sortir vivant. Je suis en train de mettre sur pied un plan pour vous installer dans une autre ville après votre déposition, et franchement, Noonan est d'avis que je ne devrais pas me donner tout ce mal.

— Ce qui veut dire ?

— Ce qui veut dire que le personnage me déplaît un peu plus encore que vous-même. Ce qui signifie qu'il est à deux doigts de vous arrêter et de vous présenter à la face du monde comme témoin hostile, avant de vous relâcher et de laisser Sam Giancana ou un autre vous faire exécuter.

Meg emprisonnée / brutalisée / éliminée :

— Acceptez-vous d'aider ma sœur à s'installer ailleurs ?

Pas d'hésitation :

— C'est impossible. Votre dernière escapade vous a ôté toute crédibilité aux yeux de Noonan. Installer votre sœur n'était pas compris dans votre contrat, et il n'existe pas de précédent bien établi où l'on ait vu des truands faire du mal aux chers et tendres de témoins en fuite.

Réaction : TROUVE DE L'ARGENT.

Et Ruiz qui le DISTRIBUE à l'œil.

— Nous sommes votre seul espoir. J'arrangerai les choses avec Noonan, mais trouvez-vous au Bâtiment fédéral avant 8 heures du matin après-demain, sinon nous vous retrouverons et nous procèderons à l'arrestation de votre sœur avant d'entamer la procédure pour fraude fiscale.

Bruits de foule, poussière. Reuben qui nous observe.

Agite les clés, fais-lui comprendre. Rai de soleil sur métal – il a hoché la tête.

Shipstad :

— Klein...

— Je serai là.
— 8 heures du matin.
— J'ai entendu.
— C'est votre seul –
— Que fait donc Ruiz ?
Un regard jusque-là :
— Expiation coupable ou quelque idée du même genre. Pouvez-vous l'en blâmer ? Tout ça pour un stade de base-ball ?
Reuben qui s'avance jusqu'à nous.
— Etes-vous venu ici pour le voir ? Et qu'est-ce que c'est que cette histoire de clés ?
Mise au point – ce Fédé – presque un ami.
— Accordez-moi un moment avec lui.
— Est-ce personnel ? C'est notre témoin en second, vous le savez.
— Ouais, c'est personnel.
Shipstad s'est éloigné ; Reuben l'a croisé en chemin. Rockabye Reuben : sapé toréador, grand sourire.
— Hé ! Lieutenant.
En faisant tournoyer les clés :
— A toi en premier.
— Non. D'abord dites-moi que c'est juste une petite bavette entre deux potes-témoins, et après, dites-moi que choper des poids coq mexicains pour vol, ça vous titille pas les grelots.
Des bulldozers à une colline de là – une cahute écrabouillée.
— Des *clés*, Reuben. Tu as vu les originaux, mémorisé les numéros et tu as essayé de te faire retailler des doubles par le serrurier, et il y a des marques sur les casiers dans cet entrepôt consigne.
Une haleine embiérée :
— Je vous ai rien entendu dire qui ressemble à “c'est rien que deux mecs qui voudraient s'éviter des ennuis en train de bavarder”.
Grincements d'engrenages / du bois qui casse / de la poussière – accompagne-le un peu plus loin, le bruit moins fort :
— J'ai dépassé le stade où j'arrêtais les gens, et de loin.
— C'est comme qui dirait ce que je pensais, étant donné ce que les Fédés racontent.
Des témoins attentifs : petit Mex / grand gringo – que pasa ?
— Reuben, *crache le morceau.* J'ai comme l'impression stupide que tu en as envie.
— Faire pénitence, peut-être. Cracher le morceau, je ne sais pas.
— As-tu chouravé des fourrures dans les placards de la consigne ?
— Autant que moi et mes super-potes cambrios ont pu en porter. Et il n'y en a plus, au cas où vous voudriez un vison pour votre taulière de frangine, la reine des taudis.
Ne bouge plus, réfléchis, marche arrière :
Le strip-tease de Lucille = un manteau qui refait surface. Johnny D., vendeur de fourrure : Mickey Cohen, ça ne marche pas.

Des fleurs en boutons près des mauvaises herbes – bêtement jolies. Smog – à vous étouffer les poumons.

— Alors tu as embarqué quelques fourrures, tu les as vendues et donné l'argent à tes pauvres concitoyens exploités.

En train de décapiter les marguerites à coups de pied :

— Non, j'ai donné une fourrure en renard argenté à Mme Mendoza la voisine, pasque j'ai dépucelé sa fille et j'ai jamais voulu l'épouser, *ensuite*, j'ai vendu les fourrures, *ensuite* je me suis soûlé et j'ai distribué l'argent.

— Comme ça, tout simplement ?

— Ouais, et ces stupidos vont probablement le dépenser pour s'offrir des billets pour les Dodgers.

— Reuben –

— Ouais, moi, Johnny Duhamel et mes frères, on a dévalisé l'entrepôt Fourrures Hurwitz. Peut-être bien que vous étiez sur la voie quand je vous ai vu au vestiaire, alors, maintenant, dites-moi ce que vous, vous savez avant que je dessoûle et que je commence à en avoir marre de toute cette histoire de pénitence.

— Essayons Ed Exley, opérateur de Johnny.

Smog – Reuben a toussé.

— Vous l'avez choisi, votre putain de sujet.

— Je me suis dit que si Johnny avait parlé à quelqu'un, ce serait toi.

— Vous êtes tombé drôlement juste.

— Il t'en a parlé ?

— Il m'a dit l'essentiel, je crois. Ecoutez, tout ça, c'est, vous savez, confidentiel.

Acquiesce – lâche-lui un peu de mou – laisse-le réfléchir.

Tic tac – lent, le temps.

— Okay, je crois que c'était ce printemps, quelque chose comme avril ou à peu près. Exley, il a lu cet article de journal qui racontait l'histoire de Johnny. Vous savez, ce qu'on appelle un récit humainement intéressant, genre ce mec en licence en fac, qui fait tous ces boulots, qui a été un grand espoir des Gants d'Or, mais maintenant, il va faire pro même s'il en a pas envie, pasque ses parents ont cassé leur pipe et l'ont roulé dans la farine, lui et son école, et il se retrouve sans un radis – vous me suivez jusqu'ici ?

— Continue.

— Okay, alors Exley, il a contacté Johnny et il l'a ce que vous appelez manipulé. Il a donné de l'argent à Johnny, il a payé son prêt universitaire et il a réglé toutes les dettes qu'avaient laissées les parents de Johnny. Exley, c'est le genre flic fils de richard avec son gros héritage, et il a donné à Johnny tout ce putain de bon pognon et il a payé les journalistes pour qu'ils rédigent, vous savez, des histoires sur lui, du même genre, en jouant sur l'argument comme quoi il était obligé de passer pro, vous savez, pour des raisons d'argent.

Chèques retournés / coupures de presse – les pièces à conviction de Junior.

— Et Exley a obligé Johnny à s'allonger pour son seul et unique combat pro.

— Exact.

— Et les articles de journaux et le combat arrangé étaient là pour donner à Johnny l'image d'un môme qui n'a pas eu de chance, pour donner un air réaliste et faire plus vrai quand il poserait sa candidature au LAPD.

— Exact.

— Et Exley a fait entrer Johnny en douceur à l'Académie ?

— Exact.

— Et tout ça, pour préparer Johnny à travailler sous couverture.

En train de lâcher ses directs :

— Exact, pour qu'il s'approche de certaines personnes ou de quelque chose pour quoi Exley bandait comme un malade, mais ne me demandez pas qui, pasque je le sais pas :

EUX / Dan Wilhite / les Stups – que dalle, correspondances...

— Continue.

Sautillements, feintes – Reuben en sueur :

— Alors Exley, il a trouvé à Johnny un boulot à l'extérieur pendant qu'il était à l'Académie, ce coup où il a ce que vous appelez infiltré un groupe de mecs des Marine Corps qui passaient à tabac et détroussaient tous ces pédés friqués. Ce connard de Stemmons, vous savez, votre ex-partenaire, il était le professeur de Johnny à l'Académie, et il a lu le rapport que Johnny avait rédigé sur l'arnaque aux fiottes.

— Et ?

Sautillant, vacillant :

— Et Stemmons, il était les deux à la fois, vous voyez, attiré et comment vous appelez ça, dégoûté par les homos. Il avait le béguin pour Johnny comme pas possible, pasque le Johnny, c'est un chasseur de connasses sur toute la ligne. En tout cas, Johnny a démantelé le réseau des arnaqueurs de fiottes, et la police des Marine Corps, elle a obtenu, vous savez, des condamnations contre tous ces mecs. Johnny a obtenu son diplôme de l'Académie et il a été immédiatement affecté au Bureau, pasque son coup sur le réseau antipédé donnait de lui une super image de mec doué, et pasque le fait d'être un champion des Gants d'Or lui donnait un super prestige. En tout cas, l'Irlandais, là, vous savez, Dudley Smith, il l'a pris à la bonne, le Johnny et il l'a fait affecter à la Brigade antigang, pasqu'il voulait un ex-combattant du ring pour le boulot de gros bras qu'ils font dans l'équipe.

Déclic – mise en place – pas encore de surprises.

— Et ?

— *Et* d'une manière ou d'une autre, Stemmons a découvert qu'Exley était en train de ce que vous appelez opérer Johnny, *et* il lui a fait son coup dingue de pédale en folie au Johnny, *et* Johnny, ça l'a dégoûté, mais il ne lui a pas cassé la tête à cette fiotte, pasque Stemmons, c'était une bête comme prof question preuve à conviction, et flic en plus, il pouvait baiser Johnny à propos des conneries qu'il magouillait en duo avec Exley.

A lâcher ses directs, en lâchant sa sueur.

— Et ?

— *Et* vous, les flics, vous n'arrêtez jamais vos "et" pour obliger les gens à continuer à parler.

— Alors essayons "donc".

En sueur, vidé.

— Donc, je pense que c'est à peu près à ce moment-là que Johnny s'est trouvé embringué dans le coup des fourrures. Il a dit qu'il disposait de complicité à l'intérieur, il nous a simplement engagés, moi et mes frères, pour organiser le transport de la marchandise. Il faisait aussi ces autres soi-disant "mauvaises choses" et je me suis dit que ça devait être des saloperies de passage à tabac pour la Brigade antigang, mais Johnny m'a dit que c'était bien pire, au point qu'il avait peur d'en parler à son bon copain Exley. Putain de Stemmons, tout ce temps il lui gonflait les oreilles à Johnny avec son baratin de grand cerveau criminel, et je ne sais pas comment, mais il a réussi à tout découvrir à propos de Johnny et du braquage des fourrures.

Réfléchis :

Junior – coopté pour le Kafesjian 459. Nègreville – Bido Lito's – lieu de fréquentation connu de Tommy K. Le strip fourrure de Lucille – Johnny tout proche, complètement affolé à vouloir l'arrêter.

Jeu de devinettes :

Junior entre en contact avec Johnny – sympathie non pédé au départ. Le prof vieux copain. Johnny crache ses petits potins sur le braquage des fourrures. Junior "le Grand Cerveau Criminel" – de nouveaux ragots à chantage, CIN-IN-INGLÉ.

— Hé ! Lieutenant, vous vous baladez sur Mars ou quoi ?

Ruiz – un petit sourire satisfait sur les lèvres.

— Quand Johnny t'a-t-il dit tout ça ?

— Après le braquage des fourrures, quand on a enfilé les gants et qu'il m'a dit de lui infliger une correction pour pénitence.

— Et c'est à peu près à ce moment-là que Stemmons a essayé de fourrer son nez dans le rôle qu'avait joué Johnny au cours du vol des fourrures ?

— Exact.

— Allons, Reuben. Exact, *et* ?

— Et Johnny m'a dit que le vol de fourrures était dès le départ un coup monté de toutes pièces par Exley. Ça faisait partie de ce que vous appelez sa couverture, et Exley était de mèche avec le mec, le Sol Hurwitz. Hurwitz, c'était le genre joueur, complètement repassé, à sec, et Exley le fils de richard, il a acheté toutes les fourrures en disant à Johnny de mettre en scène un braquage.

AUDACIEUX / manquent des maillons / RÉFLÉCHIS :
Braquage : Exley / enquête : Dudley Smith – pourquoi la confier à quelqu'un d'aussi doué ?
Au flair : incitation à délit, et piège au bout.
Johnny offre à Mickey Cohen des fourrures volées.
Dud pige la piste Cohen, fout au Mickey une trouille à chier dans le froc.
Exley intercède.
Exley opère Mickey – *dans quel but* ?
Mickey, comportement de traviole – nabab du cinéma, foireur de première à Nègreville – il refuse *toujours* de sortir sa quincaillerie du quartier sud.
Chick Vecchio – lié à Mickey.
Chick – le pointeur, le donneur – séance ciné Kafesjian.
Mickey / Chick – maillons de chaîne, liés à :
EUX / les Stups / Dan Wilhite.
Maillons :
Manquants / cachés / obscurcis / enterrés / tordus CIN-IN-GLÉS.
Reuben – crevé, à plat, tout sourires.
— *Donc*, je pense que tout ceci, c'est rien qu'une conversation entre potes-témoins.
— C'est exact.
— Est-ce que Johnny est mort ?
— Oui.
Pas de larmes.
— Pas de bol qu'il se soit jamais marié. Mea putain de culpa, j'aurais pu faire cadeau d'un joli vison à sa veuve.
Fracas – les bulldozers qui attaquent les cahutes.

Chapitre 37

A deux pas : Chavez Ravine – Silverlake. Chez Jack Woods – sa voiture devant l'immeuble.

Retour en arrière.

Abe Voldrich mort – un témoin fédé à rayer des listes. Welles Noonan : "Une Pontiac de 1956 bleu métallisé a été aperçue près de son domicile à l'heure approximative de sa mort."

Un bleu métallisé rutilant : la charrette de Jack.

Le doigt sur la sonnette – un hurlement :

— Je suis sous la douche ! C'est ouvert !

Entrée – Jack l'impudent – des téléphones plein le salon, des reçus de paris. Photo murale : Jack, Meg, moi – le Mocambo, 49.

Jack :

— Tu te souviens de cette soirée ? Meg complètement allumée avec tous les Alexandra qu'elle s'était sifflés.

Cadrage de la photo – Meg entre nous deux – difficile de dire de qui elle était la nana.

— Tu descends l'allée aux souvenirs, mais la pente est raide, collègue.

Demi-tour, face à lui :

— Tu avais effacé un mec pour Mickey, deux jours auparavant. T'étais plein aux as, alors la douloureuse, ç'a été pour toi.

Jack a noué son peignoir :

— Est-ce que la poêle se moquerait du chaudron ?

Vas-y, dis-le :

— As-tu descendu Abe Voldrich ?

— Oui, c'est moi. Ça te pose problème ?

— Pas exactement.

— Alors tu es juste passé pour remuer les vieux souvenirs.

— Il s'agit de Meg, mais je ne serais pas contre quelques explications.

Cigarettes, allumettes.

— C'est Chick Vecchio qui a passé le contrat au nom de Mickey. Il a dit que les Stups et Dan Wilhite voulaient le voir éliminé. Voldrich a fait le porteur de valoches entre la famille Kafesjian et le LAPD. Chick a dit que c'était une idée de Mickey, que les Fédés avaient retourné Voldrich pour en faire un témoin, et Mickey a voulu qu'on coupe tous ses liens avec les Kafesjian. Dix plaques, collègue. Mon prix de consolation pour ce tordu de Stemmons qui m'a claqué entre les doigts.

Mauvais cadrage – Mickey / EUX – *quels* liens entre eux. Chick / EUX – des maillons qui manquent encore – malgré mes SÉANCES CINÉ.

— Jack, je ne suis pas certain d'avaler le morceau.

Le visage qui s'éclaire :

— Les affaires sont les affaires, et Mickey et tous ces Arméniens ont des tas de trucs qui marchent à Nègreville.

— Il manque quelque chose. Mickey ne zigouille plus les gens, et il ne lui reste pas dix plaques en liquide pour sauver sa peau.

— Alors ça venait tout droit des Kafesjian, ou alors Dan Wilhite par l'intermédiaire de Chick. Ecoute, qu'est-ce que tu en as à faire de savoir qui –

— Wilhite ne connaît pas Chick personnellement, je suis prêt à le parier.

L'air mort d'ennui :

— Ecoute, Chick a joué le coup en se disant que toi et moi, on était amis. Il a dit que Voldrich pourrait s'allonger devant les Fédés sur ton compte, alors est-ce que ça m'intéressait de me faire dix bâtons *et* d'aider un pote à s'en tirer. *Maintenant*, est-ce que tu veux me dire comment tu as fait pour me repérer comme responsable du contrat ?

Des maillons – obscurcis / cachés / merdoyés / tripatouillés.

— Dave –

— Les Fédés ont vu une voiture comme la tienne près de chez Voldrich. Ils n'ont pas repéré le numéro de plaque, sinon tu aurais déjà entendu parler d'eux.

Ronds de fumée – l'amant de ma sœur.

— Ce n'était donc qu'une supposition éclairée.

— Tu es le seul effaceur que je connaisse qui ait une voiture bleu métallisé.

Calme :

— Et alors, qu'est-ce qui se passe pour Meg ?

— D'abord, tu me dis où vous en êtes tous les deux.

— On en est qu'elle songe à quitter son mari et se trouver un endroit où elle viendrait vivre avec moi.

— Un relais de paris bourré de bigos ? Un rade à craps?

Calme, pas une réaction :

— Nous avons ruiné toutes ses chances de se trouver un bon cave il y a des années de ça, alors ne fais pas ton numéro comme si elle n'était pas au parfum.

Coup d'œil à la photo – une femme, deux tueurs.

— Les Fédés me tiennent par la peau des couilles. J'entre en préventive après-demain et s'ils essaient de me baiser sur l'immunité qu'ils m'ont offerte, Meg pourrait en souffrir. Je veux que tu lui dises de sortir tout l'argent que nous avons en banque, et je veux que tu la planques dans un endroit sûr jusqu'à ce que je t'appelle.

Calme, pas une réaction :

— Okay.

— Juste “okay” ?
— Okay, envoie-nous des cartes postales de la cachette que les Fédés vont te trouver, et ça fait bien deux semaines que j’ai comme l’intuition que tu étais foutu.
Cette photographie – putain de Christ.
Jack :
— Meg m’a dit qu’elle faisait une recherche de titres de propriété pour toi, et chaque fois que je t’entends parler au téléphone, tu ressembles de moins en moins à un dur aux gros bras.
— Et plus comme un avocat ?
— Non, plus comme un mec qui essaierait de s’acheter son ticket de sortie.
— Veille sur elle.
— Ecris quand tu pourras, monsieur le conseiller.

* * *

Vérif téléphone – la Criminelle. De la merde en barre – pas la moindre trace du dossier Chino de Richie Herrick. Un message – Pete Bondurant – 8 heures, le Smokehouse, Burbank.
Travail en force et extorsion – à l’horizon, pas ragoûtant comme boulot.
Du temps à tuer. A deux pas : Silverlake – Griffith Park. La route Est, montée – l’observatoire.
Le smog qui se lève, point de vue : Hollywood, plein sud. Télescopes à pièces : soudés à demeure, pivot sur 180 degrés.
Le plateau de tournage tout proche – visible même, peut-être. Un télescope, une pièce – vise, aligne, regarde.
Vision floue à cause du verre, asphalte, collines. Voitures garées, plus haut, plus loin : le vaisseau spatial.
Ajuste la visée, plisse les yeux – des gens.
Sid Frizell, Wylie Bullock. Devinette : grande discussion, un peu plus sanglant / un peu moins sanglant. Pivot à gauche – un poivrot dans les vaps.
Plus haut, en forçant sur l’axe :
Un couple enlacé, une embrasure de porte de caravane : Touch, Rock Rockwell. Plus loin, sur la droite : Mickey C. en train de baratiner les figurants. Lueur de métal – la caravane de Glenda, Glenda.
Sa démarche, ses jambes entravées. Par sa longue robe de vampire – la soie qui dessine ses seins.
Floue, la lentille, rais de soleil. Des gens qui passent – obstacles sombres. Difficile de voir, facile d’imaginer :
Sa respiration plus rauque quand elle me guide en elle.
La sueur qui mate ses cheveux d’une nuance plus sombre.
En train de toucher ses cicatrices – son regard implicite : c’est l’horreur qui m’a donné la force et la volonté – et je ne te le dirai pas.

Taches de soleil, les yeux qui tirent à chercher – pas de Glenda. Plus haut, plus bas – une bagarre à coups de poing entre poivrots. Pathétique : le derrière dans la poussière, les mains qui griffent et arrachent.

Plus rien dans le cadre – inspection des poches – plus de pièces. Dernière image : un poivrot frappé à coups de pied, ensanglanté.

Souviens-toi :

Briseur de grèves – des dents sur ma matraque.

Redresseur – dettes de paris – travail à la batte de base-ball.

Faiseur de veuves – cordite / sang – puanteur à donner la nausée, qui reste.

Le Vieux / Meg – dis “Oui”, et je le tue.

Joan Herrick :

— Une longue histoire de folie nos deux familles.

Noonan – supplie-le, rampe, à plat ventre – un dernier coup à tenter.

Chapitre 38

Pete :

— ... Aussi M. Hughes fait-il la gueule. Un psycho quelconque a découpé Harold Miciak en morceaux, et il espérait que l'affaire serait vite réglée, transparente et sans problème, mais maintenant, les mecs du shérif de Malibu pensent que ce n'est pas l'œuvre du Feu-Follet Fou. Ils pensent que quelqu'un a lardé le Miciak avant de l'étrangler pour que ça ait l'air d'avoir été commis par le Follet, et l'ex-épouse de Miciak embête M. Hughes pour qu'il mette des détectives privés sur l'affaire comme s'il était censé dépenser de *l'argent* sur ce truc-là. Et *ensuite*, pour couronner le *tout*, qu'est-ce que découvre Bradley Milteer, que toi, *de ton côté*, tu bourres Glenda Bledsoe et qu'elle, elle vole dans les baisoirs de M. Hughes mais que *toi*, tu ne l'as jamais signalé.

Direction plein sud – la voiture de Pete. Armé : coup de poing, matraque.

— Je t'ai filé le boulot Glenda. M. Hughes ne me faisait pas confiance là-dessus, pasqu'y sait que je craque pour la belle fesse. Je me suis dit, refile le boulot à ce bon vieux Redresseur, pasqu'il est du genre stoïque côté femmes.

Etirement – des crampes sous la nuque.

— Je te paie sept bâtons pour ce boulot-ci.

— Ouais, et tu m'as offert une assiette de bœuf grillé au barbecue et une bière, ce qu'en toute franchise M. Hughes n'a jamais fait. Ce que je suis en train de te faire comprendre, c'est que M. Hughes fait la gueule, et ça, c'est une emmerde dont tu n'as pas vraiment besoin.

Normandie Sud – Pete qui fume – entrouvre la vitre. Le coup de fil à Noonan – récapitulation :

— Vous avez fait brûler des pièces à conviction potentielles qui étaient propriété fédérale, vous avez de la chance que je n'aie pas révoqué votre immunité sur-le-champ, et maintenant vous voulez que je vous rende un service plutôt démesuré.

— S'IL VOUS PLAÎT !

— J'aime bien le trémolo dans votre voix.

— S'il vous plaît. Levez la surveillance des Kafesjian dès demain. C'est la dernière journée dont je dispose avant de partir en détention préventive, et je veux voir si je ne peux pas apprendre quelques petites choses avant d'aller sous les verrous.

— Je pense que c'est en rapport avec les Kafesjian qui cherchent à mettre la main sur ce “Richie”, qui pourrait bien être le Richard Herrick de ce triple homicide plutôt choquant qui vous occupe en ce moment.

— Vous avez raison.

— Bien. J’apprécie la franchise, et j’accepte à condition que vous fassiez une déposition officielle sur “Richie” au cours de vos interrogatoires d’avant Grand Jury.

— J’accepte.

— C’est réglé, en ce cas. Que Dieu soit avec vous, Frère Klein.

“Frère Klein” – enfant de chœur luthérien – poings / matraques / coups de poing laiton...

Pete m’a donné un coup de coude.

— Chick retrouve Joan Crawford au Lucky Nugget. Elle sera déguisée jusqu’aux yeux et ils vont jouer au pokerino ou quelque chose comme ça, avant de prendre la direction du baisoir, directement de là. Je vais me faire quelques clichés en douce, et ensuite Chick me filera le signal de passer à l’action. Nous les filerons jusqu’à leur crèche, on les laisse se mettre à l’aise et à partir de là, c’est à nous.

Air froid, phares / feux de position. Un panneau : “Le Stade des Dodgers, Vous En Rêvez ! Apportez Votre Soutien au Décret sur Chavez Ravine.”

Pete :

— Sept plaques pour ce que t’as dans la tête.

— Je suis en train de penser que Chick doit avoir du fric planqué quelque part.

— Si tu es en train de te dire on se le prend, ça signifie qu’il va falloir le dessouder.

Glenda : “Et Chick qui me fait des avances.”

— Ce n’est qu’une idée.

— Et au train où vont les idées, elle n’est pas mal. Seigneur, toi et une petite actrice ex-patineuse de drive in. Est-elle –

— Ouais, elle en vaut la peine, la peine et les ennuis.

— Ce n’est pas ce que j’allais te demander.

— Je sais.

— A ce point-là, hein ?

— A ce point-là.

Direction plein sud – Gardena – Pete qui bavasse, les bruits qui courent :

Fred Turentine, monsieur mouchard pour *l’Indiscret* : de corvée de scandale, en liquide, pas de trace. Freddy le gnôlard, AWOL[1] : ses cliniques de remise à sec, son boulot de prof en taule. La pression fédé / les négros qui bougent – impossible de se trouver un bon travers de porc ou de la chatte noire, rien à faire.

1. A l’origine, absence without leave : absence sans permission en argot militaire, devenu “A Wolf On the Loose”, Monsieur part en virée. (N. d. T.)

Gardena – ses alignements de salles de poker et leurs pulsations de néon. Le Lucky Nugget – la Caddy de Chick garée tout près, capote baissée.

On se colle derrière – prêts pour la filoche. Ça bouge sur le siège avant – Joan Crawford / Chick – qui se roulent des pelles brûlantes.

Pete :

— Baisse la tête, ils vont te voir.

Phares éteints, baisse-toi, écoute : des portières qui claquent. Redresse-toi, regarde – les amoureux en balade.

Pete, qui sort de la voiture :

— Pique un roupillon ou quelque chose. N'allume pas la radio, tu vas mettre la batterie à plat.

En piste, à l'intérieur : la vedette de cinéma, le truand, le secoueur – maître chanteur. Siège reculé, radio : bop.

Petite virée souvenir : détroussage des poivrots de Gardena, étudiant en premier cycle. Du bop au swing, l'allée aux souvenirs – Meg pour le bal de fin d'année, la robe, la fermeture Eclair que tu remontes trop doucement.

Une heure – pense à la batterie – petit somme. Pete, qui remonte dans la voiture :

— Réveille-toi, ils s'en vont.

Regarde : la Caddy qui s'éloigne, capote relevée. Pete, en chasse, lentement – pas trop près.

Est, nord – réveil – air frais. Filoche facile – collusion – un Pete nonchalant. Elle, un bras sorti à la vitre, oublieuse de tout : Joan putain de Crawford.

Destination nord – Compton, LYNWOOD – lugubre comme coin. Pas net, bizarre – Junior / Johnny – cette cabine téléphonique au coin de la rue.

Chick devant nous – arnaqueur / entubeur – conduite à la frime. Virage à gauche, virage à droite – Spindrift Drive.

48, 4900 – les plaques de rues qui battent / mystère / dinguerie / étrange. 4980 – Johnny D. / "Pourquoi là-bas ?" / "des preuves".

Du mal à respirer – baisse la vitre – inonde la voiture d'air frais.

Virage à gauche, virage à droite.

Cours vides.

Frissons.

Pete :

— Seigneur, jamais je t'aurais pris pour un tel fana du plein air.

Chick qui s'arrête – clignotements des feux de stop – modèle signal.

Retour mémoire :

Une seringue en poignard.

Marchant sur les airs.

Vision de camé.

Chick, Joanie – enlacés, deux amants.

De l'autre côté de la rue – une cour à voitures vide – allée piétons côté DROIT.

Puis :

Marchant sur les airs.

Transporté.

Virage à DROITE – à l'intérieur, SÉANCE CINÉ.

Maintenant :

Dents serrées, à téter l'air, en voyant rouge.

Pete – en train de se ranger au bord du trottoir :

— Chick m'a fait passer un petit mot. Il connaît des mecs qui font des films porno dans le coin, alors il s'est dit que ça ne déplairait pas à Joanie. Putain, les vedettes de cinéma, elles me sidèrent toujours autant.

Déclics de mémoire – avec violence mais un peu tard.

Glenda : Sid Frizell / films de cul.

Une crèche abandonnée.

LYNWOOD.

— Hé ! Klein, tout va bien ?

Inspection armement : 45, matraque, coup-de-poing.

— Allons-y.

Pete, inspection appareil photo :

— Tout est paré. On entre sur "Poupée, c'est tellement bon".

Prêt, chargez ! – le coup de poing a éraflé ma chevalière d'étudiant en droit. Pete :

— Maintenant.

Dehors, on avance, on entre – des cubes de stuc dans l'obscurité.

Remise en place, à ce moment-là / maintenant. Séance ciné, Johnny qui supplie : "S'IL VOUS PLAÎT NE ME TUEZ PAS".

Grognements sexuels – une cahute à main droite, au milieu de la rangée. Sur la pointe des pieds – une porte pour la forme – tout ouïe :

Gémissements porno, Chick :

— Poupée, c'est tellement boooon !

Pete, appareil photo en position.

Un regard, un hochement de tête, deux coups de pied – la porte a claqué, ouverte, sans bavures.

Noir d'encre.

Explosions d'ampoules de flash : Joan Crawford en train d'engloutir Chick jusqu'aux amygdales.

Accéléré :

Clignotements d'ampoules – Joanie qui passe la porte le cul nu.

Chick, un geste du bras – un interrupteur au mur – lumière, pour de bon.

Une table de nuit, un magnum – chope-le le premier, cadre la chambre :

Murs en miroirs.

Sol en linoléum – taches bordeaux – du sang séché.

Chick, le lit – en train de remonter sa braguette.

Coup-de-poing / magnum – vite.

Ecrase-lui la figure, écrabouille-lui les noisettes, pète-lui les bras. Les os qui résonnent à l'impact, jusque dans mes poings – Chick roulé en boule serrée.

Un claquement – la porte. Pete qui me repousse en arrière – des mains énormes, une voix qui me parle bébé :

— Doucement, doucement. J'ai filé quelques fringues à Crawford et un peu de fric. Nous avons tout le temps qu'il faut pour faire ça bien.

Chick plié en deux.

Pete qui s'accroupit. Chick qui tremble, de la tête aux pieds, il y a de quoi : des poings géants, serrés devant les yeux.

Son baratin tout prêt – Pete le joyeux :

— Le gauche, c'est l'hôpital, le droit, la morgue. Le droit supprime l'existence, le gauche te coupe le souffle. Ces mains-là, c'est des porte-malheur, mon gars, c'est la guigne et le guignon, c'est les dents du démon qui te raclent la couenne quand y dévale le tuyau de poêle.

Chick – qui pose les jambes au sol, qui se redresse, tremblant :

— Je suis de l'Organisation. Je suis un affranchi. Imaginez-vous que vous êtes morts tous les deux pour ça.

Pete :

— Dave, pose-lui une question, à l'homme.

Coup-de-poing / magnum : paré.

— Tu m'as piégé. Je t'ai dit que je devais retrouver "un petit flic mignon qui aime les gros bras" à Lynwood. Alors maintenant, et ce n'est qu'un début, tu me dis à *qui* tu l'as dit et comment ils ont eu l'idée de cette séance de ciné filmée à domicile.

— Imagine que je te dirai rien.

Pete – "Imagine ça" – Chick par la peau du cou. Un geste – quatre-vingt-dix kilos qui décollent. Impact – le mur du fond – verre brisé.

Chick en poupée de chiffon – "Hein ?" dans le regard.

Pete déjà là à grands coups de godasse – dix doigts qui craquent. Chick, des couilles au cul – pas un gémissement.

Avance, agenouille-toi :

— Tu m'as piégé avec les Kafesjian.

Avec panache :

— Va te faire foutre.

— Chick, ça remonte, nous deux. Pas la peine que ça fasse du vilain.

Avec style :

— Imagine que c'est *toi* le vilain.

— Tu m'as balancé aux Kafesjian. Avoue-le et démarre à partir de là.

D'une pâleur verdâtre – le choc, peut-être.

— J'ai indiqué à personne que tu devais retrouver le flic dont tu m'avais parlé. Toi, tu t'es fait piéger, et alors ? Rien à foutre, ils t'ont piégé. Imagine que j'ai su qu'ils t'avaient piégé, mais imagine que c'était une fois la chose terminée, nom de Dieu !

— Tu as dit "Ils". Tu veux dire les Kafesjian ?

— Je veux dire que c'est une figure de style, nom de Dieu ! Tu t'es fait piéger pasque ça te pendait au nez, toutes les merdes dans lesquelles t'as foutu les pieds et toutes celles que t'as écrasées. Tu t'es fait piéger, mais imagine que ce n'est pas moi.

Pete :

— Je ne savais pas que tu connaissais les Kafesjian. Je croyais que t'étais un mec à Mickey, un point c'est tout.

Panache – l'erreur à ne pas commettre :

— Va te faire foutre. T'es qu'un mac minable qui bosse pour Howard Hughes. J'ai baisé ta mère. Mon clebs a baisé ta mère.

Pete a hurlé.

Chick – en appui sur le coude, les doigts écrabouillés.

— Imagine qu'on m'a déjà passé à tabac. Imagine que je t'ai donné une réponse gratis en guise d'introduction, mais à partir de maintenant, t'auras rien.

Coup d'œil à la chambre – les taches de sang – Johnny qui supplie.

— Tu as dit "Ils". Tu veux dire les Kafesjian ? Donne-moi des détails que je puisse utiliser.

— Tu veux dire refiler aux Fédés ? Je sais que t'as retourné ta veste pour Welles Noonan.

Sens – le parfum de Joan Crawford.

— Donne-les moi, ces enfoirés. Donne-moi des détails.

— Ça comme détail – un majeur écrabouillé, en l'air.

Pete – hurlements.

Chick :

— Pivote là-dessus, espèce d'enculé de Boche.

Attrape-lui la main – une prise de courant au mur – fourre-lui le doigt dedans, ce doigt qui te disait d'aller te faire mettre.

Étincelles / grésillements.

Grésillements / fumée – Chick en convulsions.

Qui se débat, dans tous les sens, des bras, des pieds – sous les ruades d'un fil de phase, une vraie pile électrique. Pete, qui me secoue :

— ARRÊTE ÇA, TU VAS LE TUER.

Chick libéré, sauve-qui-peut – la danse de Saint-Guy, remonté à bloc.

Vite :

Pete l'a attrapé, l'a balancé, l'a recouvert – oreillers, draps, couvertures – le lit.

Danse de Saint-Guy – bredouillis, bafouillages.

Johnny Duhamel qui supplie – cette même chambre.

Empoigne le magnum, dégage le barillet – verrouille, un coup de roulette.

Chick – lis son regard – “Tu n’oserais pas”.
A bout portant – l’arme, sa tête :
— Tu as dit “Ils”. Est-ce que tu voulais dire la famille Kafesjian ?
Silence.
Appuie sur la gâchette – clic – chambre vide.
— Comment t’es-tu retrouvé mêlé aux Kafesjian ? Je ne savais pas que tu les connaissais.
Silence – Pete, un large sourire.
Clic – chambre vide.
— Je sais que c’est toi qui as offert à Jack Woods le contrat sur Abe Voldrich, et Jack a dit que c’était Mickey qui en avait donné l’ordre. Je ne le crois pas, alors tu me dis qui l’a réellement passé.
Pas de réaction – vrille le canon.
Chick, la voix rauque :
— Va te faire foutre.
Appuie sur la gâchette – deux fois de suite – deux chambres vides.
Pete :
— Nom d’un chien !
Relève le chien, dou-ou-ou-cement la gâchette.
— Okay, okay, S’IL TE PLAÎT – enlève le revolver, écoute :
— On m’a donné l’ordre de recruter un tueur pour un contrat sur Abe Voldrich. Imagine qu’ils se sont dit que j’étais trop connu dans le quartier sud pour le faire moi-même, alors j’ai pensé “Dave Klein, il pourrait y laisser des plumes dans cette histoires avec les Fédéraux” et “Jack Woods, il fait le boulot si le prix est correct, et c’est le pote de Dave, il aimerait sûrement éviter des emmerdes à Dave”, alors j’ai réussi à le convaincre avec mes arguments, mais ça ne veut pas dire qu’il ne m’a pas gratté à la hausse question paiement.
La voix rauque, impatient de bien faire :
— Alors, imagine – j’ai *parlé* à Voldrich. Les Fédés l’avaient relâché pour un jour ou deux, il avait des trucs à régler, et je voulais savoir ce qu’il savait avant que je le fasse dessouder par Jack. Alors, alors, alors – la fièvre de l’indic – écoute, c’est tout.
Pete en observation – des yeux dollars. Chick, avec force gestes incontrôlés :
— Voldrich a dit que les Fédés brûlaient de te transformer en témoin. Il a dit qu’il avait entendu Welles Noonan et ce mec du FBI, Shipstad, qui discutaient. Imagine qu’ils ont dit qu’ils avaient collé des mouchards dans ta crèche, et ils ont une bande où tu racontes des trucs sans queue ni tête sur tes contrats pour la pègre, et Glenda Bledsoe qui reconnaît qu’elle a descendu un mac négro du nom de Dwight Gilette. Imagine, Davey : Noonan a dit à Shipstad qu’il allait t’offrir l’immunité, obtenir de toi une chiée d’informations pour après violer l’accord que vous avez passé, à moins que tu acceptes de témoigner contre Glenda accusée de meurtre. Shipstad a essayé de convaincre Noonan de ne pas te rouler dans la farine, mais Noonan te hait au point qu’il a dit qu’il ne serait jamais d’accord.

Imagine :
Pete / Chick – gargouilles en trois dimensions.
Le lit qui tourne.
La chambre qui tourne.
Le revolver qui tourne.
— Qui sont les “Ils” ?
— Davey, s'il te plaît. J'ai fait ça rien qu'en souvenir du bon vieux temps.
— Quelque chose ne cadre pas. Ce n'est pas toi que les Kafesjian iraient envoyer pour liquider Abe Voldrich. Et maintenant, qui m'a piégé pour tuer Johnny Duhamel ?
— Davey, *s'il te plaît.*
Le revolver comme un fouet – sur les épaules, sur les bras – les couvertures ont encaissé le plus gros. Dégage-les, travail aux côtes, le lit qui tourne...
— Qui m'a piégé ?
Pas de caftage.
— Qu'est-ce qui se passe avec Mickey ? Qui sont les mecs, des gars qui ne sont pas de la ville, qui s'occupent des boîtes à sous, sous le nez des Fédés ?
Que dalle / nada / rien – Chick qui bat en retraite.
— T'es dans le coup avec les Kafesjian ? Ce sont tes potes ? *Putain, mais tu vas me dire ce que tu sais au sujet de Tommy qui pourchasse un mec du nom de Richie Herrick ?*
Coups aux côtes – Chick en boule serrée. Pete, un signal de la main : MOLLO.
Coup de roulette au cylindre – à bout portant.
— Est-ce que Sid Frizell tourne des films porno ici ?
Pas de réponse.
Appuie sur la gâchette – clic – chambre vide.
Chick qui tremble.
Appuie – clic – vide.
Tremblant, les lèvres ensanglantées :
— Ils ont dit qu'ils avaient besoin d'un endroit pour un passage à tabac, alors j'ai dit, prenez cet endroit, Sid et son équipe faisaient le montage de leur truc porno, ce qui fait qu'ici, c'était libre.
— T'ont-ils dit qu'ils allaient faire leur propre film ?
— Non ! Ils ont dit “un coin pour un passage à tabac !” C'est tout ce qu'ils ont dit !
Chien relevé.
— Qui a développé leur film ? Est-ce qu'un membre de l'équipe qui tourne le film de Mickey les a aidés ?
— Non ! Frizell et ses mecs, c'est des putains de clowns ! Ils ne connaissent personne excepté moi !
Le chien qui bouge.
— Qui te tire la laisse ?

— Non, Davey, s'il te plaît !

Le revolver vers le matelas – sa tête, tout près.

— Qui sont-ILS ?

— NON ! JE NE PEUX PAS ! JE NE VEUX PAS !

Appuie – clic / clic / rugissement – l'éclair au sortir du canon lui a enflammé les cheveux.

Ce hurlement.

Cette main énorme qui éteint les flammes – qui s'écarte énorme pour étouffer ce hurlement.

Un murmure :

— On va le planquer dans un de tes immeubles. Fais ce que tu as à faire, je ferai le chien de garde. On va se trouver un moyen pour son fric, et tôt ou tard, il crachera le morceau.

Puanteur de cordite, débris de matelas qui retombent. Un oreiller – aux taches de lèvres sanglantes

Chapitre 39

L.A. – la voiture de Pete en solo – arrêts : cabines téléphoniques.

Glenda – tu es cuite – Dwight Gilette 187. Discussion, un plan : bus jusqu'à Fresno, une planque auprès d'une vieille copine patineuse. Panique de dernière minute – une écoute sur la ligne – baratine-la pendant toute la procédure de vérification. Glenda, un examen rapide – PAS D'ÉCOUTE.

Nous sommes trop beaux pour perdre – en guise d'au revoir.

Jack Woods – pas de réponse – Meg idem. Direction Bureau, en chemin, coup de veine – Jack harassé de problèmes. Dis-lui – les Fédés et leur double jeu – prends Meg, prends notre argent, PARS.

— Okay, Dave – pas d'au revoir.

Ad. Mœurs, mon bureau – l'heure de la fauche.

Mon meuble bureau – pas de dossier Kafesjian / Herrick. Une note d'une secrétaire : “Appelez Meg – Important”.

Tiroirs, étagères – pas de papier Kafesjian / Herrick. Putain – c'est important – peut-être des RÉPONSES cachées.

Le téléphone – coincé à l'épaule :

— Ouais ?

— Patron, c'est Riegle.

— Ouais ?

— Allons, vous m'avez demandé de planquer, vous vous rappelez ? L'entrepôt consigne, vous m'avez dit –

— Ouais, je me rappelle. Un truc de routine, ou du nouveau ?

En boule :

— Je vous ai trouvé douze heures de caves garantis SCG et un petit truc intéressant.

— Alors dis.

En boule, et pas qu'un peu :

— Un mec est entré, puis il est retourné à sa voiture au pas de course, l'air affolé. J'ai pris son numéro d'immatriculation et je me suis dit qu'il avait l'air comme qui dirait familier. Richard Carlisle, vous le connaissez ? Il est LAPD et je crois qu'il travaille pour Dudley Smith.

Craquements sur la ligne.

— Patron, vous êtes là ?

Vas-y :

Dick Carlisle – nervi de Dudley Smith.

Dick Carlisle – inspecteur sur l'affaire des fourrures.

Dick Carlisle – Brigade antigang.

Johnny Duhamel – Brigade antigang / braquage des fourrures.

Questions-réponses – Poste de Wilshire – Pat Orchard, fourgueur de came. Orchard, témoin oculaire : Club Alabam. Qui a vu : Junior Stemmons en train "d'enquiquiner" Johnny D. – Carlisle / Mike Breuning – l'œil sur Johnny.

11/51 – Breuning boucle un rapport-vol avec effraction – impasse – affaire classée. Coupables évidents : Tommy Kafesjian / Richie Herrick.

Demande de renseignements à Breuning – qui n'a pas rappelé.

— Hé ! Chef ! Etes-vous –

Raccroche, vas-y :

Carlisle – complice du braquage fourrures – solo / avec Breuning ?

Que dalle : deux carpettes de Smith – pas assez de tripes pour passer indépendants.

Flic pourri / braqueur : Dudley – de la folie.

Les maillons qui s'épuisent.

Inspection des dossiers – manque Kafesjian / Herrick.

Dossier de prison de Richie – manquant.

Couloir – Personnel – à l'employé de nuit, direct, pas de discussion. Michael Breuning, Richard Carlisle – leurs chemises – "Oui, monsieur" – chemises sorties – "Ne doivent pas quitter la pièce".

Carlisle – "Emplois précédents" – pas de déclic.

Breuning – déclic ciné – "Traitement Photo de Wilshire / Technicien de Développement" – 39 – pré-LAPD.

Déclic – en douceur, secondaire.

1 heure du mat – retour à l'Ad. Mœurs. Réfléchis : Pete, Chick – mon appart libre d'El Segundo.

Chick :

"ILS".

La trouille de dire "Kafesjian".

La trouille de cafter ils / EUX / qui ?

Message : "Appeler Meg – Important".

Secondaire – mais des picotements dans le cou malgré tout.

Meg chez Jack – tente le coup. Trois sonneries – Jack, à cran :

— Oui ?

— C'est moi.

Bruits de fond : claquements de hauts talons – Jack :

— Elle est ici. Elle prend ça plutôt bien, un tout petit peu nerveuse peut-être.

— Vous partez demain ?

— Exact. On passe aux banques de bonne heure, on retire le liquide et on se fait délivrer des ordres de paiement. Ensuite on descend en voiture jusqu'à Del Mar, on ouvre quelques nouveaux comptes et on se trouve un coin. Tu veux lui parler ?

Tap tap – tu la vois – Meg qui arpente la pièce.

— Non. Dis-lui simplement au revoir pour le moment, et demande-lui ce qu'il y avait dans son message.

Tap, tap, des voix basses. Bruits de pas, Jack :

— Meg m'a dit qu'elle avait une piste partielle pour l'immeuble de Lynwood.

— Et ?

— Elle a retrouvé des rapports d'estimation immobilière dans les sous-sols de l'hôtel de ville, aux archives. Ce qu'elle a trouvé, c'est un rapport de 1937 établissant que Phillip Herrick et un certain Dudley L. Smith étaient soumissionnaires pour le 4980 Spindrift. Hé ! tu crois que c'est le *fameux* Dudley Smith ?

— Au revoir, Jack – rauque, vide – ma propre voix.

Au-delà du circonstanciel, plus rien de secondaire :

Herrick / Kafesjian / le LAPD.

Breuning / Carlisle / Johnny D. / Chick une trouille à chier dans le froc.

Dossiers manquants – les liens avec les flics.

Suées, tremblements. Vas-y, dis-le :

Ed Exley contre Dudley Smith.

Chapitre 40

COMMANDEMENTS D'URGENCE – une fiche sur le bureau. Chef des inspecteurs (domicile) – fais le numéro.

Exley, éveillé, vigilant :

— Oui ? Qui est à l'appareil ?

— C'est Klein. Je viens seulement de comprendre vos manigances : c'est Dudley Smith, la cible de la manœuvre.

— Mon adresse, c'est le 432 Sud Mc Cadden. Venez, je vous attends.

* * *

Une Tudor treillagée – lumières allumées, porte entrebâillée. Sur le point de frapper :

— Entrez.

L'intérieur – le salon, une vraie salle d'exposition. Exley – costume, cravate.

— Comment avez-vous trouvé ?

— Je vous ai battu sur le fil pour une ordonnance d'accès bancaire et j'ai ouvert les coffres de Junior Stemmons. Il possédait des notes sur vous et toute l'opération Duhamel, et Reuben Ruiz a rempli quelques blancs sur le braquage des fourrures. J'ai découvert qu'en 37, Dudley Smith et Phillip Herrick s'étaient associés sur une affaire immobilière. Herrick et J. C. Kafesjian étaient arrivés à L.A. quelques années auparavant, et je prends le pari que c'est Dudley qui a arrangé le coup entre J. C. et le LAPD.

Pas d'expression :

— Poursuivez.

— Tout concorde. On m'a volé mes dossiers sur Kafesjian et Herrick, et les dossiers de prison de Richie sont manquants. Dudley aurait parfaitement eu la possibilité de mettre la main dessus sans problèmes. Il adore se former ses petits protégés, alors vous lui avez collé Johnny Duhamel dans les pattes.

Debout, bras croisés :

— Poursuivez.

Secoue-le, file-lui un choc :

— J'ai tué Johnny. Dudley m'a bourré de came, il m'a provoqué et il a tout filmé. Un putain de film *existe* quelque part. Je dirais qu'il est simplement en train d'attendre pour me recruter – d'attendre quelque chose.

Le “choc” d’Exley – tout juste une veine qui bat sur le cou.
— Asseyez-vous. Lorsque vous avez dit que Duhamel était mort, j’ai su que ce devait être Dudley, mais cette affaire de film me surprend.
Mon signal :
— Surprenez-*moi*. Donnez-moi votre version.
Chaises rapprochées – disposées par Exley.
— Donnez-moi votre évaluation de Dudley. Cadrez-moi le personnage.
Les os qui palpitent – travail au coup de poing.
— C’est l’homme le plus intelligent que j’aie jamais rencontré. Il a l’obsession de l’ordre. Il m’est arrivé à plusieurs reprises de penser qu’il est capable de tout.
Son signal :
— Au-delà de vos rêves les plus fous.
Des picotements sur le crâne.
— Et ?
— Et il essaie de tout mettre en œuvre pour devenir le seul patron des rackets de L.A., et ce depuis au moins 1950.
Le supplice de Tantale.
— Exley, Seigneur !
— Très bien, je m’explique. En 1950, il a mis la main sur une cargaison d’héroïne volée lors d’une réunion de trève entre Mickey Cohen et Jack Dragna. Il a engagé un chimiste, qui a passé des années à essayer de mettre au point des composés et des dérivés à partir de l’héroïne, afin de produire la drogue à meilleur marché. Son dessein premier était d’augmenter le bénéfice à la revente, d’utiliser la drogue afin de garder les éléments criminels nègres sous sédation et ensuite, d’accroître sa mainmise sur d’autres rackets. Son but ultime était ce qu’on pourrait appeler la “contention” du crime organisé. Il voulait que continuent à sévir les entreprises illégales à l’intérieur de certaines zones spécifiques où le vice se trouverait cantonné, plus nommément Los Angeles Sud.
Len-en-ent, comme conteur d’histoires.
— Venez-en au fait.
Décontracté :
— En 53, Dudley s’est trouvé mêlé à une tentative visant à s’emparer d’un racket pornographique encore vagissant. Un rendez-vous avait été arrangé au café le Hibou de Nuit. Dudley y a envoyé trois hommes armés de fusils de chasse. Un pseudo-cambriolage a été organisé et six personnes ont été tuées. Dudley a contribué directement à une tentative d’entôlage de trois truands nègres pour les meurtres. Ces derniers se sont échappés de prison et se sont mis à l’abri. Comme vous le savez, j’ai tiré et je les ai tués, ainsi que l’homme qui les cachait chez lui.
CHOC : Dudley Smith / le massacre du Hibou de Nuit.

Exley :

— On a considéré l'affaire comme classée. Comme vous le savez également, un homme a par la suite donné aux personnes que j'avais tuées un alibi qui tenait pour le Hibou de Nuit, ce qui a déclenché une réouverture de l'enquête. Je sais que vous connaissez l'essentiel de l'histoire, mais deux faits devraient suffire : les véritables tueurs ont été tués au cours de l'enquête après sa réouverture, et ils n'ont pas laissé le plus petit brin de preuve pour désigner Dudley Liam Smith comme le responsable.

Réfléchis, la tête froide :

Dudley, fana de porno – SÉANCE CINÉ. Film de cul – cette courée de cahutes – Sid Frizell, connard débile – aucun rapport.

D'un bond, étape suivante :

— Dud a mis sur pied de nouveaux projets pour de nouvelles prises de pouvoir – strictement Nègreville.

— Bravo, Lieutenant.

Un bond rapide :

— Il tient Mickey Cohen.

— Poursuivez.

— Mickey se débat pour joindre les deux bouts depuis qu'il est sorti de prison. Quatre de ses hommes ont disparu au début de l'année. Dudley les a tués. Tout ce qui reste à Mickey, c'est ce film d'horreur débile qu'il finance, et qui, à mon avis, n'a rien à voir avec ce qui nous concerne.

Acquiescements.

— Poursuivez.

— Mickey se comporte de manière bizarre depuis le déclenchement de l'enquête fédé. Il refuse de virer ses machines à sous du quartier sud, et je l'ai averti une demi-douzaine de fois. Il s'est trouvé des mecs qui ne sont pas de la ville pour s'occuper de l'entretien de ses boîtes à sous au vu et au su de tout le monde, avec les Fédés sur place en train de prendre des photos. J'en ai parlé à Chick Vecchio, qui m'a répondu tout un paquet de conneries comme quoi Mickey remboursait un prêt du Syndicat avec ses pourcentages sur les machines à sous. Chick est dans le coup avec Dudley. Dudley a descendu les quatre gros bras de Mickey et contacté Chick. Chick fait l'agent de liaison entre Dud et Mickey. Cette histoire de machines à sous sous le nez des Fédés en train d'observer doit être un coup monté.

La voix douce :

— Vous avez reconstitué toute l'affaire exactement comme je l'ai fait moi-même.

Réfléchis : "le témoin surprise majeur de Noonan". Mickey à Glenda : "J'attends le signal pour entrer en scène."

Adrénaline – des deux côtés.

— Venez-en à Johnny. Dites-moi comment vous l'avez opéré.

Non de la tête.

— Parlez-moi des pièces à conviction de Stemmons.
Point par point :
— Je suis au courant des comptes bancaires que vous avez trafiqués. Je suis au courant de la manière dont vous avez soudoyé ces journalistes afin qu'ils publient ces histoires sur Johnny. Je sais que vous avez réglé ses dettes, obtenu de lui qu'il accepte de se coucher pour son combat, et je sais que vous l'avez fait entrer à l'Académie. Vous avez monté le braquage des fourrures en personne, ce qui me porte à croire que vous avez combiné l'affaire en laissant suffisamment de traces pour que Dudley réussisse en fait à *cadrer* Johnny comme responsable du braquage. Vous *saviez* à quel point Dudley aimait à prendre sous son aile des "protégés", alors vous lui avez collé un putain de super mec en herbe juste sous le nez.
La voix douce :
— Continuez.
— Breuning et Carlisle – ils sont dans le coup avec Dudley.
— Correct.
— Vous avez procuré à Johnny ce boulot sous couverture à l'Académie.
— Développez ce point.
Il te pousse dans tes retranchements ; pousse-le à ton tour :
— Vous l'avez entraîné à se montrer excessif et à en faire trop. Dudley aime les petits durs, alors vous avez fait en sorte, nom de Dieu, que Johnny se ménage d'excellentes références comme gros bras grand amateur de la manière forte.
Applaudissements.
— Bravo.
N'hésite pas : le coup de poignard, maintenant.
— Vous aimez manipuler les mecs tout autant que Dudley. Ça doit vous faire bisquer qu'il soit meilleur que vous à ce petit jeu.
— Vous êtes sûr de cela ?
Frissons – devant *ce* bloc de glace.
— Etablissez-moi une chronologie. Dudley a mordu, puis obtenu que Johnny soit affecté à la Brigade antigang. C'est l'O.C. de la Division Cambriolages, il a donc obtenu la responsabilité du braquage Hurwitz dans les règles. Vous avez délibérément placé assez d'indices sur la route de Dudley pour le mettre sur la piste de Johnny, et ensuite, quoi ?
— Ensuite Johnny est devenu un nervi officiel de la Brigade antigang. C'est un travail de brute, Lieutenant. J'ai toujours pensé qu'il vous aurait parfaitement convenu.
Les os qui font mal – poings serrés.
— Reuben Ruiz a déclaré que Johnny faisait des "choses vraiment dégueulasses". C'est alors que Dudley a commencé à *le* travailler, exact ? Il a cadré Johnny pour le cambriolage, et il a *aimé* ce qu'il venait de découvrir. Il s'est trouvé impressionné, et il a donc offert une place à Johnny dans ses projets.

Acquiescements.
— Quelles “choses dégueulasses” ?
— Dudley avait chargé Johnny de terroriser des truands de l’extérieur pour lesquels il avait des idées en tête. Johnny m’a dit qu’il avait des difficultés à faire le travail.
— Vous auriez dû le retirer de là à ce moment-là.
— Non. J’avais besoin de plus.
Un saut plus loin :
— Pensez-vous que ces mecs de l’extérieur étaient les gars qui s’occupaient des boîtes à sous de Mickey ? Pensez-vous qu’il y ait un lien avec Dud en train de manipuler Mickey ?
— Oui. Je n’en suis pas totalement sûr, mais je pense que c’est possible.
Sa chaise – un bout de ruban adhésif qui pend entre deux lattes.
— Résumez-moi la suite.
La cravate en guise de chiffon, à nettoyer ses lunettes, les yeux sans énergie :
— Johnny s’est mis à perdre le respect de Dudley. Il se montrait trop laxiste avec les hommes étrangers à la ville, et il m’a dit que Carlisle et Breuning le surveillaient sporadiquement, apparemment parce que Dudley était simplement devenu soupçonneux, instinctivement, à son égard. C’est alors que Junior Stemmons est réapparu dans l’existence de Johnny, tout à fait accidentellement.
Lui et Johnny opéraient à Sud Central, et d’une manière ou d’une autre, Stemmons a obtenu de Johnny que ce dernier admette sa participation au cambriolage de fourrures. Apparemment, Johnny ne m’a pas impliqué, mais Stemmons a eu le sentiment que quelqu’un manipulait Johnny. Dudley a pris conscience du fait que Stemmons présentait un danger du fait de son instabilité, et je *pense* qu’il l’a soupçonné d’essayer de faire chanter Johnny. Je *sais* pour fait établi que Dudley a tenté d’obtenir une ordonnance d’accès bancaire afin de saisir toutes preuves à conviction potentielles que possédait Stemmons, et je fais l’hypothèse qu’il a torturé Johnny pour obtenir des renseignements en se fondant sur ce que savait Junior, avant qu’il ne vous oblige à le tuer. J’avais déjà contacté un employé judiciaire fédéral que je connaissais, lequel a bloqué l’ordonnance de Dudley pendant que j’essayais d’en obtenir une de mon côté. Vous avez été le premier à avoir accès aux coffres de banque, et je pense que Welles Noonan vous a procuré aide et assistance.
Ce ruban adhésif qui pend et se balance – peut-être, sait-on jamais.
— Effectivement.
— Allez-vous témoigner pour les Fédéraux ?
— C’est bien ce que je suis censé faire.
— Mais vous envisagez de ne pas déposer devant le Grand Jury ?
Glenda – inculpation FÉDÉ.
— J’envisage surtout de prendre la fuite.

— Qu'est-ce qui vous arrête ?
— L'affaire Kafesjian-Herrick.
Les lunettes sur le nez.
— Vous espérez une sorte de paiement donnant-donnant ?
— Non, je veux simplement savoir pourquoi.
— Est-ce là tout ce que vous voulez ?
— Non. Je veux que vous me trouviez une tasse de café, et je veux savoir les raisons pour lesquelles vous m'avez affecté au cambriolage Kafesjian.
Tout en se levant de sa chaise :
— Pensez-vous que Dudley ait tué Junior Stemmons ?
— Non, il aurait largué le corps quelque part pour se gagner du temps et avoir accès aux coffres de banque.
— Pensez-vous qu'il se soit agi d'une banale overdose ?
— Non. Je parierais sur Tommy K. A mon avis, Junior a voulu faire le méchant et Tommy a piqué une rogne. Ça s'est passé *au* Bido Lito's, et Tommy a laissé le corps sur place. Les Kafesjian ont mis le feu au bâtiment pour détruire toutes les preuves.
— Vous pourriez avoir raison. Attendez, je vais vous chercher votre café.
Exley sorti – au bout d'un couloir – des bruits de cuisine. Debout, attrape le bout d'adhésif[1], bingo : 34G – 16D – 31G.
Une combinaison de coffre.
Remets l'adhésif en place, colle-le bien. Numéros mémorisés, balayage de la pièce : froide, luxueuse.
Exley de retour – tiède, son café. Aiguillonne-le :
— Vous m'avez confié le cambriolage Kafesjian pour appâter Dudley.
— Oui. Vous a-t-il contacté ?
— Indirectement, et je lui ai dit tout de go que vous vous serviez de moi comme d'une sorte d'agent provocateur. Il n'a pas insisté.
— Et il s'est arrangé pour vous compromettre avec ce film dont vous m'avez parlé.
S'IL VOUS PLAÎT NE ME TUEZ PAS.
— Allez, venez-en au fait. Dudley et les Kafesjian.
Avec la lenteur d'un conteur d'histoire :
— Le cambriolage en lui-même n'était qu'une coïncidence et j'ai simplement tiré parti du fait que Dan Wilhite vous avait envoyé sur place pour arrondir les angles avec J. C. Je soupçonne fort le cambriolage et les assassinats des Herrick, qui sont *effectivement* liés, de n'être liés à Dudley que de manière accessoire, pour mettre les choses au mieux. Après la réouverture du Hibou de Nuit, j'ai, pour l'essentiel, commencé à interroger des policiers à la retraite au sujet de Dudley.

1. Référence à l'habitude qu'ont les gens possédant un coffre-fort de souvent coller à l'adhésif, comme aide-mémoire, une copie de la combinaison sous une chaise, un fauteuil... (N. d. T.)

J'ai ainsi appris que c'était lui, et non le chef Horrall, qui avait attiré les Kafesjian dans les filets du LAPD il y a une vingtaine d'années. C'était *lui* qui avait été au départ de la notion de contention pour les ventes de stupéfiants dans les limites du quartier sud, en échange d'un semblant d'ordre public et d'informations grâce aux indicateurs. Bien sûr, de nombreuses années plus tard, il est devenu cinglé en voulant généraliser cette notion de contention.

— Et Phillip Herrick ?

— La piste que vous avez mise à jour sur cette association immobilière est la toute première indication qu'il existe des liens entre Smith et Herrick. Voyez-vous, je voulais uniquement écarter Dudley. Je savais qu'il avait des affaires en cours à Sud Central, et je savais qu'il prenait discrètement un pourcentage de J. C. Kafesjian. Je voulais que les Kafesjian se mettent à bouger et j'avais eu l'espoir que votre réputation allait inciter Dudley à vous contacter.

Conclusion choc :

— Et ensuite, vous m'auriez manipulé.

— Oui.

L'aube qui se lève – mon dernier jour de liberté.

— J'ai brûlé toutes les preuves de Junior. Outre les notes qu'il avait rédigées, il avait en sa possession les chèques oblitérés que vous aviez offerts aux journalistes, il avait tout.

Suffisant :

— Les rapports que j'ai eus avec Duhamel ont été purement verbaux. Vous venez de me confirmer qu'il n'existait plus aucune preuve de mon opération.

— Il est réconfortant de savoir que vous allez vous en tirer blanc comme neige.

— Vous le pouvez, vous aussi.

— N'essayez pas de m'avoir au sentiment. Ne venez pas m'offrir votre protection et ne me parlez pas de la réputation des services de police.

— Vous considérez que votre situation est au-delà de tout cela ? Vous êtes allé trop loin ?

La lumière de l'aube – les yeux qui me piquent.

— Je suis foutu, purement et simplement.

— Demandez-moi un service, en ce cas. Je vous l'accorde.

Facile :

— J'ai obtenu de Noonan qu'il lève sa surveillance des Kafesjian. Ils n'auront pas de filoche au train aujourd'hui, et je pense qu'ils vont s'attaquer à Richard Herrick. Je veux une douzaine d'hommes, mobiles, avec voitures radio banalisées et une fréquence spéciale réservée pour les communications. Je veux avoir Dudley, et putain, c'est une chose qui devrait vous plaire comme pas possible.

— Vous êtes d'avis que Richie peut compléter quelques blancs sur Dudley et les Kafesjian ?

— Je suis d'avis qu'il sait absolument tout.
Main tendue – Dave, mon pote :
— J'arrangerai un relais radio au poste de Newton. Soyez-y à 10 h 30 ; vos hommes seront là.
Cette main, qui insiste...
Ignore-la.
— Vous jetez les Stups aux loups. Les services ont besoin d'un bouc émissaire et ce sera eux.
Main baissée – pas de réaction :
— J'ai des dossiers détaillés sur tous les agents des Stups. Le moment venu, je les présenterai à Welles Noonan, en guise de rapprochement sur des intérêts communs. Et, entre parenthèses, Dan Wilhite s'est suicidé la nuit dernière. L'information est tenue secrète, et je vais adresser un mémorandum à Noonan à ce sujet. De toute évidence, Wilhite craignait de voir ses petits secrets exposés au grand jour, ce qui est une chose qu'il vous faudrait considérer au cas où vous décideriez de témoigner contre les services de police.
Lumière du petit matin – désagréable – aveuglante.
— Je suis bien au-delà de tout cela.
— Vous n'êtes pas au-delà de l'aide que je peux vous offrir. Je peux vous aider à satisfaire votre curiosité au sujet de ces deux familles, alors n'oubliez pas que votre intérêt est identique au mien.
Lumière du petit matin – désagréable – plus qu'une journée.

Chapitre 41

10 h 30 – Poste de Newton Street. Salle de briefing – des chaises qui me font face.

Prêt / pas prêt – pas fermé l'œil, téléphone. Récapitulation : au lever du jour, une chambre – dans un motel.

Mes petites notes avec les fourrures à l'entrepôt consigne – Dudley était au courant. Le Wagon Wheel Lodge, Encino : "Glaçons gratuits ! Téléphones individuels".

Mon téléphone :

Glenda – en sécurité à Fresno.

Pete – Chick Vecchio à l'abri – Fred Turentine, chien de garde. En sécurité – *mon* taudis personnel – signataires bidon, impossible de remonter jusqu'à moi. Pete :

— Quand il sera un peu remis, je vais le travailler. Il a de l'argent planqué quelque part, je le sais, je le sens.

Implication : dévalise-le, tue-le.

L'appel du glas – Welles Noonan – *son* rapport sur les Kafesjian.

Selon les termes de notre marché – toutes les filoches fédé levées. Fausse info télé – arrêt des surveillances sur l'enquête racket : sur injonction du tribunal.

— J'espère que nos amis iront jusqu'à croire que le LAPD vient de marquer un point et qu'ils reprendront leurs existences hors domicile. Bonne chance dans cette mission qui est la vôtre, frère Klein – et branchez-vous sur la Chaîne 4 ou KMPC à 2 h 45 cet après-midi. Incontestablement, une surprise de taille vous y attend.

Espèce de traître, tordu et menteur.

Les filocheurs qui font leur entrée. Style mélangé : costard-cravate comme mocassins-décontractés. De nouveaux visages – probablement des flics en uniforme de la Brigade.

Ils s'installent, saluent. Douze hommes – en avant :

— Messieurs, je suis Dave Klein. Je commande l'enquête sur les homicides Herrick, et selon les ordres du chef Exley, vous êtes chargés de garder sous surveillance mobile, pendant vingt-quatre heures, J. C., Tommy, Lucille et Madge Kafesjian. Nous espérons que l'une de ces personnes nous conduira jusqu'à Richard Herrick, que le chef Exley et moi-même désirons interroger comme témoin matériel dans les 187 Herrick.

Hochements de tête – déjà mis au courant.

— Messieurs, les chemises que vous trouverez sur vos bureaux contiennent des clichés de la Division des Renseignements ; ce sont les photos des quatre Kafesjian, accompagnées de photos anthropo Bureau des Archives d'Etat – de Richard Herrick. Mémorisez-les. Vous serez répartis par groupes de trois sur chaque membre de la famille, à la fois en voiture et à pied, et je ne veux pas que vous les perdiez.

Chemises ouvertes, clichés sous les yeux.

— Vous êtes tous des experts en filature, sinon le chef Exley ne vous aurait pas choisis. Vous disposez de voitures radio banalisées, et la Division Communications vous a branchés sur le Canal 7, qui nous garantit que les Fédés ne pourront pas nous écouter. Vous êtes reliés voiture à voiture, vous pourrez donc discuter entre vous ou me contacter ici à la base. Vous connaissez tous la manière de filer un suspect en relais, en le devançant, et il y aura des micros installés à l'extérieur du domicile des Kafesjian. Un homme motorisé restera en flèche et à l'écoute permanente, et une fois que vous aurez pris vos postes respectifs dans le périmètre, il vous dira à quel moment démarrer. Des questions jusqu'ici ?

Aucune.

— Messieurs, si vous voyez Richard Herrick, appréhendez-le, vivant. Au pire, c'est un voyeur, et le chef Exley comme moi-même sommes convaincus qu'un homme le surveille et le mate dans tous ses actes, un homme qui est en fait l'assassin de la famille Herrick. Si vous approchez Richard Herrick, je doute qu'il réagisse violemment ou qu'il résiste à l'arrestation. Il pourrait peut-être essayer de fuir, auquel cas vous vous lancez à sa poursuite pour le capturer *vivant* par tous les moyens que vous jugerez nécessaires. *Au cas où vous viendriez à repérer un des Kafesjian, plus précisément Tommy ou J. C., qui essaierait de tuer Richard Herrick, de lui nuire de quelque manière que ce soit, tuez-le.* Si Tommy en personne repère votre filature et essaie de fuir, poursuivez-le. S'il manifeste le *moindre* geste d'agressivité à votre égard, *tuez-le.*

Sifflements, sourires.

— Pas de questions ?

Aucune.

La tête qui tourne – des visages flous.

— Rompez.

* * *

Mouchards :

Mes murs, mon téléphone. Mouchards : qui poursuivent Glenda, qui poursuivent Meg. Mouchards : Dudley / Noonan / Exley – ordonnés par le tribunal. Fred Turentine : poseur de mouchards ; ses numéros de prof en prison, gardien de Chick.

Des mouchards plein la cervelle – capteurs de pensées. Le Vieux,

Meg – meurtrie, à coups de boucle de ceinturon – ses seins. Mouchards téléphone – Glenda : "Je crois que tu veux tout avouer."

Mouchards :

Mes immeubles – plus de 200 apparts. Locataires, sous mouchards : réparer le toit, réparer les toilettes, tuer les rats. Des mouchards qui gueulent du bop plein pot – des négros qui bousillent mes crèches, mes taudis.

— Monsieur ? Lieutenant Klein ?

Un lit de bas-flanc – debout, arme en ligne de mire – le vrai fou de la gâchette.

Un bleu – les chocottes :

— M-m-m'sieur, l'homme de flèche vient d'avertir. Il a dit que les deux mecs Kafesjian sont motorisés. Il a dit qu'il les avait entendu parler de Richie.

Dans les vapes – allonge-toi, repos.

Du bruit dans les mouchards :

— Passe aux aveux.

Dudley Smith :

— Mon gars, aie confiance en MOI.

Chapitre 42

Rapports de filatures – Canal 7, caquètements ininterrompus :

11 h 14 : Madge / Lucille – à la maison. J. C. / Tommy direction est – voitures séparées.

11 h 43 : J. C., bibliothèque publique centre ville. Filocheurs – à pied – conversations surprises, transmises par talkie-walkie.

La salle de musique – J. C. qui remue les puces aux poivrots : "Hé ! Tu connais Richard Herrick, il venait lire des livres ici ! Hé ! t'as vu Richie, dis-le moi !"

Les clodos intimidés – pas de "oui".

12 h 06 : J. C. en voiture, direction est.

12 h 11 : Madge / Lucille – toujours à la maison.

Les oreilles douloureuses – un casque trop serré. Une cabine étroite, et ce cauchemar : Dudley collé au canal 7 – "Aie confiance en MOI, mon gars".

12 h 24 : J. C. à pied – Cozy Théâtre, rue de la Débine.

— Il colle sa torche à la figure de tous les clodos qui roupillent. Il n'arrive à rien, et ça le rend furieux.

12 h 34 : J. C. à pied – Question-réponse, la Mission de Jésus-Sauveur.

12 h 49 : Tommy à pied – rue de la Débine.

12 h 56 : Tommy – librairie porno, 6ème et Main.

12 h 58 : Tommy qui agresse un employé.

Réfléchis – la Revue *Transom* – Richie Herrick, auteur.

13 h 01 : Tommy qui agresse l'employé, badauds présents. Unité 3-B67, talkie-walkie :

— L'employé parle à Tommy. S'il sort une arme, j'entre.

13 h 01 : J. C., stand à hamburgers – 5ème et Spring.

13 h 03 -13 h 04 : Tommy au volant – direction nord.

13 h 06 : Unité 3-B67, talkie-walkie :

— J'ai parlé au gugusse que Tommy a travaillé. Il a dit que Richie achetait des revues porno dans sa boutique. Il a dit que Richie avait parlé d'une crèche à Lincoln Heights, et il a mangé le morceau à Tommy pour qu'il le lâche.

13 h 11 : Tommy – voie rapide de Pasadena – nord.

13 h 14 : Tommy – rampe de sortie, Lincoln Heights.

13 h 19 : J. C. – déjeuner : cinq saucisses boches, frites, un coca.

13 h 21 : voiture de flèche – Madge à la maison.

13 h 23 : Tommy en croisière sur Broadway, Lincoln Heights.

13 h 26 : homme de flèche – Madge à la maison.
13 h 34 : J. C., dessert : beignets à la confiture, bière.
13 h 49 : Tommy – petites rues adjacentes, Lincoln Heights.
13 h 53 : Lucille – voie rapide de Pasadena – nord.
13 h 56 : Lucille – rampe de sortie, Lincoln Heights.
13 h 59 : 3B-67 / 3B-71 – communication :
Lucille en croisière à Lincoln Heights.
Tommy en croisière à Lincoln Heights.
Nord / sud-est / ouest : zigzags – à se rater l'un l'autre.
Devinette :
Des mobiles qui se recoupent.
Disons que Lucille a eu un coup de fil – disons l'employé des revues porno.
14 h 14 h 04 : toutes les unités J. C. / Tommy / Lucille.
Pas de Richard Herrick.
Electricité statique – forts crachotements. Les boutons du cadran – changements de fréquence, défilé rapide, canaux 1 à 6, couinements – des mots bizarres : "Multiple" – "Peut-être un règlement de compte", "Watts".
Repasse sur le 7 – méli-mélo de voix. De plus en plus nettes – mon technicien radio :
— Désolé, Lieutenant, un code 3 a fait foirer les lignes.
— Qu'est-ce qu'il y a ?
— Homicides au Haverford Mash. Peut-être au fusil de chasse, peut-être un règlement de compte entre gangsters.
Les poils qui se hérissent – bien RAIDE.
— Restez à l'écoute Canal 7, j'y vais.

* * *

Watts, code 3, rejoins la foule : pies, camionnettes-labo, voitures fédé. Les *fins fonds* de Watts – la campagne – les champs, des cahutes éparpillées.
Un escarpement – des voitures de flic les unes sur les autres. Une montée jusque-là – dérapages sur chemins de terre – arrivée avec l'arrière qui chasse.
Des hommes qui regardent vers le bas – LAPD / Fédés mélangés. Fraie-toi un chemin, cadre le spectacle :
Un canal d'avacuation en béton – sept mètres de profondeur.
Des eaux d'égoût jusqu'aux chevilles – des techs du labo qui pataugent.
Traînées sanglantes – versant droit du canal.
Quatre macchabées – couverts d'ordures, juste au-dessous.
Une corde en guise de cordon – enjambe-la – ciment à pic. De plus près – l'eau sanglante – des techs qui prennent des photos.
Lève les yeux, regarde à droite :

Des arbres qui longent la berge – bonne protection.
Regarde en bas :
Des cartouches de fusil de chasse qui flottent.
Pas à se tromper :
Embuscade sous le couvert des arbres – descendus à la chevrotine.
Patauge jusque-là – de nouveaux techniciens sur place – de nouvelles sirènes plus haut. Des morts qui tètent la vase – le dos déchiqueté.
Voix emmêlées – un coup d'œil en haut de l'escarpement – Noonan, Shipstad, Exley. Oh hisse et grognements – les techs qui retournent les corps.
Deux cadrés – un Blanc, un Mex. Les mecs des boîtes à sous de Nègreville – des nervis qui opéraient sur les machines de Mickey C.
Conclusion éclair :
Embuscade Dudley : PAS DE DÉCHARGES AU VISAGE. Deux mecs des machines à sous – minimum – subsistaient toujours les clichés fédé.
Théorie éclair :
Exécutions mises en scène – refiler aux Fédés des cadavres, savonner la glissade, dérapage incontrôlé : guerre entre gangs de truands étrangers à la ville. Tromperie orchestrée par Smith dans sa prise de pouvoir – D'UNE MANIÈRE OU D'UNE AUTRE.
Argument éclair :
Johnny D. qui faisait valser des gouapes de l'extérieur – ordres de Dudley.
Exley en train de piétiner dans l'eau, les revers trempés.
Noonan plus proche – pantalons remontés, et des putains de support-chaussettes.
Baratin de tech, brouillé :
Cadavres enfouraillés – pistolets – un 38 chien armé.
Un peu plus haut, des balles égarées – avec débris de tissus – les tueurs portaient des gilets pare-balles.
Un coup d'œil aux alentours – parfait comme coin isolé. Un tech : des gamins en train de tirer des rats musqués avaient découvert les macchabs.
Exley assailli : hurlements des mecs du labo. Noonan tout proche, à brandir des photos :
— Oh ! non oh ! non oh ! mon Dieu non.
Serre-le :
— Pas ici. Vous êtes sur les lieux d'un crime – responsabilité LAPD.
Qui baisse les yeux, les clichés concordent :
— C'est *nous* qui avons identifié ces hommes. C'est *nous* –
Fais-le avancer – jusqu'au bord du canal. Noonan, des tremblements sur tout le corps :
— Nous avons identifié ces hommes. Mickey Cohen s'est débar-

rassé de toutes ses machines à sous du quartier sud entre leurs mains. Ils font partie d'un syndicat du Middle-West... Mickey a déclaré que ce sont eux qui ont tué plusieurs de ses hommes qui avaient disparu il y a quelque temps. Mickey n'a plus assez d'estomac pour les rackets... il leur a revendu toutes ses affaires pour se retirer de la course.

Conneries – Mickey l'acteur – Glenda qui critiquait son "style".

De l'eau ensanglantée jusqu'aux chevilles. Noonan :

— Nous avons obtenu de Mickey qu'il témoigne. Nous lui avons accordé l'immunité en lui promettant une médaille fédérale pour services rendus. Il croit qu'elle l'aidera à obtenir une franchise d'établissement de jeux, ce qui est vraiment l'affaire du siècle, vu que cette loi ne passera jamais à la Chambre de l'Etat...

Frissons – Monsieur le procureur fédéral. Des support-chaussettes qui glissent – retiens-toi de hurler de rire.

— Klein, est-ce que *vous*, vous savez quelque chose sur tout ceci ?

Mickey "témoin majeur" – confirmation. Souvenir éclair – Jeu légal dans la circonscription – Gallaudet y était favorable.

Exley – qui nous observe !

— Klein...

— Non, rien.

— Ceci peut nous faire beaucoup de mal. Mickey allait témoigner contre ces hommes.

"Nous" – Glenda royalement baisée dans l'affaire.

— Je veux une journée supplémentaire avant d'entrer en préventive.

Coup d'œil à sa montre :

— En aucun cas. Ne me le demandez plus, et n'envisagez pas de faveurs complémentaires. Ceci est la dernière journée dont vous disposiez pour apaiser vos curiosités vis-à-vis des Kafesjian, et dès demain, ces petites curiosités seront matière à témoignage fédéral.

En contre :

— A votre avis, qui a tué ces hommes ?

— Je dirais des mafiosi de la Côte Est. Je dirais qu'on a passé le message comme quoi Mickey se débarrassait de ses machines à sous, et des gens de l'Est sont en train d'essayer d'investir son racket.

Connard débile, pas le moindre indice à se mettre sous la dent.

Dudley :

— Aie confiance en MOI, mon gars.

Des cris en haut de la berge :

— M. Noonan ! M. Noonan ! il parle à la radio !

Vitesse grand V : Noonan qui éclabousse ses arrières. Exley – cette expression – esquive-le :

Montée de la colline, au sommet. Voitures fédé, Fédés : Shipstad, Noonan, Milner et toute la putain de clique.

La radio d'une voiture – Mickey :

"... ceci est une déclaration publique que j'ai entrepris de faire avec franchise et sincérité, je vous l'annonce donc dès cet instant : je coupe tous mes liens avec les rackets. C'est une mitzvah [1], un beau geste et une bonne action en réparation de mes égarement et j'offre ma collaboration aux autorités fédérales afin de les aider dans leur enquête sur les rackets qui prospèrent à l'heure actuelle à négro – je veux dire dans le quartier sud de Los Angeles. Et je le fais malgré le grand tsurus [2] personnel qui m'assaille et qui est la même chose que l'angoisse pour ceux d'entre vous, auditeurs et spectateurs angeleno, qui ne comprennent pas le yiddish. Je procède à cette coupure radicale parce que des truands vicieux et méchants du Middle-West ont tué quatre de mes hommes il y a quelques mois. Ils menacent aujourd'hui de tuer mon ex-épouse, et permettez-moi de préciser ici-même que les rumeurs selon lesquelles elle m'aurait quitté pour un quelconque schwartze chanteur de calypso sont fausses. Je procède à cette coupure radicale parce que c'est la chose morale à faire telle que nous l'enseigne la Bible, ce merveilleux best-seller perpétuel aux si nombreuses et merveilleuses leçons, pour les gentils comme pour les Juifs. J'ai vendu mon affaire de machines et distributeurs de négro – je veux dire du quartier sud aux truands du Middle-West pour épargner des vies. Je suis maintenant préparé à aider un ami qui m'est cher, le procureur fédéral Welles Noonan et son courageux...

Mickey qui divague.

Shipstad qui rigole.

Noonan – qui tremble – les pieds mouillés, une furie.

... et l'enquête fédérale sur les rackets est une entreprise née directement de principes dont la Bible se fait l'avocate, l'un de ces versets goyishe [3] qui servent de fondements à des films inspirés et révélés tels que *Samson et Dalila* ou peut-être même les scintillants *Dix Commandements*.

Noonan :

— Le témoignage de Mickey Cohen tombe maintenant un peu à plat et à contretemps. J'aimerais pouvoir rendre les Kafesjian responsables de ces morts, mais les distributeurs n'ont jamais été leur raison d'être. 8 h demain matin, Frère Klein. Amenez vos informations sur les Kafesjian, et ne songez plus un seul instant à demander une prolongation.

Froid sur tout le corps – l'eau sanglante, réaction tardive.

1. Yiddish : commandement de la loi juive, par extension, acte charitable et méritoire. (N. d. T.)

2. Yiddish : de l'hébreu tsarah, ennuis, angoisses, souffrances. (N. d. T.)

3. Yiddish : non-Juif. (N. d. T.)

Chapitre 43

16 h 09 : J. C. / Madge à la maison.

16 h 16 : Lucille à pied – Lincoln Heights – bars, kiosques à journaux.

16 h 23 : Tommy à pied – Lincoln Heights – Unité 3B67 :

— Je pense qu'il fait la tournée des coins à narcos. Il a fait quatre crèches dans les deux dernières heures, et ce sont des rades à piquouzes pour moi.

16 h 36 : Lucille à pied.

16 h 41 : Tommy à pied.

3B67 :

— J'ai appelé la Brigade de Highland Park au sujet des endroits que Tommy a visités. Rades à piquouzes, affirmatif. Lui et Lucille ne se sont pas encore croisés, et ça, c'est le truc qui me sidère, nom de Dieu.

16 h 53 - 16 h 59 – toutes unités :

Pas de Richie Herrick.

17 h 02 : base à toutes les unités J. C. / Madge : rejoignez Lincoln Heights – saturez le quartier à la recherche de Richie Herrick.

17 h 09 : Lucille, Pagode Chow Mein de Kwan – 3B67 :

— Elle s'est rendue directement à la cuisine, et je *connais* l'endroit. Tonton Ace Kwan revend de la horse blanche dans l'arrière-salle et je parierais que Lucille ne s'est pas arrêtée pour un chop suey.

17 h 16 : Lucille qui ressort – 3B67 :

— Elle a l'air nerveuse, et elle porte un sac en papier marron.

Etrange – Lucille piquouzée – peu probable.

Richie camé – idem.

Tommy qui fait la tournée des rades à narcos – ?????

17 h 21 : Tommy pisse dans le ruisseau – 3B67 :

— Seigneur, quelle queue ! Ce gugusse doit détenir le record du monde, catégorie Blancs !

Mon technicien – grands gestes – enlevez votre casque.

— Ouais ? Qu'est-ce qu'il y a ?

— Une huile veut vous voir. Le parc de stationnement, ASAP[1].

Exley.

Vas-y – devant la baie de la salle de brigade – une station de radio : Massacres dans le Monde de la Pègre ! Mickey Cohen S'achète Une Conduite ! Dehors, le parking.

Dudley.

1. Argot militaire, à l'origine, dès que possible, devenu immédiatement. (N. d. T.)

Relaxe, à côté d'une rôdeuse.
Carlisle, Breuning – près de la clôture, hors de portée d'oreille.
Breuning – veste à chevrons – motifs SÉANCE CINÉ.
— Salut, mon gars.
Ne tique pas / pas de gestes brusques / ne tremble pas.
— J'ai eu tes petits mots, mon gars.
Plus près, renifle-le : odeur de bois d'Inde et de Sen-Sen[1].
— J'espère que tu as pris la liberté d'offrir une splendide étole de vison à la superbe femme qu'est ta sœur. Son consort est-il toujours Jack –
— J'ai mis Chick Vecchio à l'abri. Il t'a cafté sur le film, les fourrures, Mickey que tu manipules et ces mecs des machines à sous que tu as effacés à Watts.
Coup de bluff :
— Je dirais que tu essaies de feindre. Je dirais qu'Exley et ses on-dit sont ta seule et unique source d'information. Tu considères que j'ai fait à Chick des confidences qui n'ont jamais eu lieu, et franchement, je doute qu'il se laisse aller à des indiscrétions, même sous les plus fortes contraintes physiques.
Voix ferme ne scille pas ne...
— Essaie de le trouver.
— Est-il mort ou simplement temporairement indisposé ?
— Il est vivant, et il parlera pour rester en vie.
Breuning, Carlisle – deux paires d'yeux globuleux qui surveillent.
— Ils ne peuvent pas nous entendre, mon gars.
Passe à la suite, un saut / non, ne saute pas.
RÉFLÉCHIS.
— Mon gars, tes petits mots disaient que tu souhaitais agir indépendamment d'Edmund Exley. Je trouve cela plutôt encourageant, et plus encore le fait que tu parles argent.
Motifs à chevrons – SAUTE ET CONCLUS :
— C'est Breuning qui m'a placé le sabre dans la main. Je t'échange Vecchio contre lui, le film et cinquante mille.
Cet accent chantant :
— Difficile de prétendre que Mike ait été le metteur en scène de tes débuts au cinéma.
— Disons simplement que c'est lui qui paie.
— Mon gars, tu me surprends. J'avais toujours cru que tes tendances homicides se trouvaient strictement motivées par le seul profit d'argent.
— Les temps sont aujourd'hui difficiles, Dud. J'ai peur qu'il ne te faille tout simplement accepter ce nouvel aspect de ma personnalité.
Rires de scène – ho, ho, ho !
— Mon gars, ton sens de l'humour n'est pas que simplement salutaire, il va bien au-delà, et j'accepte ta proposition.

1. Marque de pastilles de menthe à l'odeur marquée. (N. d. T.)

Para-psycho, dans les deux sens : le film – cède facile – copies bien à l'abri.

Les yeux sur Breuning.

— Ce soir en ce cas. Un lieu public.

— Oui, exactement mes pensées. Dirons-nous alors 20 h, au parc de stationnement du Hollywood Ranch Market ?

Breuning – technicien de traitement de films.

— D'accord.

— Je dirai à Mike d'apporter les cinquante. Il croira qu'il s'agit d'une petite course, un règlement de dette, et il lui aura été dit de t'accompagner pour récupérer Vecchio. Emmène-le avec toi, et lorsque la chose sera réglée, appelle-moi à Axminster 64031 pour me dire où Chick est visible. Et, mon gars ? Mike aura un gilet pare-balles – il fallait que tu le saches pour viser en conséquence.

Clins d'œil flatteurs – des potes, des collègues.

— Je suis surpris. Toi et Breuning, ça remonte à loin en arrière.

— Oui, mon gars, mais toi et moi, nous allons de l'avant. Et sur ce sujet précis, quelle est ton évaluation de l'étendue des renseignements dont dispose Edmund Exley ?

Touche-le – scelle le pacte.

— Mon gars...

Prends-le par les épaules, un murmure :

— Il sait tout ce que je sais et tout ce que Johnny Duhamel aura pu lui dire. Il n'existe rien noir sur blanc, et les preuves qu'il a obtenues par Duhamel ne sont que des ragots impossibles à corroborer. Il m'a manipulé contre toi dans le cambriolage Kafesjian, et mon seul regret, c'est qu'il soit trop important pour que je le tue.

Plus près – coupures de rasoir – odeur bon marché, après-rasage au bois d'Inde.

— Es-tu en train de me dire que nos transgressions pourraient rester impunies en raison de son absence de preuves ?

— Je suis en train de dire que tu t'en sortiras sans problèmes – *à condition que* tu coupes court à tes projets avec Mickey.

— Et toi, mon gars ? Oserais-je proférer le mot "loyauté" ?

— C'est les Fédés, Exley ou toi. Tu es le seul à disposer de liquidités.

Cette odeur de bois d'Inde – pas de haut-le-cœur. Inspecte la clôture : Breuning.

Qui me prend dans ses bras – Dudley Liam Smith :

— Tu as choisi la voie de la sagesse. Nous discuterons d'Exley plus tard, et je n'insulterai pas ton intelligence avec le mot "confiance".

Chapitre 44

17 h 16 : Madge / J. C. – à la maison.

17 h 21 : Tommy – patrouille des rades à narcos, Lincoln Heights.

17 h 27 : Lucille à pied – rades à musique, Lincoln Heights.

17 h 34 : toutes unités : pas de Richie Herrick.

En cours :

Mike Breuning paré, gilet pare-balles en place.

Viser au visage – giclures / fragments d'os – SÉANCE CINÉ.

17 h 41 : Tommy, dîner : Pagode Chow Mein, chez Kwan. Hôte gracieux : Tonton Ace Kwan.

3B67, talkie-walkie :

— Je ne lis pas sur les lèvres, mais je peux vous dire que tonton Kwan est en train de raconter à Tommy que Lucille est venue se chercher de la blanche un peu plus tôt. Tommy fait une gueule de tous les diables. Oops, il s'en va – 3B67 à base, terminé.

17 h 50 : Tommy, Lincoln Heights, zigzags au hasard.

17 h 54 : Lucille à pied – Lincoln Park – à baratiner des clodos.

Technicolor / grand écran / 3 dimensions :

Mike Breuning qui crache sa cervelle.

Laisse tomber – appelle-le.

Chapitre 45

— ... Je vais donc contrecarrer les plans de Dudley. Je *ne lui remettrai pas* Vecchio – et il pense que je vais tuer Breuning. *Nous* épinglons Breuning pour l'assassinat de Duhamel, et *moi*, je serai témoin oculaire de Tommy K. en train de dessouder Steve Wenzel, ce qui nous donnera un biais pour forcer les Kafesjian. Breuning va en chier dans le froc, putain, lorsque je procèderai à son ARRESTATION, ensuite nous –

— Klein, voulez-vous vous calmer –

— Me calmer, de la merde, je suis juriste, à vous de m'écouter.

— Klein –

— Non, à vous de m'écouter. Breuning balance Dudley, ensuite Gallaudet réunit un grand jury spécial comté pour audition des preuves. Nous soufflons la vedette aux Fédés sur les Stups et les Kafesjian, complices de Dudley, et je témoigne sur l'assassinat de Duhamel et toutes les conspirations criminelles en cours mêlant les Kafesjian, Dan Wilhite, les Stups, Smith, Mickey Cohen, mes contrats pour la pègre, tout le tremblement. Je suis flic, je suis juriste, je serai le bouc émissaire, je témoignerai lorsque débuteront les procès, les Fédés se retrouveront baisés sur toute la ligne, vous apparaîtrez sous un si beau jour que Noonan va se fâner comme une fleur desséchée avant de mourir et Bob Chambre à Gaz prendra les rênes aux procès, ce qui le mènera tout droit au poste de gouverneur et –

— Klein –

— Exley, S'IL VOUS PLAÎT, laissez-moi faire. Dudley sait que je suis un tueur, et il pense que c'est *moi* qu'il manipule pour ce qui est de Breuning. Maintenant, si je boucle Breuning, il va se dégonfler, sans Dudley, il n'a pas de tripes. Exley, S'IL VOUS PLAÎT.

Tic tac, tic tac, tic tac – les secondes, une minute.

— Faites-le.

Une vraie suée dans cette cabine téléphonique – trempé.

— Et pas d'hommes en couverture au Ranch Market – Dudley sera au courant.

— Accordé. Faites-le.

De cabine en cabine – trouille des mouchards, précautions maxi. Interurbain – les pièces qui défilent – Poste de Newton / Mel's Drive Inn, Fresno.

Glenda, en plein délire, impossible à arrêter :

Son absence sur le plateau – couverte par Touch V. auprès de Mickey. Imagine un peu – sa nouvelle doublure – Rock Rockwell, déguisé en femme. Plus beau encore : Mickey, témoin fédé – "Le Vampire" qui marche à plein, chaînes télé partantes.

En plein délire – Glenda qui ne tient plus – dis-moi tout :

Patineuse de drive in à plein temps – costume western, patins à roulettes. Fugitive fédé – rien à foutre – elle a renversé un chocolat malté sur le procu de Fresno – qui a adoré ça. Bons pourliches – péquenots, caves – de plus en plus dou-ou-ée sur des patins : dou-ou-ée pour porter le plateau. Glenda la classe, Glenda la forte – dis-moi N'IMPORTE QUOI.

Le délire qui faiblit – son bagou de dure de dure qui tire à sa fin. Glenda la voix rauque – comprends à demi-mot – les cigarettes à la chaîne, à se faire du mauvais sang.

Dis-lui :

Tu me faisais peur.

Tu m'as fait couper les ponts avec cette femme qu'il ne m'appartenait pas d'aimer.

Chapitre 46

Le Hollywood Ranch Market – Fountain et Vine.

Entrée en plein air, parc de stationnement. Voitures, clients, livreurs en train de pousser leur chariot.

Ma voiture rangée au bord du trottoir – 8 h 02 du soir. Suant, les nerfs à vif – le gilet pare-balles boutonné serré.

Breuning qui arrive – au pas, sur la diagonale du parc de stationnement.

Plus corpulent – son gilet à lui qui fait des bourrelets.

Un baluchon à la main – une valise.

Lampes à arc – qui illuminent la monotonie des clients. Rien de suspect, pas de mecs en couverture qui traîneraient leurs guêtres dans le coin.

Coupe jusqu'à lui – face à face – chevrons gris, les yeux rivés dessus. Paisible, une statue de pierre – putain de lavette à cou de taureau.

Des civils en veux-tu, en voilà, claquements métalliques des Caddie.

— Montre-moi d'abord l'argent.

— Ce n'est pas ce qu'a dit Dudley.

— Fais-le quand même.

Qui tripatouille ses lanières – serrures dégagées. Breuning, un coup d'œil aux alentours – pivot sur 180°.

Attrape la valise, entrouvre-la – des rangées de billets alignés.

Breuning – la main qui s'agite en direction de l'étui.

Suis son regard – un garçon livreur qui fait le cercle. Cadre-le – Watts – les clichés de Noonan, surveillance des machines à sous – CE VISAGE.

CE VISAGE – disparu – Breuning, les chocottes – CE VISAGE – où ça ?

Laisse tomber la valise, dégaine, vise.

Breuning – qui essaie tant bien que mal de sortir son arme de l'étui.

Tourbillons de billets qui volent – les clients qui couinent.

CE VISAGE, ce bras armé qui le prolonge...

Vise, tire, raté. Fusillade en riposte – Breuning au sol – plus de visage, une masse sanguinolente.

Hurlements.

Un souffle de brise – l'argent qui s'envole.

A plat ventre sur le trottoir – des badauds qui ont de la jugeote.

Cible dégagée : l'homme au visage en train de courir.

Bras verrouillé, vise – son dos. Ecrase la gâchette – raté, raté – recul du 45. Ajuste-le – raté, touché – au sol, les jambes qui remuent en spasmes.

Hurlements.

Les rampants de trottoir qui ramassent l'argent.

Ne reste que moi debout.

Breuning mort – agenouille-toi, chope son feu. Un autre "livreur" le nez sur le trottoir – arme levée, en train de viser.

Coup de feu – rugissements – assourdissants comme un tir de carabine. Le toit du magasin – des tireurs d'élite.

Et ce livreur qui se mêle à la foule – ses boucliers humains.

Des tireurs d'élite – couverture Exley en renfort. Fuites panique – les clients qui larguent leurs Caddie. Fusillade depuis le sommet du toit – trois tireurs, facile à lire, la manœuvre :

Tir en périmètre – provoquer la cible, l'obliger à courir.

Bouffe le trottoir, demi-tour en rampant, observe :

Tir en périmètre – qui se rapproche.

Le livreur pris en sandwich – deux vieilles dames.

Cessez-le-feu – des civils debout – qui trébuchent, qui courent. Livreur debout, couvert – une mamie grassouillette.

Il l'oblige à reculer, il la traîne, il l'étouffe d'un bras en collier.

Cessez-le-feu – les tireurs d'élite dans une impasse.

Mamie qui rue, qui bat des bras. Un éclair de lame – son cou – le sang.

Une voix :

— Attrapez-le !

Trois tireurs – tir automatique – la vieille dame mitraillée de rouge. Lui qui recule, qui prend de la distance, le trottoir...

Les tireurs d'élite qui ratent, qui rechargent.

Cours...

Droit devant – en diagonale – sur son flanc aveugle.

— NE TIREZ PAS IL EST À NOUS – quelqu'un, quelque part.

Sur lui, son bouclier dressé – cette chose bouche ouverte, aux dents fracassées. Tire au travers d'elle, déchire leurs deux corps de balles, qu'ils se séparent enfin, et lui, fais-le coller à sa photo, l'homme des machines à sous, sa photo en cadavre.

Chapitre 47

— La vague de crimes, qui ne laisse pas de dérouter les autorités locales, continue. Il y a à peine une heure, quatre personnes ont été abattues et tuées au pittoresque Hollywood Ranch Market ; deux cadavres ont été identifiés : ce sont ceux de deux criminels originaires du Middle-West qui se faisaient passer pour des employés de magasin. Ont également trouvé la mort un officier du LAPD ainsi qu'une innocente femme prise en otage par l'un des criminels. Des milliers de dollars échappés d'une valise se sont éparpillés dans les airs au milieu du tohu-bohu qui s'en est suivi, et lorsqu'on en vient à faire le détail du calcul en ajoutant à ce total les quatre membres de la pègre massacrés à Watts un peu plus tôt dans la journée, la Cité des Anges commence à ressembler à la Cité des Démons.

Mon motel, info télévisées. Ça s'est bien passé comme ça :

Les renforts d'Exley, les cibles de Smith : Breuning et moi. Le génie de Dudley – de l'argent volé retrouvé sur les lieux, des flics pourris abattus. Avec le renfort de *Smith*, cette fois, – séance ciné – bien plus facile de jeter ma réput aux ordures post mortem.

Notre discussion – j'ai montré que j'avais peur – alors LUI, il a agi.

— ... le chef des inspecteurs du LAPD Edmund J. Exley s'est adressé aux journalistes sur les lieux mêmes du crime.

Demain préventive fédé – un suicide. Récapitule – mon coup de fil à Newton sur l'état de la situation :

— Tommy et Lucille se promènent toujours à Lincoln Heights, et ils ne se sont *toujours* pas vus. Et... euh... Monsieur ? Votre copain l'officier Riegle a appelé et... euh... Monsieur, il a dit de vous dire qu'il avait entendu le chef Exley lancer un ARTU vous concernant parce que vous aviez quitté les lieux de la fusillade sans ne rien dire à personne.

Double fugitif – LAPD / les Fédés demain.

Putain d'Exley, devant la caméra :

— En cet instant, nous tenons secrètes les identités des victimes pour des raisons légales. Je ne confirmerai ni n'infirmerai les spéculations d'une station de télévision concurrente quant à l'identité de l'officier de police qui a trouvé la mort, et en cet instant, je peux seulement vous affirmer qu'il a été tué dans l'exercice de ses fonctions, tandis qu'il essayait de piéger un criminel au moyen d'argent du LAPD en billets de banque marqués.

Espèce de rat, enfoiré traître et menteur.

Change de chaîne – Exley trois fois de suite. Une entaille à ma crosse : ce mec des machines à sous en train de bouffer la cervelle de la vieille dame.

Une envie brûlante de gnôle – non, n'y touche pas. Le téléphone – truc délicat et sujet brûlant – coup de bigo au El Segundo.

On décroche :

— Ouais, qui est à l'appareil ?

— C'est moi.

Bruits de télé, Pete :

— Est-ce que tu étais au Ranch Market ? Un journaliste a dit que Mike Breuning avait avalé son bulletin de naissance et qu'un flic s'était carapaté sans demander son reste.

— Chick est-il au courant pour Breuning ?

— Ouais, et ça lui fout les foies comme pas possible. Hé ! *est-ce que tu y étais* ?

— Je serai là dans une heure et je te raconterai. Turentine est là ?

— Il est ici.

— Demande-lui de préparer un magnétophone et demande-lui s'il a l'équipement qu'il faut pour se brancher sur la fréquence de la police. Dis-lui que je veux qu'il se colle sur le canal 7 du poste de Newton Street.

— Suppose qu'il n'ait pas le matos ?

— Alors dis-lui de se le procurer.

Chapitre 48

La planque – mon taudis *personnel*, inoccupé.

Pete, Freddy T., Chick Vecchio menotté à un tuyau de chauffage. Magnéto, poste à ondes courtes – branché sur le canal 7.

Couinements des unités mobiles jusqu'à Newton. Base à voitures : Exley en personne.

Dernières nouvelles :

Tommy, Lucille – Lincoln Heights – qu'ils arpentent séparément. Chinatown, déplacement vers le sud.

Homme de flèche – le domicile K. – Madge et J. C. en pleine engueulade :

— Je les ai entendus à partir du micro du jardin. On dirait que J. C. lui a filé une branlée de première. Pour couronner le tout, il y a des voitures de Fédés qui repassent en douce toutes les heures ou à peu près.

Unité 3B71 :

— Lucille fait le tour de Chinatown en posant des questions. Elle a l'air comme qui dirait affolée, et le dernier rade où elle a mis les pieds – le Kowloon – ça ressemble tout à fait à un relais-came.

Pete – en train d'engloutir des travers de porc.

Fred – la tremblote – en train de bichonner un whisky à l'eau.

Chick – hématomes violacés, la moitié du scalp calciné.

Ignore-le – laisse tomber – "DUDLEY SMITH" le moment venu, pas avant.

Freddy :

— Les Kafesjian et toi. Je ne pige pas.

Ne fais pas attention :

— C'est une longue histoire.

— Je n'en doute pas, et j'aimerais bien écouter autre chose que ces nom de Dieu d'appels radio.

Pete :

— Lui raconte que dalle, sinon ça finira dans *l'Indiscret*.

— Je suis juste en train de penser que douze voitures de filoche mobile et Ed Exley à la réception des appels, ça signifie quelque chose qui ressemble à un gros truc, un truc sur lequel Dave devrait peut-être nous éclairer. Comme par exemple ces deux clowns, Tommy et Lucille, qu'est-ce qu'ils cherchent ?

Lumière ! Euréka !

Richie Herrick "le mateur" – prisonnier à Chino / assez de savoir-faire pour placer des mouchards. Fred Turentine, conduite en état d'ivresse – son petit numéro de prof à Chino.

— Freddy, à quelle époque enseignais-tu l'électronique à Chino ?

— Début 57, jusqu'à ce que j'en aie marre et que je raccroche ma mise à l'épreuve, il y a peut-être six mois de ça. Pourquoi ? Qu'est-ce que ça a à voir avec –

— Est-ce qu'un gamin du nom de Richie Herrick a suivi le cours ?

Lumière sous un crâne – faiblarde – Freddy le gnôlard.

— Exa-a-a-ct, Richie Herrick. Il s'est évadé, et y'a un psycho qui a passé sa famille à la moulinette.

— Donc, il a suivi ton cours ?

— Sûr que oui. Je me souviens de lui, parce que c'était un môme timide et il se passait des disques de jazz pendant que les élèves de la classe travaillaient à leurs projets.

— Et ?

— Et c'est tout. Il y avait un autre mec, un Blanc, avec qui il était pote, et qui a suivi le cours avec Herrick. Il ne le lâchait pas d'une semelle, mais je ne pense pas qu'il s'agisse d'un truc de pédé.

— Te souviens-tu de son nom ?

— No-ooo-n, j'arrive pas à le placer.

— Signalement ?

— Merde, je ne sais pas. Le prisonnier moyen, petite raclure de Blanc avec une coiffure en queue de canard. Je ne me souviens même pas pourquoi il se trouvait derrière les barreaux.

Quelque chose ? / ou rien du tout ? – pas de la tarte. Disparus, les dossiers Chino – un suspect, Dudley Smith.

— Dave, qu'est-ce que c'est que tout ce –

Un signe – silence – de Pete à Freddy.

Canal 7 :

Tommy en voiture – Chinatown.

Lucille en voiture – Chinatown proche de Chavez Ravine.

Baisse le volume, attrape-toi une chaise. Chick – qui recule la sienne.

Difficile à baiser, ce petit dur – pas facile à faire cracher – mon seul public.

En pleine figure :

— DUDLEY SMITH.

— Davey, s'il te plaît – sèche, rauque, la voix.

— C'est lui qui est derrière tout le chambard à Nègreville, et il vient d'envoyer Mike Breuning à la mort. Crache le morceau sur lui et je te libère en te refilant de l'argent.

— Suppose que je refuse ?

— Alors je te tuerai.

— Davey...

Pete, un geste de la main : file-lui de la gnôle.

— Davey... Davey... s'il te plaît.

Une table, le bourbon de Freddy – un verre, un.

— Vous ne connaissez pas Dudley, les mecs. Vous ne pouvez pas savoir les trucs qu'il serait capable de me faire.

Du bon bourbon bien légal – trois doigts.

— Bois, tu te sentiras mieux.

— Davey...

— *Bois.*

Obéissant – vite avalée, la gnôle. Chope le verre, deuxième dose, regarde-le l'engloutir.

Rapide le changement – à nouveau gominé onctueux, tout suintant de charme :

— Alors de quel ordre de grandeur parlons-nous, question argent ? Parce que, tu sais, j'ai des goûts de luxe.

Mensonge :

— Vingt plaques.

— Ça me paraît un peu juste.

Pete :

— Parle à Klein, sinon, putain, c'est moi qui vais te tuer.

— Okay, okay, okay – avec force gestes pour une nouvelle dose.

Un double.

— Chick, *accouche.*

En train de siroter, lentement :

— Okay, okay.

Le magnéto – en position, touche "Play".

— *Dudley*, Chick. Les fourrures, Duhamel, les Kafesjian, toute l'histoire sur la prise de pouvoir de Dudley.

Pete qui se fait menaçant, les poings énormes. Chick – mains levées, ne frappe pas.

— Je crois que je connais le plus gros de l'histoire. Imagine que Dudley aime bien discuter, pasqu'y s'imagine que tout le monde a trop la trouille de lui pour bavarder.

Les bobines tournent.

— *Arrive au fait.*

Brave, grâce à la gnôle :

— Je dis que Domenico "Chick" Vecchio sait quand il faut parler et quand il faut la boucler. Je dis qu'ils aillent tous se faire foutre mais gardez-m'en six, pour qu'y me descendent dans le trou.

Pete, qui fait craquer ses jointures :

— *S'il te plaît*, putain, mais tu accouches ?

— Okay okay okay – à faire cliqueter sa chaîne de menottes : okay okay, imagine Dudley, c'était lui le patron de la Division Cambriolages. Exley, lui, en bandait à mort pour Dudley, parce qu'il avait cadré le Dud comme responsable de tas de trucs au fil des années.

— Comme la tuerie du Hibou de Nuit.

— Ouais, comme le Hibou de Nuit. En tout cas, Dudley se réservait toujours les affaires de cambriolages les plus intéressantes, pasqu'il est comme ça, c'est tout. Alors Exley a refilé l'affaire des fourrures Hurwitz aux Cambriolages, et Dud a sauté dessus, et il a trouvé des pistes, mais il a compris par la suite qu'elles avaient été placées là délibérément, par Exley, et toutes ces putains de pistes le conduisaient à son propre soi-disant protégé, Johnny Duhamel.

En pleine extase : Freddy, Pete qui grignote ses os de porc.

— Continue.

— Okay, Dudley d'un autre côté, il a recruté Johnny l'Ecolier pour la Brigade antigang. Tu sais que les petits durs, ça le fait toujours baver, et quand Johnny était à l'Académie du LAPD, il s'était montré suffisamment vicieux et méchant pour intéresser Dudley pour de bon. Alors il a continué à se montrer vicieux et méchant à la Brigade antigang, et Dudley s'aperçoit maintenant que c'est un putain de braqueur bien teigneux, ce qui, Dudley étant ce qu'il est, lui fait plaisir comme putain pas possible. Alors Dudley a mis Johnny devant le fait accompli sur l'histoire du braquage, et Johnny a reconnu les faits, mais il a refusé de balancer ses complices, ce qui a également impressionné Dud. Alors, imagine, Dudley a laissé Johnny filer blanc comme neige pour les fourrures et lui a confié un certain nombre de ses projets criminels, ce qui voulait dire jusque-là que le piège d'Exley fonctionnait parfaitement.

Sifflement des bobines du magnéto. Chick, complètement envapé.

— Alors imagine que Dudley a pris en charge les fourrures de Johnny et il les a stockées dans un entrepôt consigne. Il en a sorti une ou deux pasque Dudley a dit à Johnny de se rapprocher de Lucille Kafesjian lorsque Exley vous a affectés, toi et ce petit connard de Stemmons, à cette enquête sur le cambriolage. Johnny, en petit coq qu'il était, en tenait une bien raide pour la Lucille et il lui a refilé une des fourrures.

Mise en place – le strip fourrure.

— Dudley a demandé à Johnny de devenir intime avec Lucille ?

— Ouais, une bouée de secours, comme qui dirait, si tu te mettais à mener les Kafesjian un peu trop dur.

— Alors, et ensuite ?

— Ensuite, ce nom de Dieu de Stemmons a débarqué avec ses gros sabots. Il avait été le professeur de Johnny à l'Académie, et déjà à l'époque, Johnny l'avait cadré comme un pédé coincé. Alors, Junior a assisté au strip-tease de Lucille avec le vison que Johnny lui avait offert, je crois qu'il était au Bido Lito's question boulot sur l'affaire du cambriolage. Johnny était là, et Junior et lui ont bavardé, ce qui a, imagine, rallumé chez Junior l'étincelle de cette putain de passion pédé qui le brûlait pour Johnny.

Interruption :

— Alors, comme ça, au départ, Junior a réagi en bon copain.

— Exact, et imagine que le boulot de gros-bras à la Brigade antigang n'était pas vraiment dans le style de Johnny, c'était juste un rôle qu'Exley l'obligeait à jouer. En tout cas, Johnny était à cours de jus, plutôt à plat, et il se sentait plutôt mal dans sa peau, alors il a parlé à Stemmons de la brutalité du boulot, et Junior a commencé à comprendre que quelqu'un manipulait Johnny en cachette. Johnny n'a jamais cafté Dudley au grand jour à Junior, mais il lui a parlé des "auditions" que conduisait Dudley sans mentionner de noms.

— Quelles auditions ?

Pigée, la coupure, seulement maintenant :

— Dudley faisait entrer dans la place des mecs étrangers à la ville. Il avait besoin d'eux pour s'occuper des machines à sous du quartier sud, et il *voulait* que les Fédés les voient. Dud a déclaré plus tard que Johnny avait pigé que les mecs en question allaient se faire dessouder lorsque Mickey révélerait au grand public son numéro de témoin fédé.

Haverford Mash – quatre morts.

— Mais Johnny n'a jamais confié *ça* à Junior.

— Exact.

— Et les mecs des machines n'étaient que des pigeons, placés là exprès, uniquement pour se faire dessouder un peu plus tard ?

— Exact.

— Et les "auditions" proprement dites ?

Impressionné :

— Dudley a dit aux mecs de l'extérieur qu'ils devaient mériter le droit de travailler pour lui. Il a dit qu'il fallait savoir supporter la douleur. Il les a payés pour qu'ils acceptent de se laisser tabasser par Johnny pendant qu'il assistait au spectacle, tout en les baratinant avec ses conneries philosophiques. Dick Carlisle a dit que Dud leur avait brisé la volonté pour les transformer en esclaves, nom de Dieu !

Pete :

— Seigneur Dieu !

Freddy :

— Je n'arrive pas à le croire.

Silence – à entendre une mouche voler.

— Qui a dessoudé les mecs des machines ?

— Carlisle et Breuning. Tu veux connaître un petit détail à la Dudley, la patte du maître ? Il leur a fait tremper leurs chevrotines dans du raticide avant d'en bourrer leurs cartouches.

— Reviens à Johnny.

A siroter son légal :

— Dud avait demandé à Johnny de garder sous contrôle les mecs des machines, tu vois, en train de faire le boulot d'entretien. C'est ce qu'il faisait, un soir, ça ou autre chose, quand Dick Carlisle a vu Junior s'approcher de Johnny et se mettre à raconter tous ses trucs de cinglé. Carlisle a senti alors que Johnny pourrait bien être un mouchard qu'on leur aurait servi tout exprès. Il l'a dit à Dudley, et Dud a demandé à Carlisle et Breuning de garder Johnny en filoche à distance.

Maintenant, je ne sais pas qui a tué Stemmons – probablement Tommy ou J. C. Kafesjian – mais à peu près au moment où Carlisle a commencé à renifler le coup monté, J. C. a dit à Dudley que Stemmons avait un comportement de vrai cinglé, il extorquait leur came aux fourgueurs, il les faisait chanter, lui et Tommy, en leur racontant qu'il avait la possibilité de complètement bousiller *ton* enquête sur le cambriolage. Et cette pédale complètement givrée de Junior, il se met à raconter comment il va prendre le contrôle de Nègreville, à lui tout seul, et à mon avis, Dud l'aurait éliminé personnellement, s'il n'avait pas cané d'une OD ou si les Kafesjian ne l'avaient pas effacé du tableau.

Dans le sens du poil – trois doigts de lubrifiant pour graisser les rouages.

— Et ensuite ?

— Ensuite Dud a obtenu un tuyau comme quoi Johnny t'avait appelé, toi, pour arranger un rencart – et ce n'est pas moi qui lui ai dit. Et il *savait* à ce moment-là que Johnny n'était qu'un putain de traître ou de leurre ou quelque chose.

Le rencart : Chick était au courant, Bob Gallaudet était au courant.

— Et ensuite ?

— Alors Johnny t'a dit de le retrouver à cette crèche à Lynwood. Dud en avait été propriétaire dans le temps, alors je pense que Johnny voulait juste te retrouver à un endroit proche de ce bungalow où... tu sais.

Changement de sujet :

— Phillip Herrick.

Pas un tressaillement, le regard impassible :

— Qui c'est ça ?

— Il a été assassiné à Hancock Park la semaine dernière. Dudley possédait le 4980 Spindrift en copropriété avec lui.

— Et alors ?

Facile à comprendre : au courant de rien pour Herrick.

— Alors Johnny m'a dit de le retrouver là-bas, et ton petit plateau de cinéma personnel n'était pas loin. A ton avis, qu'est-ce qu'il pouvait bien vouloir me montrer ?

Le regard concupiscent, à moitié ivre :

— Peut-être bien le décor du film porno.

— Peut-être bien, mais tu m'as bien dit que Sid Frizell n'avait rien à voir de près ou de loin avec les projets de Dudley.

— Il n'a rien à y voir, mais Dudley *adore* les trucs porno, et quand il s'est collé avec Mickey, Mickey lui a parlé de la connerie de film d'horreur qu'il finançait, il lui a dit aussi que Sid Frizell voulait tourner des films porno, mais qu'il n'arrivait pas à se trouver un local. Dud a dit à Mickey de dire à Frizell d'utiliser une des chambres du motel en question, et finalement, c'est ce que Sid a fait, mais imagine que je sais, et c'est pas du bidon, qu'il ne connaît même pas Dudley.

Quelque chose – un RAPPORT quelconque – qui me titille.

— Dudley possède-t-il ces bungalows ?
— Imagine-toi, oui, à travers des hommes de paille. Imagine qu'il est aussi propriétaire d'une vingtaine d'autres rades abandonnés, qu'il a rachetés pour une bouchée de pain au conseil municipal de Lynwood.
— Et ?
— Et imagine que Dudley Liam Smith ne prend pas son panard aux filles, aux garçons ou aux Terriers Airedale. Imagine qu'il aime regarder. Imagine les murs de miroirs dans cette crèche où tu m'as alpagué, imagine qu'il a une chiée de crèches exactement du même genre. Imagine qu'il a eu l'idée de filmer des films porno en douce, là où baiseurs et baisées ne savent même pas qu'on les observe. Imagine qu'il a fait des appels d'offres au Bureau du Cadastre et de la Voirie pour reloger les espingos expulsés de Chavez Ravine dans les crèches en question et dans le bâtiment paumé de Spindrift. Imagine que Dudley va filmer tous ces rouleurs de saucisses et vendre les films aux mecs comme lui qui prennent leur panard à ces conneries de voyeurs.

Rumeurs :

Glenda – Sid Frizell, films porno à LYNWOOD.

Reuben Ruiz / *l'Indiscret* – relogement des espingos à Lynwood, une possibilité à envisager.

CE QUELQUE CHOSE – clic :

"Le Vampire Atomique".

Film gore : inceste / des yeux qu'on crève / des yeux qu'on aveugle.

Kafesjian 459 – les chiens rendus aveugles.

Herrick 187 – trois morts, les yeux crevés par balles.

Sid Frizell – le type de l'ex-taulard.

Pas de rapports avec Dudley – Chick très convaincant.

Pas de déclic : manque quelque chose.

On y retourne :

— Dudley et Mickey.
— Tu veux que je te mette au parfum de Dudley et les rackets ?
— Exact.
— Alors imagine le mot "contention". C'est le mot favori de Dudley, et ce qu'il cherche à faire, c'est de bâtir un empire dans le quartier sud, qui irait peut-être même jusqu'à Lynwood, là où il possède toutes ces propriétés. Il ne vendra de la came qu'aux négros, et il dirigera putes et porno en douce et ce sera lui le patron de toute la quincaille, les machines à sous que Mickey a soi-disant revendues. La grosse affaire qu'il a en tête, c'est le jeu légal dans la circonscription, avec Mickey comme homme de paille. Imagine qu'il a tué tous les mecs de Mickey, Touch et moi exceptés, imagine, putain, qu'il a manipulé Mickey pour l'obliger à faire copain-copain avec les Fédés. Le Mickeyeur est aujourd'hui un héros, c'est un frimeur qui attire la sympathie, et Dud pense qu'il peut acheter de nouvelles propriétés à

Lynwood et commencer sa soi-disant “contention” de toute l’économie du coin, avant d’installer Mickey comme son homme de paille dans son établissement de jeux, par franchise de la circonscription, le tout en parfaite légalité.

Réflexe :

— La loi sur le jeu légal ne passera pas à la Chambre de l’Etat.

— Eh bien, imagine que Dudley pense autrement. Imagine qu’il a dans la poche un politicien plein de pouvoir qui va faire en sorte que la loi passe comme une putain de lettre à la poste.

Fourmis et picotements / le poil qui se hérisse – Bob Gallaudet, partisan du jeu légalisé dans la circonscription.

Bob Chambre à gaz, Bob la balance : qui a refilé le tuyau sur le rencart Duhamel.

La chair de poule, fourmis et picotements – Chick :

— Donc Dud a découvert que tu devais retrouver Johnny. Breuning et Carlisle t’ont assommé et ils t’ont bourré de came, et Johnny a été torturé par Dud avant que tu ne le découpes en morceaux. Ils l’ont obligé à reconnaître qu’il était un leurre placé là par Exley, que ce dernier avait tous ces comptes bancaires bidons et le fric pour l’opération planqué en liquide dans un coffre à son domicile. Johnny a dit qu’il essayait depuis un moment de retirer ses billes de l’affaire parce qu’il savait que les mecs des machines à sous allaient probablement se faire dessouder et que ça allait déclencher un bordel de tous les diables, mais Exley insistait toujours pour qu’il y retourne et en apprenne un peu plus.

Le corps hérissé tout entier, des fourmis, des picotements. Pete, Freddy – comme frappés par la foudre.

Gallaudet – l’ami d’Exley.

Jeu légalisé – soutenu par Gallaudet, ce qui ne collait pas au reste. Bob qui insistait : les rapports Kafesjian – sous la manche.

Bourdonnements de la radio. Tommy en voiture, Lucille en voiture.

— Pourquoi Dudley a-t-il fait ce film ? Pourquoi ne s’est-il pas simplement contenté de nous tuer, Johnny et moi ?

— Il a dit qu’il voulait te compromettre et t’utiliser. Il a dit qu’il allait t’offrir le boulot d’homme de liaison et de garçon de courses avec le LAPD. Il a dit qu’il pourrait se servir de toi pour faire tomber Exley. Il a dit que tu devais être probablement doué comme avocat, en ajoutant que tu pourrais lui apprendre des trucs sur l’entretien d’immeubles.

Porteur de valises / roi des taudis – mes inscriptions de pierre tombale : D. D. Klein 1916-1958.

Pete – les jointures qui craquent, à cran. Facile à lire : – tuer Chick, lui chourer tout son fric. Freddy, tempêtes sous un crâne : *l’Indiscret* adorerait *ÇA* , tout simplement.

“Le Vampire Atomique” – inceste / gore.

— Chick, que sais-tu de Sid Frizell ?

— Imagine que je sais pratiquement rien.
— A-t-il fait de la prison ?
— A la prison du comté pour refus de paiement de pension alimentaire. Ce n'est pas le truand de pénitencier à la redresse, si c'est ce que tu penses.
A Freddy :
— *Sid Frizell.* C'est un Blanc, un grand mec sec comme un coup de trique, à peu près trente-cinq ans. Il parle avec une sorte d'accent de péquenot un peu traînant.
Qui secoue la tête.
— Ça m'évoque rien. Je suis censé le connaître ?
— J'ai pensé qu'il avait pu suivre tes cours à Chino.
— Non, je ne crois pas. Je veux dire, je pose des mouchards, alors j'écoute la manière dont les gens parlent. Désolé, il n'y avait pas de péquenots à l'accent traînant dans ma classe.
Réflexe : QUELQUE CHOSE QUI MANQUE.
Coup de fil réflexe – Chino – un gardien.
Dis-lui :
Etablissez une liste – tous les prisonniers de Chino à l'époque de Richie Herrick. Envoyer un message ? – non, j'appellerai pour un verbal.
Ce qui n'a pas été dit :
Je suis en cavale – un ARTU aux trousses.
1 h du matin – préventive à l'horizon. Crachotements de la radio, crac / pop – les jointures de Pete. Chick, ivre, givré – les cheveux cramés – de mon fait.
Odeurs – nourriture éventée, fumée. Vue de la fenêtre : des ordures non ramassées. Mon immeuble – neuf plaques par an, net.
Au-delà des vaps – des semaines à la file de roupillons à la va-vite.
Glenda – à balancer ses ragoûts, les patins aux pieds. Appât fédé – trop de classe pour prendre la fuite.
Réfléchis : balances, caftages, comptes à régler.
Réfléchis : dernières tentatives, derniers retranchements.
Réfléchis : Welles Noonan, rival de Gallaudet.
Réfléchis : Glenda tirée d'affaire, je vous refile Bob G. et Dudley.
Le téléphone de la chambre à coucher – les mains qui tremblent – MA-40218 – Noonan – Bureau du procureur fédéral, agent Shipstad.
— C'est Klein.
Une goulée d'air, dents serrées – comme si tu y étais – la main sur le récepteur :
— *Klein, ce coup de fil n'a pas eu lieu.*
— Quoi ?
— Noonan a reçu une bobine de film en recommandé. C'est vous en train de découper un mec en morceaux, je sais, *moi*, que c'est un coup monté, mais *lui*, ça lui est égal. Un petit mot disait : “des copies du film seront adressées à la presse si vous témoignez pour nous”, et

Noonan a déclaré caduc votre accord d'immunité. Il a fait diffuser un mandat de recherche fédéral à votre nom, *et ce coup de fil n'a pas eu lieu.*

CLIC.

Les chaises, les étagères – défonce-les, à coups de pied, vire-les – défonce la porte. A coups de pied dans les murs, fracasse la fenêtre – plus rien à défoncer / écraser / balancer.

Couinements radio :

— Madge a quitté la maison. Seule. La voiture de flèche est sur elle.

— Lucille pénètre dans Chavez Ravine. Elle conduit de manière déconcertante, elle se prend tous les arbres en dérapage.

Chapitre 49

Des phares en tous sens, des chemins de terre – Chavez Ravine.

L'obscurité – pas d'éclairage public – rien que des lumières de flics. Feux arrière, phares, torches – filocheurs en voiture, à pied.

Pare-chocs enfoncé contre un arbre, sur le toit – la Ford de Lucille, abandonnée.

Des ARTU aux trousses, à mon nom.

Largue la voiture, au pas de course – la route d'accès, qui remonte la colline. Vue du sommet – zigzags des faisceaux de torches – fouille, cahute après cahute.

— Mon gars.

Demi-tour, dégaîne – l'obscurité – sa voix, rien d'autre.

— Mon gars, entends ce que j'ai à dire avant d'agir de façon précipitée.

Révélation : je ne le hais même pas.

— Tu as expédié le film à Noonan.

Mise au point, à contre-jour – des phares bondissants. Dudley : complet marron, œillet à la boutonnière.

— Non, c'est Bob Gallaudet. Je lui ai dit que tu avais mis Chick Vecchio à l'abri, et Bob a estimé comme allant de soi que Chick allait se comporter en lâche et nous dénoncer. Mon gars, c'est Bob qui t'a livré sur un plateau à Noonan. Il a menacé de rendre publique une seconde copie du film si tu t'avisais de déposer comme témoin fédéral, considérant pour acquis, à juste titre, sans doute, que ton témoignage serait la damnation de notre beau procureur comme de cet Irlandais vieillissant qui n'est pas sans éprouver de gros ressentiments mêlés de tendresse et d'affection à ton égard. Naturellement, Noonan s'est montré furieux, et Bob, tout à fait sagement, a battu en retraite pour adopter une position plus judicieuse : il a dit que la menace du film tenait toujours, mais qu'il ne serait pas candidat au poste de procureur général si Noonan lui faisait la promesse de ne pas mentionner son nom devant un tribunal public. Noonan, en brillant élément qu'il est, a accepté.

La tête qui tourne – cet œillet – étouffant.

— Gallaudet t'a balancé, *toi*, à Noonan ?

— Non, Allah soit loué, il n'a pas cédé à la panique et s'est mis à discourir de manière nébuleuse sur de complexes conspirations criminelles. Je suis sûr qu'aux yeux de Noonan, je ne suis rien d'autre qu'un policier vieillissant qui a un don pour les discours et une grande réputation de sévérité.

Des cris en contrebas / des signaux de torche :

— Qui a donné cette copie de film à Bob ?

— Mike Breuning. Il craignait que nos entreprises ne fussent compromises, en conséquence, il a donné une copie à Robert pour se ménager un petit marché pour lui seul. Hélas ! Mike a confessé ce qu'il avait fait avant que je ne l'envoie à ta rencontre, ce qui explique la raison pour laquelle je lui ai monté le coup de façon aussi radicale.

— Gallaudet ?

— Bien à l'abri avec Allah, mon gars. Tue Vecchio, si tu ne l'as déjà fait, et il ne reste plus qu'Exley sans preuves convaincantes.

$ $ $ $ $ $ – GLENDA POUR SA FUITE.

— Chick m'a dit que Duhamel avait balancé Exley.

— Oui, c'est exact.

— Il a dit qu'Exley gardait de l'argent dans un coffre.

— Oui, Chick ne s'est pas trompé.

— Dans sa maison ?

— Oui, mon gars, cela me paraît logique.

— Beaucoup d'argent ?

— Oui, c'est tout à fait exact. Mon gars, viens-en au fait, tu me fais languir.

$ – compte-le dans l'affaire / joue-lui le coup en douce.

— Je peux forcer ce coffre. Je tuerai Vecchio et je volerai l'argent à Exley. On partage.

Sur fond de phares – Dudley qui renifle son œillet.

— Tu es très généreux, et je m'étonne que tu n'aies pas encore manifesté rancune à propos de mes machinations au ranch Market.

Sincère jusqu'au trognon :

— Je veux que tu m'aimes bien. Si je pars en cavale, je ne veux pas te voir t'attaquer aux gens que je laisse ici.

— Tu es très perspicace à considérer comme un fait acquis que je survivrai.

— L'argent ?

— J'en accepterai la moitié avec bonne grâce.

Remue-ménage : les flics qui défoncent les portes à coups de pied.

— Chick t'a mis au courant de l'essentiel de mes projets, n'est-il pas vrai, mon gars ?

— Si – cette fleur, pas de haut-le-cœur.

— As-tu inféré à partir de ses déclarations que j'apprécie énormément d'être spectateur ?

— Oui – DIS-MOI DES CHOSES.

— Je considère cela comme une dispense accordée en échange du splendide grand-œuvre de contention que je serai en train d'accomplir. Je considère cela comme un moyen de toucher du doigt des saletés irrésistibles sans y succomber.

Eclair : Lucille nue.

— Tu es un spectateur, mon gars. Un regardant. Tu as touché du doigt tes propres obscurités et ce qu'elles peuvent te conduire à faire, et maintenant, tu apprécies le plaisir de répit d'être simple spectateur.

Eclair : les fenêtres des baisoirs à putes.

— Je sympathise avec tes curiosités, mon gars.

Eclair : les bandes magnéto du mateur – des images se sont mises à prendre forme.

— Il me plaît de savoir que ce sont les Kafesjian et les Herrick qui semblent avoir piqué ces curiosités. Mon gars, je pourrais te raconter nombre de splendides histoires sur ces deux familles.

ECLAIR :

Lucille nue.

Glenda – dans l'objectif du télescope.

Des fenêtres – EUX, d'autres – DIS-MOI DES CHOSES.

— Mon gars, as-tu le sentiment que les bases d'un accord mutuel sont en train de prendre forme ? Commences-tu à nous voir comme deux âmes aux intérêts partagés, frères en curios –

Cris, torches qui convergent...

En bas, au pas de course – les pieds qui s'emmêlent, qui trébuchent. Des cahutes – une embrasure de porte, des lumières.

Les filocheurs rassemblés – fraie-toi un chemin, regarde :

Lucille, Richie Herrick – MAA.

Des garrots sur le bras / les veines gonflées / les bouches figées, béantes.

Seringues, H, Drano – emmêlés – sur un lit de vison.

Chapitre 50

8 h 01 du matin – fugitif fédéral.

Piaule de fugitif, voiture de fugitif – Chevy 51, 300 dollars en liquide. Coups de fil de fugitif :

Glenda – en sécurité – classe contre peur – la classe qui prend le dessus.

Sid Riegle – paniqué – des hommes à Exley étaient tombés sur le paletot de mes propres hommes. Bruits de bureau : Lucille / Richie – cocktails héroïne – Drano.

— Ray Pinker a dit qu'elle a shooté Richie avec une dose trafiquée avant de se donner la mort. Doc Newbarr a dit, meurtre suivi de suicide, à éliminer, tout était bien trop propre et trop net.

D'autres bruits :

Tommy, J. C. – alpagués par les Fédés, relâchés – 4 h du mat. Madge K. – introuvable – l'homme de flèche l'avait perdue.

Dernier coup de fil, addendum – Pete – trouve-moi cette femme, elle peut ME DIRE des choses.

Fugitif en bagnole – la Cahuenga Pass, direction sud. Coups d'œil dans le rétro – tout est bizarre – presque de travers, rien ne colle.

Infos radio : "La vague de crimes redouble à L.A. !" "Mickey Cohen : témoin fédéral !" "Le procureur Gallaudet absent à sa conférence de petit déjeuner – les journalistes présents perplexes !"

La nuit dernière – Chavez Ravine – Dudley :

— Je demanderai vérification pour Chick. Sa main droite devrait suffire – elle porte un tatouage parfaitement identifiable.

Les méninges qui se creusent, agacés :

"Vampire gore" / Kafesjian – Herrick – Qui ? Pourquoi ?

La Pass, Hollywood, Hancock Park. Virage à gauche – 432 S. Mc Cadden.

Vierge – pas de voitures, côté trottoir comme côté allée.

Canif / règle métallique – téméraire ou rien.

La pêche : remonte jusqu'à la porte, frappe. Personne à l'horizon – canif dans le trou de serrure, au travail avec la règle.

Entrée.

Ferme la porte, verrouille-la. Lumières, en avant...

Salon – inspection des murs – pas de photos, pas de faux panneaux.

Le bureau-cagibi – photos encadrées – enlève-les, regarde derrière. Clichés authentiques – Exley – et pour alimenter sa haine : Dudley Smith, en maître de cérémonie.

Pas de coffre.

Au premier – trois chambres – de nouveaux murs, de nouvelles photographies.

Dudley Smith, en Père Noël – un quartier d'hôpital des polios, 53.

Dudley Smith, orateur invité – Croisade chrétienne anticommuniste.

Dudley Smith – photo de la scène d'un crime – en train de reluquer deux bougnoules morts.

Trois chambres, une vingtaine de photos – Dudley Smith.

Pas de coffre.

Rez-de-chaussée – la cuisine – rien.

Inspection des moquettes – tous les tapis en place, fixés bien à plat. Premier étage – couloir avec tapis côte à côte – dégage-les.

Un renfoncement dans le plancher – un carré monté sur charnière.

Soulève-le – un cadran incorporé.

Tremblotant – 34G – 16D – 31 D.

Deux tentatives – ouvert. Tire la poignée, attrape :

Sacs de banque noués d'un cordon – cinq – rien d'autre.

Tire, attrape : billets de 100, 50, 20 – tous usagés.

Au pif : plus d'un demi-million.

Referme le couvercle, brouille le cadran, replace les tapis. Rez-de-chaussée, la cuisine – des sacs en papier.

Des couteaux à portée de main. Un tranchet – la tremblote, les chocottes – Chick.

Chapitre 51

— Davey... s'il te plaît.

Double-vue psycho : des mains en prière qui supplient. Sa main droite : "Sally – 4 ever"[1].

— Davey, s'il te plaît.

Trois sacs en papier – 683 bâtons. Pete sorti, Fred endormi – la chambre.

Ce tranchet.

Chick – menotté – jactance panique :

Ça remonte à loin, nous deux, on a bien rigolé, désolé d'avoir manqué de respect à Glenda, mais comment m'en vouloir ? On a rigolé, on s'est fait du fric, Pete veut me tuer, ça se voit comme une putain d'enseigne au néon.

— ... Davey... s'il te plaît.

Des oreillers – comme silencieux – le bruit des voitures qui couvre.

— Davey... Seigneur Jésus... Davey.

Dudley : "Tes curiosités / ces deux familles."

Immobile – pas de couilles pour faire ça.

Le mort qui parle :

— Je disparaîtrai... tu peux me faire confiance... Glenda est super... Sid Frizell dit qu'elle a l'étoffe d'une vedette. Frizell... quel tordu... pas la moindre idée... ce mec à la caméra, Wylie Bullock, il a deux fois plus de jugeotte et il serait incapable de régler la circulation sur Mars. Toi et Glenda... je vous souhaite toute la chance du monde... Davey, je sais ce que tu as en tête et je le vois dans tes yeux...

Naze.

Pas de couilles pour faire ça – pour l'instant.

Dring, dring – décroche :

— Ouais ?

— C'est Pete.

— Et ?

— J'ai retrouvé Madge Kafesjian.

— *Où ça* ?

— Le Skyliner Motel, Lankershim et Croft à Van Nuys. Elle occupe la chambre 104, et le mec de la réception dit que c'est les grandes eaux, mouchoirs et tout le tremblement.

— Tu la surveilles ?

1. A lire comme Sally for ever : Sally pour toujours. (N. d. T.)

— C'est toi qui douilles. Je garde la chambre à l'œil jusqu'à ce que tu me dises le contraire.

— *Reste là et c'est tout.* J'arrive dans peu de temps, alors –

— Ecoute, j'ai parlé à M. Hughes. Il a dit que les hommes du shérif ont trouvé un témoin qui a vu Glenda près du baisoir des collines d'Hollywood approximativement à l'endroit où Miciak a dû se faire régler son compte. Ils pensent qu'elle s'est forgé un faux alibi, et il sont à sa recherche comme suspecte. Il semblerait qu'elle se soit taillée de la ville, mais –

— *Contente-toi de ne pas bouger du motel.*

— C'est toi qui douilles, patron. Comment va Chick ?

Chick – des je vous salue marie en rafales.

— J'arrive – le doigt qui écrase le contact du téléphone, nouveau numéro...

— Bureau de l'adjoint au gardien chef Clavell.

— Est-il là ? Ici le lieutenant Klein, LAPD.

Aguicheuse :

— Oh ! *oui*, Monsieur. M. Clavell m'a laissé une liste de noms à vous lire.

— Donnez-moi d'abord celle des prisonniers libérés.

— Avec leurs adresses ?

— D'abord les noms, je veux voir s'il y en a qui accrochent.

— Oui, M'sieur – lentement, avec précision :

— Altair, Craig V. Allegretto, Vincent W. Anderson, Samuel PDP. Bassett, William, A. Beltrem, Ronald D. Bochner, Kurt PDP. Bonestell, Chester W. Bordenson, Walter S. Bosnitch, Vance B. Bullock, Wylie D. –

Tilt / clic / clac – quelque chose qui manquait / et là, quelque chose :

Wylie Bullock.

Le cameraman du "Vampire".

L'homme aux idées – qui pousse Sid Frizell à plus de gore.

— ... Burdsall, John C. Cantrell, Martin PDP –

— Revenez à Wylie Bullock. Donnez-moi sa date de libération sur parole et sa dernière adresse connue.

Agacée :

— Euh... il a été libéré sur parole le 9 novembre 1957 et l'adresse qu'il a donnée aux services de mise à l'épreuve est le Larkview Trailer Court, Arroyo et Brand à Glendale.

Freddy – le couloir – en train de bâiller.

— Monsieur, voulez-vous le reste des noms ?

Raccroche, remue-le :

— Y avait-il un mec du nom de Wylie Bullock dans ta classe à Chino ?

En bâillant :

— Ouais, – exa-a-act... c'était lui le mec qui suivait Richie Herrick comme un toutou.

Adrénaline – zoooom.
Chick – Sainte Marie pleine de grâce le Seigneur est avec moi.
Sursis – coup de veine pour un bourrin de rital.

Chapitre 52

Sommiers / SCG :

Bullock, Wylie Davis – DDN 16/7/25. Cheveux bruns, yeux marron, 1m75, 75kg. Epinglé en 3/56 – délit de pornographie – 3 à 5 ans, Chino. Profession : "Photographe-Cameraman". Véhicule : Packard Clipper de 54, blanc et saumon, Cal. GHX 617.

Voies express : Harbor, Pasadena. Absurde : une voiture qui ne vaut pas tripette, et plein de fric. Wylie / Madge / Dudley – DITES-MOI DES CHOSES.

Voies en surface direction sud. Arroyo et Brand – Larkview Trailer Court.

Emplacements de parking : pas de Packard deux tons.

Un plan sur le trottoir : "W. Bullock" – trois rangées plus loin, sixième emplacement.

A pied, jardins, caravanes installées à demeure. Re-play : mon quelque chose manquant.

Grandes discussions Frizell – Bullock, Wylie sûr de lui, affirmatif : inceste ! Crever les yeux du chef vampire ! Associations : Bullock, DIS-MOI.

Troisième rangée, sixième emplacement – une Airstream chromée. Arme sortie subrepticement – toc-toc.

Pas de réponse – pas de surprise – pas de Packard. Essaie la porte – verrouillée. Des locataires de caravanes qui prennent le soleil.

Le plateau de tournage – en avant.

* * *

Voies express dans l'autre sens – mon tas de boue asthmatique. Griffith Park, le plateau – pas de Packard voyante.

Mickey, près du vaisseau spatial. Kippa sur la tête, tout sourires.

— Les Fédés et le LAPD sont passés ici, c'est après tes fesses qu'ils en avaient. Les hommes du shérif de Malibu cherchaient mon étoile naissante Glenda Bledsoe, avec laquelle tu joues à enterrer le fripon à ce que j'ai cru comprendre. Tu me brises le cœur, toi, mon beau brigand amateur de chattes fraîches.

Pas "d'équipe" – rien que Mickey.

— Où sont les autres ?

— Face de gland, *L'Attaque du Vampire Atomique* est, ce qu'on appelle en termes de show-biz, "dans la boîte". Glenda peut paraître un tant soit peu musclée dans ses scènes finales, étant entendu que Rock Rockwell interprétait son rôle dans les plans à distance, mais cela mis à part, je considère que mon film fera date dans l'histoire du cinéma.

— Où est Wylie Bullock ?

— Je devrais le savoir ? Je devrais m'en soucier ?

— Sid Frizell ?

— Payé, réglé, sur le bateau de nuit en partance pour Nullepartville, pour ce que j'en ai à faire.

Kippa, le drapeau en insigne au veston – Mickey le héros.

— Tu as l'air heureux.

— J'ai un film dans la boîte, et je suis devenu ami avec la confession fédérale. Et ne me juge pas comme un vulgaire salopard de mouchard, parce qu'un certain procureur fédéral m'a dit que tu manifestais ces mêmes tendances toi aussi.

Le frimeur aimable de Dudley.

— Tu vas me manquer, Mickey.

— Cours, David. Tout le tsurus que tu as causé cherche sa juste rétribution. Cours jusqu'aux Galapagos, où tu pourras regarder les tortues baiser au soleil.

* * *

La Cahuenga Pass – dans l'autre sens, une nouvelle fois. Laukershim et Croft – Skyliner Motel.

En forme de fer à cheval – cabanas avec vue sur piscine. Pete qui planque, en bordure de trottoir – en piquant un somme.

Gare-toi, verrouille la voiture – 683 bâtons. Frappe à la porte – des bruits de pas – Madge dans l'encadrement.

Hagarde – maquillée poivrote. L'œil comme un aimant : mes poches qui dégueulent de fric.

— C'est vous le policier. On a cambriolé notre maison... vous êtes venu...

“Les grandes eaux” – yeux mouillés, traces de larmes.

— Je suis désolé pour votre fille.

— Ce fut une mort miséricordieuse pour tous les deux. Etes-vous venu m'arrêter ?

— Non. Pourquoi devrais-je...

Une main en l'air :

— Si vous ne savez pas, je ne vous dirai rien.

— Je voulais simplement vous parler.

— Vous avez donc bourré vos poches d'argent.

— Je me suis dit que cela ne pouvait pas faire de mal.

— Est-ce Dan Wilhite qui vous envoie ?

— Il est mort. Il s'est suicidé.

Un soupir.

— Pauvre Dan.
— Mme Kafesjian...
Qui se recule.
— Entrez. Je répondrai à vos questions si vous me promettez de ne pas salir les enfants.
A l'intérieur de la pièce – un lit escamotable, des chaises.
— Les enfants de qui ?
— Les nôtres. De quiconque soient-ils. Au juste, exactement, que – Fais-la asseoir.
— Votre famille et les Herrick – Dudley Smith.
Pas de choc – au-delà de ça.
— Que vouliez-vous savoir exactement ?
— Dites-moi tout.
Acquiesçant, à déchiqueter ses mouchoirs en papier – TOUT.

* * *

1932 – Scranton – Pennsylvanie.
J. C. Kafesjian et Phillip Herrick sont employés à la Balustrol Chemical. J. C. est ouvrier, Phillip analyste de solvant. J. C. est fruste et grossier, Phil est cultivé – ils sont amis – personne ne sait pourquoi.
1932 : les amis s'installent ensemble à Los Angeles. Ils courtisent deux jeunes filles et se marient : J. C. et Madge Clarkson ; Phil et Joan Renfrew.
Cinq années se passent ; les hommes travaillent dur à des emplois dans la chimie, pénibles et ennuyeux. Cinq enfants sont nés : Tommy et Lucille Kafesjian; Richard, Laura et Christine Herrick.
J. C. et Phillip sont morts d'ennui, furieux et pauvres. Leurs connaissances en chimie leur inspirent un plan : la fabrication d'alcool maison.
Ce qu'ils font – et ils prospèrent.
La dépression se continue ; les pauvres *ont besoin* de gnôle d'occase. J. C. et Phil en vendent, à bas prix, avec, pour clientèle principale, clodos et ouvriers des camps de travail. Ils augmentent leurs bénéfices et amassent une petite fortune.
J. C. et Phil – amis et associés.
J. C. et Phil – qui se cocufient l'un l'autre.
Ils ne sont au courant de rien – ni l'un ni l'autre.
Deux liaisons qui remontent à avant leurs mariages. Amants : J. C. et Joan, Phillip et Madge. L'adultère se poursuit – cinq enfants naissent – pas de certitude absolue quant à leurs paternités respectives.
J. C. ouvre un magasin de nettoyage à sec ; Phil investit dans une usine chimique. Ils continuent à fabriquer leur alcool en coulisse.
J. C. pousse Phil à couper leur whisky à moindres frais : des solvants de qualité médiocre signifient plus de bénéfices.
Phil accepte.

Ils en vendent une fournée à quelques ouvriers : une douzaine d'hommes restent aveugles à vie.

22 juin 1937 :

Un des aveugles, dans un moment d'égarement, entre dans une taverne, le fusil de chasse à la main. Il tue trois personnes avant de se suicider.

Le sergent Dudley Smith enquête. Il découvre l'origine de la cécité de l'homme au fusil ; il remonte la piste de l'alcool jusqu'à Phil et J. C. Il leur fait une offre : son silence pour un pourcentage de leurs bénéfices.

Les deux hommes acceptent.

Dudley reconnaît les tendances vicieuses et méchantes de J. C. – et les cultive. Il est convaincu qu'il faudrait garder les colorés sous came, comme sédatif ; il presse et convainc J. C. de leur vendre de la drogue. Il presse et convainc le chef Davis de laisser J. C. les "servir": comme revendeur de drogue sous sanction officielle et informateur à la Brigade des Stupéfiants encore vagissante.

Dudley cache son rôle dans l'affaire – peu nombreux sont ceux qui savent qu'il est le recruteur de J. C. Le chef Davis prend sa retraite en 39 ; le chef Horrall le remplace. Il prend à son compte le recrutement des Kafesjian – et branche l'agent Dan Wilhite sur le coup pour qu'il soit le contact de J. C.

Les années passent : Dudley continue à percevoir son pourcentage de l'affaire. Les magasins de nettoyage à sec de J. C. fleurissent ; il se bâtit un véritable royaume de came dans le quartier sud. Phil Herrick fait fortune par des moyens légaux : PH Solvants connaît une impressionnante réussite.

Les adultères continuent : J. C. et Joan, Phillip et Madge.

Les deux femmes assurent à leurs amants que toutes les précautions contraceptives sont prises. Elles mentent toutes les deux – elles méprisent leur époux respectif, mais ne veulent pas les quitter. Madge sait que J. C. la tuerait ; Joan a besoin de l'argent de Phillip et de ses nouvelles relations dans la haute société.

Cinq enfants.

Paternités incertaines.

Pas de ressemblances dangereuses qui commenceraient à apparaître.

Joan *voulait* le bébé de J. C. : il la traitait, chose étonnante, avec beaucoup de tendresse. Madge voulait celui de Phillip : elle n'avait que mépris pour son époux vicieux et méchant. L'identité présumée des pères respectifs rend les choses plus faciles – les deux femmes en sont convaincues.

Après la Seconde Guerre mondiale :

Le major Dudley Smith, de l'OSS, revend de la pénicilline au marché noir à des nazis en fuite. Phil Herrick, officier dans la Marine, sert dans le Pacifique. J. C. Kafesjian continue à diriger son commerce de nettoyage à sec et son racket de came. Dudley retourne à L.A. fin 45 ; Herrick, après quatorze mois de mer, revient à l'improviste.

Il découvre Joan enceinte de neuf mois. Il la bat – et apprend que J. C. est son amant depuis avant le mariage. Elle avait envisagé de faire adopter l'enfant ; le retour surprise de Phil l'en a empêchée. Elle a masqué sa grossesse en restant cloîtrée chez elle autant que possible ; Laura, Christine et Richie – absents, tous trois étant internes – ne savent pas ce qui s'est passé.

Joan se réfugie auprès de J. C. Madge surprend leur conversation et les confronte. J. C. bat sauvagement les deux femmes. Madge reconnaît sa longue liaison avec Phil Herrick.

Epoux cocus, épouses cocues. Deux hommes en furie, deux femmes battues, violées. Un chaos terrible – Abe Voldrich fait appel à Dudley Smith.

Il fait procéder à des analyses des groupes sanguins des enfants : les résultats s'avèrent non concluants. Joan Herrick met son bébé au monde ; Dudley offre à Phillip l'occasion de le tuer. Phillip ne peut s'y résoudre ; Dudley le noie dans la cuvette des toilettes.

Laura et Christine n'apprendront jamais les détails de leur descendance.

Tommy, Lucille et Richie apprennent la vérité – quelques années plus tard.

Les garçons grandissent et deviennent amis – deux frères éventuels – dont le père est le père duquel ? Ils cambriolent et jouent du jazz ; Richie tombe amoureux de Lucille. Il la réconforte avec Champ Dineen – lui non plus ne connaissait pas l'origine de sa naissance.

Tommy suit les traces de J. C., en digne émule de son père "de nom" – il vend déjà de la came alors qu'il est encore au lycée. Il a toujours manifesté des désirs lubriques pour Lucille ; existe maintenant la possibilité qu'*elle ne soit pas* sa sœur. Il la viole, en fait sa pute personnelle.

Richie découvre la chose – et jure de tuer Tommy.

Tommy se délecte du serment de Richie – Richie n'est à ses yeux qu'une mauviette incapable.

Richie part en voiture pour Bakersfield où il achète une arme. Il se fait prendre tandis qu'il revend de la drogue ; Dudley Smith intercède, mais ne réussit pas à convaincre le procureur d'abandonner les poursuites. Richie Herrick, condamné, envoyé à Chino : 1955.

Tommy jure qu'il tuera Richie lorsque ce dernier sera libéré ; il sait que Lucille, sa peut-être sœur, aime Richie. Richie jure de tuer Tommy – ce dernier a violé sa peut-être sœur, la femme que lui aime chastement.

Lucille, violée par Tommy, perd toute mesure – prostituée, danseuse derrière sa fenêtre, à défier et aguicher les hommes en se raillant d'eux. Phil Herrick part à sa recherche, la retrouve – sa peut-être fille. Leur premier accouplement fut le résultat d'une rencontre de trottoir :

elle n'avait accepté que pour l'aguicher.

Elle fut surprise par sa gentillesse – ce peut-être papa ressemblait plus à Richie qu'à Tommy. Ils continuèrent à se retrouver pour le sexe : toujours à parler, toujours à jouer leurs petits rôles. Phil Herrick et Lucille : peut-être père-fille amant-amante, peut-être rien qu'une pute et un miché.

Et Madge et Joan devinrent amies. Elles s'évadaient de la folie ambiante et se cachaient : des après-midi dans les jardins publics et les restaurants. Confidentes : de longues années de refuge, en lieu sûr.

Richie s'évada de Chino – inapte à se venger – juste bon à regarder Lucille en faisant le voyeur. Joan et Richie – communiqués par boîtes postales. Richie lui a appris qu'un ami bientôt libéré sur parole allait le venger sans peine. L'homme en question semblait tenir Richie sous son emprise – Richie n'a même jamais dit son nom.

Joan s'est suicidée il y a neuf mois ; la folie a culminé d'elle-même. Lucille ne savait pas que Richie la surveillait ; Tommy avait lu les mémos de Junior Stemmons, et compris que c'était Richie le mateur. Il a fait le vœu de le tuer – craignant que des hommes liés à Exley ne le retrouvent le premier. C'était Lucille qui l'avait retrouvé – avec une aiguille pour ticket de sortie.

* * *

Mouchoirs en papier – une boîte entière vidée.

— Diriez-vous que "tout" a été dit, Lieutenant ?

Wylie Bullock : cambrioleur / tueur des Herrick / mateur de mateur.

— Je ne sais pas.

— Alors c'est que vous êtes un homme très curieux.

— Connaissez-vous le nom de Wylie Bullock ?

— Non.

La tête qui tourne – le pouls qui palpite – depuis des heures.

— Qui a tué Junior Stemmons ?

Déchiquetant la boîte :

— C'est moi. Il questionnait brutalement Abe Voldrich dans l'une de nos blanchisseries. Je craignais qu'il ne découvre la vérité au sujet de Richie et de Lucille, et je voulais les protéger. Je l'ai attaqué d'une manière plutôt imbécile, et Abe s'est rendu maître de lui. Nous savions que Dudley nous protégerait si nous le tuions et Abe savait que c'était un toxicomane.

— Et donc Abe lui a fait une injection et a largué le corps au Bido Lito's.

— Oui.

— Et vous l'avez dit à Tommy, et c'est *lui* qui a incendié le Bido. C'est là qu'il traînait toujours ses guêtres, et il craignait que nous ne trouvions les preuves contre lui sur place.

— Oui. Et je n'ai pas de regrets pour ce qui est de ce jeune homme,

Stemmons. Je pense qu'il devait souffrir autant de tourments que Richie et Lucille.

Du fric – en grosses liasses – pose-le là.

— Vous êtes naïf, Lieutenant. L'argent ne fera pas partir J. C. et Tommy.

Chapitre 53

"Tout" = "Plus" = Bullock.

Le motel et ses caravanes minables – oui – une Packard deux tons. Coince-la, tout près, de la fumée d'échappement – ma bagnole de merde.

Des voix, des bruits de pas sur le gravier.

Hors de la voiture en toussant – un vrai nuage à l'intérieur. Exley, deux hommes des AI – fusils de chasse.

"Tout" ça signifie "plus" ça signifie...

Exley – le fusil à bout de bras qui lui barre la poitrine – le visage rouge, à bout de souffle.

Les devants :

— Bullock a tué les Herrick et démoli la maison des Kafesjian. Comment avez-vous –

— J'ai appelé Chino pour obtenir ma propre liste. La femme m'a dit que le nom de Bullock vous avait rendu cinglé.

Calme, le cinglé : des fusils de chasse en appui sur le flanc. Exley revenant à sa glace coutumière – en train de perdre ses rougeurs.

Ses 683 plaques – pas le moindre indice.

— On se le fait. Et faites sortir ces mecs d'ici, je *sais* qu'il a des trucs sur Dudley.

En acquiesçant :

— Vous deux attendez ici. Gates, donnez votre fusil au lieutenant.

Au vol – attrape-le, manœuvre la culasse. Exley :

— Très bien, en ce cas.

Maintenant :

Troisième rangée, sixième caravane. Bourdonnement de la radio, la porte ouverte.

Arme en joue, entrée – Exley derrière moi. Wylie Bullock dans un fauteuil de jardin.

Exley de flanc.

Bullock – mains en l'air – un gugusse affable. Plus près – mon fusil, sa figure.

Exley – menottes, preste et précis – Bullock le corps arqué, mains attachées serrées dans le dos.

Ronron radio : les Starfire 88, Yeakel Olds[1].

A l'instinct : il dira POURQUOI.

1. Publicité pour un modèle d'Oldsmobile. (N. d. T.)

— M. Bullock, vous êtes en état d'arrestation pour les meurtres des Herrick. Je suis le chef des inspecteurs du LAPD, et nous aimerions d'abord vous interroger ici.

Le repaire du monstre : pin-up de *Playboy*, matelas. Bullock : des yeux marron, paisibles.

Asticote-le :

— Je suis au courant, pour vous et Richie Herrick. Je sais que vous lui avez dit que vous le vengeriez des Kafesjian, et je parierais que vous connaissez le nom de Dudley Smith.

Des lueurs dans le regard – "Richie", "Dudley" – mais dis quelque chose.

— Je veux une cellule individuelle et des crêpes pour le petit déjeuner. Si vous dites que c'est d'accord, j'accepte de vous parler ici.

Les devants :

— Faites comme si vous nous racontiez une histoire.

— Pourquoi ? Les flics aiment bien poser des questions.

— Ceci est différent.

— Des crêpes et des *saucisses* ?

— Sûr, tous les jours.

* * *

Les chaises en cercle, la porte fermée. Pas de questions-réponses, pas de calepin – la parole au détraqué :

* * *

Juin 1937 – Wylie Bullock, presque douze ans :

— Je n'étais qu'un môme, vous pigez ?

Pas de frères, pas de sœurs, des parents gentils-gentils – mais pauvres.

— Notre turne n'était pas plus grande que cette caravane, et tous les soirs, on allait manger au troquet, parce qu'on vous refilait des amuse-gueules gratis quand on prenait une bière.

22 juin :

Un aveugle entre dans la taverne. Des décharges de fusil de chasse au petit bonheur la chance – quatre morts – ses parents dans le nombre.

— Je me suis sauvé. J'ai été hospitalisé pasque j'étais comme en état de choc.

Foyers d'adoption – "Des bien, d'autres pas si terribles" – rêves de vengeance – sans objet – l'homme au fusil s'était suicidé. Ecoles techniques professionnelles – un don pour la photo – "ce vieux Wylie, il est né pour jouer de l'objo". Emplois de photographe, curiosité : le 22/6/37 – pourquoi ?

Détective amateur – il n'arrêtait pas de casser les pieds aux flics.

Pour se faire rembarrer : "Ils répétaient toujours que le dossier s'était égaré." Etude des journaux : sergent Dudley Smith, officier enquêteur. Coups de fil à celui qui était aujourd'hui le lieutenant Smith – pas la moindre réponse.

Dîner, soir après soir – dans cette taverne. Rumeurs : de la mauvaise gnôle de contrebande avait bousillé les yeux de l'aveugle. Chasseur de rumeurs : qui vendait de la gnôle de contrebande vers 37 ?

Mauvaises pistes – des années durant – "Du genre impossible à vérifier, vous voyez ? Deux rumeurs persistantes : "De la gnôle coupée de produits pour le nettoyage à sec", "Un mec, un Arménien".

Pas de preuves – aucune tentative d'approche directe – "Ce mec, J. C. Kafesjian, faisait peur". Constitution d'un dossier-album sur l'affaire – "J'y pensais pratiquement tout le temps". Clichés de presse : voitures de morgue, la taverne, le sergent Smith.

— Ça commençait à devenir comme une obsession.

Pour entretenir l'obsession : le travail photo. Illégal : "Je prenais des photos de cul que je vendais aux marins et aux Marines de San Diego."

Au centre de l'obsession : les Kafesjian.

— J'ai comme qui dirait tourné autour d'eux, en cercle. J'ai découvert que J. C. et Tommy vendaient de la came et qu'ils avaient des relations dans la police. Lucille était une Marie-couche-toi-là, et Tommy un vicieux. Ils étaient pour moi comme qui dirait un semblant de famille. Tommy avait un pote, le Richie, et tous les deux jouaient de la musique de jazz comme des pieds. J'avais pris l'habitude de les suivre, je les ai observés et je les ai vus se brouiller, la grosse haine, au sujet de Lucille. Richie s'est fait agrafer à Bakersfield en train de vendre de la came. Il a été expédié à Chino, et un jour que je me trouvais dans une boutique E-Z Kleen, j'ai entendu Tommy dire à Abe Voldrich qu'à sa sortie, le Richie, c'était de la viande froide.

Début 56 – deux bombes qui lui explosent à la figure.

La première – il se trouve devant une E-Z Kleen du quartier sud. En plein conciliabule : J. C. Kafesjian, Dudley Smith – plus vieux de dix-neuf ans que sur la photo de presse.

La seconde : il se fait choper pour ses clichés porno.

Prison du comté, du temps pour réfléchir :

— J'ai compris que Dudley Smith et les Kafesjian magouillaient ensemble. J'étais incapable de rien *prouver*, mais je me suis dit que Smith avait laissé filer J. C. pour la gnôle empoisonnée qu'il vendait. Au bout d'un moment, j'en ai été convaincu, tout simplement.

Plans de vengeance – la trouille – des trucs d'enfant qui remontent à la surface. Plaide coupable – son avocat lui avait dit implore la clémence du jury. Des bruits de couloir en taule – le labo de radiologie à Chino – dis que tu as de l'expérience dans le domaine.

— Ce que j'ai fait – et on m'a cru parce que je connaissais des tas de choses en photographie. Vous comprenez, j'avais maintenant un vrai plan derrière la tête et je voulais faire un séjour à Chino pour me rapprocher de Richie.

Le juge – aucune clémence – trois ans, prison d'Etat. Classification : Wylie Davis Bullock, direction Chino.

— Je suis donc parti pour Chino et je me suis rapproché de Richie. C'était un môme solitaire, très passif, alors je suis devenu son ami, et il m'a raconté cette nom de Dieu d'histoire STUPÉFIANTE.

Stupéfiant :

Les Kafesjian, les Herrick – qui était le père de ces enfants ? Phil Herrick, J. C. – trafiquants de gnôle de contrebande. La tuerie de l'aveugle – Richie qui dit, c'est possible – c'était peut-être là le moyen de pression de Dudley. Inceste : peut-être / quasi / frère / père – du truc de pervo :

— Je vous garantis que jamais vous avez *rien* entendu de pareil comparé aux trucs que Richie m'a racontés.

Son cadrage sur Richie : femmelette/ regardant / voyeur.

— Il m'a dit qu'il était amoureux de Lucille, mais qu'il ne voulait pas la toucher parce qu'elle était peut-être sa demi-sœur. Il a dit qu'il adorait l'espionner.

Richie le bavard – reconnaissant de s'être trouvé un copain – glanage de renseignements complémentaires :

— J'en ai appris assez sur Dudley Smith pour comprendre qu'il avait organisé une entrevue avec Herrick et Kafesjian peu de temps après la tuerie. A mon avis, Smith a fait copain-copain avec eux et il a encaissé des pots-de-vin pour ne pas cracher le morceau et révéler que c'était eux qui fabriquaient la gnôle. Je savais maintenant. Je savais que ces deux familles de cinglés avaient tué ma famille.

Richie parlait de se venger de Tommy – cette ordure avait violé Lucille.

— Je savais qu'il n'avait pas assez de couilles pour faire ça. J'ai dit, attends, c'est moi qui le ferai si tu promets de ne pas aller embêter les Kafesjian.

Richie a promis.

— C'est alors que sa mère l'a appelé et qu'elle lui a fait son numéro de chialeuse prête à se suicider. Richie s'est taillé de Chino – une sécurité minimum, putain – il s'est taillé, comme ça, tout simplement.

Richie n'avait pas été repris ; *lui* obtenait sa libération sur parole deux mois plus tard. Il avait essayé de trouver Richie – pas de chance – il avait planqué devant les crèches des Herrick et des Kafesjian.

— Cette Lucille. J'avais l'habitude de l'observer quand elle dansait le shimmy toute nue.

Des mois se sont écoulés.

— Un jour, juste avant qu'elle se suicide, j'ai vu la mère Herrick qui laissait une lettre dans sa boîte pour le facteur. Je me suis faufilé en douce et je l'ai prise ; elle était adressée à Champ Dineen, ce clown de musicien de jazz que Richie vénérait. Il y avait une adresse de boîte postale, alors j'ai compris que mamy et Richie s'étaient trouvé un point de chute pour leur courrier. J'ai envoyé un mot à Richie, à cette boîte postale : "Figure-toi que Lucille danse le shimmy devant sa fenêtre. Alors sois patient et je t'aurai ta vengeance."

Le mot a marché – des mois se sont écoulés – il matait Richie qui matait Lucille. STUPÉFIANT = Richie le mateur, poseur de mouchards amateur – son cours d'électronique lui avait bigrement servi. Lui, de son côté, gardait le nez propre – des emplois au cinéma, ses réunions de mise à l'épreuve – personne ne savait que c'était ces idées-là qui lui tenaient la bitte bien dure...

Des idées SAUVAGES , des filatures à l'occasion : les Kafesjian, les Herrick, Smith.

— Un jour que je filais le train à Smith, il a déjeuné avec Mickey Cohen et j'ai pris le box voisin. Cohen a dit qu'il finançait le film d'horreur qui se tournait à Griffith Park, et le mec qui le mettait en scène, Sid Frizell, tournait aussi des films porno en supplément. Smith a dit qu'il adorait les films coquins, Cohen devrait dire à Frizell qu'il disposait d'un joli studio avec prise de son qu'il pourrait utiliser. Cohen a dit que Frizell était assez débectant et vicieux pour le prendre au mot.

Des plans au cœur des plans :

Il s'était rendu sur le plateau du "Vampire".

— Mec, quel film de minable, dégueulasse.

Il avait offert ses services comme cameraman pour un salaire d'occasion ; Cohen l'avait engagé ; il s'était mis à jouer de ce connard de Sid Frizell – toujours à cours d'idées.

— Je lui refilais les petits trucs d'inceste et tout le côté cécité, les personnages qui finissaient aveugles, parce que je me disais qu'un jour, je montrerais à Richie le film terminé. J'ai dit à Frizell que j'avais de l'expérience dans le porno, et il a enquiquiné Chick Vecchio, le mec de Cohen, pour qu'il en parle à Cohen. Smith a dit okay, et Frizell s'est mis à filmer son truc dans cette piaule paumée à Lynwood.

Des plans au cœur des plans – peinard, tout près, et de l'argent de poche en plus. Cette IDÉE SAUVAGE, FÉROCE, une putain d'idée STUPÉFIANTE :

Frapper les Kafesjian – une effraction vaudou. Coller l'enfant sur le dos de Richie – qu'il continue à trouiller – qu'il continue à se cacher.

— Et c'est ce que j'ai fait. Je crois que c'est comme du symbolisme, pasqu'y a ce Petit Homme à l'intérieur de moi qui me disait comment procéder. J'ai essayé d'aveugler les chiens avec le produit chimique de nettoyage à sec, mais ça n'a pas marché, alors je leur ai extirpé les yeux des orbites. J'ai cassé des bouteilles de gnôle pour leur en foutre un coup rapport à leur trafic de gnôle de contrebande, et j'ai démoli les disques de Tommy, pasque le Petit Homme me disait que ça symboliserait la force de la haine de Richie pour Tommy. Richie a toujours détesté quand Lucille faisait la pute, alors je lui ai tailladé ses pantalons corsaire et j'ai juté dessus.

SAUVAGE, STUPÉFIANT – un plaisir de malade.

— Le Petit Homme a dit surveille Richie en train de se torturer lui-même, alors je l'ai cadré, au cours de ses séances de motels, au supplice, à chialer devant ce que faisait Lucille, et j'ai éventré son lit où j'ai caché l'argenterie volée pour lui filer les foies. Il y a eu beaucoup de flics autour des Kafesjian à cause du cambriolage et de l'enquête fédé, alors le Petit Homme m'a dit de tuer Phil Herrick très vite. Les filles sont rentrées à l'improviste, et le Petit Homme m'a dit, zigouille-les, elles aussi. Je me suis dit que Richie était un putain d'évadé, alors les flics penseraient que c'était lui et ils le zigouilleraient sur place.

Ensuite ?

— Le Petit Homme a dit, tue Tommy et J. C. lentement. Il a dit arrache les yeux de Dudley Smith et mange-les.

Et maintenant ?

— Crêpes et saucisses, papa. Une belle petite cellule, en sécurité, pour moi et le Petit Homme.

* * *

A se pourlécher les babines.

Une poêle à crêpes sur une étagère.

TOUT.

La poitrine qui brûle / la tête qui fait mal / la bouche sèche – Dudley Smith en surmultipliée.

Exley, un hochement de tête – allons discuter à l'extérieur.

Suis-le – étrange le soleil qui brille – douloureux. Des gugusses du parc à caravanes qui nous reluquent.

— Quelle est votre évaluation ?

Mens – gagne du temps.

— Je veux l'emmener auprès de Welles Noonan. J'essaie d'échapper à la préventive, et il peut m'aider à régler le problème. C'est un témoin clé contre Dudley et les Kafesjian, et si nous coopérons avec les Fédés, nous pouvons leur couper l'herbe sous le pied et réduire l'impact de leur enquête, en particulier si vous leur donnez les Stups

— Il est fou à lier. Ce n'est pas un témoin valable.

— Ouais, mais pour *nous*, il n'est rien d'autre qu'un assassin. Il n'est même pas en état de siéger à son procès.

— Gallaudet obtiendrait des inculpations. Il ferait le réquisitoire en personne.

Le dernier mot :

— Bob est mort. Il était de mèche avec Dudley pour une histoire de légalisation du jeu dans la circonscription. Dudley l'a tué.

Les genoux qui se dérobent – tiens-le, qu'il ne tombe pas :

— J'ai mis Chick Vecchio à l'abri. Il m'a supplié de le faire placer sous protection fédérale, et Madge Kafesjian m'a mis au courant de certains points du récit de Bullock, elle m'a dit dans quelles conditions Dudley avait branché J. C. avec les services de police. Exley, tout est *contenu*. Vecchio, Bullock, Madge – *eux* dénoncent Dudley et les Stups seront les seuls à souffrir dans l'histoire. C'est ça, la base de *votre* plan, et tout ce que vous avez à faire, c'est de me laisser un peu de bride sur le cou avant que je ne livre Bullock.

Lunettes ôtées – le regard sans force.

— Plus précisément ?

— Appelez Noonan. Dites-lui que vous lui remettez vos dossiers sur les Stups. Dites-lui de retenir son mandat de recherche contre moi jusqu'à ce que je produise nos témoins.

Méli-mélo : mensonges et vérité.

Fais-le / ne le fais pas / rejoins Dudley.

— Exley...

— Oui. Faites placer Bullock dans un endroit sûr à la nuit tombée, ensuite appelez-moi.

— Vous appellerez Noonan.

— Oui, je l'appelle tout de suite.

— Je suis surpris que vous me fassiez confiance.

— J'ai déjà trahi votre confiance par le passé, et j'ai épuisé toutes mes stratégies. Gardez simplement le fusil et faites en sorte de ne pas le tuer.

Je me suis installé.

Bullock a parlé crêpes et Petit Homme.

TOUT me faisait virer cinglé – d'avant en arrière – de retour à Meg jusqu'à rejoindre Glenda.

Plans d'évasion / tickets de sortie à racheter / projets – rien ne prenait tournure.

Le crépuscule est tombé – j'ai gardé les lumières éteintes. De la musique chez les voisins – TOUT m'a fait virer, tournoyer de plus belle.

Rien ne prenait tournure.

Bullock s'est endormi toujours menotté.

Musique – un truc sirupeux – des ténors chouquettes.

Impossible de réfléchir : je n'y arrivais pas.

J'ai vu Glenda.

Bullock s'étalait bouche ouverte – obscène.

Tremblements, frissons – quelque chose comme un geignement inarticulé qui m'a déchiré le corps.

Je me suis arc-bouté contre la porte.

J'ai avoué.

Meurtres, passages à tabac, pots-de-vin, bakchich, dessous-de-table, extorsions. Collectes de loyers par la contrainte, boulots de gros bras, briseur de grèves. Mensonges, intimidations, promesses jetées aux ordures, serments brisés, devoirs rejetés avec mépris. Vols, duplicité, âpreté au gain, mensonges, meurtres, passages à tabac, pots-de-vin, bakchich, Meg...

Ce geignement qui se libère – et Bullock qui m'observe. Des larmes, la gorge noyée qui s'étouffe, qui appellent d'autres larmes en sanglots.

Meurtres, mensonges, ma propre sœur – souviens-t'en, dis-le. La voix qui s'étouffe sur les mots – tendu à craquer, sec, à bout de course, de force, plus rien.

Pas encore assez.

Bullock a ricané.

Passe le coup de fil.

Chapitre 54

Piège impossible, en plein air – le parc de stationnement de Sear's. A un bloc de distance : mon immeuble du quartier est.

Douze minutes d'avance. Lampes à arc sur l'asphalte – il nous verrait.

Au décompte :

683 mille dollars – quatre attachés-cases bourrés.

Mon 45 attaché à la cheville.

Wylie Bullock, menottes aux mains, sur le siège arrière – les mains devant lui. A côté de lui : le tranchet d'Exley.

Crêpes, Petit Homme – son baratin pendant tout le trajet.

Des phares qui approchent.

Entrouvre les fenêtres, pose les sacs sur le capot. Pas de veste – passe-moi à la fouille.

Les phares qui arrivent, coups de frein. Extinction des phares, il sort, sans veste – Dudley Smith.

Etui vide – passe-*moi* à la fouille.

— Mon gars, tu es en avance.

Approche-toi, inspecte la voiture – pas de passagers :

— Je suis prudent.

— Au vu des circonstances, je le serais également. Et l'homme dans la voiture ?

— Il est pilote d'avion. C'est lui qui m'emmène, plein sud.

Qui s'approche doucement, jette un coup d'œil à l'intérieur – Bullock calme, les menottes cachées.

— Quelles splendides mallettes. As-tu établi le montant ?

— Presque sept cent mille.

Qui pose les coudes sur le capot :

— Est-ce là ma part ?

— C'est à toi.

— En échange de quoi ?

— La sécurité des personnes que je laisse ici.

— Tu as utilisé le pluriel, mon gars. Aurais-tu des chers et tendres hormis ta sœur ?

— Pas vraiment.

— Aah, splendide. Et Vecchio ?

— Il est mort.

Prudent – en train de reluquer Bullock.

— Tu as amené le justificatif ?

Bluff :

— Il est à l'intérieur, avec l'argent.

Se prélassant sur le capot – presque extra-lucide :

— Eh bien, attendu qu'Edmund Exley est inapprochable et quelque peu compromis, je dirais que c'est un au revoir.

Plus près – bloque-lui la vue – couvre Bullock :

— Il me reste toujours quelques curiosités.

— Telles que ?

Plus fort – *mais à peine* – ne lui fiche pas la trouille.

— Madge Kafesjian m'a mis au courant de la tuerie de l'aveugle. Je me suis demandé comment tu avais conclu le marché avec J. C. et Phil Herrick.

Hurlements de théâtre – tonitruants – passe la main derrière toi, libère la porte.

— J'étais jeune en ce temps-là, mon gars. Je comprends bien les métaphores de la cupidité et de la furie aveugle, et l'absurdité d'un homme atteint de cécité brandissant un calibre 10 ne m'a pas échappé.

Pantalons trop larges, chemise trop lâche – des armes, quelque part.

— J'aurais bien aimé pouvoir assister à la conclusion du marché.

— La chose s'est faite de manière prosaïque, mon gars. J'ai simplement dit à M. Kafesjian et M. Herrick que leur alcool chichement distillé avait causé la mort de quatre personnes et entraîné des souffrances inconnues. Je les ai informés qu'en échange d'un pourcentage de leurs parts dans l'affaire, les souffrances resteraient strictement un point de contention entre eux et Dieu.

— Comme ça ? Tout simplement ?

Bullock qui marmonne – quinte de toux pour le couvrir.

— Je leur ai également présenté quelque moyen de persuasion visuelle. Une photographie de coroner – un jeune couple retrouvé décapité – a eu un certain effet de choc.

Remue-ménage sur le siège arrière.

— Dudley, tu me feras toujours pisser de rire.

Des soupçons qui se font jour – surveille ses mains.

— Mon gars, veux-tu bien ouvrir la mallette qui contient mon justificatif ?

Nerveux – un pas en avant – bloque-lui la vue. Dudley, la main qui empoigne quelque chose dans la ceinture.

Coup de genoux – écrabouille-lui les couilles. Plein dans le mille – Dudley, haut-le-cœur – une lame dégaînée.

Attrape une mallette, balance-la. Dudley qui poignarde – du cuir qui se déchire – la lame coincée.

La mallette au sol.

Dudley sans protection.

Bullock qui jaillit – "Petit Homme l'Aveugle !"

Coup de genou – Dudley au sol – Bullock sur lui.

De grands coups en arc, convulsifs – mains menottées – mauvaise saisie. Raté, raté, touché – le visage déchiré, la poitrine tailladée –

maladroit. Coup de grâce, un grand arc de cercle – le tranchet a frappé l'asphalte.

Bullock sur lui :

Qui mord.

Qui griffe.

Qui lui arrache les yeux.

Un éclair de lampe à arc – regarde – une orbite bouillonnant de rouge.

— NON ! – c'est moi qui hurle – qui dégaîne...

Raté, raté – ricochets sur le ciment.

Touché – Bullock qui tombe – en convulsions.

Raté, raté, touché – Dudley, à la jambe. Raté, raté, la culasse s'est enrayée, balance le flingue.

Dudley sur Bullock – qui essaie de lui faire lâcher prise. Qui vacille, qui hurle de triomphe – une main en ventouse sur l'œil.

L'argent – prends-le, tire-toi...

Une semaine écoulée – retour en arrière :

J'ai couru – un bloc – mon immeuble. Cachette au sous-sol : l'argent planqué.

Téléphone au gardien, Glenda par l'interurbain : descends ici, prends le fric, cache-toi. Pete, appel urbain : libère Chick – Glenda a vingt bâtons qui t'attendent.

Côté rue, un véritable tohu-bohu – des rôdeuses attirées par les coups de feu. Bullock mort, Dudley en urgence à la reine des Anges. Mon explication : interrogez le chef Exley.

Arrêté – l'ARTU d'Exley. Poste de Hollenbeck, un coup de téléphone – Noonan.

Bataille pour ma garde – LAPD contre Fédés – Noonan vainqueur. Protection réservée aux témoins matériels – pas encore de chef d'accusation. Une suite au Statler Hilton, des gardiens amicaux : Jim Henstell, Will Shipstad.

A la télé :

Mickey Cohen – le bon citoyen qui aide les Fédés.

Bob G. Chambre à Gaz – disparu depuis neuf jours, où est le procureur ?

Visites fréquentes : Welles Noonan.

Ma tactique : silence total.

Sa tactique : menaces, logique de juriste.

Exley l'avait appelé ce jour-là. Le marché – collaboration LAPD / Fédés – les Stups au pilori, Dave Klein amène quatre témoins. Coopération assurée, Exley cité mot pour mot : "Enterrons la hache de guerre et travaillons ensemble. L'un des témoins sera un homme du LAPD, haut gradé, plutôt un déposant hostile. Il connaît intimement la famille Kafesjian, et je dirai qu'il tombe sous le coup de la loi fédérale sur au moins une demi-douzaine de chefs d'inculpation. Je pense qu'il fera plus que compenser la disparition de Dan Wilhite, lequel s'est regrettablement suicidé la semaine dernière. M. Noonan, ce policier a les mains très sales. Tout ce que je demande, c'est qu'il soit considéré comme une entité contenue, totalement autonome au sein du LAPD, exactement de la manière dont vous aviez accepté de traiter la Division des Stupéfiants."

Annoncée : conférence de presse LAPD / Fédés.

Mes "témoins" :

Wylie Bullock – mort.

Chick V. – disparu depuis longtemps.
Madge – qui pleure ses morts quelque part.
Dudley Smith : état critique. Exley, l'étouffoir sur la presse : pas un mot sur l'affaire Bullock. Pas de chefs d'accusation à mon encontre ; Bullock incinéré.
Pas de "témoins" – Noonan furieux.
Menaces :
— Je poursuivrai votre sœur pour fraude fiscale.
— Je donnerai au bureau du procureur tous mes enregistrements d'écoute téléphonique – Glenda Bledsoe en train de reconnaître qu'elle a tué Dwight Gilette.
— Je vous ai personnellement sur une bande en train de dire à un homme du nom de "Jack" de "le tuer". Si vous refusez de parler, je demanderai aux agents fédéraux de passer au peigne fin une liste de vos relations connues afin de retrouver cet homme.
Ma tactique : silence total.
Ma carte maîtresse : seul et unique témoin – je savais TOUT.
Les jours qui se traînent. Rien sur la "Vague de Crimes" à L.A. – la presse bâillonnée – Noonan / Exley. Tommy, J. C. – surveillance fédé, intouchables.
Visite – Ed Exley :
— Je pense que vous m'avez volé de l'argent. Coopérez avec Noonan et je vous laisserai le garder. Vous aurez besoin d'argent – et moi, il ne me manquera pas.
— Sans votre témoignage, Dudley reste intouchable.
— Si cet accord avec les Fédés tombe à l'eau, les services de police seront déshonorés.
Ma tactique : silence total.
Visite – Pete B., murmures : Glenda a l'argent – elle m'a payé. Le bruit court que tu balances pour les Fédés. Sam Giancana vient de faire partir le contrat.
Visite – deux inspecteurs du shérif – "Glenda Bledsoe nous plaît bien pour le meurtre Miciak."
Ma tactique – des aveux – je l'ai tué en solo. Détail des blessures de couteau – ils ont marché – ils ont dit qu'ils demanderaient mon inculpation.
Noonan présent : "Je ferai usage des pleins pouvoirs que m'assure le gouvernement fédéral pour que cet homme reste sous ma seule garde."
Coup de fil – Jack Woods : "Meg est okay. Sam G. a donné l'ordre – tu es un homme mort."
Déjà du réchauffé, comme info.
Longues, les journées – parties de cartes avec Will Shipstad. A l'instinct : il hait le travail fédéral, il hait Noonan. Au flanc, risquer le coup : le soudoyer ; effacer la bande Glenda – trente bâtons.
Il a accepté.

Noonan a confirmé le lendemain : "Des techniciens incompétents" – un foin de tous les diables.

Longues, les nuits – des rêves mauvais – meurtres, passages à tabac, pots-de-vin, extorsions, mensonges. Confessions – de moi-même à moi-même – insuffisant.

Le sommeil mauvais, pas de sommeil. La peur de dormir, les cauchemars qui veillent : Johnny, Dudley le borgne.

Glenda – difficile à faire réapparaître – facile de l'entendre dire :

— "Tu veux tout avouer."

Deux nuits, six blocs entiers – Dave Klein "le Redresseur" passe aux aveux. Meurtres, passages à tabac, pots-de-vin, backchich, extorsions – Ed Exley, Dudley Smith, Junior Stemmons, Johnny l'Ecolier. Mensonges, intimidation, promesses jetées aux ordures, serments brisés. Exley, Smith – corépondants – le dire à la face du monde.

94 pages.

Fais-les passer – de Shipstad à Pete B. en exclusivité.

Pete, des copies à : l'Indiscret, *le* L.A Times, *le procureur général de l'Etat.*

Insuffisant.

Les heures qui s'égrènent, Noonan de plus en plus furieux : la conférence de presse en suspens, j'ai besoin de vos aveux.

Menaces, propositions, menaces...

Mes aveux : "Donnez-moi deux jours de liberté sous protection fédérale. Lorsque je reviendrai en préventive, nous préparerons mon témoignage."

A contre-cœur, à moitié cinglé : "Oui".

L. A. HERALD EXPRESS
6 DÉCEMBRE 1958

ANNULATION DE LA CONFÉRENCE DE PRESSE LAPD-FÉDÉRAUX

L'annonce faite la semaine dernière a surpris tout le monde : les services de police de Los Angeles et le bureau du procureur fédéral, circonscription de Californie Sud, devaient tenir une conférence de presse commune. Jusqu'alors concurrentes, alors que le procureur fédéral Welles Noonan menait son enquête sur les rackets du quartier sud – enquête d'ailleurs toujours en cours – les deux agences du maintien de l'ordre étaient apparues ces derniers temps rien moins qu'amicales. Des agents fédéraux accusaient le LAPD d'autoriser le vice à faire rage dans Los Angeles Sud Central, tandis que le chef des inspecteurs du LAPD Edmund Exley reprochait vertement à M. Noonan de monter une campagne de calomnie contre les services dont il a la charge, et ce à des fins carriéristes et politiciennes. Ces dissensions ont pris fin la semaine dernière lorsque les deux hommes ont communiqué à la presse deux déclarations identiques. La conférence de presse prévue pour demain a été aujourd'hui précipitamment annulée, laissant on ne peut plus perplexes de nombreux membres des services de maintien de la loi et de l'ordre pour la Californie du Sud.

La déclaration remise la semaine dernière à la presse était soigneusement rédigée ; elle laissait uniquement à penser qu'un effort de coopération Fédéraux-LAPD avait vu le jour, dans le but présumé d'obtenir des inculpations contre divers membres de la Division des Stupéfiants du LAPD. Demain devait voir s'étaler au grand jour l'essentiel des révélations promises, et une source anonyme au sein du bureau du procureur fédéral nous a déclaré qu'à son avis, l'effort de collaboration s'est trouvé annulé du fait de la rupture de certaines promesses officielles. Interrogé quant à la teneur exacte de ces "promesses", notre source a déclaré : "Un officier de police de Los Angeles, placé en détention préventive par les Fédéraux s'est échappé. Il devait témoigner contre des membres de la Division des Stupéfiants du LAPD et une famille de criminels dont la dite Division s'était faite l'alliée depuis nombre d'années. Le témoin devait en outre convaincre quatre autres témoins potentiels de venir déposer. Il n'a produit aucun des quatre témoins prévus, et lorsqu'on l'a autorisé à prendre deux jours de liberté afin de régler quelques affaires personnelles, il a agressé son gardien et s'est échappé. Franchement, sans lui, il ne reste plus pour seul témoin au gouvernement fédéral que Mickey Cohen, ancien gangster, à pouvoir déposer.

ON SE PERD EN CONJECTURES
SUR LA VAGUE DE CRIMES.

Ces événements prennent place au beau milieu de la vague de crimes que connaît la ville de Los Angeles, des crimes essentiellement limités au quartier sud, dont l'accroissement défie toutes les statistiques. Le taux de criminalité du mois dernier, pour Los Angeles ville, a subi une ascension fulgurante de 1600 %, ce que se refusent à confirmer le LAPD aussi bien que le bureau du procureur fédéral. Néanmoins, la rumeur voudrait que les meurtres de la semaine dernière entre membres de la pègre à Watts soient liés à la fusillade de Hollywood Ranch Market qui a elle aussi laissé quatre morts. A ajouter à tout ceci la mystérieuse disparition du procureur de Los Angeles Bob Gallaudet, et l'assassinat toujours non résolu, le 19 novembre, de la famille Herrick, et vous obtiendrez ce que le gouverneur Goodwin J. Knight a qualifié de "véritable baril de poudre. J'ai toute confiance dans les capacités du chef Parker et du chef adjoint Edmund Exley à maintenir l'ordre public, mais on ne peut manquer de s'interroger sur la cause d'un tel raz de marée dans l'accroissement de la criminalité".

Pressé de commenter l'annulation de la conférence de presse, le chef Exley s'est refusé à tout commentaire. Interrogé sur la récente vague de crimes, il a déclaré : "Ce n'était qu'une série de coïncidences sans rapport aucun. Elle est aujourd'hui terminée."

L. A. MIRROR
8 DECEMBRE 1958

MANŒUVRE HARDIE
LE LAPD PREND LES DEVANTS SUR LES FÉDÉRAUX

Edmund J. Exley, chef des inspecteurs des services de police de Los Angeles, à la rigueur proverbiale, a convoqué une conférence de presse improvisée ce matin. On s'attendait à ce qu'il commente la récente enquête fédérale sur les crimes du quartier sud et propose une explication sur les raisons qui ont conduit le LAPD et le bureau local du procureur fédéral à mettre un terme, selon toute apparence, à leur "coopération" : celle-ci devait permettre une investigation en profondeur des agissements criminels dans le quartier sud comme au cœur de la Division des Stupéfiants au sein même des services de police de Los Angeles.

Il n'a fait ni l'un ni l'autre. Bien au contraire : dans une déclaration toute prête aux termes laconiques, il a fustigé personnellement la Division des Stupéfiants et précisé qu'il remettrait en mains propres, preuves et pièces à conviction concluantes, à un grand jury du comté convoqué spécialement à cet effet. Il a ajouté qu'il déposerait tous les renseignements utiles relevant de la fraude fiscale auprès du seul bureau du procureur fédéral.

Dans sa description des "Stups" comme d'une "unité policière autonome saisie de folie furieuse", Exley a déclaré qu'il était certain que "la longue tradition de corruption de ce service" ne s'étendait en rien aux autres divisions du LAPD, mais la Division des Affaires Internes, sous sa direction, allait "passer les services de police au peigne fin, afin de s'en assurer, telle une meute attirée par l'odeur des pots-de-vin".

Les journalistes abasourdis ont posé des questions ; auxquelles Exley s'est refusé de répondre. Il a par contre déclaré que l'officier commandant de la Division des Stupéfiants, le capitaine Daniel Wilhite, 44 ans, s'était récemment suicidé, et ajouté que des inspecteurs des Affaires Internes interrogeaient actuellement divers agents des "Stups", avec pour objectif d'obtenir des témoignages volontaires devant le Grand Jury.

Interrogé sur la question de savoir jusqu'où les "Stups" s'étaient sali les mains, le chef Exley a dit : "Ils sont allés très loin. Je déclare personnellement qu'il y a collusion entre eux et une famille de revendeurs de drogue vicieux et méchants depuis plus de vingt ans. Je désire réformer la Division des Stupéfiants en partant de la base et abattre la famille en question. Je communiquerai sans tarder toute information relevant des autorités fédérales au procureur Welles Noonan, mais il faut qu'il sache que je prends la responsabilité première de balayer devant ma propre porte."

REVUE *L'INDISCRET*

NUMÉRO DU 11 DÉCEMBRE 1958

LA LIBERTÉ D'EXPRESSION BÂILLONNÉE ! ! ! !

J'ACCUSE ! J'ACCUSE ![1]

De la nitroglycérine journalistique – c'est la seule manière de décrire la chose. 94 pages sont arrivées à *l'Indiscret* il y a dix jours, des accusations aussi explosives que des bombes atomiques, qui ont été également adressées à un quotidien de Los Angeles et au bureau du procureur général de l'Etat.

Tous ont choisi de les ignorer ; nous avions choisi de les imprimer. La source confidentielle qui nous a transmis cette bombe A littéraire avait vérifié son authenticité – et nous l'avons crue. 94 pages : des révélations incen-

1. En français dans le texte.

diaires, corrosives, brûlantes et dévastatrices, la confession d'un policier véreux de Los Angeles en fuite, pourchassé par la pègre, les flics et son propre passé de violence. *Vous les auriez vues ici* , ces pages, le 18 décembre – mais un événement s'est produit.

Minets et minettes, nous nous trouvons ici en terrain légal risqué. Nous pouvons décrire les machinations "légales" qui nous ont censurés ; nos avocats nous disent que la vague description du matériau reçu donnée dans le paragraphe précédent ne viole pas les injonctions "légales" déposées contre nous par les services de police de Los Angeles.

Et nous irons un brin plus loin dans notre description : ces 94 pages auraient mis le LAPD à genoux. Notre auteur (fait regrettable) anonyme accusait également des policiers célèbres et encensés de Los Angeles d'avoir commis des actes délictueux sur une échelle spectaculaire, et affirmait que des officiels du LAPD avaient couvert la toile complexe de tous les événements qui ont entouré la récente vague de crimes qu'a connue L.A. Des révélations brûlantes, corrosives – à l'authenticité vérifiée – et nous n'avons pas le droit de les imprimer.

C'est là tout ce que nos avocats nous autoriseront à jamais vous dire de ces 94 pages. Votre appétit s'en trouve-t-il émoustillé ? Bien, permettez-nous d'amadouer vos furies.

Un de nos employés, chargé de collecter des renseignements au moyen d'appareils électroniques, a un problème de boisson. Il a vu ces 94 pages, a reconnu que c'était là de la dynamite et a appelé une de ses relations au LAPD. Notre employé, actuellement en violation de liberté sur parole pour conduite en état d'ivresse, a fait passer ces pages à la relation en question. La rumeur s'est répandue jusqu'aux plus hauts échelons du LAPD ; une injonction du tribunal a été immédiatement obtenue, stipulant l'interdiction de publication. Notre employé a été récompensé : les poursuites engagées à son encontre ont été déclarées nulles et non avenues. Ces 94 pages corrosives ont été saisies ; nous sommes dans l'incapacité légale d'en publier la moindre part sous peine de poursuites, selon les termes de l'injonction.

Le quotidien ? Le bureau du procureur général de l'Etat ?

Ils ont rejeté ces 94 pages. Ils les ont tournées en ridicule comme n'étant qu'un fatras d'élucubrations et de foutaises. La monstruosité des faits révélés était trop horrible pour qu'on la crût.

L'auteur ? Il est là, dehors, parmi les monstres de nuit qui s'épanouissent sous les ténèbres, dans la Cité des Anges Déchus.

La suite à venir ? A vous de décider. Décriez cette censure de facture fasciste. Ecrivez-nous. Ecrivez au LAPD. Laissez parler votre colère. Envoyez votre lettre pour un flic pourri dont le mea culpa s'est avéré trop explosif à la lecture pour être imprimé.

TITRES DE JOURNAUX

L.A. TIMES – 14 DÉCEMBRE 1958 :
CONVOCATION DU GRAND JURY ;
LES FLICS DES "STUPS" TÉMOIGNENT.

L.A. MIRROR – 15 DÉCEMBRE 1958 :
L'INDISCRET HURLE A LA "CENSURE" -
LE PUBLIC FAIT LA SOURDE OREILLE.

L.A. HERALD EXPRESS – 16 OCTOBRE 1958 :
LE LAPD TOURNE EN RIDICULE
LES INVECTIVES DE ***L'INDISCRET***.

L.A. TIMES – 19 DÉCEMBRE 1958 :
INCULPATION D'AGENTS DES STUPÉFIANTS.

L.A. MIRROR – 21 DÉCEMBRE 1958 :
EXLEY : LES ACCUSATIONS DE ***L'INDISCRET ?***
"DES ABSURDITÉS".

L.A. MIRROR – 22 DÉCEMBRE 1958 :
LES PRÉTENDUS GRANDS PATRONS DE LA CAME
FACE AU GRAND JURY.

L.A. HERALD EXPRESS – 23 DÉCEMBRE 1958 :
SENSATION AU GRAND JURY : PAS D'INCULPATION
DES KAFESJIAN. LE PROCUREUR INTÉRIMAIRE
DÉCLARE QUE LES TÉMOIGNAGES DES STUPS SONT
TOTALEMENT DÉCONSIDÉRÉS.

L.A. EXAMINER – 26 DÉCEMBRE 1958 :
GALLAUDET TOUJOURS PORTÉ MANQUANT.
LES RECHERCHES SE POURSUIVENT.

L.A. MIRROR – 27 DÉCEMBRE 1958 :
DISSOLUTION DU GROUPE SPÉCIAL
D'ENQUÊTE FÉDÉRALE SUR LES RACKETS.

L.A. HERALD EXPRESS – 3 JANVIER 1959 : UNE PENSION SPÉCIALE VOTÉE À CELUI QUI FUT LE GRAND ANIMATEUR DES BANQUETS DE LA POLICE.

La scène était triste et touchante, antithèse absolue aux récentes informations policières qui ont fait les grands titres des journaux : l'inculpation d'agents des Stupéfiants pour corruption. La scène en question : un policier de Los Angeles, très grièvement blessé, qui lutte contre la mort sur un lit d'hôpital.

Dudley L. Smith, capitaine, LAPD. Né à Dublin, élevé à Los Angeles, maître-espion de l'OSS pendant la Seconde Guerre mondiale. 53 ans, policier depuis 30 ans. Une femme, cinq filles. Nombreuses citations pour bravoure, grand animateur des banquets du LAPD, aumônier laïc. Dudley L. Smith : blessé par balle et poignardé au cours d'une altercation avec un cambrioleur il y a cinq semaines de cela – qui lutte aujourd'hui pour vivre.

Jusqu'ici, c'est lui le vainqueur de ce combat : il a perdu un œil, il est paralysé, le cerveau est endommagé, il ne marchera probablement plus jamais. A ses moments de lucidité, il séduit les infirmières par son accent et ses plaisanteries en se déclarant prêt à faire de la publicité, pareil à l'homme au bandeau sur l'œil qui vante les mérites des chemises Hathaway. La majeure partie du temps, il n'a pas sa lucidité, et cela vous brise le cœur.

Le LAPD se refuse à donner des détails sur la fusillade qui a valu à Dudley Smith ses blessures ; ils savent tous que lui préférerait épargner à la famille du cambrioleur qu'il a tué l'ignominie d'être reconnue en public. Cela vous brise le cœur, tout comme le fait que l'état de Dudley Smith exige qu'il soit placé sous soins intensifs pour le restant de ses jours.

Sa pension de la police et ses économies ne sauraient couvrir cette dépense. Il est trop fier, quant à lui, pour accepter un don des œuvres charitables de la police. C'est un policier légendaire, aimé et bien-aimé, un flic qui a tué huit hommes dans l'exercice de ses fonctions. Au fait de ces choses, le chef des inspecteurs du LAPD a demandé au conseil municipal de Los Angeles d'utiliser une prérogative rarement exercée en faisant voter une pension spéciale à Dudley Smith : d'un montant qui couvrira les frais engagés par son maintien en unité de soins intensifs pour une durée indéfinie.

Le conseil municipal a accepté et voté la pension de Dudley Smith à l'unanimité. Le chef Exley a déclaré aux journalistes : "Il est important que le capitaine Smith soit placé sous contention et qu'il reçoive les soins qu'il mérite. Il sera à l'abri et en sécurité, et il pourra passer les jours qui lui restent à vivre libéré enfin des problèmes harassants du travail de police."

Dudley L. Smith, héros. Puissent ses jours s'étirer encore longtemps, paisibles et tranquilles.

Cinquième partie

Au revoir, en silence

Chapitre 55

Cartons de repas à emporter, piles de journaux – la cache de Pete, où je me planque depuis un mois.

Une maison au milieu de beaucoup d'autres, toutes identiques, dans les faubourgs de San Diego. En sécurité – son ex-femme en Europe. Pete le requin – deux bâtons de loyer par semaine.

Journaux – toute l'histoire dispersée.

Mes aveux – invalidés.

Dudley – à moitié mort – insuffisant.

L'enquête fédé – liquidée, dans les choux. Les Stups détruits – Exley qui triomphe.

Du temps pour réfléchir. Du temps passé au téléphone – avec Pete, mon seul contact avec l'extérieur :

Des mandats à mon nom – Etat / Fédés – neuf au total.

— Ils t'ont collé Miciak, fraude fiscale, deux inculpations Etat et trois fédérales, pour conspiration criminelle. Des ARTU à l'échelon national ont été diffusés à ton nom, plus des bulletins de recherche fédéraux jusqu'au trognon. Tu peux garder la maison jusqu'au 27 janvier, mais c'est tout.

13 janvier – le temps de filer.

— Glenda est toujours à Fresno. Les Fédés l'ont placée sous surveillance, mais je pense que je peux la faire venir ici en douce pour une petite visite avant que tu ne décolles.

14 janvier – file.

— J'ai appelé Jack Woods. Il a dit que Meg est okay, et j'ai vérifié auprès d'un contact fédé que je possède. Il a dit que Noonan n'allait pas engager de poursuites contre elle pour fraude fiscale, il est bien trop pris à concocter un nouveau numéro d'enquête de fond pour en avoir queq'chose à foutre.

15 janvier – file.

Journaux – relie les points de suspension.

Bob G. – de la bouffe pour les rats. Pas d'inculpation des Kafesjian : les témoins des Stups trop "entachés".

Insuffisant.

16 janvier.

17 janvier.

18 janvier – la fièvre, filer, à l'aveuglette.

Fatigué, vaseux – bouffe chinetoque à emporter cinq semaines d'affilée.

17 janvier :

— Dave, je ne peux pas t'avoir de passeport. Je n'ai pas les contacts réguliers pour ça, et j'ai entendu dire que tous les vendeurs de la pègre refusent de vendre, parce qu'y savent que *toi, t'es* acheteur.

18 janvier.

19 janvier.

Cauchemars – TOUT en tourbillons.

20 janvier :

— Glenda pense qu'ils ont levé la surveillance autour d'elle. Elle va t'apporter ton argent dans deux jours.

21 janvier – Pete, une putain de trouille :

— M. Hughes a découvert que c'est moi qui te cache. Il fait la gueule pasque Glenda s'en est tirée pour Miciak et... tu sais, pour toi et elle. Il veut que tu règles tes dettes en personne, et il a dit qu'il ne te dénoncera pas si tu coopères. Dave... *j'essaierai* d'y aller mollo.

Chapitre 56

Au sol – à bouffer l'herbe. Des ondes de choc qui me remontent l'échine – le premier coup.

L'arrière-cour – sous l'œil de Howard Hughes.

Debout, les jambes qui flageolent – les dents branlantes, les lèvres fendues. Gauche-droite / gauche-droite / gauche-droite – mon nez quelque part au fond de ma gorge. On me redresse – battements de paupières, à me balancer, suspendu.

Howard Hughes – complet d'affaires, chaussures de ville, richelieux avec surpiqures.

On me laisse retomber, coups de pied :

— Non, sers-toi de tes poings.

Remis debout, d'une secousse – crochet gauche / crochet droit – Pete, qui me tient par la peau du cou. A recracher mes gencives, plus de nez, du mal à respirer. Crochet gauche, crochet gauche – des os qui craquent.

Plus de jambes, plus de visage – entaillé de coups de chevalière. Le dos coincé – tout qui s'engourdit.

— Encore quelques-uns.

— Il ne peut plus rien encaisser.

— N'essaie pas de me contredire.

Plus de jambes, plus de visage. Les yeux vers le soleil – rouge brûlant – ne m'arrachez pas les yeux. Gauche-droite / gauche-droite.

— Laisse-le au médecin.

Au sol – en train de disparaître quelque part – ne me prenez pas mes yeux.

En tourbillons, en train de tomber.

Musique.

Obscurité / lumière / douleur – des aiguilles dans les bras, une extase cinglée, un bonheur absolu. Lumière = vue – ne me prenez pas mes yeux.

En tourbillons, en train de tomber – TOUT – du jazz en bande sonore. Des riffs de Champ Dineen – Lucille, Richie. Couché sur le ventre – Dudley le borgne – ne m'aveuglez pas.

Suées – du froid qui m'essuie le visage. Le visage de quelqu'un – un vieillard.

Douleur – piqûres d'aiguille – mon visage, mes bras. Ténèbres – ne me volez pas mes yeux.

Une extase de cinglé, absolue – des injections dans les bras.

TOUT – tourbillons, chute.

La main sur les joues, demi-extase – un chaume de barbe qui les couvre.

Le temps – lumière / obscurité, lumière / obscurité – fuite.

Un homme qui porte des lunettes – peut-être un rêve. Des voix – comme dans un rêve, à moitié réelles.

Musique.

Chapitre 57

Cinq jours sous sédatifs. Le docteur, sur le point de sortir :

— Je vous ai laissé quelques dosettes de morphine injectable. Vous cicatrisez très bien, mais il faudra remettre quelques os en place d'ici un mois ou à peu près. Oh ! et un de vos amis vous a laissé un paquet.

Engourdi, le visage qui palpite – du menton jusqu'au front. Des journaux récents – consulte les dates – 21 au 25 janvier.

Inspection au miroir :

Mon nez – écrabouillé tout plat. Ma mâchoire, flambant neuve.

Plus de sourcils – à la place, tissus cicatriciels.

Ma coiffure – plaquée en arrière – le cuir chevelu déchiré qui se cicatrise. Deux nouvelles oreilles ; un œil de travers, l'autre normal.

En somme :

Un nouveau visage.

Qui guérit vite – les hématomes qui disparaissent, points de suture ôtés.

Inspecte le paquet :

Un passeport vierge.

Un revolver 38, avec silencieux.

Un mot, sans signature.

Klein,

Les AI vous ont retrouvé, et j'ai décidé de vous laisser partir. Vous m'avez très bien servi et vous méritez la chance que je vous offre.

Gardez l'argent que vous avez pris. Je ne suis guère optimiste, mais j'espère que le passeport vous aidera. Je ne vous ferai pas d'excuses pour la manière dont j'ai usé de vous, car j'estime que la situation Smith la justifiait. Il est maintenant neutralisé, mais si vous considérez la justice dont vous vous êtes fait le bras rien moins qu'absolue, vous avez ma permission pour la conduire à son terme le plus entier. Franchement, j'en ai terminé avec lui. Il m'a coûté suffisamment dans l'état actuel des choses.

Ordre indirect : tuez-le.

Pas LUI – insuffisant.

Chapitre 59

Facile :

Un bus jusqu'à L.A., une chambre d'hôtel. Faire monter une machine à écrire – et un passeport vierge validé.

Mon nouveau nom : Edmund L. Smith.

Validé, photo en place : clichés de photomaton, colle.

Mon billet de sortie : Pan Am, L.A. – Rio. Les plaies qui cicatrisent – un peu du beau Dave Klein qui réapparaît.

Injections de morphine – pour chasser les migraines – une exultation de cinglé. Cette idée de cinglé : tu t'en es tiré.

Insuffisant.

ERRATUM
Cette page remplace
la page 394
de cette édition.

Chapitre 58

En touchant mon visage :
— Nous faisions une très belle paire tous les deux.
— Cette partie-là t'est réservée désormais, à toi seule – les dents branlantes, douloureuses.
— Tu es différent, David.
Un nouveau visage, la chance qui court – Exley :
— Bien sûr, regarde-moi.
— Non, c'est simplement que nous sommes ensemble depuis cinq minutes et tu ne m'as pas demandé de te dire des choses.
Glenda : bronzage de patineuse, presque émaciée.
— Je veux simplement te regarder.
— J'ai déjà eu meilleure allure.
— Non, ce n'est pas vrai.
Des mains douces : mes joues, ma bouche...
— En valais-je la peine ?
— Quoi que ça ait coûté, quoi qu'il ait fallu faire.
Ce sourire :
— Comme ça, tout simplement ?
Des sacs d'argent derrière elle – plus qu'un jour.
— Ouais, comme ça.
— Tu aurais dû sauter sur l'occasion quand on t'avait offert ce contrat, à l'époque.
Pas de retour en arrière – TOUT en suspens.
— Dis-*moi* des choses.

* * *

Des mots sans suite, une frénésie de paroles – douloureuses – ma bouche à vif – TOUT – retour à alors, dès lors, jusqu'à toujours.

Des points bredouillés, la voix hésitante : l'horreur pure. Mon silence, implicite : *toi* – dis-*moi*.

Ses mains, des baisers légers : non.

Une frénésie de paroles – tout dire. Glenda sous le charme, comme si elle savait.

Faim d'elle – les récits entre nous. Mes baisers me faisaient mal ; ses mains ont dit laisse-moi faire.

La chambre – nus, presque instantanément. Glenda – mince, élancée, bronzée ; moi, des meurtrissures sur tout le corps. A les frôler : de ses lèvres, de ses cheveux.

Lent à s'émouvoir, mon désir d'elle – laisse-moi regarder, c'est tout. Glenda, persévérante – de ses lèvres, de ses cheveux. Pivots – en elle – ce sourire à la saisie.

Au-dessus de moi – qui bouge – en appui, loin de mes meurtrissures. La regarder – insuffisant – tire-la contre toi.

Baisers – douloureux – ses mouvements qui cherchent leur apogée. Tout près, aussi – baisers durs, la douleur qui s'efface. Près, plus près, là – ses derniers élans, ses larmes – la douleur m'a déchiré.

* * *

Sommeil – du jour dans la nuit. Debout en sursaut – un réveil près du lit – 1 h 14.

26 janvier.

Glenda qui bâille, des choses à dire.

Un appareil photo sur la commode – à l'ex-femme de Pete. Un coup d'œil au dos – chargé – six clichés.

Glenda qui remue – des mots à dire. Plans / pas de plans – NON.

La salle de bains – la morph du docteur prête. Vide une dosette, fais couler de l'eau – cocktail somnifère.

Je me suis habillé.

J'ai fourré cent bâtons dans le sac de Glenda.

La chambre...

Glenda qui bâille – "Déshabille-toi" – endormie. Mains tendues, assoiffée – le verre, à grandes goulées. Etirements, engoncée dans l'oreiller – sommeil.

Une veine du cou qui palpite doucement, draps remontés. Une épaule découverte, les cheveux, une crinière étalée en désordre.

Photos :

Son visage – yeux fermés – des rêves qu'elle ne me dira jamais. Lampe de chevet, ampoule de plafond, cadre-la : cheveux blonds sur lin blanc.

Baisers – son cou – cette veine qui palpite.

Les sacs d'argent – lourds, obscènes. Porte franchie en étouffant des sanglots, parti.

Chapitre 59

Facile :

Un bus jusqu'à L.A., une chambre d'hôtel. Faire monter une machine à écrire – et un passeport vierge validé.

Mon nouveau nom : Edmund L. Smith.

Validé, photo en place : clichés de photomaton, colle.

Mon billet de sortie : Pan Am, L.A. – Rio. Les plaies qui cicatrisent – un peu du beau Dave Klein qui réapparaît.

Injections de morphine – pour chasser les migraines – une exultation de cinglé. Cette idée de cinglé : tu t'en es tiré.

Insuffisant.

Chapitre 60

Un tas de boue tout neuf – 200 dollars en liquide. Un détour sur la route de l'aéroport : Sud Tremaine.

8 h du matin – paisible, tranquille. Quatre voitures – pleine maisonnée – écoute :

Des voix dans l'allée – barytons.

Fais le tour, essaie la porte – pas de verrou. Laverie, porte de communication – ouvre-la.

Tommy, J. C. – la table de cuisine, en train de siffler de la bière.

Hein ? Quoi ?

Qu'est-ce...

J. C. en premier – FLOC du silencieux – la cervelle qui lui dégouline des oreilles. Tommy, la bouteille levée – FLOC – du verre dans les yeux.

A hurler : "PAPA !"

Petit Homme ! L'Aveugle ! – tire, plus d'yeux, plus de visages.

Chapitre 61

Des flics à l'aéroport : Fédés, hommes du shérif, guetteurs de la pègre. Au beau milieu de tout ce monde – pas un œil qui cille – le guichet.

Service aimable, un coup d'œil au passeport. Les sacs d'argent qui passent le contrôle...

— Je vous souhaite un agréable voyage, M. Smith.

Dans les airs – comme ça, tout simplement.

La volonté de me souvenir.

Rêves de fièvre – une trentaine d'années ont passé.

Vieux aujourd'hui – un avocat gringo qui se remet d'une attaque. Mes aveux presque terminés – et insuffisants.

Toujours des contacts, de là-bas à ici – nombreux post scriptum :

Will Shipstad – son propre cabinet, depuis 59.

Reuben Ruiz – entraîneur de boxe – champion coq 61-62.

Chick Vecchio – disparu sans laisser d'adresse. Touch V. – vedette de cabaret – spectacle de travelo.

Fred Turentine – décédé – cirrhose. Lester Lake – décédé – accident de voiture.

Perdus, tous ces lieux – l'époque, encore proche à ma mémoire – et qui me manquent d'une certaine manière.

Madge Kafesjian – seule – cette maison, ces fantômes.

Welles Noonan – suicide, 73. Rayé du barreau l'année précédente : inculpations pour corruption et pots-de-vin.

Jack Woods, Pete B. – décédés – de mort naturelle.

Meg – vieille, veuve.

Tourbillons, chute – la peur d'oublier :

Mickey Cohen – le battant perpétuel – deux séjours en prison. Bouffon / baratineur de pub pour la télé – décédé – crise cardiaque, 76.

Dick Carlisle – reconstitution, grâce aux contacts.

Pensionné de la police – jamais inculpé comme complice de Dudley. "Dick le Roi de la Fourrure" – le butin Hurwitz a pris de l'expansion, légalement. Grand patron de la blanchisserie à sec – en rachetant à Madge la chaîne Kafesjian.

Toujours proche de Dudley – toujours à moitié lucide, toujours charmeur : des chansons celtes pour les filles qui lui apportent ses bouillies.

Edmund Exley :

Chef des inspecteurs, chef de la police. Membre du Congrès, vice-gouverneur, candidat aux élections pour le poste de gouverneur.

Ami reconnu de Dudley Smith – savoir-faire de l'homme politique.

Dudley : le vieux cheval de bataille toujours flic, vieux sage, savant péremptoire à ses moments de lucidité. Petites citations bien envoyées sur "la Contention", toujours partant pour une rétrospective. Un leitmotiv : c'était des hommes, à l'époque.

Glenda :

Vedette de cinéma, vedette de télé. Chutzpah : l'argent du sang lui a racheté son contrat Hughes. La soixantaine – chef de clan dans une série télé.

Une trentaine d'années de célébrité – éliminée de mon exil. Toujours avec moi – ces photos que je tiens serrées. Sans âge – jamais revue ailleurs – le moindre film d'elle, la moindre ligne écrite sur elle, écartés d'office.

Dans mes rêves – tourbillons, chute.

Comme Exley et Dudley et Carlisle.

Exilés loin de moi, et des choses à me dire – toutes ces horreurs prosaïques qui sont la définition même de leur longue survie. Des mots pour remettre à jour ces aveux et me libérer.

Rêves : tourbillons, chute.

J'y retourne. Je vais obliger Exley à avouer tous les marchés monstrueux qu'il a jamais passés avec la même innocence que moi. Je vais tuer Carlisle, je vais obliger Dudley à remplir jusqu'au plus petit détail de son existence pour que le simple poids de ses malfaisances vienne éclipser de ses noirceurs ma propre culpabilité. Je vais le tuer à la mémoire de nos victimes, je vais retrouver Glenda et je lui dirai :

Dis-moi n'importe quoi.

Dis-moi tout.

Abolis tout ce temps qui nous a séparés.

Aime-moi ardente au milieu des dangers.

Impression et façonnage par
IMPRIMERIE FRANCE QUERCY - CAHORS
Dépôt légal : octobre 1991 - 10932FF